HEYNE <

Das Buch

Zwanzig Jahre nach der Rückkehr von seiner Expedition zu der mysteriösen Pyramide Nofretete lebt Captain John Nurminen streng abgeschirmt vom Rest der Welt auf einer Insel des Hawaii-Archipels. Für die Öffentlichkeit ist er zum Monster geworden, da ihm während seiner Mission ein Chip implantiert wurde, der übermenschliche Fähigkeiten verleiht. Als er in einer spektakulären Aktion aus seinem goldenen Käfig befreit wird, trifft Nurminen auf eine veränderte Welt: Anstelle der Nationalstaaten sind global agierende Konzerne getreten. Die Machthaber eines dieser Konzerne zwingen ihn, die Leitung einer Expedition zur fast ein Lichtjahr entfernten Oortschen Wolke zu übernehmen. Dort soll sich die rätselhafte Pyramide inzwischen befinden – das berichtet zumindest der Captain eines der verschollen geglaubten, ebenfalls an der ersten Mission beteiligten Schiffe. Doch unterdessen haben sich auch andere Mächte auf den Weg gemacht, um das Geheimnis der Pyramide zu entschlüsseln. Ein Wettlauf gegen die Zeit beginnt …

In »Googolplex« – und dem Vorgängerband »Googol« – verbindet der deutsche Science-Fiction-Autor H. D. Klein auf eindrucksvolle Weise ein action-geladenes Abenteuer in den Weiten des Alls mit technisch-wissenschaftlichen Fakten – ein einzigartiges Lesevergnügen.

Der Autor

H. D. Klein, 1951 im bayerischen Wolfratshausen geboren, studierte Luft- und Raumfahrttechnik in München und absolvierte danach eine Ausbildung zum Fotografen. Seit 1983 hat er sein eigenes Fotostudio in München. Daneben arbeitet Klein als Science-Fiction-Autor und hat mit seinen Romanen »Googol« sowie »Phainomenon« für großes Aufsehen gesorgt.

Mehr zu Autor und Werk unter: www.hdklein.com

H. D. KLEIN

GOOGOL PLEX

Roman

Originalausgabe

WILHELM HEYNE VERLAG
MÜNCHEN

FSC
Mix
Produktgruppe aus vorbildlich
bewirtschafteten Wäldern und
anderen kontrollierten Herkünften

Zert.-Nr. SGS-COC-1940
www.fsc.org
© 1996 Forest Stewardship Council

Verlagsgruppe Random House FSC-DEU-0100
Das für dieses Buch verwendete FSC-zertifizierte Papier
München Super liefert Mochenwangen.

2. Auflage
Originalausgabe 4/06
Redaktion: Rainer-Michael Rahn

www.heyne.de
Printed in Germany 2006
Umschlagillustration: Boris Vallejo
Umschlaggestaltung: Nele Schütz Design, München
Satz: C. Schaber Datentechnik, Wels
Druck und Bindung: GGP Media GmbH, Pößneck

ISBN-10: 3-453-52129-3
ISBN-13: 978-3-453-52129-2

Dein Sterben dauerte von Vollmond bis Mars.
Genau die Strecke am Himmelsgewölbe,
die beide Gestirne benötigten,
um nacheinander über den Häusern aufzugehen.

Für Zigo

Erstes Buch

Status

Heute ist der 10. September 2072.

Vor zwanzig Jahren sind wir aus den Tiefen des Sonnensystems zur Erde zurückgekehrt. Von irgendwo oberhalb der Ekliptik zwischen Mars und Jupiter. Fünf Jahre hatte die Reise gedauert. Fünf Jahre voller Entbehrungen und Unsicherheit, angefüllt mit Wut und Enttäuschung. Unsere Gefühle richteten sich gegen jene, die uns im Stich gelassen hatten. Gegen den Konzern und diejenigen, die nur ihre eigenen Vorteile vor Augen hatten.

Unnötige und überflüssige Empfindungen, denn der Konzern existierte nicht mehr. Wir konnten niemanden für unsere Leiden zur Rechenschaft ziehen. Keiner war bei unserer Ankunft noch verantwortlich für eine Mission, die uns in die Nähe des Unfassbaren geführt hatte.

Auf der Erde war niemand mehr zuständig für dieses Desaster. Alle waren unschuldig, sofern man überhaupt von einer Schuld sprechen konnte. Ganz im Gegenteil, wir waren die Schuldigen. Schuldig am Tod von fünf Besatzungsmitgliedern, schuldig im Sinne der missbräuchlichen Nutzung eines uns anvertrauten Raumschiffes, wegen Befehlsverweigerung, wegen Meuterei und unerlaubten eigenständigen Vorgehens. Wegen bewusster Vorenthaltung von Menschen und Material.

So jedenfalls stand es in der Anklageschrift der rechtmäßigen Übernahmegesellschaften, der Nachfolger von Space Cargo – eines Konzerns, den es nicht mehr gab.

Der Musterprozess zog sich nach unserer Rückkehr über weitere drei Jahre hin. Ausgeklammert waren die bis dahin anstehenden zivilrechtlichen Verfahren. Die Angehörigen der toten Besatzungsmitglieder warteten den Schuldspruch der obersten Raumfahrtbehörde ab und sondierten in der Zwischenzeit die Angebote von hochrangigen und Erfolg versprechenden Anwälten.

Nach endlosen Winkelzügen durch bestehendes internationales Recht und nach massiver Missachtung des Menschenrechts wurde schließlich eine Kommission eingesetzt, ein Gremium aus hoch gestellten Persönlichkeiten, das dem schmählichen Prozess ein Ende setzen sollte. Ehrwürdige Personen der Weltöffentlichkeit, Vertreter aller Religionen, ehemalige und damit unabhängige Konzernchefs und einige wenige einflussreiche Politiker bildeten einen neu geschaffenen Rat. Erstmalig in der Geschichte der Menschheit sollte eine unabhängige Kommission über das Schicksal von einzelnen Menschen entscheiden. Ein so genannter Weltgerichtshof wurde erschaffen.

Der Weltöffentlichkeit wurde über Jahre hinweg ein Scheinprozess vorgeführt, eine Farce, für die es keine Grundlagen gab.

Nach drei Jahren wurden wenigstens meine Gefährten in die Freiheit entlassen, denn als Befehlsempfänger trugen sie keine Mitschuld.

Ich war der einzige Schuldige und damit die Grundlage für das Verfahren.

Ich, im Sinne von meiner Person, die sich im Laufe unserer Mission unfreiwillig in ein Monster verwandelt hatte. In ein Monster, das die Menschheit nicht einschätzen konnte. Noch nicht einmal ich selbst hatte eine Vorstellung davon, was mit mir geschehen war.

Über welche Fähigkeiten ich verfügte.

Sie hatten Angst vor mir. Verständlich, und wenn ich ehrlich war, hatte selbst ich Angst vor mir.

Am 14. August des Jahres 2045 waren wir mit dem Experimentalschiff *Nostradamus* zu einem Schwarm riesiger weißer Pyramiden aufgebrochen, die zwischen den Umlaufbahnen von Mars und Jupiter in das Sonnensystem eingeflogen waren. Nach einer langen und ereignisreichen Reise gelang es dreien von uns – Appalong, Halbmond und mir –, in eine der Pyramiden einzudringen. Letztendlich konnten wir das Rätsel nicht vollständig lösen, nur insoweit, dass es sich bei den Pyramiden um ein gewaltiges Archiv handelte. Ein Archiv, das die gesamte Geschichte und damit die Entwicklung unseres Sonnensystems beinhaltete. Wir hätten die Aufzeichnungen ohne Schwierigkeiten in unseren Besitz bringen können. Wir haben es nicht getan, weil wir der Meinung waren, dass die Menschheit nicht reif genug für die Wahrheit ist. Dass sie nicht mit den wahrheitsgetreuen Darstellungen der Geschichte unseres Planeten umgehen kann. Rückblickend gesehen haben wir vielleicht einen Fehler begangen, vielleicht aber auch nicht.

Appalong ist in der Pyramide zurückgeblieben, er wollte alle Wahrheiten erfahren. Keiner weiß, was mit ihm geschehen ist. Nachdem Halbmond und mir die Flucht aus der Pyramide gelungen war, verschwanden alle Artefakte aus dem Sonnensystem.

Zuvor hatte eine mir unbekannte Macht einen Chip in meinem Gehirn installiert, der mir Möglichkeiten eröffnete, die weit über jede menschliche Vorstellungskraft hinausgingen.

Mit der Macht des Chips war ich in der Lage, meine Umgebung zu verändern. Ich konnte die Dimensionen kraft meiner Gedanken beeinflussen, konnte die Gedanken und Empfindungen anderer Wesen lesen oder spüren, konnte in die Vergangenheit und in die Zukunft sehen. Der Chip verstärkte meine Wünsche in ungeheurem Maße, wirkte wie eine Steuereinheit auf die Bauteile des Lebens.

Ich war ein Gott geworden.

Oder einem Gott gleich.

Doch dadurch wurde mir eine Last aufgebürdet, mit der ich nichts anzufangen wusste. Mein begrenztes menschliches Bewusstsein hatte sich um einen dunklen Ozean erweitert, an dessen Strand ich im Schein einer Fackel saß und mich nicht traute, auch nur ein Sandkörnchen durch meine Hände rieseln zu lassen. Geschweige denn, mich den Fluten auch nur zu nähern. Ich wusste nicht, welche Gefahren dort draußen auf den Meeren und in den Tiefen lauerten, obwohl ich spürte, dass es ein Leichtes für mich gewesen wäre, die Massen des Wassers zu Bergen zu türmen, Vulkane entstehen zu lassen oder gar Planeten zu bewegen.

Das Universum neu zu gestalten.

Die Verantwortlichen für meine Verurteilung ahnten nicht einmal annähernd, über welche Fähigkeiten ich nun verfügte, aber sie hatten aus den Berichten der Mission entnommen, was mit mir in der riesigen weißen Pyramide geschehen war. Verständlich, dass sie an dem Chip in meinem Gehirn sehr interessiert waren. Viele waren mehr als nur sehr interessiert daran, was der Chip bewirken konnte.

Durch eine geheimnisvolle Kohäsionskraft zusammengehalten, bildete eine Anzahl von Chips biegsame kleine rote Steinchen, die man problemlos auseinander brechen und wieder zusammenfügen konnte.

Den alten Ägyptern mussten diese Steinchen bereits bekannt gewesen sein, denn man hatte sie in Gräbern als Beigabe und Schmuck gefunden. Was man nicht gefunden hatte, war eine Beschreibung für die Möglichkeiten der Anwendung der Chips.

Eine Bedienungsanleitung.

Bis heute, denn ich war das lebende Beispiel dafür.

Und das einzige.

In meinem Gehirn könnte die Antwort liegen, aber ich lasse niemanden an mich heran. Zwingen können sie mich nicht.

Ich habe schließlich mit dem Weltgerichtshof einen Vergleich geschlossen: Meine Freiheit gegen mein Einverständnis, dass nach meinem Tod der Chip in meinem Gehirn untersucht werden durfte.

Sie haben mir eine beschränkte Freiheit gegeben. Seit dem tragischen Unfall von Halbmond vor zwölf Jahren, bei dem auch ihr Bruder und ihr Vater ums Leben gekommen sind, lebte ich alleine in ihrem Anwesen auf der Insel Kauai, umgeben von einem Bataillon Wachhunde des Weltgerichtshofs. Es soll verhindern, dass jemand an mich herankommt; und auch, dass ich ihnen entwische.

Natürlich ist das lächerlich. Mit meinen Fähigkeiten könnte ich durch ihre Reihen laufen, ohne dass sie mich bemerkten. Aber das will ich nicht. Ich will nirgendwohin. Ich will meinen Frieden haben und darüber nachdenken, welchen Sinn mein Leben noch hat.

Vielleicht komme ich irgendwann einmal zu einem anderen Entschluss, welcher Art auch immer.

Bis dahin gilt der Handel, von dem sie glauben, sie hätten sich einen Vorteil verschafft, indem sie nur auf meinen Tod zu warten brauchen.

Ich bin jetzt 72 Jahre alt, doch mein Geist und Körper haben sich seit dem Tag meiner Rückkehr nicht verändert.

Ich habe für mich beschlossen, nicht mehr zu altern. Wenn ich etwas will, dann bekomme ich das auch. So einfach ist das.

Deswegen warten sie seit zwanzig Jahren vergeblich auf meinen Tod.

Mein Name ist John Nurminen, ich bin Astronaut, und ich war Captain des Raumschiffes *Nostradamus*.

I

Das Erste, was ich jeden Morgen nach dem Aufwachen wahrnahm, war die donnernde Brandung vom Strand her. Wahrscheinlich herrschte heute auch noch auflandiger Wind, denn der großflächige Bambuswald in der Nähe des Hauses knarrte eintönig im Rhythmus der rauschenden Böen aus Südosten. In den kurzen Pausen des Windes trieb manchmal der Duft von wildem Ingwer durchs Haus, ganz fein und auch nur andeutungsweise.

Das Zimmer lag noch im fahlen Licht des Morgengrauens; richtig hell würde es erst in ein paar Stunden werden, wenn die Sonne die hohen Berge der Na-Pali-Küste überwunden hatte.

Ein Gecko huschte mit einem leisen Schaben am Fensterrand entlang, auf der Jagd nach Fliegen und Moskitos. Viel Erfolg würde er dabei nicht haben, da die elektronischen Abwehrmechanismen des Hauses die Zimmer weitgehend frei von kleinerem Ungeziefer hielten, aber wie überall in der Natur schafften es auch hier besonders hartnäckige Spezies, in einer für sie unwirtlichen Umgebung zu überleben.

Ich setzte mich auf, nahm das Kopfkissen hinter meinen Rücken und lehnte mich an die Wand. Von dieser

Position aus blickte ich jeden Morgen durch die großzügige Fensterwand hinaus in den türkisblauen Himmel, der auch heute wieder von kleinen Wolken durchsetzt war. Ein wirklich klarer blauer Himmel kam auf den Inseln von Hawaii nicht vor, dazu war die Luftfeuchtigkeit zu hoch.

Mein Blickfeld wurde von dem überhängenden Dach begrenzt, das mit einem eleganten Schwung über den breiten Balkon ragte. Rechts und links wippten einige Palmenblätter in der Brise und hauchten dem statischen Rechteck der Fensterfront mit ihrem dunklen Grün etwas Leben ein.

Ein ruhiges und stimmungsvolles Bild. Eigentlich genau die richtige Grundlage für einen neuen Tag. Unglücklicherweise war für mich der Beginn eines neuen Tages seit Jahren immer der gleiche. Ich lebte und bewegte mich in einem Haus und an einem Strand, der zu den schönsten der Welt gehörte. Das war meine Welt. Mehr wurde mir nicht zugestanden, und mehr gestand auch ich mir nicht zu. Ich wusste, keine hundert Meter weiter, hinter dem mit allen technischen Mitteln ausgestatteten Ring meiner Bewacher, würden Gefahren auf mich lauern. Ich spürte ihre Allgegenwärtigkeit, so wie ich alles um mich herum spürte. Die Gedanken meiner Aufpasser, das elektronische Zirpen ihrer Überwachungsgeräte, das Arbeiten von Motoren, das Auftreffen der Photonen von Infrarotbündeln und das Sirren von mikroskopisch kleinen Optiken. So wie ich das Atmen der Pflanzen, die Macht des Meeres und die Trägheit der Atmosphäre wahrnahm. Mein Bewusstsein war um die unvorstellbare Zahl Googol gewachsen.

Es war für mich ein großes Problem, mit dieser unvergleichlichen Fülle von Macht umzugehen. Jeden Tag jedoch vergrößerte sich meine Bereitschaft, einen weiteren Schritt hinaus in das Universum der Möglichkeiten zu wagen. Irgendwann würden meine Fähigkeiten tatsächlich auf einem Stand angekommen sein, den die Menschen in meiner Umgebung jetzt schon fürchteten.

Aber noch war es nicht so weit.

Langsam und mit bedachten Bewegungen stand ich auf und verließ mein Bett. In der zentralen Wachstation drüben am Abhang würde es jetzt lebhaft werden. Winzige Kameras und Sensoren übertrugen meine morgendlichen Aktivitäten auf ihre Überwachungs-Sheets und ließen die Adrenalinspiegel meiner Wächter ansteigen. Dabei wussten sie nicht, dass ich die Nanomaschinen im Haus und in meiner unmittelbaren Nähe ganz bewusst duldete. Es wäre für mich ein Leichtes gewesen, sie unbrauchbar zu machen und die Techniker damit vor ein Rätsel zu stellen, aber ich ließ sie in dem überheblichen Glauben, mich vollständig kontrollieren zu können. Viel konnten sie sowieso nicht von mir erfahren. Sie konnten zusehen, wie ich mich unter die Dusche stellte, wie ich mich ankleidete und mir das Essen bereitete. Das war alles. Sie mussten zufrieden sein mit den Dingen des Alltags. Mir konnte das nur recht sein.

In meinen Kopf konnten sie nicht hineinsehen. Nicht, dass sie es nicht schon probiert hatten. Vor Jahren schon hatten sie versucht, heimlich eine komplette Analysestation von Molekulargröße in meinem Körper zu installieren, aber das war mir dann doch zu weit gegangen. Ich hatte die Station zerstört, bevor sie auch nur in die Nähe irgendeiner meiner Körperöffnungen gekommen war. Seitdem war kein neuer Versuch mehr gestartet worden, denn das Vorhaben war im Grunde genommen eine grobe Verletzung unserer Übereinkunft, mich in Ruhe zu lassen. Trotzdem wusste ich aus den Gedanken der anwesenden Wissenschaftler, wie sehr sie sich mit den Gründen ihres Scheiterns beschäftigten. Ihre neueste Theorie kam der Wahrheit recht nahe. Sie hatten die These aufgestellt, dass ich in der Lage war, eine Art Schutzschild um mich herum zu errichten, der alle Angriffe auf molekularer Basis abwehrte. Bisher war es nur eine These, von der sie sich am liebsten wieder getrennt hätten, denn eine Bestätigung würde der latenten Furcht vor mir eine ganz neue Dimension geben.

Bis heute glauben sie fälschlicherweise, ein breites silbernes Band um meinen Kopf könnte alle meine mentalen Fähigkeiten eindämmen. Es war damals ein Teil unserer Abmachung gewesen, dass ich diesen lächerlichen Kopfschmuck ständig tragen sollte. Schon vor unserer Expedition zu der riesigen Pyramide war den Wissenschaftlern die den Chip neutralisierende Wirkung von Silber bekannt gewesen. Sie hatten aber keine Ahnung, welche ungeheueren Eigenschaften der Chip in Verbindung mit einem menschlichen Gehirn entfaltete. Während des Prozesses am Weltgerichtshof untersuchten sie die Ströme meines Gehirns und stellten dabei fest, dass eine gewisse Menge von Silber meine Fähigkeiten angeblich vollkommen zum Erliegen brachte. Natürlich hatte ich während der Messungen die Ergebnisse beeinflusst und dementsprechend verändert. Das Stirnband war also das, wonach es aussah: eine Lächerlichkeit. Mir machte das Tragen nichts aus, ganz im Gegenteil, es verlieh mir etwas Mystisches. Über Jahre hinweg beherrschten Fotos von mir mit dem silbernen Band die Titelseiten der Gazetten und Nachrichtensendungen der zahlreichen Channels.

Nurminen, das gezähmte Gedankenmonster.

Lachhaft, aber für mich mehr als nur dienlich. Ich konnte unbehelligt meine Fähigkeiten erforschen und ausbauen.

Und der Rest der Menschheit konnte ruhig schlafen.

Ganz nebenbei hatte ich meinen Spaß damit. Meine Person wurde zum Comic-Helden degradiert. Der zahnlose alte Häuptling der Raumfahrt mit dem silbernen Stirnband und den langen blonden Haaren. Ich war weder zahnlos noch alt, höchstens nach Jahren. Mein Aussehen hatte sich seit zwei Jahrzehnten nicht geändert, aber das mit den Haaren stimmte: Ich ließ sie wild wuchern und trug sie schulterlang.

Mein unverändertes Äußeres wurde hauptsächlich meinem Müßiggang auf der pazifischen Insel zugeschrieben. Und nachdem man von mir in all den Jahren keine Aufsehen erregenden Geschichten mehr gehört hatte, verzichtete man im Laufe der Zeit auch auf Überlegungen, das Band durch eine Transplantation an meinem Kopf so zu befestigen, dass ich es nicht mehr abnehmen konnte.

Manchmal konnte ich es jedoch nicht unterlassen, ein wenig Unruhe zu produzieren. Jedes von mir nur angedeutete Zupfen an dem Band oder ein nebensächliches Geraderücken ließ meine Umgebung den Atem anhalten.

Ich sollte so etwas unterlassen, denn mittlerweile gab es schon ernsthafte Zweifel, ob ich überhaupt über außerordentliche Fähigkeiten verfügte und ob mein luxuriöser Aufenthalt auf Kauai die Kosten rechtfertigte. Ich sollte diesen Status nicht gefährden; allerdings waren manche dieser kleineren Aktionen nötig, um ihn auf jeden Fall aufrechtzuerhalten, denn nur hier hatte ich die nötige Ruhe für die Weiterentwicklung meines Bewusstseins.

Ich nahm ein ausgedehntes Frühstück auf dem Balkon ein. Um mich herum auf der Brüstung saß eine Abordnung von mehreren roten Kardinalvögeln, die wie jeden Morgen auf ihren Anteil warteten. Ab und zu wagte einer von ihnen einen ungeduldigen Vorstoß und holte mit flatternden Flügeln eine kleine Brotkrume vom Tisch.

Übrigens wurde die alltägliche Frühstücksszene mit den Vögeln vor einiger Zeit sogar zum Bild des Jahrzehnts gewählt. Einer meiner Wächter hatte im richtigen Moment auf den Auslöser gedrückt und eine Szene mit vier oder fünf fliegenden Kardinalvögeln eingefangen, während ich mit meiner altmodischen Brille vor den Augen in die Lektüre einer Tageszeitung auf einem Video-Sheet vertieft war.

Nebenbei: Bis heute hatte ich mich einer Korrektur meiner Sehschärfe verweigert. Wozu auch? Außerdem verstärkte die Brille den Eindruck meiner Harmlosigkeit.

Auch heute blätterte ich das Sheet nach den neuesten Nachrichten durch. Vergeblich, wie immer in den letzten Jahren. Es gab keine Nachrichten mehr, jedenfalls nicht in der Form, wie ich sie von früher her gewohnt war. Die unabhängige Berichterstattung war den gesteuerten News der Konzernkomplexe zum Opfer gefallen, und diese konnte man allenfalls als geschönt und verlogen bezeichnen. Wer in der heutigen Zeit nach authentischen Nachrichten suchte, musste sie sich mühsam und zeitaufwendig aus allen möglichen Medien zusammensuchen und anschließend die Wahrheit in detektivischer Kleinarbeit herausfiltern.

Nach dem Zusammenbruch der Ländergrenzen in den frühen fünfziger Jahren hatten die Komplexe die sozialen und administrativen Aufgaben übergangslos und auch erfolgreich in die Hand genommen. Mit der wachsenden Ausbreitung der globalen Multikomplexe traten jedoch die ersten Schwierigkeiten auf. Die Menschen wurden unsicher. Niemand konnte heute mit Sicherheit sagen, ob er morgen noch seiner gewohnten Arbeit nachgehen würde. Die Farben an seinem Overall konnten morgen schon durch das Logo einer anderen Gesellschaft ersetzt werden. Oder übermorgen durch das Wappen einer hierarchischen Gruppe, die mehr Stabilität in Aussicht stellte.

Die Zukunft war abhanden gekommen.

Gleichzeitig herrschte durch den rapiden Bevölkerungsrückgang ein Mangel an gut ausgebildeten Arbeitskräften. Die Komplexe machten sich gegenseitig die Facharbeiter mit übertriebenen Versprechungen abspenstig, lockten mit besten Konditionen und versprachen Paradiese. In den Angeboten verwandelten sich Produktionsausfälle in »wertvolle Freizeit«, unzulängliche Arbeitsbedingungen in »flexible Anforderungen«, Konkurse in »Neuanfänge«. Erfolg blieb natürlich Erfolg, mutierte jedoch prahlerisch zu »unvergleichlichen Gewinnen« oder zur »gigantischen Steigerung des Potenzials«.

Parallel zu den verzerrten Wertigkeiten tauchten Veränderungen in den Bezeichnungen für den Zustand der Welt auf. Katastrophen verniedlichte man zu »behebbaren und kurzfristigen Störungen«, Unfälle zu »günstig auswertbaren Missgeschicken«, Unwetter zu »willkommenen Abwechslungen im täglichen Ablauf«.

Der einfache Mann von der Straße war mit den Neuschöpfungen schlichtweg überfordert, die besser gestellten Menschen ebenfalls, aber sie konnten sich wenigstens den Rat eines Informationsmanagers leisten, ein Beruf, der demjenigen, der ihn ausübte, eine gesicherte Zukunft versprach.

Ich hatte keine Beratung nötig, ich suchte in den Nachrichten nach auffälligen Wortschöpfungen, die mir verrieten, wo etwas Ungewöhnliches geschehen sein könnte. Mittlerweile brauchte ich selbst das nicht mehr, denn ich konnte dank meiner Fähigkeiten in den Gedankenozean der Menschen eindringen und spürte sofort, an welchen Stellen abnorme Strömungen zutage traten, die auf Geschehnisse außerhalb des Normalen hindeuteten. Wobei ich nicht an Katastrophen oder ähnlichen Naturereignissen interessiert war. Die nach wie vor auftretenden Hungersnöte, Kriege und bewaffneten Auseinandersetzungen in Afrika oder Neuseeland waren für mich kein Thema. Auch die wirtschaftlichen Entwicklungen oder Börsennachrichten beachtete ich nicht, schließlich waren die großen Börsen in den Weltstädten inzwischen zu einer reinen Lotterie verkommen. Mangels fachlicher Informationen beschäftigten sich nur noch Blender und finanziell unabhängige Abenteurer mit diesen Papieren, die zum Großteil nichts anderes waren als kurzlebige Zahlenspielereien mit hohen Wetteinsätzen.

Ich suchte nach dem Bewusstsein derer, die meiner Besatzung und mir das alles eingebrockt hatten. Die uns nahe der Jupiterbahn im Stich gelassen hatten und anschließend auch noch die Dreistigkeit besessen hatten, eine Anklage zu erheben. Ich wollte wissen, was dahintersteckte, ich wollte die ganze Wahrheit.

Das Suchen war nicht einfach, wenn gar unmöglich. Wie sollte ich die Gedanken ganz bestimmter Menschen in diesem Meer von flackernden Synapsen ausfindig machen? Mir fehlte eine Struktur, ein Muster, nach dem ich vorgehen konnte, schließlich konnte ich nicht die Gedanken eines jeden Einzelnen durchsuchen.

Es war keine Schwierigkeit für mich, die abartigen Ideen meiner Wächter um mich herum zu ertasten und zu lesen. Ihre Aura war ich gewohnt, aber die Sphären mir nicht nahe stehender oder unbekannter Personen zu orten lag außerhalb meiner Möglichkeiten. Dabei war mir natürlich bewusst, dass die Hauptverantwortlichen wahrscheinlich nicht mehr lebten. Hellbrügge war schon vor zehn Jahren gestorben. Trotzdem musste es Menschen geben, die das Wissen weitergetragen hatten, die von den Geschehnissen und Hintergründen wussten. Mir fehlte nur das Umfeld, das mich zu ihnen geführt hätte.

So konnte ich mich zum Beispiel problemlos zu den Familien meiner Bewacher durchtasten. Sie waren gedanklich verkettet, um es einfach auszudrücken. Auch die Gedanken von Personen, die ich von früher her kannte, konnte ich mühelos aufspüren. Fritz Bachmeier war schnell zu finden, aber ich wagte es nicht, in sein Denken einzudringen. Zum einen, weil ich Respekt vor ihm hatte, zum andern – und ich gebe zu, dass das der Hauptgrund war –, weil ich während meines vorsichtigen Herantastens an ihn gespürt hatte, dass er nichts mit alldem zu tun gehabt hatte. Die Grenzen seiner Persönlichkeit waren mir zu rechtschaffen, um ihn vor mir bloßzulegen. Eine zusätzliche Schwierigkeit für mich, denn gerade bei Freunden und Bekannten blockte ich mich selbst ab, gerade so, als ob ich unter einer psychosomatischen Neurose litt. Merkwürdig, am meisten behinderte mich dabei die Angst vor einer Entdeckung, dabei hätte es mir doch gleich sein können. Welcher normal denkende Mensch käme schon auf die Idee, dass gerade ein anderer in seinem Gehirn rumstöbert.

Auf diese Weise kam ich jedenfalls nicht weiter, auch wenn sich meine Fähigkeiten von Tag zu Tag steigerten. Während ich mich anfangs nicht getraut hatte, mich dem Gedankenmeer auch nur zu nähern, so plätscherte ich nun schon ein wenig im hüfthohen Wasser. Der Fackelschein wurde allmählich von einer aufgehenden Sonne überstrahlt, und die ersten mickrigen Sandburgen, die ich gebaut hatte, fielen schon wieder in sich zusammen.

Ich durfte nur nicht übermütig werden, denn ich merkte bald, dass mich meine Ausflüge in die Gedankenwelten sehr viel Energie kosteten. Vielleicht war der Trick mit dem Beschluss, »nicht alt zu werden«, auch nur Schein und Trug. Andererseits hatte ich sonst nichts weiter zu tun, also teilte ich mir meine Kräfte ein und schlief lange und ausgiebig. Sehr zur Freude meiner Aufpasser, denn dadurch erleichterte ich ihnen ihre Arbeit ungemein.

Es war schon gegen zehn Uhr, als ich endlich mein Frühstück beendete und das Tablett mit dem Geschirr zu dem schmalen kleinen Speisenaufzug trug. Der alte Cahor hatte sein Haus nicht nur gemütlich, sondern auch überaus praktisch eingerichtet, wenn auch nicht gerade technisch ausgereift. Den Aufzug musste ich per Hand mit einer niedrig übersetzten Kurbel nach unten bewegen. Jeden Morgen nahm ich mir vor, diese mühselige Arbeit demnächst durch den Einbau eines einfachen Motors zu ersetzen, aber wahrscheinlich würde mir dann in Zukunft etwas fehlen. Die Kurbel gehörte zu dem Haus wie alle anderen Sachen, die ich in ihrem vorgefundenen Zustand belassen hatte. Ganz abgesehen davon besaß ich keine persönlichen Gegenstände, die ich hätte einbringen können. Die wenigen Habseligkeiten, die sich in meinem Apartment in Manching befunden hatten, lagen irgendwo hier in einer

Schublade, darunter auch die silberne Kette, an der ich die Chips aufbewahrt hatte, die mir damals den Zugang zu der Pyramide ermöglichte. Meine alte Gruen-Armbanduhr aus dem Jahre 1943, die ich am Handgelenk trug, war das einzige Stück aus einer noch weiter entfernten Vergangenheit. Ich zog sie im Gehen auf, während ich die Holztreppe nach unten ging.

Das große Wohnzimmer mit der ausladenden Couch und den hohen Bücherregalen lag ebenfalls noch im vormittäglichen Dunkel. Viel mehr Licht würde auch während des Tages nicht hereinfallen, da das Haus mitten in dem hoch gewachsenen Palmenhain lag. An der den Fenstern abgewandten Wand tickte mit einer sonoren Gleichmäßigkeit eine alte Standuhr. Es war ein weiteres tägliches Ritual, die gläserne Tür zu öffnen und die Gewichte wieder nach oben zu ziehen.

Ich blieb einen Moment vor dem antiken Sekretär stehen und sah mir die Fotos in den silbernen Bilderrahmen an, die ich dort aufgestellt hatte. Es waren insgesamt vier. Eines, das Hellbrügge mit Molly Steenburgen zeigte und das mich schon damals vermuten ließ, dass die beiden mehr als nur mit ihrer Arbeit verbunden waren. Die Wahrheit kannte ich bis heute nicht, aber der Gesichtsausdruck von Molly sprach Bände. Auch das zufriedene Lächeln von Hellbrügge verriet mir seinen Seelenzustand. Und bei meiner Vermutung sollte es auch bleiben, es gab mir eine innere Zufriedenheit.

Das zweite Bild zeigte die Cahors im Garten des Hauses. Sie präsentierten sich stehend dem Fotografen, in lässiger Haltung. Jules saß vor den beiden anderen im Rollstuhl. Auf dem dritten Bild war Jules alleine zu sehen, ein nachdenkliches Portrait. Es glich verblüffend dem vierten Bild, das ich wie jeden Morgen wehmütig in die Hand nahm. Es zeigte seine Zwillingsschwester

Halbmond, meine langjährige Lebensgefährtin auf der *Nostradamus* und meine spätere Frau. Wir hatten kurz vor unserer Rückkehr zur Erde an Bord geheiratet. Viktor Sargasser hatte als stellvertretender Captain die Trauung vollzogen. Es war eine seltsame Zeremonie gewesen. Wir waren alle unsicher wegen unserer Zukunft, wollten vor dem Einschwenken in eine Umlaufbahn um den Mond unsere Leben ordnen oder zu einem Abschluss kommen. Deswegen war es keine fröhliche Feier gewesen, aber sie brachte jedem einen kleinen symbolischen Frieden. Für Halbmond und mich war die Heirat natürlich mehr als nur ein Symbol gewesen. Leider erwies sie sich im Endeffekt nur als ein bildlicher Akt, denn ein Zusammenleben auf der Erde war uns nicht mehr vergönnt gewesen. Noch bevor ich mein Abkommen mit dem Weltgerichtshof treffen konnte, verunglückte sie mit ihrem Vater und ihrem Bruder auf hoher See, auf dem Weg von Ohau nach Kauai. Was genau geschehen war, ist nie bekannt geworden. Angeblich führte ein defekter Wasserstofftank des Schiffsantriebs zu der verheerenden Explosion, die keiner der 65 Passagiere überlebte. Die Trümmer und die Leichen wurden nie gefunden. In meinen Augen eine ziemlich dürftige Erklärung für dieses tragische Unglück, aber irgendwann würde ich auch erfahren, was in Wahrheit dahintersteckte.

Als einziger Erbe besaß ich nun das Haus und einige Ländereien auf der Insel, um die ich mich nie gekümmert hatte. Wahrscheinlich waren sie inzwischen so heruntergekommen wie mein armseliges Leben in meinem selbst gewählten und luxuriösen Gefängnis.

Ich stellte das Bild wieder zurück und richtete es in der Reihe mit den anderen aus. Ein weiteres morgendliches Ritual.

In der Küche holte ich mir den Rest des inzwischen lauwarmen Kaffees und trat hinaus auf die Veranda. Der Wind hatte nachgelassen, und die Wolken sahen nicht mehr so prächtig aus wie am frühen Morgen. Anzeichen eines bevorstehenden Wetterumschlages, wahrscheinlich sogar eines heraufziehenden Sturmes, der spätestens morgen die Küste erreichen würde.

Ich hasste Stürme. Sie zwangen mich dazu, lange Stunden, wenn nicht gar Tage, im Haus zu verbringen, eingepfercht mit meinen Gedanken, verbarrikadiert hinter der Vergangenheit. In diesen Momenten der gesteigerten Einsamkeit flüchtete ich mich besonders intensiv in die anderen Welten, sondierte geistiges Gut anderer Menschen und probierte mich an verbotenen Kräften. Auch wenn es für mich inzwischen ein Leichtes war, mich in dem Gedankenozean zu bewegen, so gab es für mich noch viel interessantere Welten. Ich produzierte mit meiner Vorstellungskraft Situationen, in denen ich mich frei bewegen konnte. Ich lebte träumend in den Tag hinein, in einer Verschwendung von Energie und Zeit. Ich durchschritt kindhafte Fantasielandschaften unter heißen Sonnen und morbide Wüsten im tropischen Regen. Es war mir schleierhaft, wozu diese Fähigkeit gut sein sollte, obwohl sie mir und Halbmond die Flucht aus der Pyramide ermöglicht hatte. Damals gelang mir unbewusst eine Kongruenz von Fiktion und Wirklichkeit. Heute scheute ich aus verständlichen Gründen den Versuch, das Experiment zu oft zu wiederholen, denn ich hatte kein großes Verlangen danach, in einer Welt zu leben, die eine Mischung aus meinen wirren Fantasien und einem Teil der Realität darstellte.

Äußerlich gelangweilt verließ ich die Veranda und schlenderte mit der Tasse in der Hand auf den felsigen

Abbruch zu, der das Haus vom Strand trennte. Jetzt folgte der etwas spannendere Teil des Tages. Der Strand lag gut dreißig Meter unterhalb des Hauses. Wegen Jules' Behinderung hatte der alte Cahor einen Schacht durch das Gestein treiben lassen, in dem ein kleiner Aufzug installiert war.

In dem Bestreben, mich immer im Auge zu haben, hatten meine Wächter natürlich auch Wanzen und Kameras in dem Aufzug versteckt. Im Grunde genommen hätte es mir egal sein können, aber aus rein sportlichen Gründen machte ich die winzigen Geräte immer wieder unbrauchbar. Anfangs durch »rein zufälliges« Zerstören, später dachte ich mir andere Variationen aus. Einmal nahm ich einen Eimer Wasser mit und schrubbte den Aufzug so gründlich, dass nicht eine Mikromaschine die Reinigung überstand. Dabei konnte ich mir kaum das Lachen verbeißen, als ich die fluchenden Gedanken meiner Aufpasser verfolgte. Für mich war aus dem Ganzen ein beliebtes Spiel geworden, für meine Wächter war es blutiger Ernst. Sie wussten nicht, dass ich täglich neue Regeln erfand. Momentan zeigten ihre Monitore unscharfe Bilder aus dem Aufzug, weil ich jeden Tag aufs Neue die Linsenabstände der winzigen Kameras veränderte. Zugegeben, ich war zurzeit nicht besonders originell, dafür aber hatten meine Gegner an einer besonders harten Nuss zu knacken: Ihre Objektive funktionierten abends nach ihrer Instandsetzung immer perfekt, gerade so lange, bis ich aufwachte und mir wieder langweilig wurde.

Als ich auf den Aufzug zuging, spürte ich, wie sich meine Wächter auf ihre Monitore konzentrierten. Dabei fiel mir ein, dass ich mich heute früh noch gar nicht mit den Überwachungskameras beschäftigt hatte. Vielleicht sollte ich ihnen heute einmal einen kleinen Triumph gönnen und ausnahmsweise alles richtig funktionieren lassen.

Ich entschied mich dagegen.

Man sollte seine Gepflogenheiten nicht ändern. Aber etwas einfallsreicher sollte ich schon sein, etwas Schwierigeres zaubern als nur einfache Unschärfe. Ich konzentrierte mich auf die Schaltungen der elektronischen Geräte und suchte nach den Ausgängen der Monitore. Schließlich polte ich einfach zwei Datenträger um und überlagerte das Bild aus dem Aufzug mit Aufnahmen von einer Kamera, die auf den Strand gerichtet war.

Augenblicklich strömten mir eine allgemeine Verblüffung, danach Enttäuschung und Wut entgegen. Hektisches Suchen nach dem Fehler im System, denn jetzt mussten sie sich mit einer ganz neuen Variante beschäftigen.

Zufrieden öffnete ich die Gitter des Aufzuges und betrat den kleinen Raum, der gerade Platz für Jules' Rollstuhl und eine zusätzliche Person geboten hatte. Nachdenklich drückte ich den Knopf für die Fahrt nach unten. Hatte ich mithilfe meiner Gedanken wirklich nur eine Funktion der Kameras verändert oder eine neue, eine fiktive Zukunft geschaffen? Eine Imagination in eine Realität verwandelt? Ich wusste es nicht, aber wenn ich es mir recht überlegte, kam unter dem Strich das gleiche Ergebnis heraus.

Der Aufzug war in seiner Konstruktion einfach und zuverlässig, dafür aber sehr langsam. Er benötigte fast zwei Minuten, bis er mich nach unten transportiert hatte. Wenn ich alle meine Fahrten an einem normalen Tag zusammenrechnete, dann war ich für meine Wächter eine gute Viertelstunde lang einfach nicht vorhanden. Eine kleine Befriedigung für mein Ego.

Seidig warme, feuchte Luft empfing mich unten am Ausgang. Der Unterschied zum oberen Bereich des Anwesens war deutlich spürbar. Neben dem Haus standen sehr viele Palmen und dichtes Gebüsch. Außerdem flossen links und rechts Bäche in stufenartigen Wasserfällen den steilen Hang hinab, die zwar ebenfalls viel Feuchtigkeit, aber gleichzeitig auch die Kühle der hohen Berge mit sich brachten. Hier unten überwogen die Temperatur des Sandes und das salzige Wasser des Meeres. Und der stetige Wind, der über den Pazifischen Ozean meist aus Nordwesten über die ehemaligen Vulkane strich.

Vor mir, keine fünfzig Meter entfernt, rollten gigantische Wellen auf den Strand zu. Scharfkantige Felsen ragten bedrohlich über die bewegte Wasseroberfläche hinaus und zerschnitten die hohe Linie der Brecher, die mir in einem langatmigen, donnernden Takt entgegenschlugen. Keine Einladung zum Baden oder zu ähnlichen Aktivitäten im Wasser, es sei denn, man wollte sich unbedingt in Extremsportarten versuchen. Ein schmaler, langer Steg reichte weit hinaus aufs Meer. An ihm legten manchmal Versorgungsschiffe an, die unnötige Sachen anlieferten, aber sie waren eine willkommene Abwechslung in meinem Leben.

Mit einem leichten Frösteln trat ich aus dem Schatten in die Sonne hinaus. Jeden Morgen, hier an dieser Stelle, registrierte ich mit einer inneren Befriedigung, dass ich das Privileg genoss, an einer der schönsten Küsten der Welt zu leben. Ich hatte keine Ahnung, wie es der alte Cahor geschafft hatte, die Genehmigung zu erlangen, hier in diesem einmaligen und geschützten Naturparadies ein Haus zu bauen. Auf meine diesbezügliche Frage an ihn hatte ich lediglich ein zufriedenes Schmunzeln erhalten. Auf jeden Fall gab es keinen

Ärger mit Nachbarn. Die nächsten Häuser lagen zehn Kilometer entfernt.

Hinter mir ragten die bewaldeten Berge der Vulkaninsel gut 1300 Meter in die Höhe und verliehen der gewaltigen Landschaft ein bizarres Aussehen: eine gigantische Laune der Natur, die antiquierten Schinken wie *King Kong* und *Jurassic Park* vor beinahe 80 Jahren als Filmkulisse gedient hatte.

Der Wind war beinahe ganz eingeschlafen. Heute würde ein schöner Tag werden, und ich wollte ihn am Strand verbringen. Von dort konnte ich den herannahenden Wetterumschwung gut beobachten. Ich fühlte schon, wie sich weit draußen auf dem Meer die ersten Ambosswolken aufbauten und sich die Türme aus Feuchtigkeit auf den Weg hierher machten.

Stunden später lag ich dösend in meinem Liegestuhl am Strand, im Schatten eines großen roten Sonnenschirms. Neben mir auf dem tragbaren Tisch eine Kühleinheit mit Säften und Früchten. Eine kleine Kaffeemaschine mit einer Flasche Cognac auf der anderen Seite. Der tägliche Urlaub hatte von mir Besitz ergriffen.

Um diese Uhrzeit versuchte ich mich auf einen Kontakt mit Appalong zu konzentrieren. Wahrscheinlich ein vergebliches Unterfangen, denn er war damals in der Pyramide zurückgeblieben und mit ihr in ein unbekanntes Universum verschwunden. Trotzdem waren es die Versuche wert. Bei meinen Gedankenausflügen in die Unendlichkeit lernte ich viel über unser Dasein und unsere Bestimmung. Das Universum war mir näher gekommen als jedem anderen menschlichen Wesen, und mein Bewusstsein tangierte neue Dimensionen des Lebens, die weit weg von dem heimischen Sonnensystem in der Unendlichkeit lagen.

Auch wenn ich die fernen Zivilisationen nur in Andeutungen erahnte, so wusste ich doch von ihrer Existenz, konnte mir eine Vorstellung von ihrer Welt machen. Unglaubliche Aufgaben warteten auf die Menschheit der Zukunft, falls sie nicht vorher schon ihrer eigenen Dummheit zum Opfer fiel. Gleichzeitig gaben mir meine Bewusstseinsreisen Kraft und Hoffnung für meine eigene Zukunft. Meine jahrelange Lethargie wurde von Tag zu Tag weniger, und mein Denken richtete sich stetig nach vorne aus. Lange konnte es nicht mehr dauern, dann würde sich mein Leben ändern …

Ein schwacher Signalton in meinem rechten Ohr ließ mich schlagartig hellwach werden. Ich riss meine Augen auf und prüfte meine Umgebung auf ihre Realität.

Das konnte nicht wahr sein!

›John, kannst du mich hören?‹

Suzanne?

Es war die Stimme meines CyCom-Systems, das ich auf unserer Reise zu den Pyramiden gezielt zerstört hatte, weil ich glaubte, dass dieser Computer darauf programmiert war, unsere Mission zu sabotieren. Die winzigen Sende- und Empfangsanlagen waren nach wie vor in meinem Mund und in meinen Ohren installiert. Ich hatte sie seit den Geschehnissen auf der *Nostradamus* nicht mehr benutzt und auch nicht mehr beachtet.

Auch wenn es schon über 25 Jahre her war, seit ich diese Stimme das letzte Mal gehört hatte, wollte ich in alter Gewohnheit sofort antworten. Dann aber fielen mir die unzähligen Abhöranlagen ein, die hier am Strand installiert waren und um die ich mich nie gekümmert hatte. Warum auch? Sie nahmen nur die wirren Selbstgespräche und das zeitweilige Ächzen eines vermeintlich alten Mannes auf. Warum sollte ich diese abwechslungsreichen Laute meinen Wächtern vorenthalten?

Mit klopfendem Herzen beugte ich mich nach vorne und bedeckte meinen Mund mit den Händen.

»Mmh, ja«, sagte ich leise, als würde ich in einem Selbstgespräch vor mich hinbrummen.

›Hervorragend! Zunächst möchte ich dich darauf hinweisen, dass dein jetziger Aufenthaltsort in keiner Weise abhörsicher ist. Wenn ich eine Empfehlung aussprechen darf, so würde ich dir raten, auf eine Antwort zu verzichten, die nicht für unautorisierte Personen gedacht ist, und Informationen an mich über das vereinbarte Lautsystem zu übermitteln.‹

Ich brauchte eine Weile, bis ich den Sinn ihrer Worte verstand. Suzanne kommunizierte immer noch in der verschachtelten Sprache des Zufallsgenerators, der die Synonyme für ihre Mitteilungen wählte. Auch die Stimme, die ich vor beinahe einem halben Jahrhundert ausgewählt hatte, war dieselbe, nämlich die von Laurie Anderson, einer bekannten Performance-Künstlerin der damaligen Zeit. Wer auch immer Suzanne wieder aktiviert hatte, die Grundeinstellungen des Computersystems waren die gleichen geblieben.

Also musste auch das Lautsystem noch funktionieren, eine Mischung aus Schnalzlauten mit meiner Zunge und dem Klicken meiner Zähne. Es gab einen vereinbarten Code zwischen Suzanne und mir, ähnlich dem der alten Morsezeichen. So konnte ich mich mit ihr unauffällig verständigen, ohne selbst sprechen zu müssen.

Ich übermittelte ihr ein Okay, ein zweimaliges Klicken mit den Zähnen.

›Sehr schön, ich kann dich eindeutig empfangen. Folgende Nachricht soll ich dir übermitteln: Heute, um 18.15 Uhr, also in genau 121 Minuten, ist für dich eine

Befreiungsaktion vorgesehen. Ich soll dich dahingehend informieren, dass deine Beteiligung lediglich darin besteht, zwei Personen zu empfangen, die dir weitere Anweisungen geben werden, denen du unbedingt folgen solltest. Die Personen geben vor, ein Interview mit dir abhalten zu wollen. Alles andere wird seinen Weg gehen.⟨

Ich setzte mich vor Überraschung gerade auf. Eine Befreiungsaktion? Was sollte das denn sein? Ich wollte gar nicht befreit werden. Das roch sehr nach einer Entführung, um in den Besitz von Informationen über den Chip in meinem Kopf zu kommen. Wer konnte dahinterstecken? Und überhaupt: Wer war in der Lage, Suzanne wieder zu aktivieren? Space Cargo gab es schon lange nicht mehr. Also mussten Unbekannte es geschafft haben, einen Zugang zu Suzannes Basismodul zu erlangen, und das schien mir alles andere als vorteilhaft zu sein.

Ich signalisierte ihr das Wort ›Auftraggeber‹ mit drei Fragezeichen dahinter.

⟩Ich soll dir im Falle dieser Frage den Satz ›Vertrauen Sie uns‹ übertragen. Eine Anmerkung: Bei einer Fragestellung genügt ein einziges Interrogativzeichen am Ende eines Wortes oder eines Satzes.⟨

Typisch, sogar ihre Rechthaberei war in ihrem Programm verblieben.

Mir entfuhr ein abfälliges Lachen, als ich den Satz »Vertrauen Sie uns« hörte. Vertrauen. Wem sollte ich denn nach all diesen Vorkommnissen noch vertrauen? Unbekannten Personen oder Organisationen, von denen ich noch nie etwas gehört hatte?

Nie im Leben!

Mir lag schon eine ablehnende Antwort auf der Zunge, als ich es mir anders überlegte. Warum eigentlich nicht? Es würde mich reizen, diese Unbekannten kennen zu lernen. Vielleicht kamen sogar einige der Personen zum Vorschein, die mich in diese Situation gebracht hatten; oder ich fand durch sie Zugang zu den Urhebern. Außerdem war ich nicht mehr so hilflos wie damals. Jetzt, mit meinen Fähigkeiten, war ich in der Lage, mich zu wehren, mehr noch: Ich konnte endlich aktiv werden, ohne selbst meine Energie für einen Ausbruch zu verschwenden.

Ein Wink des Schicksals sozusagen.

Oder hatte ich selbst unbewusst die Voraussetzungen dafür geschaffen?

Wie auch immer. Ich sandte Suzanne ein Okay.

›Gratulation. Ich werde deine Botschaft weitergeben.‹

Sie beendete den Kontakt mit einem leisen Signalton.

Immer noch mit heftigem Herzklopfen lehnte ich mich in den Liegestuhl zurück. In zwei Stunden würde das geschehen, worauf ich seit zwanzig Jahren wartete, auch wenn ich nicht direkt darauf hingearbeitet hatte. Ich fragte mich, wie diese Befreiung vonstatten gehen sollte. Das Haus wurde von allen Seiten beobachtet. Sogar von oben. Ein geostationärer Satellit war auf die Insel ausgerichtet und produzierte detailgetreue Aufnahmen in allen Bereichen der spektralen Wellen. Meine Bewacher würden nicht zögern, ihre automatischen Waffen einzusetzen. Der alte Militärflughafen südlich bei Barking Sands war wegen meiner Person zu einem speziell ausgerüsteten Einsatzposten eingerichtet worden. Dort standen mehrere Abfangjäger und eine Kampfeinheit mit wendigen Seal-Koptern in steter Alarmbereitschaft. Auf dem Meer patrouillierte eine kleine Armada von Seestreitkräften der Vereinigten Komplexe, um jeglichen Fluchtversuch über das Wasser auszuschließen. Wendige Jagdsubs unter der Meeresoberfläche vervollständigten die Absperrungen meines feudalen Gefängnisses.

Wo also sollte da eine Lücke sein?

Ich erhob mich aus meinem Liegestuhl, ließ alles stehen und liegen und ging zum Haus zurück. In zwei Stunden würde ich mehr wissen, schließlich lagen die Gedanken meiner vermeintlichen Befreier für mich nicht im Verborgenen. Und dann konnte ich immer noch für mich entscheiden, ob ich in die »Freiheit« wollte.

2

Sie kamen pünktlich. Ein Mann und eine Frau.

Meine Wächter kündigten den Besuch an und waren überrascht darüber, dass ich wie selbstverständlich einem Interview zustimmte. Meine letzte Unterhaltung mit einem Journalisten lag bestimmt schon zehn Jahre zurück. Die Fragen waren damals sehr direkt gewesen und hatten mir beinahe körperliche Schmerzen bereitet. Deswegen hatte ich danach beschlossen, meine Person künftig der Welt vorzuenthalten.

Die Frau war eindeutig der dominierende Teil der beiden. Sie war Mitte zwanzig und trug ihre blonden Haare kurz geschnitten. Ihre Figur war sportlich, beinahe schon androgyn. Wäre nicht das klassisch schöne Gesicht mit den grünen Augen und ein schöner weiblicher Mund gewesen, hätte man sie ohne weiteres für einen großen Jungen halten können. Einen gebildeten großen Jungen. Sie strahlte Intelligenz und Überlegenheit aus.

Sie war sehr groß und überragte mich um einen halben Kopf. An den Schuhen lag es nicht, dass ich zu ihr aufsehen musste. Es waren weiße, flache Adidas-Schuhe mit den obligatorischen drei goldenen Streifen. Die leichte hellblaue Jacke war von derselben Firma.

Dass sie einen kurzen weißen Rock trug, unter dem ihre langen braunen Beine zur Geltung kamen, störte den Gesamteindruck nicht. Etwas flippig, ihre Aufmachung, aber im Ganzen eine unglaubliche Erscheinung, anders konnte man sie nicht beschreiben.

Ihr Begleiter bildete einen merkwürdigen Kontrast zu ihr. Er war älter, so um die fünfzig und von meiner Größe. Seine ebenfalls langen blonden Haare hatte er zu einem Zopf gebunden. Dazu trug er einen breiten alten Hut aus braunem Filz, an dem eine professionelle Aufnahmeeinheit befestigt war, die nach Bedarf vor sein rechtes Auge schwenkte. Wegen der Befestigung der Kamera hatte er einen Teil der Hutkrempe herausgeschnitten, was seiner Erscheinung ein stümperhaftes Aussehen verlieh. In der linken Hand hielt er ein Aufnahme-Sheet, auf dem er die produzierten Bilder betrachten konnte. Ziemlich viel Aufwand für ein einfaches Interview.

Gekleidet war er in einen hässlich braunen Overall, auf dem in Bauchhöhe das Wort »Coaster« in roter Schrift prangte.

»Coaster«? Küstenfahrer?

Ich hatte keine Ahnung, was das Wort bedeuten sollte. Auf jeden Fall war er eine ziemlich lächerliche Erscheinung in meinen Augen.

Die beiden waren ein ungewöhnliches und auffälliges Paar. Selbst in der heutigen Zeit der freien Mode, in der sich jeder hauptsächlich nach Vorbildern aus der Vergangenheit kleidete. Ungewöhnlich war auch der Altersunterschied. Meistens gab sich die jüngere Generation nicht mit Älteren ab; vor allem arbeiteten sie nicht zusammen.

Die Gedanken der beiden hatte ich natürlich schon beim Passieren der ersten Sperre sondiert. Das Mädchen wirkte konzentriert, ermahnte sich zur Ruhe und versuchte, kühl und gelassen zu bleiben. Ständig ging sie in Gedanken einen Zeitplan durch, dessen Höhepunkt etwa in einer Stunde stattfinden würde. Einzelheiten konnte ich nicht erfahren.

Grundsätzlich war mir die Sprache der Gedanken inzwischen vertraut. Es waren keine gesprochenen Worte, die ich wahrnahm, sondern vielmehr Ströme von Informationen, die wie ein offenes Buch vor mir lagen, zu vergleichen mit einer Mischung aus Gebärden- und Gefühlsmitteilung. Die Sprache war also unerheblich. Dennoch war es schwierig für mich, wichtige Informationen zu erlangen, denn oft konnte ich lediglich auf dem gegenwärtigen Hauptstrom von fremden Gedanken reiten, alle Nebensächlichkeiten und alles gespeicherte Wissen blieben mir verborgen. Vielleicht fehlte mir doch eine größere Erfahrung auf diesem Gebiet. Manchmal glaubte ich, weiter in die Gedankenwelten eines anderen Menschen eindringen zu können, aber es bedurfte viel Energie und Konzentration.

Gerade jetzt, in diesem Moment wurde ich unsicher.

Es war noch zu früh für ein Leben in Freiheit. Ich brauchte mehr Zeit.

Inzwischen hatten die beiden die erste Sperre meiner Wächter problemlos hinter sich gelassen.

Besonders die Gedanken des merkwürdigen Begleiters des Mädchens machten mich unsicher. Er befand sich wie in einer Meditation, dachte fortwährend an eine Mission, die er im Sinne Gottes zu erfüllen hatte. Noch nicht einmal die Fragen der Wachleute irritierten sein eingleisiges Denken. Mit der Sturheit einer Maschine trottete er neben dem hoch gewachsenen Mädchen in Richtung meines Hauses.

Zu diesem Zeitpunkt war ich nahe daran, das Ganze abzublasen. Meine innere Ruhe war dahin. All die Überlegenheit, die ich mir mit meinen ungewöhnlichen Fähigkeiten in den letzten Jahren zugelegt hatte, geriet mit einem Mal ins Wanken. Es bedurfte einer weiteren Energieleistung von mir, alles Weitere zuzulassen.

Als sie schließlich vor mir standen, war ich schweißgebadet.

Ich hätte die Begegnung verhindern müssen.

Besonders, als ich plötzlich in den Gedanken des Mädchens die Frage las: »Ob er mich wohl erkennt?«

Woher sollte ich sie kennen? Ich ging alle Personen durch, die ich in den letzten Jahren gesehen hatte. Viele waren es nicht, und eine junge Frau war nicht darunter gewesen.

»Mein Name ist Zoerance vom ›Global Message Transmitter‹«, sagte die junge Frau. Ihre Hände hielt sie respektvoll hinter ihrem Rücken zurück. »Das hier ist Copy, mein Fotograf. Ich freue mich sehr, dass Sie einem Interview zugestimmt haben, Mr. Nurminen!«

Meine Gedanken wirbelten durcheinander. Ich war mir sicher, ich kannte keine Zoerance. Auch wenn es bestimmt nicht ihr richtiger Name war. Fast alle Leute legten sich heutzutage ein Pseudonym zu, niemand trat mehr unter seinem echten Namen auf. Zoerance war ein Fantasiename, genauso wie der lächerliche Name ihres Begleiters. Copy! Noch blöder ging es wohl nicht.

Ich stammelte eine Floskel als Erwiderung. In diesem Moment wurde mir eine weitere Unzulänglichkeit bewusst. Ich konnte mich nicht mit Zoerance unterhalten und gleichzeitig ihre Gedanken kontrollieren. Bisher hatte ich auf meinen Ausflügen in die Gedankenwelten anderer immer entspannt in meinem Liegestuhl gelegen oder gemütlich gefrühstückt. Mit meinen Wächtern hatte ich selten gesprochen, während ich ihr Denken durchforstete.

Ich war einfach noch nicht so weit!

»Geht es Ihnen gut, Mr. Nurminen?«

Ich musste mich jetzt entscheiden. Wer wusste schon, wann sich mir eine zweite Chance bieten würde. Trotzdem, mein Verstand wehrte sich vehement gegen die Vorstellung, mich diesen Unbekannten auszuliefern.

Mein Gefühl signalisierte mir ein Vertrauen, das besonders von Zoerance ausging. Der Copy-Gnom konnte mir gleichgültig sein. Die Auftraggeber der beiden würden schon wissen, warum sie ihn für die heikle Aufgabe meiner Befreiung ausgewählt hatten.

In einer schwachen Millisekunde beschloss ich, mich zusammenzureißen und das Kommende auf mich zu nehmen.

»Ja, danke, bitte entschuldigen Sie. Ich muss mich wohl erst an fremde Menschen gewöhnen. Es ist lange her, dass ich mit jemandem gesprochen habe.«

»Das ist verständlich. Ich verspreche Ihnen, es wird nicht lange dauern.«

Eine zweideutige Antwort. Wieder versuchte ich, mich in ihren Verstand einzuklinken, erhaschte aber nur eine Phase, in der sie sich auf die Fragen konzentrierte, die sie mir stellen wollte.

Ich glitt wieder zurück in die Realität, um keines ihrer Worte zu verpassen. Es konnte überlebenswichtig für mich sein.

»… vielleicht zuerst hier drinnen. Danach könnten wir an den Strand gehen und, wenn Sie erlauben, dort ein paar Aufnahmen von Ihnen machen?«

»Wie? Ja, natürlich, gerne! Möchten Sie etwas trinken? Kaffee vielleicht? Oder einen Saft?«

Zoerance nickte zustimmend bei Kaffee und hielt zwei Finger in die Höhe. Einen für sie und einen für Copy. Sehr schön, das verschaffte mir etwas Zeit zum Überlegen.

Ich durfte vor allem nicht vergessen, dass wir alle das Interview nur spielten, aber dass es für meine Bewacher aber absolut echt wirken musste. Da ich immer noch keine Ahnung hatte, wie meine Befreiung ablaufen sollte, blieb mir zunächst nichts anderes übrig, als auf die Aktionen von Zoerance lediglich zu reagieren. Von Copy kam nicht viel. Bisher hatte er noch kein Wort gesagt.

Als ich das Wasser in der Küche heiß machte, wagte ich mich kurz in seine Geisteswelt, aber seine Gedanken kreisten nach wie vor um seine Mission. Seinen komischen Hut mit der Aufnahmeeinheit hatte er auf dem Kopf behalten.

Zoerance lenkte sich gerade ab, indem sie die Fotos im Wohnzimmer betrachtete. Dabei stellte ich fest, dass sie auch Halbmond gekannt hatte. Sehr gut sogar, denn ich empfing Gefühle wie Wehmut und Liebe. Außerdem kurz aufflackernde Bilder meiner Frau. Nahaufnahmen aus einem anderen Leben.

Unmöglich! Das Unglück, bei dem die Familie Cahor ums Leben kam, lag über 23 Jahre zurück. Zoerance musste damals noch ein kleines Mädchen gewesen sein. Angestrengt lauschte ich weiter.

Szenen, in denen Halbmond Zoerance anlachte, von ihr auf den Arm genommen wurde. Im Hintergrund …

… die Kommandozentrale der *Nostradamus*!

Verblüfft stellte ich die Kanne mit dem heißen Wasser auf das Küchenbord.

Anne! Zoerance konnte nur Anne Sannemann sein!

In meinem Kopf spielten sich die Szenen an Bord der

Nostradamus ab, kurz nachdem wir die Rettungsbarke der *Sternenläufer* aufgenommen hatten. Vivian Weiss, unsere Bordärztin, war mit einem Kleinkind in meine Kabine gekommen und hatte stolz erklärt, dass das ganze Sonnensystem die Rettung des Versorgungsoffiziers Kathrin Sannemann und ihrer kleinen Tochter feierte. Dabei war das Feiern der Rettung mehr ein symbolischer Akt gewesen, denn der wahre Grund war das plötzliche Verschwinden der riesigen weißen Pyramide. Zuvor hatte das Artefakt unglücklicherweise zwei Raumschiffe mit sich genommen, die *American Gothic* und die *Sternenläufer*. Bis heute wusste niemand, was mit den Schiffen geschehen war.

Auf jeden Fall waren Mutter und Tochter die einzigen Überlebenden gewesen. Kathrin Sannemann stand zwar als Versorgungsoffizier auf der Lohnliste der *Sternenläufer*, war aber mehr für die sexuellen Bedürfnisse der Besatzung zuständig. Eine professionelle Frau für alle Fälle. Ich konnte mich noch gut an das Gespräch in der Kommandozentrale der *Nostradamus* erinnern. Kathrin war eine große aufreizende Frau mit rotblonden Haaren, die kein Blatt vor den Mund nahm. Ungeniert hatte sie von den chaotischen Zuständen auf dem Schiff erzählt. Im Endeffekt hatten ihre Informationen uns zur Vorsicht gemahnt und schließlich auf die fünf Jahre dauernde Reise zurück zur Erde geschickt. Die kleine Anne hatte also die ersten Jahre ihres jungen Lebens auf einem Raumschiff zugebracht. Nach dem Einschwenken in die Mondumlaufbahn hatte ich nie mehr etwas von Mutter und Tochter gehört. Auch während der Anhörungen am Weltgerichtshof waren ihre Namen nicht aufgetaucht. Wahrscheinlich war der Beruf von Kathrin Sannemann zu anrüchig für die Öffentlichkeit gewesen. Welcher Konzern wollte damals schon zugeben, wissentlich eine Prostituierte in den Weltraum geschickt zu haben.

Anne Sannemann. Ich schüttelte ungläubig den Kopf und goss das heiße Wasser in die große gläserne Kanne, in die ich zuvor fünf gehäufte Löffel Kaffee geschüttet hatte. Der kleine blonde Irrwisch, der uns fünf Jahre lang tagtäglich auf Trab gehalten hatte. Seit sie laufen konnte, waren wir in ständiger Sorge um sie gewesen. Die *Nostradamus* war ein riesiges Schiff mit unzähligen Räumen und damit potenziellen Verstecken für Anne. Selbst die zahlreichen Faces der Überwachungskameras hatten uns oft keinen Hinweis darauf geben können, wo sie sich gerade aufhielt. Schließlich hatte sich Luis Santana ihrer angenommen und sie trotz ihrer jungen Jahre in die Technik des Schiffes eingeweiht. Anne war intelligent und lernte sehr schnell, bewegte sich schon nach kurzer Zeit in der niedrigen Schwerkraft von einem Drittel *g* wie ein kleiner blonder Affe durch die Gänge und kannte das Schiff bald in- und auswendig.

Noch einmal schüttelte ich erstaunt meinen Kopf. Dieses Mal nicht wegen der Entdeckung von Zoerances Identität, sondern über die Vergänglichkeit der Zeit. Diese hoch gewachsene Frau in meinem Wohnzimmer sollte die kleine Anne sein? Für mich waren die letzten Jahrzehnte in Eintönigkeit vergangen, ohne besondere Höhen und Tiefen, wenn man einmal von meinen Fähigkeiten absah. Anne oder Zoerance hatte eine enorme Entwicklung hinter sich, war eine Fremde für mich geworden. Nichts war mehr von der Unbekümmertheit des kleinen blonden Mädchens übrig geblieben. Jegliche Vertrautheit war dem Intellekt und Charakter einer erwachsenen Frau gewichen.

Ich fühlte in diesem Moment, wie alt ich geworden war. Eine ganze Generation war erwachsen geworden, ohne dass ich es bemerkt hatte.

Vorsichtig drückte ich den Kaffee mit dem runden Schieber auf den Boden der Kanne. In Sachen Kaffeezubereitung hatte ich wieder auf eine antike Alessi-Glaskaraffe zurückgegriffen, auch wenn es eine lästige Arbeit war, das Glas und den Filter hinterher zu säubern. Aber ich hatte ja Zeit genug dafür.

Bisher jedenfalls.

Bevor ich mit dem Tablett und dem Geschirr ins Wohnzimmer ging, kontrollierte ich noch einmal die Gedanken von Copy.

Nichts Neues. Immer noch die Meditationsarie. Dieser Kerl wurde mir langsam unheimlich.

Beide saßen nebeneinander auf dem Sofa. Zoerance blickte mich erwartungsvoll an. Als sich für einen kurzen Moment unsere Augen begegneten, erkannte ich die kleine Anne in ihr. Ein vertrautes, aber trotzdem fremdes Gefühl machte sich in mir breit.

Copy bekam von alldem nichts mit und hielt teilnahmslos sein Aufnahme-Sheet mit beiden Händen fest.

Etwas verlegen setzte ich das Tablett ab.

Schweigend bediente sich jeder selbst. Sogar Copy schaffte es, seinem Kaffee Zucker und Milch beizumengen.

»Nun denn«, ergriff ich die Initiative. »Was möchten Sie den gerne wissen?«

Zoerance richtete sich auf.

»Wenn Sie einverstanden sind, zeichne ich unser Gespräch auf«, begann sie mit fester Stimme und deutete auf ein winziges Mikrofon am Kragen ihrer blauen Adidas-Jacke.

Zustimmend breitete ich die Hände aus.

Sie nickte zufrieden.

»Mr. Nurminen, Sie befinden sich nun fast zweiundzwanzig Jahre in Ihrem freiwilligen Exil. Alleine in Ihrem Haus, jeder Tag wie der andere. Wie stellen Sie sich Ihre Zukunft vor?«

Obwohl es ein gestelltes Interview war, kam mir die Frage wie eine Provokation vor. Freiwilliges Exil! Alleine in meinem Haus! Jeder Tag wie der andere! War das eine Feststellung? Oder gar eine öffentliche Meinung?

Meine Antwort fiel etwas barsch aus, aber das konnte mir gleichgültig sein, Hauptsache, meine Bewacher hatten ihre Freude an dem Gespräch.

Zoerance blieb sachlich, fragte nach Allerweltsdingen, wechselte von meinem täglichen Tagesablauf zum Werdegang als Captain eines Raumschiffes und kam schließlich auf die Expedition zu der weißen Pyramide zu sprechen.

Ich schilderte die Ereignisse von damals aus meiner Sicht, jedoch ohne meine persönlichen Empfindungen mit einzuflechten. Auch Bewertungen über meine Besatzung ließ ich heraus. Ich versuchte, so neutral wie möglich zu bleiben, um das Gespräch in einem stetigen Fluss zu halten. Dabei stellte ich erneut fest, wie viel Konzentration ich für eine einfache Unterhaltung aufbringen musste. Jeder Versuch, zwischendurch Informationen aus den Gedanken der beiden zu ziehen, scheiterte kläglich, obwohl ich vom Gefühl her überzeugt war, dass es möglich sein musste. Es fehlte mir an Erfahrung und vor allem an Übung. Ich ärgerte mich maßlos darüber, dass ich so schlecht vorbereitet war. Meine Fähigkeiten kamen mir nutzlos vor, wenn ich nicht sofort reagieren konnte.

Um das Interview voranzutreiben, beantwortete ich zwischendurch manche Fragen mit einem einfachen Ja oder Nein. Die Stunde, an die Zoerance beim Eintreffen gedacht hatte, musste doch bald vorbei sein! Und dann? Was würde dann geschehen? Eine gewisse Unruhe breitete sich in mir aus, und ich schielte zu der alten Standuhr hinüber.

Zoerance musste es bemerkt haben, denn nach einer Weile fragte sie mich, ob wir eine kleine Pause einlegen sollten.

»Gehen wir doch zum Strand hinunter!«, schlug sie vor.

Im gleichen Augenblick überrannte mich ein Gefühlssturm von außerhalb. Ich erkannte das Gedankenmuster von Copy. Für wenige Sekundenbruchteile konnte ich seine Gedanken offen lesen, ohne zu sehr abgelenkt zu sein.

Der Strand! Dort würde es passieren.

Copy war anscheinend mithilfe von Hypnose auf das Ereignis vorprogrammiert worden. Als er das Wort »Strand« hörte, veränderte sich sein Verhalten. Seine Bewegungen blieben nach wie vor oberflächlich, aber sein Blick wirkte plötzlich wacher. Seine Meditationsübungen hatte er in den Hintergrund gedrängt, sein Verstand hatte auf Befehlsempfang umgeschaltet. Einzelheiten konnte ich nicht erfahren, dafür hatte er sein Unterbewusstsein zu kurz geöffnet. Dass mir Gefühle so stark entgegenschlugen und ich sie dadurch empfangen konnte, war eine neue Erfahrung für mich. Wahrscheinlich trug die Präsenz der Person wesentlich dazu bei.

Von Zoerance kam nichts dergleichen. Sie blieb ruhig und gelassen.

Was ich von mir nicht behaupten konnte.

»Zum Strand? Gerne, warum nicht!«

Es kostete mich einiges an Überwindung, die Antwort ohne eine Unsicherheit in der Stimme zu formulieren.

Ich ging voraus, und die beiden folgten mir schweigend.

Wieder einige Sekunden, in denen ich mich in ihre Gedanken einschleichen konnte, wobei ich, was Zoerance anging, gegen Gewissensbisse ankämpfen musste. Ich rechtfertigte mein Spionieren mit der Situation. Vielleicht ging es um Leben und Tod, und da konnte jede zusätzliche Information nützlich sein.

Viel konnte ich jedoch nicht erfahren. Die wenigen Gedankenfetzen, die ich mitbekam, drehten sich wieder um den Zeitplan. Noch etwa zehn Minuten. Standorte waren wichtig. Und der Aufzug spielte eine wichtige Rolle.

Unbemerkt überprüfte ich die Kameras in dem Aufzug. Meine Wächter hatten sich noch nicht die Mühe gemacht, den von mir produzierten Fehler zu suchen, oder sie hatten ihn nicht gefunden. Nach wie vor zeigten die Monitore der Überwachungskameras aus dem Aufzug Bilder vom Strand. Um die Mikrofone hatte ich mich bisher nie gekümmert. Ich wollte sie abschalten, stellte aber mit Erstaunen fest, dass sie gar nicht aktiviert waren. Vorsichtshalber unterbrach ich dennoch die Verbindungen.

Copy dachte nur ans Dokumentieren. Er ging rückwärts vor uns her und filmte uns beim Rausgehen.

Als wir an der niedrigen Mauer ankamen, setzte ich einen Fuß darauf und sah hinunter zum Strand. Vor uns lag das Meer glatt wie ein bleierner Spiegel. Kleine, unbedeutende Wellenkämme spülten matt an den Strand. Im Westen verschwand gerade die Sonne hinter bedrohlichen und dunkelgrünen Wolken. Das Wetter war schneller umgeschlagen, als ich es erwartet hatte. Die Windstille war trügerisch. Es würde keine Stunde dauern, dann war hier die Hölle los.

Mein Liegestuhl mit dem Sonnenschirm stand noch am Strand. Ich musste die Sachen unbedingt aufräumen, der Sturm würde sie sonst einfach hinwegfegen. Eigentlich überflüssige Überlegungen, denn angeblich sollte ich ja befreit werden.

Zoerance sah sich den Himmel an.

»Das sieht nicht gut aus. Können wir unten am Strand noch schnell eine Aufnahme von Ihnen machen? Vielleicht im Liegestuhl?«

»Natürlich, warum nicht!« Ich zögerte, mich dem Aufzug zuzuwenden. Im Normalfall würden wir die Treppen hinunter zum Strand benutzen. Im Aufzug würde es für drei Personen sehr eng werden. Zoerance nahm mir die Entscheidung ab.

»Können wir den Aufzug nehmen? Damit geht es bestimmt schneller!«

Wir gingen auf die Lifttür zu.

In den Aufenthaltsräumen meiner Bewacher brach eine kleine Panik aus. Fieberhaft versuchten sie, den Fehler für die Kameras zu finden oder die Mikrofone zu aktivieren.

Schließlich ging der Befehl an vier Leute, uns an der Benutzung des Aufzuges zu hindern.

Ich beschleunigte meinen Schritt und drückte hastig auf den Knopf. Es schien unendlich lange zu dauern, bis das altersschwache Gitter zurückschwang und wir uns in den engen Raum hineinquetschen konnten.

Meine Bewacher kamen zu spät. Als ihre besorgten Gesichter an dem geschlossenen Gitter erschienen, waren wir schon auf dem Weg nach unten. Ich warf ihnen einen verständnislosen Blick zu und zuckte bedauernd mit den Schultern.

Zoerance wartete, bis der Aufzug vollständig im Schacht verschwunden war, dann rief sie Copy schnell das Wort »Umziehen« zu.

Dann zu mir gewandt: »Sie auch, Mr. Nurminen! Das T-Shirt und die Hose ausziehen und Copy geben! Die Sandalen auch! Schnell, keine Fragen! Wir haben nur zwei Minuten!«

Verblüfft starrte ich auf den braunen Overall, den mir Copy entgegenhielt. Er hatte ihn sich mit einem einzigen Ruck vom Körper gerissen und stand nun in Unterhosen vor mir.

Zoerance zog sich ein braunes Lederband über den Kopf, das sie anscheinend um den Hals getragen hatte, und schob es mir über das silberne Band an meinem Kopf.

»Nun machen Sie schon! Keine Angst, wir wissen, dass die Kameras nicht funktionieren, und die Mikrofone haben wir vorher schon unbrauchbar gemacht!«

Ich zog mein T-Shirt aus und stieg aus meiner Hose. Copy riss die Kleidungsstücke an sich und deutete auf den Overall und seine Schuhe, die vor mir lagen. Hastig schüttelte ich meine alten Sandalen von den Füßen und schlüpfte in die Ärmel des Overalls. Geschlossen wurde er mit einfachen Magnetverschlüssen.

»Wie soll denn das weitergehen?«, fragte ich, als Zoerance die Aufnahmeeinheit an dem braunen Lederband befestigte und mir anschließend Copys Hut auf den Kopf setzte.

»Das sehen Sie doch! Sie werden Copy, und Copy wird Sie!«

Sie drehte mich um und band meine Haare zu einem Zopf.

Als ich Copy direkt vor mir erblickte, blieb mir einen Moment lang das Herz stehen. Ich hatte seine Verwandlung nicht mitbekommen. Sein Gesicht glich plötzlich absolut dem meinen. Auf dem Boden lagen hautfarbene Fetzen einer Plastikmasse. Anscheinend war seine Ähnlichkeit mit mir vorher durch eine Maske verdeckt worden. Seine Haare trug er nun offen, und um seinen Kopf blitzte ein silbernes Stirnband.

Ich spürte die Hände von Zoerance auf meiner Schulter.

»Gehen Sie etwas in die Knie! Copy läuft mehr in gebückter Haltung!« Sie drehte mich wieder um und strich mit der flachen Hand über mein Gesicht. »Aufhellung für Ihr gebräuntes Gesicht. Außerdem leg ich um Ihre Augenpartie etwas mehr Schatten.« Ein kurzer, breiter Stift erschien vor meinen Augen. »So, hier. Und da, gut so.«

Sie hielt mir den Stift hin. »Den brauchen Sie nachher noch, wenn wir im Wasser sind. Verlieren Sie ihn nicht. Stecken Sie ihn oben in die Tasche des Overalls. Schließen Sie die Tasche. Der Stift ist ein getarntes Atmungsgerät und enthält Sauerstoff für etwa eine halbe Stunde. Sie nehmen ihn quer in den Mund und beißen kurz darauf. Am besten mit den Eckzähnen.«

»Im Wasser? Sie meinen das Wasser des Meeres?«, fragte ich blöde.

»Ja. Keine Fragen! Sie werden nachher einfach das Gleiche machen wie ich!«

Ich steckte den Stift ein. Mir wurde etwas mulmig.

Zoerance musterte mich und Copy, soweit es auf dem engen Raum möglich war. Sie zog mir den Hut tiefer ins Gesicht.

»Hier, nehmen Sie das Aufnahme-Sheet! Tauschen Sie den Platz mit Copy! Sie standen in der Mitte.

Und ganz wichtig: Sagen Sie kein Wort! Sie sind jetzt Copy!«

Ich zwängte mich an Copy vorbei.

Im gleichen Moment setzte der Aufzug hart auf.

Das Gitter schob sich zurück.

Vor uns stand die halbe Kompanie meiner Bewacher und sah in den Aufzug hinein.

Wir blickten überrascht zurück.

Ich senkte meinen Kopf.

»Oh … äh … entschuldigen Sie, Mr. Nurminen. Wir wollten nur sichergehen …«

Dann mit lauter Stimme: »Alles okay, Leute, zurück auf eure Posten!«

Wieder an uns gerichtet: »Bitte entschuldigen Sie nochmals, Mr. Nurminen!«

Ich wollte schon abwinken, dann fiel mir noch rechtzeitig ein, dass ich ja jetzt Copy war.

Geraschel und Scharren im Sand. Als ich den Kopf hob, waren sie schon wieder verschwunden.

Oben am Eingang des Aufzuges hatten wir noch in das letzte Sonnenlicht geblinzelt. Jetzt traten wir in eine düstere Weltuntergangsstimmung hinaus. Das Meer schien eins mit den dunklen Wolken am Horizont geworden zu sein. Eine erste Windbö wirbelte den Sand leicht auf.

»Ich glaube, wir sollten uns beeilen«, meinte Zoerance. »Mr. Nurminen, wenn Sie sich nur kurz in den Liegestuhl setzen würden. Wir gehen auf den Steg. Von dort aus könnte Sie Copy mit dem Haus im Hintergrund aufnehmen.«

Copy alias Nurminen trollte sich in Richtung Liegestuhl davon. Ich sah ihm aus den Augenwinkeln hinterher. War mein Gang tatsächlich so ungelenk, oder übertrieb Copy ein bisschen, um mich zu ärgern? Dabei fiel mir ein, dass ich gebückt zu gehen hatte – und wahrscheinlich sollte ich auch vorgeben, ihn zu filmen. Ich schloss mich Zoerance an, die zielstrebig im aufkommenden Wind auf den Steg zusteuerte, klappte die Aufnahmeeinheit vor mein Auge und bemühte mich, die Handhabungen mit dem Sheet so echt wie möglich wirken zu lassen.

Atmungsgerät und Wasser. War das der Plan? Einfach ins Wasser zu springen, während meine Bewacher glaubten, ich säße noch im Liegestuhl? Und dann? Einfach zu einem wartenden Schiff schwimmen? Ein wenig naiv, das Ganze. Wir würden keine fünfzig Meter weit kommen, dann hätte uns eine Seals-Einheit aufgefischt, und schon wäre der Schwindel aufgeflogen.

Nein, so einfach konnte es nicht sein.

Wir waren inzwischen am Ende des Steges angekommen. Zoerance signalisierte mir mit in Richtung Liegestuhl gestreckten Händen, dass hier eine gute Aufnahmeposition wäre. Das Motiv sah in der Tat sehr gut aus. Auf der linken Seite begrenzte der lange Steg den Bildausschnitt, dahinter war ein Teil des Hauses zwischen den Palmen zu sehen, in der Mitte der Strand mit Copy, der entspannt im Stuhl lag, rechts von ihm felsiges Gelände, das allmählich in den Bambuswald überging. Ein letzter verirrter Sonnenstrahl beleuchtete die Szenerie. Es wäre eine schöne Aufnahme geworden, aber ich hatte keine Ahnung, wie diese Aufnahmeeinheit funktionierte. Also blickte ich angestrengt durch das Okular und mimte den beschäftigten Dokumentarfilmer. In der Mitte der Einheit war ein kleines Fadenkreuz angebracht, das ich auf Copy richtete. Er wirkte wie ein Zielobjekt, das nichts ahnend vor sich hindöste. Ich ging wie ein professioneller Fotograf in die Knie, um eine bessere Position einzunehmen. Von hier unten bekam ich sogar die Spitzen der Vulkanberge mit auf das Bild.

Zielobjekt!

Zoerance musste in diesem Moment an den gleichen Begriff gedacht haben, denn ihre Gedanken drängten sich förmlich in mein Gehirn. Instinktiv klinkte ich mich in ihre Empfindungen ein. Vielleicht lag es an der gemeinsamen Vergangenheit oder an einer seelischen Verwandtschaft, die mir in diesem Augenblick den Zugang zu ihrem Wissen so leicht und unbeabsichtigt geöffnet hatte, auf jeden Fall hatte ich mit einem Schlag alle Informationen, die ich haben wollte.

Plötzlich erkannte ich den Plan, und es lief mir dabei eiskalt den Rücken runter.

Verwirrung und Tod waren die Voraussetzungen für meine Befreiung. Viele Menschen würden sterben, um mir die Freiheit zu ermöglichen.

Das durfte nicht sein!

Erschüttert klappte ich das Okular hoch und sah Zoerance an.

Mit Entsetzen registrierte ich, dass es zu spät war.

Parallel zum Strand, keine 1000 Meter mehr von uns entfernt, schoss ein Jet im Tiefflug heran. Bedrohlich und vollkommen lautlos. Er flog in einer engen Schleife auf uns zu. Plötzlich schien er in viele Teile zu zerfallen. Es dauerte eine endlose Sekunde, bis ich begriff, dass er unzählige Projektile ausgestoßen hatte.

Zoerance sah die Reaktion meiner Augen, drehte sich kurz um, zog mich gleichzeitig am Ärmel des Overalls hoch und sagte mit eiskalter Stimme: »Kommen Sie hoch! Schnell! Ins Meer!«

Ich rutschte aus und rappelte mich wieder hoch. Das Sheet hielt ich immer noch fest in meinen Händen. Zoerance packte mich wieder am Ärmel. Dieses Mal mit viel Kraft und sehr zielstrebig. Sie stieß mich wie einen Spielball vor sich her zum Ende des Steges. Wieder fiel ich hin.

»Aufstehen! Schneller! Laufen Sie los! Und schmeißen Sie endlich das Zeug weg!«

Ich hatte keinen eigenen Willen und folgte blindlings ihren Anweisungen. Der Schrecken und die Erkenntnis hatten mich gelähmt und jeglichen Nachdenkens beraubt. Endlich kam ich wieder hoch und schlitterte auf die Kante des Stegs zu. Als ich halb im Stehen zum Sprung ansetzte, hörte ich ein hässliches Knattern in der Luft. Direkt vor mir wischten dunkle Schatten an mir vorbei. Eine Wasserfontäne schoss von unten auf mich zu und warf mich im Fallen fast wieder zurück auf den Steg. Ich wurde herumgewirbelt. Noch bevor ich mit dem Rücken auf dem Wasser aufschlug, sah ich, wie der Strand nach mehreren dumpfen Einschlägen in einer gewaltigen Explosion geradezu senkrecht in die Luft gejagt wurde. Eine Feuersäule raste auf mich zu.

Die Druckwelle und den Lärm bekam ich wenig später als hartes Grollen unter Wasser zu spüren. Um mich herum schien das Meer zu kochen. Die Orientierung verlor ich dadurch gänzlich – falls ich überhaupt eine gehabt hatte. Abgesehen davon war ich vor meinem Sprung nicht dazu gekommen, tief Luft zu holen. Wie auch – durch mein Stolpern und Fallen hatte es mir die Luft aus den Lungen herausgetrieben. Im ersten Augenblick wollte ich so schnell wie möglich wieder an die Wasseroberfläche, dann fiel mir der Stift ein, der in meinem Overall steckte. Ich war kurz vor einer Panik. Es kostete mich einige Überwindung, die Ruhe zu bewahren und das vermeintliche Sauerstoffgerät aus der Brusttasche zu nesteln.

Quer in den Mund, daraufbeißen! Tatsächlich, es funktionierte. Ich schluckte zwar im ersten Moment scheußlich viel Meerwasser, aber nachdem ich die Lippen fest um den Stift schloss, ging es besser.

Eine Orientierung hatte ich immer noch nicht. Rings um mich herum schienen weitere Geschosse einzuschlagen, so kam es mir jedenfalls vor. Dumpfe harte Wirbel schlugen mir entgegen, als ich versuchte, weiter nach unten zu tauchen. Es war schwieriger, als ich dachte, denn in meinem Overall hatten sich Luftblasen gebildet, die mir einen unfreiwilligen Auftrieb verschafften. In einer schwebenden Hocke riss ich mir das Kleidungsstück vom Leib, was wegen der Klettverschlüsse keine Schwierigkeit war. Einen Schuh hatte ich schon oben auf dem Steg verloren. Ich wischte mir den zweiten vom Fuß. Merkwürdigerweise zerfiel er dabei in kleine Stücke und sank als verblassendes Objekt auf den sandigen Grund.

Eine Hand griff derb auf meine Schulter. Zoerance deutete nach vorne und dann mit abgeknicktem Handgelenk nach unten. Auch sie hatte sich von Rock und Jacke befreit. Die Kleidungsstücke schwebten als zerfetzte farbige Geister hinter ihr in wirbelnden Luftblasen. Außer ihren goldenen Adidasschuhen trug sie nur noch ein weißes Höschen.

Der Meeresgrund fiel schnell nach unten ab. Felsiges Gestein, aus dem kleine dunkle Berge ragten, die zum Teil die Wasseroberfläche durchstießen. Zoerance glitt mit biegsamem Körper zwischen ihnen hindurch und achtete nicht darauf, ob ich ihr folgte. Mir blieb gar nichts anderes übrig. Nach oben in das Chaos konnte und wollte ich nicht zurückkehren. Von Copy war bestimmt nichts übrig geblieben außer ein paar verwehten Atomen. Wenn ich mich dort wieder blicken ließ, würde mir bestimmt wegen Mittäterschaft der Prozess gemacht. Vielleicht auch nicht, aber ich wollte es nicht darauf ankommen lassen.

Außerdem hatte ich ganz andere Probleme. Zoerance schien tatsächlich keine Rücksicht auf mich zu nehmen und schwamm mit angelegten Armen und paddelndem Beinschlag weit vor mir. Ich ruderte unbeholfen hinterher und schluckte prompt wieder einige deftige Portionen des salzigen Meerwassers. Direkt vor mir schwebte ein goldener Adidasschuh und zeigte mir den Weg. Wie mein abgestreifter Schuh sah er reichlich blass aus und zerfiel in hässliche kleine gelbe Stücke, als ich ihn anstupste.

Auch nachdem ich Zoerance endlich eingeholt hatte, nahm sie von mir kaum Notiz. Sie wischte mit der Hand über einen großen glatten Felsen, der fast gänzlich von einer kleinen Sandbank verdeckt wurde. Einige Meter weiter ging es tief nach unten.

Ihr Verhalten war mir ein Rätsel, aber ich dachte, es würde schon einen Grund dafür geben, warum sie sich mit dem Felsen beschäftigte. Auf den Gedanken, sie zu belauschen, kam ich in der unwirklichen Situation gar nicht, dazu war ich viel zu aufgewühlt.

Von irgendwoher kam das Grollen von weiteren Explosionen. Ich drehte mich in die Richtung, aus der wir gekommen waren, konnte aber in der felsigen Unterwasserlandschaft nichts entdecken. Verfolgt wurden wir jedenfalls nicht. Ich blickte auf meine Uhr, aber die Gruen hatte im Salzwasser ihren Dienst versagt. Seit dem Anschlag waren bestimmt erst einige Minuten vergangen, obwohl es mir so vorkam, als befände ich mich schon eine kleine Ewigkeit in dieser feuchten Felsenwelt. Lange konnte es nicht mehr dauern, dann würde es hier unter Wasser von Seals-Einheiten nur so wimmeln.

Mittlerweile war es sehr dunkel geworden. Zoerance musste sich bald etwas einfallen lassen.

Ich schwamm zu dem Felsen, konnte sie jedoch nirgendwo entdecken. Hatte ich irgendetwas verpasst? War sie weiter Richtung Abgrund geschwommen?

Gerade als ich ärgerlich in die dunkle Tiefe sehen wollte, fiel mir eine scharfe Kante an dem Felsen auf, der sich wippend bewegte. Eine Hand erschien, und plötzlich klappte ein Teil des Felsens nach oben. Erschrocken ruderte ich mit fuchtelnden Handbewegungen zurück.

Ein Schwall Sauerstoffblasen entwich schillernd, beleuchtet von einer schwachen Lichtquelle aus dem Innern des Felsens. Zoerance huschte heraus und bedeutete mir mit aufgeregten Handzeichen, mich in eine von den zwei Vertiefungen zu legen, die im Stein eingelassen waren.

Überrascht folgte ich ihrer Aufforderung und zog mich in den Felsen hinein, der kein Felsen war, wie ich schnell feststellte. Die Vertiefungen waren angenehm weich gepolstert und hatten die ungefähre Form eines menschlichen Körpers. Vor mir am Kopfende waren einige große Tasten und primitive Armaturen zu sehen. Links von der zweiten Vertiefung, in die sich gerade Zoerance mit dem Rücken zuerst hineinlegte, glomm ein kleiner Monitor.

Ich wusste nicht, ob ich mich richtig herum in das enge Gefängnis gelegt hatte, aber als Zoerance den Deckel geschlossen hatte, stellte ich fest, dass ausreichend Zwischenraum vorhanden war, um mich umzudrehen.

Sie atmete heftig. Bis auf das schwache Leuchten des Monitors war es dunkel in dem engen Raum. Er war bald angefüllt von den Sauerstoffblasen unserer

Atmungsgeräte, die sich an der Decke wie flüssiges Blei sammelten. Mit konzentrierten Bewegungen überprüfte Zoerance die Verschlüsse und wandte sich anschließend dem Monitor zu, der ihr Gesicht in einem gespenstischen Grün leuchten ließ. Wieder atmete sie tief durch. Ihr entfuhr ein angestrengtes Ächzen, als sie mit zwei Fingern rasch auf zwei Tasten gleichzeitig drückte. Ein leises Summen ertönte. Kurz darauf spürte ich ein träges Schwappen an den Ohren, als das Wasser aus dem »Felsen« gepumpt wurde. Wieder ein Ächzen, dieses Mal war es jedoch ein befreites Aufstöhnen. Sie musste unter einem ernormen Druck gestanden haben.

Ihr Körper erbebte leicht, nachdem das Wasser aus dem Raum verschwunden war. Kleine Pfützen schimmerten noch vor meinem Gesicht. Ich konnte sie mehr fühlen, als dass ich sie sah.

Jetzt konnte ich wieder durch die Nase atmen. Die Luft roch schimmelig, aber das war noch besser als der trockene Sauerstoffstrom aus dem kleinen Stift. Ich brauchte ihn nicht mehr, also spukte ich ihn einfach aus.

Von draußen hörte ich das Donnern weiterer Detonationen. Ein mächtiges Rauschen, dann wurden wir kurz durchgeschüttelt.

Irgendwo hinter uns lief ein Ventilator an, der gleichzeitig einen warmen Luftstrom nach vorne transportierte. Ich erschauerte. Erst jetzt bemerkte ich, dass mir kalt war.

Vorsichtig zog ich meine Arme nach vorne, peinlich bedacht darauf, Zoerance nicht zu berühren, denn sie lag fast nackt neben mir. Ich stützte mein Kinn auf meine Arme und vermied es, im Halbdunkel auf die Silhouette ihres Körpers zu achten. Dabei hätte mir eine

Ablenkung gut getan, denn kurzzeitig musste ich gegen eine aufsteigende Panik ankämpfen. Der Gedanke, in mehr als fünf Meter Tiefe in einer engen Röhre auf dem Meeresgrund zu liegen, war mehr als nur bedrückend. Einzig der warme Luftstrom befreite mich von der angsterfüllten Vorstellung, ersticken zu müssen.

Zoerance langte mit einem zufriedenen Seufzer zur Seite und aktivierte einen schmalen Lichtstreifen an der Kopfseite, der ihre Silhouette in einen muskulösen weiblichen Körper verwandelte.

»Nun denn«, sagte ich nach einem kurzen Hustenanfall, um irgendetwas zu sagen. »Was geschieht jetzt?«

Sie hatte ihre Augen geschlossen. Eine Hand lag auf ihrer Brust.

»Wir warten!«, antwortete sie.

3

»Wir warten? Worauf warten wir denn?«

»Wir warten darauf, dass uns jemand abholt!« Ihre Antwort klang sehr barsch. »Oder genauer: darauf, dass wir abgeschleppt werden. Diese Hülle besitzt keinen eigenen Antrieb. Wäre zu viel Wärmeabstrahlung, die man leicht orten könnte.«

Ich drehte mich ebenfalls auf den Rücken, um meine Vorderseite dem warmen Luftstrom auszusetzen. Außerdem ließ es sich so leichter sprechen. Trockene Salzkristalle rieselten von meinem Körper herab. Zum Glück war der Untergrund porös, sodass die Kristalle in den Zwischenräumen verschwanden und somit nicht an der Haut scheuerten.

»Und wie lange warten wir?«

»Ein paar Stunden. Vielleicht sogar einen Tag. Länger wäre nicht gut.«

So allmählich gingen mir ihr Ton und ihre Wortkargheit auf die Nerven.

»Zoerance, meinen Sie nicht, dass es jetzt an der Zeit wäre, mir einige Fragen zu beantworten?«

Es dauerte eine Weile, bis sie antwortete.

»Später! Jetzt nicht!«

»Aber hören Sie mal …«

»Nurminen, verdammt noch mal! Halt einfach die Klappe und bleib ruhig liegen!« Ihre Hand hatte sich von ihrer Brust gelöst und war für einen Augenblick zur Faust geworden. »Neben dir in den Fächern sind feuchte Tücher, damit kannst du dir das Salz abwischen. Wasser und etwas zu Essen ist auch da drin. Geh sparsam damit um!« Ihre Stimme war beherrscht, trotzdem zitterte sie ein wenig. Dass sie mich eben geduzt hatte, schien ihr nicht aufzufallen. Oder es war ihr gleichgültig. »Und noch etwas: keinen Kontakt zu Suzanne! Absolute Funkstille. Keinen Ton, auch nicht reden. Am besten überhaupt nicht bewegen!«

Ich schwieg betroffen, hatte mich aber gleich wieder gefangen.

Na gut, ich konnte auch anders.

Zuerst holte ich eines von den Tüchern aus dem Fach und entfernte vorsichtig das restliche Salz von meinem Körper. Dann biss ich ein Stück von einem farblosen Riegel ab und schwemmte ihn mit einem kleinen Schluck Wasser in meinen Magen.

Mit einem zufriedenen Seufzer legte ich mich bequem auf den Rücken und faltete die Hände über meinem Bauch.

Es bereitete mir nicht die geringsten Schwierigkeiten, in die Gedanken von Zoerance einzudringen. Sie strömten nahezu ungehemmt vor mein geistiges Auge. Es kostete mich jedoch einiges an Konzentration, die emotionalen Daten zu sortieren und zu verarbeiten.

Zoerance war wütend über den Ablauf meiner Befreiungsaktion. Vor allem der Verlust von Copy machte ihr schwer zu schaffen. Bei dem Begriff »Verlust« dachte sie aber mehr an einen Verlust von Material als an den eines Menschen. Copy war, soweit ich es verstand, ein Savant gewesen, eine so genannte Inselbegabung.

Ein Mensch mit außergewöhnlichen Fähigkeiten, den man mithilfe von Hypnose auf diese Mission vorbereitet hatte. Savanten waren nach Zoerances Auslegung Menschen niederer Gattung, aber das Training und die Vorbereitung auf einen Auftrag waren teuer und zeitaufwändig. Sie benötigten viel Zuneigung und Vertrauen. Copy war in der Lage gewesen, einen fremden Menschen innerhalb kürzester Zeit zu imitieren. In allen Bereichen. Mimik, Sprache, Bewegungen, Aussehen. Er war einer der Besten gewesen, und Zoerance war wütend darüber, dass sie ihn bei dieser Mission hatte opfern müssen, die ihr zudem keinen finanziellen Gewinn einbrachte.

Sie war von ihren Auftraggebern erpresst worden. Es ging dabei um einen fehlgeschlagenen Auftrag in der Vergangenheit und eine daraus resultierende Wiedergutmachung. Verwischte Bilder dieses Fehlschlags loderten durch ihr Gedächtnis, die mich aber nicht weiter interessierten. Anscheinend war Zoerance der Kopf einer Truppe, die sich auf Missionen dieser Art spezialisiert hatte. Gerade eben stellte sie sich die bange Frage, wie viele ihrer Gefährten meine Befreiungsaktion überlebt hatten.

Nun, darüber hätte ich ihr Auskunft geben können. Nachdem sie in Gedanken gerade noch einmal die Szenen der letzten halben Stunde durchging und ich keine interessanten Informationen von ihr gewinnen konnte, wanderte mein Geist in die Gehirne der Befehlshaber oben am Strand.

Dort herrschte Chaos. Der Strand hatte sich in eine Kraterlandschaft verwandelt. Von Nurminen-Copy keine Spur. Wahrscheinlich war er in unzählige Stücke gerissen oder in der Feuersbrunst zu Atomen verdampft. Die beiden Journalisten, also Zoerance und ich, waren allem Anschein nach bei dem Angriff auch ums Leben gekommen. Zu allem Überfluss traf der Sturm gerade mit aller Wucht die Küste der Insel. Wenn er so weitertobte, waren die Krater bestimmt bald wieder eingeebnet, und damit würde eine Suche nach Überresten von Nurminen-Copy beinahe aussichtslos werden. Ich war überzeugt davon, dass sofort eine hektische Suche nach Gehirnteilen von mir beginnen würde, um die Funktionen des Omni-Chips erforschen zu können.

Der Jet war Sekunden nach dem Überflug von einer automatischen Batterie in Barking Sands abgeschossen worden und ins Meer gestürzt. Weiterhin hatten kurze Zeit später Jagdsubs direkt vor dem Strand zwei flüchtende Unterwasserfahrzeuge aufgebracht und ebenfalls zerstört. Es gab keine Überlebenden. Die Leichen trieben auf der Meeresoberfläche.

Eben gerade kam die Meldung, dass sich unter den Toten die beiden Journalisten befanden. Eine junge Frau mit blauer Adidasjacke und kurzem Rock und ein etwa Fünfzigjähriger in einem braunen Overall waren in diesem Moment geborgen worden.

Der Kommandierende meiner Bewacher war zunächst verwirrt, dann fing er an zu toben. Wer den Befehl zur Zerstörung der mysteriösen U-Boote gegeben habe? Denn damit waren ihm mögliche Informanten durch die Lappen gegangen.

Trotz der schrecklichen Nachrichten über den Tod von so vielen Menschen entfuhr mir ein Grinsen. Zoerance mochte wütend sein, aber ihre Aktion war ein voller Erfolg. Wenn auch nur kurzzeitig, denn die Suche nach möglichen Überresten von Nurminen-Copy lief auf vollen Touren. Sobald etwas gefunden wurde, würde man das Gewebe untersuchen und sehr bald feststellen, dass nicht ich es war, der im Liegestuhl gesessen hatte. Der tote Journalist war ich aber auch nicht, also musste ich noch am Leben sein. Es war nur eine Frage der Zeit, bis jemand den ganzen Trick durchschaute, und dann würde man erneut das Gelände und den Meeresgrund absuchen. Bis dahin mussten Zoerance und ich von hier verschwunden sein.

In der Kommandozentrale meiner Bewacher wurden die Aufzeichnungen der Überwachungskameras gesichtet. Viel Aufschlussreiches war nicht dabei, dafür aber fantastische Bilder des Angriffs auf den Strand. Jeder Nachrichten-Channel würde hoch zufrieden sein, falls er die Aufnahmen in die Finger bekam. Die Szenen waren realistischer als in jedem aufwendig produzierten Actionfilm. Alleine die orangeroten Explosionen direkt am Meer und die prasselnden Sandfontänen waren absolut sehenswert. Doch kurz darauf waren die Kameras ausgefallen.

Diese Aufnahmen, kombiniert mit der Nachricht vom Tod John Nurminens, würden die ganze Welt faszinieren.

Wahrscheinlich wird es auch so kommen, dachte ich. Lange wird man die Nachricht nicht zurückhalten können.

Die Auswertung der Satellitenbilder gab auch nicht viel her. Der Jet hatte außer den Explosivgeschossen auch eine Ladung Glyzerin über dem Meer abgeworfen. Dadurch wirkte die Wasseroberfläche wie ein Spiegel. Keine Chance, zu erkennen, was mit Zoerance und ihrem Begleiter nach ihrem Sprung ins Wasser passiert war.

Der Trick mit dem Glyzerin war meiner Meinung nach ein Knackpunkt, der kluge Köpfe nachdenklich stimmen musste. Man würde sich fragen, was es da zu verbergen gab, wenn die beiden Journalisten lediglich in ein U-Boot gestiegen waren. Oder würde man es als zusätzliche Tarnung auslegen?

Schwer zu sagen, aber letztendlich kam ich wieder zu dem Schluss, dass wir hier nicht allzu lange verweilen durften. Zoerance war sich dessen bestimmt ebenfalls bewusst.

Im Augenblick schlief sie. Ihre wirren Traumbilder zogen an meinem geistigen Auge vorbei. Träume waren schwierig zu verfolgen. Manchmal hatte ich den Eindruck, sie liefen in komprimierter Form auf einer anderen Zeitebene ab oder waren mit einer mir unbekannten Welt verbunden. Sie spielten auf einer anderen Ebene, die von persönlicher Natur und damit manchmal schwer zu deuten war. Normalerweise mied ich die Träume anderer Menschen. Sie jagten mir Angst ein und erinnerten mich an meine eigenen Abgründe. Die Traumwelt gehörte für mich zu den Welten, deren Erforschung ich ganz zurückgestellt hatte, denn ich spürte, dafür würde ich sehr viel Kraft und Energie benötigen.

Ich zog meinen rechten Arm nach vorne und sah auf meine Gruen.

Zwecklos. Sie war um 19.10 Uhr stehen geblieben. Wie spät mochte es jetzt sein? Wir lagen bestimmt noch keine Stunde in diesem engen Gehäuse. Wieder kämpfte ich gegen eine Panik an. Ich durfte nicht an die Enge oder an eine mögliche Luftknappheit denken!

Gleichmäßig atmen und tief Luft holen.

Meine Augen suchten nach den Verschlüssen an dem Deckel, damit ich sie im Notfall schnell öffnen konnte. Ich konnte aber keine Vorrichtungen entdecken, und dummerweise hatte ich nicht aufgepasst, als Zoerance die Luke geschlossen hatte.

Ich atmete wieder tief durch und beruhigte mich allmählich.

Über dem Wasser wurde der Sturm noch stärker. Mittlerweile war es auch Nacht geworden. Die Uhren in der Kommandozentrale zeigten mir, dass es schon nach 21.00 Uhr war.

Meine ehemaligen Aufpasser waren ratlos. Ihr einziger Gedanke galt der Suche nach meinen Überresten. Inzwischen war schweres Gerät zu Wasser und zu Land auf dem Weg hierher, um den Sand und die Erde am Ufer abzutragen, aber es würde noch Stunden dauern, bis sie damit anfangen konnten. Vom Meer aus gab es wegen des Sturmes im Augenblick keine Möglichkeit, und die Zufahrtswege zu meinem Haus waren zu eng. Die Kopter in Barking Sands konnten bei diesen Windgeschwindigkeiten nicht starten, also hatten die Befehlshabenden alle verfügbaren Leute abgestellt, um den Strand wenigstens oberflächlich zu durchkämmen. Einige Taucher hatten sich trotz der Brandung und der starken Strömungen unter Wasser gewagt und kämpften nun verzweifelt mit den Naturgewalten. In ihren Gedanken las ich die Zwecklosigkeit ihres Auftrages. Sie planten, weiter ins Meer hinauszuschwimmen und dort an Bord eines Schiffes zu gehen. Der Weg zurück an den Strand war ihnen wegen der hohen Wellen und der Felsen nicht möglich.

Ich drehte meinen Kopf und sah Zoerance an. Jetzt wäre ein guter Moment, von hier zu verschwinden. Alles konzentrierte sich auf den Strand und die armseligen Reste von Nurminen-Copys Gehirn. Wenn der Sturm erst einmal vorbei war, würde es hier von Seals-Tauchern nur so wimmeln.

Sie schlief immer noch fest.

Ich stupste sie an. Sie war sofort wach.

»Nurminen, was ist denn jetzt wieder?«, fragte sie gereizt.

»Oben herrscht jetzt … äh … bestimmt ein ziemliches Chaos, und der Sturm bringt zusätzliche Verwirrung. Wäre jetzt nicht ein guter Zeitpunkt, von hier zu verschwinden?«

Ein tiefer Seufzer.

»Ich habe Ihnen doch schon erklärt, dass wir abgeholt werden. Und wann das sein wird, entscheiden weder Sie noch ich!«

Immerhin war ich wieder ein ›Sie‹. Vielleicht war das ein Punkt, an dem ich anknüpfen konnte.

»Hm … Sie können John und auch ›Du‹ zu mir sagen. Nurminen und ›Du‹ klingt mir etwas zu unpersönlich. Besonders in der jetzigen Situation.«

Sie reichte mir ihre rechte Hand, ohne mich anzusehen.

»Angenehm. Zoe.«

So kam ich also auch nicht weiter.

Ich wartete noch einen Moment, aber es kam nichts mehr.

Immerhin war sie jetzt wach, also konnte ich mir wieder ihre Gedanken vornehmen.

Dieses Mal war ich erfolgreicher. Sie fragte sich, ob vielleicht etwas schief gelaufen war. Sie wusste natürlich von dem Sturm und der Dunkelheit. Günstige Bedingungen also, um zu verschwinden.

Die Entscheidung, uns hier wegzuholen, lag bei einem gewissen Nat, der zwei Kilometer weiter nördlich mit seinen Kumpanen in einem Allzweckfahrzeug saß. Sie waren unschlüssig, was sie als Nächstes tun sollten. Ihre Informanten unter meinen ehemaligen Bewachern, die ihnen unter anderem auch Bilder vom Strand des Geschehens schickten, berichteten von einem starken

Truppenaufgebot und trotz des Sturmes weiteren angeforderten Scheinwerferbatterien.

Nat wollte sofort handeln, aber seine Helfer hatten Bedenken und rieten, bis zur späten Nacht oder sogar bis zum frühen Morgen zu warten. Auch seine Auftraggeber, mit denen Nat laufend Informationen austauschte, warnten vor einer übereilten Aktion.

An den Auftraggebern war ich sehr interessiert, aber das musste warten. Zuerst wollte ich aus dieser Röhre heraus.

Nun erfuhr ich auch, wie das weitere Vorgehen aussehen sollte. Unsere Felsenimitation, in der wir lagen, hing an einem über drei Kilometer langen Nellplastseil, das über am Meeresgrund installierte Rollen bis zu der kleinen Bucht führte, in der Nat und seine Helfer warteten. Auf dem Fahrzeug befand sich eine Winde, an der das Ende des Seiles schon befestigt war. Alles war bereit. Nat musste nur auf die entsprechende Taste drücken. Es gab nur einen einzigen Versuch. Wenn jemand etwas bemerkte, war alles umsonst gewesen.

Andererseits war jetzt der beste Zeitpunkt dafür. Die Kommandozentrale war zerstritten über das weitere Vorgehen. Die Taucher hatten inzwischen das Boot erreicht. Der Satellit war blind, was die Umgebung des Strandes betraf. Und die Überwachungseinheiten, die es selbstverständlich auch unter Wasser gegeben hatte, waren bei dem Angriff zerstört worden oder funktionierten nicht mehr.

Es war Nacht, und über allem tobte der Sturm.

All das konnte sich aber sehr schnell ändern.

Ich zögerte.

Es wäre kein Problem für mich gewesen, die Winde zu aktivieren, aber vielleicht gab es Risiken, die ich nicht kannte.

Nat dachte gerade an die Umlenkrollen. Sie waren schon vor einem halben Jahr heimlich auf dem Meeresgrund verankert worden, genau wie mein enges Gefängnis, das wenig später ebenfalls während eines Sturms und mithilfe einiger eingeschleuster Bewacher nicht weit vom Steg im Sand vergraben wurde.

Mein Eingreifen konnte alles zunichte machen, eine zweite Chance würde es nicht geben. Meine Zukunft würde dann kein gemütliches Haus am Strand sein. Vielmehr ein Hochsicherheitstrakt irgendwo in der Wüste oder in einer anderen Einöde.

Trotzdem …

Nat war nervös. Er brauchte das Okay von seinen Auftraggebern.

Mir dauerte das zu lange.

Ich suchte mit meinen geistigen Fähigkeiten die Sturmfront ab, tastete mich in der Atmosphäre weiter nach Westen.

In ein, höchstenfalls eineinhalb Stunden war die Front durchgezogen.

In der Kommandozentrale war man sich einig. Der Strand und die weitere Umgebung mussten gesichert und abgesperrt werden. Sobald es die Bedingungen zuließen, wollte man mit allen Mitteln nach Überresten meines Gehirns suchen.

Vor der Küste wurden Lastkräne zusammengezogen. In Barking Sands saßen die Piloten in ihren Koptern und warteten auf bessere Bedingungen.

Am Strand gab man Plastiksäcke aus und füllte sie mit dem Sand. Man wollte keinen Fehler begehen. Die Fahndung nach den Attentätern war zweitrangig.

Verrückt. Eine ganze Einheit giert nach meinem Gehirn.

Ohne es zu wissen, half mir Zoerance bei meinem Vorhaben. Sie ging in Gedanken alle möglichen Schwachpunkte durch, überlegte sogar, ob wir die Röhre verlassen und uns unter Wasser alleine durchschlagen sollten.

Für mich war jetzt der richtige Zeitpunkt.

Ich konzentrierte mich auf die Winde und löste einen Impuls aus. Außerdem blockierte ich den Notschalter.

Die Winde lief mit einem leisen Sirren an.

Nat und seine Helfer erstarrten. Nach einer ersten Schrecksekunde schossen sie aus dem Fahrzeug heraus und blickten ungläubig auf die sich drehende Trommel. Sie dachten sofort an Sabotage und spähten in die von Regen umtoste Nacht hinaus.

Nat schlug schließlich auf den Notschalter. Als keine Reaktion erfolgte, sah er mit gemischten Gefühlen auf das gespannte Seil, das unter leichten Schwingungen aus dem Meer gezogen wurde.

Das konnte nur Sabotage gewesen sein. Und wenn, dann war jemand in der Nähe. Mit einem Fluch schickte er seine Begleiter auf die Suche nach dem vermeintlichen Saboteur. Er selbst blieb neben der Winde stehen. Es machte keinen Sinn, das Seil zu kappen, denn dann wäre alles umsonst gewesen. Eine gute halbe Stunde würde es dauern, bis die Felsenimitation am Strand angekommen war.

Nachdenklich sah er sich die Außenkontrollen der Winde an. Hier konnte niemand etwas manipuliert haben. Jedenfalls konnte er nichts entdecken. Nachdem er sich noch einmal vorsichtig umgeblickt hatte, kehrte er in die Kabine zurück. Es musste irgendein Fremdbefehl an den Rechner von außen gewesen sein, der die Winde in Gang gesetzt hatte. Aber warum? Hatten seine Auftraggeber den Rechner manipuliert und die

Winde in Gang gesetzt? Waren er und seine Leute ein Bauernopfer in dem Spiel?

Unmöglich, das ergäbe keinen Sinn.

Er schob den Gedanken zur Seite und aktivierte eine Simulation auf einem Sheet. Nach der Berechnung des Computers hatte die Felsenimitation schon gut fünfzig Meter hinter sich gebracht.

Nats Informationen beruhigten mich ungemein, denn Zoerance und ich waren mit einem harten Stauchen unserer Gliedmaßen gestartet. Während sie darauf mit einem erleichterten Stöhnen reagierte, hetzte ich zu den Gedanken oben am Strand, überprüfte Monitore und Messgeräte. Meine Sinne waren aufs äußerste gespannt, jederzeit dazu bereit, einen Sensor zu manipulieren oder etwas zu vertuschen. Es war mir jedoch lieber, wenn ich es nicht tun müsste. Jede Unregelmäßigkeit würde in dieser Situation sofort auffallen und unerwünschte Aufmerksamkeit erregen.

Bis jetzt hatte man nichts bemerkt. Kein Anzeichen eines Alarms.

Dafür wurden wir in unserer engen Röhre erbarmungslos hin und her geschleudert. Zuerst schleiften wir nach einer kurzen Anfangsbeschleunigung über den sandigen Meeresboden, gerieten gleich darauf in tieferes Wasser, prallten an eine Felsenspitze, um uns danach in einem sanften Fall mehrmals zu überschlagen.

Wieder ein Aufprall, der ein Knacken in der Zelle zur Folge hatte.

»Keine Angst!«, versuchte Zoerance mich zu beruhigen. »Die Imitation ist stabil gebaut. Stemm dich mit den Händen und Knien an den Wänden ab. Wir kommen jetzt erst einmal weiter ins Meer raus. Dort wird es ruhiger. Dann schweben wir auf die erste Rolle zu, anschließend werden wir parallel zur Küste gezogen, dann kommt die zweite Rolle, die uns wieder zur Küste zurückbringt!«

Ich biss die Zähne zusammen und federte einen weiteren Schlag ab. Dass ich dabei mit der Hand ausrutschte und unsanft eine von ihren Brüsten streifte, entlockte Zoerance noch nicht einmal den Ansatz eines Protests. Eine Entschuldigung verkniff ich mir.

»Welche Rollen?«, fragte ich stattdessen unschuldig.

»Ein Seil!«, keuchte sie. »Wir hängen an einem Seil, das mit einer Winde verbunden ist. Die Rollenvorrichtung wird benötigt, um uns von der felsigen Küste fern zu halten!«

Das wusste ich alles schon längst, aber ich musste mich ja dumm stellen.

Wieder überprüfte ich die Situation. Am Strand wurde hektisch weitergearbeitet. Immer noch heftiger Sturm. Nirgendwo ein Anzeichen einer Reaktion auf die Bewegung unserer Felsenimitation. Dafür machte mir die befohlene Absperrung des Gebietes Sorgen. Polizeieinheiten aus Lihue und Franklin begannen, die Straßen zu blockieren und die wenigen Fahrzeuge zu kontrollieren, die bei diesem Unwetter unterwegs waren.

Ich war gespannt, welche Ausreden sich Nat einfallen lassen würde.

Ein heftiger Ruck ließ mich zusammenzucken.

»Die erste Rolle!«, ächzte Zoerance. »Die Vorrichtung wird nach unserem Passieren zerstört!«

Mein Magen begann, sich bemerkbar zu machen. Wir stürzten anscheinend ins Bodenlose. Mittlerweile waren meine Ellenbogen und Knie von Salzkristallen aufgeschürft. Das Abstützen kostete sehr viel Kraft. Manchmal kamen so harte Schläge durch, dass ich mich trotz der engen Zwischenräume unfreiwillig in den Armen von Zoerance wiederfand.

Im Augenblick gab es etwas Ruhe, und ich konnte mich erneut der Umgebung widmen. Alles war beim Alten geblieben, nur die Straßen waren jetzt dicht.

»Und was passiert dann?«, fragte ich, heftig nach Luft ringend. »Ich meine, wenn wir an Land sind?«

Sie schien nach dem Start der Aktion etwas zugänglicher geworden zu sein.

»Ganz einfach. Chamäleon-Taktik. Am Strand warten Freunde von mir mit einem militärischen Allzweckfahrzeug. Wahrscheinlich werden die Straßen abgesperrt sein. Wir verwandeln uns in eine Polizeieinheit aus Kekeha, die hier als Reserve an der Na Pali-Küste stationiert ist. Zwei meiner Leute sind dort seit längerer Zeit als Offiziere tätig. Wir fahren durch die Sperren, und das war es dann.«

»Für dich vielleicht. Aber was passiert mit mir?«

»Du wirst von einem Kopter der Pacific Ophiolith Plantage abgeholt. Mehr weiß ich auch nicht.«

Ich erwiderte nichts darauf und schlich mich in ihre Gedanken hinein.

Die Pacific Ophiolith Plantage war eine reine Scheinfirma, die seit Jahren nichts anderes tat, als angeblich den Meeresboden nach Anzeichen für tektonische und magmatische Gesteinsveränderungen zu untersuchen. Ihre Hauptaufgabe aber bestand darin – oder hatte darin bestanden –, Möglichkeiten für meine Befreiung auszuspionieren. Weiterhin hatte es die Firma geschafft, sich auf der Insel den Status der Unantastbarkeit zuzulegen. Obwohl Hawaii schon seit Jahrzehnten durch die Errichtung der King Kamehameha Foundation unabhängig war, konnte die Pacific Ophiolith Plantage vollkommen unkontrolliert auf dem Archipel agieren.

Ich war beeindruckt von so viel Aufhebens wegen meiner Person. Unter anderem auch, weil ich davon trotz meiner Fähigkeiten in all den Jahren absolut nichts mitbekommen hatte.

»Pacific Ophiolith Plantage? Was ist das?«, fragte ich scheinheilig.

»Eine Unterabteilung eines größeren Komplexes. Das wirst du alles schon noch rechtzeitig erfahren.« Ihre rechte Hand krallte sich in meinen Unterarm, als wieder ein Ruck unsere Hülle durchschüttelte.

Ein blutiger Kratzer verzierte meine Haut.

»Sorry«, meinte sie lakonisch. »Ich bin wohl etwas schreckhaft. Das war die zweite Rollenvorrichtung. Ab jetzt geht es auf die Küste zu.«

Ich blickte im Halbdunkel in ihre grünen Augen.

»Zoerance, wer bist du eigentlich? Gehörst du auch zu der Firma?«

Sie lachte spöttisch. »Nein, ich bin sozusagen selbständig. Eine Art Söldnerin.«

Sie sah mich einen Moment schweigend an.

Ich wusste auch so, woran sie gerade dachte.

An ihre Kindheit auf der *Nostradamus*. An den lieben Onkel Nurminen und Halbmond. An meinen Ersten Offizier Viktor Sargasser, den sie über all die Jahre nur respektvoll mit ihren großen Augen angesehen hatte und ihm meistens aus dem Weg gegangen war. An Voodoo, meinen Navigator, auf dessen Schoß sie oft in der NAV-Einheit gesessen und Schiffsnavigator gespielt hatte. An Luis Santana, der ihr mit unermüdlicher Geduld ihre seltsame Welt erklärt hatte und schließlich ihr Ziehvater geworden war. An ihre Mutter Kathrin Sannemann, die während der endlosen Reise nur ein Ziel vor Augen gehabt hatte: nämlich jeden Tag ein gewisses Quantum Alkohol zu ergattern. An die

Ärztin Vivian Weiss, deren Verständnis vom Leben durch das Aufwachsen der kleinen Anne vollkommen verändert wurde und die im Laufe der Zeit ihre Ersatzmutter geworden war. Vielleicht auch an den spröden Hagen Lorenzen, den sie jedoch selten zu Gesicht bekam, weil er sich immer mehr aus unserer Gemeinschaft zurückgezogen hatte.

Ein verdächtiges Glitzern erschien in ihren Augen.

Gerade als ich dachte, jetzt würde sie sich zu erkennen geben, winkte sie mit einer kurzen Handbewegung ab.

»Und eine schlecht bezahlte dazu, aber lassen wir das jetzt. Wir haben höchstens noch fünf Minuten. Dann wird es wieder spannend.«

Nun gut, dachte ich, verschieben wir das auf später.

Ein heftiges Krachen wischte die Vergangenheit hinweg. Zoerance wurde in die schmale Ecke zwischen ihrer Liege und der Decke gedrückt, ich mit meiner Schulter zwischen die beiden Vertiefungen gequetscht. Zuerst dachte ich an einen Angriff, stellte aber schnell fest, dass von der Kommandozentrale keine Aktivität ausgegangen war.

»Das muss ein Felsen gewesen sein!«, rief Zoerance. »Wir befinden uns mitten in der Brandung …«

Wieder ein heftiger Aufschlag. Dann ein Rollen um die eigene Achse.

»Nat, du Idiot! Du bringst uns um! Die Winde schneller laufen lassen!«, keuchte sie sinnlos, als könnte Nat sie hören.

Ich versuchte mir die Bedienung der Winde vor Augen zu führen, um eingreifen zu können, war aber zu sehr mit mir selbst beschäftigt. Abstützen half nicht mehr. Wir wurden beide mehrmals in dem engen Raum gegeneinander geschleudert, versuchten, uns mit den

Beinen zu stabilisieren, rutschten aber immer wieder auf dem schlüpfrigen Untergrund in der Kabine ab.

Das Atmen fiel mir schwer. Irgendetwas musste mit der Sauerstoffzufuhr nicht stimmen.

»Durchhalten! Luft sparen! Wir haben einen Ausfall im System!«, presste Zoerance zwischen den Lippen hervor. Mit fliegenden Fingern tastete sie an der Decke herum und suchte nach dem Öffnungsmechanismus.

Der Luftmangel störte meine Konzentration. Trotzdem erhaschte ich einen Teil von Nats Gedanken. Durch die Blockade des Notschalters hatten sich Fehler in der Bedienung der Winde eingeschlichen. Er konnte keinen schnelleren Gang einlegen. Keine Zeit, den Rechner neu zu starten. Nat und seine Helfer sprangen in die Brandung und versuchten, die Felsenimitation an Land zu ziehen. Von unserem Problem mit der Atemluft konnten sie nichts wissen.

Zoerance schlug mit der flachen Hand auf den Öffnungsmechanismus. Keine Reaktion.

Ich begann zu würgen. Kleine rote Kreise erschienen vor meinen Augen. Das konnte doch nicht sein, dass wir kurz vor dem Ziel hier in der Röhre jämmerlich erstickten!

»Klemmt …«, vernahm ich Zoerances verzweifelte Stimme. »Aufstemmen … drücken … fest!«

Hilflos drückte ich mit meinen Händen gegen die Fläche, von der ich annahm, dass es die Oberseite war, aber ich fand in der Enge keinen geeigneten Ansatzpunkt, um genügend Druck auszuüben.

»Jetzt … fest!«, schrie Zoerance.

Ich schlug mit den Knien nach oben und presste verzweifelt die Fußballen an die Decke.

Ein jämmerlicher Schrei von irgendwoher.

Plötzlich strömte kaltes Wasser nach innen, das mich instinktiv nach Luft schnappen ließ. Ich schluckte Wasser und bäumte mich auf, schlug mit dem Kopf gegen den halb offenen Deckel und sank wieder zurück. Alles um mich herum schien zu kippen, jegliche Orientierung war verloren.

Hände ergriffen meine Arme, glitten ab. Ein Körper fiel auf mich und presste mich in den nassen Sand. Für eine Sekunde konnte ich atmen, saugte dabei Sand und noch mehr Wasser in mich hinein.

Wieder Hände. Dieses Mal kontrollierter. Ich wollte schreien, aber alles in mir versagte.

Finger in meinem Mund, hinter meinen Zähnen, die Sand und Dreck entfernten. Endlich konnte ich wieder frei atmen.

Ein Rauschen. Ich spürte starken Wind. Regentropfen auf meiner Haut. Jemand wollte mich hochziehen, aber ich wehrte ihn ab, setzte mich in das flache Wasser und spuckte Sand. Ich lachte irre auf, hielt mein Gesicht nach oben, öffnete meinen Mund und ließ mir den Regen auf meinen Körper klatschen.

Um mich herum nahm ich Schatten wahr, die hin und her huschten.

Verhaltene Rufe. Nat – es musste Nat sein – beugte sich kurz zu mir herunter, sagte etwas, das ich nicht verstand. Ich nickte ihm trotzdem zu, wahrscheinlich wollte er nur wissen, wie es mir ging.

Er rannte von mir weg. Hin zu unserem verbeulten Gefängnis, das in den hohen Wellen rollte, beugte sich kurz darüber und setzte ein kleines dunkles Gerät auf der Außenseite an. Nach ein paar Einstellungen wich er zurück, wartete einige Sekunden und entfernte das etwa aktenkoffergroße Gerät wieder von der Außenseite. Kaum hatte er es in die Hand genommen, schien die Felsenimitation Sprünge zu bekommen; sie faltete sich zusammen wie Papier und war wenige Augenblicke ganz verschwunden.

Ein Molekulardämpfer! Diese Truppe besaß einen Molekulardämpfer! Bisher hatte ich bei meinen Ausflügen in die Gedankenwelten nur am Rande von dieser Entwicklung gehört. Um ehrlich zu sein, mich hatten die Berichte nicht besonders interessiert, weil ich andere Ziele vor Augen gehabt hatte. Die Berichte waren derart streng geheim gewesen, dass ich meine Zweifel an ihrer Echtheit hegte. Demzufolge hatte man ein Gerät entwickelt, das in der Lage war, Moleküle mit einem Impuls kurzzeitig von ihren elektromagnetischen Kräften zu entbinden. Die Folge davon war ein schlichtes Auflösen des definierten Objektes. Ein Molekulardämpfer war damit eine Waffe und ein hilfreiches Werkzeug zugleich.

Ich war über die Größe des Gerätes erstaunt. Nach meinen Informationen war man noch in einer Experimentierphase, und ich wusste nur von provisorischen Geräten, die erheblich größer waren.

Ich spürte eine Hand auf meiner Schulter. Jemand rief mir etwas zu. Als ich mich umdrehte, sah ich zwei von Nats Helfern, die mich besorgt ansahen und auf das Fahrzeug deuteten.

Richtig, ich war ja auf der Flucht!

Ich erhob mich mit ihrer Hilfe und stolperte auf das große Fahrzeug zu. Wir stiegen in den Mannschaftsraum, in dem es hell und warm war. Laute Befehle hallten mir entgegen. Halbnackte Menschen, die sich die nasse Kleidung vom Leib rissen und in bereitgelegte trockene Uniformen schlüpften. Zoerance war mitten unter ihnen.

Ein Handtuch wurde mir hingehalten, dann wurde ich in Richtung einer schmalen Duschkabine geschoben.

Kaum stand ich unter den dampfenden Wasserstrahlen, als das Fahrzeug mit einem leisen Singen anruckte und Fahrt aufnahm.

Zoerances Gesicht erschien in der Tür der Kabine.

»Beeilung, John, ich muss mich noch ein wenig mit dir beschäftigen!«

Beschäftigen? Was sollte das denn wieder heißen?

»Bin gleich …«

»Hier, Kaffee! Magst du doch gerne!«

Sie drückte mir einen geschlossenen Becher in die Hand.

»Danke, ich bin …«

Aber sie war schon wieder weg.

Ich nahm einen Schluck und hängte den Becher in eine Halterung. Ein fürchterliches Zeug! Danach hangelte ich mich aus der Kabine heraus. Anscheinend fuhren wir in rasantem Tempo über offenes Gelände. Trotz der Ausgleichsautomatik waren die Unebenheiten deutlich zu spüren.

Kaffeeduft hing im Mannschaftsraum. Zoerances Truppe saß aufgereiht an den Seitenwänden. Sechs oder sieben Männer. Keine Frau darunter. Alle sahen mich schweigend an, als wäre gerade das Achte Weltwunder aus der Dusche gestiegen.

Was ja irgendwie stimmte. Ich grinste verlegen.

»Wir kommen gleich zum Tunnel von Hanapai«, empfing mich Zoerance. »Hier, die Uniform ist für dich. Du heißt jetzt Selleck. Joel Selleck. Ist eine reine Sicherheitsmaßnahme, falls es Schwierigkeiten geben sollte. Gibt es aber nicht. Trotzdem lege ich dir eine kleine Gesichtsmaske an, nur für alle Fälle. Zuerst die Uniform. Später noch der Helm.«

Ich stieg in die Uniform, die hauptsächlich aus einem Overall aus Flow-Material bestand, das sich in der

Farbe selbständig der Umgebung anpasste. Zoerance klatschte mir einen hautfarbenen Lappen ins Gesicht und bearbeitete die Ränder an meiner Stirn, den Schläfen und am Kinn.

»Okay. Die einfachsten Mittel sind die besten. Und jetzt noch das hier!«

Sie zog einen Injektionsmarker aus einer Tasche und hielt ihn mir unter die Nase. »Weißt du, was das ist? Das ist nicht nur ein Marker der Extraklasse, sondern einer der besten überhaupt. Soviel ich weiß, stammst du aus einer Zeit, in der so etwas noch nicht in Gebrauch war. Und nach meinen Informationen bist du der einzige Mensch auf dieser Welt, dem kein Code verpasst wurde. Stimmt das?«

Ich nickte. Nach der letzten großen Völkerzählung im Jahre 2055 wurde von allen Komplexen und Foundations beschlossen, jedem Menschen auf dieser Welt seinen eigenen und unverwechselbaren Code zu »verleihen«. Eine nette Umschreibung für eine Markierung, die von da an jeder Erdenbürger am linken Oberarm unter der Haut zu tragen hatte. Es war die einzige und auch letzte Maßnahme, die von einer Art Weltregierung durchgesetzt wurde. Eine gigantische Erpressung nach dem Motto: »Wir können die Menschen nur vor sich selbst schützen, indem wir wissen, wer sie sind!« Zum Glück für die Menschen fand die Erweiterung des Textes »… und wo sie sind« keine Mehrheit bei den Superbossen.

Ich hatte mich stets geweigert, mich registrieren zu lassen.

Wozu auch? Mein Aufenthaltsort war jedem auf dieser Welt bekannt, und so, wie es vorgesehen war, hätte sich daran auch nichts ändern sollen. Jetzt aber war alles anders. In Freiheit und ohne Code würde ich nicht lange unbehelligt bleiben. Die Codes wurden aber ausschließlich von autorisierten Stellen »verliehen«, und – da mittlerweile alle Menschen ihren individuellen Code besaßen – seit ein paar Jahren nur direkt nach der Geburt. Dass Zoerance einen Marker zum Codieren in der Hand hielt, wunderte mich nicht. Sie stand jenseits der Gesetze. Alleine der Besitz des Gerätes würde ihr ein paar Jahre Arbeitslager in den Dependancen in Südafrika einbringen. Ich fragte mich, was diese Truppe noch alles anstellen konnte.

»Okay, Joel Selleck. Hiermit bist du geboren, getauft und markiert!« Sie hielt mir den Marker an den Oberarm und drückte ab. Ein winselndes Geräusch war zu hören, gefolgt von einem kleinen Stechen, nicht schlimmer als eine Nano-Injektion.

»Übrigens, falls dich jemand fragt: Joel Selleck wurde am 30. 07. 2035 in Berlin geboren. Den Rest kannst du dir selbst ausdenken. Der Code weist dich als eine ›Persona Candida‹ aus. Jede Nachforschung würde den Ermittler in erhebliche Schwierigkeiten bringen. So einen Code besitzen höchstens ein paar tausend auf dem Planeten.«

Die Truppe klatschte einen müden Beifall.

»Danke«, sagte ich und wischte mir über den Arm. So ganz glücklich war ich nicht mit meiner neu gewonnenen Identität. Sie beendete eine Zeit, in der ich zwar einsam, aber in einer gewissen Weise zufrieden in meiner kleinen Welt gelebt hatte.

Ich ahnte, dass ich mein gemütliches Heim auf Kauai so schnell nicht mehr wiedersehen würde.

4

Wir passierten nur eine einzige Sperre, an der es jedoch keine Probleme gab. Ein kurzer Halt, dann ging es weiter. Ein befreites Aufatmen in Zoerances Truppe. Keine wirklich große Freude über den gelungenen Coup, aber verdecktes Abklatschen.

Ich war erschöpft, körperlich und geistig. Für heute war mein Bedarf an Gedanken lesen oder ähnlichen Mätzchen gedeckt. Andererseits ahnte ich, dass mich in den nächsten Stunden noch einiges erwarten würde, schließlich war ich noch nicht in Sicherheit. Wir mussten den Vorsprung nutzen, solange niemand hinter das Täuschungsmanöver kam.

Das Fahrzeug fuhr in engen Kurven bergauf. Ich saß wie die anderen in einer Reihe unter einem Pressbügel und hatte keine Ahnung, wo wir uns gerade befanden – nach der Steigung der Straße und der Fahrtzeit geschätzt wahrscheinlich irgendwo zwischen dem Kalalau Lookout und dem Waimea Canyon. Auf jeden Fall in einem abgelegenen Gebiet in den Bergen, in dem sich bei diesem Wetter und zu dieser Uhrzeit kein vernünftiger Mensch aufhielt.

Mir fielen vor Müdigkeit die Augen zu.

Einen kleinen unruhigen Albtraum später stand Zoerance in Helm und Uniform vor mir. Ich hätte sie beinahe nicht erkannt. Sie sah aus wie ein junger schlanker Soldat.

»John, wir schmeißen dich jetzt aus dem Wagen. Draußen wartet ein Kopter, der dich wegbringt. Frag nicht wohin, ich habe wirklich keine Ahnung.«

Mit einer kleinen Energieleistung überprüfte ich ihre Aussage. Sie wusste es tatsächlich nicht. Außerdem war sie mit ihren Gedanken bei der weiteren Abwicklung ihres Auftrages. Das Fahrzeug mit den Insassen würde nach einem Fahrfehler in den Waimea Canyon stürzen. Die entsprechenden Unfallopfer waren schon an Ort und Stelle platziert. Eine weitere schwere Nuss, die meine Bewacher oder die späteren Ermittler zu knacken haben würden.

Ich kratzte mich nachdenklich an der Nase und schabte dabei ein wenig von der Maske ab.

»Was ist mit uns beiden? Ich meine, werden wir uns wiedersehen?«, fragte ich leise, damit es die anderen nicht hören konnten. Insgeheim hoffte ich, dass sie sich jetzt zu erkennen geben würde.

Sie schnaubte verächtlich durch die Nase und zog das Band an ihrem Helm fester zu.

»Hör zu, ich bin jetzt wirklich nicht in der Stimmung für Sentimentalitäten. Ich hab andere Dinge im Kopf. Kurz zu deiner Frage: Die Welt ist klein, besonders in der heutigen Zeit. Und jetzt ab mit dir. Wir haben noch einiges zu erledigen.«

Sie schlug mit der flachen Hand auf einen Sensor, und die Tür des Fahrzeuges zischte nach oben. Augenblicklich wehte uns ein dicker Wasservorhang entgegen. Es regnete in Strömen.

Na gut, dachte ich trotzig, dann eben nicht. Ich zögerte und versuchte mich zu orientieren.

Zoerance beugte sich nach draußen und zeigte mit der Hand geradeaus.

»Dort, das schwache rote Licht ist der Kopter. Etwa zwanzig Meter von hier. Nicht zu verfehlen. Vorsicht, der Boden ist glitschig!« Sie schlug mir mit der Hand auf die Schulter und schob mich in den Regen hinaus. Ich konnte mich noch nicht einmal bei meinen Helfern bedanken.

Ich zog meinen Helm tiefer ins Gesicht und rannte auf das rote Licht zu. Schon nach einigen Metern rutschte ich aus und lag im Dreck. Mit einem Fluch setzte ich mich auf. Hinter mir startete das Allzweckfahrzeug mit einem singenden Geräusch. Die Antriebsräder wirbelten eine weitere Ladung aus Lehm und Gras hoch, die rücksichtslos auf mich niederprasselte.

Wütend blieb ich zunächst einmal sitzen und sah mich um. Kein Empfangskomitee, nichts. Niemand kam mir entgegen, um mir zu helfen. Nur Dunkelheit, Regen und Wind um mich herum. Der Welt berühmtester Gefangene saß im Dreck und konnte sehen, wo er blieb. Das rote Licht war auch keine große Hilfe. Es glühte schweigend vor sich hin. Ich konnte in der Dunkelheit und bei dem Regen noch nicht einmal sehen, ob dort tatsächlich ein Kopter stand. Vielleicht war es ja auch eine weitere Finte von Zoerance und ihrer tollen Truppe. Hinter dem Licht konnte es auch steil in die Tiefe gehen.

»Nurminen bei Fluchtversuch am Mt. Waialeale in die Tiefe gestürzt!« Das wäre doch eine nette Schlagzeile. Am Waialeale fiel erwiesenermaßen der meiste Regen auf der ganzen Welt. Nach der Regenmenge, die gerade über mich hereinbrach, könnte ich mich durchaus auf dem besagten Berg befinden.

Ich konzentrierte mich, um herauszufinden, was mich hinter dem roten Licht erwartete. Überrascht stellte ich fest, dass dort kein menschliches Wesen weilte. Es kostete mich wieder einiges an Energie, mit meinem Geist die Umgebung abzutasten. Dort stand tatsächlich ein Kopter. Er war leer. Sonst war niemand in der Nähe.

Vorsichtig geworden tapste ich auf allen vieren durch den Dreck auf das glimmende Licht zu. Keine Reaktion. Noch ein paar Meter.

Plötzlich ein Rauschen, das nicht vom fallenden Regen stammte. Der Kopter hatte die Rotorblätter ausgefahren. Dann das typische Jaulen eines West Max-Triebwerkes, allerdings in einer erheblich tieferen Tonlage, als ich es von früher her gewohnt war.

Ein gelbes Viereck erschien unter dem roten Licht. Eine Tür war aufgegangen.

Ich erhob mich und stolperte auf den Kopter zu, rutschte wieder aus und erreichte endlich den Innenraum. Über und über mit Dreck bespritzt, stand ich in einer kleinen Kabine. Um mich herum bildeten sich kleine Pfützen. Wie erwartet, war ich alleine. Niemand war zu sehen. Wahrscheinlich wurde der Kopter von einem Autopiloten geflogen.

Diese Version war erheblich kleiner als die üblichen Luftfahrzeuge der frühen 50er Jahre. Eigentlich sogar winzig. Statt der beiden Pilotensitze gab es nur noch einen einzigen, direkt über der Kabine. Oder genauer: unter dem Laderaum. Sitze oder eine Bank gab es nicht. Es dauerte einige Sekunden, bis ich feststellte, dass man die Sitzgelegenheiten anhand eines kleinen Sheets neben dem Eingang individuell anfordern konnte. Bevor ich nicht saß und angegurtet war, würde der Rechner den Kopter nicht in die Luft bringen. Mich wunderte nur, dass mich noch keine automatische Stimme dazu aufgefordert hatte …

›John, ich heiße dich ganz herzlich willkommen im P.O. 34/66!‹

Suzanne. Das hätte ich mir denken können! Ihre Stimme stand rein und klar in meinem Kopf. ›Eine Selektion der Sitzgelegenheit für den sofortigen Start ist von deiner Seite erforderlich. Die entsprechenden Wahlmöglichkeiten befinden sich auf dem Sheet …‹

»Suzanne, ich hab das Sheet schon gesehen, danke!« Ich betätigte eine Wahltaste für einen Einzelsitz. Ein wirres Gestänge wuchs aus der Wand heraus und formte sich schließlich zu einem Sessel aus rotem Leder. Ich sah an mir herab. In dem schmutzigen Zustand sollte ich es mir eigentlich nicht auf solch einem feudalen Möbel bequem machen.

›John, es ist alles bereitet. Der Zeitplan ist sehr eng ausgelegt. Meine Empfehlung wäre dahingehend, dass du …‹

»Okay, Suzanne, ich sitze schon!« Ich warf mich in den Sessel. Der braune Dreck und die grünen Grasbüschel bildeten einen expressionistischen Kontrast zu dem Rot des Leders.

Mir doch egal. Wenn der Zeitplan so eng ausgelegt war!

Eine Sicherungsvorrichtung positionierte sich an den Seiten, bereit, sofort einzugreifen, falls ich in den zu erwartenden Turbulenzen zu stark herumgeschleudert werden würde.

›Hervorragend! Die reine Flugzeit beträgt 36 Minuten. Wegen der unberechenbaren Wetterlage wäre es angebracht, wenn du die Sitzgelegenheit nicht verlassen würdest. Auf dem Sheet rechts von dir ist eine Auswahl von Getränken gespeichert. Zu einer festen Nahrungsaufnahme würde ich zu diesem Zeitpunkt nicht raten. Du kannst mir die Bestellung jederzeit auch mündlich durchgeben!‹

»Suzanne, eine Cola mit einem Strohhalm, bitte!« Für einen Kaffee war ich nicht in der richtigen Stimmung.

›Der P.O. 34/66 verfügt über folgendes Angebot: Classic, Milko, Cherry-Cherry, Charmichael und Sandy Beach. Zuführungsrohre aus Stroh sind leider nicht im Programm enthalten, nur die Standardausführung aus verformbarem Plastikmaterial.‹

»Suzanne, dann Classic mit Plastik!«

›Schon erledigt. Wenn du dich nach links …‹

»Ich habe es schon gesehen, danke!«

Ein kugelrunder Behälter mit einem lappigen Röhrchen wurde mir von einer peitschenartigen Vorrichtung gereicht. Er sah aus wie eine Bombe. Mürrisch nahm ich das Gefäß entgegen und schlürfte misstrauisch daran. Es schmeckte wie in alten Tagen.

Mich nervte Suzannes Geplapper. Sie redete in dem gleichen Stil wie vor 25 Jahren. Man hätte wenigstens ihren Sprachgenerator auf den heutigen Stand bringen können. Ganz abgesehen davon war ich ihr gegenüber misstrauischer als je zuvor.

Vor mehr als einem Vierteljahrhundert hatte ich Suzannes Konsole außerhalb der *Nostradamus* zur Explosion gebracht, weil ich den Verdacht hatte, dass sie unsere Mission zu den Pyramiden sabotierte und uns bespitzelte. Ein heikles Unterfangen, denn mit ihrer Zerstörung wurden fast alle Funktionen des Schiffes lahm gelegt. Damals hatte ich mir geschworen, mich nie wieder in die Abhängigkeit eines CyCom-Systems zu begeben. Jetzt hatte ich sie wieder am Hals. Noch dazu ungefragt. Ich hatte keine Ahnung, wie ich mich ihrer entledigen sollte. Natürlich wäre es ein Leichtes gewesen, die Empfangssysteme in meinem Kopf zu unterbrechen, aber ich scheute mich davor, Eingriffe an mir selbst vorzunehmen. Später vielleicht, wenn mir Suzannes Gegenwart zu viel wurde. Im Augenblick jedoch konnte sie mir nützlich sein.

Der Kopter war inzwischen gestartet. Seine Rotorblätter hatten sich in Flügel verwandelt, und das starke Triebwerk katapultierte mich mit einem angenehm leisen Singen hoch über den Pazifik. Von dem Sturm war hier nichts mehr zu spüren.

»Suzanne, wo fliegen wir … wo fliege ich hin?« Ich korrigierte schnell meine Fragestellung. Suzanne hätte mir sonst lang und breit erklärt, dass sich ihre Basis-Rechnereinheit nicht im Kopter befand und sie also nirgendwohin fliege.

⟩16 Grad 45 Nord, 169 Grad 31 West. Du bist auf der Reise zum Johnston Atoll, Mechanic Base, Johnston Island.⟨

Johnston Island. Sehr interessant. Eine armselige kleine Inselgruppe mit einer großen Geschichte. Vor über 100 Jahren von Atombombentests verseucht, dann ein Lager für chemische Waffen, schließlich wieder mühsam aufgepäppelt zu einem funktionierenden Naturpark, um schließlich zu einem Hightech-Stützpunkt für mehrere Komplexe im Pazifik ausgebaut zu werden. Sogar ein mittelgroßer Raumhafen für Zubringer in den Orbit war dort angelegt worden. Von den Inseln selbst war nicht mehr viel übrig geblieben. Das kaum über die Meeresoberfläche ragende Atoll diente heute lediglich als stabiler Untergrund für gigantische Stahlgerüste, auf denen Wohn- und Versorgungseinheiten installiert waren. Weiterhin gab es Anlegeplätze für Omega-Swans, riesige Stauflügler, die dort einen Zwischenstopp einlegten oder Passagiere für einen Weltraumflug einflogen. Als Folge des regen Treibens mitten im Pazifik entstanden im Laufe der Zeit Vergnügungsparks, Image-Kuppeln und luxuriöse Hotels, bald gefolgt von teuerem Leben und der dazu passenden Kriminalität. In den späten 60er Jahren wurde die nun einer gewaltigen Stahlinsel gleichende Formation in eine Foundation umgewandelt, heute gemeinhin bekannt unter dem anspruchslosen Namen »Mechanic Base«. Noch vor 30 Jahren lebten auf dem abgelegenen Atoll gerade einmal 200 Menschen, heute zählte die Stahlinsel weit über hunderttausend Einwohner, nicht eingerechnet die Touristen und Durchgangspassagiere in den Orbit. Ein modernes Venedig aus Eisen und Betonplastik.

Beunruhigt verließ ich meinen Sessel und hinterließ eine einzige Schweinerei auf der Oberfläche des Leders. Die Sicherheitsvorrichtung fing an, warnende Piepser von sich zu geben. Ich ignorierte beides.

»Suzanne, wie geht es auf Mechanic Base weiter? Ich meine, wartet da jemand auf mich, oder was passiert nach meiner Ankunft?«

›Das entzieht sich meiner Programmierung. Es wurde nur der Befehl eines Transports von Kauai nach Johnston Island eingegeben.‹

»Und wer hat dir den Befehl gegeben?«

›Herr Grundmüller, mein Programmierer.‹

Das nutzte mir nichts. Ich kannte keinen Herrn Grundmüller, und nur aufgrund des Namens konnte ich ihn auch nicht aus den Milliarden von Gedankenmustern herausfiltern. Immerhin wies der Name auf eine deutsche oder europäische Verbindung hin. Suzanne war also immer noch auf dem alten Kontinent zu Hause.

Ich überlegte. Vielleicht sollte ich mich kurz in Zoerances Gedanken einklinken, um von ihr mehr zu erfahren. Es könnte von Vorteil sein, bei der Begegnung mit meinen Befreiern etwas mehr zu wissen.

Nein, lieber nicht. Zum einen war es mir mittlerweile widerwärtig, Informationen aus Zoerances Welt zu erschleichen, und zum anderen war ich einfach zu müde dazu. Falls es heute noch zu einem Treffen mit den Oberbossen kam, würde ich all meine Kraft benötigen, um den Grund meiner spektakulären Befreiung zu erfahren. Umsonst würden sie auf keinen Fall all die Menschen geopfert haben.

Und wenn auf Mechanic Base ein Operationstisch auf mich wartete?

Daran hatte ich noch gar nicht gedacht.

Was sollte die Leute daran hindern, mich zu betäuben, um anschließend problemlos mein Gehirn untersuchen zu können?

Eine kleine Panik wallte in mir hoch. Vielleicht wäre es besser, die automatische Steuerung des Kopters auszuschalten und manuell weiterzufliegen. Irgendwohin, von wo aus ich die Bedingungen diktieren konnte. Dann aber würde sofort die Jagd auf mich beginnen, und ich hätte gleich zu Anfang schlechte Karten, denn ich befand mich mitten über dem Pazifik. Keine Chance, mich schnell verbergen zu können.

Also lieber kein Husarenstück. Falls es gefährlich für mich werden sollte, konnte ich immer noch gezielt meine Fähigkeiten einsetzen und damit für einige Verwirrung sorgen. Ob sie dazu ausreichten, mein Leben zu retten, würde sich dann zeigen.

›John, du befindest dich im Anflug auf Mechanic Base. Es wäre ratsam, wenn du dich wieder zu der Sitzgelegenheit begibst!‹

Ohne eine Erwiderung setzte ich mich auf den schmutzigen Sessel.

Jetzt war ich hellwach.

Der Kopter musste hoch oben auf der Stahlinsel auf einem Privatlandeplatz niedergegangen sein, denn als ich ausstieg, waren nirgendwo die unzähligen Lichter zu sehen, die ich aus den Channels kannte. Dafür war es kühl und windig hier oben. Der West Max knackte hinter mir beim Auskühlen.

Direkt vor mir befand sich eine hohe Glastür. Sie war offen. Gedämpftes Licht von innen lud zum Eintreten ein. Ich sah an mir herunter. Für das Ambiente war ich nicht passend angezogen. Dort hinter der Glastüre war bestimmt etwas anderes angesagt als ein schmutziger Overall und verdreckte Schuhe. Für einen kleinen Moment fühlte ich mich sehr einsam.

Ich nahm meinen Helm ab und zupfte kleine Fetzen von meiner Maske. Das verschaffte mir etwas Zeit, um mich geistig zu orientieren.

Drei Personen saßen in einem großen und luxuriös eingerichteten Raum. Keines der Gedankenbilder war mir bekannt, also waren es Fremde. Soweit ich es ertasten konnte, waren alle drei männlichen Geschlechts. Frauen dachten in anderen Bahnen. Ihre Gehirnströme waren komplizierter und gleichzeitig auch komplexer, trotzdem jedoch etwas schwieriger nachzuvollziehen.

Nach einer allgemeinen Sondierung konnte man die Stimmung da drinnen als überheblich bis arrogant bezeichnen. Ich atmete auf. Nirgends war ein Gedanke an eine Gehirnoperation oder etwas ähnlich Furchterregendes zu erspüren.

Sehr erfreulich. Die für mich wichtige Information ließ mich sofort um einige Zentimeter größer und einige Nuancen frecher werden. Mit dem nassen Helm in der Hand schlenderte ich in den Raum hinein, dabei schmierte ich absichtlich mit der Schuhkante ein wenig

Dreck in den weichen Teppich, der gleich hinter der Tür ausgelegt war.

Die Szene, die sich mir bot, hätte aus einem alten Film der Jahrhundertwende stammen können: verschwiegene Männerrunde vor dem Kaminfeuer, elegant in Smokings gekleidet, Zigarre rauchend, Whiskeygläser lässig in der Hand.

Die drei Männer sahen mich an, als wäre ich unangekündigt in ihrer Runde erschienen. Zwei ältere, ein junger Blonder. Die zwei Älteren saßen sich in den Sesseln gegenüber, der Junge stand mit einer Hand auf die Lehne gestützt vor dem Kamin.

Das Kaminfeuer war wahrscheinlich eine Projektion. Mit dem zusätzlichen Sound von knisternden Holzscheiten sah es aber sehr echt aus.

Ein Problem bereitete mir die Tatsache, dass die drei Männer nicht alleine waren. Fünf oder sechs leicht bekleidete Frauen standen oder saßen auf ausladenden Designermöbeln in der ausgedehnten Weite des Raumes und blickten mich abwartend an. Eine davon lehnte nicht weit von mir links an einer Marmorsäule.

Ich musste ziemlich blöd ausgesehen haben, denn der Blonde kam sofort auf mich zu und lachte mich dabei entschuldigend an.

»Captain Nurminen! Sie können sich gar nicht vorstellen, wie erfreut wir über den glücklichen Ausgang Ihrer Befreiungsaktion sind!« Er streckte die Hand aus.

Verwirrt wischte ich mir meine rechte Hand an der Hose ab und hielt sie ihm geistesabwesend entgegen. Wieso hatte ich die Gedanken der Frauen nicht empfangen können?

Dem Blonden schien meine mit trockenem Lehm beschmutzte Hand nichts auszumachen. Er schüttelte sie mit festem Griff. Dann schlug er mir freundschaftlich auf die Schulter.

»Entschuldigen Sie bitte die Anwesenheit unserer weiblichen Gäste; wir laden sie manchmal zu unserer Zerstreuung ein. Ein angenehmer Anblick, nicht wahr? Wir dachten, dass Sie nach über zwanzig Jahren im Exil einmal etwas Abwechslung gebrauchen könnten.«

Ich schluckte und schrumpfte innerlich auf meine wahre Größe. Wie auf einen geheimen Befehl hin begannen sich alle Frauen zu bewegen und präsentierten sich in einer Gruppe direkt vor mir. Nur die neben mir blieb stehen. Verlegen wich ich ihrem Blick aus.

Die zwei älteren Männer lachten leise.

Eine peinliche Situation, außerdem fehlten mir einfach die Worte.

Dafür redete der Blonde weiter.

»Gut, ich sehe schon, das kommt für Sie etwas überraschend. Ich will Sie auch nicht länger der Versuchung aussetzen. Ganz abgesehen davon hätten Sie auch keine Freude an den Mädchen. Es sind nämlich nur holografische Projektionen. Eine kleine Demonstration der technischen Fähigkeiten unseres Komplexes sozusagen.«

Erleichtert blickte ich der linken ins Dekolleté. Sehr gut gemacht, das Ganze, wahrscheinlich auf der Basis von fokussierten Laserstrahlen, die von eigens präparierten Molekülen reflektiert wurden. Der Schatten ihres Brustansatzes stimmte genau mit der Lichtsituation des Raumes überein. Auch der Abdruck der hohen Absätze ihrer Schuhe war vorhanden. Wahrscheinlich war der ganze Raum in die Projektion mit einbezogen und auf die Bewegungen der Frauen abgestimmt.

Mein kurzzeitig angeschlagenes Selbstbewusstsein kehrte wieder zurück. Also hatten mich meine Fähigkeiten nicht im Stich gelassen. Ich tastete die verborgenen Linsen der Laser ab und produzierte eine kleine Störung in der Lichtablenkung der Spiegel. Die gut aussehende Dame neben mir verwischte augenblicklich zu kleinen Streifen und sah danach aus wie ein hochkant stehendes und verzerrtes Testbild.

Der Blonde bekam einen roten Kopf und sah seine älteren Kumpane ratlos an.

»Oh ... äh ... eine kleine Störung! Nun ja, macht nichts. Vielleicht wären die Mädels auch etwas zu viel der Ablenkung für unser kleines Treffen hier. Sie waren sozusagen auch nur für den Auftakt gedacht!«

Er schaltete die Projektionen mit einem Sensor ab, den er am Revers trug. Seine Mädels verschwanden in ihr eigenes Universum und ließen einen nüchternen Raum zurück.

Auch die Dame links von mir hatte sich verabschiedet und ließ mich wieder ruhiger atmen.

»Eine kleine Demonstration, sozusagen ...«, meinte ich und ließ das Wort wertlos in der Luft hängen. Mir ging es richtig gut.

»Ja, richtig«, sagte der Blonde und hatte seine Mädels schon wieder vergessen. »Übrigens, wenn ich mich vorstellen darf: von Deisenhofen. Rüdiger von Deisenhofen. Die beiden Herren am Kamin sind ...«

»Rüdiger, wenn du erlaubst, dann stellen wir uns persönlich vor, sonst geht das genauso in die Hose wie deine technischen Mätzchen!«

Die beiden älteren Herren waren aufgestanden und kamen auf uns zu.

Ich spürte sofort, dass die beiden von einem anderen Kaliber waren als der gute Rüdiger, der die offensichtliche Bloßstellung noch nicht einmal bemerkt hatte.

»Sean Ferguson III«, stellte sich der erste vor und ergriff meine schmutzige Hand, von der nun getrockneter Lehm herabrieselte. »Mein Großvater war damals der erste Ferguson unserer Familie in den Staaten und damit mein Namensgeber. Stahlbau und Nietenverarbeitung. Heute Betonglas und Gusskeramik für Triebwerke.«

Das sagte mir alles nichts, außer dass Ferguson seiner Aussprache nach amerikanischer Abstammung sein musste. Er war sehr groß und besaß blaue Augen, die anscheinend aus Großvaters Stahl geschmiedet waren. So wirkte er insgesamt. Hart, aber vertrauensvoll. Seine kurz geschnittenen grauen Haare passten irgendwie nicht zu seiner Gesamterscheinung, genauso wenig wie der Smoking. Ich war mir sicher, dass er eine andere Kleidung gewohnt war. Sein Alter schätzte ich auf Ende sechzig.

Der zweite hätte vom Aussehen her ein jüngerer Bruder von Ferguson sein können, aber er stellte sich als Jochen Raichle vor. Ein Deutscher aus Stuttgart. Soweit ich ihn verstand, leitete er von dort aus die europäischen Interessen des Komplexes Pan Global Trust, dem alle drei angehörten. Pan Global war mir ein Begriff. Der Komplex wurde schon relativ früh gegründet, so um 2056. Es war die erste große Vereinigung von amerikanischen mit europäischen Ländereien. Soweit mir bekannt war, konnten die Angehörigen des Komplexes heutzutage, ohne eine Grenze passieren zu müssen, zwischen der Ostküste der ehemaligen Vereinigten Staaten von Amerika und südwestlichen Teilen von Europa hin- und herreisen. Dazu noch nach Mittelamerika und nach halb Südamerika. Genaueres wusste ich nicht mehr. Die Grenzen verschoben sich tagtäglich durch Zu- oder Verkäufe.

»Wir sind als Komplex völlig autark. Wir produzieren alles«, erzählte mir Raichle unaufgefordert. »Und nicht nur hier auf der Erde. Wir sind auf jedem bisher erschlossenen Planeten mit seinen Monden vertreten. Unsere Raumflotte umfasst Frachtschiffe, Verhüttungsplantagen, Personentransporte für Verbindungsflüge und natürlich auch reine Touristenflüge …«

»Darf ich Sie kurz unterbrechen?«, fragte ich und schloss die Augen, um mich zu konzentrieren. Ein kurzes Eindringen in seine Gedanken offenbarte mir Gefühle wie Ehrlichkeit und Entschlossenheit. Mehr war in den paar Sekunden nicht zu erfahren. Merkwürdigerweise spielte auch ein starker Respekt vor mir eine große Rolle. »Herr Raichle, vor noch nicht einmal zwei Stunden wäre ich beinahe erstickt, zuvor hatte ich Mühe, in dem engen Behältnis unter Wasser nicht in eine Panik zu verfallen. Nun stehe ich schmutzig und klatschnass vor Ihnen. Mir ist kalt und ich bin müde. Mich würde vor allem interessieren, warum Sie und Ihre Leute den ungeheuren Aufwand für meine Befreiung betrieben haben, bei dem der Tod von Menschen anscheinend keine Rolle gespielt hat. Das alles werden Sie doch nicht inszeniert haben, um mir hier in Ihrem Wohnzimmer einen Vortrag über die Vorzüge Ihres Komplexes zu halten.«

Er winkte ab und griff hinter sich nach einem Glas, das er mit einer guten Portion Whiskey füllte.

»Keineswegs, aber ich muss Sie um ein wenig Geduld bitten. Meine Erklärungen haben einen Sinn, bitte glauben Sie mir! Hier, trinken Sie das, das wärmt Sie auf!«

Ich nahm das Glas in die Hand und nippte an dem Getränk. Ein sehr guter Whiskey, er schmeckte fast wie ein lange gelagerter Kognak. Weich und keineswegs unangenehm.

Ferguson nickte mir aufmunternd zu, und der junge Deisenhofen rieb sich glücklich die Hände.

»Sehr gut, danke«, sagte ich ergeben. »Aber ein Kaffee wäre mir lieber. Noch ein bisschen mehr von Ihrem Whiskey, und ich bin betrunken.«

Deisenhofen flitzte los, als hätte man bei ihm auf einen Startknopf gedrückt.

Raichle deutete mit einer einladenden Handbewegung auf die Sessel.

»Kommen Sie, setzen wir uns. Ich verspreche Ihnen, Sie werden gleich alles erfahren. Unter normalen Umständen hätten wir Ihnen natürlich ein Bad und eine angemessene Ruhezeit angeboten, aber wir stehen unter einem gewissen Zeitdruck, wenn Sie verstehen, was ich damit sagen will …«

Ich verstand nicht, sagte aber nichts und deutete auf den Sessel, der mir am nächsten stand.

»Ist der echt?«

Ferguson grinste und rückte mit seinen Pranken den Sessel gerade.

»Nehmen Sie Platz. Kaffee kommt gleich.«

Nachdem jeder der Anwesenden schon mit meinem Schmutz in Berührung gekommen war, musste nun das Leder des Sessels daran glauben, aber die beiden Herren schien das nicht zu stören.

»Was ich mit meinen umständlichen Ausführungen sagen wollte, ist die Tatsache, dass wir einen großen Anteil am Weltgeschehen haben«, fuhr Raichle fort. »Und nicht nur das. Wir tragen eine Verantwortung, der wir uns – ohne überheblich wirken zu wollen – in vollem Umfang bewusst sind. Nicht nur unseren Angehörigen gegenüber, sondern auch gegenüber gewissen Unternehmungen, die in der Vergangenheit von unseren Vorgängern – oder besser ausgedrückt, von unseren Vorbesitzern – in die Wege geleitet wurden und deren Ausgang nicht immer gerade glücklich zu nennen war.«

Seine umständlichen Worte über die Verantwortung waren nicht ganz ehrlich, dazu brauchte ich mir nicht einmal die Mühe zu machen, in seinen Gedanken zu lesen. Immerhin schien er nun auf den Kern der Sache zu kommen.

Deisenhofen kam rechtzeitig mit dem Kaffee zurück, um den Höhepunkt zu erleben. Er gab mir eine einfache und dickwandige Tasse, in der Kaffee dampfte. Ohne Untertasse. Der Löffel klimperte in der Tasse.

»Einfacher Kaffee in einer einfachen Tasse. Zwei Löffel Zucker und ein Spritzerchen Milch«, bemerkte er spitzbübisch. »Sie sehen, wir wissen alles über Sie, Captain Nurminen!«

Vorlauter Bengel, dachte ich. Gib mir fünf Minuten, und ich weiß alles über dich. Aber wirklich alles!

Immerhin war er der Erste, der mich seit Jahren wieder einmal mit dem Rang eines Captains ansprach. Das versöhnte mich etwas.

»Sehr schmeichelhaft, vielen Dank für den Kaffee!«

Er setzte sich zufrieden auf einen freien Sessel und knipste an einer Zigarre herum.

Ferguson übernahm den weiteren Teil der Erklärungen.

»Eine dieser Unternehmungen in der Vergangenheit war der Abbau von Erzen im Asteroidengürtel. Einige Vorbesitzer von Firmen des jetzigen Komplexes waren damals die Ersten, die sich so weit ins Sonnensystem hinausgewagt hatten. Namen werden Ihnen nichts sagen, aber bestimmt der Name des Captains eines der Schiffe: Captain Free Fall von der *American Gothic*!«

Ich verschluckte mich beinahe an meinem Kaffee.

Free Fall! Unsere Begegnung im All zwischen Mars und Jupiter war nur kurz gewesen, dafür umso einprägsamer. Ein aufgeblasener Captain mit schwarzer

Hautfarbe und knallroter Uniform. Er hatte mit der *American Gothic* die Pyramide vor uns erreicht und uns mit wüsten Worten beschimpft. Anschließend griff er das Experimentalschiff *Sternenläufer* mit selbst gebastelten Sprengladungen an. Der gewaltsame Angriff löste eine Abwehrreaktion bei der Pyramide aus, was zur Folge hatte, dass beide Schiffe und die Pyramide einfach verschwanden. Bis heute hatte man nie wieder etwas von den Schiffen gehört.

»Free Fall ist zurück!«, platzte Deisenhofen heraus. Ferguson wischte diese voreilige Bemerkung mit einer energischen Handbewegung hinweg.

»Er ist nicht zurück. Es existiert ein verstümmelter Notruf, demnach er sich mit seinem Schiff der Marsumlaufbahn nähert.«

»Wann haben Sie den Notruf empfangen?«

»Vor etwa einer Woche.«

Ich überlegte. Das passte alles nicht zusammen.

Free Fall war mit seinem Schiff wieder aufgetaucht. Schön für ihn, aber was hatte ich damit zu schaffen? Oder mit meiner Befreiung? Diese Aktion war von langer Hand geplant worden und nicht erst seit einer Woche. Also musste mehr dahinterstecken.

»Na gut, und weiter?«, fragte ich unbeeindruckt.

Ferguson warf Raichle einen Blick zu.

»Es ist so«, führte Raichle das Gespräch weiter. Er schien der Mann für die technischen Erklärungen zu sein. »Es war nicht der erste Notruf, den wir von Free Fall empfangen haben.« Er machte eine bedeutsame Pause. »Dazu muss ich etwas weiter ausholen. Captain Nurminen, nach Ihrer spektakulären Expedition zu der weißen Pyramide vor 25 Jahren hat die Entwicklung des Raumschiffantriebes einen gewaltigen Sprung nach vorne erfahren. Mit dem erfolgreichen Einsatz des Neutrino-Treibers wurde eine Tür zu einer neuen Dimension aufgestoßen. Nicht nur in der Raumfahrt. Die Menschen fühlten sich plötzlich befreit von der Enge des Planeten Erde. Das Sonnensystem ist ihre neue Heimat geworden, mehr noch, sie sehen neue Möglichkeiten in der Zukunft. Sie fühlen, dass ihnen das Universum zu Füßen liegt. Das sind ferne Ziele, ich weiß, aber was wären Träume ohne Ziele.« Er winkte ab. »Aber das ist ein anderes Thema. Noch stehen wir vor anderen gewaltigen Problemen. Im Prinzip ist die Technik des Neutrino-Treibers mittlerweile ausgereift, aber wir mussten dafür Grundlagen schaffen. Eine Voraussetzung für gefahrlose Reisen mit dem neuen Antrieb ist eine ›saubere Wegstrecke‹, wie wir die Distanz zwischen Start und Ziel nennen. Ein Raumschiff mit diesem Antrieb wechselt in einer geraden geometrischen Linie in sehr kurzen Phasen vom Normalraum in den Zustand eines nahen, künstlich geschaffenen Ereignishorizontes und wieder zurück. Jedes Hindernis wie ein Meteorit oder gar ein Asteroid könnte eine Katastrophe für ein Raumschiff bedeuten. Deswegen wurde in einer gemeinsamen Anstrengung von allen raumfahrenden Komplexen ein Institut für die Kartografierung des Sonnensystems geschaffen, das sich zur Aufgabe gemacht hat, alle Himmelskörper zu erfassen und die Daten schnellstmöglich in alle Rechner einzugeben. Eine gewaltige Aufgabe. Bisher können wir mit Stolz behaupten, das Sonnensystem in einem bestimmten Erfassungswinkel bis hin zur Umlaufbahn des Jupiters vermessen zu haben. Selbst der Asteroidengürtel stellt keine Gefahr mehr dar. In diesem Bereich ist ein problemloser Einsatz des Neutrino-Treibers möglich. Aber wir wollen noch weiter hinaus. Zu den äußeren Planeten. Zum Saturn, und vor allem zu seinen Monden, später zum Uranus, Neptun, Pluto. Zu den Grenzen des Sonnensystems. Ins Weltall hinaus zu den nächsten Sonnen. Unsere Vermessungsschiffe haben gerade damit begonnen, dafür die Grundlage zu schaffen. Ein Projekt, für das wir Jahrzehnte benötigen werden, denn in kürzerer Zeit ist eine Kartografierung aller möglichen Hindernisse nicht zu schaffen. Besonders im äußeren Bereich des Sonnensystems ist die Zahl der unbekannten Himmelskörper sehr groß. Ihre Umlaufbahnen um die Sonne betragen in der Weite des Weltraumes mehrere Jahrhunderte oder gar Jahrtausende. Es sind lichtlose Körper, die nahezu seit dem Bestehen unseres Sonnensystems unbehelligt von der Gravitation eines großen Planeten ihre Bahn ziehen. Wie viele es sind, wissen wir nicht. Es können Millionen sein. Jeder einzelne, und mag er auch nur die Größe eines Tennisballs besitzen, wäre eine tödliche Gefahr.«

Ich setzte mich gerade hin. Mir begann langweilig zu werden. Das wusste ich alles schon, schließlich hatte ich in der Vergangenheit viel Zeit gehabt, mich damit zu beschäftigen. Besonders die Weiterentwicklung des Neutrino-Treibers hatte mich sehr interessiert. Raichle hatte den heutigen Stand meiner Meinung nach in einer geschönten Version wiedergegeben. Ganz ausgereift war die Technik immer noch nicht. Vor allem hatte man keine Ahnung, was wirklich bei dem Beschuss der Neutrinos mit kalten Baryonen passierte. Es bedurfte wahrscheinlich der Genialität eines kranken Gehirns wie des von Professor Schmidtbauer, um die Komplexität von Einzingers Zeitstückelung zu verstehen. Leider war er auf unserer Reise durchgedreht und schließlich bei einem tragischen Unfall mit seiner Lebensgefährtin umgekommen.

Aber das war alles Schnee von gestern. Ich überlegte gerade, ob ich mir die Informationen nicht schneller aus Raichles Gedanken holen sollte, als er endlich auf den Punkt kam.

»Vor zwei Jahren hat eines unserer Vermessungsschiffe einen Notruf von Free Fall empfangen. Man dachte zuerst an einen schlechten Scherz und nahm die Sendung nicht ernst. Erst als sie mehrmals wiederholt wurde, nahm man eine Peilung vor. Der Notruf kam von weit außerhalb des eigentlichen Sonnensystems. Aus der Region der Oortschen Wolke oberhalb der Ekliptik.«

Überrascht zog ich eine Augenbraue hoch. Die Oortsche Wolke, benannt nach Jan Hendrik Oort, der 1950 ihre Existenz postuliert hatte, war eine kugelförmige Zone, die das Sonnensystem einschließlich des Kuiper-Gürtels weiträumig umgab. Weiträumig bedeutete, dass diese Zone sich in einer Entfernung von 0,7 bis 1,5 Lichtjahren von der Sonne erstreckte. Das war eine große Dimension, selbst für mich, denn im Grunde genommen dachte ich immer noch in den Bahnen eines Raumschiff-Captains, für den schon die Entfernung zwischen Erde und Mars ein gewaltiger Sprung bedeutete.

Man schätzte, dass die Oortsche Wolke von Billionen tiefgekühlter Eiskörper – insgesamt mit der 25fachen Erdmasse – gebildet wurde und der Ursprung vieler überraschend auftauchender Kometen war. Genauer betrachtet war diese Zone fast schon der Übergang zum nächsten Stern, Proxima Centauri.

Raichle lächelte mich an. »Das verschlägt Ihnen die Sprache, nicht wahr? Aber es kommt noch besser: Free Fall teilte in seiner Sendung unter anderem mit, dass sich dort draußen die Pyramide befindet, mit der die

American Gothic und die *Sternenläufer* verschwunden waren!«

Er machte eine Pause und sah mich an wie ein Tierforscher, der einer Ratte gerade ein neu zu erprobendes Serum verabreicht hatte.

Ich zeigte keine Reaktion. Oder besser gesagt, ich war zu keiner Reaktion fähig. So allmählich dämmerte es mir, worauf das alles hinauslaufen sollte. Innerlich verfluchte ich mein Versäumnis, die Gedanken der drei Männer nicht vorher belauscht zu haben. Jetzt servierten sie mir nach und nach Informationen, die mich vollkommen überraschten. Dabei spürte ich, dass das noch nicht alles war.

Ich rührte mich in meinem Sessel, und weitere Lehmstücke fielen von mir ab. »Die Oortsche Wolke befindet sich weit jenseits des Sonnensystems. Das Zentrum ist fast ein Lichtjahr entfernt. Wie kann sich Free Fall jetzt schon der Umlaufbahn des Mars nähern, wenn er sich vor zwei Jahren angeblich in der Oortschen Wolke aufgehalten hat? Er müsste schon beinahe mit Lichtgeschwindigkeit fliegen, um das zu schaffen!«

Raichle nickte anerkennend. »Respekt, Captain, ich sehe, Sie haben nichts von Ihrem Handwerk verlernt.« Er nahm einen Schluck aus seinem Glas und stellte es mit einer bedeutungsschweren Geste wieder auf den Tisch zurück. »Um ehrlich zu sein: Wir wissen es nicht! Wir werden es erfahren, wenn Free Fall den Mars erreicht.«

»Warum fragen Sie ihn nicht einfach? Wenn er einen Notruf absetzen kann, dann wird ja wohl eine Verbindung mit ihm bestehen.«

»Wir haben ihm jeden weiteren Funkverkehr untersagt, auch einen codierten. Auf allen Frequenzen.«

»Mein Gott, jetzt machen Sie es nicht so spannend«, platzte ich heraus. »Warum denn?«

»Wir sind nicht die Einzigen, die seinen Notruf vor zwei Jahren empfangen haben und damit von der Pyramide in der Oortschen Wolke wissen. Die Foundation Lex Dei hat vor drei Wochen eine Expedition mit dem Ziel Oortsche Wolke gestartet. Aufgabe der drei Schiffe ist es, die *Sternenläufer* zu bergen und ganz nebenbei natürlich auch das Geheimnis der Pyramide zu erforschen.«

5

Daher wehte also der Wind. Es ging ihnen um Informationen über den Chip. Oder genauer: um das gewaltige Archiv, das sich in der Pyramide befand und in dem auf unendlich vielen Chips die gedanklichen Aufzeichnungen von allen Lebewesen der Erde gespeichert waren, die in der letzten Milliarde Jahren gelebt hatten. Appalong hatte damals die Anzahl der Informationen mit der mathematischen Zahl Googol beziffert, eine Zehn hoch einhundert.

Appalong, Halbmond und ich hätten das Archiv während unseres kurzen Aufenthalts in der Pyramide in unseren Besitz nehmen können, aber wir entschieden uns dagegen. Die Menschheit war nicht reif für solch eine große Verantwortung.

Das war sie meiner Meinung nach heute auch nicht; ganz abgesehen davon wusste auch niemand, wie der Chip funktionierte. Mir wurde mit einem Mal wieder die Gefahr bewusst, in der ich mich befand. Der Chip in meinem Kopf verlieh mir eine ungeheure Macht, deren Möglichkeiten mich manchmal an den Rand des Wahnsinns trieben. Dabei hatte ich bisher lediglich von einem kleinen Teil des Potenzials Gebrauch gemacht und das fast ausschließlich in einer spielerischen Weise. Was aber würde geschehen, wenn eine bestimmte Gruppe von Menschen in der Lage wäre, den Chip in derselben Weise wie ich zu benutzen, oder in den Besitz des Archivs gelangte? Ein unvorstellbarer Gedanke.

Mit einem dummen Gesichtsausdruck sah ich Ferguson, Raichle und von Deisenhofen an, die mich neugierig anstarrten. Was erwarteten sie von mir? Ein kurzes Eintauchen in ihre Gedanken ergab nichts Konkretes. Zunächst einmal waren sie auf meine Reaktion gespannt. Ich beschloss, ihre Überlegungen in eine bestimmte Richtung zu lenken.

»Na gut. Und nun? Was erwarten Sie von mir? Haben Sie mich aus meinem gemütlichen Heim geholt, damit ich den Schiffen der Foundation hinterherfliege?«

Raichle drehte verlegen sein Glas in der Hand. »Herr Nurminen, lassen Sie mich offen sprechen. Ihre Befreiungsaktion war nicht nur ein sehr großes Risiko, sie hat auch Menschenleben gekostet. Um es mit anderen Worten zu sagen: Wir haben sehr viel Verantwortung auf uns genommen, die wir nicht so einfach wieder ablegen können. Nicht nur gegenüber den Leuten, die wir eingesetzt haben, auch Ihrer Person sind wir in Zukunft verpflichtet. Denn sollte jemals bekannt werden, dass Sie bei der Aktion nicht ums Leben gekommen sind, dann wird man Sie unbarmherzig jagen. Sie sind ein Unikat. Für Ihren ›Kopf‹ – und das kann man wortwörtlich nehmen – wird kein Preis zu hoch sein. Selbst uns war kein Preis zu hoch, aber wir glauben, dass wir ihn für eine gute Sache bezahlt haben. An dieser Stelle möchte ich betonen, dass wir absolut kein Interesse an der Funktionsweise des Chips haben. Ganz im Gegenteil. Es wäre uns am liebsten, wenn es diesen Chip überhaupt nicht gäbe, denn sein Vorhandensein bringt die gewachsene Weltordnung durcheinander. Von daher wäre es also am besten gewesen, Sie würden jetzt noch in Ihrem ›gemütlichen Heim‹ sitzen.« Er trank etwas Whiskey und setzte anschließend das Glas hart auf dem Tisch ab. »Jetzt aber ist Free Fall aufgetaucht und mit ihm die Kenntnis von einer Pyramide im Sonnensystem. Die Foundation Lex Dei wird erst der Anfang sein. Es wird einen regelrechten Wettlauf zu der Pyramide in der Oortschen Wolke geben. Wir wollen das mit allen Mitteln verhindern. Und Sie sollen uns dabei helfen.«

Ich sah ihn nachdenklich an. Seine Worte hatten überzeugend geklungen. Auch die Färbung seiner Gedanken war von ähnlicher Natur. Mittlerweile brachte ich es fertig, während eines Gesprächs wenigstens die Gefühlswelt meines Gegenübers zu erforschen. Mit etwas mehr Training konnte ich es vielleicht zu einer simultanen Wahrnehmung von gesprochenem Wort und Denken schaffen.

Vollkommen rätselhaft war mir jedoch die angeblich uneigennützige Einstellung. Raichle konnte mir erzählen, was er wollte, ich war nicht bereit, an seine hehren Absichten zu glauben. Wenn er die Möglichkeit hätte, entscheidende Informationen über den Chip oder das Archiv in seine Hand zu bekommen, würde er nicht lange überlegen. Dazu war er viel zu sehr Geschäftsmann.

Irgendwann würde ich ihm auf die Schliche kommen und die Wahrheit erfahren. Es war nur eine Frage der Zeit. Ich musste nur seine Gedanken öfter überprüfen. Und die von Ferguson und Deisenhofen.

»Das klingt alles sehr einleuchtend«, meinte ich. »Trotzdem habe ich meine Zweifel, was Ihre Absichten betrifft. Würden Sie den Chip nicht gerne auch haben wollen? Oder das Archiv?«

»Das Archiv würde mich reizen, das gebe ich zu«, gestand er mit unbewegter Miene. »Aber laut Ihren Berichten, die Sie vor zwanzig Jahren vor dem Weltgerichtshof abgegeben haben, braucht man einen funktionierenden Chip, um die Informationen abrufen zu können. Da niemand weiß, wie man ihn in einem menschlichen Gehirn installiert, ist Ihre Frage überflüssig. Ich könnte nichts damit anfangen, höchstens seine Wirkungsweise erforschen. Aber dafür bräuchte ich noch nicht einmal den Finger krumm zu machen. Das einzige Objekt, an dem ich Studien vornehmen könnte, sitzt in diesem Moment vor mir im Sessel.«

Mir wurde heiß im Nacken. Für einen Moment kamen mir Bedenken, und ich fürchtete schon um meinen Kopf. Erst als ein Lächeln in Raichles Mundwinkeln erschien, atmete ich auf. Trotzdem durfte ich ihn nicht unterschätzen, schließlich befand ich mich in den Händen einer mir unbekannten Gruppe, die zwar vertrauenswürdig erschien, aber im Endeffekt nach wirtschaftlichen Vorteilen strebte. Ein Menschenleben mehr oder weniger würde ihnen nichts bedeuten, auch meines nicht.

»Die Foundation Lex Dei«, lenkte ich ab. »Sie ist doch, soweit ich informiert bin, eine Zusammenlegung aller ehemaligen Konzerne, die dem Vatikan unterstanden. Woher wissen Sie von dem Start der Expedition und ihren Aufgaben?«

Er runzelte die Stirn, als müsste er sich an den Namen erinnern. »Lex Dei, richtig. Der Vatikan hat sich vor Jahren öffentlich zu seinen wirtschaftlichen Interessen bekannt und sie mit seiner religiösen Berufung vereint. Damit folgte er dem Beispiel der großen islamischen Weltreligion, die schon lange vorher die wirtschaftliche Expansion in die Hände der zentralen

Mächte dieser Religion übergeben hat, der Subhana Ilaha (Gepriesen sei Gott). Nach dem Zusammenbruch der Ölwirtschaft im Mittleren Osten ist diese Foundation allerdings völlig bedeutungslos geworden. Die Lex Dei dagegen ist seit ihrer Gründung zu einer der weltweit größten Komplexe aufgestiegen. Die Gründe dafür liegen in der Vielzahl ihrer Unternehmungen auf der Erde und inzwischen auch im erschlossenen Teil des Sonnensystems, also vor allem auf dem Mond und auf dem Mars. Und das alles unter dem Deckmantel der Religion. Lex Dei, das natürliche Gesetz Gottes. Alle Angehörigen sind streng gläubig und sehen sich als die einzigen Diener des alleinigen Herrn. Ihr Streben ist auf den Aufbau eines allumfassenden Reiches gerichtet, in dem alle Menschen Brüder und Schwestern sind.«

»Das klingt doch nicht schlecht«, unterbrach ich seinen Redeschwall. »Aber es beantwortet nicht meine Frage.«

»Ich habe Ihre Frage nicht vergessen«, antwortete er mit bitterer Miene. »Ich komme gleich darauf zu sprechen. Das Problem, das sich für andere Komplexe, also auch für den unseren hierbei ergibt, ist die Religionszugehörigkeit. Wir können unseren Angehörigen nicht verbieten, an Gott zu glauben. Damit ergibt sich die groteske Situation, Mitglieder eines anderen Komplexes in den eigenen Reihen zu beschäftigen. Die Lex Dei hat auf dem letzten Konzil von Montreal faktisch die Mitteilungspflicht als elftes Gebot eingeführt. Das heißt nichts anderes, als dass jedes Mitglied der Kirche mehr oder minder gegen das Gesetz Gottes und damit gegen das Wohl der Foundation verstößt, sollte es Informationen gleich welcher Art verschweigen. Man bezeichnet das als den Kodex der Wohlwahrnehmung. Ich nenne das Sabotage, und zwar mithilfe von Milliarden von Informanten, die in allen Komplexen beschäftigt sind. Deswegen war es nur eine Frage der Zeit, bis die Lex Dei von dem Notruf der *American Gothic* Bescheid wusste.«

Deisenhofen, der sich neben Raichle an den schweren Sessel gelehnt hatte, bewegte sich nun und erklärte: »Andererseits sind wir nicht untätig. Wir beschaffen uns ebenfalls Informationen von unseren Konkurrenten, aber mehr auf dem technischen Weg. Die Vorbereitungen und der Aufbruch der Expedition sind uns nicht verborgen geblieben. Nur hätten wir gerne zuvor agiert, um nicht jetzt reagieren zu müssen. Deswegen hatten wir Ihre Befreiung etwas überhastet durchgeführt. Es wäre uns lieber gewesen, wenn wir dafür noch etwas mehr Zeit gehabt hätten.«

»Sie hatten also meine Befreiung schon lange geplant. Was wäre Ihr Plan gewesen, wenn Sie mehr Zeit gehabt hätten?«

Er blickte Raichle und Ferguson fragend an. Beide nickten zustimmend.

»Ich denke, das liegt auf der Hand. Wir waren mitten in der Vorbereitung für eine Rettungsaktion von Free Fall. Dazu haben wir auf Ihre Unterstützung gerechnet. Jetzt wollen wir zunächst die Ankunft von Free Fall abwarten. Er weiß, was in der Oortschen Wolke vor sich geht. Danach muss auf alle Fälle verhindert werden, dass Lex Dei oder sonst wer in den Besitz des Chips kommt oder Informationen darüber erhält.«

»Oder sonst wer? Ist denn noch jemand auf dem Weg dorthin?«

»Mit Sicherheit. Es gibt zwei weitere Komplexe, die dazu in der Lage wären. Der Staatenverbund von

Zentralasien und die Weltkuriere. Beide verfügen über Raumflotten und besitzen die technischen Voraussetzungen, um eine Distanz von einem Lichtjahr in einer angemessenen Zeit zu überwinden.«

Ich zupfte an den Überresten meiner abbröckelnden Maske und fragte mich, ob Deisenhofen überhaupt wusste, wovon er redete. Distanz von einem Lichtjahr in einer angemessenen Zeit! Trotz der enormen Weiterentwicklung des Neutrino-Treibers benötigte man heutzutage Jahre, um auch nur die Grenzen des Sonnensystems zu erreichen. Und bis zu den ersten massereichen Zusammenballungen der Oortschen Wolke brauchte man bestimmt noch einmal einige Jahre.

»Was verstehen Sie unter einer angemessenen Zeit?«, fragte ich wie beiläufig.

Wieder ein unsicherer Blick zu Raichle und Ferguson.

»Achtzehn Monate«, sagte er schließlich.

Überrascht hörte ich mit meinem Gezupfe auf und sah ihn ungläubig an. Da war mir anscheinend einiges entgangen.

»Achtzehn Monate! Das wäre fast halbe Lichtgeschwindigkeit!«

»Mehr als das, aber wir rechnen nicht mit einer stetigen Reisegeschwindigkeit. Achtzehn Monate wäre das Optimum.« Er sah auf seine Uhr, als könnte er so noch ein paar Tage gutmachen. »Ich erkläre Ihnen die Wirkungsweise des neuen Antriebes gerne genauer, aber im Augenblick sollten wir vielleicht …« Er warf einen hilflosen Blick zu Ferguson.

Ferguson sah ebenfalls auf seine Uhr. Instinktiv winkelte ich mein Handgelenk ab und betrachtete wehmütig meine Gruen, unter deren Glas kleine Wassertropfen hin- und herschwappten.

»Herr Nurminen. Um es kurz zu machen: Wir bitten um Ihre Mitarbeit. Und darum, sich sofort, also jetzt in diesem Augenblick, zu entscheiden!«

Ein mulmiges Gefühl machte sich in meinem Magen breit. Ferguson hatte in einem bestimmenden Tonfall gesprochen, der deutlich verriet, dass es nun ein Ende mit den Freundlichkeiten hatte.

»Mitarbeit? Und was genau stellen Sie sich darunter vor?«, fragte ich mit zweifelnder Stimme.

»Sie fliegen zum Mars, um sich Free Falls Schilderungen anzuhören, danach sehen wir weiter.«

Ich atmete tief durch. Das hatte ich erwartet. Was das »danach sehen wir weiter« zu bedeuten hatte, konnte ich mir selbst ausrechnen.

»Und wenn ich nicht will?«

»Dann haben Sie Ihr gemütliches Heim auf Kauai gegen einen dauernden Aufenthalt in einer gemütlichen Zelle auf Mechanic Base eingetauscht. Damit wir uns richtig verstehen: Das soll keine Drohung sein, aber nur dort können wir uns sicher sein, dass wir uns nicht irgendwann einmal wegen der Befreiungsaktion der Weltöffentlichkeit stellen müssen. Und zu Ihrer Sicherheit wäre es auch das Beste.«

»Das heißt im Klartext, ich habe gar keine andere Wahl.«

Er hob die Schultern und tat so, als müsste er überlegen. »Sagen wir es einmal so: Wenn ich an Ihrer Stelle wäre, würde ich den Mars vorziehen.«

Das waren deutliche Worte. In diesem Moment begann ich, innerlich den Moment zu verfluchen, als ich am Strand von Suzanne über meine bevorstehende Befreiung informiert wurde. Andererseits hatte ich mich nicht dagegen gewehrt, also lag die Schuld für meine jetzige Situation bei mir selbst.

Nur, was wäre die Alternative gewesen? Bis an mein Ende in Lethargie auf der Insel zu sitzen und darauf warten, dass etwas geschieht? Eigentlich war ich doch bereit gewesen für eine Änderung in meinem Leben, nun war sie da. Ich hatte es mir nur weniger drastisch vorgestellt. Heute Kauai und Mechanic Base, morgen der Mars. Das war mehr als heftig.

»Das kommt alles etwas plötzlich für mich. Kann ich mir das noch einmal gründlich überlegen?«

Ferguson sah wieder auf seine Uhr. »Klar. Aber viel Zeit haben Sie nicht mehr. Der Orbiter startet in fünf Stunden. Vorher müssten wir Sie noch einer kleinen Verwandlung unterziehen. Außerdem nehme ich an, dass Sie vielleicht noch duschen wollen.«

Ich starrte ihn wütend an. Erpressung war das Letzte, was ich jetzt brauchen konnte. Und Ironie schon gar nicht.

Fünf Stunden. Das war nichts. Mir wurde klar, dass ich mich in diesem Moment entscheiden musste. Im ersten Augenblick hätte ich am liebsten die Arme verschränkt, mir die Flasche Whiskey zugute kommen lassen und ein trotziges »Ich bleibe hier« von mir gegeben, aber das wäre mehr als töricht gewesen. Die gemütliche Zelle auf Mechanic Base nahm ich Ferguson nicht ab. Am Ende landete ich doch noch auf einem Operationstisch. Was hatte er schon zu verlieren? Für ihn und seinen Komplex war es das Beste, wenn ich von der Bildfläche verschwand. Kein Nurminen, keine Anklage. Und wenn schon kein Nurminen, dann wenigstens noch ein bisschen Forschung an seinem Gehirn. Irgendetwas musste ja bei dem geleisteten Aufwand herausspringen.

»Also gut, dann der Mars!«, hörte ich mich sagen.

Plötzlich war Bewegung im Raum. Alle drei sprangen auf, beglückwünschten mich zu meiner Entscheidung und rannten in verschiedene Richtungen davon.

Deisenhofen kam gleich wieder zurück.

»Captain Nurminen, hier den Gang entlang, die dritte Tür. Dort befindet sich ein Badezimmer. Lassen Sie sich Zeit. Ich bin in einer halben Stunde wieder da und hole Sie ab.«

Eine halbe Stunde.

Benommen ließ ich mich in den tiefen Sessel sinken.

Das war nicht gut, Nurminen. Das war schlecht. Das war sogar sehr schlecht. Mehr noch, es war eine Katastrophe. Ich war überheblich gewesen und hatte allzu sehr auf meine Fähigkeiten vertraut. Ich hätte auf Kauai nicht in den Kopter steigen dürfen. Jetzt saß ich in der Falle. Es war auch kein Trost für mich, dass man im Nachhinein alles besser wusste.

Der Mars. Vor fast fünfzig Jahren war ich schon einmal auf dem Mars gewesen. Damals hatten wir mit unserem Raumschiff über neun Monate zum Roten Planeten gebraucht, heute durchquerte man in beinahe der gleichen Zeit das halbe Sonnensystem. Unglaublich.

Ich sah an mir herunter. Ich war verdreckt, müde und in keiner Weise – weder körperlich noch geistig – in der Verfassung, eine Reise zum Mars anzutreten, auch wenn sie heutzutage nicht mehr die Risiken barg wie vor fünfzig Jahren.

Ich hatte mit allem gerechnet, nur nicht damit.

Ganz abgesehen davon war zu befürchten, dass der Mars nicht die Endstation sein würde, sondern nur ein Zwischenaufenthalt. Ferguson und Raichle würden sich nicht mit halben Sachen zufrieden geben.

Die Wahrheit war nur einen Gedankensprung entfernt, aber ich hatte Angst davor. Ich verschob ein Belauschen ihrer Gedanken auf später.

Wütend über mich selbst stand ich auf und ging hinaus auf die Terrasse, auf der noch der Kopter stand. Mit seiner schwarzen Lackierung war er in der Dunkelheit kaum auszumachen. Langsam tastete ich mich zu ihm vor und fuhr mit meiner Hand über den Bug. Wie bei einem Pferd, dem man die Nüstern tätschelt. Es fehlte nur noch, dass der Kopter freudig aufwieherte.

Ein schönes Fluggerät. Klein, wendig und schnell. Nicht zu vergleichen mit den klobigen Modellen aus meiner Zeit, deren Reichweite bei maximal 2000 Kilometern gelegen hatte.

Ein verwegener Gedanke kam in mir auf. Mit diesem Kopter könnte ich leicht den amerikanischen Kontinent erreichen. Oder noch besser die Pazifischen Inseln, vielleicht sogar Neu-Guinea. Dort würde man mich nicht so leicht finden.

Kopfschüttelnd holte ich mich wieder in die Realität zurück. Absoluter Blödsinn. Bis dorthin lag jede Menge Pazifischer Ozean unter mir. Ich wäre leicht zu orten. Wahrscheinlich würde Suzanne schon nach wenigen Minuten eingreifen und das Steuer übernehmen. Danach wäre meine Lage noch schlechter, als sie jetzt schon war.

Resignierend schlug ich mit der flachen Hand auf den Lack.

Kein Wiehern war zu hören, nur ein unpersönliches, klatschendes Geräusch auf hohlem Metall.

Ich stand regungslos in der luxuriösen Duschkabine und ließ abwechselnd verschieden starke Wasserfontänen über meinen Körper laufen. Das Duschprogramm hieß »Hawaiian Dreams« und erinnerte mich tatsächlich an den kleinen Wasserfall, der sich nicht weit von meinem Haus befand und unter dem ich mich oft nach einer kleinen Wanderung erfrischt hatte.

Es bereitete mir erhebliche Schwierigkeiten, mich auf die Gedanken meiner Gastgeber zu konzentrieren, mir machte der unmittelbar bevorstehende Flug zum Mars schwer zu schaffen. Nicht nur, dass ich mich erpressen lassen musste, es war der Umstand, mehr oder weniger aus meinem Wohnzimmersessel heraus solch eine gigantische Reise anzutreten. Damals, im Jahre 2030, hatten wir jahrelang für unsere Mission zum Mars trainiert, hatten uns mental darauf vorbereiten können; schließlich benötigten wir über neun Monate, um zum Roten Planeten zu gelangen. Jetzt sah es ganz danach aus, als sollte ich schon nach zwei Wochen im eisenhaltigen Staub der Marsoberfläche stehen. So sehr ich für einen Wechsel in meinem Leben bereit gewesen war, dieser neue Kurs war selbst für mich zu hart und überraschend.

Ich biss die Zähne zusammen und verdrängte für einen Moment meine nahe Zukunft. Wenn ich die Reise schon nicht verhindern konnte, so wollte ich wenigstens optimal vorbereitet sein.

Fergusons Gedanken waren zerrissen. Er war gleich nach unserem Treffen zu einer repräsentativen Feier geeilt, die anlässlich des bevorstehenden Abfluges für Mitarbeiter und die Presse gegeben wurde. Jetzt gab er sich dem Smalltalk hin und beantwortete halbherzig die Fragen der Journalisten. Auf irgendeine Weise musste er mit der Außenwelt verbunden sein, denn seine Aufmerksamkeit ließ zwischendurch nach, und er konzentrierte sich auf eingehende Nachrichten. Wahrscheinlich war er ähnlich wie ich mit einem eigenen Rechner verbunden, der ihm Aktualitäten ins Ohr flüsterte. Am meisten interessierte Ferguson der Stand der Ermittlungen über meine Befreiung. Seinem Gefühlsmuster entnahm ich, dass er eine Heidenangst davor hatte, dass die Verbindung zu Pan Global entdeckt wurde. Noch weilte ich auf seinem Hoheitsgebiet, und das kam einem Schuldgeständnis gleich. Ferguson hätte mich am liebsten sofort auf den Mars geschossen.

Raichle war ebenfalls auf der Feier; sein Auftreten war jedoch beherrschter, auch wenn er ebenfalls gedanklich nicht ganz anwesend war. Seine Sorgen galten der bereits gestarteten Expedition zur Oortschen Wolke. Er hoffte den Vorsprung durch detaillierte Informationen von Free Fall wettmachen zu können. Und durch eine verbesserte Technik des Neutrino-Treibers, der … auf der *Nostradamus* installiert war! Ich zuckte überrascht zurück. Es gab sie also noch, die *Nostradamus*! Das Schiff, auf dem ich fast sechs Jahre meines Lebens zugebracht hatte und mit dem ich mich nie richtig anfreunden konnte. Es war eine Hassliebe gewesen. Einerseits war ich begeistert von der durchdachten Ausstattung und der perfekt eingerichteten Schiffszelle, andererseits war mir die Aufrüstung durch den Neutrino-Treiber zuwider gewesen. Dieser neue Antrieb hatte mir immer das Gefühl vermittelt, dass das Schiff unrund lief, mit zu viel unterschiedlicher und fremder Technik konstruiert war, die ein hohes Risiko darstellte.

Gespannt lauschte ich weiter. Wie selbstverständlich nahm Raichle an, dass ich das Kommando der Expedition zur Oortschen Wolke übernehmen würde. Klar, alles andere hätte keinen Sinn ergeben. Also stand ich nicht nur vor einer Reise zum Mars, sondern vor einer Reise an die Grenzen des Sonnensystems.

Merkwürdigerweise wurde ich durch diese Erkenntnis ruhiger. Der Mars war mir wie ein unnötiger Ausflug am Wochenende erschienen, nun aber hatte alles eine neue Dimension erhalten. Die Oortsche Wolke war Neuland, ein unbekanntes, fernes Terrain. Auch wenn es eine Reise ohne Wiederkehr sein könnte, sie war um einiges reizvoller. Vielleicht war es aber auch nur das Wissen um das Vorhaben von Pan Globe, das meine Nerven beruhigte.

Auf jeden Fall fühlte ich mich von einem Moment zum anderen geistig stärker, hatte wieder Kraft, obwohl ich körperlich vollkommen zerschlagen war.

Entschlossen fuhr ich mit der Hand über einen Sensor und beendete das Duschprogramm.

Ach ja, Deisenhofen stand schon seit zehn Minuten ungeduldig vor der Tür des Badezimmers, um mich abzuholen. Seine Gedanken drehten sich ebenfalls um die Reise zum Mars.

Kein Wunder, denn er sollte mich begleiten.

»Keine angemessene Kleidung für Sie, Captain Nurminen, aber immerhin eine Uniform der Raumflotte von Pan Globe«, empfing mich Deisenhofen mit bedauernden Worten.

Ich sah an mir herunter. Die Kleidung hatte neben der Dusche für mich bereitgelegen. Unterwäsche, ein Overall in dunklem Blau mit dem Namenszug ›Joel Selleck‹ auf der linken Seite. Dazu leichte Bordschuhe in passender Größe und ein Chronometer mit einer kleinen Intercom-Einheit. Trotzdem hatte ich meine Gruen mit dem beschlagenen Uhrenglas angelegt. Bei nächster Gelegenheit wollte ich sie unter einen Trockner legen, in der Hoffnung, dass sie danach wieder funktionierte.

»Man hat mir gesagt, dass ich in Zukunft Joel Selleck heißen soll«, entgegnete ich nüchtern. »Der Name steht auch auf dem Overall.«

»Richtig, ganz richtig. Dabei sollten wir auch ab jetzt bleiben«, meinte er eifrig. »Jetzt aber müssen wir schnell zur … ähm, sagen wir einmal, zu einer medizinischen Station, um ihr Aussehen dem neuen Namen anzupassen. Und zum Friseur. Mit Ihren langen Haaren und dem Silberband würde Sie jedes Kind auf diesem Planeten sofort als John Nurminen erkennen. Danach noch kurz zu einem Arzt, der Sie auf Raumtauglichkeit untersuchen soll.«

»Auf die Verwandlung bin ich sehr gespannt.«

Das war ich wirklich. Mittlerweile hatte ich mich geistig so gefestigt, dass ich den weiteren Verlauf meines Lebens gar nicht mehr abwarten konnte. Eine äußerliche Veränderung war dabei für mich eine willkommene kleine Abwechslung.

Er führte mich einige Türen weiter in einen hell erleuchteten Raum, wo mich eine kleine Abordnung in modisch antiseptischen, türkisfarbenen Kitteln erwartete. Im ersten Moment prallte ich erschrocken zurück. Ich dachte sofort an eine Falle, an eine Operation an meinem Kopf, beruhigte mich aber schnell wieder.

Ich fing blitzschnell die Emotionen der Personen ein, tauchte nur kurz in ihre Gedanken und verschaffte mir einen Eindruck der Gefühlsmuster, ohne dabei in eine grüblerische Lethargie zu verfallen.

Die drei Personen, ein kleiner dicklicher Mann und zwei gut aussehende junge Frauen, hatten nichts Bösartiges im Sinn. Ganz im Gegenteil. Sie musterten mich freundlich und hatten lediglich Pläne für meine äußere Verwandlung und für eine Verschönerung meines Aussehens im Kopf.

Verschönerung! Eigentlich eine Frechheit, aber ich ging großzügig darüber hinweg.

Deisenhofen schob mich mit einem Lächeln auf die wartende Gruppe zu.

»Captain Nurminen, darf ich Ihnen Dr. Rami Aramon und seine Assistentinnen vorstellen, Frau Liane Baur und Frau Heike Singer. Sie werden Sie innerhalb einer Stunde in einen vollkommen neuen Menschen verwandeln. Sie sind wahre Künstler auf diesem Gebiet.«

Daran zweifelte ich nicht. Zwischen den beiden Assistentinnen stand ein Gerät, das aussah wie eine falsch montierte Trockenhaube. Es war eine Elektromaske. Damit wurden tausende von winzig kleinen elektromagnetischen Stiften in die Gesichtshaut implantiert, die nachhaltig auf die Nervenenden der Gesichtsmuskel einwirkten und auf diese Weise eine Veränderung des Aussehens herbeiführten. Allerdings sah die Apparatur etwas komplizierter aus als diejenigen, die ich in verschiedenen Sendungen in den medizinischen Channels gesehen hatte. Das Verfahren war vor einigen Jahren vollkommen neu entwickelt worden und war dementsprechend teuer. Wahrscheinlich hatte kein Mensch der gehobenen Schicht heute noch das Aussehen, mit dem er gestern aufgewacht war. Sehr lange hielten die neuen Gesichter nicht, alle paar Monate mussten sie wieder gerade gezogen werden, was aber nicht weiter problematisch war. Auf einem individuellen Chip waren alle Daten gespeichert. Man setzte sich einfach unter eine Maske, und schon war alles beim Alten, beziehungsweise beim Neuen.

Neben der Elektromaske standen noch ein fahrbares Waschbecken und ein Friseurstuhl. Daneben ein Tisch mit einem Plexiglaskopf, auf dem eine Kurzhaarperücke aufgelegt war.

Ich begrüßte alle mit einem wohlwollenden Nicken.

Dr. Rami Aramon verneigte sich tief und verhaspelte sich vor Ehrfurcht beinahe bei den ersten Worten, die er an mich richtete. Seine Stimme war hoch und hatte einen fremdländischen Akzent. Ein Israeli, schätzte ich.

»Captain, es ist mir eine große Ehre, Ihnen zu Diensten sein zu dürfen. Leider haben wir nicht die Zeit, um Ihnen unsere Vorschläge zu unterbreiten. Wenn es Ihnen recht ist, machen Sie es sich bequem und vertrauen sich unseren Händen an.«

Recht war es mir nicht, aber ich hatte keine andere Wahl. Ich setzte mich unter die Haube der Elektromaske und legte meine Hände auf meinen Bauch. Deisenhofen zog sich mit einer Entschuldigung und dem Hinweis zurück, dass er noch einige wichtige Dinge erledigen müsse.

Natürlich, auch für ihn stand eine große Reise an.

Dr. Rami Aramon fuhr mit seinen Ausführungen fort. »Entspannen Sie sich, Captain! Dieses hier ist keine gewöhnliche Elektromaske. Es ist eine Weiterentwicklung, die nicht auf elektromagnetischer Basis arbeitet, sondern auf molekularer und damit organischer Wirkungsweise. Wir pflanzen kleine Depots mit chemischen Wirkstoffen unter Ihre Gesichtshaut und fixieren sie an den Tsubos, den Akupunkturpunkten. Anschließend werden die Depoteinheiten verschieden stark von der Maske animiert, um den Gesichtszügen eine neue Form zu verleihen. Danach noch eine halbe Stunde Massage zur Regeneration, und in spätestens einer guten Stunde sind Sie ein neuer Mensch. Sie werden von der Prozedur natürlich nichts spüren, das verspreche ich Ihnen.«

»Nun denn«, sagte ich, um etwas zu sagen, und lehnte mich zurück. Neben mir bediente Frau Baur oder Frau Singer mit schüchternem Blick einige Sensoren, und die Haube senkte sich majestätisch langsam auf mein Gesicht herab.

Zwei Abdeckungen legten sich behutsam auf meine Augen. Dann spürte ich eine warme Flüssigkeit, die auf mein Gesicht aufgesprüht wurde und gleichzeitig für eine wohltuende Entspannung sorgte.

Wenig später übermannte mich meine Müdigkeit, und ich schlief ein.

6

»Wirklich erstaunlich, Captain! Ihre Gesichtshaut gleicht der eines Fünfzigjährigen. Diese Nervenenden, diese feinen Muskeln, alles überaus vital. Meine Gratulation!«

Ich erwachte schlagartig. Dr. Rami Aramon hatte anscheinend gar nicht mitbekommen, dass ich eingeschlafen war. Es war ein kurzer, aber erholsamer Schlaf gewesen, gerade so, als hätte man mein Gehirn aus- und dann wieder eingeschaltet. Vielleicht hatte sich in der Flüssigkeit irgendein Beruhigungsmittel befunden. Ich nahm mir vor, Dr. Aramon danach zu fragen, denn in den letzten Monaten war mein Schlaf zunehmend unruhig geworden. Manchmal hatte ich das Gefühl, als würden all die von mir heimlich besuchten Gedankeninhaber versuchen, einen Kontakt zu mir herzustellen. Meistens fühlte ich mich jeden Morgen ausgelaugt und ohne Energie.

»Sehr schön«, antwortete ich ohne Begeisterung. »Kann ich es mir anschauen? Ich meine, haben Sie einen Spiegel für mich da?«

»Nicht so ungeduldig, Captain! Geben Sie uns bitte noch die Zeit, Ihr Aussehen zu vollenden. Frau Singer wird – Ihr Einverständnis vorausgesetzt – noch die Haare waschen, um Sie danach mit einem modernen

Schnitt weiter an ein ideales Aussehen heranzuführen. Bis dahin wird auch die leichte Rötung in Ihrem Gesicht abgeklungen sein. Wenn Ihre Haare geschnitten sind und wir Ihnen die Perücke angepasst haben, können Sie in den Spiegel sehen und Ihr neues Aussehen genießen.«

Ich seufzte ergeben und blinzelte Frau Singer zu, die daraufhin prompt errötete. Dabei war mein Blinzeln gar nicht anzüglich gemeint, ich wollte lediglich ausprobieren, ob sich meine Gesichtshaut wegen der Implantate etwas gespannt anfühlte oder ob sie normal reagierte.

Alles war wie vorher. Es war kaum zu glauben, dass ich nun ein völlig anderes Aussehen haben sollte. Ehrlich gesagt, ich war nicht neugierig auf mein neues Gesicht. Dr. Rami Aramon schien mir ein wenig exzentrisch zu sein. Wahrscheinlich sah ich jetzt aus wie eine glatt gezogene Mumie – oder wie ein lebensfroher Alt-Dandy. Mit meinen langen blonden Haaren aber wohl eher wie ein Alt-Hippie.

Hinter mir schob Frau Baur die Elektromaske zur Seite und platzierte das Waschbecken an meiner Nackenpartie. Ich fasste meine langen Haare mit beiden Händen, formte einen Pferdeschwanz und legte meinen Kopf in die runde Ausbuchtung des Beckens. Dann schloss ich die Augen und verschränkte meine Hände.

Um mich herum trat eine betretene Stille ein.

Misstrauisch öffnete ich ein Auge und sah Dr. Aramon an, der wiederum hilflos seine Assistentinnen anblickte.

»Was ist denn?«, fragte ich.

Dr. Aramon faltete seine Finger und schob sie nervös ineinander. Schließlich griff er sich an seine Nasenspitze und sah mich ernst an. »Es ist so … ich meine, wir haben ein Problem wegen … mit Ihrem silbernen Kopfband. Das müssten Sie bitte ablegen!«

»Ach so, richtig, kein Problem«, sagte ich und langte nach oben.

Dr. Aramon griff erschrocken nach vorne und hielt meine Hände fest.

»Einen Moment! Captain, bitte versprechen Sie uns, dass Sie uns nicht geistig beeinflussen oder unsere Gedanken lesen, wenn Sie … ich meine, wenn Sie das Band nicht tragen!«

»Ach du liebe Zeit«, meinte ich und entwand mich seinem Griff. »Was haben Sie denn für Märchen über mich gehört? Keine Angst, dazu bräuchte ich ein Medium, das mir nahe steht. Und die, die dafür in Frage kämen, sind alle leider schon gestorben.« Erst jetzt kam mir der Gedanke, dass der Raum wahrscheinlich verwanzt war und alles aufgenommen wurde. Was mir nur recht sein konnte, denn damit konnte ich so ganz nebenbei ein Zeugnis meiner angeblichen Harmlosigkeit abliefern.

»Ja, ich habe davon gehört. Es tut mir sehr Leid um Ihre Frau und Ihre Angehörigen.«

Ich zuckte mit den Schultern und schob das Band über meinen Kopf.

Alle hielten den Atem an. Wahrscheinlich fürchteten sie, dass gleich mein Geist über sie herfallen und sie in willenlose Zombies verwandeln würde.

Frau Baur traute sich dann doch, an mich heranzutreten. Sie nahm das Band wie die Krone eines entthronten Königs in beide Hände und entfernte sich ehrfürchtig und mit vorsichtigen Schritten.

»Buuuh!«, machte ich laut.

Alle zuckten zusammen. Frau Baur ließ beinahe das Band fallen.

»Mein Gott, Herr Nurminen, Sie sind ein ganz schöner Schelm«, meinte sie, nachdem sie sich wieder gefangen hatte.

Wie auch immer. Die Situation war jedenfalls ab jetzt sehr entspannt, und die beiden Frauen kümmerten sich rührend um mich und meine Haare. Sogar ein Kaffee sprang nach dem Waschen für mich dabei heraus.

Das Haareschneiden ging schnell vonstatten. Der Grund dafür wurde mir rasch klar, als mir Dr. Aramon die Perücke zeigte.

»Die Basis der Perücke bildet ein feines Silbergeflecht. Es soll in Zukunft Ihr Haarband ersetzen. Gleichzeitig stabilisiert das Geflecht die Verbindung mit Ihren echten Haaren. Die Perücke wird sich im Laufe der Zeit an Ihre Kopfhaut anpassen. Ich hoffe, das ist in Ihrem Sinn, denn schließlich brauchen Sie dann nie mehr ein Band um den Kopf zu tragen.«

Wahrscheinlich ist es mehr im Sinne meiner Mitmenschen, dachte ich, als er mir die blonde Perücke mit dem Kurzhaarschnitt aufsetzte und sie rundherum mit einem Infrarot-Schweißer fixierte. Anschließend verpasste er mir noch hauchdünne Kontaktlinsen.

»Graue Augenfarbe, das macht Sie noch interessanter.«

Danke, dachte ich.

»So, der große Moment ist gekommen«, sagte Dr. Aramon und wich respektvoll zurück.

Mit klopfendem Herzen stand ich auf und ging hinüber zu dem Frisiertisch, wo ein großer Spiegel hing.

Gespannt näherte ich mich von der Seite und beugte mich langsam, Zentimeter für Zentimeter vor.

Ein merkwürdiger Moment. Ich bewegte den Kopf eines mir völlig fremden Menschen, der mir dumm glotzend und mit offenem Mund entgegenblickte. Das war nicht mehr John Nurminen. Es war das Gesicht eines Unbekannten, der vielleicht über ein paar Ecken mit John Nurminen verwandt war. All das Eigenbrötlerische, das sich über Jahrzehnte in meinem Antlitz eingegraben hatte, war verschwunden. All die Erfahrungen und die Enttäuschungen waren hinweggefegt. Keine oder fast keine Falten zeugten von dem Wissen eines gealterten Menschen. Ich sah aus wie ein jung gebliebener Lebemann, der dreimal in der Woche in ein Wellness-Center ging, um sich fit zu halten. Mein Gesichtsausdruck war jetzt irgendwie positiver, fast fröhlich. Das musste an den Grübchen liegen, die mir Dr. Aramon auf die Wangen gezaubert hatte.

Ich war nun Joel Selleck.

Nur die Frisur war grauenhaft. Die militärisch kurz gehaltenen Haare machten mein Gesicht schmaler als vorher, beinahe schon hager.

»Sehr schön«, sagte der fremde Mensch im Spiegel. Hinter ihm erschienen die erleichterten Gesichter von Dr. Aramon und seinen Assistentinnen.

Nur diese Grübchen …

Ich konzentrierte mich auf die winzigen Depoteinheiten und fand sehr schnell die verantwortlichen Zellen. Vorsichtig drehte ich ihnen den Saft ab – oder genauer, ich verringerte die elektronisch-chemischen Reaktionen.

Die Grübchen verschwanden.

»Oh!«, machte Dr. Aramon hinter mir. »Da müssen wohl irgendwelche Einheiten nicht richtig funktionieren. Das ist mir sehr peinlich. Wenn Sie sich bitte noch einmal kurz unter die Elektromaske begeben möchten, Captain …«

»Nicht nötig, so gefällt es mir sogar besser«, beruhigte ich ihn.

»Ja dann … das ist mir noch nie passiert. Wissen Sie …« Er druckste etwas herum. »Aber dafür habe ich, während Sie unter der Elektromaske lagen, die Funktionen Ihres CyCom verbessert. Sie können nun auch visuelle Sendungen empfangen. Zwei kleine Implantate in Ihrer Stirnpartie produzieren ein holografisches Feld, direkt vor Ihren Augen, in etwa 20 Zentimeter Entfernung. Natürlich nur, wenn Sie es möchten …«

Überrascht sah ich ihn an. »Sie meinen, vor mir entsteht ein Bild, das mir Suzanne überträgt?«

»Suzanne? Ach ja, der Codename Ihres CyComs. Ja richtig, und Sie können selbstverständlich ebenfalls Bilder mithilfe der Implantate aufnehmen und senden!«

Das war absolut verrückt! Das musste ich sofort ausprobieren.

»Suzanne, kannst du mich hören?«

›Laut und deutlich, John!‹

»Suzanne, übertrage doch bitte die letzten Nachrichten vom Universe Channel auf meinen Schirm!«

›Schlagzeilen, Politik, Lifestyle, Sport, Börse …‹

»Suzanne, Schlagzeilen bitte!«

Vor mir wischte etwas durch die Luft, ein kleines Rechteck stabilisierte sich, und gleich darauf entstand ein klares und deutliches Bild vor meinen Augen. Ich musste kurz den Brennpunkt verändern und stellte verblüfft fest, dass ich keine Schwierigkeiten mehr hatte, auf die kurze Entfernung so scharf zu sehen. Anscheinend konnte ich in Zukunft auch auf meine Brille verzichten.

Dr. Aramon räusperte sich. »Ach, übrigens, ich habe auch die Krümmung Ihrer Augenlinse geringfügig korrigiert und die Netzhaut etwas sensibilisiert. Beide waren …«

Ich brachte ihn mit einer Handbewegung zum Schweigen.

»... gibt es noch keine neuen Aufschlüsse über die Hintergründe des Attentats auf den berühmten Astronauten John Nurminen, der in der vergangenen Nacht bei einem terroristischen Überfall ums Leben kam ...« Dazu flirrten Aufnahmen von dem umgepflügten Strand vor meinem Haus vor meinen Augen. Ein eingeblendetes Porträt von mir, gefolgt von Bildern aus meiner Vergangenheit ...

»Suzanne, danke, das reicht!«

›Der Channel bietet auch reizvolle Gewinnspiele an, mit enorm hohen Erfolgserträgen ...‹

»Nein, danke, Suzanne, das war alles!«

›Es war mir ein Vergnügen!‹

Das Bild vor meinen Augen verschwand mit einem wischenden Geräusch.

Ich ärgerte mich kurz über Suzannes blöden Spruch, der aus dem unermesslichen Fundus ihres Zufallsgenerators stammen musste, dachte aber sofort darauf an die ungeheuren Möglichkeiten, die sich mir jetzt boten.

Es war erschreckend und fantastisch zugleich!

Meine Macht wuchs von Tag zu Tag. Ich war zu einem Monster nicht nur auf geistiger Ebene, sondern nun auch im technisch-kommunikativen Bereich mutiert. Es fehlte nur noch, dass mir Flügel wuchsen. Es war einfach unglaublich!

Ich lächelte triumphierend. Jetzt war ich bereit für den Mars oder meinetwegen auch für die Oortsche Wolke.

Ich war zu allem bereit.

Ich würde alles erreichen, was ich wollte.

Vielleicht sogar die Unsterblichkeit.

Mein Lächeln steigerte sich zu einem verhaltenen Lachen.

Dr. Aramon und seine Assistentinnen, die anfangs noch amüsiert mitgehalten hatten, verstummten mit erschrockenen Gesichtern.

»Entschuldigen Sie bitte«, prustete ich beschwichtigend. »Ich muss mich erst an das alles gewöhnen, an mein neues Gesicht und so. Ich hoffe, Sie verstehen mich.«

»Keine Ursache, Captain, ich verstehe Sie vollkommen. Glauben Sie mir, wir sind an solche Reaktionen gewöhnt.«

Ich nickte ihm dankbar zu.

Der Mann hatte ja keine Ahnung.

Wenig später erschien Deisenhofen, um mich abzuholen. Er hatte seinen Smoking gegen einen ebenfalls dunkelblauen Overall getauscht und musterte mich mit großen und ungläubigen Augen.

»Nurminen? Mein Gott, das ist unfassbar!«

»Selleck. Mein Name ist Joel Selleck«, antwortete ich und deutete auf den Schriftzug an meinem Overall.

»Ja klar, richtig. Trotzdem, die Veränderung ist verblüffend. Wenn die Stimme nicht die gleiche wäre, würde ich sagen, ich habe Sie noch nie zuvor gesehen.«

»Die Sache mit meiner Stimme … Durch eine einfache Stimmerkennung könnte jeder herausfinden, wer ich wirklich bin …«

Er winkte ab. »Natürlich, aber das wird keiner tun. Es geht nur darum, Sie unbehelligt zum Mars zu bringen. Dann sind Sie erst einmal weitab vom Schuss. Ganz abgesehen davon wird man sehr bald wissen, dass Sie bei dem Attentat nicht ums Leben gekommen sind. Bis dahin …«

»… werde ich wahrscheinlich schon auf dem Weg zur Oortschen Wolke sein, und dann ist meine Wiederauferstehung eine alte Geschichte. Nehm ich mal an.«

Er wirkte nicht überrascht. »Vielleicht. Das hängt von Ihnen ab. Und davon, was Free Fall uns erzählen wird.«

»Das heißt, Sie und Ihre Vorgesetzten haben schon Vorbereitungen getroffen?«, fragte ich scheinheilig.

»Nun ja, ein bisschen«, wich er mir aus. Man sah ihm an, dass ihm das Thema ungelegen kam. Ich deutete auf seinen Overall.

»Was ist mit Ihnen? Fliegen Sie auch mit zum Mars?« Meine Frage klang selbst für mich seltsam. Es war, als wollte ich wissen, ob er mit mir zum Einkaufen gehen möchte.

»Ja, ich fliege mit«, antwortete er tonlos. »Übrigens, wir müssen hier entlang. Weiter den Gang runter. Zu einem kurzen Besuch beim Arzt.«

Ich verabschiedete mich mit einer großzügigen Handbewegung von Dr. Aramon und seinen Assistentinnen, die die ganze Zeit über mit glücklichen Gesichtern neben uns gestanden hatten. Dann folgte ich Deisenhofen.

»Das klingt nicht sehr begeistert. Waren Sie schon einmal im Weltraum?«

»Einige Male. Auf dem Mond und auf den Werften im Mondorbit. Es ist aber meine erste Reise mit einem Schiff, das mit einem Neutro ausgerüstet ist.«

Ich sah ihn nachdenklich an. Der Einsatz eines Neutros, wie der Neutrino-Treiber von Insidern genannt wurde, war in einem gedachten Kugeldurchmesser von zwei Millionen Kilometern mit der Erde als Zentrum verboten. Einen fundierten Grund dafür gab es nicht. Die unabhängige Raumkommission hatte diese Schutzzone schon früh in den fünfziger Jahren festgelegt, vor allem, um den weltweiten Protesten gegen den Antrieb gerecht zu werden. Raumschiffe mit fernen Zielen, die fast ausnahmslos aus der Mondumlaufbahn starteten, mussten also zuerst den doppelten Abstand Erde – Mond zurücklegen, bevor sie den Neutrino-Treiber einsetzen konnten.

»Bereitet Ihnen das Schwierigkeiten?«

»Nein, ganz im Gegenteil, ich freue mich auf den Mars. Es war schon immer ein Jugendtraum von mir, meinen Fuß auf den Roten Planeten zu setzen …«

Ich schlich mich kurz in seine Gedanken, was aber unnötig war, denn ich wusste auch so, was ihn beschäftigte.

»Lassen Sie mich raten. Im Grunde genommen geht es Ihnen wie mir. Ihr Ziel wird nicht der Mars sein, sondern die Oortsche Wolke.« Ich lachte schadenfroh. »Was haben Sie denn dort zu suchen?«

Er schien mein beleidigendes Gelächter nicht wahrgenommen zu haben. »Befehl von ganz oben. Außerdem bin ich einer der Jüngsten im Sicherheitsteam des Komplexes. Falls die Mission länger dauert als vorgesehen, kehre ich wenigstens in einem noch annehmbaren Alter auf die Erde zurück. Ich bin nicht verheiratet, und nahe Verwandte hab ich auch nicht.«

»Was hat man denn an dem Neutrino-Treiber geändert, dass man solch ungeheure Geschwindigkeiten erreichen kann?«

»Geändert hat man im Grunde nicht viel, man hat nur die Beschussdichte der Neutrinos erhöht. Weiterhin besitzen die neuen Prototypen nicht nur einen einzigen Teilchenbeschleuniger, sondern mehrere, um die Taktfrequenz zu erhöhen. Dadurch wird die Gravitationsstückelung enorm verringert, fast schon bis zu einem Grenzbereich. Ein Notfallprogramm verhindert, dass ein Schiff über den Grenzbereich hinausgeschoben wird.«

Das klang verdächtig. Diesem so genannten Grenzbereich waren wir damals durch den Wahnsinn von Schmidtbauer ziemlich nahe gekommen. Nur durch die Aufmerksamkeit meines Versorgungsoffiziers Luis Santana waren wir alle mit dem Leben davongekommen.

»Sie meinen, man wagt sich fast bis an den Ereignishorizont heran?«

»Ereignishorizont, Stehendes Licht, Grenzbereich, nennen Sie es, wie Sie wollen, auf jeden Fall ist man mit der erhöhten Taktfrequenz ziemlich nahe dran. Für meinen Geschmack zu nahe, und das macht mir ein wenig Sorgen.« Er sah sich vorsichtig um, als wolle er sich vergewissern, dass uns niemand belauschte. »Es steht sehr viel auf dem Spiel, und dafür muss man etwas riskieren, vielleicht auch sein eigenes Leben.«

»Und dazu sind Sie bereit?«

Er hob nichts sagend die Schultern und ging weiter. Ich blieb noch einen kurzen Augenblick stehen und konzentrierte mich auf Abhörvorrichtungen im Gang. Natürlich waren welche vorhanden. Deisenhofen musste das wissen, schließlich gehörte er nach seinen eigenen Aussagen zum Sicherheitsteam. Also traute man mir nicht so ganz über den Weg und wollte wissen, was ich so von mir gab. Das war mir nur recht, denn auf diese Weise konnte ich weiter den Harmlosen spielen.

»Pan Globe hat also einen Prototyp mit mehreren Teilchenbeschleunigern gebaut«, sagte ich wie beiläufig, als ich ihn auf dem Gang eingeholt hatte. »Und wo befindet der sich? Im Orbit um den Mars?«

Er nickte mit einem zufriedenen Gesicht. »Nach Ihrem erfolgreichen ersten Flug mit einem Neutrino-Treiber gab es eine unglaubliche Aufbruchsstimmung in der Geschichte der Raumfahrt. Innerhalb weniger Jahre wurden ganze Flotten mit dem neuen Antrieb ausgerüstet. Man konnte nun die Strecke Erde – Mars innerhalb einer Woche zurücklegen. Dazu waren jedoch ungeheuere Geldmittel nötig, die nur durch Zusammenlegung mehrerer Konzerne beschafft werden konnten. Danach war für eine weitere Forschung auf diesem Gebiet erst einmal kein Geld da. Man gab sich mit dem zufrieden, was man hatte. Außerdem mussten sich diese neuen Flotten amortisieren, und das funktionierte nur, wenn man möglichst schnell die neuen Gebiete erschloss. Mond, Mars, Jupitermonde, Saturnmonde. Rohstoffe, Verhüttungstechnologie, Werften, Tourismus. Die Menschheit hat in wenigen Jahrzehnten einen gewaltigen Sprung nach vorne gemacht. All das hat die Weltwirtschaft nahe an den Abgrund gebracht. Im Augenblick erholt sie sich langsam, aber sie ist erschöpft und ausgebrannt. Keine Kraft für Innovationen. Durch das plötzliche Auftauchen von Free Fall und der *American Gothic* war man zu einer Reaktion und damit zu einem weiteren Kraftakt gezwungen. Das Ergebnis ist ein Prototyp, der innerhalb von 18 Monaten entstanden ist.«

Er sah mich Beifall heischend an, als hätte er gerade einen dreifachen Salto aus dem Stand vorgeführt.

»Sie haben die *Nostradamus* umgebaut«, sagte ich unüberlegt und hätte mich am liebsten sofort dafür geohrfeigt.

»Woher wissen Sie das?«, fragte er erschrocken.

»Ich wusste es nicht«, antwortete ich so gleichmütig wie nur möglich. »Es ist eine Schlussfolgerung von mir. Man hat nach der Zerschlagung von Space Cargo nie mehr etwas von dem Schiff gehört. Irgendwann vor ein paar Jahren habe ich einmal in einem Bericht gehört, dass man das Schiff im Marsorbit geparkt hat. Nachdem Sie mir eben so begeistert von dem Freimachen von Kräften gesprochen haben, ist mir das Schiff in den Sinn gekommen. Das ist alles. Also stimmt es, die *Nostradamus* wurde zu einem Superschiff umgebaut, oder?«

Ich war während meiner Erklärung ins Schwitzen gekommen. So allmählich musste ich mich besser darauf konzentrieren, was ich wusste und was ich offiziell nicht wusste. Das, was ich soeben von mir gegeben hatte, war hauchdünn und an den Haaren herbeigezogen. Ich konnte nur darauf hoffen, dass Deisenhofen und diejenigen, die an den Abhöreinrichtungen saßen, mir das abnahmen.

»Ja, das stimmt«, sagte er mit enttäuschtem Gesicht. »Schade, ich hätte Sie so gerne damit überrascht.«

»Machen Sie sich nichts daraus«, meinte ich mit unbekümmerter Miene und atmete tief durch. »In meinem Alter überrascht mich nichts mehr.«

»Ihre Fitness ist wirklich erstaunlich. Ich bin mal gespannt, was der Arzt dazu sagt. Wir müssen hier rein.« Er ging durch eine Tür, die zu einer medizinischen Abteilung führte. Die Wände waren hellgrün, und die Luft roch um einige Nuancen zu sauber. Ich folgte ihm zögernd.

»Ich nehme Ihnen nicht ab, dass Sie sehr gespannt darauf sind, Herr von Deisenhofen«, sagte ich, um ihn noch weiter von meinem Versprecher mit der *Nostradamus* abzulenken. »Ich wette, Sie kennen meinen medizinischen Befund sehr genau, denn schließlich haben Sie meine Entführung seit langem geplant. Ich schätze Ihre Ermittlungen im Vorfeld dahingehend ein, dass Sie sich über meine Konstitution schlau gemacht haben. Oder hätten Sie mich auch befreit, wenn ich ein körperliches Wrack gewesen wäre?«

Er grinste mich stolz an. »Bestimmt nicht. Sie haben Recht. Diese Untersuchung ist auch nur für die Akten gedacht. Sie ist Vorschrift. Es würde auffallen, wenn wir Sie einfach so ins Weltall schießen.«

Na also, dachte ich zufrieden. Trotzdem stieg in mir wieder der Ärger über meinen Versprecher hoch. Ich durfte mich nicht überschätzen und musste besser aufpassen. Deisenhofen mochte nach außen hin harmlos erscheinen, aber ohne einen brillanten Verstand stieg niemand in einem Komplex in jungen Jahren so weit auf. Noch so ein Missgeschick von mir, und er würde ins Grübeln geraten.

Wir gingen durch eine weitere Tür, hinter der uns ein älterer Herr in einem grünen Arztkittel mit mürrischem Blick empfing. Allem Anschein nach wusste er ganz genau, wer ich war. Seine Überraschung über mein neues Aussehen spiegelte sich allerdings lediglich in einem kaum merkbaren Hochziehen seiner buschigen linken Augenbraue.

»Dr. Sherman Whitehouse«, stellte Deisenhofen ihn mir mit knappen Worten vor. »Er leitet die abschließende Untersuchung.«

Ich ersparte mir eine Überprüfung von Dr. Whitehouse. So wie er mich ansah, würden mir einige abfällige Gedanken über kosmetische Veränderungen eines Menschen entgegenschlagen. Das konnte ich mir ersparen.

»Selleck«, sagte ich. »Joel Selleck.«

»So, so«, brummte er und deutete auf die bequeme Liege eines medizinischen Automaten, der mitten im Raum stand. »Schuhe ausziehen, Overall ausziehen und auf die Liege legen!«

Der barsche Ton des Typen gefiel mir überhaupt nicht. Normalerweise hätte ich ihn mit einigen meiner

Fähigkeiten zur Verzweiflung gebracht, aber ich war müde und hatte keine Lust auf weitere Mätzchen. Also lächelte ich ihn freundlich an, zog mich aus und legte mich in den Automaten, der mich sofort mit einem warmen Schnurren zu scannen begann. Nach fünf Minuten war alles vorüber, und ich durfte mich wieder anziehen.

Dr. Whitehouse deutete auf einen Stuhl, der vor einem mannshohen Sheet stand. Er schaltete den Rechner ein, schnappte sich einen weiteren Stuhl und setzte sich neben mich. Auf dem Sheet erschien eine 1:1-Abbildung meines Körpers. Innere Organe, Muskeln und Muskelgewebe, Nervenbahnen, Knochengerüst, eine plastische Darstellung des Zustands meines Hautgewebes plus ein Dutzend anderer nützlicher Informationen auf zusätzlichen Displays.

Erstaunlicherweise jedoch keine Information darüber, wo und wie in meinem Gehirn der Chip platziert war, was ich mit einem zufriedenen Grinsen zur Kenntnis nahm.

Dr. Whitehouse seufzte tief auf und lehnte sich zurück.

»Herr Nurminen, nach den von uns übernommenen Unterlagen von Space Cargo sind Sie heute 72 Jahre alt …«

»Mein Name ist Joel Selleck«, leierte ich gelangweilt herunter.

»Meinetwegen. Trotzdem weiß ich, dass Sie 72 sind …«

»Noch nicht«, verbesserte ich ihn. »Nurminens Geburtstag ist meines Wissens nach am 25. Dezember 2000. Also ist er erst 71.«

»Na gut, 71 Jahre alt. Können Sie mir erklären, wie ein alter Mann zu dem Körper eines Mannes in den besten Jahren kommt?«

»Ganz einfach. Joel Selleck wurde am 30. Juli 2035 geboren. Ich bin also noch sehr jung. Ganz abgesehen davon finde ich, dass auch ein Mann mit 71 gerade erst in den besten Jahren ist.« Ich lächelte ihn wieder freundlich an.

Er seufzte und schüttelte den Kopf.

»Wie Sie wollen. Es war nur wissenschaftliches Interesse von mir. Sie sind in hervorragender Form. Gewissermaßen auf Herz und Nieren überprüft. Ihre Hör- und Balancefähigkeit ist in Ordnung. Ihr Sehverhalten wurde geringfügig nachgebessert. Ebenso Ihr CyCom-System, das durch eine holografische Einheit ergänzt wurde. Es fehlen Ihnen eigentlich nur noch Röntgenaugen zum Supermann.«

»Sehr gerne. Wenn das möglich ist?«

Er stand seufzend auf. »Nein. Das muss für heute reichen.«

Schade, dachte ich.

7

Die Geschichte wiederholte sich.

Nach 25 Jahren saß ich in einem Shuttle, der wieder den Anfang einer Reise zu einer mysteriösen weißen Pyramide bedeutete. Dieses Mal jedoch war alles anders.

Um mich herum in der engen Kabine saß dieses Mal nicht meine vertraute Mannschaft, mit der ich lange Jahre zusammengearbeitet hatte, sondern etwa 50 mir völlig fremde Menschen – wenn man einmal von einem nervösen Deisenhofen neben mir absah –, die auf den Start des Shuttles harrten, der im heutigen Sprachgebrauch als Carrier bezeichnet wurde. Ein zutreffender Name, denn von den prächtigen Transformer-Jets, die zu meiner Zeit bis zu fünf einzelne Shuttles in die Umlaufbahn hievten, war wegen der hohen Kosten keiner mehr in Verwendung. In der heutigen Zeit musste alles schnell und vor allem billig vonstatten gehen. Jeden Tag fanden überall auf der ganzen Welt bis zu eintausend Carrierflüge statt. Die Weltraumfahrt benötigte Menschen und Material im Sonnensystem, und das möglichst schnell und kostengünstig.

Ein Carrier war nichts anderes als ein schlankes Raketenflugzeug mit einem schmalen, eng anliegenden

Flügelansatz, der sich fast an die gesamte Länge des Rumpfes schmiegte. Der wiederverwendbare Orbiter wurde auf einer drei Kilometer langen Magnetrampe in einem Zwanzig-Grad-Winkel und mithilfe von eigenen Boostern in die Umlaufbahn geschossen. Dementsprechend einfach war die Konstruktion eines Carriers angelegt. Möglichst geringes Eigengewicht und maximale Auslastung der zu transportierenden Fracht.

So waren zum Beispiel die Sitze äußerst spartanisch zu nennen. Einen Luxus mit separaten Monitoren in der Rücklehne des Vordermannes, wie damals auf dem Shuttleträger *Heimdal,* gab es nicht mehr. Immerhin waren an den Seitenwänden kleine Monitore angebracht, die einen Blick nach draußen ermöglichten.

Es gab auch keinen Piloten. Der Carrier fand mithilfe eines Rechners seinen Weg alleine nach oben in eine Parkbahn, um sich nach mehreren Umläufen in Richtung Mond zu schießen.

Willisohn Lehmann-Willenbrock, ein früherer Pilot von Shuttle-Trägern, hatte für die neue Art zu fliegen nur Verachtung übrig. Das wusste ich aus seinen Gedanken.

Dafür verfügte der Carrier über ein exzellentes Rettungssystem, um die wertvolle Fracht Mensch nicht zu gefährden. Die jeweils zwei Sitze auf jeder Seite waren abgeschlossene Kabinen, die bei einem Notfall abgetrennt wurden und eine eigene Druck- und Versorgungseinheit bildeten. Im Falle eines Absturzes würden die Kabinen abgesprengt werden. Jede einzelne besaß einen Fallschirm und ein wirkungsvolles Steuertriebwerk für eine gewisse Manövrierfähigkeit, die aber nicht für einen Notfall in der Atmosphäre ausreichte. Vor der Reibungshitze würde auch die Kabine nicht ausreichend schützen. Bisher waren Katastrophen dieser Art jedoch noch nicht vorgekommen, und das wiederum sprach für die Zuverlässigkeit dieses Systems.

Ich machte mir auch keine Sorgen wegen des Flugs, mich beschäftigten ganz andere Dinge. Ferguson und Raichle zum Beispiel. Beide hatten sich vor meinem Abflug nicht mehr blicken lassen. Ihren Gedanken entnahm ich, dass ihnen die Rückkehr von Free Fall und der *American Gothic* im Grunde genommen lästig war. Geradezu unangenehm war ihnen meine Befreiungsaktion. Die Befürchtung, damit in Verbindung gebracht zu werden, hatte ihnen regelrecht den Angstschweiß auf die Stirn getrieben. Ich fragte mich, warum sie sich dann überhaupt darauf eingelassen hatten, wenn ihnen die Sache zu heiß war.

Im Augenblick konnte ich nichts Neues aus ihren Gedanken erfahren. Sie waren immer noch auf der »Abschiedsparty« und mit den Reizen der Damen vom Service beschäftigt.

Ärgerlich durchwühlte ich die Gedanken von meinem Begleiter, aber Deisenhofen malte sich gerade die schlimmsten Möglichkeiten eines Unfalls mit dem Carrier aus und versuchte immer wieder, sich selbst zu beruhigen.

»Wer ist überhaupt auf die Idee gekommen, mich zu befreien?«, fragte ich ihn unvermittelt.

Er schreckte hoch. »Was?«

»Die Befreiungsaktion. Irgendjemand muss doch die Idee dazu gehabt haben. Sie hätten ja auch jemand anderen zur Oortschen Wolke schicken können, nicht einen Tattergreis wie mich.«

»Aber ich bitte Sie! Sie sind alles andere als ein Tattergreis. Außerdem besitzen nur Sie die nötige Erfahrung ...«

»Blödsinn. Ich habe keine Erfahrung. Ich habe damals unverschämtes Glück gehabt, als ich aus der Pyramide wieder heil herausgekommen bin. Mit meiner Befreiung ist der Komplex ein hohes Risiko eingegangen. Wenn jemand erfährt, dass Ihre Firma dahintersteckt, wird es ernsthafte Schwierigkeiten geben. Nicht unbedingt wegen meiner Person, aber schließlich hat es Tote gegeben.«

»Ja, das war riskant«, antwortete er zerstreut. »Die Idee stammte von Raichle. Damals, nach dem Notruf von Free Fall. Er meinte, wir sollten eine Expedition zur Oortschen Wolke schicken, mit Ihnen als Kommandanten. Mit Ihrer Erfahrung …«

»Das mit der Erfahrung hatten wir schon«, entgegnete ich schroff. »Erzählen Sie mir lieber, was er mit der Expedition erreichen will! Free Fall und seine Mannschaft zu retten? Oder geht es ihm mehr um das Archiv und die Funktionsweise des Chips?«

Deisenhofen grinste. »Das können Sie sich doch selbst ausrechnen. Ferguson und Raichle sind Geschäftsleute, zum Samariter eignen sie sich nicht besonders. Natürlich steht der Chip im Vordergrund, denn jetzt gibt es eine Chance, an die Technologie heranzukommen, nachdem Sie damals die Möglichkeit ausgeschlagen hatten.« Er zuckte zusammen, als der Carrier leicht anruckte.

»Die Halteklammern werden gelöst. Anscheinend sind wir zum Start freigegeben«, beruhigte ich ihn. »Wieso wurde ausgerechnet die *Nostradamus* mit dem verbesserten Neutrino-Treiber ausgerüstet? Das Schiff ist doch uralt.«

»Das ist richtig, aber die *Nostradamus* ist nicht das einzige Schiff mit dem verbesserten Neutro. Sagen wir einmal so: Die *Nostradamus* musste nur aufgepeppt werden, und das war erheblich billiger, als … ähm …«

»… den Verlust eines neuen Schiffes in Kauf zu nehmen, falls die Expedition scheitern sollte«, beendete ich seinen Satz.

»Es hat schon fast eine Milliarde Eurodollar gekostet, das Schiff auf den neuesten Stand zu bringen. Alleine hätte der Komplex die Summe nicht aufbringen können, jedenfalls nicht bei der derzeitigen Wirtschaftslage. Ein neues Schiff in die Oortsche Wolke zu schicken wäre zu riskant gewesen.«

Ich horchte auf. »Das heißt, es war noch jemand an der Finanzierung des *Nostradamus*-Umbaus beteiligt? Jemand, der ein Interesse an der Expedition hat?«

»Raichle hat immer von einem Konsortium gesprochen. Wer dahintersteckt, weiß ich nicht. Es müssen aber sehr finanzkräftige Geldgeber sein.«

Ich klinkte mich rasch in seine Gedanken ein. Er wusste es tatsächlich nicht. Außerdem war er wütend auf Raichle. Anscheinend war Deisenhofen nicht gerade mit großer Begeisterung hier an Bord des Carriers gegangen. Das erklärte die etwas zu freizügigen Aussagen über die Pläne seiner Chefs. Eine bequeme Karriere auf der Erde wäre ihm lieber gewesen.

»Wie hoch ist denn der Anteil des Konsortiums an dem Projekt?«

»Keine Ahnung. Es muss aber einen sehr großen Einfluss haben. Manchmal hatte ich sogar den Eindruck, dass die Idee für die Expedition und der Plan für Ihre Befreiung gar nicht von Raichle stammten, sondern von außen kamen, also von dem Konsortium. Raichle sprach in dem Zusammenhang oft in der Mehrzahl, und damit meinte er bestimmt nicht Ferguson. Ferguson ist ein Konservativer, ihn interessieren nur Stahl und Profit. Eigentlich ist Pan Globe insgesamt gesehen recht konservativ. Es war für mich sehr überraschend, dass sich der Komplex auf die Sache eingelassen hat.«

Das war ja alles sehr interessant.

»Und was ist mit Ihnen? Besitzen Sie auch eine konservative Ader?«, fragte ich ihn beiläufig.

Er lächelte mich mit einem traurigen Ausdruck in den Augen an. »Wenn ich ganz ehrlich bin, ja. Das hier ist nicht mein Ding.« Er fuhr mit der Hand über die metallene Verkleidung seines Sitzes. »Andererseits habe ich davon immer geträumt.« Sein Kopf kam ganz nahe zu mir herüber, als er mir zuflüsterte: »Der Bericht, den Sie damals vor dem Weltgerichtshof abgegeben haben ... ich habe jede Seite davon verschlungen. Captain John Nurminen war für mich mehr als nur ein Held. Sie waren – entschuldigen Sie – Sie sind für mich ein wichtiger Mensch in der Geschichte der Erde, und ich bin sehr stolz darauf, mit Ihnen fliegen zu dürfen!«

»Ach was!«, entfuhr es mir, bereute aber sogleich meine respektlose Bemerkung. Deisenhofen mochte ein Kindskopf sein, aber in seinen Gedanken und Gefühlen war er aufrichtig.

Was man von seinen Vorgesetzten nicht unbedingt sagen konnte, aber das durfte man auch nicht erwarten. Es ging um einen hohen Preis, der im Voraus zu zahlen war.

Nach seinen heroischen Worten war Deisenhofen wieder mit sich und dem bevorstehenden Start beschäftigt, also lehnte ich mich zurück und inspizierte die spärliche Innenausstattung des Carriers. Man hatte das Gefühl, im Innern einer Dose zu sitzen. Überall nacktes Metall. Noch nicht einmal die Sitze waren anständig verkleidet. Ich saß auf anpassungsfähigem Flow-Material, über das man einen schlichten Überzug gezogen hatte.

Ein lang gezogener, dumpfer Ton hallte durch die Schiffszelle. Gleichzeitig erschien eine Projektion auf der glatten Rückseite des Vordersitzes. Sie zeigte das Gesicht einer weiblichen Person, die mich freundlich anlächelte. Wahrscheinlich ein Controller, der irgendwo in einem Kontrollraum auf Mechanic Base saß und mit einer angenehmen und beruhigenden Stimme einige Informationen über den Status des Fluges preisgab.

»Willkommen auf dem Flug PGT 346, meine Damen und Herren! Mein Name ist Rachel Langdon, und ich bin Ihr Flight-Controller für den Transit und den Parkway im Erdorbit. Ihr Carrier ist freigegeben für den Weiterflug zum Mondorbit. Zu Ihrer Sicherheit werden in einigen Minuten die Safety-Zellen geschlossen und aktiviert. Begeben Sie sich deshalb bitte jetzt auf Ihre Plätze und beachten Sie die eingeblendeten Instruktionen. Nach dem letzten Overcheck und der endgültigen Freigabe werde ich mich noch einmal bei Ihnen melden.«

Die Projektion verblasste übergangslos.

»Merkwürdig«, brummte Deisenhofen neben mir. »Was soll das denn heißen, ›endgültige Freigabe‹? Es gibt keine endgültige Freigabe. Entweder der Flug ist bestätigt oder er ist es nicht! Hoffentlich gibt es keine Schwierigkeiten.«

Ich erwiderte nichts darauf und konzentrierte mich auf die Gedanken der mitfliegenden Passagiere, konnte aber nichts Verdächtiges entdecken, nur Nervosität und gespielte Gelassenheit. Bei den Mitreisenden handelte es sich ausnahmslos um Werftarbeiter, die ihre Vierteljahresschichten auf einer der großen Schiffsfabriken im Orbit um den Mond antraten oder in den Zulieferbetrieben auf dem Mond arbeiteten.

Auch in der näheren Umgebung des Carriers herrschte die gewohnte Professionalität einer Startvorbereitung, die auf nichts Ungewöhnliches hinwies.

Ich versuchte, die Gehirnaktivitäten unseres Controllers zu finden, aber es hielten sich zu viele Menschen auf der Stahlinsel auf. Es wäre ein reiner Glücksfall gewesen, wenn ich eine Rachel Langdon gefunden hätte.

Nach einigen Minuten gab ich es auf. Im Augenblick hätte ich sowieso nichts gegen eine Entdeckung unternehmen können. Ich saß in einer riesigen Blechdose und war damit mehr oder minder erneut ein Gefangener.

Wieder dieser dumpfe Ton, der an ein altes Nebelhorn erinnerte.

Links und rechts von mir schoben sich zwei gepolsterte Halterungen aus dem Sitz und pressten mich sanft gegen das Flow-Material. Anschließend kippte mein Sitz leicht nach hinten und zog sich etwas in die Länge. Eine helmartige Schutzkappe fixierte meinen Kopf und ließ mir nur noch die Möglichkeit, geradeaus zu blicken. Um uns herum erschienen Wände aus durchsichtigem Plexmaterial und bildeten eine geschlossene Kabine.

Mein Gott, was für eine primitive Raumfahrt!

Ich kam mir vor wie ein Stück Vieh, das zu Testzwecken in die Umlaufbahn geschossen wurde.

Der Carrier begann sich unmerklich hin und her zu bewegen. Ein Zeichen dafür, dass die Magnetfelder aktiviert worden waren. Es war nicht mehr lange bis zum Start.

Neben mir atmete Deisenhofen hörbar auf.

Mich dagegen überfiel plötzlich eine grenzenlose Wehmut. Gleichzeitig erging ich mich in Selbstmitleid.

Ich war nicht mehr ich selbst.

Ich sah anders aus und hatte einen anderen Namen. Man hatte mich abrupt aus meiner gewohnten Umgebung herausgerissen, mich erpresst und mich in diese Blechbüchse gesteckt.

Panik kam in mir auf. Was, wenn das alles fingiert war und man mich einfach loswerden wollte? Tot war ich ja schon. Ein kleiner bedauerlicher Unfall im Weltraum, von dem in ein paar Monaten niemand mehr sprechen würde.

Ich versuchte mich zu beruhigen und meine unlogischen Gedanken zu verscheuchen. Das hätte man alles einfacher haben können. Ich war einfach wütend über die Art und Weise, wie ich mich hatte manipulieren lassen. Andererseits, was wäre die Alternative gewesen? Bis an mein Lebensende in meinem luxuriösen Haus auf der Insel zu sitzen? Nein, es war in Ordnung so. Wahrscheinlich wollte ich mir gegenüber einfach nicht eingestehen, dass ich Angst hatte. Angst vor der Reise ins Ungewisse.

Damit war ich wieder bei meiner Wehmut. Ich musste zugeben, dass ich mein Heim vermisste. An die Möglichkeit, nie mehr zurückzukehren, wagte ich nicht zu denken.

Die Projektion von Rachel Langdon erschien dieses Mal direkt auf der Sichtblende meiner Schutzkappe.

»Flug PGT 346 ist nun bereit zum Start. Ich wünsche Ihnen eine gute Reise und eine glückliche Heimkehr!«

Das war kurz und schmerzlos. Gerade als ich mir überlegte, ob die Sekunden bis zum Start heutzutage noch traditionell heruntergezählt wurden, verschwand Rachel und machte Platz für eine schmucklose Zahlenreihe. Minus 00:00:34.

Noch 34 Sekunden bis zum Start.

Deisenhofen stöhnte leise auf.

Auch ich biss die Zähne zusammen. Soweit ich wusste, war die Beschleunigung eines Carriers um einiges höher als der vergleichsweise sanfte Start eines Shuttleträgers zu meiner Zeit. Besonders die ersten drei Kilometer auf dem Magnetfeld und die Zündung der Booster am Ende der Startbahn würden höllisch werden.

Es wurde mehr als das. Kaum war nach dem Herunterzählen »and *go*!« erschienen, wurde ich mit einem lautlosen Schlag in meine Liege gepresst. Der Carrier beschleunigte aus dem Stand mit einer brutalen Heftigkeit, die in keiner Weise mit dem stetigen Geschwindigkeitszuwachs eines Shuttleträgers zu vergleichen war. Erschreckend war vor allem die Lautlosigkeit, mit der das alles vonstatten ging. Kein ankündigendes Rumoren eines Triebwerkes, kein gemächliches Steigen in die Atmosphäre. Die Schiffszelle schoss geräuschlos wie ein Pfeil an den Magneten vorbei.

Fünfzehn Sekunden später ein zweiter Schlag, dieses Mal jedoch begleitet von einem plötzlich einsetzenden, hohlen Rauschen. Die Booster waren noch vor dem Ende der Startbahn gezündet worden und pressten meinen Körper abermals in das Flow-Material hinein.

Ich schloss entsetzt meine Augen und hoffte darauf, dass die kommenden drei Minuten schnell vergehen würden. Länger würde es nicht dauern, bis wir in der Umlaufbahn um die Erde waren.

Den Augenblick, als der Carrier die Startbahn verließ und frei in der Luft dahinschoss, bekam ich nicht mit. Erst als sich der Anstellwinkel veränderte und der Carrier steil wie eine Rakete aufstieg, wurde mir bewusst, dass Mechanical Base schon meilenweit hinter uns lag.

Mir wurde schlecht. All meine Nervenenden konzentrierten sich auf den Druck der Beschleunigung.

Denken konnte ich auch nicht mehr. Mein Gehirn schien komprimiert zu sein. Zu einer Bewegung war ich unfähig, all meine Gelenke pappten an der Liege. Meine Organe arbeiteten unter Protest und vermittelten mir ein Gefühl des Erstickens.

Vor mir kommentierte eine vibrierende Controllerin Rachel Langdon die Flugdaten. Ein lächerlicher Vorgang. Ich konnte kaum etwas verstehen, geschweige denn die Projektion wahrnehmen, meine Augen hatten sich irgendwo hinten in meinem Kopf versteckt.

Dann war alles vorbei, und ein kollektives Aufatmen hallte durch die Kabinen. Mein Körper dehnte sich nach vorne aus und mit ihm alles, was zu ihm gehörte.

Jetzt war mir richtig schlecht.

Ich schaffte es, den Brechreiz wertvolle Sekunden zu unterdrücken, bis meine tastenden Hände den Beutel neben meiner Liege gefunden hatten, in den ich endlich hemmungslos hineinkotzen konnte. Ein kleiner eingebauter Ventilator am Boden des Beutels hielt mein Innerstes Gott sei Dank davon ab, sich gleichmäßig um mich herum zu verteilen.

Angewidert schnappte ich nach Luft.

Das war doch keine Raumfahrt! Das war reine Menschenverachtung, ein Viehtransport auf niederster Stufe, oder besser auf höchster Stufe, je nachdem, wie man es sehen wollte. Ich warf den Beutel in den Abfall und reinigte mit einem feuchten Tuch meine Mundpartie.

Viel besser ging es mir jetzt auch nicht.

Neben mir sah mich Deisenhofen mit großen Augen an.

Ich erwiderte frech seinen Blick und sagte: »Na, das haben Sie sich wohl nicht vorstellen können, dass Ihr großer Held einfach so vor sich hin spuckt, oder?«

Er antwortete nicht und sah mich immer noch mit großen Augen an.

»Ganz gesund ist Ihre Gesichtsfarbe aber auch nicht«, meinte ich zweifelnd.

Deisenhofen würgte kurz und tastete ebenfalls mit flatternden Händen nach einem Beutel.

Ich wandte mich ab und sah mir auf dem Monitor das Bild der blauen Erdsichel an. Nach wie vor wurden im Sprachgebrauch der Astronauten alle Sichtbildschirme und Monitore im Weltraum als »Face« bezeichnet. Viel hatte sich seit damals also nicht verändert, auch die Erde war der Blaue Planet geblieben, jedenfalls optisch. Ab und zu blitzte in der Schwärze zwischen den Sternen ein kleiner heller Punkt auf, ein Zeichen für den gestiegenen Verkehr im Orbit. Trotz meiner Verachtung für die Art und Weise des Transports in den Erdorbit musste ich der Menschheit Respekt für die Leistung in der Raumfahrt zollen. Es war kein einfaches Unterfangen, die Flüge von tausenden von Carriern mit den Flugbahnen von Satelliten, Versorgungsshuttles und Raumstationen zu koordinieren, die um die Erde kreisten – auch wenn sie alle in eine Richtung flogen.

Mir ging es jetzt im Gegensatz zu Deisenhofen etwas besser, und nun spürte ich eine bleierne Müdigkeit, die durch die Schwerelosigkeit noch unterstützt wurde. Ich gähnte und warf einen besorgten Blick auf meinen Nachbarn, der gerade erneut seinen Beutel in Schüben füllte.

Wenig später war ich eingeschlafen.

Der Schlaf in der Schwerelosigkeit ist ein Schwebezustand. Man fällt nicht in eine tiefe Ruhe, es ist mehr ein Balanceakt zwischen Realität und Traum. Mir jedenfalls ging es so. Es gab nicht wenige Kollegen von mir, die genau das Gegenteil behaupteten und sagten, sie hätten noch nie so tief wie in der Schwerelosigkeit geschlafen. Die Wahrheit lag wohl wie immer in der Mitte. Manche ließen ihre Probleme auf der Erde, andere schleppten die Last des Alltags mit hinauf in den Orbit und beschäftigten sich damit auch in den Ruhephasen. Ich gehörte eindeutig zur zweiten Gruppe. Meine Probleme ließen mich nie los, und seit ich den verdammten Chip in meinem Gehirn hatte, erst recht nicht.

Mein Schlaf glich einem Taumeln zwischen den Welten. Ich träumte von fremden Personen, die wie selbstverständlich in meinem Haus herumspazierten und die ich diensteifrig bewirtete, von bunten Landschaften, die ich glückselig durchwanderte, und von schwarz gekleideten Herren, die immer wieder von mir verlangten, ich solle endlich mein Raumfahrerpatent abgeben. Ein Traum, der sich alle Wochen in Variationen wiederholte.

Manchmal wachte ich auf in dem Glauben, gerade einmal für ein paar Minuten eingenickt zu sein, um dann erstaunt festzustellen, dass in Wirklichkeit mehrere Stunden vergangen waren.

Unheimlich waren die Träume, in denen ich Personen und Orte wahrnahm, die ich nie zuvor gesehen hatte. Ich vermutete, dass diese Träume mit meinen Ausflügen in fremde Gedanken zusammenhingen. Wahrscheinlich riss der Kontakt zu diesen Personen nie ganz ab, und ich blieb danach untrennbar mit ihrer Welt verbunden.

Seit einiger Zeit irrte ich im Schlaf durch eine verlassene Stadt, die mir vollkommen fremd war. Bizarre Häuser mit runden Fenstern, Türme in unwirklichen

Formen säumten meinen Weg. Mal präsentierte sich mir diese Stadt neu erbaut, ein anderes Mal war sie wie vergessen und verfallen, von graugrünen Pflanzen und knorrigen Bäumen überwuchert. Eines blieb jedoch immer gleich: der morbide Hauch des Todes, der diese Stadt durchstreifte, dazu ein Gefühl der Hoffnungslosigkeit und des unbeschreiblichen Grauens. Ich wachte nach diesem Traum jedes Mal in Schweiß gebadet auf, erschüttert von diesen unerträglichen Fantasien.

Ich hatte auch jetzt nicht besonders tief geschlafen, obwohl ich mich erstaunlich gut erholt fühlte. Wenn man einmal von dem bitteren Geschmack in meinem Mund absah, ging es mir sogar hervorragend.

Laut der Projektion vor mir befanden wir uns schon auf dem Weg zum Mond. Ich hatte also die Beschleunigungsphase glattweg verschlafen.

Der Sitz neben mir war leer. Ich fahndete nach Deisenhofens Gedanken und wurde in einem Pulk von Passagieren fündig, die in der Schwerelosigkeit in einer Traube um die vorderen Sitze hingen und sich eine Übertragung von den Olympischen Spielen ansahen, die dieses Jahr in Buenos Aires stattfanden. Einer der Werftarbeiter hatte ein hoch auflösendes Holo-Sheet in seinem Gepäck mitgebracht und es im Gang aufgebaut.

Verständnislos schüttelte ich den Kopf über die Begeisterung für diese Sportveranstaltung. Seit der Legalisierung von Doping und so genannter leistungsfördernder Mittel kämpften nur noch Monster und Menschenmaschinen um Gold und Silber.

Mir entfuhr ein schelmisches Lachen. Eigentlich könnte ich bei den Spielen ebenfalls auftreten. Ich hätte überall die besten Chancen, ich bräuchte nur meine Gegner zu manipulieren. Obwohl, im Stabhochsprung oder in vielen anderen Disziplinen würde ich keine gute Figur abgeben; mit der Überwindung der Schwerkraft hatte ich mich noch nicht beschäftigt.

Warum eigentlich nicht? Ich verschob das Experiment auf später, im Augenblick wäre es nutzlos gewesen.

Ein leises Piepsen im meinem rechten Ohr.

Suzanne meldete sich.

»Suzanne, was gibt es denn?«, fragte ich lustlos.

⟩Fritz Bachmeier möchte dich sprechen⟨, lautete ihre knappe Antwort.

Es war erstaunlich. Meine Vergangenheit schien mich einzuholen. Zuerst Suzanne, dann die kleine Anne, die jetzt Zoerance hieß, und nun Fritz Bachmeier, ein Freund und Besatzungsmitglied unserer damaligen Marsmission, später ein Mitarbeiter im Vatikan. Als »Informationsbeschaffer«, wie er seine Tätigkeit nannte. Auf jeden Fall aber ein Freund aus der Vergangenheit, auch wenn er sich nie bei mir gemeldet hatte.

Ein schöner Freund, dachte ich mir, musste aber gleichzeitig zugeben, dass ich sehr neugierig auf das Gespräch war, wobei es mich nicht im Geringsten überraschte, dass Fritz von meiner Befreiung wusste.

Bevor ich Suzanne meine Zustimmung übermitteln konnte, hörte ich schon seine Stimme. Er war also immer noch in der Lage, die Funktionen von Suzanne einfach zu umgehen. Irgendwann, so schwor ich mir, würde ich meine Hemmungen ihm gegenüber ablegen und seine wahre Identität erforschen.

»Quo vadis, astronauticus?«

Ich lächelte. Mit denselben Worten hatte er mich damals im Kuppelgang hoch oben im Dom von Siena empfangen.

»Jetzt weiß ich wieder, was ich damals im Kuppelgang vergessen hatte, dir zu sagen: das Wort ›astronauticus‹ gibt es im Lateinischen nicht«, antwortete ich.

»Gibt es schon«, widersprach er. »Es wurde Jahre vor unserer Begegnung in Siena in den Sprachschatz des Schulwörterbuchs ›Der kleine Stowasser‹ aufgenommen, um den damaligen Schülern aktuelle Texte zu ermöglichen.«

»Meinetwegen«, seufzte ich ergeben. »Und was willst du mir heute zeigen? Wieder kleine rote Steinchen?«

»Ich nehme an, die kennst du besser als ich, schließlich hast du inzwischen eines davon in deinem Kopf. Nein, ich wollte dich fragen, ob du überhaupt weißt, worauf du dich da eingelassen hast?«

»Woher weißt du überhaupt, dass ich noch lebe? Du sprichst nämlich gerade mit einem Toten.«

Seine Antwort war ein hintergründiges Lachen, mehr nicht.

»Fritz, hast du mit meiner Befreiung zu tun? Steckst du hinter dem angeblichen Konsortium?«

Dann kam mir noch ein anderer Gedanke. Vorsichtig sah ich mich um. Ich war immer noch alleine. Von vorne kamen begeisterte Anfeuerungsrufe. »Kann ich dich während unseres Gesprächs sehen? Ich besitze nämlich jetzt einen eingebauten Monitor.«

»Kein Problem. Einen Moment.«

Bevor ich Suzanne einen entsprechenden Befehl geben konnte, flimmerte es vor meinen Augen. Farbige Schleier stabilisierten sich zu einem rechteckigen Bild, aus dem mir ein ergrauter Fritz Bachmeier entgegenlächelte. Das Gesicht war jung geblieben, etwas eckiger vielleicht, aber ansonsten hatten ihm die letzten Jahrzehnte anscheinend nicht viel anhaben können.

»Du bist ganz schön grau geworden«, sagte ich.

»Im Gegensatz zu dir«, wiegelte er geschickt ab. »Ich habe dich auf dem Monitor nur an deiner Armbanduhr erkannt, als du den Orbiter bestiegen hast. Du solltest deine Gruen in der Öffentlichkeit nicht tragen. Sie fällt jedem aufmerksamen Beobachter sofort auf. Und nicht nur diesem. Die Scanner können heutzutage mehr als nur zwei und zwei zusammenzählen. Würdest du nicht den PC-Status besitzen, wärst du noch nicht einmal in die Nähe des Orbiters gekommen.«

Beschämt sah ich auf meine alte Uhr, auf der ich wegen des Kondenswassers noch nicht einmal die Zeiger erkennen konnte. Ich nahm sie ab und steckte sie in eine Tasche meines Overalls.

»Okay, wo bist du und was hast du mit der Sache zu tun?«

Die Kamera zoomte zurück, und ich konnte einen großen Raum mit hohen Fenstern erkennen, in dem Fritz an einem einfachen Schreibtisch saß.

»Bei einem guten Freund in Wetzlar, in dessen Firma hochwertige Keramiken für Triebwerke hergestellt und erprobt werden. Ich kann von hier aus direkt auf den Dom sehen, allerdings habe ich diesmal nichts mit dem Bauwerk im Sinn.« Die Kamera schwenkte zum Fenster hinüber und zeigte die beiden restaurierten Türme des Wetzlarer Doms. »Ein ziemlich misslungener Wiederaufbau aus Gotik und Neuromantik, leider. Aber das wird dich im Augenblick nicht sonderlich interessieren. Also, bevor du fragst: Ja, die Firma gehört zu Fergusons Komplex. Damit ist im Grunde genommen auch deine Frage beantwortet, ob ich etwas mit deiner Befreiung zu tun habe. Sagen wir einmal so: Ich habe mich nicht dagegen ausgesprochen, und ich bin, ehrlich gesagt, nicht besonders stolz darauf.«

»Du hättest mich vorher fragen können oder mich wenigstens vorwarnen können.«

»Das ist richtig, aber dann hättest du der Aktion nie

zugestimmt, obwohl die Vorgehensweise dir gegenüber nicht besonders fair war …«

Ich unterbrach ihn mit einem höhnischen Lachen. »Nicht besonders fair ist ein netter Ausdruck. Es würde mich interessieren, womit du die letzten zwanzig Jahre umschreiben würdest, die ich in meinem Exil zugebracht habe.«

Es war ihm anzumerken, dass ich einen wunden Punkt getroffen hatte. Er stand auf und ging zum offenen Fenster. Die Kamera folgte ihm in einer automatischen Nachführung. Fritz drehte sich um, verschränkte die Arme und lehnte sich an die Fensterbank.

»Ich brauche es gar nicht umschreiben. Es war das Beste, was dir passieren konnte. Es ist richtig, du hättest einen Freispruch verdient gehabt, aber dann wäre dein Leben keinen Pfifferling mehr wert gewesen. Wahrscheinlich weißt du es nicht, aber in bestimmten Kreisen war ein Kopfgeld auf dich ausgesetzt. Nie zuvor war der Begriff zutreffender. Mit dem Zusatz: tot oder lebendig. Die Summe war so astronomisch, dass du kein halbes Jahr in Freiheit überlebt hättest. Ich sage es dir nicht gerne, aber der Unglücksfall, bei dem die Cahors – und damit auch deine Frau – ums Leben gekommen sind, war nichts anderes als der Versuch, dich für eine gewisse Zeit aus deiner gut bewachten Zelle herauszuholen, nämlich für die Zeit der Beerdigung, um deiner Person bei dieser Gelegenheit habhaft zu werden. Ein jämmerlicher und zugleich tragischer Versuch, der auf das Konto von Halbprofis ging. Man hat nie die Körper der Verunglückten gefunden, und es gab nur eine symbolische Trauerfeier, bei der du nicht anwesend warst. Tut mir Leid, es dir sagen zu müssen, aber es ist ein Beweis dafür, was dein Kopf manchen Leuten wert war.«

Ich war einen Augenblick lang vor Entsetzen wie gelähmt.

»Du lügst!«, stieß ich hervor.

»Warum sollte ich dich anlügen? Glaubst du, es macht mir Spaß, dir so etwas zu sagen? Und was für einen Vorteil sollte ich davon haben?« Er machte eine kleine Pause und stützte sich mit beiden Armen an der Fensterbank ab. »John, du hast bis jetzt ein ungewöhnliches Leben geführt, und ich glaube, wie ungewöhnlich es war, kannst nur du alleine beurteilen. Ich kann die Zukunft nicht verändern, aber ich habe das Gefühl, dein Leben wird weiterhin ungewöhnlich verlaufen.«

»Mein Name ist Joel Selleck!«, sagte ich verbittert. »John Nurminen ist bei einem Attentat ums Leben gekommen.«

Er lächelte hintergründig. »Ja, richtig, das hatte ich übersehen. John Nurminen lebt nicht mehr. Ich würde dir gerne über den Ablauf der Ereignisse der letzten zwei Jahre berichten, um dir zu zeigen, wie wichtig ein lebender Joel Selleck für uns ist.«

»Wer ist ›uns‹?«

Er senkte den Kopf. »Es mag in deinen Ohren lächerlich klingen, aber mit ›uns‹ meine ich die gesamte Menschheit.«

»Das klingt nicht nur lächerlich, sondern sogar anmaßend«, sagte ich voller Verachtung. »Bisher wollten Menschen immer nur von mir profitieren, warum sollte es nun anders sein?«

»Ja, ich weiß. Kann ich nun mit meinem Bericht beginnen?«

Ich antwortete nichts darauf.

»Gut. Ich nehme dein Schweigen als Zustimmung.« Er stieß sich von der Fensterbank ab und ging zurück zum Schreibtisch. »Ich weiß, du wirst auf das, was ich dir jetzt sage, nicht viel geben, aber ich war damals unendlich stolz auf euch, als ihr die Möglichkeit ausgeschlagen habt, in den Besitz des Archivs in der Pyramide zu gelangen. Es war eine fantastische Entscheidung, und ich bin mir nicht sicher, ob ich an eurer Stelle genauso gehandelt hätte. Die Versuchung wäre für mich wahrscheinlich zu groß gewesen. Aber eure Entscheidung war richtig, die Menschheit hätte mit dem Wissen nicht umgehen können, oder, um bei der Wahrheit zu bleiben, Space Cargo hätte damit nicht umgehen können und das Wissen schamlos für sich ausgenutzt. Die Welt hätte sich dramatisch verändert, und ich wüsste noch nicht einmal, ob zum Guten oder zum Schlechten. Ich nehme an, zu Letzterem.« Er setzte sich und vermied es, in die Kamera zu sehen, gerade so, als hätte er ein schlechtes Gewissen. »Ich war damals heilfroh, als die Pyramiden verschwanden. Sollte sich in fünfhundert Jahren eine künftige Generation mit dem Problem befassen, an uns war der Kelch Gott sei Dank vorübergegangen. Nun aber haben wir wieder das Problem, nur sind die Gegebenheiten weitaus schlimmer. Nun findet ein Wettrennen zu der zurückgebliebenen Pyramide in der Oortschen Wolke statt, eine moderne Gralssuche. Captain Free Fall konnte damals nicht ahnen, was er mit seinem Notruf ausgelöst hat.«

»Wieso konnte er das nicht ahnen? Es muss ihm doch klar gewesen sein, dass er damit eine Jagd nach dem Archiv eröffnet hat.«

Fritz überlegte einen Moment, als hätte ich ihm etwas gänzlich Neues erzählt. »Free Fall wusste damals nichts von dem Chip, geschweige denn von einem Archiv. Sein Schiff und die *Sternenläufer* sind vor deinem Eindringen in die Pyramide verschwunden. Vor zwei Jahren hat er mit dem Notruf einen kurzen Bericht abgesetzt, den natürlich jeder empfangen konnte. Den veralteten Code können heutzutage alle Systeme entschlüsseln. Seinen Erzählungen nach sind die *American Gothic* und die *Sternenläufer* in der Pyramide über einem Planeten materialisiert, auf dem sie anschließend fast 25 Jahre lang gelebt haben.«

8

»Ein Planet?« Mein überraschter Ausruf war mehr ein Ausdruck meiner Verblüffung als eine Frage. Nachdem ich damals mit Halbmond und Appalong in die Pyramide eingedrungen war, hatte sich unter unserem kleinen Raumschiff die Landschaft von Allison Walls materialisiert, die sich Appalong kurz zuvor in Gedanken vorgestellt hatte. »Irgendein fremder Planet oder ein Abbild von der Erde?«

»Eine Fantasiewelt. Eine Mischung aus beidem. Entstanden aus dem Gedankengut der beiden Besatzungen. Laut dem kurzen Bericht von Free Fall müssen es 25 höllische Jahre gewesen sein.«

Mir kamen kurze Szenen in den Sinn, die ich auf unserer Fantasiewelt erlebt hatte. Es waren materialisierte Projektionen aus unseren Gedanken, absolut real und wirklichkeitsgetreu. Ich mochte mir nicht vorstellen, welche unzähligen Landschaften aus den unterschiedlichen Gehirnen der Besatzungen entstanden waren.

»Eines verstehe ich nicht«, sagte ich und legte meine Erinnerungen beiseite. »Wie hat es Free Fall geschafft, in knapp zwei Jahren fast ein Lichtjahr zurückzulegen? Die *American Gothic* ist ein altes Schiff, das über keinen Neutrino-Treiber verfügt.«

Fritz breitete die Hände aus. »Ich habe keine Ahnung. Wir werden es erfahren, wenn er den Mars erreicht hat.«

»Wieso fliegt er den Mars an und nicht die Erde?«

»Das weiß ich ebenfalls nicht. Er hat vor zehn Tagen eine kurze Nachricht geschickt, dass er sich mit der *American Gothic* im Anflug auf die Marsumlaufbahn befindet. Mehr nicht.«

»Und wer weiß davon?«

»Bis jetzt nur wir, aber das wird nicht lange so bleiben. Intro Astra, die Zentrale der Raumüberwachung, wird das Schiff spätestens dann registrieren, wenn es den Anflugsektor erreicht. Das wird im Laufe der nächsten Tage geschehen. Dann wird es in den Channels einige Aufregung geben. Nicht nur wegen der Rückkehr eines verschollenen Schiffes. Nach kurzer Zeit wird sich jeder Journalist fragen, ob das Attentat auf John Nurminen mit dem plötzlichen Auftauchen der *American Gothic* zusammenhängen könnte.«

An die Weltöffentlichkeit hatte ich noch gar nicht gedacht. Ein unbekanntes Schiff im Anflug auf den Mars konnte man nicht verheimlichen. Vor allem lässt sich nicht verheimlichen, woher es kam. »Was meinst du, wird dann passieren? Wird es wieder zu solchen Panikreaktionen der Weltbevölkerung kommen wie damals?«

»Nein, ich glaube nicht. Die Medien sind nicht mehr das, was sie früher einmal waren. Außerdem haben die meisten Menschen keine Vorstellung davon, was ein Lichtjahr bedeutet. Die Oortsche Wolke ist für sie weit weg, in einem anderen Universum. Ganz gleich, ob mit oder ohne Pyramide. Damals konnte man die anfliegenden Pyramiden am Himmel sehen. Das war eine greifbare Bedrohung, jetzt ist es nichts mehr als eine interessante Nachricht.«

»Für die ›Lex Dei‹ scheint es aber mehr als eine interessante Nachricht zu sein. Raichle hat mir erzählt, dass sie eine Flotte von drei Schiffen dorthin entsandt haben.«

»Die ›Lex Dei‹ ist nicht die Allgemeinheit. Sie weiß von dem Archiv, und sie weiß von dem Chip. Der Vatikan von heute ist eine Glaubensgemeinschaft, die sich offen zu ihren materiellen Interessen bekennt. Er will noch mehr Macht, und das mit allen Mitteln. Deswegen hat er nicht nur eine kleine Flotte in Richtung Oortsche Wolke in Bewegung gesetzt, sondern auch einen Mann als Befehlshaber gewonnen, den du gut kennst: Viktor Sargasser.«

Ich glaubte, nicht richtig gehört zu haben. »Viktor? Mein Zweiter Offizier ist der Kommandant der Flotte?«

»Dein ehemaliger Zweiter Offizier. Er ist jetzt Admiral bei der ›Lex Dei‹.«

Aus irgendeinem Grund machte mich die Nachricht betroffen. Admiral Viktor Sargasser. Wenn ich ehrlich war, dann lag es an dem Umstand, dass er Karriere gemacht hatte, während ich – meines Ranges enthoben – mein Dasein auf einer Insel fristen musste. Ich fühlte mich verraten, auch wenn Viktor nichts dafür konnte. Ganz abgesehen davon schien er sich den Titel mit seinem Wissen über die Pyramide erkauft zu haben, und das auch noch bei einem konkurrierenden Komplex. Meine Betroffenheit schlug in Ärger um.

Fritz deutete mein Schweigen richtig. »Du darfst Viktor deswegen nicht an den Pranger stellen, nur weil er Erfolg im Leben hat. Falls es deinen Groll etwas abmildert, kann ich dir sagen, dass es die Umstände waren, die ihn zum Admiral gemacht haben. Ohne die Pyramide in der Oortschen Wolke wäre er schon längst im Ruhestand. Übrigens hat er auf dem Titel bestanden, es war seine Bedingung für seine Teilnahme an der Expedition.«

»Das sieht ihm gar nicht ähnlich. Viktor hat sich nie etwas aus Äußerlichkeiten gemacht.«

Fritz lachte leise. »Er hat von dir gelernt. Ihm war bewusst, was es heißt, keine absolute Befehlsgewalt zu besitzen. Der Stand eines Admirals kommt in der Raumfahrt einer Heiligsprechung gleich, und das gilt ganz besonders für die Flotte der ›Lex Dei‹.«

Eigentlich konnte es mit gleich sein, mein Leben verlief in anderen Bahnen. Trotzdem wurmte es mich.

»Na gut«, sagte ich. »Viktor ist also Admiral. Hast du noch mehr Überraschungen für mich parat?«

»Keine, von der ich wüsste. Außer vielleicht, dass du für mich eine Überraschung bist. War dein Inselleben so wenig aufregend, dass du es gegen solch ein Wagnis einzutauschen bereit warst?« Er sah nun offen in die Kamera. »Ich gebe zu, dass ich daran nicht ganz unschuldig bin. In Anbetracht der Situation musste ich so handeln, aber in meinem tiefsten Innern hatte ich gehofft, du würdest deiner Befreiung nicht zustimmen.«

Du bist ein Heuchler, dachte ich, und zum ersten Mal spürte ich, wie sehr wir uns voneinander entfernt hatten.

»Vielleicht hatte ich keine Lust, weiterhin als alter Mann auf ein paar Quadratkilometern vor mich hinzusiechen.«

Er schüttelte den Kopf. »Nein, das ist es nicht. Du bist ein anderer geworden. Jedenfalls alles andere als ein alter Mann. Irgendwann werde ich hinter dein Geheimnis kommen. Ich hoffe nur, dass es dann nicht zu spät ist.«

»Es ist jetzt schon zu spät. Ich bin auf dem Weg zum Mars und danach wahrscheinlich in Richtung Oortsche

Wolke.« Ich blickte auf und sah Deisenhofen zwischen den Sitzreihen auf mich zukommen. »Ich muss Schluss machen. Wir bleiben in Verbindung.« Ohne einen Gruß beendete ich das Gespräch. Das Gesicht von Fritz verblasste.

Deisenhofen schwebte von oben in seinen Sitz. »Unglaublich!«, sagte er. »Ein Südafrikaner ist die 100 Meter in 8,742 Sekunden gelaufen. Ein Jahrhundertrennen!«

Ich sagte nichts dazu.

»Sie sind wohl kein großer Sportfan, oder?«, fragte er nach.

»Schwimmen find ich ganz gut«, antwortete ich leidenschaftslos.

Es dauerte einen Moment, bis er die Anspielung auf meine Befreiungsaktion begriff. Er lachte trocken. »Sie haben einen seltsamen Humor, aber er gefällt mir.«

»Erzählen Sie mir lieber etwas über die Schiffe, die auf dem Weg zur Oortschen Wolke sind«, forderte ich ihn auf.

»Der Staatenverbund von Zentralasien. Die Hoo Ming ist seit Monaten nicht mehr im Transfer aufgetaucht«, begann er mechanisch. Es war ihm anzusehen, dass er sich lieber über die Olympischen Spiele unterhalten hätte. »Offiziell treibt es mit Maschinenschaden jenseits des Jupiters und wartet auf Hilfe. Das ist natürlich Blödsinn. Wir wissen, dass es in Richtung Oortsche Wolke unterwegs ist, aber das Schiff ist nicht sehr schnell. Es wird noch mindestens zwei Jahre bis zum Zielpunkt benötigen, ein reines Harakiri-Unternehmen. Typisch für die Chinesen.«

»Harakiri ist eine japanische Tradition.«

Er verzog das Gesicht. »Meinetwegen. Auf jeden Fall stellen sie keine Gefahr dar. Mit dem Schiff der Weltenkuriere sieht es schon anders aus. Die *Coop808* ist eine moderne Konstruktion. Sie wird die Pyramide schon bald erreichen, allerdings ist sie kein Expeditionsschiff und hat nur zehn Mann Besatzung. Ich wüsste nicht, was man mit so wenig Leuten auf einem Planeten ausrichten könnte.«

»Welcher Planet?«, fragte ich unschuldig.

Er druckste eine Weile herum und erzählte mir dann das Gleiche, was ich schon von Fritz Bachmeier wusste.

»Ich dachte, Raichle hätte Ihnen davon erzählt«, sagte er schließlich.

»Nein, das hat er wohl vergessen.«

Es war ihm anzumerken, dass es ihm peinlich war, ein Geheimnis verraten zu haben. Immerhin wirkte er jetzt konzentrierter.

»Nun, Sie hätten es wohl erst später erfahren sollen. Wie auch immer, nach unserer Einschätzung sind die Weltenkuriere nicht auf einen Einsatz am Boden vorbereitet. Free Fall hat von 25 höllischen Jahren auf dem Planeten gesprochen.«

»Vielleicht ist der Planet für eine modern ausgerüstete Besatzung gar nicht so höllisch?«

»Vielleicht. Trotzdem wollen wir die Ankunft der *American Gothic* abwarten, um die Expedition entsprechend ausrüsten zu können und keine Risiken einzugehen.«

»Die ›Lex Dei‹ hatte da anscheinend weniger Befürchtungen«, meinte ich.

»Wie man es nimmt. Sie sind mit insgesamt vierhundert Mann Besatzung und mit allen möglichen Ausrüstungsgegenständen aufgebrochen. Drei Schiffe. Hier, sehen Sie!« Er zog ein flexibles holografisches Sheet aus der Brusttasche und klebte es an die Rückseite der Vorderkabine. »Das sind die Schiffe.« Auf dem Holo-Sheet erschienen nacheinander die Abbildungen von drei riesigen Raumschiffen, die grafisch eindrucksvoll vor farbigen Galaxien schwebten. Jedes dieser Ungetüme besaß drei rotierende Zylinder, in denen eine künstliche Schwerkraft erzeugt wurde. Sie befanden sich inmitten eines kubischen Geflechts aus zahlreichen Containern, die leicht zugänglich waren und jederzeit ausgetauscht werden konnten. Um dieses Geflecht herum lief ein zerbrechlich aussehender Ring, an dem anscheinend die Beschleuniger angebracht waren. Bis auf wenige Abweichungen sahen alle drei Schiffe gleich aus.

»Es sind Schiffe der VLSC-Klasse«, klärte mich von Deisenhofen auf. »Very Large Space Carrier. Die *Jesod*, die *Vedad* und die *Rem*. Die Lex Dei pflegt ihre Schiffe mit Engelsnamen auszustatten. *Jesod* ist der Engel des Gesetzes, *Vedad* der Engel der Wahrheit, und *Rem* bedeutet ...« Er verzog kurz sein Gesicht. »... ich wage es fast nicht auszusprechen: Engel der Stoßkraft Gottes. Die Namen stammen übrigens aus dem geheimen Handbuch der katholischen Sekte Opus Angelorum. Jedes Schiff verfügt über neun synchronisierte Neutrino-Treiber und natürlich über ein herkömmliches Triebwerk zum Beschleunigen und Manövrieren. Die Zylinder und die Laderäume sind zusätzlich zur Ummantelung aus Betonschaum mit einer fünf Zentimeter starken Plasmaschicht gegen Meteoriten und gegen die Strahlung der Sonne geschützt. Dagegen kommt kein Sonnensturm an. Ein Meteorit müsste schon die Größe eines Tennisballs haben, um einen Schaden anrichten zu können. Die Energie wird von zwei Mendelevium-Reaktoren erzeugt, die sich ständig selbst aufladen und sich gleichzeitig durch Spezialrechner kontinuierlich im Aufbau verbessern. Das System erfindet sich selbst praktisch immer wieder neu. Das ist aber nichts Besonderes, das können unsere Schiffe auch.« Er sah mich Beifall heischend an, aber ich reagierte nicht darauf. »Die Schiffe sind vorwiegend für die Planeten-Betreuung gedacht, deswegen verfügen sie über eine ausreichende Zahl von Transformer-Jets, von denen jeder mühelos fünfzig Tonnen Material transportieren kann. Kopter, Landfahrzeuge, Bodentruppen, einfach alles. Die *Rem* zum Beispiel hat zwölf Kopter an Bord. Zwei große für Truppentransporte und zehn schnelle Lords, die für einen Kampfeinsatz geeignet sind. Weiterhin etwa zwanzig Landfahrzeuge mit variablen Move-Overs, das heißt, die Fahrzeuge besitzen sowohl Räder als auch Luftkissen.«

»Woher wissen Sie das alles?«, fragte ich ihn.

Er grinste. »Nun, so geheim ist das alles nicht, aber zur Sicherheit haben wir Informanten in die Flotte eingeschleust, die uns auf dem Laufenden halten. Auf jedem der drei Schiffe befindet sich zumindest ein Mann von uns. Sie wissen natürlich nichs voneinander.«

»Natürlich nicht«, nickte ich zustimmend. Ich fragte mich, ob auch ein Spion an Bord der *Nostradamus* sein würde. Wenn ja, wäre er nicht lange dort, dafür würde ich sorgen. Bei dem Gedanken stellte ich fest, dass ich mich innerlich schon auf einem Flug zur Oortschen Wolke befand.

Wieder überfiel mich Wehmut. Heimweh nach meinem Haus auf Kauai. »Sie haben mir erzählt, dass die Raumfahrt nicht unbedingt Ihr Metier ist«, sagte ich, um mich von meinen Gefühlen abzulenken. »Was hat Sie denn dazu getrieben, dieses Wagnis einzugehen?«

Er antwortete nicht sofort. In seinen Gedanken formte sich das Bild einer jungen Frau, untermalt von Enttäuschung und Einsamkeit. Ein bisschen Wut war auch dabei. Oje, dachte ich, die alte Geschichte von einem frustrierten Liebhaber. Ich zog mich diskret zurück.

»Die Welt besteht aus Lügen«, begann er. »Ich hatte einfach genug von dem täglichen Umgang mit gesteuerten Fehlinformationen und den geschönten Berichten des Komplexes an die Öffentlichkeit. Außerdem kamen auch noch ein paar private Gründe dazu, wenn Sie verstehen, was ich meine.« Er grinste hilflos.

»Eine Frau«, stellte ich fest.

»Ja und nein. Sie war nicht der entscheidende Grund. Mein Entschluss, an der Expedition teilzunehmen, stand schon vorher fest. Die Frau – Judith – hatte dafür kein Verständnis. Sie stellte mich vor die Entscheidung: sie oder der Weltraum. Ich war über ihr Ultimatum etwas ungehalten. Über ihren Egoismus. Zufällig erfuhr ich wenig später, dass sie auch noch eine Beziehung zu einem anderen Mann hatte. Das hat mir meine Entscheidung leicht gemacht. Wie gesagt, die Welt besteht aus Lügen.«

Wem sagst du das, dachte ich. Die Lüge ist eine Triebkraft des Lebens. Eines Tages werden wir herausfinden, dass auch das Leben eine Lüge ist.

»Ich verstehe«, meinte ich leidenschaftslos. »Und um die Welt zu bestrafen, haben Sie sich anschließend zu einer Kreuzfahrt ins Ungewisse entschlossen.«

»Ja, so ungefähr«, sagte er mit einem Lächeln. »Die Neugier oder die Bereitschaft zu einem Neuanfang haben auch eine Rolle gespielt. Wahrscheinlich will ich mir etwas beweisen. Was, weiß ich auch nicht genau. Es sollte wohl so sein.«

»Die Gefahren schrecken Sie nicht? Immerhin haben Sie vorhin von Bodentruppen und Koptern gesprochen, die für einen Kampfeinsatz geeignet sind.«

»Es muss ja nicht zu Kampfhandlungen kommen. Ganz abgesehen davon: Haben Sie in Ihrem Leben nie etwas Neues angefangen? Oder etwas Unvernünftiges gemacht? Wie der Flug zur Pyramide – mit einem völlig unausgereiften Neutro.«

Ich wollte ihm schon antworten, dass es meine Aufgabe als Angehöriger eines Konzerns gewesen war, aber im Grunde genommen hatte er Recht. Ich war damals viele Risiken eingegangen, manche hätte ich mir im Traum nicht vorstellen können. Im Nachhinein erschien mir mein Handeln als vollkommen verantwortungslos. Mir und anderen gegenüber.

Ich antwortete nicht auf seine Frage.

»Na, sehen Sie. Sie wissen auch keine Antwort. Also, was soll es: Fliegen wir zur Oortschen Wolke!«

Von vorne vom Gang her erhoben sich wieder laute Stimmen.

Deisenhofen hob den Kopf. »Wenn es Ihnen nichts ausmacht, schau ich mir noch ein wenig die Olympischen Spiele an. Wer weiß, ob ich jemals wieder dazu komme.«

Großzügig winkte ich ab. Ich hatte verstanden. Er brauchte eine Ablenkung. So wie ich, nur mit dem Unterschied, dass ich nicht mehr wusste, womit ich mich ablenken könnte. Meine Gedanken beschäftigten sich nun ausschließlich mit dem Unternehmen.

Besonders die Schiffe der Lex Dei machten mir Sorgen. Ein in meinen Augen irrsinniger Aufwand, der zeigte, wie ernst es der Komplex meinte.

Außerdem hatte ich ernsthafte Befürchtungen, was den Flug quer durch das Sonnensystem zur Oortschen Wolke betraf. Bisher war noch kein Mensch so weit von der Erde entfernt gewesen, in einem Randgebiet des Sonnensystems, das man nur aus Messungen und Beobachtungen kannte.

Ich lehnte mich zurück und versuchte, mich zu entspannen. Woher konnte ich Informationen beziehen? Free Fall war mir räumlich gesehen am nächsten. Ich schloss meine Augen und erinnerte mich an den damaligen Kontakt mit ihm, der über Funk stattgefunden hatte. Ein richtiger Kontakt war es eigentlich nicht gewesen, mehr der arrogante Auftritt eines durchgeknallten amerikanischen Captains. Captain Free Fall, ein schwarzer Mann in einer bunten Uniform, hatte uns mit Drohgebärden zu verstehen gegeben, dass er das alleinige Anrecht auf die Pyramide beanspruchte, und sein Vorhaben mit Sprengladungen bekräftigt.

Ich sah sein Gesicht deutlich vor mir und tauchte in den unermesslichen Gedankenozean ein. Wo sollte ich nach ihm suchen? Ich hatte keine Vorstellung von seinem Gedankenmuster. Der Chip war mir erst nach dem kurzen Funkkontakt mit ihm eingepflanzt worden. Trotzdem musste es eine Möglichkeit geben, an ihn ranzukommen. Also ließ ich mich treiben und konzentrierte mich weiter auf meine Erinnerung. Eine leichte Bewegung in all den Gedanken. Nicht mehr als ein sanftes Driften in eine bestimmte Richtung, das allmählich schneller wurde. Sich beschleunigte und in einen Sog verwandelte, der mich in eine Leere zog – weg von den dichten Gedankengefilden. Plötzlich sah ich ihn, oder vielmehr: Ich spürte ihn. Ein einsames Muster im leeren Raum, das ruhige Impulse aussandte.

Er schien zu schlafen. Nur im Innern tobten die blitzartigen Reflexe der Träume.

Irgendetwas war jedoch seltsam. Normalerweise glitt ich ohne Schwierigkeiten in ein fremdes Gedankenmuster hinein und ließ die Ströme auf mich einwirken. Dieses Mal stieß ich schon am Rande der Sphäre auf einen kaum wahrnehmbaren Widerstand. Erschrocken zog ich mich sofort zurück. Hier stimmte etwas nicht. Free Falls Gedankenwelt war anders als die eines normalen Menschen. Ratlos wartete ich erst einmal ab, umkreiste das Muster und näherte mich vorsichtig von einer anderen Seite. Auch hier nahm ich einen leichten Widerstand wahr. Ich spürte, es wäre für mich ein Leichtes gewesen, ihn zu überwinden – aber was würde dann geschehen?

Beunruhigt zog ich mich weiter zurück. Diese Fremdartigkeit war mir nie zuvor begegnet. Sie glich einem ruhenden, aber durchaus aktiven Vulkan, der jeden Moment ausbrechen konnte.

Aktiv. Der Begriff ließ mich weiter zögern. Bisher waren alle Gedankenmuster nach innen gerichtet gewesen. Eigene Welten, die nur in sich selbst ruhten und selten einen Kontakt nach außen suchten. Halbmond und Pierre waren die Ausnahme gewesen. Sie konnten sich mit meinem Muster verbinden. Aber auch nur dann, wenn ich es zugelassen hatte. Trotzdem waren ihre Sphären nicht so aggressiv gewesen.

Die Erkenntnis traf mich wie ein Schlag. Es gab ein Gedankenmuster, das dem von Free Fall ähnelte. Appalong! Während unserer Flucht aus der Pyramide hatte ich ganz kurz Kontakt mit ihm gehabt. Ich hatte damals noch keinerlei Erfahrung im Umgang mit meinem implantierten Chip und deswegen auch wenig Erinnerung an die Unterschiedlichkeiten von Gedankenmustern, aber eine Ahnung sagte mir, dass hier eine Ähnlichkeit bestand. Appalong war wie mir ein Chip implantiert worden. War es Free Fall genauso ergangen?

Ich zog mich noch weiter zurück, flüchtete regelrecht wieder in die Realität. Schweißgebadet öffnete ich die Augen.

Es konnte gar nicht anders sein: In Free Falls Gehirn saß ebenfalls ein Chip!

Vollkommen verwirrt setzte ich mich auf.

Was würde das bedeuten?

Konnte er in die Gedanken anderer eindringen?

Auch in meine?

Verfügte Free Fall über all die Fähigkeiten, die ich besaß?

Natürlich, wieso auch nicht? Wahrscheinlich war er sogar weitaus besser als ich, schließlich hatte er laut seiner eigenen Aussage 25 Jahre in der Hölle verbracht und nicht träge die Zeit auf einer exotischen Insel abgesessen.

Panik kam in mir auf. Die Vorstellung, dass jemand in meine Gedanken eindringen könnte, versetzte mir einen Schock.

Ich konnte mich noch nicht einmal verstecken. Wie auch? Er würde mein Muster überall aufspüren. Der Gedankenozean war allgegenwärtig.

Mit einem Schlag war meine ganze Selbstsicherheit beim Teufel. Gleichzeitig auch die Arroganz, die ich bisher an den Tag gelegt hatte.

Dafür kam Wut in mir auf. Wut darüber, dass ich mich zu diesem Unternehmen hatte überreden lassen. Jetzt saß ich hilflos in diesem verdammten Carrier, der mich auch noch näher an Free Fall heranbrachte, wobei die körperliche Nähe keinen Unterschied machte. Er hatte mich genauso gut auch auf Kauai aufspüren können.

Ich wurde etwas ruhiger. Richtig. Früher oder später wäre es zu einer Konfrontation gekommen. Wenn man die Sache genauer betrachtete, war ich im Moment im Vorteil, denn ich wusste von seiner Existenz. Er dagegen hatte keine Ahnung, dass ich ebenfalls den Chip besaß, er würde also gar nicht nach mir suchen. Ganz abgesehen davon wusste ich noch nicht einmal, ob er mir feindlich gesinnt war.

Meine Überlegungen gingen noch weiter. Wenn Free Fall einen implantierten Chip im Gehirn hatte, was war mit den anderen Besatzungsmitgliedern der *American Gothic*? Oder denen der *Sternenläufer*? Waren sie von der unbekannten Macht ebenfalls mit Chips versehen worden?

Free Fall musste es wissen, also musste ich durch ihn an die Informationen herankommen. Das Problem war nur, dass ich mich nicht traute, in seine Gedanken einzudringen.

Es gab noch eine andere Möglichkeit: Ich könnte versuchen, seine Träume anzuzapfen. Sie wären zwar keine zuverlässige Informationsquelle, aber vielleicht bekam ich eine Vorstellung davon, was in seinem Kopf vor sich ging.

Und wenn, dann jetzt gleich. Solange er noch schlief.

Ich schloss wieder die Augen. Lange musste ich nicht nach ihm suchen. Ich war sofort wieder in seiner Nähe und umkreiste ihn wie ein Hai, der sich vorsichtig seinem Opfer näherte.

Er schlief noch.

Träume waren feine, unstete Muster, Derivate der Gedanken. Freie Radikale, die sich als graziöse Gewebe mühelos mit ihrer Umgebung verbanden. Ich brauchte noch nicht einmal näher an ihn heranzugehen. Meine Sinne assimilierten die wehenden Geflechte ohne Mühe und wandelten sie in verständliche Signale um.

Im ersten Moment war ich geschockt und zog mich unwillkürlich wieder ein Stück zurück.

Es waren grauenvolle Szenen, die sich vor meinem geistigen Auge abspielten. Zunächst schien alles ganz harmlos: Ein Pferd graste friedlich neben einem exotischen Baum vor dem Hintergrund eines kitschig orange-roten Sonnenuntergangs. Plötzlich federte ein schwertähnlicher Ast aus der Krone des Baumes und hackte auf das Pferd ein, das mit einem kläglichen Wiehern zu Boden sank. Aus der Sonne quollen schwarze Kreuze und verdunkelten die Szene. Himmlische Chorgesänge erklangen und übertönten die Todesschreie des Tieres. Szenenwechsel zu einer Steppe mit hohem, gelblichen Gras. Das Trappeln von flüchtenden Schritten. Ein Schwarzer in einer zerfetzten roten Uniform rannte auf mich zu. Das musste Free Fall sein. Ich erinnerte mich, dass er damals während unseres kurzen Kontakts dieses grelle Kleidungsstück getragen hatte. Jetzt rannte er immer noch auf mich zu, kam aber dabei keinen Meter vom Fleck. Hinter ihm wurde eine Straße sichtbar, auf der ihn eine Schafsattrappe auf Rädern verfolgte, in der abgewinkelten Klaue ein Schwert und ein Kreuz. Am Horizont waren undeutlich Häuser und Türme zu sehen. Free Fall kam ins Stolpern und fiel ins Gras. Die Halme bohrten sich wie Messer in seine abwehrenden Hände und schließlich durch seinen Körper. Aufspritzendes Blut verschleierte meinen Blick.

Erschrocken kehrte ich in die Realität zurück und wischte mir instinktiv die Hände an den Hosenbeinen ab. Mein Gott, was war denn mit dem Menschen passiert? Die Todesangst, die ich gespürt hatte, schüttelte meinen ganzen Körper und ließ meinen Magen verkrampfen.

War das Wirklichkeit oder übersteigerte Fantasie? Ich hoffte auf Letzteres. Jedenfalls war mein Bedarf an Free Falls Träumen vorerst gedeckt. Was mich jedoch am meisten beunruhigte, waren diese Häuser und Türme im Hintergrund des letzten Bildes. Ich hatte sie nicht genau erkannt, aber von den Formen her glichen sie den Türmen jener verfallenen Stadt, die ich schon seit einer geraumen Zeit in meinen Albträumen gesehen hatte.

Auch wenn ich es nicht wahrhaben wollte, meine Reise hatte anscheinend schon viel früher begonnen.

9

»Ist das nicht ein fantastischer Ausblick?«

Ich musste Deisenhofen Recht geben.

Wir standen auf einer Aussichtsplattform von Verteiler 4, einer von fünf An- und Abflugstationen, die in einer großen Umlaufbahn um den Mond kreisten. Von hier starteten alle Raumschiffe der VLSC-Klasse zu ihren Zielen im Sonnensystem, und hier wurden die Ladungen gelöscht, die von den Industriekomplexen der Planeten eintrafen. Hauptsächlich vom Mars, aber auch von den Minen und den Verhüttungswerken auf den Planetoiden und Jupitermonden.

Verteiler 4 war dementsprechend gigantisch konstruiert. Im Grunde genommen bestand die Station aus einem zwei Kilometer langen und nur dreißig Meter dicken Zylinder, an dem die Schiffe andockten. In der Mitte gab es zwei sich gegenläufig drehende Ringe mit einem Durchmesser von hundert Metern, die eine Schwerkraft von einem Drittel *g* produzierten. Dort waren die Kommandobrücke, Verwaltung, Mannschaftsunterkünfte, Restaurants und ein anspruchsloses Hotel untergebracht.

Das Hotel war deshalb anspruchslos, weil dort die Raumfahrer ihre einfachsten Wünsche erfüllt bekamen, und das in einer ziemlich derben und geradlinigen Art und Weise. Das verruchte Leben und Treiben im Hotel The Last and First war ein beliebtes Thema unzähliger Flex-Filme aus Hollywood und damit schon so abgegriffen, dass es in keiner Weise mehr der Realität entsprach. In der Sprache der Astronauten wurde das Hotel übrigens nur »Last« genannt.

Ehrfurchtsvoll legte ich meine Hände an das dicke, gewölbte Glas der Plattform und beugte mich weiter nach vorne. Der Ausblick war mehr als nur fantastisch.

Die Aussichtsplattform war eine kleine gläserne und rundum laufende Ausbuchtung im oberen Drittel von Verteiler 4. Das Besondere an ihr war, dass sie tatsächlich aus Glas bestand. Man hatte das Gefühl, in der Schwerelosigkeit zwischen den Schiffen zu schweben.

Deisenhofen deutete nach unten auf ein weißes kugelförmiges Raumschiff. »Dort, das ist unser Schiff, die *Edward Hopper*. Es ist das erste Schiff, das komplett in Kugelbauweise konstruiert wurde. Ich möchte wetten, dass in Zukunft alle Schiffe in dieser Form gebaut werden. Die Zelle ist stabiler. Wir passen uns damit der Natur an. Alle stabilen Körper im Sonnensystem sind Kugeln. Die hässlichen Kästen von Lex Dei sind längst überholt und gehören der Vergangenheit an.«

Ich sah bewundernd von oben auf das Schiff, wobei es auch von »unten« hätte sein können, aber der farbige Anstrich von Verteiler 4 verlief von unserer Position aus gesehen von hell nach dunkel, was mir den Eindruck einer höher gelegenen Perspektive vermittelte.

Natürlich kannte ich den Ausblick schon von meinen unzähligen Ausflügen in die Gedankenwelten von Astronauten, aber das eigene Erleben war um eine Dimension größer. Vor allem das Wissen, dass ich mich selbst hier auf der Plattform befand, machte den Ausblick um ein Vielfaches eindrucksvoller.

Die *Edward Hopper* war von einem filigranen Gerüst umgeben, von dem aus die erforderlichen Wartungsarbeiten vorgenommen wurden. Wendige Arbeitsbienen, Kleinstraumschiffe mit Greifarmen, die meistens von nur einem Mann gesteuert wurden, umschwirrten das Schiff wie einen Bienenstock. Harte Scheinwerferkegel huschten über die runde Schiffszelle und verliehen der Szene etwas Bedrohliches, zeugten aber gleichzeitig von einer eingespielten Professionalität.

Ich ließ die Bilder auf mich einwirken. Sie lenkten mich von meiner gedanklichen Begegnung mit Free Fall ab.

Andererseits spürte ich in meinem Innern eine schlummernde Verbitterung über die wertlosen Jahre, die ich auf Kauai zugebracht hatte. Mein Platz wäre hier im Weltraum gewesen, hier auf einem dieser wunderbaren Schiffe, die das Sonnensystem bereisten. Stattdessen hatte mich dieser lächerliche Weltgerichtshof zum Exil auf einer Insel verdammt, mir all meine Rechte aberkannt. Es kostete mich Mühe, meinen Neid auf Viktor Sargasser zu unterdrücken, der unbehelligt sein Leben auskosten konnte. Admiral! Was für ein Hohn!

Admiral Sargasser. Wo wäre er denn heute, wenn ich mich nicht schützend vor ihn und die Mannschaft gestellt hätte?

Mitschuldig war er. Ja, »mitschuldig« wäre das richtige Wort gewesen.

Wahrscheinlich würden wir heute alle nicht mehr leben, wenn ich damals nach seinen Ratschlägen gehandelt und die Energiestation »Nordquelle« angeflogen hätte.

Ich atmete tief durch und versuchte mich zu beruhigen. Ich durfte nicht in diesen Bahnen denken. Es war meine Pflicht gewesen, die Verantwortung auf mich zu nehmen. Es hätte auch anders kommen können. Hätte ich mich nicht den Anweisungen von Space Cargo widersetzt und wäre ich nicht zur Pyramide geflogen, hätte ich nicht diesen verfluchten Chip im Gehirn und könnte ein normales Leben führen.

Trotzdem, ich spürte ein unbefriedigtes Rachegefühl in mir, eine Wut, die ich gegen niemanden richten konnte.

Deisenhofen bemerkte nichts von meinen Gefühlen. Überwältigt von dem Anblick redete er einfach drauflos. »Es ist eine ungeheuere technische Leistung, die Station trotz der unterschiedlichen Drehmomente auf einem stabilen Kurs zu halten. Früher wurden die Schiffe frei schwebend im Raum versorgt und gewartet. Zum Teil war das sogar einfacher und billiger, aber es hat den psychologischen Aspekt außer Acht gelassen. Die Mannschaften wollen nach einer Reise einen Zielpunkt anfliegen. Sie wollen nach Hause kommen. Außerdem war es ein ziemlicher Aufwand, alle Güter oder Wartungselemente an einen bestimmten Ort im Raum zu transportieren. Jetzt ist das alles hier zentriert, also im Endeffekt ökonomischer organisiert.«

Ich schwieg zu seinen Ausführungen. Ich hatte mich immer noch nicht unter Kontrolle. Sehnsüchtig nahm ich die Bilder der Szene vor mir auf. Alleine von unserem Standort konnte ich vier dieser gigantischen Raumschiffe sehen, die an Verteiler 4 angedockt hatten. Bizarre Schiffsformen, die für spezielle Einsatzgebiete oder Aufgaben konstruiert waren. Die Raumfahrt hatte einen unglaublichen Sprung nach vorne gemacht. In einem Vierteljahrhundert hatte die Menschheit den Lebensraum um Milliarden von Kilometern erweitert, war dank des Neutrino-Treibers fast bis zu den äußeren Planeten vorgedrungen.

Und ich hatte die Entwicklung auf meiner Insel verschlafen. Im Grunde genommen musste ich Ferguson und Raichle dankbar für meine Befreiung sein, wenn … ja, wenn da nicht Free Fall gewesen wäre.

Ich spürte seine Anwesenheit. Nicht, dass er eine Bedrohung für mich war, aber durch mein Herantasten an seinen Geist war er mir nun gegenwärtig.

Instinktiv schüttelte ich mich, als könnte ich damit Free Fall aus meinen Gedanken vertreiben.

»Ist Ihnen kalt?«, fragte Deisenhofen. »Kommen Sie, wir haben noch etwas Zeit, gehen wir doch ins Hotelrestaurant, da gibt es feine Sachen zum Aufwärmen.«

Ich nickte und warf noch einen letzten Blick aus den Fenstern. Links unter mir schob sich wegen der leichten Drehung von Verteiler 4 die riesige Sichel des Mondes hinter die Raumschiffe. Weiter draußen, nur ein Viertel so groß wie der Mond, hing die blaue Sichel der Erde vor einem kalten Sternenmeer.

Ein letzter, direkter Sichtkontakt mit meiner Vergangenheit.

Die Bezeichnung »Restaurant« war nicht unbedingt zutreffend für die Räumlichkeiten, die wir vorfanden. Im Gegensatz zu der fantastischen Konstruktion von Verteiler 4 war das Star Lounge nichts anderes als eine mäßig automatisierte Kantine, in der sich alles traf, was nach Ablenkung von anstrengender Arbeit auf den Schiffen suchte. Das Star Lounge befand sich in einem der beiden rotierenden Ringe von Verteiler 4, und somit war eine Schwerkraft von einem Drittel *g* gewährleistet.

Ein verbeultes, aber anscheinend trotzdem gut funktionierendes Schott bildete den Eingang. Die Stahltüren schoben sich lautlos ein Stück zurück und offenbarten ein Publikum, das lärmend an langen Tischen saß.

Nach einer kurzen Orientierung wandten wir uns unbeachtet von den Anwesenden nach rechts zu den stahlgrauen Getränke- und Essensautomaten, wo ich zu meiner Überraschung ein reichhaltiges Angebot vorfand. Großen Hunger hatte ich nicht, deswegen wählte ich nur einen Kaffee und ein Stück Himbeerkuchen, der laut Beschreibung »Uschi's Raspberry Cake« hieß und angeblich frisch serviert wurde.

Als ich den Becher mit heißem Kaffee aus der Halterung nahm, leuchtete ein kleines grünes Face auf. »Von Ihrem Konto abgebucht. Vielen Dank für Ihren Besuch!« Verwundert holte ich den Kuchen aus dem Fach. Auch hier dieselbe Information. Wahrscheinlich reagierte der Automat auf den Code, den ich seit neuestem trug, aber ich wusste nichts von einem Konto. Es hätte mich brennend interessiert, wie liquide ich war.

Ich ging zu Deisenhofen, der schon an einem kleineren Ecktisch Platz genommen hatte und sein Essen mit einem skeptischen Blick betrachtete.

»Das nennt sich Böhmischer Sauerbraten«, erklärte er mir mit einem verlegenen Lächeln. »Aber ich habe dieses Gericht farblich anders in Erinnerung.«

»Wie viel Geld habe ich auf meinem Konto?«, fragte ich ihn geradeheraus.

»Gar keins«, antwortete er nach einem kurzen Zögern. »Ihr Code weist Sie als eine Persona Candida aus. Sie haben damit überall Kredit, ohne jedoch jemals etwas zurückzahlen zu müssen. Alle Daten – also auch der Erwerb dieses Kaffees und des Stück Kuchens –

werden sofort gelöscht. Ein Vorteil, wenn man zu der Klasse der wenigen tausend auf dem Planeten gehört.«

Misstrauisch nippte ich an dem Kaffee. Er war jedoch sehr gut. »Ist das nicht ein bisschen auffällig? Ich meine, irgendjemand oder irgendein Rechner registriert doch den Vorgang?«

»Es gibt keinen Vorgang, also fällt er auch keinem auf.«

»Und was ist, wenn ich eine teure Uhr kaufe, fällt das dann auch keinem auf?«

»Ich würde vorschlagen, Sie machen sich darüber einfach keine Gedanken. Glauben Sie mir, es ist alles geregelt.«

Ich nahm das mal so hin. Außerdem hatte ich im Moment keine Lust, deswegen eine Diskussion anzufangen. Ganz abgesehen davon hätte ich auch nicht gewusst, wo und wann ich mir in naher Zukunft eine teure Uhr hätte kaufen können. In der Oortschen Wolke bestimmt nicht.

»Ach übrigens, ich habe noch etwas für Sie«, sagte Deisenhofen und griff in die Innentasche seines Overalls. Mit einem verlegenen Lächeln legte er ein kleines schwarzes Etui vor mir auf den Tisch. »Hätte ich beinahe vergessen, dabei ist es sehr wichtig.«

»Was ist das?«

»Sehen Sie doch nach!«, forderte er mich mit einem hintergründigen Blick auf.

Ich hätte ihm mit einer kurzen Information aus seinen Gedanken die Überraschung verderben können, ließ es aber sein. Ab und zu sollte ich mir schon mal eine kleine Abwechslung gönnen.

Nach einem vorsichtigen Tippen auf einen kleinen roten Punkt an der Seite des Etuis klappte der Deckel auf. Drinnen lag ein schwarzer Streifen. Eingerollt wie eine kleine Schlange. Ich fischte ihn mit zwei Fingern aus dem Etui. Er war etwa 2 Zentimeter breit und 30 Zentimeter lang. Ein lappiges Ding, wie aus Leder gemacht.

»Was ist das?«, fragte ich noch einmal.

Er zögerte die Antwort hinaus, wahrscheinlich, um die Dramatik zu erhöhen.

»Das ist Suzanne!«, platzte er schließlich heraus.

Ich war so überrascht, dass ich mir instinktiv eine Bestätigung aus seinen Gedanken holte. Er sagte die Wahrheit.

»Unglaublich«, entfuhr es mir.

»Nicht wahr? Man trägt solche Streifen heutzutage als Modeaccessoire um den Oberarm gewickelt. Wir haben die Mode sozusagen weiterentwickelt und einen Hochleistungscomputer – also Suzanne – darin eingebaut. Sie brauchen den Streifen nur auf die Haut zu legen. Er haftet automatisch. Zum Entfernen fassen Sie ihn hier an der rot markierten Ecke an und ziehen in ab. Ganz einfach, das Ganze.«

Ganz einfach. Es war wirklich unglaublich. Vor einem Vierteljahrhundert hatten wir auf der *Nostradamus* eine generalstabmäßige Aktion durchführen müssen, um den Computerschrank mit Suzanne aus dem Schiff zu transportieren und anschließend zu sprengen. Dabei hatte ein Kadett sein Leben verloren. Den Streifen hier konnte ich in die nächste Abfalltonne schmeißen. Bildlich gesprochen. Ich formte das Material vorsichtig zu einem U.

»Es ist praktisch unzerstörbar«, erklärte Deisenhofen, als hätte er meine Gedanken gelesen. »Sie müssten den Streifen schon in einem Reaktor entsorgen, um ihn funktionsunfähig zu machen.«

»Unglaublich«, wiederholte ich und tastete mit meinen Sinnen das Innere des Streifens ab. Schon bald hatte ich einen schwachen Punkt in der filigranen Konstruktion entdeckt. Ich brauchte nur an einer bestimmten Stelle die Stromversorgung zwischen dem Niedervoltreaktor und dem neuralen Geflecht zu unterbrechen, dann wäre Suzanne lahm gelegt. Gut zu wissen. Für alle Fälle.

Demonstrativ wickelte ich »Suzanne« um mein Handgelenk wie eine Armbanduhr. Es sah etwas martialisch aus, war aber angenehm zu tragen.

»Wirklich unglaublich«, kommentierte ich erneut und lehnte mich mit einem zufriedenen Lächeln zurück.

Uschi's Raspberry Cake stellte sich ebenfalls als genießbar heraus. Zufrieden sah ich mich in dem Raum um. Es herrschte eine aufgedrehte Stimmung. Überall an den Tischen wurden die üblichen derben Scherzchen gemacht, wie sie überall fern der Heimat üblich waren. Immer noch war der Anteil von männlichen Arbeitern höher. Auch hier im Star Lounge bestanden die Gäste zu zwei Dritteln aus Männern, die sich gegenüber ihren weiblichen Kolleginnen durch Lautstärke hervortaten. In dieser Beziehung hatte sich also nichts gegenüber meiner Zeit geändert.

»Hier geht es ein wenig rau zu«, sagte Deisenhofen, der meinen Blick bemerkt hatte. »Es gibt noch eine VIP-Lounge im anderen Ring, aber ich halte mich trotzdem lieber hier auf, wenn ich auf Verteiler 4 bin. Drüben ist alles sehr steif und förmlich. Das wahre Leben findet hier statt …«

Wie zur Bestätigung segelte ein halb voller Becher durch den Raum und landete neben meinem Raspberry Cake. In einer letzten Drehbewegung verteilte er auf dem Tisch noch ein paar lahme Spritzer einer undefinierbaren Flüssigkeit.

Deisenhofen prallte erschrocken zurück. Hinter meinem Rücken drang hämisches Gelächter zu uns herüber, was aber anscheinend jemand anderem galt, denn von Deisenhofen rutschte mit seinem Stuhl an den Tisch heran und widmete sich wieder seinem Böhmischen Sauerbraten. »... wie gesagt, hier ist es etwas lebendiger!«, meinte er mit einem schiefen Grinsen.

In das Gelächter hinter mir mischten sich harte Worte, die ebenso deftig von einer Frauenstimme erwidert wurden.

Ich stutzte. Die Stimme kannte ich doch. Ohne mich umzudrehen, sondierte ich die Gedanken im Raum.

Natürlich, es war Zoerance, die gerade überlegte, mit welchen wüsten Beschimpfungen sie ihr Gegenüber noch mehr reizen konnte.

Deisenhofen bemerkte meinen verkniffenen Blick. »Hey, kommen Sie, das ist doch nicht weiter schlimm!« Mit einer fahrigen Handbewegung wischte er die Flüssigkeit weg und stellte den Becher auf.

Ich drehte mich um und sah zu einer Gruppe von Personen hinüber, die am übernächsten Tisch lautstark miteinander stritten. Gerade eben sprangen alle fast gleichzeitig auf und wichen etwas zurück. Das Geräusch von leise polternden Stühlen war zu hören. Bei einem Drittel Schwerkraft geschah alles etwas langsamer.

Da ich nicht sehen konnte, was dort vor sich ging, schob ich meinen Stuhl zurück und stand auf.

Deisenhofen hielt mich am Ärmel zurück. »Mischen Sie sich nicht ein. Es werden sich bestimmt gleich Leute von der Sicherheit darum kümmern.«

Ohne auf ihn zu achten, näherte ich mich der Gruppe.

Zu meiner Zeit gehörten Raumfahrer nicht gerade zu den groß gewachsenen Menschen, aber anscheinend hatte sich in dieser Beziehung einiges geändert. Die Männer hier waren fast alle einen Kopf größer als ich, sodass ich nicht sehen konnte, was am Tisch vorgefallen war. Also drängte ich mich trotz aller Proteste durch die Menge und schob die Ellenbogen, die mich zurückhalten wollten, mit einer rüden Bewegung beiseite.

Als ich am Tisch ankam, sah ich einen aufgebrachten Typen, der Zoerance von hinten umklammerte und ihr ein Porzellanmesser an die Kehle hielt. Um die beiden herum lagen umgekippte Stühle.

»Na, Baby, wie ist das jetzt mit deiner großen Klappe?«, brüllte er ihr dabei ins Ohr. Zoerance verzog das Gesicht. Sehr ängstlich sah sie nicht aus.

Vorsichtig näherte ich mich den beiden.

»Lassen Sie die Frau los! Jetzt sofort!«

Besonders überzeugend hatte ich wohl nicht geklungen, denn der Typ sah mich noch nicht einmal an, als er mit leiser Stimme sagte: »Oh, Baby, da meldet sich anscheinend ein Kavalier zu Wort.«

»Sie sollen sie loslassen, habe ich gesagt!« Energisch umrundete ich den Tisch und kickte dabei einen Stuhl zur Seite, der mir im Weg stand. Das brachte mir immerhin einen kurzen Blick von dem Mann ein. »Leider nur ein sehr kleiner Kavalier. Du magst anscheinend kleine Männer, Baby?«

»Hör auf mit dem Blödsinn, Warden!«, zischte Zoerance, ohne mich zu beachten. Der Typ, den sie Warden genannt hatte, war durch mein stetes Näherkommen gezwungen, mir mehr Aufmerksamkeit zu widmen. Ich spürte seine Verwunderung über mein energisches Auftreten, die sich in seinen Zorn drängte und ihn in einen Konflikt brachte. Ein vollständiges Überwachen seiner Gedanken war mir nicht möglich, weil ich mich auf das Messer konzentrierte, das er immer noch an die Kehle von Zoerance hielt.

Er wich einen halben Meter zurück und zerrte sie mit sich. Hinter ihrem Rücken bemerkte ich eine Bewegung. Es sah so aus, als würde sich dort ein Kind verstecken. Als ich mich leicht über den Tisch beugte, um eine bessere Sicht zu bekommen, wertete Warden mein abruptes Kopfdrehen anscheinend als Angriff. Mit einer schnellen Bewegung sprang er plötzlich auf mich zu, Zoerance mit sich reißend. Eine Welle von aggressiven Gefühlen brach in mein Gehirn ein. Das weiße Messerblatt löste sich von Zoerances Kehle und blitzte kurz auf, als es sich auf mich richtete. Instinktiv duckte ich mich und schlug mit der linken Hand auf seinen Ellenbogen.

Dann geschah etwas Merkwürdiges. Die Szene verlangsamte sich zu einem Zeitlupentempo und trat in den Hintergrund. Gleichzeitig lief vor meinem geistigen Auge eine atemberaubende Fahrt durch das Nervensystem meines Angreifers ab. Sternförmige Neuronen überwanden synaptische Spalten, liefen im Kreis zurück oder verzweigten sich mit anderen Neuronengruppen. Ohne dass ich die Richtung beeinflussen konnte, steuerte mein Unterbewusstsein einen bestimmten Punkt in dem fremden zentralen Nervensystem an und schlug dort zu.

Das Ergebnis stellte sich sofort ein. Das verlangsamte Hintergrundbild sprang wieder nach vorne in mein Bewusstsein und beschleunigte den Zeitablauf. Ich sah Warden kurz erstarren und danach wie eine Marionette in sich zusammenfallen.

Er wurde einfach ausgeknipst.

Ich selbst war durch meinen unkontrollierten Schlag auf seinen Ellenbogen aus dem Gleichgewicht gekommen und stürzte ebenfalls zu Boden. Schnell robbte ich noch einen Meter weiter, immer noch das Bild des aufblitzenden Messers vor Augen.

Es war mir unmöglich, sofort einen klaren Gedanken zu fassen.

Etwas in mir hatte Warden ohne mein Zutun ausgeschaltet.

Die Zeit in meiner Umgebung war angehalten oder um ein Vielfaches reduziert worden. Ich selbst – oder genauer, das Etwas in mir – hatte jedoch in Normalzeit reagieren können.

Es war unfassbar. Mein Instinkt hatte sich dem Grad meiner Fähigkeiten angepasst. Allerdings machte mir die unkontrollierte Reaktion Sorgen. Wenn ich in Zukunft bei jeder aggressiven Bewegung eines anderen Menschen sofort dessen Nervensystem attackierte, würde ich ernsthafte Probleme bekommen.

Ich schüttelte verwirrt den Kopf und setzte mich auf. Damit konnte ich mich später beschäftigen. Vor meinen Beinen sah ich Warden mit zuckenden Gliedern liegen. Zwei Unbekannte beugten sich zu ihm herunter und redeten auf ihn ein. Anscheinend war er bewusstlos.

Deisenhofen tauchte neben mir auf und bot mir die Hand zum Aufstehen.

»Mensch, Nurm… Selleck, wie haben Sie denn das gemacht? Ein gezielter Schlag, und der Typ war hinüber! Ist das eine japanische Kampfsportart oder so etwas Ähnliches? Respekt, sehr gut!«

Ich lächelte verlegen, als er mich hochzog.

»Nun ja, früher hat man beim Astronautentraining so einiges gelernt.«

»Ich wusste gar nicht, dass es am Ellenbogen empfindliche Stellen gibt, die einen Mann außer Gefecht setzen können.«

»Eine Frage der Konzentration«, wiegelte ich ab.

Zoerance kam auf uns zu.

»Keine schlechte Arbeit«, meinte sie anerkennend. »Wäre aber nicht nötig gewesen. Ich hatte den Mann voll im Griff.« Sie blickte mich prüfend mit ihren tiefgrünen Augen an, erkannte mich aber aufgrund meines neuen Gesichtes natürlich nicht.

»Ja, es sah ganz danach aus«, entgegnete ich sarkastisch.

Statt einer Antwort öffnete sie ihre rechte Hand. In ihr lag ein kleiner Elektrostreifen, der schmerzhafte elektrische Schläge austeilen konnte.

»Ich hatte nur auf den richtigen Moment gewartet«, erklärte sie. »Ganz abgesehen davon glaube ich nicht, dass Warden das Messer benutzt hätte. Er ist manchmal zwar etwas impulsiv, aber ansonsten harmlos.«

Ich verzog das Gesicht. »Was hat denn den harmlosen Warden so aufgebracht, dass er Ihnen ein Messer an die Kehle gesetzt hat?«

»Er hat sich über die Größe von Lennox lustig gemacht«, sagte sie und deutete auf einen Liliputaner, der nun am Tisch auf einem Barhocker saß. »Wieso haben Sie mir geholfen? Ich meine … ähm … Warden ist ein ganz schöner Kotzbrocken und um einiges größer als Sie. Selbst von den anderen hätte sich keiner an ihn rangetraut.«

Sie sah mich wieder prüfend an. »Sie kommen mir so bekannt vor. Kennen wir uns von irgendwoher?«

»Selleck«, sagte ich. »Mein Name ist Joel Selleck.«

Sie zögerte einen Moment. Dann hatte sie begriffen.

»Ach was. Wie klein die Welt doch ist«, meinte sie dann unbeeindruckt. Wenn sie wegen meines neuen Aussehens überrascht war, so zeigte sie es jedenfalls nicht.

»Und das hier ist mein Kollege Rüdiger von Deisenhofen«, sagte ich und zeigte auf Deisenhofen, der gerade die ankommenden Sicherheitsleute empfing.

Sie nickte kurz in seine Richtung. »Ich weiß. Wir hatten in der Vergangenheit schon öfter das Vergnügen einer Begegnung.«

»Was machst du hier oben auf der Station?«, fragte ich sie leise, dabei war die Antwort unschwer zu erraten.

»Wir sind auf dem Weg zum Mars«, antwortete sie wie beiläufig.

»Wer ist wir? Du und Lennox?«

Sie sah sich unsicher um und sagte dann: »Hör mal, Selleck, hier ist nicht der richtige Ort, um sich ungestört zu unterhalten, aber ich nehme an, wir können das noch nachholen.« Sie stieß einen leisen Pfiff zwischen den Zähnen in Richtung Lennox aus, der sofort vom Barhocker glitt und sich dicht hinter sie stellte. »Bis später dann!«

Während die beiden durch das Schott verschwanden, tastete ich nach Lennox' Gedanken und erlebte eine Überraschung: Der Liliputaner dachte in Zahlen! Oder vielmehr in Zahlenkombinationen. Und das in einer Geschwindigkeit, der ich nicht folgen konnte. Sein Gehirn war zudem völlig anders gestaltet als das eines normalen Menschen. Gefühle waren praktisch keine vorhanden, jedenfalls nicht in diesem Moment.

»Alles in Ordnung?«, fragte jemand neben mir.

Ich fuhr herum. Deisenhofen sah mich skeptisch an.

»Jaja, alles okay«, antwortete ich verwirrt, immer noch mit dem Rätsel von Lennox' Gedanken beschäftigt.

»Eine tolle Frau, nicht wahr?«, bemerkte er etwas zu glitschig.

»Zoerance? Ich nehme einmal an, dass Sie sie gut kennen?«

Er zuckte mit den Schultern. »Sie ist vor ein paar Jahren bei uns in der Zentrale aufgetaucht und hat uns ihre Dienste angeboten. Raichle war zunächst misstrauisch, weil er fast nichts über ihre Vergangenheit herausfinden konnte. Deshalb hat sie anfangs nur kleinere Aufträge für uns erledigt. Inzwischen aber setzen wir sie und ihre Truppe bei allen größeren Unternehmungen ein. Sie ist etwas unzugänglich, aber absolut zuverlässig und loyal.«

»Und? Weiß Raichle jetzt mehr über ihre Herkunft?«

»Ich glaube nicht. Er hat einmal eine Bemerkung gemacht, dass er einen deutlichen Hinweis bekommen hat, sie wäre sauber. Ich jedenfalls habe keine Ahnung, woher sie kommt. Meiner Meinung nach wird sie von einer höheren Stelle protegiert. Ein bisschen merkwürdig, das Ganze, aber sie arbeitet sehr zuverlässig.«

»Ich nehme einmal weiterhin an, dass sie nicht zufällig hier auf der Station ist, oder täusche ich mich?«

»Ähm, nein, sie und ihre Truppe werden uns zum Mars begleiten. Der weitere Einsatz steht noch offen, bis wir mehr wissen.«

Seine Gedanken verrieten mir noch mehr. Die Laderäume der *Edward Hopper* waren bis oben hin voll gestopft mit Material. Mit planetaren Landern, Shuttles und speziellen Koptern. Mit Zelten, Versorgungseinheiten und jeder Menge Waffen. Solche Unmengen an Material transportierte man nicht einfach auf Verdacht zum Mars, da musste mehr dahinterstecken. Free Fall hatte in seiner Meldung anscheinend noch einiges mehr über den Planeten erzählt, aber daran dachte Deisenhofen im Augenblick nicht. Ich musste seine Gedanken unbedingt öfter kontrollieren, um mehr darüber zu erfahren.

Er klatschte linkisch in seine Hände. »Ja gut. Ich habe den kleinen Vorfall von vorhin mit der Security geklärt. Da wird es keine weiteren Probleme geben. Der Mann ist auf die Krankenstation gebracht worden. Er ist übrigens immer noch bewusstlos.« Er sah mich fragend an, aber da ich offenbar keine Lust zeigte, ihm etwas über »japanische Kampfsportarten« zu erzählen, fuhr er fort: »Nun, dann würde ich sagen, wir gehen jetzt an Bord der *Edward Hopper*, oder was meinen Sie?«

»Eine gute Idee, das machen wir«, sagte ich. Ich war schon sehr gespannt auf das Schiff. Noch gespannter war ich jedoch auf die Truppe von Zoerance.

10

Ich hatte das Gefühl, eine Festung zu betreten beziehungsweise in sie hineinzuschweben, denn in der Schleuse herrschte Schwerelosigkeit.

Auf der *Edward Hopper* war das Wort Zufall nicht mit an Bord. Schon an der Vorschleuse zum Gate durchliefen wir eine strenge Überprüfung. Wir mussten uns ausziehen und einem Ganzkörperscan unterziehen. Keine einfache Prozedur bei null *g*. Man musste sich mit einer Hand an Griffen festhalten und mit der anderen die Kleider vom Leib ziehen. Trotz der leicht zu öffnenden Magnetverschlüsse bedurfte es einiger Übung, um dabei nicht ins Trudeln zu geraten. Zum anschließenden Scan wurde man an eine Haltevorrichtung gehängt, die an Leonardo da Vincis Studie des menschlichen Körpers erinnerte. Ein entwürdigender Vorgang.

Nach dem Scannen grinsten mich die Sicherheitsleute blöde an. Wahrscheinlich hatten sie die Depoteinheiten meiner Elektromaske entdeckt und sich über meinen angeblichen Schönheitswahn lustig gemacht. Im ersten Moment wollte ich zur Strafe einen Kurzschluss an diesem scheußlichen Gerät fabrizieren, unterließ es aber dann doch. Irgendwann würden diese

Mätzchen einmal auffallen. Außerdem reichten mir als Rache die erstarrten Gesichter der Sicherheitsleute, als sie auf dem Face den Status meines Codes erkannten.

Persona Candida.

Ich drehte mich zu Deisenhofen um, der eben gerade aus dem Scanner kam. »Woher kommt diese Bezeichnung ›Persona Candida‹? Ich meine damit, wer hat das eingeführt?«

Er strampelte sich verschämt in seinen Overall, bevor er mir antwortete.

»Das hat sich aus dem früheren Diplomatenstatus entwickelt. Man wollte damit höher gestellten Persönlichkeiten freie Hand für ein unmittelbares Vorgehen geben. Natürlich nur im Interesse der Union, einem losen Zusammenschluss der Komplexe. Eine PC ist unantastbar und nur der Union gegenüber verantwortlich.«

»Sie haben erwähnt, dass es nur einige tausend PCs gibt. Wer bestimmt denn darüber, welche Personen in den erlauchten Kreis aufgenommen werden?«

Er grinste verschlagen. »Der Weltgerichtshof. Sie werden es mir nicht glauben, aber nachdem damals dieses Gremium nur wegen Ihnen einberufen wurde, bestand es weiter. Bis heute fungiert es im Hintergrund als Berater der Komplexe. Sozusagen als Übervater aller Hüter der weltlichen Rechtsprechung. Ein Nachfolger der Vereinten Nationen, die es ja nicht mehr gibt. Die letzte Instanz vor Gott, wenn Sie so wollen.«

»Und was passiert, wenn ich meinen Status missbrauche?«

»Wenn Sie im Sinne der Komplexe Missbrauch begehen, muss mindestens ein PC von jedem stimmberechtigten Komplex einen Antrag auf Aufhebung einreichen. Danach berät sich der Weltgerichtshof über den

Fall. So etwas ist aber noch nicht vorgekommen. Kein Wunder, wer will schon einen solchen Status gefährden?«

»Wenn ich es also genauer betrachte, dann bin ich eigentlich so etwas wie der Urheber des Status ›Persona Candida‹«, sagte ich mit ironischem Unterton.

»Sozusagen. Also steht Ihnen der Status schon von Rechts wegen zu.«

Fantastisch, stellte ich mit Ironie fest, meine Macht wurde immer größer.

Trotzdem – ich musste aufpassen. Als wir die letzte Schleuse vor dem Karussell passiert hatten, empfing uns ein Lieutenant der *Edward Hopper*, dessen Gesicht mir bekannt vorkam. Nach einem kurzen Durchforsten seiner Gedanken stellte sich heraus, dass er mit uns im Carrier geflogen war. Er hatte unter anderem die Aufgabe, mich ein wenig zu beobachten und Raichle ständig Meldung über mein Verhalten zu machen. Über meine wahre Identität wusste er jedoch nicht Bescheid.

Ein kleiner Spitzel, mehr nicht, aber ein Hinweis darauf, dass man mir doch nicht so ganz traute. Ich nahm mir vor, meine Umgebung öfter zu überwachen, um keine unliebsamen Überraschungen zu erleben. Wer gab, konnte auch nehmen, ermahnte ich mich.

»Joel Selleck und Rüdiger von Deisenhofen«, stellte ich uns vorschriftsmäßig vor. »Wir bitten um Erlaubnis, an Bord der *Edward Hopper* kommen zu dürfen!«

»Wie bitte? Ach so, ja natürlich, Erlaubnis erteilt«, antwortete er ein wenig überrascht. »Mr. Selleck und Mr. von Deisenhofen, Sie werden schon von Captain Butler erwartet. Zuvor zeige ich Ihnen jedoch noch Ihre Quartiere. Ich bin Lt. Ramon Judd. Hier sind Ihre Notpacks. Ich muss Sie bitten, sie während des Aufenthalts außerhalb der Zylinder immer mit sich zu führen.«

Weiß ich, du Dummkopf, dachte ich mir. Schon zu meiner Zeit war das Tragen der Notfallausrüstung Vorschrift gewesen.

Er händigte uns zwei unscheinbare kleine Päckchen aus. Verblüfft starrte ich das winzige Ding in meiner Hand an. Was sollte ich damit anfangen? Ich sah noch nicht einmal eine Aufreißnaht oder etwas Ähnliches.

Lt. Judds amüsierte Gedanken drängten sich förmlich in mein Gehirn. Das Päckchen wurde einfach mit einem schmalen roten Streifen – ich drehte das Ding um – auf den linken Oberschenkel gedrückt.

»Ah, da ist ja der Streifen!«, sagte ich freundlich und lächelte den Lieutenant an. Dann klebte ich das Päckchen an die richtige Stelle auf meinen Overall.

Er war enttäuscht, zeigte es aber nicht. Dafür konnte er es nicht unterlassen, eine kleine Belehrung nachzuschieben. »Mr. Selleck, auf der *Edward Hopper* gebrauchen wir nicht mehr die veraltete Bitte, an Bord kommen zu dürfen. Wenn jemand durch die Security bis hierher gelangt ist, gehört er zum Schiff.«

»Verstehe« sagte ich etwas verärgert, fügte dann aber hinzu: »Nun gut, ich wollte nur höflich sein.«

Dabei beließen wir es.

Ich folgte den beiden in der Schwerelosigkeit durch den kreisrunden und hell erleuchteten Zugang ins Innere des Schiffes. Schon nach wenigen Metern wurde mir die Größe des Schiffes bewusst. Unser Ziel, das Zentrum und die Naben der rotierenden Zylinder, lag weit voraus in der Mitte der riesigen Kugel.

Um mich herum konnte ich verschlossene Eingänge erkennen, die anscheinend zu Versorgungs- und Laderäumen führten. Überall an den Wänden waren Kontroll-Faces zu sehen. An manchen hingen kleine Gruppen der Besatzung und beschäftigten sich mit mir völlig unverständlichen Dingen. Erneut staunte ich über den enormen Fortschritt in den vergangenen Jahren. Für mich war damals die *Nostradamus* schon ein gewaltiges Schiff gewesen, aber das hier überstieg meine Vorstellungskraft.

Lt. Judd schien mein Staunen bemerkt zu haben. »Im Augenblick ist überall im Schiff ein ziemlicher Betrieb«, erklärte er. »Wir werden in fünf Stunden ablegen. Jede Minute, die wir noch an der Station nutzen können, ist kostbar. Alle Fehler, die jetzt noch von den Systemen gemeldet werden, sind hier im Dock leicht zu korrigieren. Für die nächsten drei Monate wird die *Edward Hopper* auf sich alleine gestellt sein, da wären Unregelmäßigkeiten unter Umständen sehr ärgerlich.«

Ich nickte verständnisvoll und dachte an meinen ersten Flug zum Mars vor mehr als vierzig Jahren. Zu der Zeit wären Fehler tödlich gewesen.

Wir gelangten zum Karussell, jenem Ort, an dem sich die Einstiege zu den verschiedenen Decks der Zylinder befanden. Trotz der simplen Konstruktion war es ein beeindruckender Anblick. An der sich drehenden Nabe herrschte Schwerelosigkeit. Mit jedem Meter, den man nach dem Einsteigen in einen Schacht hinter sich ließ, würde die Schwerkraft zunehmen und am äußersten Punkt etwa 0,5 *g* betragen.

Judd wies auf die Griffe, die am Rande angebracht waren. »Im Gegensatz zu früheren Konstruktionen gibt es auf der *Edward Hopper* keine Segmente mehr, die mit ansteigenden Geschwindigkeiten laufen, um den Benutzer an die Drehgeschwindigkeit anzupassen. Die Griffe passen sich durch zunehmende Selbsthaftung in Form von einer einfachen Kupplungsvorrichtung automatisch an die Endgeschwindigkeit an und gleiten selbständig in die Mitte zu den Einstiegen. Sie können die Anpassung auch manuell durch diese zwei Tasten steuern, aber seien Sie vorsichtig: Anfänger neigen dazu, die Rotationsgeschwindigkeit zu unterschätzen, und kugeln sich dabei einen Arm aus.«

»Verstehe«, sagte ich und dachte: du Schwätzer. Ich habe mich schon in den Karussells herumgetrieben, da warst du noch nicht einmal geboren.

Die Griffe hatte ich selten benutzt. Wenn ich in Eile war, hatte ich mich direkt zum Einstieg begeben und mich dort durch festes Zupacken festgehalten.

Einen Moment lang war ich versucht, es ihm vorzuführen, unterließ es dann aber doch. Die Rotationsgeschwindigkeit kam mir zwar nicht sehr hoch vor, aber das konnte täuschen, denn dieses Karussell hatte einen weitaus größeren Durchmesser als das auf der *Nostradamus*.

Judd packte einen Griff und ließ sich an ihm geschickt in die Mitte treiben. »Vier Einstiege. Rot ist die Brücke, Blau die Computerräume, Grün die Lounge und Gelb die Unterkünfte für die wachhabende Besatzung!«, rief er uns zu. »Die Unterkünfte sind im zweiten Zylinder. Dort müssen wir zuerst hin!« Mit einem sanften Stoß segelte er zu der angrenzenden Nabe und wartete auf uns. Von meiner Position aus hatten seine Aktionen akrobatisch und leicht ausgesehen, aber ich kannte die Tücken des Karussells und ging kein Risiko ein. Vorsichtig legte ich meine rechte Hand um einen Griff und ließ mich mit der Automatik behutsam an die Einstiege der ersten Nabe heranführen. Aus Erfahrung vermied ich es, meinen Blick von der gekrümmten Wand abzuwenden, denn durch das Anpassen an die Rotation veränderte sich das Bezugssystem. Als mein Körper der Drehgeschwindigkeit angepasst war, stand das Karussell von meinem Bezugspunkt aus still. Deisenhofen, der zurückgeblieben war, und der Zugangstunnel drehten sich um mich herum.

Ich schätzte die Entfernung zur nächsten Nabe ab und stieß mich leicht ab. Wenig später kam ich mit einer eleganten Drehbewegung bei Lt. Judd an.

»Gut gemacht«, lobte er mich.

Ich sagte nichts dazu, duckte mich aber instinktiv, als ein erschrockener Ausruf durch das Karussell hallte.

Mit einem Fluch auf den Lippen stieß sich Judd ab und eilte dem unglücklichen Deisenhofen zu Hilfe, der in langsamen Überschlägen in der Mitte des Karussells trieb.

Es hätte keinen Sinn gehabt, Judd zu helfen; zu zweit hätten wir uns nur gegenseitig behindert. Während er den hilflosen Deisenhofen einfing, blickte ich in den Eingangsschacht, der zu den Unterkünften führte. Als Schacht konnte man das großzügige Viereck kaum mehr bezeichnen. Ich schätzte die Ausmaße auf etwa vier mal vier Meter. An den Wänden liefen mannshohe Kammern in stetiger Geschwindigkeit nach oben und unten: Es waren Paternoster, um in den Schwerkraftbereich hinunter und aus ihm wieder heraus in die Nabe zu gelangen.

Das Schiff war riesig, sogar beängstigend riesig. Wie viel Erfahrung musste ein Captain wohl mitbringen, um solch einen Giganten zu führen. Wieder machte sich in mir das Gefühl der Enttäuschung breit, aber ich unterdrückte meine Empfindungen mit einem Zähneknirschen. Ich sollte meine Vergangenheit endlich zu den Akten legen.

Deisenhofen erschien neben mir mit hochrotem Kopf. Judd verlor kein weiteres Wort über das Missgeschick und schwang sich geschickt in eine der Kammern, die nach unten strebte. »Ihre Unterkünfte liegen auf dem äußersten Deck. Folgen Sie mir einfach.«

Eine noble Geste des Captains. Wir kamen also in den Genuss der größtmöglichen Schwerkraft, die auf dem Schiff möglich war.

»Packen Sie in Ruhe aus, Mr. Selleck«, sagte Lt. Judd und ging zur Tür. »Der Captain erwartet Sie in einer Stunde auf der Brücke, um 20.00 Uhr Bordzeit. Ist Ihnen das recht?«

»Ja, danke, das ist okay«, antwortete ich und blickte überrascht auf eine dunkelblaue Reisetasche, die vor dem Bett stand.

Er blieb in der Tür stehen. »Ich nehme an, Sie finden den Weg alleine. Oder soll ich Sie abholen lassen?«

»Nein, danke. Ich denke, ich schaffe das schon.«

Es war mir sogar sehr recht, denn es würde mir das Gefühl einer gewissen Selbständigkeit geben, das Gefühl, endlich einmal auf eigene Faust etwas zu unternehmen, auch wenn es nur das Zurücklegen einer Strecke war.

Die Tür schob sich hinter ihm ins Schloss.

Mein Blick fiel wieder auf die Tasche. Auspacken? Was sollte ich denn auspacken? Ich hatte noch nicht einmal eine eigene Unterhose. Alles, was ich besaß, war meine voll Wasser gelaufene Gruen, die in der Brusttasche meines Overalls steckte.

Ich beugte mich hinunter und stellte die Tasche auf das Bett. Sie enthielt die üblichen Sachen, die man auf eine Reise mitnahm: ein paar T-Shirts, Unterwäsche, Socken, einen Waschbeutel, der ein Zahnreinigungs-Set mit verschiedenen Nanoeinsätzen enthielt. Des Weiteren Rasierpaste mit einer leicht tönenden Creme, eine Haarbürste und ein weiteres kleines Vielzweck-Set.

Und eine kleine abgewetzte Plüschkatze.

Ich hatte keine Ahnung, wer die Tasche gepackt hatte. Von mir stammten die Sachen jedenfalls nicht. Wahrscheinlich sollte es eine Ablenkung sein, um mir etwas persönlichen Hintergrund zu verpassen.

Eine Plüschkatze. Ich taufte sie im Stillen auf den Namen Heidi und platzierte sie auf meinem Kopfkissen. Im Augenblick konnte ich jeden neuen Freund gebrauchen.

»Suzanne, bitte die neuesten Nachrichten auf das Face!«

›Ausgeführt!‹

Neben mir flackerte ein Face in der Luft, änderte seine Position, bis es etwa zwei Meter vor mir glasklar im Raum stand. Verblüfft blickte ich auf das Logo eines Nachrichten-Channels. Woher wusste das Face, in welche Richtung ich sah?

Es konnte sich eigentlich nur an der Platzierung meines Codes im linken Arm orientieren. Ich drehte mich zur Wand. Keine Sekunde später war das Face an Ort und Stelle. Faszinierend.

»Suzanne, das Face dort an der Wand belassen«, sagte ich. Neueste Errungenschaften hin oder her, ich fand die Vorstellung ungemütlich, wenn mir das Bild wie ein moderner Schatten überallhin folgte.

›Du kannst deine Befehle auch direkt an das Face richten‹, belehrte mich Suzanne. ›Hier in deiner Unterkunft läuft es unter der einfachen Bezeichnung TV.‹

Ich ignorierte ihren Hinweis. »Suzanne, den Ton des TV bitte etwas lauter!«

Sie führte den Befehl ohne Widerspruch aus.

Das Attentat auf John Nurminen war anscheinend schon in die Rubrik »Schnee von gestern« gerutscht. Ein Standbild von meinem verwüsteten Strand und eine Stimme aus dem Off, die von laufenden Ermittlungen berichtete. Mehr war ich dem Channel nicht mehr wert.

Ärgerlich befahl ich Suzanne, auf den Bord-Channel umzuschalten. Dort wurden Informationen und Bilder vom Countdown der *Edward Hopper* gezeigt. Sie waren wesentlich interessanter als die Nachrichten über das Attentat.

Nachdenklich setzte ich mich auf die Bettkante. War meine Person wirklich nur eine Notiz wert, oder waren die spärlichen Informationen Absicht? Vielleicht würde ich mich später damit beschäftigen, im Augenblick besaß ich nicht die Energie, die Gedanken der Verantwortlichen zu durchwühlen. Außerdem konnte mir das Desinteresse der Öffentlichkeit nur recht sein.

Ich ging unter die Dusche.

Zufrieden registrierte ich, dass das Face im Zimmer zurückblieb.

11

Meine Audienz bei Captain Butler war sehr kurz gewesen.

Nach einem unpersönlichen Händedruck und dem üblichen Smalltalk wanderten seine Augen prüfend auf der Brücke umher. Er gab mir damit zu verstehen, dass er mit dieser Begrüßung seiner Pflicht nachgekommen war, nun aber wieder für wichtigere Aufgaben gebraucht wurde. Dafür hatte ich sogar Verständnis, denn überall auf der Brücke herrschte ein reges Treiben.

Kein Verständnis dagegen hatte ich für seine ablehnenden Worte auf meine Bitte hin, das Ablegemanöver und den Start des Schiffes von hier aus verfolgen zu dürfen. Seine Vorschriften ließen ihm da leider keine Wahl, wie er bedauernd meinte.

Eine schnelle Überprüfung seiner Gedanken ergab, dass er in mir einen prominenten Wichtigtuer sah, der nichts weiter zu tun hatte, als den Transport von Menschen und Material zum Mars zu beaufsichtigen. Er wunderte sich allerdings über meinen exklusiven Code. Es geschah selten, dass PCs die Erde verließen.

Von der bevorstehenden Ankunft der *American Gothic* und über die Mission der *Nostradamus* wusste er nicht Bescheid. Er war ein fähiger Captain und der richtige

Mann am richtigen Platz, nicht mehr und nicht weniger. Trotzdem wurmte mich seine Absage, weil sie mir den Zutritt zu meiner ehemaligen Welt verwehrte.

Ich spürte auch, dass er mir nicht ganz traute. Als alter Fuchs hatte er natürlich sofort an der Art und Weise, wie ich mich bewegte, bemerkt, dass ich mich nicht zum ersten Mal in einem künstlichen Schwerkraftsystem aufhielt. Kein Neuling kompensierte die auftretenden Corioliskräfte instinktiv durch einen leicht geneigten Kopf und mit dem typisch schleppenden Gang. Captain Butler war darüber kurzzeitig sehr verwundert, beschäftigte sich aber nicht weiter damit.

Deisenhofen hatte mit seinen Aussagen über die PCs Recht gehabt: Man hinterfragte diese Personen nicht. Es schien eine allgemein gültige Regel zu sein, die alle Bereiche des Lebens betraf.

»Nun gut«, sagte ich, um der peinlichen Situation ein Ende zu bereiten. »Dann will ich Sie nicht weiter bei der Arbeit stören und mich um meine Leute kümmern.«

»Gute Idee«, meinte er erleichtert. »Nur noch eins: Sie haben mit Ihrem Code zwar überall auf dem Schiff Zutritt, aber beachten Sie bitte trotzdem die Warnhinweise. Ich stelle Ihnen auch gerne eine Begleitperson zur Verfügung, wenn Sie wollen.«

»Sehr freundlich, aber nein, danke. Ich habe mich schon öfter auf Schiffen wie diesem aufgehalten und glaube, ich werde ganz gut zurechtkommen.«

Er zögerte kurz, nickte dann aber. Er dachte an ein Memo, das er sofort an die Besatzung verschicken würde, sobald ich die Brücke verlassen hätte; sie solle ein Auge auf mich haben, wenn ich alleine im Schiff unterwegs war.

»Ich brauche wirklich keinen Aufpasser«, sagte ich beim Verlassen der Brücke.

Seine Reaktion war sehr professionell. Er war noch nicht einmal sonderlich überrascht darüber, dass ich ihn offensichtlich durchschaut hatte. »Wie Sie wünschen, Herr Selleck.«

Wenig später saß ich in einer gemütlichen Cafeteria nahe der Brücke an einem Tisch und genoss die Aussicht. Auch wenn der Blick auf die Station mittels eines fenstergroßen Faces vermittelt wurde, so schien er doch absolut real zu sein.

Ich war alleine in dem kleinen Restaurant.

Und so fühlte ich mich auch. Einsam und alleine.

Der Rausschmiss hatte mir wehgetan. Mehr sogar noch, er hatte mir die Grenzen meines jetzigen Lebens aufgezeigt. Ich musste zugeben, dass ich es als eine Selbstverständlichkeit angesehen hatte, auf der Brücke bleiben zu dürfen. Meine Einschätzung mir gegenüber war eine andere geworden. Vielleicht trat ich zu überheblich auf. Andererseits war meine Kritikfähigkeit hinsichtlich der Geschehnisse in dieser Welt bei weitem höher als die vor zwanzig Jahren. Wenn man es von der Seite betrachtete, hatte ich eine Aufgabe zu erfüllen, und das konnte ich nur, wenn ich agierte statt zu reagieren. Ich musste mir einfach nur einreden, dass ich am längeren Hebel saß. Bei allem, was ich mir vorgenommen hatte.

Bis auf die Sache mit Free Fall, da bedurfte es sehr viel mehr als nur reiner Suggestion.

Trotz meiner Unsicherheit näherte ich mich wieder vorsichtig seinem Geist. Überrascht stellte ich fest, dass er immer noch schlief. Von seinen Traumfäden hielt ich mich fern, denn die letzte Begegnung mit seinen Träumen wirkte noch nachhaltig negativ in mir. Ein grausames Erlebnis.

Erstaunlicherweise konnte ich keine Kontakte zu anderen Menschen in seiner Nähe feststellen. War er etwa alleine im Schiff? Die ganzen letzten zwei Jahre auf dem Weg zurück?

Eine andere Erklärung fiel mir nicht ein.

Ein anderer bedrückender Punkt kam mir im Zusammenhang mit Free Fall in den Sinn: Was würde geschehen, wenn wir uns persönlich begegneten?

Natürlich würde er sofort versuchen, in meine Gedanken einzudringen. Und ich hatte keine Ahnung, wie ich mich dagegen wehren sollte, mir fehlte jegliche Erfahrung in dieser Hinsicht.

Mit einem mulmigen Gefühl schob ich die lästige Überlegung beiseite und machte mich daran, die Gedanken der Besatzungsmitglieder der *Edward Hopper* zu überprüfen, konnte aber nichts Ungewöhnliches feststellen.

Deisenhofen steckte gerade in einem seelischen Tief und fragte sich, ob er richtig gehandelt hatte, die Leitung der Mission zu übernehmen. Im Moment überwog noch seine Begeisterung, aber er bezweifelte, dass er auch der Größe der Aufgabe gewachsen war, wenn wir uns in den Weiten des äußeren Sonnensystems befanden oder gar auf dem Fantasieplaneten ankamen, von dem Free Fall berichtet hatte.

Nun, das war nicht mein Problem. Letztendlich erwartete ich von ihm nicht viel Unterstützung. Wenn wir erst einmal den Mars hinter uns gelassen hatten, würden wir uns in einer vollkommen neuen Welt befinden, weit weg von Menschenrechten oder Moralvorstellungen. Was weit draußen im unerforschten Sonnensystem zählte, waren Erfahrungen im Umgang mit Menschen und Verlässlichkeit der Technik. Deisenhofen war bestimmt in beiden Punkten keine große Hilfe.

Ich nahm Raichle ins Visier. Seine hauptsächliche Sorge betraf die Finanzierung der Mission. Der Komplex hatte Unsummen für die Verfolgung der Schiffe der Lex Dei und für eine eventuelle Landung auf dem Planeten ausgegeben, nicht einbezogen meine verlustreiche Befreiung, und das alles für einen zweifelhaften Erfolg. Er versuchte, das alles damit zu rechtfertigen, dass die Lex Dei den ersten Zug gemacht hatte. Im Grunde genommen war Pan Globe gar nichts anderes übrig geblieben, als mit einer umfangreichen Aktion zu reagieren.

Ferguson dachte ganz anders. Er freute sich auf die bevorstehende Auseinandersetzung mit der Lex Dei. Er war überzeugt von der technischen Überlegenheit seines Komplexes. Das Einzige, was ihm nicht in den Kram passte, war die lange Wartezeit, bis er seinen Triumph genießen konnte. Er wäre schon jetzt gerne als Mann des Jahrhunderts gefeiert worden. Ansonsten drehten sich seine Gedanken mehr um weltliche, speziell männliche Überlegungen.

Nachdem ich seine sexuellen Wunschträume einige Zeit irritiert verfolgt hatte, überlegte ich, ob ich nicht doch endlich einmal in Fritz Bachmeiers Gedankenwelt eindringen sollte. Ich war überzeugt davon, dort viele Antworten auf meine Fragen zu finden, unter anderem wichtige Hinweise, die mir mehr Sicherheit für mein weiteres Vorgehen gaben.

Schließlich verschob ich das Vorhaben zunächst einmal. Noch war die Zeit dafür nicht reif. Ich übrigens auch nicht. Nach wie vor hatte ich Hemmungen, in seinen Gedanken zu lesen. Ganz abgesehen davon befand ich mich in einer Situation, in der mir niemand helfen konnte. Vielleicht wollte ich es auch nicht.

Zoerance. Ihre Sphäre drängte sich mir förmlich auf. Sie dachte unentwegt an den Einsatz ihrer Truppe, obwohl es noch lange dauern würde, bis es so weit war. Sie ging alle Möglichkeiten durch und durchforstete immer wieder das Material, das sie mitgenommen hatte. »Material« hieß in diesem Fall ihre Truppe, die aus fünfzig ausgewählten Personen bestand; ebenso war »Material« gleichzusetzen mit den Hightech-Geräten, die jeder Spezialeinheit in Krisengebieten gerecht geworden wäre.

Erschüttert verfolgte ich in ihren Gedanken die Auflistung des Kriegsgeräts, angefangen von schwer bewaffneten Kleinrobotern bis hin zu lähmenden Nano-Viren. Für den Transport waren in den Laderäumen der *Edward Hopper* zwei Lander und sieben Ultra-Kopter eingelagert, außerdem Air-Gleiter, diverse Energiestationen und ausreichend Marschgepäck.

Erschüttert auch deswegen, weil mir die Vorstellung von Waffen im Weltraum schon vor 25 Jahren zuwider war, als mir Dr. Hellbrügge das Vorhandensein von Waffen auf der *Nostradamus* gestanden hatte. Ich sah die Welt bestimmt nicht durch eine rosarote Brille, aber in meiner Vorstellung sollte der Weltraum eine waffenfreie Zone sein. Eine vergebliche Hoffnung, denn die bisher geschaffenen Reichtümer auf den Monden des Sonnensystems, auf dem Mars und den zahlreichen Asteroiden zogen automatisch einen gewissen Schutzbedarf nach sich. Offiziell hatten die Komplexe zwar auf eine Verteidigung ihrer Anlagen verzichtet, aber es existierte keine schriftliche Abmachung. Ich mochte nicht wissen, welche Schutzmaßnahmen schon überall im Sonnensystem ergriffen worden waren.

In unserer Mission ging es allerdings nicht um eine Verteidigung. Raichle hatte Recht mit seinen Gedanken, wenn er sich sagte, die Lex Dei hätte den ersten Zug getan. Wahrscheinlich hatte er durch seinen Spion genügend Informationen über die Ausrüstung der

Schiffe bekommen. Wenn Pan Globe nicht nachgerüstet hätte, brauchten wir uns erst gar nicht auf den Weg zur Oortschen Wolke zu machen.

»Na, Selleck, ist alles in Ordnung mit dir?«

Erschrocken fuhr ich hoch.

Zoerance stand neben mir. Kein Wunder, dass mir ihre Gedanken so nahe waren.

»Ja, danke, alles okay. Ich habe nur ein wenig vor mich hingeträumt«, antwortete ich.

Sie setzte sich rittlings auf einen Stuhl und meinte schnippisch: »Ja, träum nur, solange du Zeit dazu hast. Wenn wir erst einmal jenseits von Jupiter sind, zählt nur noch die Realität.«

Das war mir jetzt doch zu viel. Es war nicht unbedingt der Inhalt ihrer Bemerkung, aber der Ton, den sie mir gegenüber anwandte, war mir einige Nuancen zu vorlaut. Ich beugte mich zu ihr hin und sagte leise: »Anne, du bist eine ziemlich freche Göre geworden, wenn ich das mal so sagen darf!«

Zufrieden genoss ich meinen Volltreffer. Irgendwann musste ich den Pfeil einmal abschießen, besser jetzt als später.

Sie sprang auf und fing gerade noch den Stuhl ab, der langsam zur Seite kippte.

»Verdammt, wer hat dir das gesagt?« Sie stand einen Moment unschlüssig vor mir, dann legte sie ihre Arme auf die Stuhllehne, beugte sich ebenfalls nach vorne und zischte mit beherrschter Stimme: »Kein Mensch weiß, wer ich wirklich bin. Wer hat dir das gesagt?«

Ich antwortete nicht und beobachtete sie nur. Sie war tatsächlich entsetzt über ihre Enttarnung. Und zugleich verwirrt. Zum ersten Mal zeigte sie so etwas wie Gefühle. Einen Augenblick lang dachte ich, sie würde gleich in Tränen ausbrechen.

Ich ließ sie zappeln und sagte nichts.
Sie sah sich kurz um. »Los, komm mit!«
Ich blieb sitzen. »Wohin soll ich mitkommen?«
»In den Laderaum. Hier sind mir zu viele Lauscher.«
Meinetwegen, dachte ich. Wenn aber angeblich schon hier in der leeren Cafeteria zu viele Lauscher waren, dann würden sie bestimmt eine Möglichkeit finden, auch im Laderaum zuzuhören. Bei meiner Überprüfung der Besatzung war ich allerdings auf keinerlei Hinweise einer Überwachung von Gesprächen gestoßen, aber mein Wissen darüber konnte ich Zoerance wohl schwerlich erklären.
Ich stand auf und stellte meinen Stuhl gerade hin. Jetzt wäre die Gelegenheit, alles aus ihren Gedanken zu lesen, aber ich widerstand der Versuchung. Es war viel interessanter, ihre Geschichte aus ihrem Munde zu erfahren. Außerdem war es weniger anstrengend. Überprüfen konnte ich sie später immer noch.

Da sich die Laderäume außerhalb der Zylinder befanden, mussten wir uns zum Karussell nach oben in die Nabe begeben und uns von da aus in die Schwerelosigkeit hangeln. Zoerances Bewegungen waren geschmeidig und von einer beherrschten Wut. An manchen Stellen hatte ich Mühe, ihr zu folgen. Kurz nachdem wir die Nabe passiert hatten, schwebte sie an ein blau gekennzeichnetes Schott heran und öffnete es mit einem harten Schlag auf den Sensor.
Der Laderaum vor uns lag im Dunkel, nur eine Notbeleuchtung ließ die ungeheuren Ausmaße erahnen. Als wir uns hineinbewegten, wurde das erste Segment des Laderaums von Orientierungsstrahlern beleuchtet. Wir hingen vor einer Wand aus roten Containern, die

von wuchtigen Halteklammern in ihrer Position gehalten wurden.

»Wir gehen gleich da rein«, sagte sie und öffnete den nächsten Container rechts vor uns.

Neugierig folgte ich ihr in den großen roten Behälter und war überrascht, als ich darin einen schwarzen Kopter erkannte, der zwischen verschraubten Stahlflexseilen hing. Es war ein kleineres Modell als das Fluggerät, das mich von Kauai nach Mechanic Base gebracht hatte.

»Ein ›Firefly‹, ein Transformer-Jet der neuesten Generation«, erklärte sie und schob sich in die Kabine. »Das ist eine recht niedliche Bezeichnung für diese fliegende Festung. Abgesehen davon ist der Kopter raumtauglich und kann als Lander benutzt werden. Er verkraftet mühelos zwei oder drei Starts in den Erdorbit. Über die Bewaffnung will ich mich gar nicht auslassen. Soweit ich informiert bin, bist du in der Richtung etwas heikel.«

Ich blickte bewundernd an den Linien des Kopters entlang. So ein außergewöhnliches Gerät hatte ich noch nie gesehen. In der Form, wie er sich mir im Augenblick präsentierte, befand der Kopter sich im Ruhemodus. Keine Flügel, keine Rotoren waren zu sehen. An den beiden weit nach hinten gezogenen Abstrahlhutzen waren Abdeckungen angebracht. Cockpitfenster gab es nicht. Alles, was ich sah, war ein etwa zehn Meter langer schwarzer Tropfen mit abgerundeten Ausbuchtungen, von denen eine unsichtbare Bedrohung ausging. Zoerance hatte Recht, die Bezeichnung Firefly war absolut unpassend. Wie ein Glühwürmchen sah dieses kleine Monstrum nicht aus.

»Kommst du jetzt rein, oder willst du weiter da draußen den Gaffer spielen?«, tönte es aus der Kabine.

Mir entfuhr ein unwillkürlicher Lacher. Zoerance

hatte ihre Überraschung anscheinend schnell verkraftet, und ihr loses Mundwerk hatte wieder Betriebstemperatur erreicht.

Die Sitze waren hintereinander angebracht; der Einstieg erfolgte von oben, nachdem zwei halbrunde Segmente nach hinten weggefahren waren. Zoerance saß etwa einen halben Meter tiefer auf dem vorderen Sitz. Ihr Abbild empfing mich mit einem mürrischen Gesicht auf einem kleinen Face an der linken Seite meines Cockpits. Kaum hatte sich das Segment über mir wieder geschlossen, legte sie auch schon los.

»Also, woher weißt du, wer ich bin?«

»Ich wusste es nicht genau, ich habe es vermutet«, log ich ungeniert.

»Ach was. Und was hat dich zu der Vermutung veranlasst?«

»Deine Augen. Ich habe dich an deinen Augen wiedererkannt. Später ist mir aufgefallen, wie du dich bewegst. Du hast dich nicht verändert. Deine Bewegungen sind noch die gleichen wie damals auf der *Nostradamus.*« Das war nicht vollständig gelogen, allerdings war mir ihre Art sich zu bewegen erst dann aufgefallen, als ich schon wusste, wer sie war.

»Das ist doch vollkommener Schwachsinn. Kein Mensch erkennt einen anderen nach zwanzig Jahren an seinen Bewegungen wieder.«

»Ich schon«, behauptete ich.

Schweigen.

Nach einer kleinen seelischen Ewigkeit übernahm ich die Initiative. »Wieso hast du Schwierigkeiten damit, wenn ich weiß, wer du bist?«

Schweigen.

»Nun gut, dann erzähl mir doch einmal, was du in den letzten zwanzig Jahren gemacht hast.«

»Ich wurde herumgereicht«, fing sie schließlich übergangslos an. »Nach der Rückkehr auf die Erde. Das Sternenkind, das in den Weiten des Weltraums geboren wurde. Irgendwo zwischen Mars und Jupiter. Gerettet vom Übervater des Weltraums, Mister Supermann John Nurminen.«

»Dafür kann ich doch nichts …«

Sie beachtete meinen Einwurf nicht und sprach weiter.

»Fast fünf Jahre schleppte mich meine Mutter auf jede Veranstaltung, die irgendetwas mit dem Weltraum zu tun hatte. Bei denen für meinen Auftritt gut bezahlt wurde und bei denen es reichlich zu essen und zu trinken gab. Vor allem zu trinken. In den ersten Jahren hatte sie mir einen beleuchteten Sternenkranz aus Plastik um den Kopf gebunden. Später war das nur noch peinlich. So wie die ganzen Veranstaltungen, die im Laufe der Zeit immer mehr in ländlichen Regionen stattfanden. Weinfeste, Bierfeste, Eröffnungen von Supermärkten und Carfly-Geschäften, alle Eröffnungen wurden abgeklappert. Zum Schluss waren wir sogar auf der Eröffnung eines Parkplatzes.«

Ich erwiderte nichts und hörte nur zu.

»Gott sei Dank hatte sich meine Mutter eines Tages zu Tode gesoffen, und damit war auch das Sternenkind gestorben.« Sie machte eine Pause und atmete einmal tief durch. »Von ihrem Tod hab ich nichts mitbekommen. Sie ist in irgendeinem Lokal einfach vom Hocker gekippt. Ich habe einige Tage später bei der Beerdigung nur ihren Sarg gesehen. Noch am gleichen Tag kam ich in ein Heim. Es war eine ungeheure Befreiung für mich. Ich blühte richtiggehend auf. Ich war die Schönste, die Intelligenteste und die Wildeste. Ich war in allem top. Immer vorn dran. Bald war ich der Leader in dem

Laden. Sogar die Lehrer hatten nichts mehr zu sagen. Das ging natürlich nicht gut. Als ich dreizehn war, teilte die Direktorin in Begleitung irgendeines Typen mir mit, ich würde ab sofort in einer speziellen Anstalt die Gelegenheit haben, meine außergewöhnlichen Fähigkeiten weiterzuentwickeln. Ich war wütend, aber Widersprüche halfen nichts. So kam ich auf die Käseinsel.«

Ich horchte auf. Die Käseinsel war eine von Insidern benutzte Bezeichnung für die Isle Ouessant vor der Küste der Bretagne. Dort wurden Agenten der »Europäischen Union für Menschenrechte« ausgebildet. Ein bewusst irreführender Name für eine Institution, deren Aufgabe darin bestand, Spezialisten für Spionage, Informationsschutz oder verdeckte Ermittlungen zum Schutz der Eurasischen Union auszubilden, ähnlich wie in früheren Zeiten die »Farm« der CIA in Langley.

»Einen Moment«, unterbrach ich sie. »Man kommt nicht so einfach nach Ouessant. Vor allem nicht als junges Mädchen. Die EUM hat dafür genügend Bewerber. Außerdem werden potenzielle Kandidaten einem umfangreichen Test unterzogen.«

»Hab ich gemacht. Eine ganze Woche lang. Der Typ hatte mir gesagt, ich würde das sowieso nicht schaffen. Das hat mich natürlich angestachelt und vor allem neugierig gemacht. Im Heim hatte ich ja schon alles erreicht. Das wurde mir mit der Zeit langweilig.«

»Hatte der Typ auch einen Namen?«

»Nein. Ich hab ihn später auch nie mehr wiedergesehen«, winkte sie ab. »Auf der Insel bin ich zunächst in eine ganz normale Schule gegangen. Mit anderen in meinem Alter. Es waren etwa zehn Boys und ebenso viel Girlies dort. Viel Sport gemacht. Nebenbei haben wir alles von der Pike auf gelernt. Carfly-Fahren, Fliegen, Waffenkunde, Beschatten, Nano-Überwachung,

Rollenspiele, psychologische Erfassungen, einfach alles. Zwischendurch wurden wir zu kleineren Einsätzen überallhin verlegt. Mit 15 war ich das erste Mal auf dem Mond, mit 17 hab ich einen Carrier auf die Erde zurückgebracht. Als ich 20 war, wurde ich eines Tages mit einer Empfehlung zu Pan Globe geschickt. Seitdem arbeite ich für den Komplex. Im Laufe der Zeit konnte ich mir eine eigene Truppe zusammenstellen.«

»Im Laufe der Zeit.« Ich blickte auf das Face. Zoerance war Mitte zwanzig. Ihr Leben war vollkommen anormal verlaufen. Von einer geregelten Kindheit oder einem natürlichen Heranwachsen konnte keine Rede sein. Ich mochte fast wetten, dass sie hier zum ersten Mal einem Fremden ihren Werdegang geschildert hatte, wenn auch in einer ziemlich gekürzten Fassung.

»Wieso hast du dir einen anderen Namen zugelegt?«

Sie lachte trocken auf. »Das liegt doch auf der Hand. Jeder Channel würde meine Story mit Kusshand veröffentlichen. ›Das ehemalige Sternenkind als Spion und Killer‹.«

»Du hast schon jemanden ermordet?«

Eine lange Stille.

»Nicht ermordet, aber bei einem Einsatz hab ich jemanden erschossen. Zweimal schon. Während einer Objektüberwachung. Es waren Leute von der anderen Seite.« Wieder eine kurze Stille. »Es geht ganz leicht. Man betätigt nur eine Taste oder zieht den Abzug durch. Danach ist ein fremdes Leben beendet.«

Eine sehr prosaische Ansicht, dachte ich.

Im Kopter ging das Licht an. Erstaunt hob ich den Kopf. Erst jetzt fiel mir auf, dass es im Cockpit Strom gab. Zu meiner Zeit mussten in einem Laderaum laut Vorschrift alle Geräte, welcher Art auch immer, von der Energiezufuhr getrennt sein.

Auf dem Face lächelte mir Zoerance entgegen. »Keine Angst. Die Firefly steht unter Notstromversorgung. Die Reaktoren sind isoliert und werden erst kurz vor dem Einsatz hochgefahren. Ich weiß genau, woran du jetzt gedacht hast. Ich kann Gedanken lesen.«

Beinahe hätte ich laut aufgelacht.

Ihre letzte Bemerkung hatte sie nachdenklich werden lassen.

»Was ist aus deinem schicken Stirnband geworden? Kannst du jetzt wieder in andere Köpfe reinsehen?«

»In meine Haare sind Silberfäden eingewebt. Außerdem könnte ich ohne sie nur mit parapsychisch begabten Menschen in Kontakt treten, keine Gedanken lesen.«

Sie nickte erleichtert. »Schade, das mit dem Stirnband. Der Indianer Look hat dir besser gestanden als das junge Daddy-Gesicht.«

»Nun gut«, lenkte ich ab. »Und was jetzt? Sind wir nun Freunde?«

»Vielleicht. Keiner weiß jetzt so viel über mich wie du. Ich hoffe, das bleibt alles unter uns.«

»Dann haben wir gegenseitig ein Geheimnis zu bewahren. Schließlich sollte auch niemand wissen, wer ich in Wirklichkeit bin.«

Ich sah mich im Cockpit um. Soweit ich es beurteilen konnte, saß ich in einem absoluten Hightech-Gerät. Die meisten der Armaturen sagten mir absolut nichts. Einen Steuerknüppel konnte ich auch nirgends entdecken. »Wie fliegt man so ein Ding?«, fragte ich.

»Es gibt mehrere Möglichkeiten. Am bequemsten ist es, wenn man die beiden Armstützen links und rechts mit den Kugelsegmenten am Ende benutzt. Man legt einfach den Unterarm in die Halterung und umfasst mit den Händen die Segmente. Dort sind unzählige

Funktionen angeordnet. Falls man gerade anderweitig beschäftigt ist, kann man die Fly auch mit den Füßen steuern. Oder einhändig fliegen, je nachdem, was einem am meisten zusagt. Sprachsteuerung geht auch. Lennox zum Beispiel benutzt alle Funktionen gleichzeitig.«

»Lennox? Der Liliputaner, der mit dir in der Kantine war?«

»Ja, für ihn gibt es eine spezielle Firefly drüben in einem anderen Container. Er ist ein absoluter Ausnahmepilot. Er denkt schneller und reagiert schneller als jeder andere Mensch. Er verschmilzt förmlich mit dem Gerät. Wie er das macht, ist mir ein Rätsel.«

Ich hätte es ihr sagen können, aber ich wollte diesen Lennox selber noch genauer unter die Lupe nehmen. So ein Gedankenmuster wie bei ihm war mir noch nie untergekommen.

»Wieso heißt er Lennox? Der Name ist so eigenartig, er passt gar nicht zu ihm.«

»Keine Ahnung. Es ist sein richtiger Nachname, seinen Vornamen kenne ich gar nicht. Wir haben ihn immer nur Lennox genannt.«

»Wie lautet denn dein Auftrag?«, fragte ich beiläufig.

»Ganz einfach: Das Archiv in den Besitz von Pan Globe zu bringen. Alles über den Chip zu erfahren. Wenn das nicht geht, soll es auch für andere nicht gehen.«

»Sind für den Fall des ›Nichtgehens‹ die Kriegsgeräte gedacht, für eine Auseinandersetzung mit der Lex Dei zum Beispiel?«

Sie zögerte mit der Antwort. »Vielleicht. Hauptsächlich aber, um auf Camelot überleben zu können und gegen den St.-Michael-Orden gewappnet zu sein.«

»Camelot?«

»So heißt der Planet, auf dem die Besatzungen der beiden Schiffe gestrandet sind.«

Ich scannte schnell ihre Gedanken. Sie war verwundert darüber, dass ich den Namen des Planeten nicht kannte. Gleichzeitig dachte sie an einen Bericht, den Free Fall vor zwei Jahren abgesetzt hatte.

Einen Bericht? Ich wusste nur von einem Notruf. Mir wurde plötzlich bewusst, dass ich einen Fehler begangen und Raichle nicht näher nach dem Inhalt des angeblichen Notrufs gefragt hatte.

Camelot ... gestrandet ... St.-Michael-Orden. Es existierte also ein kompletter Bericht über die Vorgänge in der Oortschen Wolke. Jetzt wurden mir auch die Hintergründe über die massiven Schiffseinsätze von Lex Dei und Trans Global verständlich. Ich musste unbedingt den Bericht haben. Suzanne kam mir dabei in den Sinn.

»Ja, natürlich, Camelot«, sagte ich schnell. »Die Lex Dei hat drei Schiffe mit über 400 Mann Besatzung nach Camelot entsendet. Deine Truppe besteht aus 50 Leuten. Wie wollt ihr denn dagegen ankommen?«

»Woher weißt du, wie viel Leute ich habe?«

»Ähm ... Deisenhofen hat so etwas erwähnt«, antwortete ich gelassen.

Das war knapp gewesen. Ich nahm mir vor, mich besser zu konzentrieren, bevor ich Informationen preisgab, die ich gar nicht wissen konnte.

Zoerance ging nicht weiter darauf ein. »Die *Nostradamus* ist schneller als die Schiffe der Lex Dei. Außerdem werden wir von Free Fall mehr über die Situation auf Camelot erfahren. Was die Truppenstärken betrifft: meine Leute sind ausnahmslos Spezialisten und auf jeden Fall besser ausgerüstet. Da mach dir mal keine Sorgen.«

Machte ich mir aber doch. Überheblichkeit war das Letzte, was wir uns leisten konnten.

»Du hast keine Angst davor?«, fragte ich noch einmal nach.

»Nein«, lautete die knappe Antwort.

Ich erwischte einen Zipfel Unsicherheit in ihren Gedanken. Also hatte sie doch einige Zweifel. Alles andere wäre auch verwunderlich gewesen. Niemand machte sich ohne Zweifel auf den Weg ins Unerforschte. Erstaunlicherweise bestanden ihre größten Befürchtungen darin, dass sie nicht wusste, wie sie auf ein Aufeinandertreffen mit ihrem Vater reagieren würde – falls er noch lebte. Sie fürchtete eine Enttäuschung, denn tief in ihrem Innern wünschte sie sich nichts sehnlicher als eine reale Vaterfigur in ihrem Leben. Eine andere Form der Wiedergutmachung für ihre verkorkste Kindheit, die ausschließlich von ihrer Mutter bestimmt worden war.

Den Namen ihres Vaters hatte ich vergessen, ich erinnerte mich nur noch daran, dass er Computerspezialist auf der *Sternenläufer* gewesen war.

Ein kurzes Signal hallte dreimal durchs Schiff.

»Eine Stunde noch bis zum Ablegen. Wir müssen hier raus und uns auf unseren Sicherungsplätzen melden.«

Wir verließen den Laderaum.

Zoerance begab sich zu den Mannschaftsunterkünften auf dem zweiten Deck und ich mich in meine feudale Luxuskabine. Ich benötigte dringend einige Informationen von Suzanne.

Ich saß in meiner Kabine in einem bequemen Kontursessel und sah mir auf einem großen Face die Vorbereitungen zum Abkoppeln an. Ohne Ton, um mich auf den Wortlaut von Free Falls Sendungen konzentrieren zu können, die mir Suzanne gerade abspielte.

»Hier spricht Captain Free Fall von der *American Gothic*. Heute ist der 22. Juli 2069. Laut meinen letzten Peilungen befinde ich mich im Sektor 22 süd, 54 breit, 0,274 parsec. Und das ist, Gott soll mich verdammen, ziemlich weit draußen im Sonnensystem. Die *American Gothic* wurde vor 23 Jahren zusammen mit der *Sternenläufer* in dieses Ungetüm von Pyramide hineingezogen. Oder was auch immer da passiert ist. Beide Schiffe materialisierten anschließend über einem fremden Planeten.«

Eine kurze Unterbrechung, in der Free Fall Flüche ausstieß.

»Wir hatten keinen Kontakt zur Außenwelt. Schließlich haben wir beschlossen, auf dem Planeten zu landen. Die Dreckskerle von der *Sternenläufer* hatten einen Orbiter an Bord. Dort unten ist lauter verrücktes Zeug. Die reinste Hölle. 23 Jahre lang. Gestern ist mir die Flucht mit dem Orbiter gelungen. Ich bin alleine. Der Planet ist verschwunden. Dafür ist die weiße Pyramide wieder da. Ich hau hier erst mal ab. Weg von hier.«

Wieder eine Unterbrechung. Dann: »Das Schiff ist noch intakt. Gutes Mädchen. Schwierig zu manövrieren hier. Überall Gravitationsfelder und riesige Brocken in der Nähe. Weiß nicht, wie ich hier rauskommen soll. Aber erst mal nur weg von dem Teufelsding. Melde mich später wieder. Inzwischen könnt ihr euch mal überlegen, wie ich nach Hause kommen soll. Das ist fast ein Lichtjahr entfernt, Gott verdamm mich. Das heißt …« Pause. »Verflucht, das heißt, ihr empfangt meine Meldung erst in einem Jahr. Verdammte Einsteinscheiße!«

»Suzanne, war das die einzige Meldung von der *American Gothic*?«

›Negativ. Zwei Tage später wurde eine weitere Nachricht aufgezeichnet. Wenn du mir die Bemerkung gestattest: Alle Sendungen waren reine Audioübertragungen. Es wurden keine Bilder mitgeliefert.‹

»Suzanne, bitte vorspielen. Alle Meldungen.«

›Sehr wohl. Insgesamt gab es vier Meldungen. Hier ist die zweite.‹

»Dunkle Brocken überall, schlimmer als im Gürtel. Viel schlimmer. Ich muss ständig korrigieren. Komm kaum noch aus der Navigationseinheit raus. Manchmal sind die Taster überlastet. Gestern konnte ich nur knapp einem dreckigen Eisberg ausweichen. Lange geht das nicht mehr gut. Habt ihr inzwischen auf der Erde keine Möglichkeit, mich hier rauszubeamen oder sonst irgendwas? Kommt schon, ich weiß, dass ihr inzwischen superschnelle Schiffchen habt. Ich weiß viel mehr, als ihr denkt.«

Ein irres Lachen folgte seiner Aussage. »Das ist gut, das ist gut. ›Viel mehr, als ihr denkt.‹ Das ist wirklich gut. Da hab ich noch einige Überraschungen für euch, aber ihr müsst mich hier abholen, sonst ist es zu spät. Mit der alten Mühle brauch ich sonst Jahrzehnte, bis ich wieder auf der Erde bin. Lasst euch also gefälligst was einfallen, aber schnell. Ich empfange hier absolut nichts, noch nicht einmal eine beschissene Werbesendung. Nur Rauschen und Knacken. Das macht mich noch wahnsinnig …«

Die Übertragung endete abrupt mit diesem Satz. Free Fall war mir schon bei unserer ersten Begegnung nicht ganz normal erschienen. Der Eindruck hatte sich nicht verändert, ganz im Gegenteil, der Captain kam mir verrückter vor als damals.

›Die nächste Aufzeichnung stammt vom 21. August 2069.‹

»Lichter, überall Lichter um mich herum. Vor mir Lichter, hinter mir Lichter, so viele Lichter, alles ist hell. Lichterketten. Es muss Weihnachten sein.« Eine Pause, in der man ihn schwer atmen hörte. »Zeit der Stille, Zeit der Lieder.« Er holte tief Luft und fing an, »Stille Nacht, heilige Nacht« zu singen. Und danach weitere Weihnachtslieder.

»Suzanne, wie lange singt er noch?«

›Noch eine Stunde und elf Minuten.‹

»Okay, Suzanne, vergiss es.«

›Vergessen? Heißt das, ich soll die Aufzeichnung löschen? Dazu benötige ich einen Befehl mit der laufenden Befehlsnummer.‹

»Nein, Suzanne, ich meinte damit, du sollst die Aufzeichnung stoppen. Spiel mir die letzte Übertragung von Free Fall vor.«

›Ein Synonym, ich verstehe. Die letzte Übertragung wurde am 31. August 2072 abgesetzt. Das war vor 11 Tagen. Ich möchte noch hinzufügen, dass Captain Free Fall nach den ersten Sendungen angewiesen wurde, die Übertragungen einzustellen und auf weitere Anweisungen zu warten. Gleichzeitig wurde ihm eine abhörsichere Codefrequenz zugeteilt, auf der er sich jedoch nie gemeldet hat. Die letzte Sendung wurde auf dieser Frequenz empfangen. Hier ist sie.‹

»Hier spricht Captain Free Fall von der *American Gothic*. Leute, ich bin wieder da. Oder jedenfalls ganz in der Nähe. Ich werde am 16. September in eine Orbiter-Parkbahn um den Mars einschwenken. Natürlich erwarte ich einen angemessenen Empfang für den glorreichen Heimkehrer, also gebt euch Mühe.« Und dann, nach einer kleinen Pause: »Das habt ihr nicht erwartet, was? Euch wird noch Hören und Sehen vergehen, wenn ich euch all meine Mitbringsel vorführe.«

Das klang bedrohlich. Schon ein Captain Free Fall ohne seine neu erworbene Fähigkeiten wäre bestimmt eine unangenehme Person gewesen, aber ich wagte nicht, daran zu denken, wie überheblich er in ein paar Tagen auftreten würde.

»Suzanne, wer wird Captain Free Fall empfangen?«

›Die leichte Kontakt-Korvette *Arthur Miller* der PGT unter Captain Jonathan Peter Severin ist bereits im Anflug auf die *American Gothic.* Ankunftszeit am 13. September gegen 1630.‹

»Suzanne, wann werden wir den Mars erreichen?«

›Ankunftszeit der *Edward Hopper,* Flug Nummer PGT 129ma, in der blauen Umlaufbahn um den Mars am 17. 09. 2072, voraussichtlich um 2300. Anschließend Anpassungsmanöver an die *Nostradamus,* Übernahme von Material, Begrüßung des übernehmenden Captains Joel F. Selleck durch den …‹

»Danke, Suzanne, das reicht.«

Sie verstummte beleidigt.

Ich stutzte für einen Moment.

»Suzanne, wofür steht das F in dem Namen Joel F. Selleck?«

›Fitzgerald.‹

Fitzgerald! Etwas Blöderes hatte sich Raichle wohl nicht ausdenken können.

Ein hohler Ton, gefolgt von einem leichten Vibrieren, hallte durch die Schiffszelle. Alarmstufe Gelb. Die Rotation der Zylinder würde in fünf Minuten unterbrochen werden, und dadurch würde die künstliche Schwerkraft ausfallen.

Ich zog einen leichten Sicherheitsgurt aus den Seiten der Lehnen und legte ihn an. Dann befahl ich Suzanne, die Wand vor mir in ein Flow-Face zu verwandeln und das Licht im Raum herunterzudimmen. Augenblicklich hatte ich den Eindruck, direkt durch ein riesiges Aussichtsfenster hinaus auf die Station zu blicken. Nachdem Suzanne auch die beiden angrenzenden Wände in den Flow mit einbezogen hatte, konnte ich einen Teil der Rundung des Schiffes erkennen und auf die grelle Mondsichel hinabsehen.

Fast gleichzeitig mit dem eintretenden Gefühl der Schwerelosigkeit setzte sich die *Edward Hopper* in Bewegung. Captain Butler hatte es anscheinend eilig.

Das Schiff glitt unendlich langsam in den Raum hinaus, in Bewegung gesetzt von hydraulischen Schiebevorrichtungen, die sich seitlich an den filigranen Versorgungsgerüsten befanden.

Unzählige blinkende Lichter huschten an dem Face vorbei.

Ich wusste, es war lächerlich, aber für einen Moment keimte in mir wieder der Ärger über meine Verbannung von der Brücke auf. Zu gerne hätte ich dort die angespannte Atmosphäre genossen, die mir ein wenig das Gefühl vermittelt hätte, ein Teil der Besatzung zu sein. Teil einer Gemeinschaft, die einen Job erledigte, von dem ich wenigstens eine Ahnung hatte. Im Gegensatz zu den taktischen Überlegungen und Vorbereitungen von Zoerance. Das kurze Gespräch in der Firefly hatte mir meine Einsamkeit deutlich vor Augen geführt. Das Einzige, was mich noch halbwegs auf meinem Weg hielt, war kurioserweise der Chip in meinem Gehirn. Er war der einzige Halt in meinem Leben, der mir geblieben war. Alles andere, meine Frau, meine Familie oder mein Heim waren Vergangenheit.

Die Gegenwart war das Bild einer immer kleiner werdenden Station auf dem Face, und die Zukunft stellte ein Risiko mit geringen Erfolgsaussichten dar.

12

Es geschah am dritten Tag nach unserer Abreise.

Mitten in der Nacht.

Free Fall war erwacht.

Mein Unterbewusstsein hatte seine stärker werdende Aura erspürt. Wenig später war sie so mächtig geworden, dass ich aus dem Schlaf schreckte. Ich saß senkrecht in meinem Bett. Unwillkürlich hielt ich den Atem an, denn ich hatte mich in den letzten Tagen immer wieder in seiner unmittelbaren Nähe aufgehalten.

Free Fall schwamm alleine in einer abgelegenen Tiefe des Gedankenozeans. Es war schwierig, nicht von ihm bemerkt zu werden. Jeder unvorsichtige Gedankenimpuls konnte ihn auf mich aufmerksam machen. Vorsichtig driftete ich zurück und bemühte mich dabei, meine Gefühle zu unterdrücken. Wahrscheinlich hatte ich es nur seiner momentanen Benommenheit zu verdanken, dass er mich nicht entdeckt hatte. Bald schon spürte ich jedoch seine erwachenden Sinne, und obwohl ich mich mittlerweile in einer sicheren Entfernung aufhielt, registrierte ich seine Arroganz.

Wut und Verbitterung fegten an mir vorüber. Und Rache.

Ich wusste nicht, gegen wen dieser Rachedurst gerichtet war, denn ich wagte mich nicht in sein Gedankenfeld hinein. Die Furcht, von ihm überwältigt zu werden, war zu groß.

Atemlos flüchtete ich in einen entfernten Bereich und verließ die imaginäre Welt.

Ich lehnte mich zurück und starrte die gegenüberliegende Wand an.

Lange würde ich mich ihm nicht mehr entziehen können. Spätestens dann, wenn wir uns in der Realität begegneten, war ich gezwungen, Farbe zu bekennen.

Er aber auch. Die Frage war, wer dann über das größere Potenzial verfügte.

Nach wie vor war es mir unbegreiflich, wie er an den Chip gekommen war. Ich hatte meinen Chip von Fritz Bachmeier erhalten. Er hatte die kleinen roten Steinchen, wie er sie damals nannte, auf dem Mars gefunden. Ich trug sein Geschenk als eine Art Glücksbringer an einer Kette um den Hals. Glücksbringer, ha! Nur deswegen war es mir überhaupt gelungen, in die Pyramide einzudringen. Ebenso wie Appalong und Halbmond. Free Fall war mit seinem Schiff zufällig in der Nähe gewesen. Von der Existenz der Chips konnte er nichts wissen.

Mit einem Seufzer stand ich auf. Es war halb sechs morgens. Zwecklos, jetzt noch an Schlaf zu denken. Außerdem fühlte ich mich ausgeruht. In den letzten 48 Stunden hatte ich nichts anderes getan, als mich von meinen Strapazen zu erholen.

Ebenso unnötig war es, mir Gedanken darüber zu machen, woher der Amerikaner den Chip hatte. Mich quälte vielmehr die Frage, wie stark seine erlangten Fähigkeiten waren. Wahrscheinlich besaß er den Chip schon genauso lange wie ich, aber im Gegensatz zu mir war er ganz anderen Bedingungen ausgesetzt gewesen, hatte vielleicht sogar um sein Leben fürchten müssen. Das hieße, er hatte zu kämpfen gelernt und dabei bestimmt seine errungenen Fähigkeiten eingesetzt, während ich lächerliche Scharmützel mit meinen Bewachern ausgetragen hatte. Das waren keine optimalen Voraussetzungen für ein Kräftemessen auf dieser Ebene.

Aber musste es überhaupt so weit kommen? Vielleicht machte ich mir unnötige Sorgen, schließlich war es nicht meine Schuld, dass er auf dem verdammten Planeten gelandet war.

Ich schüttelte den Kopf. Nein, ich brauchte mir nichts vorzumachen. Free Fall war schon damals ein verrückter Typ gewesen, und sein Charakter hatte sich mit dem Chip bestimmt nicht geändert. Außerdem deuteten seine Gefühle nicht gerade auf einen friedliebenden Menschen hin. Er würde nicht zulassen, dass ich seine Gedanken kontrollierte, und ich umgekehrt genauso wenig. Es lief also alles auf eine Konfrontation hinaus.

»Suzanne, Frühstück bitte. Kaffee, zwei Spiegeleier mit Schinken, Toast, Marmelade, Honig.«

›Gerne. Darf ich dich darauf hinweisen, dass du deine Wünsche auch direkt an dein Zimmer richten kannst?‹

»Suzanne, darfst du, aber ich möchte meine Anweisungen nur dir geben. Ich will weder mit dem TV noch mit dem Zimmer oder einem Stuhl reden.«

›Wie es beliebt. Der Weg über mich führt jedoch zu keinerlei Qualitätsverbesserungen. Vorsichtshalber möchte ich dich doch noch darauf hinweisen, dass die Stühle in deinem Apartment keine Kommunikationseinheiten besitzen.‹

Ich schmunzelte und betrachtete die Stühle. In meinem Apartment standen also einfache, dumme Stühle. Sehr beruhigend.

»Suzanne, danke für den Hinweis. Eine Frage: Wann findet der Kontakt zwischen der *Arthur Miller* und der *American Gothic* statt?«

›In genau fünf Stunden und 47 Minuten.‹

Ich ging in die kleine Küche und überlegte. Von der Besatzung der *Arthur Miller* kannte ich niemand, also konnte ich auch keine gedankliche Verbindung herstellen, um die ersten Eindrücke der Besatzung von der Begegnung mit Free Fall zu verfolgen. Vergeblich suchte ich nach einer eventuellen Beziehung zwischen mir bekannten Personen wie Captain Butler, Deisenhofen oder Lt. Judd und der Mannschaft des Kontaktkreuzers.

»Suzanne, gab es einen Funkverkehr zwischen den beiden Schiffen?«

›Negativ. Die *American Gothic* hat sich auf keinen Anruf gemeldet.‹

Das klang nicht gut und verstärkte nur noch meine Befürchtungen im Bezug auf Free Fall.

»Suzanne, verbinde mich mit Deisenhofen.«

›Der korrekte Name lautet ›von Deisenhofen‹. Es ist noch Schlafenszeit. Darf ich ihn wecken?‹

Suzanne entwickelte fast schon hämische Tugenden. Irgendwann sollte ich einmal versuchen, in ihr Gehirn einzudringen, um nachzusehen, ob dort nicht doch etwas Ähnliches wie Gefühle programmiert waren.

»Suzanne, unbedingt!«

›Bin schon dabei.‹

Vor mir auf dem Tisch erschien mein Frühstück. Es wurde mir majestätisch langsam durch eine Öffnung in der Tischplatte präsentiert. Es sah gut aus. Ich entschied, dass die *Edward Hopper* ein wirklich gutes Schiff war.

»v'n Deis'nho'fn«, murmelte es von irgendwo im Raum.

»Deisenhofen? Hier ist Selleck. Sind Sie wach?«

Das Face vor mir blieb dunkel.

»Jetzt schon«, seufzte das Face.

»Gut. Sagen Sie, was sind das für Leute, die der *American Gothic* entgegengeflogen sind? Ich meine, welchen Status haben sie?«

Unwilliges Brummen, gemischt mit einer Prise eines wach werdenden Verstandes. Kurz darauf blinzelte mir ein verschlafenes Gesicht vom Face her entgegen.

»Ahm ... Selleck. Ja, ahm ... es sind Security Leute von unserer Orbitstation ... und ein paar (Gähnen) andere Leute vom Mars ... so aus Führungspositionen ...«

»Sind sie bewaffnet?«

Sein Gesicht wurde ein Tick wacher.

»Bewaffnet? Nein, ich glaube nicht. Warum?«

Ich war zu schnell vorgeprescht. Das war eine dumme Frage gewesen. Obwohl sie durchaus berechtigt war.

»Es war nur so ein Gedanke. Welche Befehle haben sie, oder wie werden sie vorgehen?«

Er zuckte mit den Schultern, einen Arm auf der Bettkante abgestützt.

»Ihn und seine Mannschaft willkommen heißen, herzlich begrüßen oder so etwas, wenn nötig medizinische oder psychologische Hilfe leisten, danach alle befragen. Wir brauchen so schnell wie möglich Informationen.«

»Ist Ihnen nie in den Sinn gekommen, dass er möglicherweise alleine im Schiff sein könnte?«

Er schwieg einen Moment. »Möglich wäre es schon. Gewissheit werden wir erst haben, wenn wir im Schiff sind. Free Fall hat auf dementsprechende Anfragen nie geantwortet. Eigentlich ist es auch unerheblich, Hauptsache, er kann uns Informationen liefern.«

»Haben Sie Verbindung zu den Leuten? Können wir mittels einer Schaltung direkt beim ersten Kontakt dabei sein?«

Er sah auf seine Uhr. »Das müsste machbar sein. Sie werden in ein paar Stunden an der *American Gothic* andocken. Bis dahin sind wir auch aus der sechsten Phase raus und können einen Funkkontakt mit der *Arthur Miller* herstellen.«

»Sehr schön. Ich lade Sie zum Frühstück in mein Zimmer ein; die Küche ist wirklich gut, sogar der Kaffee ist genießbar. Wir sehen uns die herzliche Begrüßung dann hier bei mir an.«

»Herzliche Begrüßung«. Auf die Reaktion von Free Fall war ich sehr gespannt.

Ich sah auf meine Uhr. Deisenhofen hatte die sechste Phase erwähnt. Bisher hatte ich von den Phasen, die das Schiff zwischendurch beinahe auf Lichtgeschwindigkeit beschleunigten, überhaupt nichts mitbekommen. Die Technik war mittlerweile so perfektioniert, dass sie mit unseren provisorischen Anfangsversuchen nicht zu vergleichen war. Für die etwa halbstündige Betriebszeit des Neutrino-Treibers musste noch nicht einmal die Rotation der Gravitationszylinder unterbrochen werden. Bis zu unserer Ankunft im Marsorbit waren zwölf Phasen vorgesehen. Wir befanden uns also im Moment auf halber Strecke bis zu unserem Ziel. Während einer Phase war kein Kontakt mit der Außenwelt möglich. Nach wie vor mussten jedoch die komplizierten Magnetvorrichtungen der Teilchenbeschleuniger nach jeder Phase überprüft und neu justiert werden, was jeweils eine gewisse Zeit beanspruchte. In der nächsten Pause konnten wir also problemlos Kontakt mit der *Arthur Miller* aufnehmen.

Wir saßen in den breiten Sesseln vor der Wand, die ich im Flow-Face-Modus aktiviert hatte. Eine verzögerte Live-Übertragung, denn der Mars war noch über 75 Millionen Kilometer von uns entfernt. Die Funksignale benötigten also über vier Minuten, bis sie uns erreichten.

Direkt vor uns schwebte die *American Gothic* vor einem kalten Sternenteppich, aufgenommen von den Kameras der *Arthur Miller*.

Die *American Gothic* war schon zu meiner Zeit nicht die modernste Konstruktion gewesen. Ein schmaler Rumpf mit einem einzigen, weit herausragenden Gravitationszylinder, die Triebwerke extern an zwei Auslegern angebracht. Am Heck waren lange streifenförmige Sonnensegel zu erkennen, die wie eine Schleppe hinter dem Schiff herwehten. Ein typisches Prospektorenschiff aus den frühen dreißiger Jahren. Nicht mehr als zehn Mann Besatzung, deren Aufgabe es gewesen war, im Asteroidengürtel nach Erzen und seltenen Metallen zu suchen.

Die *Arthur Miller* näherte sich vorsichtig von der Backbordseite her. Im Hintergrund der Übertragung hörte ich die Stimme des Kommunikationsoffiziers, der ständig die *American Gothic* rief. Er bekam keine Antwort.

Der Captain des Kontaktschiffes ging kein Risiko ein. Er stoppte das Schiff und setzte einen kleinen Transitraumer aus.

Die Bilder stammten von mehreren Kameras. Eben gerade kamen noch die Aufnahmen von zwei Helmkameras dazu, die von den Security-Leuten im Transitraumer übermittelt wurden. Sie zeigten die Vorbereitungen zum Betreten der *American Gothic* mittels einer beweglichen Schleuse. Die Aufnahmen wurden nicht kommentiert, aber die Befehle und Gespräche der teilnehmenden Personen wurden übertragen. Man konnte aus der Schärfe ihrer Stimmen hören, dass sie unter einer gewissen Anspannung standen.

Gleich nach dem Andocken drangen sie in das Prospektorenschiff ein. Free Fall hatte sich immer noch nicht gemeldet.

Das »Begrüßungskomitee« bestand aus vier Personen und bewegte sich vorsichtig durch die Eingangsschleuse und schließlich in den drehenden Zylinder hinein. Alles schien verlassen, kein Mensch war zu sehen. Die Kamerabilder zeigten das rasche Eindringen in das Schiff, bis sie schließlich Aufnahmen aus der Zentrale zeigten.

Unwillkürlich hielt ich den Atem an.

Free Fall saß unbeweglich in seinem Kommandosessel vor dem Center-Face. Eine dunkelhäutige Erscheinung in roter Paradeuniform mit Schirmmütze. Er starrte wortlos in die Kameras. Sein Gesicht schien um keinen Deut älter als damals, trotzdem waren sein Haar und sein Bart weiß ausgeblichen, und sein Körper schien ausgemergelt. Eine gewaltige Energie ging von ihm aus. Ich konnte sie sogar von hier aus wahrnehmen.

»Captain Free Fall?«, sprach ihn eine Stimme aus der Gruppe an.

Keine Antwort. Nur ein Glitzern in Free Falls Augen identifizierte ihn als ein lebendes Wesen.

»Captain Free Fall, mein Name ist Lt. Frederik Haimhauser von dem Kontaktschiff *Arthur Miller*. Ich möchte Ihnen meinen Glückwunsch zur gesunden Rückkehr aussprechen und Sie hiermit herzlich willkommen heißen.«

Free Falls Körper ruckte ein Stück nach vorne. Er sah den Lieutenant mit durchdringendem Blick an.

»Was Sie nicht sagen!«, antwortete er schließlich mit Verachtung in der Stimme.

Haimhauser reagierte unschlüssig. »Benötigen Sie Hilfe, können Sie alleine aufstehen …«

»Reden Sie nicht mit mir, als wäre ich behindert! Sind Sie Amerikaner?«

»Jawohl, Sir, ich bin auf dem amerikanischen Kontinent geboren und seit fast zwölf Jahren Zugehöriger von Pan Globe.« Haimhauser schien erleichtert zu sein, wenigstens so etwas wie eine rudimentäre Kommunikation mit dem sperrigen Captain führen zu können.

»Ja richtig«, knurrte Free Fall. »Ihr fühlt euch ja heutzutage alle irgendeinem Verein zugehörig. Von Vaterland und Nationalstolz habt ihr keine Ahnung mehr. Aber woher auch.« Er winkte gnädig ab und stand auf. »Okay, it's showtime, folks, ich möchte euren Oberboss sprechen. Und das möglichst schnell.«

»Captain Severin erwartet Sie schon«, antwortete Haimhauser. »Wenn Sie bitte für den Transport zur *Arthur Miller* einen Notpack anlegen würden. Ich habe vorsichtshalber einen mitgebracht …« Er verstummte erschrocken, als Free Fall dicht an ihn herantrat.

»Lieutenant, ich habe ›Oberboss‹ gesagt, und damit keinen x-beliebigen Captain gemeint. Und den Notpack können Sie vergessen. Eure Schleusen werden ja wohl dicht genug sein, um ohne ein Kondom bequem überwechseln zu können.«

»Schon möglich, Sir, aber wir haben unsere Vorschriften, Sir«, sagte Haimhauser irritiert. »Deswegen muss ich Ihnen leider befehlen, einen Notpack anzulegen …«

Free Fall erstarrte und sah Haimhauser mit weit geöffneten Augen an. In diesem Augenblick spürte ich, wie er in die Psyche des Lieutenants eindrang und ihn manipulierte.

»Ist Ihnen nicht gut?«, fragte Free Fall in zynischem Tonfall.

»Mir ... ist in der Tat gerade etwas schwindlig«, gestand Haimhauser.

»Memme!«, zischte Free Fall und wandte sich an die anderen. »Ist noch jemand schwindlig, oder können wir jetzt endlich gehen?«

Keiner wagte einen Einwand.

Free Fall langte nach einer zerschlissenen Tasche, die neben ihm stand, und stolzierte auf die Schleuse zu.

Deisenhofen regte sich neben mir. »Das ist ein ziemlicher Kotzbrocken. Ich frage mich nur, was er vorhat.«

»Er will Rache und Macht«, sagte ich. »Oder genauer: Zuerst die Macht und dann die Rache. Warum er das tut, weiß ich nicht, aber ich denke, wir werden es bald erfahren.«

»Auf jeden Fall hinterlässt er bei seinen Mitmenschen einen gehörigen Eindruck. Der arme Lieutenant ist förmlich in sich zusammengesunken.«

Ich nickte abwesend. Den Gedankenstrom, den Free Fall ausgesandt hatte, um Haimhauser zu kontrollieren, hatte ich andeutungsweise registrieren können. Durch den Kontakt war es mir möglich, Haimhauser aufzuspüren, und nicht nur das, ich konnte dadurch Kontakte zu den weiteren Mitgliedern seiner Gruppe herstellen. Das Face brauchte ich eigentlich nicht mehr.

Das Empfangskomitee war zunächst ratlos. Zwei Mitglieder kümmerten sich um Haimhauser, der kreidebleich an der Wand lehnte. Auf die Frage nach dem

Rest der Besatzung bekamen sie von Free Fall lediglich ein unbestimmtes Anheben seiner Augenbraue als Antwort. Also blieb der Gruppe nichts anderes übrig, als das Schiff zu durchsuchen. Ohne Erfolg.

Einigermaßen verwirrt wegen seines Verhaltens und des Fehlens einer Besatzung wechselten sie wenig später mit dem Transitraumer zur *Arthur Miller* über. Eine von Captain Severin bestimmte Notbesatzung übernahm die *American Gothic.*

Die *Arthur Miller* verfügte über einen kleinen Raum für Lagebesprechungen. Dort saß Free Fall an einem ausladenden Tisch, verspeiste geräuschvoll das von ihm angeforderte Essen und schlürfte genüsslich Rotwein in großen Mengen. Captain Severin hatte ihm gegenüber Platz genommen. Er konnte sich keinen Reim auf das Verhalten von Free Fall machen. Inzwischen war er schon so weit, dass er die Sache mit der *American Gothic* für einen ausgemachten Schwindel hielt.

»Sie behaupten also, Sie hätten sich in der Oortschen Wolke aufgehalten«, sagte er. »Von dort sind Sie angeblich in nicht einmal zwei Jahren hierher geflogen, und das mit einem völlig veralteten Schiff ohne Neutrino-Treiber.«

Free Fall antwortete nicht und deutete auf sein leeres Glas. Einer der umstehenden Offiziere schenkte ihm nach, nicht ohne zuvor Severin einen fragenden Blick zugeworfen zu haben.

Severin beugte sich nach vorne.

»Hören Sie, Free Fall, ich kann Sie auch in der Arrestzelle verköstigen lassen, allerdings wird das Menü dann etwas kärglicher ausfallen. Beantworten Sie mir bitte meine Fragen. Oder möchten Sie lieber in einem stillen Kämmerlein vor sich hinschweigen?«

Free Falls hageres Gesicht verzog keine Miene. Er wischte sich mit einer Serviette den Mund ab und warf sie angewidert auf den Teller.

»Ich habe Ihrem schwindsüchtigen Lieutenant schon gesagt, dass ich nur mit einem kompetenten Mann spreche.«

Captain Severin atmete tief durch, beherrschte sich aber. »Mr. von Deisenhofen ist auf dem Weg hierher, wird aber erst in drei Tagen eintreffen. Er ist einer der Führungskräfte von Pan Globe Trust, dem jetzigen Eigentümer der *American Gothic*. Damit ist Mr. von Deisenhofen Ihr Vorgesetzter. Es wäre aber angebracht, wenn Sie uns im Vorfeld schon einige Informationen zukommen lassen würden, damit wir keine Zeit verlieren …«

»Von Deisenhofen? Was soll das heißen? Wollen Sie mir einen Nazi aufs Auge drücken?«

»Captain Free Fall, Rüdiger von Deisenhofen ist ein weltweit angesehener Mann mit deutscher Abstammung. Nationalitäten haben heutzutage nicht mehr die Bedeutung wie zu Ihren Zeiten. Ein Deutschland oder ein Europa existiert nicht mehr. Der Komplex besitzt Ländereien in allen Teilen der Welt, und dort arbeiten Menschen aller ehemaligen Nationalitäten.« Dann fügte er noch hinzu: »… und aller Hautfarben.«

Eine unangebrachte Bemerkung, die das Feuer in Free Fall noch mehr anfachte. Ich spürte, wie er sich mühsam beherrschte.

In seinem Gesicht war jedoch keine Regung zu sehen. Die Bilder aus dem kleinen Besprechungsraum wurden immer noch von den Helmkameras auf unser geteiltes Face übertragen, die der Einfachheit halber auf dem Tisch standen oder in den Händen der Besitzer gehalten wurden. Die Aufnahmen zitterten leicht, als Free Fall aufstand und mit dem Knie an den Tisch stieß.

»Jetzt hörn Sie mir einmal gut zu, Captain Severin«, begann er in seinem schleppenden Südstaaten-Slang. »Alleine der Umstand, dass Sie wie ich den Rang eines Captains besitzen, gibt Ihnen noch lange nicht das Recht, mich wie einen abgefuckten Nigger zu behandeln. Ich wiederhole nochmals: Ich möchte mit dem Oberboss sprechen, nicht mit irgendeiner Führungskraft. Ich habe nicht die weite Reise unternommen, um mich mit einem Knecht zu unterhalten.«

»Mr. Ferguson, einer der Direktoren der PGT, weilt auf der Erde, und soviel ich weiß, hat er den Planeten noch nie verlassen«, erklärte Captain Severin geduldig. »Warum sind Sie nicht gleich zur Erde geflogen? Sie hätte als Ziel viel günstiger gestanden als der Mars.«

»Das, mein Lieber, werde ich diesem Mr. Ferguson erklären. In Ihrem feudalen Kontaktschiff wird es bestimmt eine nette Kabine geben, in der ich mich ungestört mit ihm unterhalten kann. Also bereiten Sie alles vor und halten Sie mich hier nicht unnötig mit Ihren Fragen auf.«

Severin wischte energisch mit der Hand über die Tischplatte. »Tut mir Leid, Captain Free Fall, ich habe eindeutige Befehle. Wenn Sie nicht mit uns kooperieren wollen, dann bleibt mir nichts anderes übrig, als Sie in die Arrestzelle zu stecken.«

Er stand ebenfalls auf und bedeutete den Umstehenden seinen Befehl auszuführen.

Im nächsten Augenblick sackte er mit einem erstickten Schmerzensschrei zusammen. Gleich darauf fielen die Helme seiner Untergebenen zu Boden, und die Kameras übertrugen wirbelnde Bilder von der Inneneinrichtung des Raumes.

Neben mir schreckte Deisenhofen hoch. »Was zum Teufel passiert da?«

Auf dem Face waren die Beine von Free Fall zu sehen, der mit schnellen Schritten den Raum verließ.

»Keine Ahnung«, schwindelte ich mit unschuldigem Gesicht. »Vielleicht hat er ein Gas eingesetzt. Man hätte ihn vorher durchsuchen sollen.«

Deisenhofen rappelte sich aus dem Sessel. »Ich muss sofort mit Ferguson sprechen.« Sekunden später hatte er meine Kabine verlassen.

Ich blickte nachdenklich auf das geteilte Face, in dessen linker unteren Ecke noch ein Helm in einer letzten Drehung vor sich hin eierte.

Free Fall war gefährlich. Er hatte mit seinen Fähigkeiten eine ganze Besatzung innerhalb weniger Sekunden außer Gefecht gesetzt. Was er damit bezweckte, war mir schleierhaft. Meiner Meinung nach beging er eine große Dummheit, wenn er glaubte, dass er damit etwas erreichen konnte. Ganz abgesehen davon würden sich die Leute darüber Gedanken machen, was er mit der Besatzung der *Arthur Miller* angestellt hatte.

Vor allem darüber, wie er es gemacht hatte. Wenn niemand auf die Lösung kam, würden sie ihn unschädlich machen. Früher oder später würden sie ihn erwischen. Tot oder lebendig.

13

Drei Tage später schwenkte die *Edward Hopper* in die blaue Umlaufbahn um den Planeten Mars ein. Als blaue Umlaufbahn wurde ein bestimmter Entfernungsbereich zum Mars definiert, in dem sich alle Schiffe der VLSC-Klasse einzufädeln hatten. Von allen Orbits lag er am weitesten draußen im Raum. Laut den Informationen von Suzanne kreisten zurzeit vierzehn Raumschiffe dieser Klasse in diesem Orbit. Näher zum Planeten hin gab es noch weitere Umlaufbahnen, von Grün bis Orange. Die grüne Umlaufbahn war für Kreuzfahrtschiffe aller Größenordnungen reserviert. Insgesamt befanden sich zurzeit mehr als 100 Schiffe in der unmittelbaren Nähe des Mars. Für meine Vorstellungen war das ein unglaublicher Fortschritt der Raumfahrt in den letzten zwanzig Jahren.

Noch weiter draußen, etwa drei Millionen Kilometer entfernt, verringerte die *American Gothic* ihre Geschwindigkeit und schwenkte in eine weit umlaufende Bahn ein, begleitet von der *Arthur Miller*, in der sich Free Fall verschanzt hatte.

Inzwischen war auch die Weltöffentlichkeit von dem absonderlichen Ankömmling informiert worden, die jedoch kein großes Interesse an ihm zeigte. Laut einer

Umfrage hielten die meisten Menschen die Nachricht für einen schlechten Scherz der Unterhaltungsindustrie. Zudem gab es keinerlei Bildmaterial. Pan Globe tat ein Übriges, die Notiz in den Nachrichten weiter herunterzuspielen, um keine unnötige Aufmerksamkeit zu erregen. Sogar die Stimme von Intra Astra blieb seltsamerweise stumm. Somit war die von einer langen Reise zurückgekehrte *American Gothic* und das von einem verrückten Captain gekaperte Kontaktschiff alleine unser Problem.

Deisenhofen war nervös. Sehr nervös sogar. Verständlich, denn er hatte von Ferguson die Order erhalten, so schnell wie möglich mit Free Fall in Kontakt zu treten. Bisher hatte das Schiff jedoch auf keinen Anruf mehr reagiert. Somit blieb Deisenhofen nichts anderes übrig, sich nach unserer Ankunft so bald als möglich auf den Weg zur *Arthur Miller* zu machen.

Wir standen vor der Schleuse zu einem Transitraumer, der Deisenhofen zur *Arthur Miller* bringen sollte. Die *Edward Hopper* hatte die neue Order erhalten, direkt zur *Nostradamus* zu fliegen und die Ladung zu löschen.

»Es wäre mir lieber, wenn Sie mitkommen würden«, meinte Deisenhofen zum wiederholten Male, als er sich von mir verabschiedete.

»Ich habe Ihnen doch schon gesagt, dass ich das für keine gute Idee halte. Wenn Free Fall mich sieht, flippt er noch mehr aus. Außerdem ist das Ihr Job. Ich habe keine Lust, mich auch noch mit einem Verrückten anzulegen.« Das war natürlich nicht die ganze Wahrheit. Ich hatte einfach Angst davor, ihm zu begegnen. Außerdem hatte ich die Hoffnung, dass es Deisenhofen irgendwie gelingen könnte, ihn von hier wegzubringen. Am besten sofort zur Erde, dann könnte sich Ferguson mit ihm herumschlagen.

Trotzdem hatte ich ein schlechtes Gewissen, als er in der Schleuse verschwand. Ich brauchte mir nichts vorzumachen: Sobald er Kontakt mit Free Fall hatte, würde dieser sofort sein gedankliches Umfeld sondieren und dabei auf mich stoßen. Es wäre dann gleichgültig, wo ich mich befand.

»Keine Angst, wir passen schon auf das Jüngelchen auf«, hörte ich hinter mir die Stimme von Zoerance. »Und den Verrückten holen wir auch aus seinem Bau.«

»Du fliegst mit?« In den letzten Stunden hatte ich mich nicht in den Gedanken anderer umgesehen, deswegen war mir die Order schlichtweg entgangen.

»Ich und fünf weitere Leute meiner Truppe. Irgendjemand muss ja die Drecksarbeit machen.«

»Zoe, pass bitte auf. Mit Free Fall ist nicht zu spaßen.«

»Ja, Paps, mach dir keine Sorgen«, scherzte sie. Sie trat einen Schritt beiseite, um ihren fünf Kameraden Platz zu machen, die Deisenhofen in die Schleuse folgten. Alle trugen Battle Packs, ausgestattet mit Flow-Technik, wie das mattgraue Schillern verriet. In besonderen Situationen wären die Leute damit einfach nicht zu sehen; ein ausgeklügeltes System von winzig kleinen Linsen würde sie einfach unsichtbar machen.

Zoerance klopfte dem letzten, der sie passierte, aufmunternd auf die Schultern. Kurz bevor sie ihm folgte, wandte sie sich noch einmal an mich: »Keine Angst, wir nehmen die Sache sehr ernst. Es ist unser Job, alles sehr ernst zu nehmen. Sonst wären wir nicht hier.«

Ich zweifelte nicht daran. Das Problem lag jedoch darin, dass sie nicht alle Informationen über Free Fall besaß, aber was hätte ich tun sollen? Sie über die Fähigkeiten des Captains aufklären? Und ihr erzählen, dass ich über die gleichen Fähigkeiten verfügte und seit unserer ersten Begegnung ihre Gedanken ausspionierte? Alles von ihr wusste?

Unmöglich.

Mit einem Nicken ließ ich sie gehen und beruhigte mein schlechtes Gewissen mit meiner selbst gebastelten Erklärung, die ich Deisenhofen gegenüber abgegeben hatte.

Überhaupt, schlechtes Gewissen. Mein Verständnis hinsichtlich der Intimität eines Menschen war ein völlig anderes geworden. Mittlerweile sah ich es schon als Selbstverständlichkeit an, fremde Gehirne zu durchwühlen. Dabei hatte ich sehr schnell gewisse Filter entwickelt. Wirklich intime Dinge wie das Sexualleben oder private Probleme übten keinen Reiz auf mich aus. Es war sowieso immer das Gleiche in Variationen. Ich konzentrierte mich auf das Wesentliche. Auf die reinen Informationen, auf den Wahrheitsgehalt der Aussagen, auf die Taktik und das tatsächliche Auftreten.

Bei der Truppe von Zoerance hatte ich ein ganz eigenes Profil festgestellt. Jeder von ihnen besaß eine besondere Art von Wahrnehmung, war aber gleichzeitig einsam und erschreckend gefühlsarm. Sie hatte Recht mit ihrer Aussage, dass sie alles sehr ernst nahmen. Sie besaßen die Fähigkeit, sich voll und ganz auf eine Aufgabe zu konzentrieren, aber auch die Fähigkeit, nach Erledigung eines Jobs alles zu verdrängen und zu vergessen. Jedenfalls oberflächlich. Meine Befreiung zum Beispiel war schon aus ihren Köpfen gelöscht oder irgendwo in einer gedanklichen Ablage vergraben. Keiner von ihnen hatte sich in den letzten Tagen damit beschäftigt. Ihr Denken war ausschließlich nach vorne gerichtet, wie eine Lunte, die nur zum Ziel hin brannte. Die Asche fiel unbeachtet hinten runter.

Auffallend war jedoch ihr Gemeinschaftssinn. Auch wenn sie untereinander derbe Späße trieben, so achteten sie sehr genau auf die Reaktionen der anderen. Sobald jemand zu weit gegangen war, folgte sofort eine versöhnliche Geste oder eine abgeschwächte Wiederholung des Gesagten. Keine Entschuldigung. So etwas schien es in ihrem Umgang nicht zu geben.

Weiterhin besaßen sie alle einen festen Glauben an den Erfolg des Komplexes. In früheren Zeiten hätte man so etwas als übertriebenen Nationalstolz bezeichnet. Sie hätten das aber nie zugegeben, keiner von ihnen. Jeder hatte für sich in seinem Innern einen harten Kern wachsen lassen, in dem er seine Loyalität verbarg und diese nicht in Frage stellte. Ein allerletzter Anker als Rechtfertigung für ihren Job. Über diese Zuflucht sprachen sie noch nicht einmal untereinander. Jeder saß auf seiner eigenen Insel und war im Grunde genommen ständig allein.

Einzig Lennox passte nicht in dieses Schema. Der Liliputaner mit den mongoloiden Zügen war mir nach wie vor ein Rätsel. Seine Gedankengänge glichen tatsächlich Zahlenreihen. Soweit ich bisher herausgefunden hatte, übersetzte sein Gehirn Eindrücke automatisch in Zahlen, die es zunächst speicherte. Nicht in einem binären Code, sondern in allen Zahlen von 0 bis 9. Winzige Augenblicke später rief er sie aus dem Gedächtnis ab und leitete aus den Zahlengruppen Informationen ab. Und zwar alle Informationen, angefangen von Gefühlen bis hin zu einfachen Berechnungen, und das in einer unvorstellbaren Geschwindigkeit, die es mir unmöglich machte, auch nur einen einzigen Gedanken zu entschlüsseln oder zu erspüren. Für mich war Lennox ein Computer in Menschenform.

Copy kam mir in den Sinn. Der Savant, der mich so täuschend nachgeahmt hatte. Seine Konzentrationsfähigkeit hatte mich daran gehindert, in seinen wahren Gedanken zu lesen. Auch an ihm war ich gescheitert. Vielleicht deswegen, weil er ebenfalls nicht die Norm eines Menschen dargestellt hatte und ich diese Gedankensprache nicht beherrschte.

Die Schleusentore begannen sich zu schließen. Ich nickte Suzanne nochmals zu und richtete meinen Blick auf Deisenhofen. Er hielt mir tapfer seinen erhobenen Daumen entgegen.

»Captain Selleck!«

Erschrocken fuhr ich herum. Aufgrund meiner inneren Anspannung reagierte ich momentan etwas überzogen. Hinter mir stand Captain Butler. In der Hand hielt er ein Video-Sheet.

»Warum haben Sie mir nicht gesagt, dass Sie Astronaut sind?«, sagte er mit einem leisen Vorwurf in der Stimme. »Hier in meiner neuen Order steht, dass Sie die *Nostradamus* übernehmen werden.«

»Ich wollte Sie nicht mit Kleinigkeiten belästigen«, antwortete ich kurz angebunden.

»Kleinigkeiten?« Er wartete, bis die Schleuse geschlossen und wir alleine waren. »Mir können Sie nichts vormachen. Die *American Gothic* und dieser Verrückte kommen angeblich aus der Oortschen Wolke. Die Lex Dei hat vor einigen Wochen drei Schiffe auf den Weg dorthin geschickt. Unser Laderaum ist voll mit Hightech-Kriegsgerät, ganz zu schweigen von meinen Passagieren, dieser Spezialtruppe. Sie sind eine PC, dazu noch Captain, und ich nehme an, die *Nostradamus* wird sich in ein paar Tagen ebenfalls in Richtung Oortsche Wolke auf den Weg machen. Das sind keine Kleinigkeiten, Captain Selleck.«

Ich sah ihn stumm an. Er war verstimmt darüber, dass man ihn nicht von Anfang an über unsere Mission in Kenntnis gesetzt hatte. Andererseits hatte er großen Respekt vor meinem Status. Im Augenblick fragte er sich, ob er nicht etwas zu weit gegangen war, indem er mir gegenüber sein Wissen offenbarte. Ich beschloss, ihn ein wenig zappeln zu lassen. Ein bisschen Strafe für meine Verbannung von der Brücke musste sein.

»Wie Sie meinen, Captain Butler«, sagte ich schließlich und genoss für einen Moment seine Unsicherheit.

Macht war doch etwas Schönes.

Jetzt geriet er vollends ins Schwimmen. »Nun ja, ich dachte … ich meine, es tut mir Leid, dass ich Sie neulich nicht so behandelt hatte, wie es eigentlich Ihrem Rang zugestanden hätte. Ich möchte mich dafür entschuldigen.«

»Keine Ursache, ich hätte wahrscheinlich genauso gehandelt.«

Seine Züge entspannten sich. »Danke, das ist sehr verständnisvoll von Ihnen.« Er sah mich verschwörerisch an und kam etwas näher. »Sagen Sie, was passiert dort draußen in der Oortschen Wolke? Was gibt es dort Interessantes, das diesen ungeheuren Aufwand rechtfertigt? Die *Nostradamus* wurde aufwändig mit neuer Technologie nachgerüstet, nachdem das Schiff seit Jahrzehnten ungenutzt in einer Umlaufbahn geparkt war. Die Lex Dei schickt auch nicht einfach so zum Spaß drei Schiffe auf die lange Reise zu den unerforschten Grenzen des Sonnensystems, wo es nur Felsbrocken und Eis gibt. Auch von anderen Komplexen ist die Rede, die Schiffe mit unbekanntem Ziel ausgesandt haben. Da steckt doch etwas dahinter?«

»Haben Sie irgendeine Erklärung dafür in Ihrer Order entdeckt, Captain Butler?«

Er sah mich verwirrt an. »Nein, kein Wort.«

»Na, sehen Sie. Dann wird es wahrscheinlich eine geheime Operation sein, und deswegen sind die Informationen nicht für jedermann bestimmt.« Das war ein wenig hart, aber mir gefiel seine plötzliche Unterwürfigkeit nicht.

Er verstand mich nicht sofort, dann aber strich er verlegen über sein Video-Sheet. »Oh, ja, natürlich. Sie haben Recht. Entschuldigen Sie bitte nochmals.« Unwillkürlich nahm er Haltung an. »Dann kann ich Ihnen nur viel Erfolg wünschen. Und ein besseres Händchen mit der *Nostradamus*. Ihr Vorgänger hatte da einiges versiebt. Leider weilt er ja jetzt nicht mehr unter den Lebenden.«

Ich erstarrte für einen Moment. Sollte das ein versteckter Hinweis auf meine Identität gewesen sein? Wusste er Bescheid? Eine kurze Überprüfung ergab jedoch, dass er keine Ahnung hatte, es war reiner Zufall gewesen. Trotzdem fragte er sich gerade, ob es nicht einen Zusammenhang zwischen dem Attentat und dem aufwändigen Interesse an der Oortschen Wolke gab.

Er würde nicht der Einzige sein, der sich diese Frage stellte.

»Vielen Dank für Ihre gut gemeinten Wünsche, Captain Butler. Noch ein Rat für die Zukunft: Über Verstorbene sollte man nur Gutes sagen!«

Damit ließ ich ihn stehen, nicht ohne jedoch einen kleinen Kurzschluss in seinem Video-Sheet fabriziert zu haben, der augenblicklich zu einem Hitzestau in dem Gerät führte und das Display in eine graue Masse verwandelte. Mit einem überraschten Ausruf blickte

Captain Butler auf die unansehnliche Masse, die über seine Hände lief.

»Suzanne, zoom näher an das Schiff ran! Was ist das dort für ein dunkles Rechteck?«

›Das ist die Außenschleuse des Kontaktschiffes *Arthur Miller*. Sie wurde soeben für einen Einstieg vorbereitet.‹

Natürlich. Was für eine blöde Frage von mir.

Ich ging unruhig in meiner Kabine auf und ab, direkt vor meinen Augen immer den kleinen Screen, auf dem abwechselnd die Bilder von Zoerances Kamera an ihrer Schulter und der eines ihrer Kameraden übertragen wurden.

»Selleck, jetzt mach dir doch nicht in die Hose«, hörte ich sie sagen. »Du hast doch vorhin mitbekommen, dass der Typ betrunken sein muss. Er hat nur undeutlich gelallt, als wir mit ihm gesprochen haben. Mich wundert es, dass er überhaupt den Sensor für die Schleuse gefunden hat. Jetzt haben wir nichts anderes mehr zu tun, als da reinzugehen, ihn zusammenzuklappen und ihn anschließend zur *Edward Hopper* zu bringen, damit er seinen Rausch ausschlafen kann.«

»Vielleicht ist das nur ein Trick. Auf einem Kontaktschiff gibt es höchstens ein paar Flaschen Wein, und dazu hat nur der jeweilige Captain Zugriff.«

»Dann hat er was von seinem Schiff mitgebracht. In den Aufzeichnungen von seinem Auftritt vor ein paar Tagen hatte er eine graue Tasche bei sich.«

Möglich. Wahrscheinlich sogar. Trotzdem, ich traute Free Fall alles zu, auch das Vortäuschen einer Trunkenheit, um leichteres Spiel zu haben. Ich unterdrückte die Versuchung zu einer wiederholten Ermahnung, auf jeden Fall vorsichtig zu sein, und setzte mich in einen Sessel.

Der Puls von Zoerance ging ruhig. Auch ihre Begleiter waren absolut beherrscht und aufmerksam. Kein Grund zur Panik.

Deisenhofen war auch mit auf dem Weg hinüber zum Kontaktschiff. Er wirkte gelöst und genoss die Aktion, bei der er im Grunde genommen fehl am Platze war. Mit einem Besoffenen gab es nichts zu reden.

Wacklige Aufnahmen, als sie die Schleuse betraten. Zwei von ihnen blieben am Eingang zurück. Ein heikler Moment. Wenn Free Fall die Schleusentüren blockierte, waren sie gefangen.

Doch nichts dergleichen geschah. Sie öffneten ihre Kapuzenhelme und drangen weiter in das Schiff vor, Zoerance an der Spitze.

In der Zentrale bot sich ein ähnliches Bild wie in der *American Gothic*, nur dieses Mal schwebte Free Fall in Schwerelosigkeit über dem Kommandosessel wie ein indischer Fakir. Anscheinend hatte er die Zylinderrotation deaktiviert.

Seine Augen waren geschlossen.

In mir schrillten alle Alarmsirenen. Der Mann war nicht betrunken. Oder jedenfalls nicht völlig. Neben ihm trudelte zwar eine leere Flasche langsam durch den Raum, aber trotzdem inszenierte er seinen Auftritt ganz bewusst.

So vermutete ich wenigstens. Oder sollte ich mich täuschen?

Zoerance sprach ihn an. »Captain Free Fall, wir sind gekommen, um Sie abzuholen. Sind Sie bereit?«

Er öffnete langsam die Augen.

Seine Stimme klang schwer. »Wer spricht da?«

Er wusste es längst. Alles nur Zeitschinderei, um die Gedanken in seiner Umgebung zu durchleuchten.

»Mein Name ist Zoerance. Das hier sind meine Begleiter. Ihr Ansprechpartner ist auch mitgekommen, Mr. von Deisenhofen. Können wir jetzt gehen?«

Er lächelte höhnisch. »Zoerance. Was für ein hübscher Name.«

Sie erwiderte nichts darauf und wartete ab.

»Zwei Jahre in dieser verdammten Kiste, und dann wird man von so einem hübschen Käfer empfangen. Wenn das kein Service ist.«

»Captain Free Fall, wir können später darüber sprechen. Können Sie mir alleine folgen, oder benötigen Sie Hilfe?«

Eine gefährliche Stille. Ich spürte seine Konzentration. Er sondierte die gedankliche Umgebung von Zoerance. Es konnte nicht lange dauern, bis er auf mich stoßen würde.

Unwillkürlich beschleunigte sich mein Puls, und mein Atem ging schneller.

Im nächsten Augenblick war er da. Ein schwarzer Schatten vor den Fenstern meines Gedankenhauses. Instinktiv schottete ich mich ab. Oder vielmehr bewahrte mich irgendetwas in mir vor seinem Eindringen in meine Gedanken.

Der schwarze Schatten umhüllte das Haus, drückte gegen unsichtbare Barrieren und verlangte vehement Eintritt.

Ich entdeckte in mir die Quelle meines Widerstandes und war plötzlich in der Lage, den Widerstand zu steuern. Der Instinkt war verschwunden und wich einer kontrollierten Energie, die mir alles abverlangte. Ich hatte keine Erfahrung damit. Es dauerte aber nur Sekunden, bis ich wusste, wie ich damit umgehen konnte und was ich zu tun hatte.

Schließlich beruhigte ich mich etwas. Er konnte mir tatsächlich nichts anhaben, wenn ich mich auf den Widerstand konzentrierte. Eine völlig neue Erfahrung.

Der Schatten verblasste.

Ich blickte auf den Screen vor mir. Free Fall hatte seine Fakirhaltung aufgegeben und schrie Zoerance an. »Der Bastard lebt! Ihr habt ihn mit hierher geschleppt, um mich fertig zu machen!« Er ballte die Fäuste in ihre Richtung und hielt dann einen Moment in seinem Toben inne. Er überlegte seinen nächsten Schritt.

Zoerance und ihre Begleiter waren zurückgewichen. Kein leichtes Unterfangen in der Schwerelosigkeit. Es dauerte einige verwirrte Momente, bis sie einen Halt gefunden hatten.

»Hörst du mich, du verfluchter Bastard! Wenn du dich nicht sofort öffnest, geht hier einer nach dem anderen zugrunde. Der nette Käfer zuletzt. Ich gebe dir eine Chance, wenigstens die Schönheit zu erhalten!«

Eine kurze Zeit geschah nichts, bis plötzlich einer von Zoerances Kameraden lautlos zusammenzuckte und gleich darauf schlaff im Raum trieb. Sie begriff nicht sofort, was geschehen war, denn ihr Verstand versuchte noch, das für sie unverständliche Gebrüll von Free Fall zu analysieren. Nach einem tastenden Griff an die Halsschlagader ihres Begleiters war ihr aber klar, dass sie sich in einer tödlichen Gefahr befanden.

»Alle Hände oben lassen!«, schrie Free Fall, als Zoerance hinter sich an ihre Hüfte griff. »Und damit meine ich wirklich alle, auch die der Gentlemen!«

Für einige Sekunden herrschte Stille im Raum.

Zoerances Gedanken rasten. Sie fand keine Erklärung dafür, wie Free Fall ihren Begleiter getötet hatte. Nanomaschinen wahrscheinlich. Wenn ja, dann hatten sie einen Fehler begangen, als sie die Helme geöffnet hatten. Ein leiser Fluch kam über ihre Lippen. Für Gegenmaßnahmen war es jetzt zu spät.

»Was bezwecken Sie damit, Free Fall? Sie können uns ebenfalls töten, aber was dann? Wollen Sie gegen den Rest der Flotte kämpfen? Sie hätten keine Chance.«

»Weise Worte eines hübschen Käfers«, höhnte er. »Sie haben ja keine Ahnung, wie gut meine Chancen stehen. Und jetzt will ich ein langsames Ballett von euch sehen. Alle schön vorsichtig umdrehen und mit dem Gesicht an die Wand. Die Hände bleiben auf dem Rücken.«

Es war nicht leicht, eine Drehung in der Schwerelosigkeit zu vollziehen, ohne Hilfe der Hände und ohne einen festen Halt zu haben. Die fünf schafften es einigermaßen, indem sie mit den Füßen leicht über den Boden scharrten und schließlich in einer Linie an der Wand zum Stillstand kamen.

»Gut, gut«, knurrte Free Fall leise. Dann wandte er sich an mich.

»Hast du alles mitgekriegt, Nurminen? Der hübsche Käfer ist wütend über sich selbst, weil er nicht auf dich gehört hat und unvorsichtig war. Und nun pass gut auf und hör zu, was ich dir jetzt erzähle …«

Es war eine Finte. Ich wollte mich gerade auf seine Worte konzentrieren, als er mich wieder angriff. Ungestüm und mit voller Wucht. Beinahe hätte er Erfolg gehabt. Ich hatte meine Gedankenbarriere jedoch nicht vernachlässigt, alleine schon aus Angst davor, ihm gegenüber ungeschützt zu sein. Sofort lenkte ich all meine Energie in die Abwehr und widerstand dem ungestümen Aufprall seiner hässlichen Gefühle.

Dann änderte er seine Taktik. Er umklammerte mein Gedankengefüge mit ungeheurer Macht und stürmischer Energie, sodass mir kurzzeitig schwarz vor Augen wurde. Nur mit einer letzten Willensanstrengung entzog ich mich der Bewusstlosigkeit. Er musste meine Schwäche bemerkt haben und verstärkte seinen Druck.

Ich spürte mehr sein triumphales Lachen, als dass ich es hörte. Es schwächte mich zusätzlich in meiner Konzentration. Lange würde ich nicht mehr Widerstand leisten können.

Wieder ein vehementer Druck, dazwischen ein ungeduldiges Quetschen. Ein kurzes Nachlassen.

Für einen kleinen Augenblick sah ich bei ihm eine verwundbare Stelle. In diesem Moment erlebte ich alles wie in Zeitlupe. Wie bei Warden in der Kantine auf Station 4. Sein Drängen erschien mir zeitlich gedehnt, rückte in den Hintergrund. Mein Handeln wurde um ein Vielfaches schneller, beschleunigte sich sogar kontinuierlich. Blitzschnell drang ich in die Gedankenwelt meines Angreifers ein, raste über Nervenautobahnen, überquerte Kreuzungen und passierte verschlungene Knoten.

Ziellos. Bis ich in irgendeiner Zusammenballung ein rötliches Licht schimmern sah. Ohne zu überlegen, stürzte ich darauf zu.

Sein Chip! Hier an diesem Ort saß sein Chip.

Ungeschützt.

Die Furcht, er könne mir zuvorkommen, mobilisierte in mir weitere Energien. Mit enormer Wucht und einem unhörbaren Aufschrei brach ich in seinen Chip ein.

Um mich herum explodierte ein rotes Universum.

Kaskaden von roter Energie stoben in alle Richtungen, verlangsamten sich an ihrem Gipfelpunkt, brachen zusammen oder verglühten in einsamen Höhen. Reste verdichteten sich und suchten einen Focus.

Sie fanden ihn in meinem Chip.

14

Ich erwachte in einem medizinischen Automaten.

Das heißt, zuerst wusste ich nicht, dass ich in einem medizinischen Automaten lag, aber ich fühlte gleich nach dem Aufwachen den leichten Druck einer Atemmaske auf meinem Gesicht, spürte den lästigen Zug von frischem Sauerstoff, der mich durstig machte. Sah die geschwungene Glaskuppel über mir, ein kleines Face auf meiner linken Seite. Wenn ich den Kopf nach rechts drehte, drängte sich mir unnachgiebig die typische gelbe Farbe einer medizinischen Station auf.

Krankenstation. Also war etwas mit mir geschehen.

Ein Blackout oder etwas Ähnliches. Meine Erinnerung reichte nur bis zu meinem Angriff auf Free Fall, meiner Attacke auf seinen Chip.

Das viele Rot.

Und jetzt die Krankenstation.

Dazwischen fehlte mir etwas.

Die Zeit. Der Transport hierher. Wo auch immer das war.

Ich fühlte mich gesund, konnte Beine und Arme bewegen.

Warum auch nicht.

Vorsichtig schüttelte ich den Kopf.

Da lag das Problem. Mir wurde sofort schlecht.

Ich musste raus hier.

In unmittelbarer Nähe war niemand zu sehen. Ich drückte auf den Alarmknopf, obwohl bestimmt irgendjemand mein Aufwachen auf irgendeinem Überwachungs-Face bemerkt haben musste.

Rasche Schritte zu meiner Linken. Die Glaskuppel fuhr zurück.

»Mir ist schlecht«, sagte ich zu einem Unbekannten, der natürlich in Gelb gekleidet war.

»Direkt links von Ihnen befindet sich eine Absaugvorrichtung, Captain Selleck«, sagte der Gelbe diensteifrig und deutete auf ein weißes Mundstück. »Sie brauchen nur …«

»Nein, ich will hier raus«, sagte ich trotzig und versuchte, mich auf meine Ellenbogen zu stützen.

»Okay, warten Sie, ich helfe Ihnen.«

Gemeinsam schafften wir es, mich aufzusetzen, allerdings mit dem Resultat, dass ich mich gleich darauf über die Kante des Automaten beugte und dem Gelben einen Schwall brauner Soße vor die Füße kotzte.

»'tschuldigung«, murmelte ich schwach.

Eine flache Roboteinheit wuselte herbei, und Sekunden später war der Boden wieder keimfrei.

»Geht es Ihnen jetzt besser?«

»Nein.« Ich senkte meinen Kopf und legte die Hände in meinen Schoß.

Die Hose kannte ich nicht. Das kurzärmlige T-Shirt war mir auch unbekannt. Das hier war grau, vorher hatte ich ein dunkelblaues getragen. Dunkelblau war die Farbe von Pan Global.

»Wo bin ich?«, fragte ich dämlich.

»Auf Ihrem Schiff, Captain Selleck. Sie befinden sich auf der *Nostradamus*.«

Auf meinem Schiff. Ich sah mich um. Das könnte sein. Das hier war früher einmal das Reich unserer Bordärztin Dr. Vivian Weiss gewesen. Allerdings waren die Wände damals hellgrau gewesen, und die technischen Geräte hatten etwas altertümlicher ausgesehen. Nicht viel, aber immerhin.

»Wie lange war ich …«

»… bewusstlos? Beinahe 36 Stunden«, antwortete der Gelbe. »Wir haben Ihnen aber zusätzlich ein Beruhigungsmittel zugeführt, um Sie … äh … etwas zu sedieren beziehungsweise die Heilung damit zu unterstützen.«

Ich sah ihn an. »Sedieren? Was ist denn passiert?«

»Nun, ich war nicht dabei, aber Sie haben angeblich kurzzeitig heftig getobt und dabei Ihren Kopf an die Wand geschlagen, deswegen das Seditativum …«

Erst jetzt bemerkte ich den weißen Verband, den ich um den Kopf trug. Mal was Neues.

Ich hatte also getobt. Das zu erklären würde schwierig werden. Ganz abgesehen davon sollte ein Captain, der eine wichtige Mission leitete, nicht gleich zu Beginn einen Aussetzer haben.

»… Gehirnerschütterung. Und ein paar blaue Flecke. Nichts Ernstes«, fuhr der Gelbe fort. »Übrigens, ich bin Lt. Wilkins, der Assistent von Dr. Vance, der Bordärztin.«

O Gott, nicht schon wieder ein Ärztin. Hoffentlich war sie hässlich und nicht so begehrenswert wie unsere Vivian Weiss, die mit ihrem exotischen Aussehen einen ziemlichen Wirbel verursacht hatte.

Ich hätte es gedanklich gleich feststellen können, aber im Moment stand mir nicht der Sinn nach Kopfarbeit.

»Und Captain Free Fall?«, fragte ich vorsichtig.

»Sie meinen den Verrückten von der *American Gothic*? Er ist tot. Blutgerinsel im Gehirn. Leider hat er es zuvor irgendwie geschafft, ein Mitglied der Einsatztruppe zu töten. Die anderen sind wohlauf.«

Ich atmete unwillkürlich tief durch.

Das war gerade noch einmal gut gegangen.

»Okay, helfen Sie mir hier raus.«

»Ich weiß nicht … Es wäre besser, Sie würden sich noch etwas ausruhen. Sie sehen etwas mitgenommen aus.«

»Mir geht es gut. Wenn ich umfalle, können Sie mich wieder in den Kasten stecken. Jetzt bekommen Sie erst einmal von mir den Befehl, mich hier rauszuholen, dann sehen wir weiter.«

Die obere Hälfte des Automaten fuhr zurück. Ich schwang meine Beine über den Rand und setzte mich gerade auf. Sofort spürte ich ein Schwindelgefühl, aber das konnte auch von der ungewohnten Corioliskraft herrühren, die in den rotierenden Zylindern herrschte. Deren Durchmesser hier auf der *Nostradamus* war um einiges geringer als der auf der *Edward Hopper*.

Wenig später stand ich auf wackligen Beinen und ging zögernd einige Schritte. Lt. Wilkins folgte mir mit ausgebreiteten Händen wie bei einem Kleinkind, das die ersten Schritte machte. Ich warf ihm einen tadelnden Blick zu. Er blieb mit verschränkten Armen hinter mir zurück.

Ich ging zur Tür und blickte den Gang entlang. Tatsächlich, ich befand mich auf der *Nostradamus*. Die Farbe der Wände war zwar anders, aber ansonsten war alles beim Alten geblieben. Die sanfte Wölbung des Bodens nach oben hin, das matte Brummen der sich drehenden Zylinder. Auch der Geruch war der gleiche geblieben. Es roch nach einer Mischung von Leder und chemischen Zusätzen. Wenn ich mich daran gewöhnt hatte, würde ich es wahrscheinlich bald nicht mehr wahrnehmen.

»Haben Sie etwas Anständiges zum Anziehen? Ich möchte nicht mit zerknautschter Kleidung in der Zentrale erscheinen.«

Lt. Wilkins deutete auf eine Borduniform, die neben dem medizinischen Automaten lag. »Zur Zentrale geht es hinter der Tür nach rechts. Sie können Sie gar nicht verfehlen.«

Beinahe hätte ich ein unwirsches »Was Sie nicht sagen« von mir gegeben, dabei konnte Lt. Wilkins nicht wissen, dass ich fast sechs Jahre auf dem Schiff zugebracht hatte.

Ich bedankte mich, und er zog sich diskret zurück.

Tatsächlich, eine richtige Uniform und nicht eines dieser modisch aufgepeppten T-Shirts mit dem gotischen Schriftzug auf dem Ärmel, die wir seinerzeit getragen hatten.

Eigentlich müsste ich jetzt zufrieden sein. Man sprach mich mit Captain an, ich befehligte eine neue Mission, und das Problem mit Free Fall war auch erledigt.

Ich schüttelte mich.

Du hast einen Menschen getötet, kam es mir in den Sinn. Seltsamerweise bereute ich die Tat nicht, es berührte mich nicht einmal sonderlich. Es war Notwehr, stellte ich für mich fest. Instinktive Notwehr, zu der der Chip in mir gegriffen hatte. Fast könnte man sagen, ich hatte gar nichts damit zu tun.

Trotzdem, der Fall würde untersucht werden. Lt. Wilkins hatte von einem diagnostizierten Blutgerinsel gesprochen, also gab es schon ein erstes Untersuchungsergebnis. Blieb noch zu klären, auf welche Weise der

Kamerad von Zoerance gestorben war und warum ich zur gleichen Zeit durchgedreht hatte.

Ich könnte sagen, ich wäre wegen der Ereignisse in der letzten Zeit psychisch angespannt gewesen.

Eine dünne Erklärung, besonders für einen Captain, der eine wichtige und vor allem eine teure Mission leiten sollte.

Während ich mich umzog, beschloss ich, zunächst einmal gar nichts zu erklären. Sollten doch andere Leute sich den Kopf darüber zerbrechen. Ich konnte mich an nichts erinnern.

Basta.

Es war ein befremdliches Gefühl, wieder die Gänge entlangzuschlendern. Auch wenn die Farbe der Wände eine andere war, so kam ich mir doch vor, als wäre ich in ein ungeliebtes Heim zurückgekehrt. Richtig wohl hatte ich mich hier nie gefühlt. Die *Nostradamus* war für mich nach wie vor ein Prototyp, eine Versuchsmaschine, die zudem noch unrund lief. Daran änderte auch die aufwendige Nachrüstung des Neutrino-Treibers nichts.

An einer Wand hing ein großformatiges Bild des Schiffes. Dreidimensional und in höchster Qualität. Die *Nostradamus* war noch nie eine elegante Konstruktion gewesen, und das hatte sich nicht geändert. Vorher hatte das Schiff ausgesehen wie ein altmodischer Raddampfer, der dem legendären Verpackungskünstler Christo in die Hände gefallen war, nun kam zu der Verpackung noch ein etwa 100 Meter durchmessender Ring dazu, der im vorderen Drittel um den Rumpf lief, von fünf spitz zulaufenden Streben gehalten. An ihm hingen 13 Ellipsoide, in denen die zusätzlichen Teilchenbeschleuniger untergebracht waren. Zu allem

Überfluss waren sie in unterschiedlichen Farben gehalten und repräsentierten in den Regenbogenfarben das Spektrum von Violett bis Rot. Ganz im Gegensatz zum Schiffsrumpf, er zeigte sich wie eh und je in einem schmutzigen Grau. Fast konnte man Mitleid mit dem Schiff haben.

Ich setzte meinen Weg zur Zentrale fort. Hier waren die Wege nicht so weitläufig wie in der *Edward Hopper*. Die Gänge waren schmaler und die Wölbung des Bodens um einiges stärker. Bis zu meinem Ziel waren es nur noch einige Meter. Vielleicht sollte ich zuerst einmal die Stimmung sondieren, damit ich wusste, was die anwesenden Personen über meinen Blackout dachten. Unwillkürlich fasste ich an meinen Kopf und tastete an dem Verband herum. Es würde sofort zu einem Gespräch über die Vorfälle kommen, wenn ich in der Tür erschien. Der Verband würde der Anlass dazu sein.

Nein, keine Sondierung. Es musste auch einmal ohne gehen. Wenn ich ehrlich war, so scheute ich mich im Augenblick davor, in den Gedanken zu spionieren. Die letzte Begegnung mit Free Fall hatte mir alles abverlangt.

Auf Schiffen von kleiner bis mittlerer Größe bezeichnete man den Kommandoraum als Zentrale, erst danach wurde der Begriff »Brücke« verwendet. Hier auf der *Nostradamus* wäre es vollkommen unzutreffend gewesen, von einer Brücke zu sprechen. Der Raum besaß etwas Mystisches, besonders wegen seiner speziellen Innenarchitektur. Es gab keine Ecken oder Kanten. Alles war abgerundet. Sanfte Bögen verliefen von den Decken bis herunter zum Boden. Selbst über dem Center-Face spannte sich ein flacher Bogen, der an den Seiten steil nach unten abfiel und sich in einer mehrfach geschwungenen Linie in der Kommandokonsole fortsetzte. Hier war alles beim Alten geblieben. Selbst die NAV-Einheit, von der aus das Schiff gesteuert wurde, wirkte immer noch so deplatziert und hässlich wie früher.

Mehrere Personen waren im Raum. Deisenhofen und Zoerance erkannte ich sofort. Dann war da noch Nat Davenport, der auch an meiner Befreiung beteiligt gewesen war. Ein Unbekannter saß mit ihnen am Besprechungstisch. Ein weiterer mit dem Rücken zu mir vor dem Center-Face, auf dem nur Sterne zu sehen waren.

Der Unbekannte am Tisch bemerkte mich zuerst und sprang auf.

»Achtung!«, brüllte er und legte die Hände an die Hosennaht. Er trug wie ich eine Uniform. Seine Abzeichen wiesen ihn als Captain Lieutenant aus. Mein Erster Offizier, wie ich vermutete. Ich drückte meinen Rücken durch und versuchte, eine würdige Erscheinung abzugeben. Alle außer Deisenhofen waren aufgestanden und blickten zu mir herüber.

»Captain Lieutenant Heribert Kahn«, sagte der Offizier, nachdem er sich vor mir aufgebaut hatte. »Status des Schiffes: Alle Systeme auf *go*. Derzeitige Aktion: Besprechung der letzten Vorfälle auf der *American Gothic*. Anwesende Personen: Rüdiger von Deisenhofen, Nathaniel Davenport …«

»Vielen Dank«, unterbrach ich ihn. Das war mir nun doch zu viel an überflüssigen Meldungen. Nicht, dass er falsch vorgegangen wäre, es war auch in der zivilen Flotte durchaus üblich, nach militärischen Vorschriften zu verfahren. In bestimmten Situationen war es sogar Vorschrift. Im täglichen Schiffsbetrieb oblag es dem Fingerspitzengefühl des Captains, wie er seine Mannschaft führte. Der Captain Lieutenant war also zunächst einmal kein Risiko eingegangen und hatte streng nach den Regeln gehandelt. Besser am Anfang ein wenig zu dick auftragen als zu wenig.

»Stehen Sie bequem, Captain Lieutenant«, sagte ich in gütigem Tonfall, drehte mich zum Center-Face und dann zum Tisch hin. »Und Sie auch, bitte.«

»Ordonanz!« Kahn winkte einem jungen Fähnrich zu, der hinter mir ebenfalls in die Zentrale gekommen war und es bei Kahns Meldung gerade noch geschafft hatte, sein Tablett auf einem Tisch abzustellen.

Anschließend begrüßte mich Kahn mit einem kräftigen Händedruck. Er war größer als ich, besaß ein Allerweltsgesicht mit braunen Augen und schmaler Nase. Sein Haarwuchs war spärlich, und seine Hüften deuteten ein kleines Gewichtsproblem an.

»Was möchten Sie trinken, Captain Selleck?«, fragte er. »Oder möchten Sie auch etwas zu Essen haben?«

Nach Essen war mir nicht zumute. Die flache Roboteinheit im medizinischen Bereich kam mir in den Sinn, die die Reste meiner letzten Mahlzeit entsorgt hatte.

»Nein, danke. Nur einen Kaffee bitte«, sagte ich zu der Ordonanz und setzte mich an den Tisch.

»Wie geht es Ihnen?«, fragte Deisenhofen. Er kam gleich zur Sache, was mir nur recht sein konnte.

»Gut, aber ehrlich gesagt, habe ich keine Ahnung davon, was überhaupt passiert ist.« Ich tastete nach meinem Verband.

»Wir haben gerade darüber gesprochen. Free Fall hat anscheinend unter einer hyperpsychischen Anomalie gelitten. Da war es nur eine Frage der Zeit, bis sein Gehirn einen ernsthaften Schaden davongetragen hat. Als sich dann die Ereignisse zuspitzten, kam es zu einem Bluthochdruck und damit zu einer tödlichen Hirnblutung. Verwunderlich ist aber der Umstand, dass Free Falls Gehirn buchstäblich explodiert ist. Mit der einfachen Verstopfung einer Arterie ist das nicht zu erklären. Zum Glück für die Geiseln aber genau im richtigen Moment, wenn auch leider nicht für alle.«

»Wie hat er das geschafft? Soweit ich mich erinnern kann, war der Mann von Zoerances Truppe von einer Sekunde auf die andere außer Gefecht gesetzt.«

»Wir vermuten, dass er Nano-Toxine eingesetzt hat. Allerdings haben wir bei der Obduktion nirgendwo eine Steuerungseinheit entdecken können. Wir arbeiten noch an dem Problem. Wenn wir keine befriedigenden Ergebnisse bekommen, schicken wir den Leichnam zur Erde. Dort gibt es mehr Möglichkeiten, um der Lösung auf die Spur zu kommen.«

»Ich finde, wir sollten Druck hinter die Untersuchung machen«, bekräftigte ich seine Ausführungen. Flucht nach vorne nannte man das. »Und außerdem die *American Gothic* genauestens untersuchen. Auch nach eventuellen Krankheitserregern. Wir wissen nicht, welche Bakterien oder Viren es auf dem unbekannten Planeten geben könnte. Es wäre wichtig, Ergebnisse in der Hand zu haben, bevor wir uns auf den Weg machen. Unbekannte Erreger könnten die ganze Mission in Frage stellen.«

Kahn erblasste und nickte stumm. Darauf hätte er selbst kommen müssen.

»Sehr gut. Genau. Ich werde das sofort veranlassen.« Er winkte einen Lieutenant zu sich heran.

Gut, dachte ich. Dann wäre die Diskussion um Free Fall erst einmal vom Tisch. Blieb nur noch mein Aussetzer.

Aus einer mittlerweile gewohnheitsmäßigen Reaktion heraus klinkte ich mich in Deisenhofens Gedanken ein. Ihm war es peinlich, mich direkt auf den Vorgang ansprechen zu müssen. Natürlich vermutete er dabei einen Zusammenhang mit meinem Chip, konnte ihn aber in dieser Runde nicht erwähnen, da der Erste Offizier nichts von meiner wahren Identität wusste.

Ich blickte Zoerance an, die teilnahmslos dem Gespräch zugehört hatte. Ihrem Denken entnahm ich, dass sie der Wahrheit weitaus näher war als von Deisenhofen. Sie fragte sich, ob ich nicht doch so einiges mit dem Chip anstellen konnte. Ob die angebliche Schutzfunktion der Silberfäden nicht alles nur reines Theater war.

Das konnte ich später mit ihr persönlich klären. Jetzt galt es zunächst einmal, für Captain Lieutenant Kahn eine offizielle Version zu präsentieren.

»Es tut mir Leid, dass ich Sie alle beunruhigt habe, aber ich wurde sehr kurzfristig zu diesem Einsatz einberufen. Meine Anpassungsfähigkeit auf die Auswirkungen der rotierenden Zylinder ist leider nicht sehr ausgeprägt. Es dauert fast zwei Wochen, bis meine Gleichgewichtsorgane sich an den neuen Umstand gewöhnt haben. Danach ist mein System allerdings außerordentlich stabil.«

Eine ziemlich blödsinnige Erklärung, aber Kahn und Deisenhofen atmeten befreit auf. Also hatten sie es doch nicht mit einem weiteren durchgeknallten Captain zu tun.

Zoerance dagegen hätte beinahe laut aufgelacht. Ich bemerkte aus den Augenwinkeln heraus, wie sich ihre Lippen kräuselten.

»Das kenn ich auch von mir«, polterte Kahn erleichtert los. »Aber noch schlimmer ist es für mich, wenn ich mich außerhalb des Schiffes aufhalten muss, da verliere ich vollends die Orientierung – ganz zu schweigen von meinen Magensäften.«

Pflichtbewusstes Lachen in der Runde über seinen Witz.

»Tja«, meinte Deisenhofen nach einer kleinen Pause. »Das Problem Free Fall wurde zum Glück zu keiner großen Katastrophe, wenn man einmal von dem Tod eines Mannes der Einsatztruppe absieht ...« Er nickte in Zoerances Richtung. »Leider haben wir aber nun den Captain als Informanten verloren. Ich habe mit Ferguson gesprochen. Er ist wie ich der Meinung, dass wir keine weitere Zeit verlieren und sofort aufbrechen sollten.«

... ein Flüstern. Von irgendwoher hörte ich ein Flüstern.

Nein, kein Flüstern, es war mehr eine ... Anwesenheit. Aber wie bemerkt man eine Anwesenheit? Durch ein Gefühl, einen Impuls, eine Vibration? Oder durch eine unbedachte Bewegung?

Ich lauschte in mich hinein. Da war etwas, was nicht sein sollte. Erinnerungen, die ich nicht kannte, drängten zur Oberfläche meines Bewusstseins. Bilder, die ich nie gesehen hatte, Gefühle, die ich nie erlebt hatte.

Ich spürte, wie meine Stirn heiß wurde. Jetzt nur nichts anmerken lassen.

Ich lenkte mich ab, indem ich mit einem dankbaren Lächeln den Kaffee entgegennahm, den mir die Ordonanz brachte.

Die Anwesenheit verblasste ...

Wahrscheinlich nur Einbildung. Oder eine Folgeerscheinung der Beruhigungsmittel, die man mir gegeben hatte. Nichts Ernstes also.

Captain Lieutenant Kahn versicherte soeben Deisenhofen, dass einem sofortigen Aufbruch nichts im Wege stand. Es hörte sich an, als ob er verkündete, dass der Chauffeur den Wagen vorgefahren hatte, und nicht, dass uns eine Reise über ein Lichtjahr Entfernung bevorstand.

»Captain Selleck, was ist Ihre Meinung?«, fragte er mich.

Ich setzte die Tasse ab. Der Kaffee war gut, ein bisschen zu dünn vielleicht. Typisch für die Schiffsautomaten.

»Ich habe keine Einwände«, versicherte ich. »Wenn Sie mit einem weiteren Tag Schonfrist für meine Eingewöhnung einverstanden sind? Soweit ich es mitbekommen habe, wurde die Ladung bereits vollständig von der *Edward Hopper* übernommen. Zoerance?«

Sie schreckte aus ihren Gedanken hoch. »Wir sind bereit. Meine Leute sind in ihren Unterkünften.«

Deisenhofen klatschte sich auf seine Oberschenkel und stand auf. »Dann würde ich gerne noch unserem Captain den Navigator vorstellen. Ich denke, es wird eine Überraschung für ihn sein.« Er deutete zur NAV-Einheit.

O nein, bitte heute keine Überraschungen mehr.

Bevor ich seine Gedanken lesen konnte, glitt die Tür der Einheit zurück, und Lennox kletterte rückwärts heraus. Er benutzte die kleine Einstiegshilfe wie eine Leiter.

»Lennox? Er ist unser Navigator?«, fragte ich verblüfft.

»Nein«, ertönte eine mir bekannte Stimme. »Obwohl das die beste Lösung wäre. Lennox ist wirklich ein Phänomen.«

Ein sportlich durchtrainierter Mann schwang seine langen Beine aus der Einheit heraus, stellte sich neben Lennox und zog seine Uniform gerade. »Commander Karlheinz Wörner meldet sich zur Stelle, Sir!« Er salutierte lässig.

Mir lief es kalt den Rücken herunter.

»Voodoo!«, entfuhr es mir. »Ich meine … ich wollte sagen, Sie sind also der legendäre Voodoo.«

»Bitte keine Kosenamen. Ich bin jetzt Commander. Und das ist mehr als ein Voodoo, habe ich mir sagen lassen. Außerdem müssen Sie jetzt sagen: ›Stehen Sie bequem‹, sonst friert mir mein Lächeln ein.«

Ich leierte meinen Spruch herunter, und er fiel in sich zusammen. Lennox blieb davon unbeeindruckt und sah mich glückselig an.

Ein kurzes Überprüfen von Voodoos Gedanken, dann zog ich mich sofort zurück. Er hatte keine Ahnung, wer ich war.

Voodoo, mein ehemaliger Navigator und Freund. Er hatte einen wesentlichen Anteil an unserer Rückkehr zur Erde. Nicht nur seinem Können und seinem Mut war es zu verdanken, dass die *Nostradamus* nach sechs langen Jahren wieder in den Mondorbit einschwenken konnte. Auch seine lockere und optimistische Art hatte der Mannschaft geholfen, bittere Stunden zu überstehen.

Er war ein wenig älter geworden, natürlich. Die Züge um seinen Mund waren etwas härter ausgeprägt, seine blauen Augen lagen tiefer. Die blonden Haare, früher gefärbt, trug er immer noch kurz, auch wenn sie jetzt mehr einem grauen Ton zustrebten. Sein Handschlag war knochiger geworden, seine Figur jedoch war jung geblieben.

Die Uniform stand ihm hervorragend.

»Ich bin sehr erfreut, Sie kennen zu lernen«, meinte ich gerührt und wollte seine Hand gar nicht mehr loslassen.

»Ebenfalls, auch wenn ich leider zugeben muss, dass ich noch nie etwas von Ihnen gehört habe, Captain Selleck. Sind Sie schon lange im Geschäft?« Er entzog mir seine Hand und verschränkte anschließend skeptisch seine Arme.

Ich hätte ihn am liebsten umarmt.

»Wie man es nimmt. Die letzten Jahre war ich mehr im Hintergrund tätig.« Ich sah Deisenhofen an, der den Auftritt sichtlich genoss. »Auf Halde sozusagen.«

»Verstehe.« Er beugte sich leicht zu mir herunter. »Sie sind der Captain für alle Fälle, ein ganz geheimer Knaller sozusagen, nicht wahr?«

Ich lächelte ihn an. Na warte, Bursche, das zahl ich dir noch heim. »Sozusagen.«

Deisenhofen machte dem Spiel ein Ende, indem er uns alle wieder an den Tisch bat. »Lasst uns auf unsere Mission anstoßen. Ich glaube, der Captain wird nichts gegen ein Glas Sekt einzuwenden haben.«

Es war nicht als Frage gemeint, und ich hatte überhaupt nichts dagegen einzuwenden.

Ganz im Gegenteil, für diesen schönen Moment hätte ich mich sogar hemmungslos betrunken.

Stunden später verließ ich die Runde, die am Schluss nur noch aus Captain Lieutenant Kahn, Deisenhofen, Voodoo und mir bestanden hatte. Zoerance und Nat hatten sich schon bald verabschiedet. Kein Wunder, ihnen war die Farce mit der Zeit auf die Nerven gegangen. Lennox, der sich die ganze Zeit über brav in der Tiefe eines Sessels aufgehalten hatte, trottete wie ein Hündchen hinter ihnen her.

Voodoo erzählte von der Zeit auf der *Nostradamus*, ich hörte andächtig zu, warf hie und da ein paar interessierte Fragen ein, um den Schein zu wahren, und Deisenhofen lachte sich heimlich ins Fäustchen.

Mir war es ebenso gegangen wie Zoerance und Nat, aber ich hatte einfach den Redeschwall meines Freundes genossen. Voodoo war der geborene Alleinunterhalter, und das nicht nur, wenn er von alten Zeiten erzählte.

Seine Stimme war noch bis hierher in den Paternoster zu hören, von dem ich mich nach oben zum Karussell bringen ließ. Wahrscheinlich würde es für die drei eine lange Nacht werden.

Die *Nostradamus* besaß zwei unabhängige Zylinder. Den einen, »Hölle« genannt, verließ ich gerade. Hier waren die Zentrale und alle technischen Einrichtungen untergebracht. In dem anderen, im »Himmel«, waren die Unterkünfte und die Erholungszentren. Es gab sogar ein kleines Schwimmbad. Als Captain stand mir natürlich ein Luxusapartment zur Verfügung, in dem ich mich in der Anfangszeit der ersten Reise selten aufgehalten hatte. Später war es zum Heim für Halbmond und mich geworden.

Es war seltsam, wie wenig mich die Vergangenheit des Schiffes berührte. Dabei hatten hier unzählige denkwürdige Ereignisse stattgefunden. Im Paternoster zum Beispiel war Richard Ballhaus verunglückt, als ihm eine unvorhergesehene Beschleunigung des Schiffes das Genick brach.

Ich sah nach unten. Bis zum äußersten Deck waren es gut dreißig Meter. Es war bestimmt kein schöner Tod gewesen.

Oben im Karussell angekommen, verharrte ich einige Augenblicke und überlegte, ob ich einen kurzen Abstecher in den Technischen Bereich machen sollte. Dort war der Prototyp des Teilchenbeschleunigers installiert, diese Teufelsmaschine, die uns beinahe ins Verderben geschleudert hätte. Kahn hatte mir erzählt, dass sich die riesige Anlage immer noch dort befand. Eine Demontage wäre zu aufwendig und zu teuer gewesen. Da die Halle nicht anderweitig genutzt werden konnte, hatte man den Beschleuniger stillgelegt und einfach an Ort und Stelle belassen.

Ich hob mir den Besuch für ein andermal auf. Es musste nicht alles am selben Tag geschehen. Ganz abgesehen davon war ich etwas angeheitert, denn es war natürlich nicht bei einem Glas Sekt geblieben. In diesem Zustand sollte man keine Vergangenheiten ausgraben, und schon gar nicht solche, in denen schreckliche Dinge geschehen waren.

Beschwingt wechselte ich den Zylinder und fuhr wieder mit dem zweiten Paternoster nach unten.

Es war 0200 Bordzeit, als ich unten am äußersten Deck ausstieg. Ich prallte erschrocken zurück. Hier herrschte ein reges Treiben. Natürlich, im Gegensatz zu früher flog das Schiff nun mit einer vollen Besatzung; dazu kam noch die Truppe von Zoerance. Also war es nur verständlich, dass selbst zu dieser fortgeschrittenen Uhrzeit viele Leute unterwegs waren.

Für mich war das gewöhnungsbedürftig, denn wir waren damals gerade einmal mit dreizehn Personen zu unserer Mission gestartet.

Dreizehn. Die Unglückszahl. Bei unserem Start waren die Gazetten deswegen voll von Warnungen aller Art gewesen. Der Flug würde ins Unglück führen. Wie Recht sie gehabt hatten.

Auf den Gängen begegnete ich zwei Arten von Menschen: die einen trugen graue Uniformen oder graue Freizeitkleidung, die anderen dunkelblaue Kleidung. Die Grauen gehörten zur Besatzung und salutierten korrekt. Die Blauen nickten mir höflich zu. Sie waren in der Überzahl und stammten aus Zoerances Truppe. Ich wusste, das würde sich bald vermischen. Auch die Art der Begrüßung. Ich hatte es in der Hand, wie sehr sie in Zukunft auf die Disziplin achten würden. Ich hatte mir bisher darüber noch keine Gedanken gemacht.

Vor der Tür zu meinem Apartment zögerte ich.

Hier im äußersten Deck war alles wie früher. Einige Meter weiter öffnete sich der Raum bis hoch zum dritten Deck. Dort war ein kleiner Park mit Bäumen unter einer hohen Kuppel angelegt. Dadurch – und durch weitere, zusätzlich eingerichtete optische Illusionen – entstand der Eindruck von Weite, gemischt mit etwas Sehnsucht nach der Erde. Während unserer fünfjährigen Reise zurück zu unserem Heimatplaneten hatten wir dort viel Zeit verbracht. Es war ein ungeschriebenes Gesetz für uns, den Park zu pflegen und auf keinen Fall verkommen zu lassen. Ein schwieriges Unterfangen, denn durch einen Ausfall der Systeme auf dem Hinweg zur Pyramide waren die Bäume und die Sträucher sehr in Mitleidenschaft gezogen worden. Wir mussten alle Äste zurückschneiden und auf die selbstheilende Wirkung der kleinen Biosphäre hoffen. Am Ende hatte die bordeigene Natur gesiegt. Der Park wuchs dichter und schöner als je zuvor.

Ich näherte mich der Anlage mit gemischten Gefühlen. Die Luft roch würziger und feuchter als im restlichen Schiff. Alles lag in einem fahlen Dunkel. Im Hintergrund täuschten Projektoren eine neblige und mondlose Nacht vor. Der schmale Weg über den gurgelnden Bach war mit dezent leuchtenden Lampen gekennzeichnet.

Alles war wie früher. Sogar der kitschige Gartenzwerg und der von innen beleuchtete Fliegenpilz standen noch an ihrem Platz. Nur dass sie jetzt Gesellschaft bekommen hatten.

Einen aufgrund der äußeren Formen unverkennbar weiblichen Gartenzwerg. Die »Zwergin« bezirzte ihren Kollegen mit niedergeschlagenen Wimpern und einer eindeutigen Pose.

Voodoos zweiter Kulturbeitrag zum täglichen Leben.

Ich setzte mich mit einem Lächeln auf die Bank gegenüber und gab mich der Stille hin. Lange würde es diese leisen Momente im Park nicht geben. Je länger die Reise dauern würde, desto öfter würde er das Ziel der Besatzung sein.

... ein Wispern, das näher kam.

Mein Körper versteifte sich augenblicklich. Ich wusste sofort, dass es keine Halluzination war. Ich hatte es schon beim ersten Mal gewusst, als mich diese Eindrücke berührten, mich aber dagegen gewehrt. Sie unterdrückt.

Dieses Mal ließ ich sie an mich heran. Und sie kamen mit Macht.

Unkontrollierbar.

Bilder überrannten mich. Szenen. Gefühle.

Schmerz und Tod.

Ein unwillkürliches Keuchen; es kam von mir, war aber weit weg.

Erinnerungen überschwemmten mein Gehirn.

Erinnerungen, die nicht von mir stammten.

Ein blauer Planet wölbte sich unter mir.

Eine schlechte Kopie der Erde. Die Proportionen der Kontinente stimmten nicht. Europa war zu groß. Ebenso das Gebiet der ehemaligen Vereinigten Staaten von Amerika. Dafür war Afrika zu klein. Australien eine winzige Insel. Die Polregionen kleine weiße Kleckse.

Das Verhältnis der Landmassen zu den Ozeanen stimmte nicht überein. Auf diesem Abbild der Erde existierte mehr Land als Wasser.

Und das Land brannte. Schon von einem hohen Orbit aus konnte man vereinzelt lang gezogene Feuerschwaden erkennen, die sich an ihrem Ende mit gelblichen Wolkentürmen verbanden.

Auch die blauen Ozeane hatten ihre Unschuld verloren.

Sie waren mit riesigen grün-braunen Flächen durchsetzt, die mit fiebrigen Ausläufern auf das Land zustrebten. Quirlige Wirbelstürme glitten als hässliche graue Augen über die Meere und starrten wie Mahnmale zu mir herauf.

Der ganze Planet schien in Aufruhr zu sein.

Die Bilder der Erinnerungen wechselten.

Fantasiewesen zogen an mir vorüber.

Pferde, die in der Lage waren, ihre Farbe zu wechseln, und sich damit mühelos tarnen und der Landschaft anpassen konnten. Eine heranstürmende Herde war nur durch das Donnern der Hufe zu erahnen und konnte erst im letzten Augenblick wahrgenommen werden.

Bunte Vogelscharen, die harmlos aussahen, um sich dann in der Luft blutgierig auf große Schnabelwesen zu stürzen.

Gefiederte Schlangen mit steinernen Gesichtern, die menschliche Laute nachahmten und den Anschein erweckten, als würden sie Geschichten erzählen.

Mantikoren, Chimären und Gorgonen. Glatisanten, Nöcks und Hypogryphen. Der Begriff MUNA-Biester drängte sich mir auf. Eine Kurzform von Mutated Natures. Mutierte Lebewesen.

Und Menschen. Wenige Menschen, die in kleinen Gruppen lebten.

Degenerierte Menschen aus jeder Epoche. Es schien, als würde die gesamte menschliche Geschichte auf dem Planeten gleichzeitig stattfinden. Der Urmensch war genauso vertreten wie der Biedermann aus dem 19. Jahrhundert, der römische Gladiator ebenso wie die Karrierefrau des ausgehenden 20. Jahrhunderts. Ein kleiner Rest Mensch in einem unvorstellbaren Schmelztiegel aus allen Epochen. Ihre Kleidung bestand aus Überbleibseln von allen nur denkbaren Outfits und Uniformen.

Gewalt und das Recht des Stärkeren bildeten den Rahmen und die Gesetze.

Wieder ein Keuchen von mir.

Ich wollte es nicht wahrhaben, aber ich hatte die Erinnerungen Free Falls mit seinem Tod übernommen. Sie lagen alle unsortiert in einer großen Kiste, drängten sich nun in mein Bewusstsein, verlangten nach einer Daseinsberechtigung.

Es fiel mir schwer, ihrem Drängen zu widerstehen, zu unglaublich waren die Ereignisse, die dieser verrückte Amerikaner durchlebt hatte.

Nach einer Weile schloss ich mit einem leisen Stöhnen den Deckel der imaginären Kiste. Ich wünschte mir, einen Schlüssel zum Wegwerfen zu besitzen.

Mit Schweiß auf der Stirn öffnete ich die Augen; der friedliche Anblick des kleinen Parks beruhigte mich.

War real ist die Realität?

Befand ich mich in der Wirklichkeit – und wenn ja, in welcher – oder verwechselte ich die Realität mit einem beginnenden Albtraum?

Wie auch immer. Ich wusste nun, was mich erwartete und, dank Free Falls Erinnerungen auch, was ich als Nächstes zu tun hatte.

15

»Auf den Mars? Was willst du denn auf dem Mars? Wir fliegen in eine andere Richtung.« Zoerance sah mich erstaunt an.

»Es dauert ja nicht lange. Ich kann auch Voodoo fragen, ob er mich runterbringt, aber ich weiß nicht, ob er eine Firefly fliegen kann oder ob er mit dem Orbitalverkehr hier zurechtkommt.«

Sie machte eine wegwerfende Handbewegung.

»Voodoo hat schon alles geflogen. Er ist eine lebende Legende. Die Flugbewegungen im Orbit und auf dem Mars sind belanglos. Das hier ist nicht die Erde, wo es bei Strafe verboten ist, auch nur die Hand an einen Steuerknüppel zu legen. Hier ist noch richtiger Wilder Westen, da könntest sogar du dich austoben.«

Na, wenn das kein Kompliment war. Zoerance war heute besonders biestig. Woran das lag, wusste ich nicht, ich hatte heute noch nicht in ihren Gedanken gestöbert. Ich war mir jedenfalls keiner Schuld bewusst.

»Vielen Dank für die Blumen, aber ich möchte das Risiko nicht eingehen, weil ich mich während des Flugs auf etwas anderes konzentrieren muss. Also, wie sieht es aus, bringst du mich runter?«

»Warum willst du dorthin?«

»Das sag ich dir, wenn wir dort sind.«

Sie überlegte und sah mich anschließend mit einem lauernden Blick an. »Na gut, aber nur unter der Bedingung, dass du mir eine Frage beantwortest. Offen und ehrlich. Keine Lügen.«

Ich seufzte und versuchte, unbeteiligt zu wirken. Sie wollte wissen, ob ich ihre Gedanken lesen konnte. Die Ereignisse um Free Fall hatten sie stutzig gemacht.

»Klar, kein Problem. Was willst du wissen?«

Sie sah mir immer noch tief in die Augen. Wahrscheinlich erhoffte sie, dort eine Reaktion auf ihre Frage erkennen zu können, aber da hatte sie bei mir keine Chance. Ich hatte mich unter Kontrolle. Mittlerweile war ich so perfekt im Schwindeln, dass ich problemlos auch einen Lügendetektor getäuscht hätte.

Sie schüttelte enttäuscht den Kopf. »Nicht jetzt. Wann willst du los?«

»Am besten sofort. Ist das möglich?«

»Gib mir eine Stunde. Laut Vorschrift dürfte zwar keine Firefly betriebsbereit sein, aber ich hab vorsichtshalber bei zwei Koptern die Reaktoren schon mal hochfahren und sie in den Hangar bringen lassen. Man kann nie wissen.«

Ich runzelte die Stirn. »Als Captain des Schiffes könnte ich dich dafür in die Arrestzelle sperren lassen.«

»Tu's doch«, sagte sie respektlos.

»Na gut, einen strengen Verweis für die Missachtung der Bordvorschriften und eine Belobigung für weise Voraussicht.«

»Null mal null ist null«, entgegnete sie trocken. »Wir sehen uns um 0900 im Hangar.«

Deisenhofen war nicht sehr erbaut über unseren geplanten Ausflug. »Können Sie nicht jemand anderen da runterschicken? Wozu auch immer.«

Ich hatte ihm nicht erzählt, was ich auf dem Mars wollte. Nur so viel, dass es wichtig für unsere Mission war. Lebenswichtig.

»Nein, das muss ich selbst erledigen. Keine Angst, es ist nicht gefährlich. Ich hole nur etwas ab.«

»Wenn Ihnen etwas passiert, ist die Mission geplatzt, das ist Ihnen doch klar?«

»Wenn ich nicht fliege, ist sie auch geplatzt. Dann brauchen wir gar nicht erst aufzubrechen«, entgegnete ich.

»Sie machen es ganz schön spannend. Worum geht es denn?«

»Ich sage es Ihnen, wenn ich zurück bin. Drücken Sie mir die Daumen, dass ich das finde, wonach ich suche, sonst verlieren wir bestimmt ein oder zwei Wochen bis zum Start. Vielleicht sogar mehr, und das Risiko wollen Sie doch bestimmt nicht eingehen, oder?«

»Um Gottes willen, nein. Die Flotte der Lex Dei befindet sich schon jenseits des Jupiters. Sie ist schneller, als wir dachten. Wir brauchen jeden Tag. Nachdem wir die erhofften Informationen von Free Fall nicht erhalten haben, bleibt unser einziger Vorteil die Schnelligkeit des Schiffes, und den sollten wir nicht durch eine weitere Verzögerung aus der Hand geben.«

»Na sehen Sie. Mit ein bisschen Glück bin ich in ein paar Stunden zurück, und wir starten wie geplant.«

Ich ließ ihn einfach stehen. Mir war nicht nach großen Debatten zumute. Free Falls Erinnerungen hatten mir vor Augen gehalten, worauf ich mich eingelassen hatte. Oder, um es genauer zu sagen, worauf wir uns alle hier im Schiff einlassen würden.

Mir waren erhebliche Zweifel darüber gekommen, ob ich nicht verpflichtet war, alle in dieses Geheimnis einzuweihen. Ihnen darzulegen, was sie in der Oortschen Wolke erwarten würde.

Die gedanklichen Aufzeichnungen des amerikanischen Captains waren nicht vollständig. Anscheinend waren viele Informationen durch meinen vehementen Angriff auf seinen Chip verloren gegangen, aber der Rest reichte vollkommen aus, um einen Eindruck von einer Welt zu erhalten, die es nicht geben durfte. Mein Wissen darüber ging so weit, dass ich mich ernsthaft fragte, welchen Sinn es machen sollte, dorthin zu fliegen. Es war gefährlich, wenn nicht gar selbstmörderisch.

Falls die Teilnehmer an dieser Expedition überleben würden, wäre das Leben für sie danach nicht mehr das gleiche wie vorher. Für mich vielleicht. Für alle anderen in keinem Fall.

»Na, Captain, so nachdenklich?« Zoerance holte mich auf dem Weg in den Hangar ein. »Oder hast du ein bisschen Bammel davor, mit mir zu fliegen?«

Darüber hatte ich mir noch gar keine Gedanken gemacht.

»Vielleicht«, gab ich zu. »Es ist schon sehr lange her, dass ich mich woanders als auf meiner Veranda aufgehalten habe.«

Sie klopfte mir kameradschaftlich auf die Schulter.

»Keine Angst, Selleck, wir schaffen das schon. Ich freu mich auf den Mars. Ich war noch nie dort.«

Ich schon, dachte ich und ärgerte mich gleichzeitig darüber, dass sie mich immer Selleck nannte. Ich besaß keinen Namen mehr. John ging nicht, und Joel war eine leere Hülse. Selleck dagegen war schon fast so etwas wie ein Kosename. Jedenfalls, wenn sie ihn aussprach. Ich meinte sogar, ein wenig Respekt herauszuhören.

Wir begaben uns zum Hangar, wo sie mir zeigte, wie ich den Battle Pack anzulegen hatte, eine Kreuzung aus Flugkombination und Raumanzug. In der Grundausstattung leicht zu tragen, in voller Bestückung ein technisches Wunderwerk, das je nach Ausrüstung zu einem Überlebenshelfer oder zu einer Kampfeinheit mutieren konnte. Die zahlreichen Anschlüsse überall auf dem Anzug wiesen auf die verschiedenen Möglichkeiten hin. Ich wollte im Augenblick gar nichts darüber wissen. Für den Ausflug reichte das Basismodell.

Der in einer schmalen Halskrause integrierte Helm aus Flow-Material baute sich auf mündlichen Befehl von selbst auf. In ihm waren alle möglichen Kommunikationseinheiten vereinigt. Ein weiteres technisches Wunderwerk.

Die Firefly stand schon auf dem Schlitten, der uns in den Weltraum hinausbefördern würde. Das Einsteigen war ein leichtes Spiel. Wir zogen uns in der Schwerelosigkeit einfach zum Cockpit hoch. Zoerance übernahm den vorderen, ich den hinteren Sitz.

Ein Anschnallen war nicht nötig. Die Seitenlehnen reagierten auf jede Bewegung des Körpers und bildeten dementsprechende Stütz- und Auffanghilfen. Bei einem Crash würde sich das Cockpit blitzschnell mit einer zähen Schaummasse füllen.

Ich atmete tief durch, als die Kanzeln über unseren Köpfen nach vorne fuhren. Fenster gab es nicht. Das Rundum-Face vermittelte einen absolut realistischen Ausblick, wenn nicht gar mehr. Selbst bei Dunkelheit würden wir mehr sehen als jede Katze auf ihrem nächtlichen Streifzug.

»Okay, Selleck. Wohin soll es denn gehen?«, fragte Zoerance, nachdem alle Systeme auf *go* geschaltet waren.

»Cydonia-Region«, antwortete ich knapp.

»Das dachte ich mir fast.«

Sie sagte es mehr zu sich selbst.

Ihren Gedanken entnahm ich, dass sie über die Geschichte der beiden Marspyramiden Bescheid wusste. Damit war sie eine der wenigen Geheimnisträger, die von der Existenz der Artefakte erfahren hatten.

Nach einem kurzen Dialog mit dem Hangarmeister schob der Schlitten die Firefly in die große Schleuse.

Wenige Minuten später waren wir draußen.

»Ich würde mir gerne die *Nostradamus* anschauen«, sagte ich mit rauer Stimme.

Zoerance drehte den Kopter, und wir blickten auf das Schiff zurück. Es wurde seitlich von der Sonne angestrahlt und präsentierte sich hässlicher als je zuvor. Der ehemals hellgraue Defensiv-Kokon als Schutz gegen die harte Strahlung der Sonne war dunkler geworden, was seiner Funktion keinen Abbruch tat, aber die verwitterte Farbe raubte dem Schiffsrumpf auch noch den letzten freundlichen Eindruck. Der Kokon besaß willkürlich angebrachte schräge Flächen, die das Licht unterschiedlich brachen und so einen höheren Wirkungsgrad der Absorption erreichten. Eine veraltete, dafür aber sehr wirksame Technik. Die Oberfläche sah aus wie ein zerknitterter Karton. Heutzutage erledigten Mikrosensoren und Plasmagitter die Abwehr gegen Strahlung und Kleinstmeteoriten.

Um das Schiff herum lag der riesige Kranz der Teilchenbeschleuniger, der dem Profil des Schiffes einen beinahe künstlerischen Glanz verlieh. Ein altes Fossil, umrahmt von moderner Hightech.

Mir lief ein kalter Schauer über den Rücken.

»Sieht doch sehr beeindruckend aus, nicht wahr?«,

meinte Zoerance. »Irgendwie archaisch, wie aus einer fernen Galaxis.«

»Möglich. Ich habe keine guten Erinnerungen an das Schiff. Es lief mir immer zu sehr aus dem Ruder.«

Sie lachte. »Immerhin etwas. Ich kann mich überhaupt nicht mehr an die Zeit auf dem Schiff erinnern. Wahrscheinlich war ich noch zu klein.«

Das war gelogen, aber ich hatte keine Lust, weiter darauf einzugehen.

»Okay, das reicht« sagte ich.

Die Firefly schwang lautlos herum und zeigte auf unser Ziel, den Planeten Mars. Er stand in einem satten Orange – mit einem dunkelblauen Terminatorstreifen – vor einem kalten Sternenhimmel. Die Nachtseite glühte schwach in einem schmutzigen Rot.

Es war der gleiche Anblick wie vor zweiundvierzig Jahren, als wir mit der *Wernher von Braun* unter dem Kommando von Captain Wagner in die Umlaufbahn einschwenkten. Ich war Raumkadett und sehr jung. Der Gedanke, in wenigen Tagen dort unten auf der Oberfläche herumzulaufen, hatte mich in die Stimmung eines Helden versetzt, der am Beginn eines großen Zeitalters stand. Es ging uns allen ähnlich. Wir würden nicht nur einen Meilenstein setzen, sondern Geschichte schreiben. All meine Ängste während des halbjährigen Fluges hierher waren verflogen. Es zählte nur noch dieser Rote Planet.

Dann war alles anders gekommen. In der Cydonia-Region fanden wir tatsächlich die Marspyramiden. Es waren keine zufälligen Felsformationen, die den Teleskopen des Grumann-Konzerns Bauwerke vorgaukelten, sondern die geraden Linien von zwei Pyramiden, die denen auf der Erde täuschend ähnlich sahen. Damit waren wir nicht nur Helden, sondern die Schöpfer eines Wendepunktes in der Geschichte der Menschheit.

Dachten wir.

Bis wir die Order zur völligen Geheimhaltung von der Erde erhielten … und Captain Wagner den Befehl gab, die Pyramiden zu sprengen.

Wir waren entsetzt über die Borniertheit dieses Befehls, über die Arroganz der Mächtigen, die einfach ignorierten, was nicht sein durfte. Die Mission endete in einem seelischen Desaster.

Erst viele Jahre später erfuhr ich von Fritz Bachmeier, der mit zur Besatzung gehörte, dass Wagner die Pyramiden mit seiner Sprengung nicht zerstört, sondern nur verschüttet hatte.

Bei einer weiteren Begegnung zeigte er mir schließlich die geheimnisvollen kleinen roten Steinchen, die er während unserer Expedition bei den Pyramiden gefunden hatte. Jene Objekte, die mir später den Zugang zur großen weißen Pyramide verschafften und die sich als Gedankenspeicherchips entpuppten.

Eines davon war heute in meinem Gehirn installiert und hatte mich in ein Monster verwandelt.

Jetzt war ich zurückgekommen, und meine Emotionen beim Anblick des unwirtlichen Planeten waren rein professioneller Natur. Von Heroismus keine Spur mehr.

Dementsprechend kühl reagierte ich auf Zoerances Beschreibungen, wie sie den Abstieg in die Atmosphäre vollziehen wollte.

»Wir werden einfach fallen«, erklärte sie mir überflüssigerweise, denn schließlich war ich mit der Trajektorie eines Abstiegs vertraut. »Die Triebwerke werden etwa fünf Minuten laufen, um uns so weit abzubremsen, dass wir in die Atmosphäre eindringen können. Gleichzeitig stimmt uns der Computer mit dem restlichen Orbitalverkehr ab, damit wir niemandem zu nahe kommen.«

Ich sah mich um. Nichts deutete darauf hin, dass wir Gesellschaft hatten. Wäre nicht der rege Funkverkehr gewesen, hätte man meinen können, hier alleine zu sein. Noch nicht einmal auf der Marsoberfläche waren Anzeichen von Ansiedlungen zu erkennen, obwohl dort riesige Fabriken standen, die wertvolle Erze förderten und tagtäglich Millionen von Tonnen in den Orbit beförderten, wo sie zu so genannten Trains zusammengestellt wurden und danach eine lange Reise zur Erde antraten.

»Wenn wir in der Atmosphäre sind, machen wir uns sofort auf den Weg zur Cydonia-Region«, fuhr sie fort. »Ich habe den Computer angewiesen, den schnellstmöglichen Weg zu wählen. Es wird noch etwas dauern, bis er alle Daten zur Verfügung hat ...«

»Warte«, unterbrach ich sie. »Wir machen das anders.« Ich konzentrierte mich kurz. »Suzanne!«

›Ich bin anwesend.‹

»Suzanne, ich befinde mich in einer Firefly auf dem Weg zur Marsoberfläche. Übernimm bitte den Leitweg zur Cydonia-Region. Zielort sind die beiden Marspyramiden. Automatische Steuerung bis auf Widerruf.«

›Firefly, Codename *Yul*, korrekt. Flugzeit bis Zielort 53 Minuten 57 Sekunden. Absolute Priorität für die Anflugspur. Gibt es noch etwas zu erledigen, Joel?‹

»Ja, Suzanne, sag Fritz Bachmeier Bescheid, dass ich auf dem Weg bin.«

›Erledigt. Darf ich darauf hinweisen, dass er die Nachricht wegen der großen Distanz zwischen Mars und Erde erst in 25 Minuten erhalten wird? Ebenso lange wird es bis zu einer möglichen Antwort dauern.‹

»Suzanne, ich weiß das, danke.«

Keine Antwort auf meine letzte Bemerkung. Wahrscheinlich war sie wieder einmal beleidigt.

Noch jemand war beleidigt.

»Richtig, ich habe ja den großen Selleck an Bord«, meinte Zoerance schnippisch. »Du hättest dich auch von deiner Suzanne fliegen lassen können. Ich frage mich, warum ich überhaupt hier bin.«

»Ganz einfach. Hier sind wir ungestört, und du wolltest mir doch eine Frage stellen.« Ich trat ganz bewusst die Flucht nach vorne an. Besser jetzt als später. Später konnte auch zu spät sein.

Es dauerte einige Sekunden, bis die Frage kam. Mit leicht zittriger Stimme, aber ich konnte mich auch täuschen.

»Du kannst Gedanken lesen?«

Meine Antwort war kurz und schmerzlos.

»Ja.«

Betroffenes Schweigen. Dann: »Scheiße. Was kannst du noch?«

»Das ist schon eine zweite Frage, aber ich beantworte sie dir trotzdem. Ich kann einiges mehr, aber es ist kompliziert zu erklären.«

»Du hast Free Fall getötet, nicht wahr?«

»Er wollte mich töten. Es war Notwehr.«

Wieder ein kurzes Schweigen. »Du liest auch in meinen Gedanken, nicht wahr?«

»Anfangs ja, jetzt nicht mehr.« Das war gelogen, aber ich redete mir ein, dass es nur zu ihrem Besten war. Was vielleicht auch stimmte.

»Kann ich mich darauf verlassen?«

Nein.

»Ja.«

»Ich glaube dir kein Wort.«

Ich mir auch nicht.

»Bei manchen Leuten habe ich einfach Hemmungen. Du gehörst dazu.«

Die Firefly war inzwischen mithilfe von kurzen Schüben aus den Steuerdüsen in Position für die Abbremsung aus dem Orbit gegangen. Gleich darauf ertönte Suzannes Stimme im Cockpit.

›Darf ich um eure Aufmerksamkeit bitten? Ich zünde das Triebwerk für 4 Minuten und 34 Sekunden. Die *Yul* ist ausgerichtet. Sequenz geladen. Zündung in 3 … 2 … 1 … ab jetzt!‹

Ich verspürte einen sanften Schlag im Rücken. Hinter mir war nicht mehr als ein leises Rauschen vom Triebwerk zu hören. Wir waren auf dem Weg zur Marsoberfläche.

»Was bedeutet *Yul*?«, fragte ich nach einer Weile.

»Wir haben sieben Fireflies an Bord. The Magnificent Seven. Ein Filmtitel aus dem letzten Jahrhundert. Ein Schauspieler mit Namen *Yul* Brynner war einer der sieben Hauptdarsteller. Müsstest du eigentlich kennen. War ja zu deiner Zeit.«

Eine beleidigende Bemerkung über mein Alter, aber ich reagierte nicht mehr auf ihre Anzüglichkeiten. Sie war eben so. Ich kannte den Film tatsächlich. Der Regisseur hieß John Sturges. Ein eigenwilliges Remake der ›Sieben Samurai‹ von Akira Kurosawa aus dem Jahre 1954. Ich versuchte, mich an die anderen sechs Schauspieler zu erinnern. Charles Bronson, Horst Buchholz …

»Entschuldige«, sagte sie. »War nicht so gemeint. Außerdem muss ich mich noch bei dir bedanken.«

… James Coburn …

»Bedanken? Wofür?«

»Die Sache mit Free Fall. Dafür, dass du ihn gekillt hast. Wir wären dort nicht lebend rausgekommen.«

»Ich habe ihn nicht gekillt. Es war mein Chip. Er reagiert instinktiv auf Angriffe auf mein Gehirn. Ich hätte es noch nicht einmal verhindern können.«

»Wie ist das eigentlich, wenn man Gedanken lesen kann? Du musst doch alles über uns wissen?«

… Robert Vaughn, Brad Dexter … der siebte Name fiel mir nicht ein. Mir wurde klar, dass ich mich immer öfter mit Nebensächlichkeiten beschäftigte – wie hier mit der Suche nach den sieben Hauptdarstellern des Films. Merkwürdigerweise lenkte es mich nicht ab. Ich konnte inzwischen auf mehreren Ebenen gleichzeitig denken.

»Ich kann nur die aktiven Gedanken lesen. Der Speicher eines Gehirns bleibt mir verschlossen.« Das stimmte nicht ganz. Inzwischen war ich so trainiert, dass es mir gelang, tiefer in die Gedankenarchive vorzudringen, aber das brauchte sie ja nicht zu wissen. »Ganz abgesehen davon ist der Unterschied zwischen Gedankenlesen und dem Ziehen von Rückschlüssen aus Gesten und Worten verschwindend gering. Im Herzen erkennen wir immer die Wahrheit, nur wehren sich unser Verstand und unsere Konvention dagegen.«

Es tat mir gut, mit jemandem darüber zu sprechen, auch wenn ich nicht die volle Wahrheit sagte.

… Lee Marvin? Nein, der war es nicht …

Das Rauschen verstummte. Suzanne drehte die *Yul*, bis sie mit der Nase zum Mars zeigte.

»Klingt sehr philosophisch«, meinte sie spöttisch. »Mir wäre richtiges Gedankenlesen lieber. Wer weiß denn noch von deinen Fähigkeiten?«

»Niemand. Du bist jetzt die Einzige. Alle anderen leben nicht mehr.«

Sie dachte sofort an Halbmond. Es freute mich, dass Zoerances Erinnerungen liebevoller Natur waren, auch wenn sie damals erst fünf Jahre alt gewesen war.

»Hast du kein schlechtes Gewissen deswegen, wenn du anderen Leuten in den Kopf schaust?«

Ein heikles Thema. Ich wusste die Antwort selber nicht genau. »Doch, aber für mich war es bisher reine Selbstverteidigung. Jeder war wegen des Chips hinter mir her. So wusste ich wenigstens sofort, ob mir eine Gefahr droht. Außerdem interessierten mich nur Informationen, alle Privatangelegenheiten sind mir ziemlich egal. Sie drehen sich sowieso immer um das Gleiche: Sex and Drugs and Rock'n'Roll. Es ist erstaunlich, wie viele Unwahrheiten gesagt werden, und noch erstaunlicher ist die Erkenntnis, dass die Lüge einen Stützpfeiler unserer Zivilisation bildet.«

Ich hörte, wie sie zu einer Antwort ansetzte, sie aber dann unterdrückte. Stattdessen hörte ich gleich darauf einen Ausruf des Erstaunens.

Der Mars wuchs uns schnell entgegen. Ein wirklich beeindruckendes Bild. Da der Planet nur die Hälfte des Durchmessers der Erde besaß und die Atmosphäre sehr dünn war, konnte man die Einzelheiten der Landschaften bereits beim Eintritt in die oberen Schichten genau erkennen.

Unsere Umlaufbahn war stark gegen die Marsachse geneigt, und so traten wir von Süden über der Hellas-Ebene in die oberen Schichten der Atmosphäre ein. Über dieser Ebene lag eine blauschwarze Nacht. In der Cydonia-Region auf der nördlichen Halbkugel würde gleich die Sonne aufgehen.

Das Mare Sirenum mit seinen unzähligen Kratern lag im Terminator. Ein unvergleichlicher Anblick, besonders weil die *Yul* der Marsoberfläche schnell näher kam. Die Reibungshitze an der Außenfläche hielt sich in Grenzen, die Dichte der Atmosphäre war zu gering. Dafür aber war das Schauspiel unter uns umso gewaltiger.

Der Olympus Mons erschien als gewaltige Erhebung links von uns und wälzte sich in blutroter Farbe heran.

Als er querab stand, waren wir über den Tharsis-Vulkanen schon so tief, dass man eine Ahnung von seiner immensen Höhe bekam.

Zoerance und ich schwiegen einige weitere Minuten während des Flugs über orange-braune Ebenen und zerrissene Schluchten. Dann hörte ich hinter mir das Erwachen des West Max-Triebwerks. Links und rechts von mir sah ich breite Flügel aus dem Rumpf der Firefly wachsen.

»Wir sind durch«, sagte Zoerance mit ruhiger Stimme. »Jetzt steuert Suzanne auf die Chryse-Region zu. Von dort ist es nicht mehr weit bis Cydonia City. Hoffentlich latschen dort nicht zu viele Touristen herum, um sich das Marsgesicht anzusehen.«

»Die beiden Pyramiden liegen abseits davon«, beruhigte ich sie. »Ich habe mit Fritz Bachmeier darüber gesprochen. Das Gebiet wurde vor Jahren schon für den offiziellen Verkehr gesperrt. Wegen angeblicher tektonischer Instabilität. Wir werden also unsere Ruhe haben.«

»Wunderst du dich gar nicht darüber, dass ich über die Pyramiden Bescheid weiß?«

»Nein. Es hätte mich gewundert, wenn Raichle dich nicht darüber unterrichtet hätte. Es ist ein Teil der Geschichte der Chips. Trotzdem bist du damit eine der wenigen, die das Geheimnis kennen.« In Wahrheit hatte sie die Information nicht von Raichle, sondern von Bachmeier bekommen, aber ich dachte, es wäre nicht schlecht, wenn ich ab und zu etwas Falsches sagte, um sie in dem Glauben zu lassen, dass ich nicht spionierte.

»Bachmeier hat es mir höchstpersönlich erzählt«, sagte sie mit etwas Hochachtung in der Stimme. »Stimmt die Geschichte tatsächlich? Ihr habt damals intakte Pyramiden gefunden?«

»Intakt ist zu viel gesagt. Sie waren ziemlich zerfallen, aber eindeutig künstlich. Ich bin selbst gespannt, wie viel nach der Sprengung übrig geblieben ist.«

»Wenn wir dort angekommen sind, was machen wir dort?«

»Wir suchen nach Chips.«

Ein kleiner Moment der Überraschung.

»Chips? Wofür das denn?«

»Ohne einen Chip kommt keiner in die große weiße Pyramide hinein. Der Planet, von dem Free Fall berichtet hat, liegt innerhalb der Pyramide. Also brauchen wir Chips für dich und deine Truppe. Als Eintrittskarten. Alleine gehe ich dort nicht runter.«

Das musste sie erst verdauen. Es dauerte jedoch nicht lange, bis sie den nächsten logischen Schritt erkannt hatte.

»Deine Eintrittskarte steckt jetzt in deinem Gehirn. Was wird mit uns geschehen?«

»Das kannst du dir selbst ausrechnen.«

»Das ist …« Mehr brachte sie dazu nicht heraus. Gut, dass Suzanne den Kopter flog und nicht Zoerance. Ich konnte förmlich spüren, wie sie mit den neuen Erkenntnissen kämpfte. Ich hatte noch nicht einmal Lust dazu, ihr dabei gedanklich beizuwohnen, es musste sie wie einen Schlag treffen.

»Das ist … ungeheuerlich!« Wahrscheinlich war sie nun am Ende der Gedankenkette angelangt.

»Du kannst immer noch von dem Auftrag zurücktreten.« Ein dummer Vorschlag von mir, aber mehr fiel mir dazu nicht ein.

»Zurücktreten? Dann könnte ich gleich Asyl auf einem der Neptunmonde beantragen. Auf der Erde bräuchte ich mich dann nicht mehr blicken zu lassen.«

Dazu fiel mir nichts mehr ein. Ich mochte mir gar

nicht vorstellen, welche inneren Kämpfe sie gerade auszutragen hatte. Vor allem ging es nicht nur um sie alleine. Jeder, der die weiße Pyramide betrat, hatte anschließend einen Chip im Kopf. Mit allen Vor- und Nachteilen. Also auch jeder aus ihrer Truppe.

»Woher weißt du, dass der Planet innerhalb der Pyramide liegt? Oder dass wir überhaupt Chips brauchen?«, fing sie nach einer Weile angestrengten Überlegens wieder an.

»Ich hatte … äh … einen kleinen Einblick in Free Falls Gedanken, kurz bevor er … na ja, auf jeden Fall weiß ich es mit Sicherheit. Außerdem liegt es auf der Hand. Ich war in der Pyramide und habe einen Chip im Kopf. Halbmond brauchte keinen, weil sie telepathisch begabt war, Appalong hat einen, ist aber in der Pyramide geblieben. Woher Free Fall allerdings den Chip hatte, davon habe ich keine Ahnung.«

Er hatte ihn aus der *Sternenläufer* gestohlen. Captain Guthmann hatte viele davon im Schiffstresor liegen, aber ich musste ihr ja nicht gleich alles erzählen.

»Scheiße. Verfluchte Massenscheiße. Ich muss das vorher mit meinen Leuten besprechen. Ich kann nicht automatisch von ihnen verlangen, dass sie da alle mitmachen.«

»Wäre vielleicht ein fairer Weg«, antwortete ich knapp. Ich ließ sie mit ihren Gedanken alleine. Lange würde es nicht dauern, bis sie noch weiter in die Zukunft gedacht hatte, nämlich an eine Rückkehr zur Erde, auf der es dann fünfzig weitere Menschen geben würde, die die Gedanken anderer belauschen konnten. Oder an einen Komplex, der in der Lage war, mit dem Chip zu arbeiten.

»Unmöglich«, hörte ich sie nach einer Weile flüstern.

Ja, es war unmöglich, aber was war die Alternative?

Der Lex Dei das Feld überlassen? Oder wem auch immer, der auf dem Weg zur Oortschen Wolke war?

Ebenso unmöglich. Es blieb nur die Hoffnung, dass alles anders kommen könnte.

Die Firefly wurde langsamer und sackte leicht durch. Kurz zuvor hatte sie ihre Flügelfläche noch mehr vergrößert, nun aber reichte in der dünnen Atmosphäre auch diese nicht mehr aus, um das Fluggerät zu tragen. Von einer Sekunde zur anderen erschienen über mir hochfrequent drehende Rotoren, die von jetzt an die *Yul* in der »Luft« hielten, unterstützt von vier kleinen, nach unten gerichteten Triebwerken. Unsere Geschwindigkeit sank noch mehr.

Cydonia City kam in Sicht, eine komplexe Hotelanlage am Rande der Region, von der sie ihren Namen bezogen hatte. Das Felsmassiv selbst bestand aus einer Unzahl von geradlinigen Quadern, die wie eine Stadt mit niedrigen Häusern aussah und sich besonders jetzt, am dämmernden Marsmorgen, mit bizarren Schatten präsentierte.

Noch war alles ruhig, aber schon bald würde es in der Ebene von Fahrzeugen nur so wimmeln, die Touristen zu den umliegenden Sehenswürdigkeiten karrten. Vor allem das Marsgesicht war sehr beliebt, ein kilometerlanger Felsbrocken, der unter besonderen Lichtverhältnissen den Anblick eines menschlichen Kopfes mit Pagenfrisur bot. Dafür musste man allerdings in einen Kopter steigen und sich die Formation von oben ansehen. Eine teure Angelegenheit für alle Anhänger des Mystischen, denn diese Ausflüge waren nicht gerade billig.

Dabei lagen die Mystiker gar nicht so falsch. Wenn sie gewusst hätten, dass in unmittelbarer Nähe zwei Artefakte existierten, wären sie wohl nicht zu halten gewesen. Offiziell war das Gebiet für Besucher wegen tektonischer Aktivität und Platteninstabilität gesperrt. Ein fingierter Unfall vor ein paar Jahren mit mehreren Toten hatte die Gefährlichkeit noch unterstrichen. Seitdem hatte sich kein Mensch mehr dorthin gewagt.

⟩Das Zielgebiet ist erreicht⟨, meldete sich Suzanne. ⟩Falls eine manuelle Steuerung erwünscht wird, bitte ich, mir Bescheid zu sagen.⟨

Ich sah nach unten und versuchte mich zu orientieren. Wir hatten uns damals noch nicht einmal einen ganzen Tag hier aufgehalten.

Der kleine Einschnitt im Westen könnte die Stelle sein, an der wir in das kleine Tal hinuntergefahren waren. Danach folgte eine Verengung, durch die man auf einen ebenen Platz gelangte. Links davon fiel eine Schlucht steil ab, rechts davon, vor einem geraden Abbruch, hatten die Pyramiden gestanden.

»Suzanne, etwas tiefer gehen und über dem Gebiet kreisen.«

⟩Ich setze ›etwas‹ mit 100 Metern an, das wären in diesem Fall im Mittel 294 Meter über Grund.⟨

So genau wollte ich es gar nicht wissen, aber ich sollte es mir mit ihr nicht verderben. »Okay, Suzanne, einverstanden.«

Die *Yul* passierte die Engstelle, und ich richtete meinen Blick sofort auf den Abbruch.

Tatsächlich, wir waren an der richtigen Stelle. Nur war von den Pyramiden fast gar nichts mehr zu sehen. Wagner hatte die gesamte Wand gesprengt und die Artefakte damit regelrecht zugeschüttet. Als einziges Zeugnis ihrer Existenz ragte ein kurzes Stück gerader Kante aus dem Schutt. Ein V-förmiger Einschnitt zwischen den beiden Pyramiden war ein weiterer Hinweis auf die künstlichen Bauwerke. Doch selbst wenn hier jemand zufällig vorbeigekommen wäre, er hätte nie die

Anomalie bemerkt. Es sah aus wie ein ganz normaler Abbruch, hervorgerufen durch ein tektonisches Beben.

Zoerance jedoch hatte die Kante sofort gesehen und richtig interpretiert. »Viel ist von deinen Pyramiden nicht übrig geblieben«, bemerkte sie sarkastisch. »Mal ganz abgesehen davon: Wir haben keine Schaufeln dabei. Willst du mit den Händen graben?«

»Die Chips sind nicht in der Pyramide. Fritz hatte eine Menge davon am Fuße einer Pyramide entdeckt. Eingeschweißt in Glaszylinder. Einen davon hatte er aufgebrochen und ein paar Chips mitgenommen. Sie sahen aus wie kleine rote Steinchen. Offiziell war es uns strengstens untersagt, etwas vom Mars mitzunehmen, aber natürlich hat jeder etwas mitgehen lassen. Ein Glaszylinder wäre aufgefallen, also hat Fritz die restlichen Zylinder versteckt. Für die Nachwelt oder für den Fall, dass er später noch einmal auf den Mars zurückkommen würde.«

»Warum hat er den Fund nicht seinem Captain gezeigt?«

»Er war immer schon sehr weitblickend. Außerdem konnte man davon ausgehen, dass die Entdeckung der Pyramiden unter den Teppich gekehrt werden sollte. Was sich ja auch als richtig erwiesen hat. Bis heute hat sich niemand um sie gekümmert.«

»Wo hat er die Chips denn versteckt?«

Ich sah wieder nach unten. »Bei einem Felsen, den er als ›Altar‹ bezeichnet hat. Den müssen wir finden. Kannst du dort auf dem kleinen Plateau landen?«

Zoerance übernahm das Steuer und setzte wenig später auf der von mir angegebenen Stelle auf.

Sie stieg ohne einen Kommentar aus und sprang in der geringen Schwerkraft übermütig direkt vom Cockpit aus auf den Boden.

Ich konnte sie verstehen. Trotz aller Fortschritte in der Geschichte der Raumfahrt war das Betreten eines fremden Himmelskörpers das Ereignis, auf das man sehnsüchtig gewartet hatte, auch wenn es sich in unserem Fall lediglich um einen einfachen Transit aus dem Orbit handelte.

Ich blieb noch sitzen und ließ die Szene auf mich wirken. Für mich war es nicht nur ein einfacher Transit. Hier auf dem kleinen Plateau hatte ich vor 42 Jahren gestanden und mir inmitten der Kulisse der damals noch frei stehenden Pyramiden den Sonnenuntergang angesehen. Es war ein Moment gewesen, der mich emotional sehr berührt hatte, nicht nur wegen der absolut kitschigen Farben eines Marsabends, von denen ich viele erlebt hatte. Die Erkenntnis, nicht die einzige Rasse im Universum zu sein, und das Verlangen, mehr über die Erbauer der Pyramiden zu erfahren, hatte mich in eine unvergleichliche Hochstimmung versetzt.

Bis der Befehl zur Sprengung bekannt gegeben wurde. Mein Respekt vor der Menschheit verwandelte sich in Verachtung.

»Was ist mit dir? Traust du dich nicht raus?« Die Stimme von Zoerance hallte im Cockpit. Sie stand neben der Firefly und blickte auf die Ebene hinunter. Über dem Abbruch ging eine orangerote Sonne auf. Die Lichtverhältnisse waren vollkommen anders als an jenem Abend. Nüchterner, wenn man das in Anbetracht eines fremden Himmels überhaupt so bezeichnen konnte.

Ich aktivierte die Ausstiegssequenz. Mein Helm kroch aus dem Kragen und legte sich um meinen Kopf. Die Luft in meinem Cockpit wurde abgepumpt. Danach glitt die Kanzel nach hinten.

Den jugendlichen Sprung auf den Boden verkniff ich

mir. Umständlich stieg ich über eine automatisch ausgeschwenkte Leiter hinunter auf den bräunlichen Boden.

»Gigantisch, nicht wahr?«, empfing mich Zoerance. »Jetzt hätte ich richtig Lust, wie ein Tourist alle Sehenswürdigkeiten zu besichtigen.«

Ich lächelte sie zufrieden an. So abgeklärt, wie sie sonst immer tat, war sie also doch nicht.

»Ein andermal gerne. Für heute steht nur eine einfache Aufgabe auf dem Programm. Ein paar Steinchen suchen. Übrigens war das auch der Plan von Free Fall. Deswegen hatte er den Mars angeflogen.«

Kaum hatte ich das gesagt, ärgerte ich mich darüber. Ich musste unbedingt besser darauf aufpassen, was ich von mir gab.

Sie sah mich erstaunt an. »Was hätten sie ihm denn genutzt? Er hatte doch schon einen Chip.«

»Das erkläre ich dir später«, wich ich aus und sah mich nach einer Möglichkeit um, wie wir am bequemsten hinunter zur Ebene gelangen konnten. Irgendwo links von uns musste es den schmalen Einschnitt geben, durch den ich seinerzeit hier herauf gelangt war.

Er war noch vorhanden, wenn auch sehr versandet. Aber in der geringen Schwerkraft und dank der leichten Raumanzüge war es beinahe ein sportliches Vergnügen, den Hang hinunterzugleiten.

»Jetzt erzähl doch mal, was du von Free Falls Plänen weißt«, japste Zoerance, als wir unten angekommen waren. Zufrieden stellte ich fest, dass sie mehr außer Atem war als ich.

»Später. Ich muss mir erst selbst einen Reim auf die Informationen machen. Sie waren sehr unsortiert.«

Das war ausnahmsweise nicht gelogen. Es war, als läge eine große Kiste mit durcheinander liegenden Erinnerungen in meinem Kopf, die ich erst durchwühlen und ordnen musste. Dazu musste ich mich konzentrieren, was mir im Augenblick vollkommen unmöglich war. Zudem spürte ich seit einigen Minuten die Kraft der Steine, die Fritz bei dem Felsen versteckt hatte. Sie brachte mich kurzzeitig sogar ins Taumeln.

Zoerance hatte nichts davon bemerkt.

»Na gut. Nur eines verstehe ich nicht: Was machte es für einen Sinn, diese Mission zu planen, wenn wir keine Chips haben, um in die Pyramide einzudringen?«

»Deswegen besorgen wir nun welche. Die, die in Fritz Bachmeiers Besitz waren, sind vor Jahren bei Experimenten zerstört worden, und die Chips aus dem Archiv des Vatikans werden an Bord der Flotte der Lex Dei sein.«

»Was ist, wenn wir jetzt keine finden?«

»Keine Sorge. Sie sind da. Ich spüre sie, seit wir in ihrer Nähe sind. Sie strahlen eine ungeheuere Energie ab.«

Zoerance sah mich zweifelnd von der Seite an. Aus ihrer Sicht war ich ein esoterischer Spinner. Hätte sie nicht die grausige Begegnung mit Free Fall gehabt, würde sie mich wohl für verrückt erklären.

Die Präsenz der Steine wurde immer stärker. So stark, dass sie sogar Free Falls Erinnerungen zum Schwingen brachten.

Und nicht nur seine. Erschrocken bemerkte ich weitere Gedankenfetzen, die nicht zu Free Falls Muster passten.

Ich blieb entsetzt stehen, als ich die Wahrheit erkannte.

»Alles okay?«, fragte Zoerance und machte eine Bewegung, als wolle sie mich stützen.

»Lass mich, es geht schon!«, wies ich sie brüsk ab.

Es war grauenhaft. Free Fall hatte nicht nur das Mitglied von Zoerances Truppe auf dem Gewissen. Er hatte auf dem Planeten viele Menschen getötet. Menschen, die einen Chip besessen hatten und deren Erinnerungen auf ihn übergegangen waren.

Jetzt saßen sie tief in meinem Unterbewusstsein. »Entschuldige bitte, es war für einen Moment sehr mächtig. Bringen wir es hinter uns.«

Sie nickte verständnisvoll, hielt sich aber vorsichtshalber in meiner unmittelbaren Nähe auf.

Ich warf ihr einen scheuen Blick zu. Meine neu »erworbenen« Erinnerungen bargen Wahrheiten von vielen Menschen. Von Menschen, die nicht mehr lebten. Eine dieser Wahrheiten würde ich ihr nie sagen können.

Sie würde mich dafür hassen.

Zweites Buch

Status

Ein Flug oberhalb der Ekliptik des Sonnensystems ist eine Reise durch das Nichts. Es gibt keine Planeten, keine Monde, noch nicht einmal verirrten Reststaub, nur das Nichts.

Seit beinahe achtzehn Monaten ziehen wir nun in diesem Nichts dahin. Die Sonne haben wir weit hinter uns gelassen, sie ist nur noch ein heller Stern unter vielen. Neun Billionen Kilometer entfernt, fast ein Lichtjahr.

Vor uns scheint noch mehr Leere zu liegen, aber die Taster der *Nostradamus* belehren uns eines Besseren. Wir befinden uns in den ersten Ausläufern der Oortschen Wolke und passieren von Zeit zu Zeit dunkle Gesteinsbrocken in allen Größen, die seelenlos ihre Bahnen ziehen.

Die Mannschaft ist äußerst angespannt, wobei dies eine Aussage ohne Wert ist, denn der größte Teil der Crew ist erst in den letzten Tagen aus ihrem künstlichen Tiefschlaf im oberen Deck erwacht.

Um den Schiffsbetrieb aufrechtzuerhalten, hat sie in Schichten den Dienst erledigt. Die meisten Mitglieder der Besatzung lagen während der Reise in den Schlaftanks, während der Rest das Schiff versorgte und sich um die Wartung des Neutrino-Treibers kümmerte.

Nur ich habe mich nicht dazu entschließen können, die Zeit bis zum Erreichen unseres Ziels durch den Tiefschlaf zu verkürzen. Meine stetige Unruhe hat mich wie ein ständig anwesender Geist durch das Schiff getrieben. Während meiner Wanderungen genoss ich die Einsamkeit und verfluchte sie gleichzeitig.

Inzwischen kenne ich die Gedanken jedes Einzelnen hier im Schiff und bin überrascht von den ehrlichen Überzeugungen, die bei allen vorherrschen. Vor allem von der Entschlossenheit, die Mission bis zu ihrem ungewissen Ende durchzustehen, und das trotz meiner Darlegungen und Warnungen bezüglich der Chips und ihrer Auswirkungen. Über meine wahre Identität habe ich sie nach Absprache mit Zoerance nicht informiert, auch Voodoo nicht, obwohl mein Herz geradezu danach drängt, mich ihm zu offenbaren.

Keiner ist zurückgeschreckt, trotz der Ungewissheit der Zukunft.

Bei meinen Streifzügen habe ich nach und nach jeden Einzelnen persönlich kennen gelernt. Die 49 Männer und Frauen aus Zoerances Truppe und die 21 Besatzungsmitglieder der *Nostradamus*. Ich habe mich mit allen unterhalten, mit ihnen über ihr Leben gesprochen und sie gleichzeitig skrupellos gedanklich ausspioniert.

Während die Besatzung speziell für ihre jeweiligen Aufgaben ausgebildet ist, hat jeder Einzelne von Zoerances Mannschaft mehrere Funktionen. Piloten, die gleichzeitig Wissenschaftler sind, oder Computerspezialisten, die sich um Nachschub und Verpflegung kümmern.

Außer Lennox, dem Liliputaner. Er ist einer der außergewöhnlichsten Menschen, denen ich je begegnet bin. Seine Gedanken sind mir nach wie vor ein Rätsel, ich kann sie einfach nicht entziffern. Er denkt in einem eigenen Code, und dabei sind seine Gefühle stark reduziert. Es ist schwierig für mich, mir von ihm ein Bild zu machen, wenn nicht gar unmöglich.

Er spricht in einer ihm eigenen Sprache. Die einzelnen Worte umfassen oft nicht mehr als vier Buchstaben, und man muss sehr genau hinhören, um ihn verstehen zu können. Es kostete mich anfangs etwas Übung, aber nach einer gewissen Zeit habe ich mich daran gewöhnt und finde sogar Spaß an seinen eigenwilligen Wort- und Satzschöpfungen.

Die Neutrino-Treiber arbeiten reibungslos, obwohl die *Nostradamus* mit einer hohen Phasen- und Taktfrequenz dem fernen Ziel entgegenstrebt. Es ist unfassbar, was das neue Antriebssystem leistet. Mit jeder 15-minütigen Phase hat das Schiff einen Sprung von über 229 Millionen Kilometern zurückgelegt. Unsere ersten Versuche vor 25 Jahren mit gerade einmal 5 Millionen Kilometern pro Phase waren kleine Hopser dagegen. Ermöglicht wird diese enorme Leistung unter anderem durch ein ausgeklügeltes System neuer Regenerationsreaktoren, die eine ausreichende und stetige Energie für die 13 Teilchenbeschleuniger liefern. Um die gewaltige Entfernung zurücklegen zu können, arbeiten die Neutrino-Treiber im Grunde genommen rund um die Uhr. Sie schalten nur ab, wenn das Schiff dem Ereignishorizont zu nahe kommt oder ein Ausfall bei den Magneten eintritt. Beides ist bisher nicht geschehen.

Ein ganz anderes Problem ist eine mögliche Kollision während einer Phase mit einem der Milliarden von Gesteinsbrocken, die Bestandteil der Oortschen Wolke sind. Deswegen werden seit einigen Wochen so genannte Router eingesetzt. Es sind Sonden, die dem Schiff in dem aufgecrackten Neutrinofeld etwa 1000 Kilometer vorausfliegen. Bei einer Kollision mit einem Fremdkörper wird das System sofort abgeschaltet. Bei der geringen Eigengeschwindigkeit des Schiffes würden die Notfallrechner die Phase abbrechen und, falls möglich, ein Ausweichmanöver einleiten. Das System ist zwar nicht der Weisheit letzter Schluss, aber immerhin eine kleine zusätzliche Lebensversicherung, die keinen großen Aufwand erfordert.

Von der Flotte der Lex Dei gibt es keine gesicherten Informationen. Die letzten Nachrichten besagen lediglich, dass sie weiterhin auf dem Weg ist, aber diese Meldung war dreieinhalb Monate zu uns unterwegs.

Ein direkter Kontakt zu der Flotte besteht nicht; das ist auch nicht beabsichtigt, weder von uns noch von der Lex Dei. Jeder hält seine Karten verdeckt, ohne dabei genau zu wissen, ob es vielleicht noch weitere Mitspieler gibt.

Einzig und allein ich kenne die Wahrheit. Ich habe mich überwunden und bin in die Gedanken von Fritz Bachmeier eingedrungen. Meine Skrupel werden immer geringer. Oder mein Drang zum Überleben, wie ich mein Vorgehen vor mir selbst rechtfertige, immer stärker.

Wie auch immer.

Die Kontakte von Fritz Bachmeier sind wahrlich universell zu nennen. Sie reichen überallhin, sogar bis hierher, zur Oortschen Wolke. Er hat es geschafft, einen Informanten auf dem Schiff der Weltenkuriere einzuschleusen. Durch meine Spionage in Fritz' Kopf war es mir ein Leichtes, den Kontaktmann in der *Coop808* aufzuspüren.

Das Schiff liegt bereits seit einer Woche vor der großen Pyramide, nur weiß die Besatzung nicht, wie sie weiter vorgehen soll. Alle Versuche, in die Pyramide einzudringen, sind bisher gescheitert. Verständlicherweise ist die Stimmung an Bord der *Coop808* sehr angespannt, vor allem weil man ahnt, dass es nicht mehr lange dauern wird, bis die Konkurrenten auf der Bildfläche erscheinen.

Aber Fritz hat auch einen Kontaktmann auf dem Admiralitätsschiff der Flotte der Lex Dei, der *Jesod*. Es hätte mich gewundert, wenn es nicht so wäre. Es ist der Admiral selbst, mein ehemaliger Erster Offizier Viktor Sargasser. Irgendwie bin ich erleichtert. Er war also nicht in ein fremdes Lager gewechselt, ganz im Gegenteil. Trotzdem, ich muss mich in seine Gedanken einschleichen, um an Informationen zu kommen. Das Muster von Viktor ist mir vertraut.

Die Flotte der Lex Dei ist uns weit voraus. Sie wird in fünf Tagen am Ziel eintreffen. Wir werden noch fast zwei Wochen benötigen. Der Grund für die schnelle Reisegeschwindigkeit der drei Schiffe liegt in einer extrem hohen Taktfrequenz, die ein gewisser General Jonathan Draper gegen den Willen von Admiral Viktor Sargasser angeordnet hat. Draper ist der Führer der Landetruppen und hat bisher unverschämtes Glück gehabt. Nicht nur die Neutros haben der enormen Belastung standgehalten, die Schiffsbesatzungen haben es sogar geschafft, mit allen drei Schiffen geschlossen im Konvoi zu fliegen.

Wie gesagt, bisher hat er Glück gehabt, nicht nur weil die Maschinen reibungslos funktionieren. Seine rigorose Forderung nach der hohen Taktfrequenz hat einen Machtkampf innerhalb der kleinen Flotte ausgelöst, bei dem Viktor der Verlierer zu sein scheint. Der Erfolg gibt General Draper Recht.

Viktor ist kein Mensch für eine Führungsposition, und schon gar nicht hier draußen, fast ein Lichtjahr weit von der Erde entfernt und auf sich alleine gestellt.

Informationen von oder zu der Erde auf dem üblichen Weg sind hier nichts mehr wert, sie besitzen allenfalls den Status einer Dokumentation. Eine Nachricht benötigt fast ein Jahr. Hier, in der kalten Einsamkeit der Oortschen Wolke, sind wir auf uns alleine gestellt.

Meine Zweifel an dem Erfolg der Mission sind von Anfang an groß gewesen. Nun aber nehmen meine schlimmsten Befürchtungen Gestalt an.

Ich habe Angst vor dem, was uns noch bevorsteht.

I

2300 Bordzeit. Ich hatte eine Wache übernommen und saß alleine vor dem Center-Face in der Zentrale. Das alte, riesengroße Face war durch eine moderne molekulare Reflex-Anlage ersetzt worden, die in unvergleichlicher Perfektion dem Auge ein dreidimensionales Bild vortäuschte.

Die gesamte Einrichtung war neu. Angefangen von den Sesseln und Tischen bis hin zu den in den Wänden eingebauten »Särgen«, in die man sich in einer Notfallsituation retten konnte. Sie waren nichts anderes als mannshohe gepolsterte Zellen, die vor einer eventuell auftretenden harten Strahlung und sogar bis zu einem gewissen Grad vor Meteoritenbeschuss schützten.

Der antroposophische Charakter des Raumes war gleich geblieben. Es gab keine Ecken, und über dem Center-Face wölbte sich nach wie vor ein halbrunder Bogen.

Nur die hässliche NAV-Einheit inmitten der Rundungen erinnerte an einen modernen Fahrstuhl aus Metall, den man nachträglich in ein Jugendstilhaus eingebaut hatte. Ich lächelte bei dem Vergleich und wischte mit der Hand über die geschwungene Form der breiten Konsole vor mir. Auch sie war noch dieselbe.

Das Center-Face zeigte ein gleißendes Weiß, das in seiner Intensität durch starke Filter abgemildert war. Ohne sie wäre ein hartes und schmerzhaftes Licht in die Zentrale geflutet, verursacht durch die gerade ablaufende Phase.

Stehendes Licht, wie es Professor Schmidtbauer bezeichnet hatte. Konformere Wissenschaftler würden den Begriff Ereignishorizont oder Schwarzschild-Radius benutzen, jene Grenze, in der die Fluchtgeschwindigkeit eines Körpers aus einem schwarzen Loch heraus Lichtgeschwindigkeit erreichen müsste, um stehen zu bleiben. Eine geringere Geschwindigkeit würde den Körper in das schwarze Loch hineinziehen.

Die Teilchenbeschleuniger erzeugten durch den Beschuss von Neutrinos in einem Plasmafeld ein künstlich geschaffenes schwarzes Loch. Die gecrackten Neutrinos richteten sich für Sekundenbruchteile alle im selben Spin aus und versetzten das Schiff auf einer möglichen parallelen Zeitebene ein winziges Stück nach vorne. In der Addition von Milliarden Vorgängen pro Sekunde kam dabei eine enorme Wegstrecke zustande, ohne spürbare Beschleunigung und ohne merkliche Zeitdehnung.

Für mich damals wie heute ein unfassbarer Vorgang, allerdings mit einem Unterschied: Mit meinem Chip spürte ich die Kräfte, die auf das Schiff einwirkten. Einen kraftvollen Strom, der an der Konstruktion zog, der aber immer wieder kurz vor seiner ganzen Entfaltung unterbrochen wurde und sich geduldig von neuem aufbaute. Ich mochte nicht erleben, was geschehen würde, wenn diese Kraft aus irgendeinem Grund ihre Geduld verlor und ungebrochen ihren Weg gehen würde.

Am besten gar nicht daran denken. Die Technik des Neutrino-Treibers war inzwischen ein Vierteljahrhundert alt und arbeitete perfekt. Es gab kein zeitraubendes Anhalten der Rotationszylinder mehr, kein Verschanzen in einem Schutzraum aus Velcro-Blei vor den auftretenden Terawellen, und die zurückgelegten Entfernungen waren gewaltig zu nennen.

Ein gepflegtes Reisen im Universum.

Ich sah mich um. Zu einem gepflegten Reisen sollte eine gute Tasse Kaffee gehören. Die Ordonanz hatte ich ins Bett geschickt, also musste ich mich selbst darum kümmern. Dem Kaffee aus dem chromblitzenden Servoautomaten traute ich nicht mehr, seit mir der Automat vor einigen Tagen eine Mixtur aus Orangensaft und Tee als Kaffee serviert hatte. Ein Neutrino-Treiber war heutzutage kein Problem, aber ein funktionierender Servoautomat stellte die Menschheit noch vor Probleme.

In der Kantine studierte ich zunächst ratlos die Sensoren der Automaten, doch trotz der zahlreichen Kaffee-Varianten war es offenbar nicht möglich, einen von Hand aufgebrühten Kaffee herzustellen.

Vielleicht konnte mir Suzanne weiterhelfen.

»Suzanne, gibt es hier auf dem Schiff eine Apparatur, mit der man Kaffee manuell herstellen kann?«

›Auf der *Nostradamus* muss man den Kaffee nicht herstellen, er ist schon in der Form von gerösteten und gemahlenen Bohnen vorhanden. Falls sich aber deine Frage auf die Herstellung des Getränkes bezieht, es existiert ein Fach mit handwerklichen Küchengeräten. Es befindet sich direkt unter den Kaffeeautomaten.‹

Ich ging in die Hocke und drückte auf den grünen Sensor.

Unglaublich. Eine nagelneue Alessi-Kanne. Unbenutzt. Daneben päckchenweise gemahlener Kaffee.

Verblüfft stellte ich die Sachen auf die Anrichte und

ärgerte mich maßlos darüber, dass ich Suzanne nicht schon viel früher danach gefragt hatte.

Zehn Minuten später saß ich mit einem dampfenden Kaffee zufrieden vor dem Center-Face, das nach wie vor gleißendes Weiß zeigte. Oben rechts eine Zahl. 38 952. Wir befanden uns in der 38 952. Phase. Unser Ziel lag nur noch knappe 300 Phasen voraus. In vier Tagen würden wir an der Pyramide angelangt sein.

Ich streckte mich in dem bequemen Sessel aus und legte die Füße auf die Konsole. Hoffentlich überraschte mich niemand in dieser Position, aber ich konnte mich inzwischen auf meine Fähigkeiten verlassen. Ich würde es sofort bemerken, wenn jemand die Zentrale betreten würde.

Wir näherten uns also dem Ziel.

Ich musste unbedingt mit der Mannschaft sprechen. Ihr die Fakten mitteilen. Meine Person zu erkennen geben. Von meinen Fähigkeiten erzählen.

Es machte keinen Sinn, noch länger Versteck zu spielen. Hier draußen, am Rande des Sonnensystems, zählte nur noch die Wahrheit.

Ich kannte die Wahrheit aus den Gedanken von Free Fall und der Menschen, die auf dem Fantasie-Planeten gelebt hatten und die er getötet hatte.

Camelot.

Ein einziges Chaos, entstanden aus den Wünschen und Vorstellungen der Besatzungen der *Sternenläufer* und der *American Gothic*.

Es war sehr schnell passiert, damals vor 25 Jahren.

Ein Lichtblitz, weiter nichts.

Die Minuten der Aufregung an Bord der beiden Schiffe wurden bald von Orientierungslosigkeit verdrängt. Die Pyramide war noch da, aber die Sonne war nicht mehr zu sehen. Bevor man jedoch eine Erklärung fand, drangen die Schiffe durch ihre Eigenbewegung in die Pyramide ein. Oder hatte sich die Pyramide auf die Schiffe zu bewegt?

Die unglaublichen Geschehnisse erreichten ihren Höhepunkt, als aus dem Nichts ein Planet auftauchte.

Ein blauer Planet wie die Erde, aber er erschien unfertig in den Konturen. Es dauerte eine gewisse Zeit, dann brachen Kontinente hervor. Inseln wurden geboren. Polkappen schoben sich über Land. Wolkenformationen zogen heran. Das Licht der Sonne spiegelte sich in den Ozeanen.

Die Sonne? Die Verwirrung war komplett. Es gab keine Sonne. Der Planet lag in einem schwarzen Raum. Keine Sterne, kein Mond, keine Sonne. Kein Hinweis darauf, woher das Licht kam. Es war einfach da. Wie auf einem dreidimensionalen Gemälde.

Der Planet war real. Beide Schiffe umkreisten ihn in einem stabilen Orbit. Auf den ersten Blick hin sah er aus wie eine Kopie der Erde.

Eine schlechte Kopie, denn das Verhältnis von Land zu Wasser stimmte nicht. Die Ozeane waren kleiner. Die Konturen der Kontinente waren zu grob gezeichnet. Der Planet konnte nicht die Erde sein.

Auch in den folgenden Stunden gab es keine Erklärung, nur weitere Verwirrungen. Der Planet war bewohnt. Lichter auf der Nachtseite.

Lichter, die von Feuer herrührten, und Lichter, die auf elektrischen Strom hindeuteten.

Auf den Ozeanen waren Schiffe zu erkennen.

Flugzeuge aller Art durchquerten die Lüfte.

Funkverkehr war zu hören.

Normaler Funkverkehr zunächst, dann zunehmend panisch. Schließlich mit katastrophalen Meldungen, deren Ursprung man optisch auf der Oberfläche des Planeten verfolgen konnte: Im nördlichen Indien, am Fuß des Himalaya, wuchs ein kleiner Atompilz in die Atmosphäre.

Dann noch einer im südlichen Teil des Landes. Zwei weitere in Russland, einer auf Taiwan. Schließlich ein letzter in Italien. Rom war getroffen worden.

Keine weiteren Atomschläge, dafür aber beginnende Brände auf dem ganzen Globus. Es war, als würde sich der Planet selbst zerstören. Der Funkverkehr wurde schwächer und bestand nun hauptsächlich aus Notrufen.

Das Klima schien verrückt zu spielen. Über den Ozeanen entstanden gigantische Wirbelstürme und trugen ihre feuchte Fracht mit verheerender Geschwindigkeit über die Kontinente. Tsunamis schwappten über Land.

Unter den dichten Wolkendecken waren die gedämpften Lichter von unzähligen Blitzen zu sehen. Dazwischen die roten Augen von ausbrechenden Vulkanen.

Die Zeitspanne von der Erschaffung bis hin zum Chaos hatte nur wenige Stunden gedauert. Zurück blieb ein angeschlagener Planet, dessen Natur um Stabilität kämpfte.

Anfangs hatte unter den Besatzungen lähmendes Entsetzen geherrscht, durchmischt mit einer zweifelnden Neugier. Nun aber überwog die Angst vor dem Unbekannten. Unabhängig voneinander befahlen die Captains der beiden Schiffe beinahe gleichzeitig einen Alarmstart. Als Ergebnis erhöhten sie lediglich die Orbitalgeschwindigkeit, die Schiffe entfernten sich jedoch keinen Meter von dem Planeten.

Fassungslos mussten sie feststellen, dass sie in einer irrealen Welt gefangen waren.

Die Irrealität erfuhr noch eine Steigerung, als einige, die über eine schwache telepathische Fähigkeit verfügten, eine Information empfingen. Sie besagte, dass ein Betreten des Planeten nur denjenigen gestattet sei, die im Besitz eines Chips waren. Sie konnten mit der Information nichts anfangen, bis sie von Captain Guthmann von der Existenz der Chips in seinem Tresor unterrichtet wurden. Aber auch das brachte die Menschen nicht weiter. Keiner von ihnen dachte im Traum daran, auf dem chaotischen Planeten zu landen.

Nach Tagen der Ratlosigkeit begannen die Menschen sich einander anzunähern. Auf der *Sternenläufer* wurden die Auseinandersetzungen zwischen der Besatzung und den Mitgliedern des St.-Michael-Ordens zu den Akten gelegt. Einen Tag später erfolgte der erste Kontakt mit der *American Gothic*. Man einigte sich auf eine gemeinsame Führung, um die Geschehnisse aufzuarbeiten und nach Lösungen zu suchen.

Vergeblich. Nach etlichen, immer wieder aufkeimenden Streitereien verfielen die Gestrandeten in Verzweiflung und Lethargie. Eine monatelange Phase der Anarchie begann, in der sich der Anführer des Ordens, Kai Siebeneicher, am Ende durchsetzte. Er beanspruchte die alleinige Autorität und Entscheidungsgewalt über die Besatzungen beider Schiffe, die ihm schließlich in der allgemeinen Hoffnungslosigkeit von allen zugestanden wurde.

Nach der Übernahme der Macht durch Siebeneicher kam etwas Optimismus auf, aber sie änderte nichts an der Situation. Die Schiffe umkreisten nach wie vor einen Planeten, auf dem sich die Natur neu ordnete. Unwetter tobten; teilweise durchbrachen Meere und Seen nach schweren Vulkanausbrüchen natürliche Dämme und schufen somit eine neue Geographie auf der

Oberfläche. Es dauerte fast ein ganzes Jahr, bis der Planet einigermaßen zur Ruhe kam.

Die Herrschaftsstruktur auf den Schiffen begann zu bröckeln, nachdem die Versorgungslage immer bedrohlicher wurde. Als Ausweg blieb nur eine Landung und Ansiedlung auf dem Planeten. Selbst Siebeneicher, der sich anfangs vehement dagegen gewehrt hatte, musste einsehen, dass es keinen anderen Ausweg mehr gab.

Schließlich, 14 Monate nach ihrer Ankunft, bereiteten sich die Menschen darauf vor, die Schiffe zu verlassen, um auf dem Planeten zu landen.

Ich spürte Voodoos Gedankenmuster, das sich der Zentrale näherte. Gerade eben legte er einen kurzen Zwischenstopp in der Kantine ein – wie immer, wenn er in die Zentrale ging. Seine Gewohnheiten hatten sich nicht geändert.

Die letzten zwei Monate hatte er in einem Tank gelegen, um fit für die letzte, schwierige Wegstrecke zu sein.

Ich nahm meine Füße von der Konsole.

Schade, die Position war sehr entspannend gewesen.

»Hi, Captain Selleck«, begrüßte er mich lässig. In der Hand hielt er einen Becher Kaffee. »In der Kantine hat jemand einen hervorragenden Kaffee gemacht. Soll ich Ihnen auch etwas davon holen, bevor nichts mehr da ist?«

»Nein, danke, ich hab schon – und vielen Dank für das Kompliment.«

Er verstand nicht sofort, was ich meinte. Dann aber sah er meine Tasse und deutete anschließend auf mich. »Oh, Entschuldigung, ich wusste nicht … oh, Mann, der Kaffee hat echt Klasse.«

Ich winkte ab. »Kommen Sie, leisten Sie mir Gesellschaft.«

Er setzte sich in den Sessel neben mir, das rechte Bein nachlässig über eine Lehne gehängt, in der Hand die Tasse, die er halb auf die Lehne gestellt hatte. Mit dem linken Fuß drehte er den Sessel in meine Richtung.

Es war wie früher.

Erst jetzt fiel ihm ein, dass mir sein legeres Auftreten nicht gefallen könnte. Schließlich war ich der Captain des Schiffes.

Ganz langsam ließ er sein rechtes Bein von der Lehne herunterrutschen. Die Tasse sicherte er zusätzlich mit dem Zeigefinger am Henkel.

Ich hätte am liebsten laut gelacht. Das war der Voodoo, wie ich ihn kannte. Trotz seiner großen Klappe wusste er immer ganz genau, wie weit er bei seinem Gegenüber gehen konnte. Abgesehen davon war er ein hervorragender Pilot und Navigator, mit einem angeborenen Gespür für alles, was sich fliegen ließ.

Als er endlich in einer halbwegs geraden Position im Sessel saß, sah er mich lange an. »Es ist merkwürdig«, sagte er mit leiser Stimme. »Ich habe das Gefühl, als hätte ich die Situation schon einmal erlebt. Verstehen Sie mich bitte nicht falsch, es ist kein Déjà-vu-Erlebnis. Es ist mehr eine Erinnerung an Captain John Nurminen. Wir haben oft hier vor dem Center-Face gesessen und Kaffee getrunken. Kaffee wie diesen hier. Er schmeckt übrigens genauso wie damals. Fehlt nur noch ein Sambucca. Ohne Kaffeebohnen drin. John mochte keine Kaffeebohnen im Sambucca. Er sagte immer, das wäre ein Gag, den sich die Werbung ausgedacht hat …«

Ich senkte meinen Blick. »Wie war er denn so, Ihr Captain Nurminen?« Das war unfair von mir und ich wollte, ich hätte die Frage nicht gestellt. Es war mir einfach so rausgerutscht.

»Nurminen?« Er sah zum Center-Face hoch, als würde dort gleich der große Nurminen als Geist erscheinen. »Er war der Beste. Ohne ihn würde ich hier nicht sitzen. Er hat uns damals alle vor dem Untergang bewahrt und uns mit seiner Besonnenheit sicher zur Erde zurückgebracht. Fünf Jahre haben wir hier in diesem Hamsterkäfig zugebracht, nur weil diese Konzernaffen von Space Cargo ihren Willen bei ihm nicht durchsetzen konnten.« Er sah mich von der Seite an. »Sorry, wenn ich jetzt etwas Falsches gesagt habe – wegen der Affen, meine ich.«

»Ich bin nur ein einfacher Captain, und mit Space Cargo habe ich nichts zu tun.«

Er war von meiner Aussage nicht überzeugt. »Ich meine, so ganz fair war das damals nicht gewesen. Na, wie auch immer. Am schlimmsten fand ich diese peinliche Veranstaltung mit dem Weltgerichtshof. Diese lächerliche Verbannung auf die Insel. Einfach widerlich. Und jetzt dieses unsinnige Attentat. John hätte etwas anderes verdient gehabt.« Er winkte ärgerlich ab. »Ich rede zu viel.«

Das fand ich nicht, lenkte aber trotzdem von dem Thema ab. »Wieso haben Sie sich jetzt für diese Mission entschieden?«

»Ich hatte gar keine andere Wahl. Fritz Bachmeier, ein Bekannter von mir, hat mich mehr oder weniger dazu gedrängt.« Er hob die Schulter. »Na ja, gedrängt ist nicht das richtige Wort. Nach unserer Rückkehr zur Erde war meine Karriere futsch. Kein Konzern wollte mir einen Job in seiner Flotte geben. Also bin ich untergetaucht. Hab alles Mögliche gemacht. Von dubiosen Frachtflügen zwischen Hongkong und Auckland bis hin zu luxuriösen Kopterflügen für reiche, betagte Leute ins südliche Eismeer. Alles in allem eine interessante Zeit, aber von dieser verfluchten Geschichte mit der Pyramide bin ich nie richtig losgekommen. Als mich Bachmeier angerufen hat, musste er mich nicht lange überreden. Da war noch eine Rechnung offen. Ich wollte wissen, was es mit der Pyramide auf sich hat, und wenn es das Letzte wäre, was ich in meinem Leben tue.«

»Das klingt sehr dramatisch.«

Er nickte. »Ich weiß. Vielleicht ist es auch falsch. Ich glaube, man kann das nur verstehen, wenn man die Geschichte selbst erlebt hat. Diese unglaubliche, fremde Macht in Form der vielen Pyramiden, die plötzlich aus dem Nichts erschienen sind.« Er machte eine kurze Pause, in der er sich der Erinnerung hingab. »Es war unglaublich«, fügte er mit feuchten Augen hinzu.

Das war einfach zu viel für mich. In diesem Augenblick beschloss ich, mich ihm zu erkennen zu geben. Ich deaktivierte die Funktionen meiner Elektromaske und sagte: »Ja, du hast Recht, das war es wirklich.«

Er reagierte nicht sofort, vor allem verstand er den Sinn meiner Worte nicht. Außerdem konnte er nicht nachvollziehen, warum ich ihn plötzlich duzte.

Ich sah ihm in die Augen.

Er schnellte zurück. Sein Kaffee schwappte über den Tassenrand.

»Verflucht, was ist das denn!«, rief er aus.

Nach der ersten Schrecksekunde verharrte er einen Moment in der Position, um sich danach vorsichtig nach vorne zu beugen und mir ins Gesicht zu sehen.

»John?« Er schüttelte den Kopf. »Nein, unmöglich!«

Ich erwiderte nichts und wartete ab.

»Unmöglich!«, wiederholte er. »Sie sind … du bist doch bei dem Attentat ums Leben gekommen, oder?«

»Es war nahe dran. Das Attentat war fingiert. Dafür aber haben andere ihr Leben gegeben.«

Er kam noch näher. »Unfassbar, du bist kein bisschen älter geworden. Du siehst noch genauso aus wie früher.« Mit einem Ruck lehnte er sich wieder zurück und versuchte, sich den verschütteten Kaffee vom Ärmel zu wischen. »Nein, nein, das ist ein Trick oder sonst irgendein bescheuertes Spiel. Also, was soll das Ganze?«

»Na gut«, sagte ich. »Frag mich etwas, das nur John Nurminen wissen kann!«

Er überlegte mit einem skeptischen Gesichtsausdruck.

»Welchen Sport treibe ich gerne?«

»Fußball.«

Er machte eine wegwerfende Handbewegung. »Zu leicht. Das weiß jeder. Luis Santana – wie habe ich ihn öfter genannt?«

»Den iberischen Halbinsulaner.«

Er blinzelte irritiert.

»Was esse ich gerne?«

»Keine Ahnung, so ziemlich alles, aber ich habe dich einmal mit einem unansehnlichen Brei aus Bananen und Schokolade erwischt. Wir haben uns dabei über den Neutrino-Treiber unterhalten.«

Jetzt sah er mich mit wässrigen Augen an. »Scheiße, ey.«

Im nächsten Moment lag er in meinen Armen. »Mensch, John, du bist ein richtiger Scheißkerl.«

Ich lachte und befreite mich umständlich aus seiner Umarmung.

»Findest du nicht, dass du deine Fäkalsprache etwas kultivieren solltest?« Dabei wischte ich mir heimlich eine Träne aus den Augen.

»Ist mir scheißegal«, meinte er und sank in seinen

Sessel zurück. »Was ist das da in deinem Gesicht? Eine Elektromaske?«

»Ja. Sieht gut aus, oder?«

»Wieso kannst du die ausschalten? Ich dachte, so etwas bleibt stabil?«

Ich klärte ihn mit knappen Worten über meine Fähigkeiten auf.

Er rutschte wieder näher ran. »Echt? Das kannst du alles? Glaub ich nicht. Mach noch mal dein neues Gesicht!«

Nach einer kurzen Konzentration verwandelte ich mich wieder in Joel Selleck.

»Wahnsinn!«, rief er aus. »Einfach der pure Wahnsinn! Das ist echte germanische Niedertracht!« Auf seiner Stirn erschienen ein paar nachdenkliche Falten. »Wenn ich es mir recht überlege, dann muss ich sagen, ein paar zusätzliche Grübchen hätten dir noch besser gestanden.«

Ich seufzte und aktivierte Dr. Whitehouses Kreationen. Voodoo lachte und klatschte sich begeistert auf die Schenkel.

»Sehr gute Show! Was kannst du noch?«

»Das reicht fürs Erste. Wir müssen uns über wichtigere Dinge unterhalten.« Ich ließ meine Grübchen wieder verschwinden und begann, ihm meine Geschichte zu erzählen.

Wir redeten die ganze Nacht, nur unterbrochen von kurzen Abstechern in die Kantine, um Kaffee zuzubereiten, oder dem einen oder anderen nächtlichen Besucher, der bei seiner ruhelosen Wanderung durch das Schiff in der Zentrale vorbeischaute.

Voodoos Leben war tatsächlich sehr abwechslungsreich gewesen. Außerdem erzählte er mir, dass er mehrmals versucht hatte, mit mir in Kontakt zu treten, aber immer wieder abgewiesen wurde. Was meine Schuld gewesen war, denn ich hatte die Anweisung gegeben, niemanden zu mir durchzustellen.

Unsere hauptsächliche Unterhaltung drehte sich jedoch um die Geschehnisse der letzten Wochen. Voodoo verfolgte meine Schilderung über den Ablauf meiner Befreiung mit ungläubigen Augen. Dagegen überraschten ihn meine Offenbarungen über meine Fähigkeiten in keiner Weise. Er hatte schon immer so etwas vermutet, sagte er. Auch die Möglichkeit, dass ich in seinen Gedanken lesen könnte, hatte ihn nicht erschreckt.

»Mach, was du willst«, meinte er, »ich habe nichts zu verbergen. Außerdem muss ich dann nicht so viel reden.« Er schien es tatsächlich so zu meinen.

»Zoerance ist unsere Anne?«, fragte er erstaunt, als ich ihm weitere Neuigkeiten erzählte. »Der kleine Frosch, nach dem ich während unseres Rückflugs mindestens zwei Stunden am Tag im Schiff gesucht habe? Unglaublich!«

»Ja, ich konnte es auch nicht fassen. Vor allem aber erschreckt mich, was aus ihr geworden ist. Von ihr geht eine berechnende Kälte aus, obwohl sie in ihrem tiefsten Innern verzweifelt ist. Es mag merkwürdig klingen, aber der Hauptgrund, warum sie unbedingt zu der Pyramide möchte, ist der, dass sie hofft, dort ihren Vater zu treffen.«

Voodoo wiegte nachdenklich seinen Kopf. »Ich weiß nicht. Für mich ist das ein sehr menschlicher Zug. Ich kann sie verstehen, sie sucht die Wurzeln ihres Lebens, einen letzten Halt, und das ist eben ihr Vater, auch wenn sie ihn nie gesehen hat. Jedenfalls nicht bewusst. Sie war erst ein paar Monate alt, als wir sie und ihre Mutter aus der Rettungsbarke geholt haben.«

»Sie wird ihn nie wiedersehen. Er ist tot«, sagte ich nach einer kleinen Pause und sah ihn mit ernster Miene an. »Wie übrigens die meisten Mitglieder der beiden Schiffsbesatzungen. Sie hatten auf Camelot keine Chance. Der Planet, den sie selbst mit ihren Gedanken erschaffen hatten, hat ihnen das Leben zu schwer gemacht. Den Rest hat Siebeneicher erledigt.«

»Siebeneicher? Der Anführer des Ordens?«

Ich nickte. »Nachdem die Besatzungen die Schiffe verlassen mussten und auf dem Planeten gelandet sind, hat sie dort die Hölle erwartet. So wie es Free Fall in seinem Notruf angedeutet hatte. In Siebeneichers Truppe gab es anscheinend einige Menschen mit kranken Fantasien, und die haben ihre abstrusen Vorstellungen auf den Planeten projiziert. Auf Camelot existieren Wesen, die wirklich nur einem kranken Verstand entspringen können. Einige dieser ›Rassen‹ hat Siebeneicher für sein Heer rekrutiert, mit dem er den Planeten beherrscht. Diese Wesen sind sehr effektiv, ohne Scheu, Blut zu vergießen, rücksichtslos und daran gewohnt, Furchtbares zu erdulden und Furchtbares zu tun. Es sind organische Kampfmaschinen, kein totes Eisen, und ich habe meine Zweifel, ob wir dagegen bestehen können, selbst wenn wir neueste Technik anwenden …«

»Moment, einen Moment mal, das geht mir zu schnell«, unterbrach er mich. »Wieso müssen wir gegen irgendetwas bestehen? Ich meine, worum geht es überhaupt? Was suchen wir auf dem Planeten?«

»Du hast Recht. Ich war mit meinen Gedanken schon weiter.« Ich überlegte einen Augenblick, was ich ihm schon von der Geschichte der beiden Schiffe erzählt hatte. »Nach über einem Jahr in der Umlaufbahn landeten die Besatzungen der beiden Schiffe mit zwei Orbitern der *Sternenläufer* auf dem Planeten. Kurz zuvor hatte es noch einen Streit wegen der Chips gegeben, denn Captain Guthmann hatte sich geweigert, sie herauszugeben. Erst nach massiven Drohungen von Siebeneicher gab er nach. Die achtköpfige Besatzung der *American Gothic* spielte in der Gesellschaftsstruktur nur eine untergeordnete Rolle. Sie waren geduldet, mehr nicht. Free Fall war deswegen oft sehr verärgert, hielt sich aber klugerweise zurück und agierte oft verdeckt. Einige Chips hatte er schon vorher in seinen Besitz gebracht, als er heimlich den Schiffstresor von Guthmann inspizierte.« Ich machte eine Pause, in der ich an die beinahe unbezwingbare Macht von Free Falls Chip dachte. Das Ergebnis der gespeicherten Inhalte mehrerer Chips. Die Sache verschwieg ich erst einmal. Ich wollte nicht, dass Voodoo in mir ein noch größeres Monster sah, als ich es ohnehin schon war.

»Die Orbiter landeten in Island, beziehungsweise auf einer Insel, die in ihrem Aussehen Island sehr nahe kam. Der Ort lag in einer gemäßigten Zone des Planeten, in der ein angenehmes Klima herrschte. Nach den vielen Jahren in der Enge der Raumschiffe waren die Menschen glücklich, wieder reine Luft zu atmen und die Weite einer Landschaft genießen zu können. Die Situation änderte sich jedoch sehr schnell, als in den darauf folgenden Stunden einzelne Mitglieder der Besatzungen einfach verschwanden. Nach und nach wurden alle durch einen rätselhaften Vorgang an einen anderen Ort transferiert. In einen anderen Teil Islands, den man beinahe paradiesisch nennen konnte. Unendliche Weiten mit saftigen Wiesen und dschungelartigen Wäldern, würziger Luft und einer scheinbar friedlichen Tierwelt. Es war eine kraftvolle Landschaft und voller Energie. Sie wäre eine willkommene Heimat gewesen, wenn da nicht dieser unerklärliche Vorgang ihres Transports gewesen wäre und wenn der Himmel über ihnen sich normal präsentiert hätte. Dort schwebten nämlich unzählige weiße Pyramiden, alle auf dem Kopf stehend, mit der Spitze nach unten. Die nächste war keinen Kilometer von ihnen entfernt und stand regungslos höchstens 100 Meter über dem Boden. Gleichzeitig bemerkten die Menschen eine Veränderung in ihrem Denken. Sie nahmen fremde Gedanken wahr. Undeutlich und verwischt zunächst, aber zunehmend klarer und verständlicher. Schon bald wurde ihnen klar, dass sie die Gedanken ihrer Mitmenschen lesen konnten. Nach der ersten Scham und Verwirrung lernten sie bald, ihr eigenes Denken zu schützen und einen Wall gegen unerwünschtes Eindringen aufzubauen. Allmählich kamen sie zur Ruhe und versuchten das Beste aus ihrer Situation zu machen. Mit primitiven Werkzeugen begannen sie, in einem abgelegenen Tal eine kleine Siedlung zu errichten. So hatten sie nicht permanent die unausgesprochene Drohung der schwebenden Pyramiden vor Augen. Aber auch wenn sie die unheimlichen Objekte nicht sehen konnten, so wurden ihnen von dort eindeutige Botschaften übermittelt. Sie konnten in den Besitz des gesamten Archivs der Menschheit gelangen, das über eine Spanne von einer Milliarde Jahren zurück in die Vergangenheit reichte. Und nicht nur das, sie bekamen auch das Angebot, das Geheimnis der Chips zu enträtseln und es zu verwenden.«

»Das Angebot hast du damals ausgeschlagen«, sagte Voodoo. »Ich kann mir aber nicht vorstellen, dass Siebeneicher auch so vernünftig war. Also besitzt er nun eine unvorstellbare Macht, oder?«

Ich schüttelte den Kopf. »Nein, ihm fehlt der Schlüssel zu dem Geheimnis. Der Zugang zur Macht. Neben den Pyramiden müsste es einen Turm geben, in dem er das Wissen erlangen könnte, aber er hat nirgendwo einen Turm gefunden, auch nicht in den vergangenen 25 Jahren.«

»Einen Turm. Wir suchen also nach einem Turm«, stellte Voodoo fest.

Ich nickte. »Ein hoher schmaler Turm, der in einer Spitze endet. In ihm finden wir die Informationen über das Archiv und über den Chip. Ich selbst war nie in dem Turm gewesen, aber Halbmond hatte ihn betreten. Seine Innenfläche soll unendlich sein, obwohl es ein schmaler Turm ist. Vielleicht ist diese Fläche auch nur eine Projektion, erzeugt von den eigenen Gedanken, oder ein Hinweis auf die unendlich vielen Informationen. Ich weiß es nicht.«

»Nehmen wir einmal an, wir finden diesen ominösen Turm. Was machen wir dann? Ihr habt euch dieser Macht verweigert, aber wie sieht es heute aus? Würdest du jetzt das Angebot annehmen?«

»Gute Frage«, sagte ich. »Ich weiß es nicht. Ich weiß nur, dass es wahrscheinlich besser wäre, ich würde es annehmen, bevor es ein anderer tut. Siebeneicher zum Beispiel. Oder jemand von der Lex Dei. Unbestritten ist aber die Tatsache, dass niemand diese Macht besitzen sollte, deswegen wäre es am besten, wir würden ihn gar nicht erst finden, sondern gleich eine andere Lösung anstreben. Die Pyramide und Camelot zerstören …«

»Wie willst du denn einen ganzen Planeten zerstören? Schließlich leben wir nicht im Star Wars-Zeitalter.«

Ich lächelte. »Nein, das nicht. Erinnerst du dich an diese riesige Zapfen, die ich in der Pyramide gesehen hatte? Sie müssen Teile einer Energieanlage sein, die eine Pyramide am Leben erhält. Vielleicht reicht es aus, sie zu zerstören oder sie wenigstens abzuschalten. Ohne Energie gibt es keine Pyramide und auch keinen Planeten.«

Voodoo zuckte mit den Schultern. »Also doch Star Wars. Es hört sich ziemlich vage an.«

»Das gebe ich zu, aber im Moment fällt mir nichts anderes ein.«

Ich sah ihn nachdenklich an. Dabei fiel mir etwas auf.

»Wo ist eigentlich dein antiquiertes Mikrofon geblieben, mit dem du dich mit deinem CyCom verständigt hast? Das Ding, das du immer auf dem Kopf getragen hast?«

»Oh, das Ding!« Er lächelte gequält. »Das CyCom habe ich mir abgeschminkt. Nach all dem Theater, das wir mit Suzanne hatten, dachte ich mir, so etwas muss ich mir nicht mehr antun.«

»Verstehe«, meinte ich. »Das sollte ich mir vielleicht auch überlegen.«

Ganz sicher war ich mir aber nicht.

2

Das Schiff der Weltenkuriere umkreiste immer noch ratlos die Pyramide, als die Armada der Lex Dei eintraf.

Inzwischen hatte General Draper die Befehlsgewalt über die kleine Flotte an sich gerissen, und zwar mithilfe des Paragrafen 166 der allgemeinen Schiffsordnung, der besagt, dass die Führung eines Schiffes auf den nächsten Offizier in der Rangordnung übergeht, falls das Ziel einer Mission in Gefahr gerät. Ein dehnbarer Begriff, aber die Anwesenheit der *Coop808* war ein dankbarer Grund für die Anwendung des Gummiparagrafen. Nach der risikoreichen, aber gelungenen Reise fand Viktor keine Unterstützung bei der Besatzung mehr. Sein Admiralstitel war zu einer Farce geworden.

Draper zögerte nicht lange. Als die *Coop808* nach mehrmaligen Aufforderungen, den Sektor zu verlassen, nicht reagierte und zudem den Fehler eines unbedachten Manövers beging, wurde sie durch Beschuss mit einer einzigen Tom-Tom-Rakete zerstört. Sie zerplatzte wie eine Seifenblase. Schiffe der Weltenkuriere transportierten Nachrichten und persönliche Gegenstände, sie hatten nichts mit Kriegführung zu schaffen.

General Draper entschuldigte die Aktion mit einem

Fehler im Feuerleitstand, es sollten lediglich ein paar Warnschüsse als Aufforderung zum Abdrehen abgefeuert werden. Auf der Erde wäre die Wirkung der Tom-Tom vergleichsweise harmlos gewesen, im Weltraum knackte sie mühelos die Außenhaut eines Schiffes. Die Besatzung der *Coop808* starb jedoch nicht bei dem direkten Angriff. Das Schiff verlor durch den Einschlag des Geschosses schlagartig seine Bordatmosphäre. Die Menschen erstickten einfach.

Viktors energischer Protest wurde von Draper mit billigen Erklärungen hinweggewischt. Zudem hatten die Einheiten von Lex Dei Blut geleckt. Ihnen gefiel die kompromisslose Art ihres Generals. Das Ziel war nach einer endlosen Reise erreicht, der Konkurrent problemlos aus dem Rennen geworfen. Nun lag es an ihnen, die Ernte einzufahren.

Draper ließ ein Kontaktschiff zurück und drang mit seiner Armada in die Pyramide ein, in der die Schiffe von einem Moment zum anderen in eine Umlaufbahn über Camelot einschwenkten. Kurze Zeit später entdeckten sie die beiden verlassenen Schiffe im Orbit.

Nach einem gewaltsamen Eindringen und einer gründlichen Durchsuchung der Schiffe begann Draper sofort mit einer Landeoperation, an der fast alle seiner Kampftruppen beteiligt waren.

Die Verwirrung war groß, als die Truppen nach der Implantierung der Chips in alle Regionen des Planeten zerstreut wurden und die einzelnen Abteilungen nun auf sich alleine gestellt waren. Es begann ein erbarmungsloser Guerillakrieg gegen Siebeneichers Armee, die sofort auf die Landung der Fremden reagiert hatte. Doch Drapers Leute hatten Camelot auch mit neuem Gedankengut infiziert.

Das Chaos hatte sich multipliziert.

Es fiel mir schwer, all die Konfrontationen und die unzähligen Scharmützel der verschiedenen Parteien gedanklich zu verfolgen, geschweige denn zu kontrollieren. Am einfachsten war es anfangs bei den Neuankömmlingen von der Lex Dei. Sie waren mental bei weitem nicht so gefestigt wie Siebeneichers Leute. Bei ihnen konnte ich mich problemlos in ihre Gedanken einklinken, ohne dass sie es bemerkten. Es dauerte jedoch nicht lange, bis sie dazu fähig waren, einen Schutzwall um ihre Sphäre zu errichten. Ab da war diese Informationsquelle für mich versiegt.

An Siebeneicher traute ich mich nicht ran. Sein Geist war noch stärker als der von Free Fall. Ihn zu bespitzeln wäre einem Selbstmord gleichgekommen. Also konnte ich seine Truppenbewegungen nur indirekt beobachten, indem ich meine Informationen von den halbintelligenten Wesen bezog, die in seinen Diensten standen.

Hauptsächlich von den Mantikoren, Wesen mit Löwenkörpern und einem menschlichen Kopf, mit durchdringenden blauen Augen, scharfen Fangzähnen und einem mächtigen Skorpionschwanz. Es waren blutrünstige Geschöpfe ohne Gewissen, ihrem Herrn treu ergeben. Siebeneicher hatte im Laufe der Zeit einige tausend um sich geschart. Sie waren eine unbesiegbare Armee, die gnadenlos alles niederwalzte, was sich ihr in den Weg stellte.

Eskortiert wurde diese Horde von einer Reihe weiterer Chimären aus der Mythologie: Ammuts, Basilisken, Hyppogryphen, Harpyien und Greifen. Auf dem Planeten wurden sie mit dem Sammelbegriff MUNA-Biester bezeichnet.

Ich hatte keine Ahnung, aus welchem Gedankengut diese Wesen stammten. Von Siebeneichers Orden hatten nur sieben von ehemals vierzig Mitgliedern überlebt. Der Großteil war den Widrigkeiten von Camelot zum Opfer gefallen, die nach wie vor eine Gefahr darstellten. Trotz der technischen Ausrüstung aus den Orbitern und dem vorhandenen Waffenarsenal auf dem Planeten war Siebeneicher in den Anfangsjahren machtlos gegen den Einfallsreichtum der chaotischen Natur von Camelot gewesen.

Harmlos aussehende grüne Wiesen erwiesen sich als heimtückische Flächenwesen, die geduldig warteten, bis ihre Opfer in der Mitte des Grüns angelangt waren, um sie dann mit Kräutergiften zu betäuben und sie in einem morastigen Sumpf zu verschlingen.

Anmutig erscheinende Storchenzüge stießen plötzlich vom Himmel herab und richteten ein Gemetzel mit Toten und vielen Verletzten an.

Am gefürchtetsten waren die Schwertbäume, die in unzähligen Arten auf dem Planeten existierten. Als harmlose Buche oder Ahorn getarnt, schlugen sie mit scharfen Ästen unerbittlich zu, wenn ihnen ein Lebewesen zu nahe kam. Sie lebten in einer Symbiose mit kleinen klebrigen Fladen, die mithilfe säurehaltiger Flüssigkeiten die toten Körper auflösten und anschließend verdauten. Die verwesenden Rückstände waren leicht aufnehmbare Nahrung für die Bäume. Wegen ihrer gelben Färbung und einem Bogen in der Mitte wurden die Fladen als »Smileys« bezeichnet.

Trotz aller Widrigkeiten festigte sich bei den Parteien die Schlussfolgerung, dass es irgendwo auf Camelot den Schlüssel zu dem Geheimnis der Pyramide geben musste. Vielleicht war es gar kein Turm, es konnte ebenso ein anderer mystischer Ort oder Zugang sein. Auch in mir wuchs immer mehr die Überzeugung an eine Variante, ohne dass ich eine vernünftige Erklärung dafür hatte. Es war wie eine geheime Botschaft, die sich in meinem Denken manifestierte.

Seit einiger Zeit hatte ich auf einer eigenen Gedankenebene ein Suchprogramm gestartet, das alle mir zugänglichen Gedanken der Lebewesen auf Camelot abfragte, ohne jedoch einen Hinweis auf einen außergewöhnlichen Ort zu finden.

Trotzdem, ich spürte ein Vorhandensein dieses Ortes und fürchtete, dass mir Siebeneicher oder Draper zuvorkommen könnten.

Momentan war die Lage auf Camelot etwas übersichtlicher geworden. Drapers Truppen hatten sich größtenteils wiedergefunden, mieden jedoch Siebeneichers Heerscharen. Eigentümlicherweise hielten sich beide Parteien auf dem südamerikanischen Kontinent auf, gerade so, als wären sie von einer unbekannten Macht dorthin geführt worden. Ein weiteres Anzeichen für mich, dass eine Entscheidung unmittelbar bevorstand.

Ich saß an einem der hinteren Tische in der Zentrale der *Nostradamus* und blickte nach rechts oben auf das Center-Face.

Noch 108 Phasen.

In weniger als 36 Stunden würden auch wir am Ziel sein. Es wurde Zeit für mich, meine Besatzung über meine Identität aufzuklären und sie darüber zu informieren, was sie auf Camelot erwarten würde.

Mit einem Seufzer stand ich auf und ging nach vorne zu der Konsole. Der wachhabende Offizier sah mich mit einem erstaunten Blick an, als ich mich neben ihn setzte und die Funktion »Captain's Speech« aktivierte.

Kameras drehten sich zu mir hin und übertrugen mein Bild nach einem dreimaligen Ping auf alle Faces im Schiff.

Ich beugte mich nach vorne und konzentrierte mich auf den Anfang meiner Ansprache. Dann aber überlegte ich es mir in einer spontanen Eingebung ganz anders. Diese Art von Kommunikation war mir zu unpersönlich. Ich wollte alle beisammen haben, sie alle bei der Wirkung meiner Worte beobachten und dabei ihre Nähe spüren.

»Hier spricht Captain Selleck«, sagte ich überflüssigerweise, denn schließlich konnten mich alle sehen, aber ich wollte mit meiner Namensnennung ganz bewusst meine Präsenz unterstreichen.

Nach einer kleinen Pause fuhr ich fort. »Wir werden in 36 Stunden die Pyramide erreichen. Deswegen würde ich gerne eine Lagebesprechung mit der gesamten Besatzung abhalten. Wir treffen uns in einer Stunde, um 1500 Uhr im Hangar, ausgenommen die wachhabenden Offiziere.«

Ich drehte mich zu dem Offizier neben mir um. »Sagen Sie bitte dem Hangarmeister Bescheid, er soll eine entsprechende Kommunikationseinheit für mich bereithalten.«

»Wenn ich einen Vorschlag machen dürfte: Der Park wäre ebenfalls groß genug für die ganze Besatzung. Der Vorteil dabei wäre eine vorhandene Schwerkraft. Im Hangar dagegen herrscht Schwerelosigkeit.«

»Ich weiß«, sagte ich und stand auf. »Aber im Hangar ist es Pflicht, einen Notpack anzulegen, und mir ist nicht ganz wohl bei dem Gedanken, dass die ganze Besatzung an einem Platz im Schiff versammelt ist. Falls ein Notfall eintritt, sind wir wenigstens gewappnet.«

Eine dürftige Erklärung. Ich hätte der Besatzung auch befehlen können, im Park die Notpacks anzulegen, aber das hätte man mir als Schwäche ausgelegt, schließlich war der Park ein vermeintlich sicherer Ort im Innern des Schiffes. Der Hangar hingegen war eine technische Einrichtung, dort war die Akzeptanz von Sicherheitsmaßnahmen höher. Ganz abgesehen davon wurden Zusammenkünfte dieser Art laut dem Handbuch für Schiffsführer als nicht empfehlenswert eingestuft. Paragraf 345, Anhang.

»Ah, ich verstehe«, meinte er.

Natürlich verstand er nicht, aber wie sollte er auch. Die Führung eines Schiffes verlangte manchmal eine Politik, die mir im Grunde genommen zuwider war.

Andererseits war die Besatzung nach der langen Reise müde und erschöpft. Im Gegensatz zu General Draper konnte ich nicht mit dem Abschuss eines Schiffes zur Adrenalinsteigerung aufwarten. Hier musste ich andere Ressourcen aktivieren. Dabei konnte mir auch kein Handbuch helfen.

Ich klopfte leicht auf die Konsole, als ich die Zentrale verließ, und machte mich auf den Weg zum Hangar.

Schon bald bedauerte ich meine Entscheidung, den Hangar als Versammlungsort gewählt zu haben, denn in der fehlenden Schwerkraft machte ich schon vor Beginn meine Ansprache im wahrsten Sinne des Wortes eine unglückliche Figur. Ich musste meine Haltung immer wieder an einer Seitenstrebe korrigieren, um mich gerade ausrichten zu können.

Schließlich wurde es mir zu bunt. Ich stieß mich vorsichtig von der Strebe ab und schwebte hinüber zu einer Firefly, die in einer Transportschiene eingeklinkt war. Ich lehnte mich mit dem Rücken an die Seite der Maschine und hakte meine Füße in der Schiene ein. Meine Haltung war nicht sehr komfortabel, aber sie verlieh mir wenigstens den Anschein von ein wenig Würde.

Die versammelte Menschenmenge hatte damit weniger Probleme. Die meisten von ihnen hatten es sich auf höheren Plätzen bequem gemacht. Sie hingen wie Fledermäuse an den Seiten- und Deckenverstrebungen des Hangars und sahen auf mich herab. Zoerances Truppe bildete dabei einen geschlossenen Block zu meiner linken Seite.

Im Hangar war es still geworden. Ich huschte kurz durch die Gedanken der Anwesenden. Die Besatzung erwartete, ihr Captain würde sie kurz vor Erreichen des Ziels auf die anstehenden Aufgaben einstimmen; Zoerances Truppe rechnete ebenfalls damit. Einige waren gespannt darauf, ob ich mich nun öffentlich zu erkennen geben würde. Sie hofften deswegen auf eine kleine Show und konnten es gar nicht erwarten, die erstaunten Gesichter der Crew zu sehen.

Nun, ich hatte beiden Parteien etwas zu bieten.

»Meine Damen und Herren«, begann ich leise. Die Übertragung durch das winzige Nano-Mikrofon, das irgendwo direkt vor meinem Mund schwebte, war hervorragend. Es hätte auch ein Flüstern von mir bis in den letzten Winkel des Hangars getragen. »Mein größtes Problem vor dieser Rede war die Überlegung, wie ich sie beginnen sollte. Wie ich euch alle ansprechen sollte.«

Verhaltenes Lachen von den oberen Rängen.

»Ich habe in den letzten Monaten jeden Einzelnen von euch kennen gelernt, ohne mit dem einen oder anderen je mehr als ein paar Sätze gesprochen zu haben. Ich hasse mich dafür. Warum, darauf werde ich gleich näher eingehen. Zuvor möchte ich mich entschuldigen. Mich dafür entschuldigen, dass ich meine Rede mit den Worten ›Liebe Freunde‹ beginnen möchte.«

Getuschel. Unwilliges Zischen, das zur Ruhe mahnte.

»Liebe Freunde, mein Name ist nicht Captain Joel Selleck.«

Ich machte eine dramatische Pause, um die Information wirken zu lassen.

»Mein Name ist John Nurminen, und ich war vor 25 Jahren Captain hier auf der *Nostradamus*.«

Zur Bekräftigung meiner Worte deaktivierte ich meine Elektromaske.

Erstaunte Ausrufe vonseiten der Besatzung, beifälliges Gemurmel von Zoerances Leuten. Die Reaktion der Besatzung war ehrlich gemeint. Zoerances Truppe hatte also nichts verraten.

»Aber das ist nicht alles«, fuhr ich fort. »Ich nehme an, ihr alle kennt meine Geschichte.« Wieder legte ich eine Pause ein. »In Wahrheit ist es nicht meine Geschichte. Es ist die Geschichte des Chips, der mir gegen meinen Willen implantiert wurde. Eines Chips, der mich dazu befähigt, Gedanken zu lesen – und zwar mit und ohne dieses lächerliche Silberband um meinen Kopf.«

Betroffenes Schweigen, als alle die richtige Schlussfolgerung getroffen hatten.

Ich nickte zustimmend. »Ja, ich kann Gedanken lesen. Und ich mache regen Gebrauch davon. Bei jedem von euch.«

Vereinzelte, empörte Ausrufe.

»Darf ich noch einmal auf meine Entschuldigung zurückkommen«, versuchte ich die Menge zu beruhigen. »Ich habe sie ehrlich gemeint. Ihr braucht sie nicht anzunehmen. Vielleicht aber versteht ihr mich besser, nachdem ich euch mehr über mich erzählt habe – und über die Geschichte des Chips, die in Zukunft auch eure Geschichte sein wird. Es wird eine Geschichte zum Thema Überleben sein. Um aber überleben zu können, nutzt uns allen nur die Wahrheit.«

Ich suchte in der Menge nach Captain Lieutenant Kahn. Er starrte mich mit einem ausdruckslosen Gesicht an. Ich sagte zu ihm: »Captain Lieutenant, wenn ich Ihnen versprechen würde, dass ich nicht in Ihren Gedanken lese, würden Sie mir das abnehmen?«

Er zuckte zusammen. »Nun, ich denke einmal ja. Ich würde Ihnen vertrauen, schließlich sind Sie der Captain …«

»Vertrauen ist eine Sache, Kontrolle eine andere. Sie könnten es nicht kontrollieren. Damit könnten Sie mir nicht vertrauen. Und Sie würden gut daran tun, mir nicht zu vertrauen, denn ich sage Ihnen hiermit die Wahrheit: Ich habe keine Hemmungen, in Ihren Gedanken zu lesen. Diese Skrupel habe ich schon lange abgelegt.«

Ich wandte mich wieder den Leuten zu, die regungslos zugehört hatten. »In der Anfangszeit fiel es mir schwer, mich in fremde Gedanken einzuschleichen, aber schon bald wurde es zu einer Gewohnheit ohne Reue. Dadurch gelang es mir, selbst zu überleben, aber diese Geschichte gehört nicht hierher. Nur so viel: private Gedanken sind für mich uninteressant. Ich habe inzwischen die Fähigkeit erlangt, Informationen herauszufiltern, die für mich wichtig sind. Oder für unsere Mission. Ihr werdet sehen, dass wir dabei alle profitiert haben und noch davon profitieren werden.«

Ich hatte angefangen mit den Händen zu reden und war deswegen etwas nach vorne gekippt. Ärgerlich korrigierte ich meine Haltung.

Während dieser kurzen Unterbrechung sondierte ich schnell die allgemeine Reaktion auf meine Ausführungen. Die Besatzung war verwirrt und versuchte instinktiv, ihre privaten Überlegungen zu unterdrücken. Ein netter Versuch, aber dadurch intensivierten sie geradezu ihre Heimlichkeiten und wühlten sie nach oben.

Zoerances Truppe blieb stoisch und schleuderte mir ganz bewusst gedankliche Unflätigkeiten zu. Sie wusste natürlich, dass ich ihre Gedanken überwachte. »Fang endlich an, etwas Neues zu erzählen, du Labersack!«, war noch das Harmloseste, was ich wahrnehmen konnte.

Ich konnte den Leuten nicht böse sein. Ganz im Gegenteil. Ich wusste, auf sie würde ich mich verlassen können. Mit ihrem professionellen Charme musste ich mich arrangieren.

Ich sandte ein eisernes Grinsen in ihre Richtung und löste damit ein kollektives Lächeln in ihren Reihen aus.

Wir hatten uns verstanden.

Mit einem innerlichen Seufzen fuhr ich fort: »Durch meine Fähigkeiten bin ich in der Lage, einen beinahe lückenlosen Bericht über die Vorgänge in der weißen Pyramide liefern zu können. Leider nur beinahe lückenlos, denn ich wage es nicht, mich in die Gedankenströme der Mächtigsten auf diesem verrückten Planeten einzuloggen. Es wäre wahrscheinlich mein Verderben. Und auch das eure …«

Jetzt horchte auch Zoerances Truppe auf. Konzentriert verfolgte sie meine Worte. In der folgenden Stunde beschrieb ich in groben Zügen die Verhältnisse auf Camelot, erzählte die Geschichte der beiden verschollenen Schiffe und schilderte das Vorgehen der Lex Dei. Ich ließ nichts aus. Auch nicht die absonderliche Verstärkung des Chips durch die Tötung eines anderen Chipträgers.

Die Besatzung der *Nostradamus* wurde unruhig, obwohl sie mit einer Landung auf dem Planeten nichts zu schaffen haben würde. Das war die Aufgabe von Zoerances Leuten – und meine.

Auch nach meinen Ausführungen gab es keine Reaktionen im Auditorium. Ich hatte es nicht anders erwartet. Die Männer und Frauen hingen regungslos an den Verstrebungen im Hangar und sahen nachdenklich auf mich herab.

Ich brauchte ihre Gedanken nicht zu überprüfen. Ich wusste, sie hatten noch tausend Fragen.

Ein verhaltenes Räuspern von Captain Lieutenant Kahn. Er löste seinen Griff von der Stange einer Werkzeugstation, stieß sich ab und kam auf mich zu. Als er neben mir an der Firefly angekommen war, tat er es mir gleich und hakte seine Füße in die Schiene.

Dann streckte er mir seine Hand entgegen und sagte: »Captain Nurminen, im Namen meiner Besatzung möchte ich Ihnen sagen, wie erfreut wir über Ihre Anwesenheit auf der *Nostradamus* sind.« Er zögerte bei dem Wort »Anwesenheit« und unterstrich es mit einem verlegenen Lächeln. »Gleichzeitig darf ich versichern, dass Sie unser volles Vertrauen besitzen.«

Etwas theatralisch, das Ganze, aber vielleicht verlangten besondere Situationen ein wenig Dramatik. Die Versicherung mit dem »vollen Vertrauen« hätte ich aufgrund der Gedanken der Besatzung widerlegen können. Dieses Vertrauen musste ich mir erst verdienen.

Trotzdem erwiderte ich den Händedruck mit einer gewissen Erleichterung. Ich konnte jede Unterstützung gebrauchen.

»Ich danke Ihnen, Captain Lieutenant«, sagte ich in ehrlicher Überzeugung, schließlich hätten meine Ausführungen auch ganz andere Emotionen auslösen können. »Wir haben in den nächsten Stunden einige Arbeit vor uns. Vor allem müssen wir uns eine Strategie für unser Vorgehen bei der Ankunft an der Pyramide überlegen. Im Moment weiß die Lex Dei nicht, wie nahe wir ihnen schon sind. Ich würde deswegen gleich anschließend eine Lagebesprechung in der Zentrale vorschlagen.«

Er nickte zustimmend und warf einen Blick in die Runde.

Zoerance, die meine Worte gehört hatte, hielt kurz den Daumen nach oben und strebte kommentarlos mit Nat dem Ausgang des Hangars zu.

Sie wartete am Eingang zur Zentrale auf mich. Mit verschränkten Armen und einem verschlossenen Gesicht.

»Das wurde aber höchste Zeit, dass du uns endlich einmal darüber informierst, was uns erwartet«, zischte sie mir zu. »Wir sind fast im Operationsgebiet und wissen noch nicht einmal, wie wir vorgehen sollen. Und bevor du wieder in meinen Gedanken herumschnüffelst: Ja, ich bin sauer. Das Leben meiner Leute hängt von dem weiteren Verlauf ab!«

Natürlich hatte sie Recht, aber ich war mir nicht sicher, ob ein früherer Zeitpunkt für eine detaillierte Information nützlich gewesen wäre. Um ganz ehrlich zu sein: Ich hatte darauf gehofft, dass der ganze Planet in die Luft fliegen würde und sich das Problem damit erledigt hätte. Eine erbärmliche Ausrede, aber wahr.

»Warum hast du nicht mit mir darüber gesprochen?«, antwortete ich stattdessen. Ich ärgerte mich über ihren Ton. »Die Situation auf Camelot verändert sich von Tag zu Tag.«

»Komm mir nicht mit so einem Stuss daher. Du hast darauf gewartet, dass sich das Problem von selbst lösen würde, gib es doch zu!«

Ich zog die Augenbraue hoch. »Wer von uns beiden ist der Gedankenleser? Du oder ich?«

Sie schnappte einen Moment lang nach Luft.

»Ich fass es einfach nicht!« Sie stützte die Arme in die Hüften, hatte aber noch so viel Anstand, sich durch einen raschen Blick ringsum zu vergewissern, dass uns niemand zuhörte. »Du bist der Captain einer wichtigen Mission, vielleicht der wichtigsten Mission der Menschheit überhaupt, und du kannst nicht darauf warten, dass andere deine Aufgaben erledigen!«

»Das weiß ich. Ich bin auch nicht besonders stolz auf mein Zögern, aber ich bin kein General Draper, der skrupellos ein Schiff in Stücke schießt.«

»Wer redet denn davon? Es geht um Details für unser Vorgehen. Erscheinen wir als Kavallerie bei der Pyramide und entern das zurückgebliebene Kontaktschiff? Dringen wir sofort in die Pyramide ein? Und überhaupt: Wie kommen wir da wieder raus? Du hast uns erzählt, dass die Schiffe aus dem Orbit nicht entkommen konnten. Wie hat Free Fall das geschafft, als er von dem Planeten geflüchtet ist?«

»Ich … weiß … es … nicht!«, sagte ich mit Betonung auf jedem Wort. »Free Fall konnte es sich auch nicht erklären. Er ist einfach gestartet und war draußen. Nach der Landung auf dem Planeten ist niemand mehr zu den Schiffen im Orbit zurückgekehrt oder hat es auch nur versucht. Warum auch? Die spärlichen Vorräte hätten niemandem etwas genutzt. Für Free Fall haben sie ausgereicht. Vielleicht waren die Bedingungen durch die Landung erfüllt, und alle hätten danach problemlos wieder abfliegen können …« Ich brach ab. Das war eine kümmerliche Erklärung.

»Ich weiß es nicht«, äffte sie mich nach. »Ich hätte nie gedacht, dass ich einmal diese Wortkombination aus dem Munde des großen Nurminen hören würde.«

Eigentlich eine ziemlich grobe Beleidigung, aber ich wurde in diesem Moment durch irgendetwas abgelenkt, sodass ich sie nicht mit scharfen Worten zurechtweisen konnte. Ich wusste nicht, was es war. Ein schwacher Einschlag auf Metall, dann ein zweiter, gefolgt von einer undeutlichen Verschiebung im Raum. Verursacht von einem sanften Druck von außen. Wie ein Flüstern im Wind.

Vor einem Sturm.

Ich hob meinen Arm, um mich zu konzentrieren.

»Was ist …?«, fragte Zoerance.

»Es passiert etwas«, sagte ich abwesend.

»Wo? Hier?« Sie blickte mich zweifelnd an.

Ich konnte es nicht beschreiben. Es war, als würden Gefüge verschoben, Stabilitäten verändert. Nicht nur hier im Schiff, sondern überall, auch außerhalb. Aber dort draußen war nichts, nur Vakuum und Kälte. Außer …

»Verdammt!«, entfuhr es mir. »Oh, verdammt!« Von einem Moment zum anderen schien mein Blut zu gefrieren. Ich wurde von Panik ergriffen, gleichzeitig versuchte ich mich zu beruhigen.

»Suzanne!«, hörte ich mich rufen. »Alarmstufe Rot! Schnell, sofort!«

Fast augenblicklich erklang das verstärkte Wummern, das durch die Abbremsung der Zylinder verursacht wurde und als Zeichen für einen absoluten Notfall im Schiff galt. Suzanne war darauf programmiert, bei dem Befehl Alarmstufe Rot keine Zeit zu verlieren.

Zoerance sah mich für den Bruchteil einer Sekunde entsetzt an, reagierte dann jedoch sofort. Mit einem Schlag an ihre Hüfte aktivierte sie ihren Notpack und lief auf den nächsten Sarg zu, nicht ohne sich mit einem kurzen Blick zurück zu vergewissern, dass ich das Gleiche tat.

Um mich herum flitzte die Besatzung in die Särge. Der offizielle Begriff im Handbuch für Schiffsführer lautete »Notauffangräume«. Sie waren nichts anderes als in die Wände eingebaute Nischen mit einem gewissen Prallschutz, einer Notverpflegung und den entsprechenden Kommunikationseinheiten. In jede Nische passte nur eine Person.

Ich wartete noch einen kleinen Augenblick, bis ich mir sicher sein konnte, dass alle untergebracht waren, und sprang dann in den nächsten freien Sarg. Aus meinem Springen wurde ein stolperndes Schweben, denn mittlerweile waren die Zylinder fast zum Stillstand gekommen, und damit war die Schwerkraft aufgehoben.

Mit einer heftigen Trudelbewegung landete ich in der Auspolsterung. Hinter mir versiegelte eine automatische Tür mein weiches Gefängnis.

Ich zwang mich zur Konzentration. Jetzt nur keinen Fehler begehen.

»Suzanne, die Phase abbrechen. Das Schiff um 180 Grad drehen. Sofort. Danach Alarmstart. Volle Beschleunigung voraus!«

›Phase abgebrochen. Drehung des Schiffes um 180 Grad wird eingeleitet. 3 … 2 … 1 … ab jetzt!‹

Wir mussten so schnell wie möglich aus diesem Sektor verschwinden, und zwar in die Richtung, aus der wir gekommen waren. Direkt vor uns raste eine tödliche Gefahr vorbei.

›Drehung des Schiffes um 180 Grad beendet. Alarmstart bestätigt. Ich gebe jedoch zu bedenken, dass bei einer maximalen Beschleunigung wegen der mangelnden Betriebstemperatur das Material im Brennkammerbereich nicht unbedingt dem gewünschten Effekt gerecht werden könnte. Weiterhin …‹

»Suzanne, ich habe volle Beschleunigung befohlen! Sofort!«

›Volle Beschleunigung initiiert. Alarmstart. 3 … 2 … 1 … ab jetzt!‹

Die einsetzenden Beschleunigungskräfte beendeten abrupt meine Trudelbewegungen, indem sie mich mit dem Kopf voraus in die Polster quetschten.

»Suzanne, Captain's Speech aktivieren!«, keuchte ich.

›Captain's Speech aktiviert.‹

»Hier spricht Captain John Nurminen«, begann ich nach einem kurzen Zögern. War ich noch Selleck oder hieß ich wieder Nurminen? »Wir befinden uns auf Kollisionskurs mit den Ausläufern eines Kometen. Alle bleiben bis zur Entwarnung in den Särgen!« Meine Stimme klang dumpf. Noch nicht einmal mein Keuchen war zu hören. Es verschwand einfach in den Ritzen der Polster.

Ich krallte mich in dem Material fest und drehte mich schwerfällig um.

Ich hatte die Masse des Kometen gespürt, als er in einem Abstand von vier Millionen Kilometern vor uns vorbeiraste. Unser vorheriger Kurs hätte uns geradewegs durch den nachfolgenden Schweif geführt, in dem große und kleinste Felsbrocken der Hauptmasse des Kometen folgten und mit ihrer enormen Geschwindigkeit eine tödliche Gefahr für das Schiff darstellten.

Wir konnten nur abwarten. Das Drehen des Schiffes hatte sehr viel Zeit gekostet. Ich hoffte, dass wir noch nicht zu tief in den Schweif eingedrungen waren. Jede Sekunde zählte.

»John, ich bin hier in der Zentrale in der NAV-Einheit«, hörte ich Voodoo mit gepresster Stimme sagen. »Auf den Tastern ist nichts von einem Kometen zu sehen.«

»Voodoo! Du sollst doch … Suzanne! Ein Bild von der Zentrale, schnell!«

Vor meinen Augen zuckte es kurz, dann entstand direkt vor mir die Aufnahme einer Überwachungskamera aus der Zentrale.

Tatsächlich, die Tür zur NAV-Einheit stand offen. Voodoo saß vor den Kontrollen. Immerhin mit aktiviertem Notpack, aber trotzdem …

»Voodoo, beweg deinen Hintern in einen Sarg, sofort! Das ist ein Befehl!«

»Ich weiß nicht, was du hast, hier auf den … was war das?«

Mitten in der Zentrale erschienen zwei kleine Wölkchen, eins an der Decke, gleichzeitig eins dicht über dem Boden. Es war, als hätten dort zwei kleine Explosionen stattgefunden.

Die Zentrale war von einem kleinen Brocken getroffen worden!

»Voodoo!«

»Bin ja schon unterwegs!«

Er kletterte aus der Einheit heraus und rannte wegen der Beschleunigungskräfte mit schwerfälligen Schritten auf die Särge zu, die im hinteren Bereich der Zentrale lagen. Dabei beschrieb er einen Zickzackkurs, als müsse er feindlichem Sperrfeuer ausweichen.

Eine nutzlose Aktion. Im Grunde genommen war es fast schon gleichgültig, wo er sich befand. Vor einem größeren Treffer konnte ihn auch ein Sarg nicht schützen.

Ein weiteres Wölkchen trieb durch die Zentrale.

Im Schiff lief die Notfallautomatik an. Eine Sirene warnte vor Druckabfall in allen Bereichen.

Trotz der weichen Auspolsterung des Sargs spürte ich, wie ein leichtes Zittern durch die Schiffshülle ging. Die *Nostradamus* geriet aus der Balance.

»Suzanne, hast du einen Überblick über die Schäden im Schiff?«

Eine völlig irrationale Frage, dachte ich. Jeden Moment konnte ein Stück des Kometen meinen Sarg treffen. Wenigstens starb ich dann mit den neuesten Informationen. Bei dem Gedanken stieg zum ersten Mal Todesangst in mir auf.

›Multiple Perforationen der Schiffshülle, verursacht durch beschleunigte Kleinstteile unbekannter Herkunft, die durch Abbremsung ihrer Eigengeschwindigkeit beträchtliche Ausfälle in allen Bereichen verursacht haben. Des Weiteren führten sie auch zu Funktionsausfällen bei mehreren Notpacks …‹

Ich begriff den Inhalt ihrer letzten Aussage nicht sofort.

»Suzanne, wie viele Notpacks sind ausgefallen?«

›Insgesamt sechs … jetzt sieben.‹

Sollte ich nach den Trägern der Notpacks fragen? Nein, nicht jetzt, obwohl ich die Namen unbedingt wissen wollte.

Plötzlich hörte der Druck der Beschleunigung auf. Ich schwebte von einem Moment zum anderen wie eine Feder in meinem Sarg.

»Suzanne, was ist mit dem Haupttriebwerk? Welcher Status?«

›Die Haupttriebwerke haben ihre Funktion eingestellt. Die Reaktoren wurden versiegelt und gemäß der Notfallverordnung abgekoppelt. Das Schiff fliegt mit relativer Eigengeschwindigkeit. Notversorgung in allen Bereichen des Schiffes.‹

Schlimm. Sehr schlimm sogar. Das bedeutete, dass die *Nostradamus* mehr oder weniger dem Beschuss weiterhin ausgesetzt war. Energie gab es so gut wie keine mehr. Nur noch von den Notfallaggregaten. »Abgekoppelte Reaktoren« bedeutete, dass die Reaktoren vom Schiff gelöst worden waren und irgendwo in der Nähe im Weltall trieben, um das Schiff bei einem GAU nicht zu gefährden.

»Suzanne, zeig mir Bilder von den Außenkameras!«

Vor meinen Augen entstand die Landschaft der Außenhülle des Schiffes. Alles schien ganz normal auszusehen, bis auf winzig kleine Wölkchen, die hie und da auf dem schmutzig grauen Kokon tanzten.

Ich wies Suzanne an, mir die Bilder von allen Kameras vorzuführen.

Im Inneren des Schiffes waren die Räume menschenleer, nur ab und zu sah ich einen Körper in einem Notpack leblos in einem Raum schweben. Eine gespenstische Situation.

»Es kann nicht mehr lange dauern«, sagte ich über Captain's Speech. »Wir können im Moment nichts anderes tun als abwarten …«

»… und beten!«, ergänzte mich die Stimme von Zoerance. Ich atmete erleichtert auf. Sie war noch am Leben.

Richtig. Mein Geschwätz war unsinnig. Niemand konnte voraussagen, wie lange der Beschuss andauern würde. Hier draußen in der Oortschen Wolke bestanden Kometen noch aus einem Schwarm von Fels- und Eisbrocken. Erst im Laufe der Millionen Jahre, während ihrer Reise durch das Sonnensystem, würden die Anziehungskräfte der Sonne und der Planeten nach und nach die kleineren Stücke einfangen, bis nur noch die Hauptmasse des Kometen übrig blieb.

Ich versuchte, mich auf die Masse des Kometen zu konzentrieren. Sie war inzwischen weit entfernt. Sehr weit sogar. Ich konnte die schwache Gravitation kaum noch erspüren. Vielleicht hatten wir alles schon überstanden.

Wie zum Hohn erzitterten die Wände um mich herum unter einem furchtbaren Schlag. Instinktiv rollte ich mich zusammen. Mein Körper prallte in einer Drehung gegen die Polsterungen der Wände.

»Suzanne! Zeig mir weitere Bilder von den Außenkameras!«, keuchte ich, nachdem ich mich wieder in eine stabile Lage gebracht hatte.

Draußen sah alles ganz normal aus.

Dann erschien eine merkwürdige Aufnahme. Eine Kamera zeigte ein Detail von der Außenfläche des Schiffes. Ganz nah. Die Entfernung zum Objekt betrug höchstens fünfzig Zentimeter.

Eine unsinnige Darstellung.

»Suzanne, was ist die Aufgabe dieser Kamera?«

›Eine Überwachungskamera vom Typ Canson 477. Keine besondere Aufgabe. Sie überträgt Bilder von der Außenhülle des Schiffes zur optischen Überprüfung des Kokons und ist am äußeren Ring der externen Teilchenbeschleuniger angebracht.‹

»Unmöglich! Wenn sie am Ring angebracht wäre, dann müsste ich das Schiff von oben sehen …«

Mir lief es kalt den Rücken herunter. »Suzanne, zeig mir eine Aufnahme von dem Ring!«

Bilder wechselten in schneller Folge vor meinen Augen, bis ich den Ring sah – oder das, was von ihm übrig geblieben war. Ein Teil von ihm stand in der gewohnt perfekten Rundung über dem Schiff, dann knickte die Konstruktion V-förmig ab und »lag« mit der Spitze direkt auf dem Kokon des Schiffes. Den weiteren Verlauf konnte das Objektiv der Kamera nicht erfassen, aber mehr brauchte ich nicht zu sehen, um zu begreifen, dass der Neutrino-Treiber zerstört war.

3

»… elf Tote und ein paar Verletzte, die durch Splitter zu Schaden gekommen sind. Es sind meistens Schnittwunden. Die Schäden an der *Nostradamus* sind weitaus gravierender. Inzwischen sind zwar alle Einschläge außen an der Hülle repariert, und innerhalb der Schiffszelle gehen die Nano-Sets gerade jeden Einschlagkanal durch. Da gibt es massig zu tun. Vieles können sie aber nur notdürftig flicken. Von dem zerstörten Ring des Neutrino-Treibers will ich gar nicht reden …« Voodoo sah mich fragend an.

Ich winkte ab. Mehr wollte ich nicht wissen.

Wir hatten elf Tote in den Kühlkammern liegen. Dabei konnten wir von Glück sagen, dass es nicht mehr geworden waren. Der Beschuss durch die Kometenbruchstücke hatte über sechs Stunden gedauert. Erst nach dieser Zeit wagten wir uns zögernd aus den Särgen heraus. Zwischendurch waren einige Mutige zu den leblosen Körpern gehastet, um erste Hilfe zu leisten. Bei elf von ihnen war es zwecklos gewesen. Die meisten von ihnen waren verblutet, weil man sie nicht rechtzeitig gefunden hatte.

Elf Tote. Die *Nostradamus* war ein Todesschiff. Mein Verstand weigerte sich, die Anzahl der Toten von damals und heute zu addieren.

Voodoo dachte ähnlich. Mir fiel erst jetzt auf, wie sehr er sich verändert hatte. Nichts war mehr zu spüren von seiner lässigen Unbefangenheit, die er früher an den Tag gelegt hatte. Sogar seine gewollt übertriebenen deutsch-nationalen Sprüche hatte er abgelegt.

»Dunkle teutonische Zeiten …«, flüsterte er in diesem Moment, als wollte er mich unbewusst widerlegen.

Zwei Tage nach der Katastrophe und nach unzähligen Stunden hektischer Arbeit am Schiff waren wir zu einer Lagebesprechung in der Zentrale zusammengekommen. Voodoo hatte die Position von Captain Lieutenant Kahn übernommen, der den Beschuss nicht überlebt hatte.

Das Schiff war ein Wrack, das mit Schlagseite durchs Weltall trieb. Wir konnten von Glück sagen, dass einer der abgekoppelten Reaktoren noch funktionsfähig gewesen war. Den zweiten hatten wir gemäß der Notfallverordnung kurz vor Erreichen des kritischen Zustands gesprengt. Eine zweifelhafte Anordnung, die auf der Überlegung basierte, dass kein zufällig vorüberziehendes Schiff zu Schaden kommen sollte.

Eine lächerliche Anordnung in dieser Leere.

Wir waren fast ein Lichtjahr entfernt von jeglicher Zivilisation, der ein heißer Reaktor gefährlich werden könnte, aber dafür waren wir in den Genuss eines einmaligen Feuerwerks in der Geschichte der Raumfahrt gekommen, denn bisher war noch nie ein Reaktor gesprengt worden.

Ein Trost mit schalem Geschmack.

Immerhin konnten wir wenigstens einen Zylinder zum Laufen bringen. Der zweite Zylinder mit den Wohneinheiten hatte erhebliche Schäden an der Feinmechanik der Walzen, die ihn antrieben. Im Moment versuchten einige Leute, durch die schmalen Notschächte an die Laufwerke heranzukommen. Es konnte aber Tage dauern, bis auch der zweite Zylinder wieder lief. Wenn überhaupt.

Mit dem zerstörten Neutrino-Treiber hatten wir uns noch gar nicht beschäftigen können. Der Anblick des geknickten Rings reichte vollkommen. Er musste von zwei größeren Brocken getroffen worden sein. Einer hatte zwei Verbindungsstreben zum Schiff gekappt, ein zweiter hatte drei der Beschleuniger mit sich gerissen. Sie waren verschwunden und trudelten wahrscheinlich irgendwo hinter uns im All.

An eine Reparatur war nicht zu denken, jedenfalls nicht in dieser Situation, in der wir mit anderen Schwierigkeiten zu kämpfen hatten.

Die Technik des Neutros war kompliziert und damit sehr sensibel. Den Begriff Feinjustierung, der bei dem Ring der Teilchenbeschleuniger eine große Rolle spielte – oder gespielt hatte –, mochte ich bei dem Zustand des Rings gar nicht in den Mund nehmen.

Mit anderen Worten: Ich hatte keine Ahnung, wie es weitergehen sollte.

Die Stimmung in der Zentrale war auf dem Nullpunkt.

Ich saß in meinem Sessel mit dem Rücken zum Center-Face. Voodoo lehnte, wie so oft, an dem Gehäuse der NAV-Einheit. Gleich neben ihm ein älterer Offizier, Captain Lieutenant Bob Lichtwitz, Nachkomme einer österreichisch-amerikanischen Ärzte-Dynastie. Auch Bob hatte ursprünglich Arzt werden wollen, bis er es sich anders überlegte und eine späte Karriere in der Flotte von Pan Globe startete. Anders als der mehr firmenpolitisch orientierte Captain Lieutenant Kahn hatte er seinen Rang durch technische Fähigkeiten erreicht.

Man soll über Tote nichts Schlechtes sagen, aber Lichtwitz hätte mir als Befehlshaber eines Schiffes weit mehr zugesagt als der mir etwas zu glatt agierende Kahn.

Unnütze Gedanken, denn Kahn lag tiefgefroren unten im Bauch des Schiffes und wartete darauf, irgendwann einmal auf der Erde bestattet zu werden.

Lichtwitz hatte seinen rechten Fuß auf die Leiter der Einheit gesetzt und blickte grübelnd auf den Boden. Nach Gedankenlesen war mir nicht zumute, aber ich konnte darauf wetten, dass er verzweifelt nach Lösungen suchte.

Mir gegenüber, etwas im Hintergrund des zentralen Bereichs, saß Zoerance in einem Sessel. Ihre Haltung war entschlossen, aber ihre Augen drückten das Gegenteil aus. Kein Wunder, sie hatte zusammen mit Nat, der neben ihr auf der Lehne Platz genommen hatte, sieben ihrer Kameraden geborgen. Dabei hatte sie es sich nicht nehmen lassen, alle Wunden zu säubern, die Leichname anzukleiden, um sie anschließend vakuumverpackt in die Kühlräume zu transportieren.

Man sah ihr an, dass sie auf Rache sann, nur wusste sie nicht, bei wem sie damit anfangen sollte.

Für einen kurzen Moment lag ihre Hand auf Nats Oberschenkel. Es war für Zoerances Verhältnisse beinahe ein Gefühlsausbruch. Schließlich zog sie die Hand wieder weg und ballte sie zur Faust.

Nat, ihr männlicher Schatten, legte daraufhin seine rechte Hand andeutungsweise auf ihre linke Schulter.

Noch eine ungeheure Gefühlsregung. Unter normalen Umständen wäre es mir schwer gefallen, ein Grinsen zu unterdrücken. Jetzt schlugen mir die dezenten Berührungen der beiden aufs Gemüt.

Deisenhofen war mehr oder weniger nicht mehr vorhanden. Er saß zwar noch in einem Sessel zu meiner

Linken, machte aber eine schwere Krise durch. Und das nicht erst seit dem letzten Vorfall. Erstaunlicherweise hatte ihn die Beinahe-Kollision mit dem Kometen nicht sonderlich berührt. Er sah sie lediglich als eine weitere Katastrophe in seinem Leben. Zu Beginn unserer Reise glaubte er noch an die Selbstreinigung seiner Seele durch die Mühen der Entbehrung. Nun war er sich sicher, gescheitert zu sein. Die Frage war nur, wann das endgültige Aus kommen würde.

Ich konnte ihn verstehen. Mir ging es nicht anders.

Trotzdem – im Augenblick bestand unser Problem darin, ein neues Ziel zu definieren. Zu überleben. Die Frage war nur, wie groß die Chancen dazu sein würden. Die Erde war fast ein Lichtjahr entfernt. Von Camelot trennten uns lächerliche 25 Milliarden Kilometer. Ohne den Neutrino-Treiber waren beide Strecken unüberwindbare Distanzen. Mit den West Max-Triebwerken wären wir Jahrzehnte zur Erde unterwegs, nach Camelot immerhin noch zwei oder drei Jahre. Eigentlich blieb uns nichts anderes übrig, als einen Hilferuf in Richtung Erde zu senden. Der aber wäre wiederum alleine schon ein Jahr unterwegs, bis er sein Ziel erreichen würde.

Einfache Strecke.

Eine Antwort würde mindestens ebenso lange dauern. Wir könnten in der Zwischenzeit nichts tun als abwarten und zusehen, wie sich die Welt verändern würde, falls die Lex Dei auf Camelot Erfolg hatte.

Ich schüttelte den Kopf. Überlegungen dieser Art brachten uns nicht weiter. Es wurde Zeit, die Probleme offen anzusprechen.

»Nun gut«, begann ich vorsichtig und sah mich in der Runde um. Ich fragte mich, ob jetzt der richtige Zeitpunkt für eine optimistische Rede wäre, sah aber nur Anspannung in den Gesichtern. Floskeln würden hier nicht weiterhelfen.

»Wir sind also gestrandet«, fuhr ich fort. »Gibt es irgendwelche Vorschläge, die uns weiterbringen?« Keine besonders geistreiche Einleitung, aber immerhin ein Anfang.

Lichtwitz nahm den Fuß von der Leiter und hob die Hand.

»Entschuldigen Sie, Sir, ›gestrandet‹ ist meiner Meinung nach nicht der richtige Ausdruck. Wir sind durchaus in der Lage, das Schiff wieder flottzubekommen.« Er sah mich fragend an. »Darf ich …?«

»Nur zu!«, forderte ich ihn auf.

»Eine Möglichkeit wäre, den alten Neutro im Technischen Bereich zu aktivieren. Er ist zwar seit Jahrzehnten nicht mehr in Betrieb gewesen, aber ich sehe keine unüberwindlichen Probleme, ihn wieder zum Laufen zu bringen. Es wird allerdings einige Zeit in Anspruch nehmen, da wir gewisse Umrüstungen vornehmen müssten. Unter anderem müssten wir eine Möglichkeit finden, kalte Baryonen für den Beschuss des Plasmafelds zu produzieren. Die Beschleuniger neueren Datums arbeiten mit einem anderen Nukleonenspin. Es wäre also demnach eine Umstellung und Neujustierung aller Magnete erforderlich …«

»Wie lange würde das dauern?«

Er wiegte den Kopf. »Keine Ahnung. Lassen Sie es mich so ausdrücken: Wir müssten den Neutrino-Treiber praktisch neu erfinden, und das geht nicht in ein paar Wochen.« Er lächelte verlegen. »Na ja, nicht ganz neu erfinden, aber es wäre auf jeden Fall ein ziemlicher Aufwand.«

»Ich verstehe«, sagte ich. Natürlich verstand ich nichts. Ich hatte keine Ahnung von der Wirkungsweise eines

Neutrino-Treibers, aber mir waren die aufwendigen Wartungsarbeiten von damals noch gut in Erinnerung. Professor Schmidtbauer und sein Team waren manchmal tagelang mit der Justierung der beweglichen Magnete beschäftigt gewesen.

»Eine andere Möglichkeit wäre eine teilweise Instandsetzung des Ringes. Wir haben die uns verbliebenen Beschleuniger einer Nano-Analyse unterzogen. So wie es bis jetzt aussieht, sind fünf Beschleuniger unversehrt. Da wir weitere fünf als Reserve im Lagerraum haben, könnten wir die ursprüngliche Kapazität beinahe wieder erreichen. Das Problem ist jedoch der Ring, an dem die Beschleuniger angebracht waren. Wir müssten ihn neu konstruieren und anschließend justieren. Dafür wäre sehr viel Improvisationskunst nötig, denn unsere Bordmittel sind in dieser Hinsicht sehr beschränkt. Oder anders ausgedrückt: Wir müssten einige tragende Teile des Schiffs dafür verwenden. Streben, Querträger, alles, was die Schiffszelle nicht unbedingt für die Aufrechterhaltung des Betriebs benötigt.« Er atmete kurz durch. »Fragen Sie mich nicht, wie viel Zeit bis zur Fertigstellung vergehen würde. Ein oder zwei Monate vielleicht. Es hängt davon ab, ob wir genügend Leute mit handwerklichem Geschick an Bord haben.«

Er warf einen fragenden Blick in Zoerances Richtung, aber von dort kam nur Schweigen.

»Zoerance?«, sprach ich sie schließlich nach einigen Momenten des Schweigens an.

»Meine Leute können alles«, erwiderte sie. »Und sie können es schnell. Wir haben keine Zeit, monatelang an dem Schiff herumzudoktern. Wir haben einen Auftrag zu erledigen.«

»Bei allem Respekt vor dem Leistungsvermögen Ihrer Leute«, sagte Lichtwitz. »Aber wir befinden uns in einer Notlage und verfügen nicht über die Möglichkeiten einer Werft. Wenn wir die Beschleuniger neu installieren möchten, benötigen wir dazu Material aus der Konstruktion der Zelle. Nur dort finden wir stabile Streben oder geeignete Träger. Im Klartext heißt das, dass wir dazu das Schiff umbauen müssen.«

»Wir haben keine Zeit für einen Umbau, welcher Art auch immer!«, meinte sie trotzig und stand auf. »Wenn der Orden oder die Lex Dei in den Besitz des Archivs gelangen oder das Geheimnis des Chips entdecken, war alles umsonst.«

Sie vermied es, uns anzusehen, weil sie wusste, dass sie Unsinn redete. Ganz kurz erwischte ich einen flackernden Blick von ihr. Nicht mehr als ein kleines Aufflammen ihrer blauen Augen, aber immerhin ganz bewusst in meine Richtung. Ein verzweifelter Hilferuf an mich.

Die Sorge um ihren Vater brachte beinahe schon krankhafte Züge in ihr zum Vorschein. Trotzdem brachte ich es nicht übers Herz, ihr die Wahrheit zu sagen. Und zu diesem Zeitpunkt schon gar nicht.

»Im Augenblick fischen beide Parteien im Trüben«, sagte ich beschwichtigend. »Sie kommen keinen Schritt voran und belauern sich gegenseitig.«

»Woher willst du das wissen? Du hast selbst gesagt, dass du dich an die führenden Köpfe nicht herantraust.«

»Das schon, aber …«

»Darf ich einen Vorschlag machen?«, sagte Nat unvermittelt.

Wir sahen ihn alle erstaunt an. Es war das erste Mal, dass er von sich aus das Wort ergriff.

»Aber natürlich. Sprechen Sie, Nat!«, ermunterte ich ihn.

Nat blieb auf der Lehne des Sessels sitzen, seine Hände lagen unbewegt auf seinen Oberschenkeln.

»Zoerance hat Recht«, begann er mit ruhiger Stimme. »Wir haben einen Auftrag. Aber dazu benötigen wir nicht das ganze Schiff. Es reicht, wenn wir unsere Truppe und einige unserer Fluggeräte ins Operationsgebiet transportieren.«

Ich war so verblüfft über seine Aussage, dass ich noch nicht einmal auf die Idee kam, in seinen Gedanken zu forschen. »Und wie wollen Sie das ohne ein Transportmittel zustande bringen?«

»Wir nehmen die Maschinen und montieren sie auf die verbliebenen Beschleuniger. Ich würde vorschlagen, die sieben Fireflies und einen Lander.«

In der Zentrale war die Überraschung beinahe mit Händen zu greifen.

»Geht so etwas denn?«, fragte ich Lichtwitz.

Der Angesprochene hob die Schultern und machte eine unbestimmte Handbewegung. »Ja und nein, das heißt, eigentlich wüsste ich nicht, was dagegen sprechen würde ...« Er sah Nat zweifelnd an, als hätte er ein ganzes Rudel weißer Kaninchen aus seinem Overall hervorgezaubert. »Ich meine, es würden zwar etliche Probleme zu lösen sein, aber im Grunde genommen wäre der Vorgang nichts anderes, als ein zusätzliches Triebwerk unter ein Raumschiff zu montieren. In den neuen Neutros ist alles vorhanden, was man für einen Antrieb braucht, einschließlich der Erzeugung des nötigen Plasmafelds. Den Rest erledigt eine Computersteuerung.«

»Zwei Lander wären besser!«, sagte Zoerance. Ihre Augen blitzten vor Begeisterung. »Oder alle drei. Wir haben doch zehn Neutros.«

»Einen Moment mal«, warf Lichtwitz ein. »Ich habe gesagt, es könnte funktionieren. Und selbst wenn: Sie können den Zurückbleibenden auf der *Nostradamus* nicht so einfach die Möglichkeit nehmen, nach Hause zurückzukehren, indem sie alle Neutros benutzen.«

»Wir haben uns nicht auf den Weg gemacht, um kurz vor dem Ziel aufzugeben. Ich wiederhole mich nicht gerne: Wir haben einen Auftrag!«

»Ihr Auftrag berechtigt Sie nicht dazu, unbeteiligte Menschen einem ungewissen Schicksal zu überlassen!«

»Hier gibt es keine unbeteiligten Menschen. Alle sind ein Teil des Auftrags.«

»Stopp! Halt!«, rief ich dazwischen. »So geht das nicht. Fangen wir noch einmal von vorne an!«

Ich wartete einen Moment, bis ich weitersprach. Zoerance warf sich wütend in den Sessel. Lichtwitz stellte seinen Fuß wieder auf die Leiter. Dann wandte ich mich ganz bewusst an Nat, um den beiden anderen Gelegenheit zu geben, sich etwas abzukühlen.

»Nat, bis zur Pyramide sind es noch über 25 Milliarden Kilometer. Die *Nostradamus* erreicht ihre enorme Geschwindigkeit durch die hohe Taktfrequenz von dreizehn Neutrino-Treibern. Wie wollen Sie mit einem Neutro pro Maschine die Strecke in einer akzeptablen Zeit überwinden? Sie wären Monate unterwegs.«

Er schüttelte den Kopf. »Die Masse ist entscheidend. Eine Firefly besitzt nur einen winzigen Bruchteil der Masse des Schiffes. Zusätzlich könnte man den Abstand zum Ereignishorizont verringern, den der Neutro mit dem Plasmafeld erzeugt. Damit wäre die Anziehungskraft größer, und wir wären noch schneller. Alles nur eine Sache der Berechnung.«

Nur eine Sache der Berechnung! Ich dachte mit Schaudern an die Ereignisse von damals, als uns Professor Schmidtbauer in seinem Wahn an den Rand des

Ereignishorizonts geführt hatte und wir dabei beinahe ums Leben gekommen wären.

Auch Lichtwitz schien von der Idee nicht sonderlich begeistert zu sein. »Nat, wissen Sie eigentlich, wovon Sie da reden? Das Trägheitsmoment einer Masse wie der eines Raumschiffs ist ein wesentlicher Bestandteil der Sicherheit bei der Anwendung eines Neutros. Wird die Masse gegenüber dem Ereignishorizont oder dem Stehenden Licht zu klein, besteht die Gefahr einer abrupten Beschleunigung. Was das heißt, brauche ich Ihnen wohl nicht zu erklären.«

»Ich weiß. Deswegen müssen wir den Vorgang berechnen und einer Simulation unterziehen.«

»Ich bin kein großer Freund von Simulationen, und die genauen Vorgänge in einem Neutrino-Treiber stellen selbst viele Wissenschaftler vor ein Rätsel.«

»Die Vorgänge vielleicht, aber die Wirkungsweise nicht. Die können wir auf jeden Fall genau berechnen, wenn wir die erforderlichen Daten haben.«

»Das schon, aber …«

»Na, sehen Sie. Ich darf Sie noch einmal daran erinnern: Wir haben einen Auftrag, und den werden wir erledigen. Mit allen Mitteln.« Nat hatte sich richtig in Rage geredet.

Lichtwitz sagte daraufhin nichts mehr und warf mir einen hilflosen Blick zu.

Ich hatte heimlich die Gedankengänge beider verfolgt. Nat war kein Draufgänger, er wusste, wovon er sprach. Für ihn war das Risiko vertretbar, also war es Bestandteil seines Auftrags. Weiterhin war für ihn die Erledigung eines Auftrags eine beinahe »heilige« Angelegenheit. Der Erfolg hatte absolute Priorität. Was danach kam, war zweitrangig.

Diese Einstellung erschreckte mich ein wenig. Nat

setzte die Leben seiner Genossen und der Besatzungsmitglieder bedenkenlos aufs Spiel. Ganz zu schweigen von seinem eigenen oder gar meinem. Was mich betraf, so meinte ich mit meinen Fähigkeiten auf mich selbst aufpassen zu können. Weiterhin kam auch für mich eine Aufgabe oder eine Rückkehr zur Erde nicht in Frage – solange es noch eine halbwegs machbare Alternative gab.

Bei Lichtwitz lag die Sache anders. Solange er eine Chance sah, seine Leute sicher wieder nach Hause zu bringen, würde er den sicheren Weg wählen. Das war vielleicht die falsche Einstellung, aber er sah die Mission als gescheitert an. Der Umbau der Fireflies war ihm zu vage. Je mehr er darüber nachdachte, desto unwahrscheinlicher erschien ihm eine Erfolg versprechende Durchführung zu sein. Immer mehr technische Probleme kamen ihm in den Sinn, deren Lösung viel Aufwand verursachen würde.

Trotzdem, mein Gefühl sagte mir, dass wir es unter allen Umständen versuchen mussten.

Wir hatten einen Auftrag.

»Glauben Sie denn, dass es unmöglich ist?«, fragte ich Lichtwitz direkt.

»Unmöglich …« Er dehnte das Wort umständlich, als drehe er es wie einen Gegenstand unschlüssig in seinen Händen. Dann sah er mich wieder hilflos an. »Mein Gott, was soll ich dazu sagen? Antrieb bleibt Antrieb, ganz gleich, wie er funktioniert. Im Weltraum können Sie auch eine Arbeitsbiene auf eine Rakete montieren, damit kommen Sie auch vorwärts. Die Frage ist nur, ob Sie auch Ihr Ziel erreichen.«

Voodoo und ich sahen uns einen Moment lang verblüfft an. Nach einer kurzen Überprüfung von Lichtwitz' Gedanken wusste ich, dass er keine Kenntnis von

Voodoos heißem Ritt während unserer letzten Expedition hatte. Wir hatten aus einer Notlage heraus ein kleines Reparaturschiff, auch Arbeitsbiene genannt, mit zwei Torpedos kombiniert, um damit die Entfernung zu einem Versorgungsschiff zu überbrücken.

Lichtwitz hatte mit seiner spaßig gemeinten Bemerkung ungewollt seine Zustimmung zu Nats Vorschlag gegeben. Mit einem unmerklichen Kopfschütteln gab ich Voodoo zu verstehen, dass Lichtwitz das Beispiel mit der Arbeitsbiene und den Torpedos rein zufällig gewählt hatte.

Voodoo legte ihm mit einem Grinsen im Gesicht freundschaftlich die Hand auf die Schulter. »Tja, Herr Lichtwitz, ich glaube, jetzt ist es an der Zeit, dass ich Ihnen eine Geschichte aus meinem erfahrungsreichen Leben erzähle.«

4

Wie ein Chip in ein menschliches Gehirn implantiert wurde, war mir nach wie vor ein Rätsel. Ich hatte diesen Vorgang damals bei mir selbst nicht verfolgen können, noch konnte ich ihn jetzt gedanklich bei den anderen beobachten, die in die Pyramide eingedrungen waren. Der Chip schien sich über einen Ablauf von mehreren Stunden allmählich zu materialisieren, ähnlich einer kontinuierlichen Datenübertragung, wie sie vor langer Zeit bei digitalen Computern der Fall war.

Ich hatte mehrere Ebenen meiner Kapazitäten auf die Implantation konzentriert und versucht, den Vorgang zu analysieren, war aber zu keinem befriedigenden Ergebnis gelangt.

Auch der Zeitpunkt war unterschiedlich. Viktor Sargasser zum Beispiel war gerade aus einem Lander ausgestiegen, als der Chip Besitz von seinem Gehirn nahm und er sein Bewusstsein verlor. Einige Stunden später wachte er an einem völlig anderen Ort auf Camelot auf, nämlich in der Nähe seines »Geburtsortes« in der Gegend des kleinen Städtchens Mayen in der Eifel.

Anscheinend spielten bei der Implantation emotionale Bindungen zu Orten oder Gegebenheiten eine gewisse Rolle, denn viele der Kandidaten waren von einem Ortswechsel betroffen. Mit anderen wiederum passierte nichts dergleichen. Ihnen fehlten einfach ein paar Stunden der Erinnerung.

Ich selbst hatte einen ganz anderen Ablauf erlebt: Vor mir war die Eingangstür zur Sixtinischen Kapelle erschienen, wie ich sie von meinem Besuch bei Papst Hadrian VII. einige Monate zuvor in meinem Gedächtnis gespeichert hatte. Der Moment, in dem ich diese einmalige Kulturstätte betrat, hatte mich aus unerklärlichen Gründen sehr berührt.

Von der Implantation hatte ich nichts bemerkt, jedenfalls nicht direkt. Ich erinnerte mich an Gefühlsströme, eine Flut von Bildern und einen Muskelkrampf in meinen Beinen, aber ansonsten …

Der Chip war nicht sofort wirksam geworden. Gleich einem zarten Pflänzchen, das nach und nach größer wurde, wuchs seine Macht erst nach einigen Stunden. Man erfuhr sich selbst als anderer Mensch, sah weiter in sein Unterbewusstsein hinein, um schließlich die ersten Gedanken anderer Menschen zu ertasten. Oder – wie ich – die in der Pyramide gelagerten Chips zu lesen, das Archiv des Sonnensystems, das über eine Milliarde Jahre zurück in die Vergangenheit reichte. Ein unfassbares Erlebnis.

Weitere Fähigkeiten lernte ich erst im Laufe der Zeit kennen und beherrschen. So wie es schien, hatte ich die Möglichkeiten des Chips bei weitem noch nicht ausgenutzt.

Viktor hatte zunächst mit ganz anderen Problemen zu kämpfen. Schon bald lernte er, seine Gedanken gegenüber den anderen Chipträgern abzuschirmen. Diese Fähigkeit beherrschte er in kurzer Zeit mit Perfektion, sodass ich mich nicht mehr traute, ihn zu belauschen. Er hätte meine Anwesenheit sofort bemerkt.

Genauso verhielt es sich mit den anderen Mitgliedern von Lex Dei und mit den Leuten des St.-Michael-Ordens, die schon seit Jahren auf dem Planeten weilten.

Der Gedankenkomplex von Kai Siebeneicher war so gewaltig, dass ich mir inzwischen eine gesonderte Ebene geschaffen hatte, deren einzige Aufgabe darin bestand, einen ausreichenden geistigen Abstand von ihm einzuhalten. Seine Sinne waren ungeheuer sensibel, und seine sensorischen Fähigkeiten reichten weit in den Gedankenozean hinein, besonders jetzt, nachdem ich körperlich näher war als noch vor Monaten. Die Gefahr, von ihm entdeckt zu werden, war einfach zu groß.

Eine Pattsituation unter uns Chipträgern. Keiner konnte die Gedanken des anderen lesen, es sei denn, er ließ es auf eine vielleicht tödliche Auseinandersetzung ankommen.

Die einzigen Informationen, die ich von Camelot erhielt, stammten von den Fantasiewesen im Umfeld von Siebeneicher. Unzulängliche Informationen, denn das geistige Niveau dieser Geschöpfe konnte man noch nicht einmal als halbintelligent bezeichnen. Ihre Gedankenströme waren beinahe ausschließlich auf das Überleben, ihre Sinne auf das Erkennen und Ausschalten ihrer Feinde ausgerichtet. Ihre optische Wahrnehmung war sehr schwach ausgebildet, dafür waren sie wahre Meister im Hören und geniale Interpreten von Gerüchen aller Art.

Ich konnte damit nichts anfangen. Die Bilder, die sich in ihren Gehirnen aufbauten, waren wirre Diagramme ihrer Umwelt. Nur ab und zu konnte ich einige menschliche Laute heraushören. Befehle, Richtungsanweisungen und Bruchstücke von Beschreibungen, die halbkugelförmige Gebäude betrafen. Dieses

Gebäude war manchmal auch unscharf in den Gedankenbildern der Fantasiewesen zu sehen, aber sie beachteten es nicht weiter. Für sie hatte es keine Bedeutung, sie erkannten es nicht als Gebäude, es war ein Muster ohne Wert.

Eine weitere Informationsquelle waren die Besatzungsmitglieder auf den verbliebenen drei Schiffen im Orbit von Camelot. Allerdings ebenfalls eine sehr dürftige, denn Draper berichtete sehr sporadisch über den Fortgang seiner Expedition und benutzte hauptsächlich die Aufklärungseinrichtungen der Schiffe zur besseren Orientierung auf dem Planeten. Seine Leute auf den Schiffen waren für ihn lediglich Werkzeuge, mehr nicht.

Trotzdem konnte ich in ihren Gedanken zahlreiche Hinweise auf diese merkwürdigen Gebäude entdecken, die ich andeutungsweise schon von den Fantasiewesen kannte. Von der Größe und Form her sahen sie aus wie Mausoleen, alle im gleichen Stil erbaut. Eine quadratische Basis, darauf eine schimmernde Halbkugel, auf der spitz zulaufend ein Würfel, eine Kugel, eine Pyramide und schließlich ein Kreuz angebracht waren. Über die Bedeutung oder den Zweck dieser Grabstätten war nichts bekannt, aber Draper schien mit seinen Truppen schon ein gutes Dutzend davon aufgesucht zu haben. Für mich war jedoch klar, dass er und Siebeneicher dort offensichtlich nach dem Geheimnis des Chips suchten.

Ich versuchte noch eine andere Möglichkeit: nämlich mich direkt an die neuralen Enden der Computersysteme anzuhängen. Ein ziemlich aussichtsloses Unterfangen, wie ich bald feststellte. Zwar gelangte ich nach endlosem Durchsuchen an den zentralen Netzpunkt für die Dekomprimierung, wurde aber augenblicklich von einer Datenflut förmlich hinweggespült. Für solche Unternehmungen war mein Gehirn einfach nicht geschaffen.

Voodoo sah mich zweifelnd an. »Für einen modernen Hanussen wie dich sind die Informationen von Camelot etwas dürftig.«

»Ja, leider«, entgegnete ich wortkarg. Ich war selbst enttäuscht über meine geringe Ausbeute.

Wir saßen vor dem Center-Face in der Zentrale, jeder auf seinem angestammten Platz. Voodoo war vor einer halben Stunde aus dem Hangar gekommen, um mir vom Fortgang der Arbeiten an den Fireflies zu berichten. Seit drei Tagen waren dort alle verfügbaren Kräfte im Einsatz.

Noch vor Beginn der Arbeiten hatte es heftige Diskussionen über Nats Vorschlag gegeben, vehement unterstützt von Zoerance. Er hatte beharrlich darauf bestanden, die Transformer-Jets mit Neutrino-Treibern auszurüsten.

Lichtwitz musste schon bald eingestehen, dass es durchaus möglich war, die Fireflies provisorisch mit den verbliebenen Neutros auszustatten. Das Problem lag darin, das Vorhaben der Besatzung zu unterbreiten. Er wusste, dass er auf Widerstand stoßen würde.

Deshalb blieb mir die Aufgabe, die Besatzung davon zu unterrichten. Zugegeben, mir war etwas mulmig dabei, andererseits baute sich in mir eine gewisse Spannung auf, die fast schon an eine gewisse Selbstquälerei grenzte. Ich wollte wissen, ob ich in der Situation die Oberhand behielt.

Dieses Mal unterrichtete ich die Leute per Captain's Speech aus der Zentrale. Keine Stunde später stand ich einer Abordnung von drei Mitgliedern der Besatzung gegenüber, die mir eine Protestnote übergab, streng nach den Vorschriften des Handbuchs für Schiffsführer abgefasst.

Ich unterdrückte ein Lächeln. Sie waren sich also uneins. Hätten sie mehr Courage gezeigt oder einen wortgewandten Führer besessen, dann wäre ihnen der offizielle Weg gleichgültig gewesen.

Ich nahm die Protestnote zur Kenntnis, machte einen Eintrag im Logbuch und befahl der Abordnung, an die Arbeit zurückzukehren.

Damit war die Sache vorerst erledigt. Was jedoch folgte, waren Diskussionen über die technische Ausführung vonseiten der Besatzung. Sie versuchte auf diesem Weg, den Plan zu sabotieren.

Ich sah mir das eine Weile an, gab ihr dann über Captain's Speech zu verstehen, dass von einer guten Arbeit der Crew auch ihre Rückkehr zur Erde abhing. Würden wir Erfolg haben, könnten wir mit den Neutros zur *Nostradamus* zurückkehren. Ging etwas schief, wäre sie auf sich alleine gestellt.

Es kam kein Widerspruch. Bei einer kurzen Überprüfung offenbarte sich mir ein erstaunlich ähnliches Gefühls- und Gedankenmuster, das mir schon in der Zeit zuvor aufgefallen war, das ich aber nie hinterfragt hatte. Ich konnte es mir nur so erklären, dass Pan Globe die Leute nach einem bestimmten Profil ausgewählt hatte. Sie waren alle in ihrem Fachgebiet überaus kompetent, fast schon überehrgeizig, und verlangten nach Bestätigung. Dadurch hatten sie wenig Sinn für Ablenkung.

Sie waren Einzelgänger und vor allem dem Komplex treu ergeben.

Nach und nach hatten sie auch den von der Katastrophe ausgelösten Schock überwunden, und ihre Bereitschaft zur Erfüllung des Auftrags war größer als je zuvor. Ein Jetzt-erst-recht-Eifer kam bei ihnen auf.

Ich konnte das nur begrüßen.

Voodoo deutete auf das Center-Face, das Bilder aus dem Hangar übertrug. »Morgen werden wir einen Prototyp fertig gestellt haben. Eine Firefly wird oben auf einer Strebe montiert. Am unteren Ende sitzt der Neutro. Der Abstand zwischen den beiden ist nötig, um die Piloten vor den Terawellen zu schützen, die der Beschleuniger emittiert. Er ist zwar ausreichend mit Velcroblei ummantelt, aber nicht umsonst waren die dreizehn Neutros in einem weiten Ring um die *Nostradamus* untergebracht.«

Ich nickte zustimmend. Die Terawellen hatten uns damals sehr zu schaffen gemacht.

»Woher habt ihr die Streben?«

»Was noch verwendbar war, haben wir draußen vom Ring genommen, der Rest stammt aus dem Laderaum. Einige der Stabilisierungsstreben mussten dafür herhalten. Kann sein, dass es hier in Zukunft etwas wackelt, wenn das Schiff beschleunigt, aber es fällt mit Sicherheit nicht auseinander.«

Ich nickte wieder. Das Schiff würde nach einer Rückkehr zur Erde sowieso keiner Sicherheitsüberprüfung mehr standhalten. Da kam es auf ein wenig Wackeln auch nicht mehr an.

»Die Tage der *Nostradamus* sind damit gezählt«, sagte ich nüchtern und ohne Wehmut.

»Richtig, das sehe ich auch so, aber du hast den Kahn ja nie gemocht«, pflichtete Voodoo mir bei. »Übrigens werden die Fireflies mit Flexbändern an der Strebe befestigt. Die Jets sind in ihrer Konstruktion sehr filigran. Jede Schweißnaht an der Außenhülle könnte irgendeine

Funktion beeinträchtigen oder beschädigen. Und um diese Hightech-Dinger zu reparieren, müsstest du einen Doktortitel besitzen oder zumindest Professor sein …«

»Professor ist mehr als Doktor«, warf ich ein.

»Möglich, aber ich vertraue einem Doktor mehr als einem Professor. Also: Wegen der Bänder darf die Beschleunigung nur sehr gering sein, was aber keine Schwierigkeit darstellt. Für die Neutrino-Treiber reicht eine minimale Fahrt aus. Weiterhin hängen wir an jeden Neutro noch einen zusätzlichen Reaktor. Damit hat jede Einheit genug Energie für Hin- und Rückflug.«

Wir blickten schweigend auf die schwebende Konstruktion im Hangar, die von Seilen aufrecht gehalten wurde. Sechs weitere würden folgen, dann noch ein Lander.

Nach einigen Minuten brach Voodoo das Schweigen.

»Wie ist das eigentlich, wenn man Gedanken lesen kann?«

»Wie meinst du das?«

»Im Kopf. Tut das weh, fühlt man sich freier oder ist man gescheiter? Geht es dir besser als vorher? Ich weiß auch nicht, wie ich das bezeichnen soll. Ich weiß, ich habe dich nie danach gefragt, aber jetzt, wenn einem das selbst bevorsteht …«

Merkwürdig. Keiner hatte mich damals während unserer fünfjährigen Reise danach gefragt, ohne dass es ein Tabuthema gewesen wäre. Dabei hatte ich oft von unserem Aufenthalt in der Pyramide erzählt, alle Einzelheiten geschildert. Trotzdem, keiner von uns hatte das Bedürfnis gehabt, danach zu fragen. Es war, als ob ich eine unheilbare Krankheit hätte und niemand sich nach meinem Befinden erkundigen wollte.

»Nun ja, ich fühl mich nicht schlecht dabei. Ich fühle den Chip nicht. Es ist so, als ob man mir noch einige

Gehirne zusätzlich verpasst hätte, die ich benutzen kann. Sie sind latent alle gleichzeitig präsent, wenn du verstehst, was ich meine.«

»Nee, keine Ahnung.«

»Ich fühle meine Persönlichkeit nach wie vor, da hat sich nichts geändert. Wenn ich in die Gedanken anderer sehe, überlagern deren Gefühle mein Denken, jedenfalls anfangs. Inzwischen verfüge ich über ein weit umfangreicheres Spektrum. Ich bin in der Lage, verschiedene Ebenen gleichzeitig zu kontrollieren. Sie liegen wie durchsichtige Scheiben übereinander ... nein, man kann es schlecht beschreiben. Sie bilden eine eigene Dimension, übereinander und doch gleichzeitig erfassbar ...« Ich hielt inne, als ich merkte, wie ich Voodoo mit fuchtelnden Händen das Phänomen zu erklären versuchte. Ich hatte noch nie mit jemandem darüber gesprochen, geschweige denn meine Eindrücke beschrieben. Erst jetzt fiel mir auf, wie weit ich mich von der Normalität entfernt hatte.

Voodoos Gesicht sprach Bände. Er hatte nichts verstanden.

»Klingt sehr kompliziert«, meinte er schließlich. »Und wie machst du das mit dem Grübchen-verschwinden-Lassen?«

Ich atmete tief durch. »Ich glaube, das erkläre ich dir ein andermal. Das ist noch viel komplizierter.« In Wahrheit wusste ich es selber nicht. Plötzlich kam mir eine Idee. Eine Eingebung, die jedoch absolut nichts mit meinen Grübchen zu tun hatte.

»Lennox. Hol mir doch bitte mal Lennox in die Zentrale.«

»Lennox, klar. Zwei verrückte Gehirne wissen mehr als eins.«

Er ahnte nicht, wie Recht er hatte.

Lennox saß mir gegenüber. Sein kleiner Körper wirkte in dem Sessel wie eine deplatzierte Menschenpuppe mit einem runden Kindergesicht und großen, unschuldigen Augen. Seine Füße reichten nicht bis zum Boden, die Hände hielt er auf dem Schoß gefaltet. Hätte er sie auf die Lehne legen wollen, hätte er seitwärts nach oben greifen müssen.

»Okay, Lennox, du weißt, dass ich die Gedanken anderer Menschen lesen kann«, begann ich vorsichtig und konzentriert. Dabei musste ich aufpassen, mit ihm nicht wie mit einem Kind zu reden. Lennox mochte körperlich andersartig sein, geistig zurückgeblieben war er jedoch nicht.

Er nickte einmal kurz und ruckartig, als hätte ich ihm erzählt, dass eins und eins zwei ist.

»Gut, ich habe auch in deinen Gedanken gelesen und weiß, dass du über außerordentliche Fähigkeiten verfügst. Ich würde gerne ein Experiment mit dir versuchen.«

Wieder ein kurzes Nicken.

»Folgendes: Ich kann nicht nur Gedanken lesen, ich besitze auch die Fähigkeit, in gewissem Maße elektronische Ströme zu fühlen und zu beeinflussen. Ich kann sie aber nicht lesen oder interpretieren. Das heißt, ich brauche dafür einen Übersetzer und glaube, dass du mir dabei helfen könntest.«

»Okay, Boss«, antwortete er mit seiner hellen Stimme, rollte andeutungsweise mit der Schulter und setzte sich gerade auf. »B'n on a' *go*!«

»Gut. Machen wir eine Probe, um zu sehen, ob es funktioniert. Ich verbinde mich jetzt gedanklich mit einer neuralen Netzstelle eines Computers, der sich auf einem der Schiffe der Lex Dei befindet, und übertrage die Datenflut in dein Gehirn. Du musst versuchen, die Daten in ein Bild oder einen Text umzuwandeln.«

»Kann das für ihn nicht gefährlich werden?«, warf Voodoo ein.

Ich warf einen zweifelnden Blick in Richtung unserer Bordärztin, Florence Vance. Außer ihr waren noch Lichtwitz und Nat anwesend. ich hatte sie gebeten, dem Experiment beizuwohnen. Lichtwitz, weil ich ihn in alle Unternehmungen als Stellvertreter der *Nostradamus* mit einbeziehen wollte, und Nat, weil er mehr oder weniger Lennox' Befehlshaber war. Zoerance konnte ich von ihren Arbeiten im Hangar nicht loseisen.

Dr. Florence Vance, eine spröde Rothaarige mit einem kantigen Gesicht, zuckte mit der Schulter. »Keine Ahnung. Mit Gedankenübertragungen habe ich keine Erfahrung. Wenn Lennox aus irgendeinem Grund kollabieren sollte, kann ich Ihnen sagen, ob es gefährlich war, vorher nicht.«

Die Aussage war typisch für sie. Kurz und schmerzlos. In Voodoos Sprachschatz wurde sie unter dem Namen »Red Sonja« geführt.

»Nun denn. Ich breche sofort ab, falls ich den Eindruck habe, Lennox zu überfordern«, sagte ich und wandte mich wieder dem Savanten zu.

»Okay, Lennox. Wenn du die Daten entschlüsseln kannst, versuche sie dir als ein Bild vorzustellen, das ich verstehen und in deinen Gedanken sehen kann!«

»K'ar. Go!« Er schloss die Augen.

Das ging mir fast zu schnell. Ich hatte noch keine Ahnung, wie ich mit der rauschenden Datenflut umgehen sollte. Ich musste versuchen, irgendwo einen geistigen Halt zu finden. Oder sollte ich mich sogar mit ihr treiben lassen?

Es war einfach für mich, schnell den beschriebenen Netzpunkt im feindlichen Rechner zu finden. Ich befand mich im Zentralcomputer der *Jesod*, dem Flaggschiff der Flotte. Unzählige Male hatte ich hier schon auf der Lauer gelegen, immer unschlüssig, was und wie ich es anstellen könnte, um an Informationen zu gelangen.

Eine irreale Welt, in der ich mich bewegte, wobei »bewegen« die falsche Bezeichnung für meine geistige Anwesenheit war. Ein dreidimensionales und farbiges Wabern, das ich nicht optisch wahrnahm. Auch »fühlen« wäre unrichtig gewesen. Es war mehr ein Spüren, ein Wahrnehmen von kaum vorhandenen Lichtteilchen, die jedoch kräftige Impulse aussandten und mir Furcht einjagten, weil ich bei weitem noch nicht genügende Erfahrung mit ihnen hatte. Es ging eine gewaltige Kraft von ihnen aus, die mir Respekt einflößte. Nachdem ich die unbändige Energie von Free Falls Geist erlebt hatte, wusste ich, was ein neuraler Strom bewirken konnte. Das, was jetzt geschah, war künstlicher Natur, aber deswegen nicht minder gefährlich. Ich setzte auf die Abwehrkräfte meines Chips und hoffte darauf, dass er mich vor dem Schlimmsten bewahren würde.

»Okay, ich bin gleich dort«, hörte ich mich sagen.

Jetzt musste ich eine Sperre überwinden, um den Datenfluss in Gang zu bringen. Alle Aufklärungsbilder waren in einem eigenen Nanofile gespeichert. Für mich war das Nanofile ein farbiges Gebilde mit unzähligen Verknüpfungen, ein asymmetrisches Etwas, das in einen kristallinen Kokon gehüllt war. Ich wusste, dass mein Chip die Informationen aufnehmen konnte, wenn ich es schaffte, mich dem Datenstrom zu stellen.

Ein kleiner Impuls von mir an der richtigen Stelle …

… jetzt …

Eine Kaskade von Lichtblitzen schoss mir entgegen.

Ich stellte mir ein Entgegenstemmen in einem reißenden Fluss vor und warf mich in die Strömung. Wider Erwarten klappte es ganz gut, ich durfte nur nicht zu viel Widerstand bieten, um mich den Partikeln zu öffnen. In meiner ersten Überraschung über das gute Gelingen wurde ich unkonzentriert und rutschte ein wenig zurück. Schnell korrigierte ich meine Haltung und hatte bald das richtige Gefühl für einen optimalen Durchlasswiderstand. Gleichzeitig spürte ich, wie sich die Zeit dehnte. Das Phänomen glich dem Augenblick, als der Chip mich gegen Free Fall verteidigt hatte, oder auch dem Moment, in dem er den gewalttätigen Typen in der Kantine neutralisierte. Eine Nanosekunde wurde zur Sekunde, die Sekunden zu Minuten. Der Strom floss nun träge und zäh durch meinen Geist.

Ich wartete. Wie viele Informationen würde Lennox benötigen?

Es sollte zunächst nur ein Test sein, also gab ich noch eine Minute drauf und schwang mich dann geschmeidig aus dem Strom heraus. Zufrieden hastete ich zurück …

»Wow! Na!«, rief Lennox aus und sah mich mit weit aufgerissenen Augen an.

»Das ging aber schnell«, meinte Voodoo. Ich warf ihm einen überraschten Blick zu. Anscheinend war in Realzeit nur der Bruchteil einer Sekunde verstrichen.

»Lennox! Ist alles in Ordnung?«, fragte Nat und beugte sich zu Lennox hinunter, der kerzengerade und wie versteinert im Sessel saß, seine Hände in die hohen Lehnen gekrallt.

»Lennox, alles okay?«, fragte nun auch ich und sah ihn besorgt an.

»Wow!«, machte er schließlich noch einmal und rollte entspannend seine Schulter. »A'es k'ar, Boss.« Er schüttelte den Kopf und blinzelte ein paar mal. »Je'z' ma' ic' die Pi's klar.«

Ich atmete erleichtert auf. »Gut, klar, die Bilder. Einen Moment, ich konzentriere mich auf dich.«

»Dauer' noc'.«

Entspannt schloss ich die Augen.

Als Erstes erschien ein Text vor meinen geistigen Augen: Visualisierte Worte von Lennox.

{Ich brauche einige Zeit, die Daten zu entschlüsseln. Es sind Bilder. In Schwarz-Weiß könnte ich es schneller.}

Ich lächelte. Lennox war wirklich unglaublich.

»Nein. Lass dir Zeit. Farbe wäre nicht schlecht«, sagte ich laut.

Der Text verschwand und wurde durch ein farbiges Okay ersetzt.

Ein unscharfer Klecks verdrängte das Okay.

{Viele Bilder. Ich öffne eins nach dem anderen. Langsam.}

»Gut. Lass dir Zeit«, wiederholte ich.

Der Klecks gewann an Konturen.

Würfel. Halbkugel. Kleiner Würfel. Kugel. Pyramide. Kreuz.

Das Mausoleum. Es stand alleine in einer Ebene. Einer Steppe. Die Sonne brach sich grell in den kugeligen Flächen.

Das nächste Bild. Wieder ein Mausoleum. Es sah genauso aus wie das erste. Dieses Mal stand es nahe einer kleinen Ortschaft, die eindeutig asiatischen Ursprungs war. Im Hintergrund konnte man verzierte Giebeldächer erkennen.

Das darauf folgende Bild zeigte das Grabmal in einer eisigen Schneelandschaft.

So ging es weiter. Immer das gleiche Mausoleum an verschiedenen Orten auf Camelot. Im Dschungel, versteckt unter breiten Blättern. Ebenfalls einsam gelegen in einer saftigen Wiese.

Auf einer Insel.

Lennox blätterte die Bilder schneller durch, als er die Eintönigkeit der Abbildungen erkannte.

{Es ist immer das gleiche Bauwerk. An verschiedenen Orten. Ich glaube, man nennt sie Stupas. Das sind Grabmäler von Heiligen. Sie sind mit Reliquien, Schriften, Buddhafiguren und Kräutern gefüllt.}

Inzwischen hatten wir bestimmt über fünfzig davon gesehen. Die Bilder flogen durch meinen Kopf.

»Warte! Stopp! Was war das? Das hat anders ausgesehen!«

{Ein neues Nanofile. Ich gehe zurück.}

Dieses Mal ein großer blauer Klecks.

Die Erde.

Nein, es war Camelot.

Übersät mit Lichtpunkten.

Zuerst dachte ich, es handele sich dabei um eine Nachtaufnahme des Planeten, doch als die Abbildung schärfer wurde, erkannte ich einzelne Lichtquellen. Sie sahen aus wie Markierungen, die wahllos über die Kontinente verstreut waren.

»De'ail«, sagte Lennox.

»Was?«

{Ich kann näher herangehen und ein Detail zeigen. Die Auflösung ist groß genug.}

»Ja, okay, zeig mir irgendeine Stelle auf dem Planeten als Detail.«

Von weitem hatte ich weiße Lichtpunkte ausgemacht. Lennox fuhr nahe an Zentralafrika heran. Nicht alle Punkte waren weiß. Etwa die Hälfte davon leuchtete in einem hellen Gelb, einige wenige in Grün.

Ein paar in Rot.

Die Botschaft war offensichtlich. Jeder Lichtpunkt markierte den Standpunkt eines Mausoleums. Es mussten tausende sein.

{Neben jedem Punkt steht offenbar ein Text. Um ihn zu lesen, reicht die Auflösung des Bildes jedoch nicht aus.}

Schade. Immerhin waren wir aber ein Stück weitergekommen. Ich musste das mit den anderen besprechen. Vielleicht hatte jemand eine Idee, was das alles zu bedeuten hatte.

»Lass gut sein, Lennox. Wir machen später weiter.«

{Das ist mir recht. Ich muss zugeben, dass ich etwas müde bin.}

Ich öffnete die Augen und sah in die erwartungsvollen Gesichter der Umstehenden.

Lennox lag wie eine leblose Puppe in der Tiefe des Sessels.

Sein Schnarchen klang jedoch durchaus menschlich.

5

»Lennox pennt immer noch«, sagte Voodoo.

Ich sah auf meine Uhr. Seit unserer Sitzung waren 14 Stunden vergangen. »Kein Wunder, er hat eine Menge Daten verarbeitet. So etwas ist auch für ihn nicht alltäglich. Er hat Erstaunliches geleistet.«

»Viel weiter sind wir aber trotzdem nicht gekommen.«

»Du darfst nicht ungeduldig sein. Wenn Lennox wieder bei Kräften ist, hol ich noch mehr Informationen aus dem Computer. Immerhin wissen wir jetzt, dass Siebeneicher und Draper nichts anderes machen, als Mausoleen abzuklappern.«

»Wir wissen es nicht, wir vermuten es.«

Er hatte Recht, wir vermuteten es. Nachdem Nat den Savanten in seine Kabine gebracht hatte, waren wir die Möglichkeiten durchgegangen. Es blieb nur eine einzige Erklärung: Die beiden Gruppen auf Camelot suchten alle Grabmäler auf, weil sie hofften, in einem davon den Zugang zum Archiv und damit zum Chip zu finden.

Trotzdem blieben viele Fragen offen. Eine, die mich am meisten beschäftigte, war, wieso Siebeneicher die Neuankömmlinge duldete. Mit der Macht seines Chips hätte er alle nach und nach vernichten können.

Voodoo dachte ähnlich. »Wieso lässt der Ordensfürst den General einfach so rumlaufen? Noch dazu, wenn er das gleiche Ziel hat? Du hast gesagt, es wäre ein Leichtes für ihn, die Neuen zu vernichten.«

»Ich habe dafür nur eine Erklärung: Die Überheblichkeit von Siebeneicher. Und die Vielzahl der Grabmäler. Siebeneicher lässt Draper die Drecksarbeit machen und kontrolliert ihn dabei. Entdeckt dieser etwas, schlägt Siebeneicher zu.«

»Hm, möglich«, brummte Voodoo. Ihm ging das ewige Theoretisieren auf die Nerven. Am liebsten wäre er vor Ort gewesen, um reinen Tisch zu machen. Noch war er aber hier in einem Wrack gefangen.

Wir waren auf dem Weg zum Hangar, um die Vorbereitungen für den Testflug zu beobachten. Nat und einer seiner Leute, Sennheiser, wollten in einer Stunde starten.

Viel würde bei dem Testflug nicht herauskommen, denn laut Lichtwitz waren alle theoretischen Probleme gelöst. Also konnte nur die Frage beantwortet werden, ob die Konstruktion hielt. Wenn nicht, musste nachgebessert werden. Das Hauptproblem, ob dann später alle acht Objekte ihr Ziel sicher erreichen würden – und zwar gleichzeitig –, würde sich erst lösen, wenn es so weit war.

»Weißt du, was ich mir überlegt habe?«, fing Voodoo wieder an, als wir zum Karussell hochfuhren. »Diese Grabmäler müssen neu auf dem Planeten sein. Free Fall hat sie nicht erwähnt, oder?«

»Nein, ich habe nichts in seiner ... ich kann mich nicht erinnern, dass er etwas davon gesagt hat.«

»Und noch etwas: Die Grabmäler entstammen nicht irgendeiner Vorstellung der Leute, die den Planeten mit ihren Gedanken geschaffen haben. Also hat sie der Planet erst kürzlich erschaffen, sonst wären sie doch Siebeneicher bestimmt schon vorher aufgefallen, oder?«

»Ja, ich denke schon.«

»Das heißt also, der Planet ergreift die Initiative, was immer das bedeutet. Und er reagiert erst jetzt, nach 25 Jahren. Er reagiert auf die Lex Dei.«

»Oder auf Neuankömmlinge allgemein, ganz gleich, unter welcher Flagge sie segeln.«

»Meinetwegen. Aber warum macht er das alles so kompliziert? Tausende von Grabmälern, über den ganzen Planeten verstreut. Bei euch stand gleich neben der Pyramide ein Turm, in dem sich das Archiv befand. Jetzt soll man Gräber abklappern. Ich wüsste gar nicht, mit welchem man anfangen sollte.«

Ich überlegte. »Wahrscheinlich wissen das Siebeneicher oder Draper auch nicht. Ich nehme an, sie fangen mit den roten Lichtpunkten an, von denen es sehr wenige gibt.«

»Eben!«, ereiferte sich Voodoo. »Das ist doch viel zu offensichtlich. Das riecht mir nach bewusster Irreführung.«

Wir waren im Karussell angekommen. »Schon möglich, aber wenn es keine anderen Anhaltspunkte gibt, würde ich auch so handeln.« Ich zögerte einen Moment, bevor ich nach einem der Griffe langte. »Vielleicht sind Siebeneicher und Draper im Besitz von weiteren Informationen. Sie konnten im Gegensatz zu mir die Texte neben den Mausoleen lesen. Die Folgerung daraus lautet also: Wir müssen zuerst den Globus finden.«

»Ziemlich albern, das Ganze«, sagte Voodoo und ließ sich anschließend an einem Griff in das Karussell hineinziehen. »Albern und unwirklich. Ich frage mich manchmal, ob der Planet überhaupt existiert, oder ob wir uns alle das nur einbilden. Was hat Appalong damals gesagt: man bräuchte die Menge von Googol Informationen, um eine Realität darzustellen?«

Ein wehmütiges Schmunzeln glitt über meine Lippen, als ich mich an den unvergesslichen Moment in der Pyramide erinnerte. »Nein, er hat die Anzahl der Chips in der Pyramide mit Googol bezeichnet, das wäre die Zahl Zehn hoch einhundert. Um einen ganzen Planeten zu erschaffen, bräuchte man aber bestimmt die Anzahl von Googolplex Informationen, das wäre dann eine Zehn hoch Googol. Was dann noch fehlte, wäre ein Bauplan.«

»Eben, sag ich doch, es ist alles unwirklich und gaga!«

Im Grunde genommen hatte er Recht.

Wenn nur die Wirklichkeit nicht gewesen wäre.

Der Test mit der Firefly-Neutro-Konstruktion verlief unspektakulär. Nat und Sennheiser hatten das skurrile Gebilde vorsichtig beschleunigt und waren anschließend mit einem unaufdringlichen Leuchten im Weltall verschwunden.

Eine halbe Stunde später waren sie wieder zurück.

Alles war glatt verlaufen.

»150 Millionen Kilometer, wenn der Computer unseren Zielpunkt richtig berechnet hat«, berichtete Nat mit flachem Atem und ein wenig Stolz in der Stimme. Kein Wunder, denn schließlich stammte die Idee von ihm. »Alles ist reibungslos verlaufen. Die Phasen waren absolut exakt getaktet, bis kurz vor dem Stehenden Licht. Keinerlei Abweichungen. Jetzt können wir es angehen.«

Bevor ich einen Kommentar dazu abgeben konnte, war er schon wieder aus der Leitung verschwunden. Er hatte es eilig mit der Verwirklichung seines Plans.

»Phasen exakt getaktet! Baah!«, machte Voodoo. »Der Bengel hat ja keine Ahnung, wovon er spricht. Ich könnte ihm Sachen über diesen Wunderantrieb erzählen, da würden ihm die Augen übergehen …«

»Du musst dich daran gewöhnen, dass seit unserer Expedition 25 Jahre vergangen sind. Nat stammt aus einer neuen Generation. Was jedoch nicht für den Neutrino-Treiber gilt. Die heutige Version hat bestimmt schon mehrere Generationen durchlaufen und kann mit dem antiquierten Monstrum unten im Technischen Bereich keineswegs verglichen werden.«

»Trotzdem …« Er zog die Schultern hoch. »Und wie geht es weiter?«

Ich drehte mich in der Schwerelosigkeit zu Lichtwitz um, der ebenso wie wir die Demonstration im Hangar verfolgt hatte.

»Wir brauchen etwa eine Woche, um alle Fireflies und den Lander umzurüsten«, sagte der Lieutenant Commander. »Inzwischen sollten Sie entscheiden, wer an dem Kommando teilnimmt. In den Lander passen höchstens 10 Leute, das ergibt mit den 14 Plätzen in den Fireflies 24 Personen. Es werden also einige von der Einsatztruppe zurückbleiben müssen. Ich fürchte, dass es sogar mehr sein werden, denn der Stauraum des Landers wird wegen diverser Ausrüstungsgegenstände aus allen Nähten platzen.«

»Vielleicht kann man einiges an den Streben befestigen«, schlug ich vor. »Klären Sie das bitte mit Nat und Zoerance. Ich versuche in der Zwischenzeit, an weitere Informationen über den Planeten zu kommen.«

Lichtwitz nickte zustimmend und stieß sich ab – in den Hangar hinein, wo nun reges Treiben herrschte. Alle hatten tatsächlich nur ein Ziel vor Augen, nämlich das Projekt »Fly Storm« voranzutreiben, wie Nat es bezeichnet hatte. Und das mit wachsender Begeisterung, wie meine gedanklichen Nachforschungen ergeben hatten. Nach dem Schock der Katastrophe und der anfänglichen Verwirrung über das weitere Vorgehen hatte sich die Besatzung wieder gefangen. Sie wollte vorankommen, ganz gleich, in welche Richtung.

Mich dagegen trieben seit einigen Stunden ganz andere Gefühle an. Hauptsächlich Angst und Beklemmung. Je mehr Bilder und Erfahrungen ich über die Situation auf Camelot sammelte, desto größer wurde meine Furcht vor dem Bevorstehenden. Gleichzeitig beherrschte mich der Gedanke, meine Furcht durch mehr Informationen bekämpfen zu können.

Lennox war eine Hilfe, aber er war nur begrenzt belastbar.

Es gab noch eine andere Möglichkeit, aber sie war riskant.

Viktor Sargasser. Ich musste mit ihm in Kontakt treten. Er war mein Freund, und er war der Spion in den feindlichen Reihen. Das Problem bestand jedoch in der Kontaktaufnahme. Er war zu nahe an Siebeneicher dran. Ich war überzeugt davon, dass der Ordensführer eine latente Kontrolle über die Chipträger auf Camelot ausübte. Vorsichtiges Herantasten hatte mir gezeigt, wie mächtig sein Chip war. Er würde jede Annäherung bemerken, besonders wenn Viktors Chip Abwehrmaßnahmen gegen mein Eindringen in seine Gedanken einleiten würde.

Ich musste einen Weg finden, mich leise einzuschleichen.

Nur wie?

Am besten durch die Hintertüre.

Ich musste den richtigen Moment abpassen. Wenn er nicht von selbst kam, dann würde ich ihn inszenieren.

»Voodoo, ich brauche deine Hilfe.«

»Was soll ich machen?«

»Ich will Kontakt zu Viktor aufnehmen.«

»Du hast doch aber gesagt, so eine Kontaktaufnahme mit einem anderen Chipträger könnte gefährlich für dich sein.«

»Ja, vielleicht. Ich hoffe, bei Viktor auf weniger Widerstand zu treffen beziehungsweise ihn und seinen Chip schnell davon zu überzeugen, dass ich kein Feind bin. Wenn mir das gelingt, haben wir eine Informationsquelle aus erster Hand.«

Er runzelte die Stirn. »Na gut, du musst selbst wissen, was möglich ist. Was soll ich dabei tun?«

»Anwesend sein, wenn ich den Kontakt aufnehme. Und Dr. Vance sollte dabei sein, nur für den Notfall. Lennox brauche ich wahrscheinlich auch.«

»Das klingt sehr generalstabsmäßig. Was hast du vor?«

»Wenn es mir gelingt, Siebeneicher auf Draper zu hetzen, dann ist er für einige Momente abgelenkt, und ich kann an Viktor ran.«

»Jetzt lass dir doch nicht alles aus der Nase ziehen! Wie willst du denn Siebeneicher wütend machen, wenn du dich nicht an ihn herantraust?«

»Die Schiffe der Lex Dei sind bewaffnet, und das nicht zu knapp. Ich wähle eine Tom-Tom-Rakete aus und beschieße damit aus dem Orbit Siebeneichers Heer. Er wird genau wissen, woher der Beschuss kommt, und Draper gedanklich angreifen. Hoffe ich zumindest.«

Voodoo sah mich mit großen Augen an. »So etwas kannst du? Eine Rakete klauen?«

»Wenn ich in den Computer eindringen kann, kann ich auch eine Rakete starten, aber dazu brauche ich

Hilfe. Ich benötige ein Programm, um den genauen Einschlagsort zu bestimmen. Möglichst nahe bei Siebeneichers Truppen. Lennox nimmt das Programm in seine Gedanken auf, ich übernehme es und installiere es im Computer. So einfach geht das.«

Er sagte nichts dazu. Ich sah ihm an, dass er etwas ausbrütete. Es war nicht schwer zu erraten, worum es sich dabei handelte.

»Sag mal, siehst du eigentlich nicht die Perversion in deinem Vorhaben? Du konstruierst einen umständlichen Plan, um Siebeneicher nur zu erschrecken und ihn dann wütend auf jemand anderen zu machen, damit er beschäftigt ist. Warum vernichtest du ihn und sein Heer nicht gleich vollständig mit diesem Schlag? Und Draper gleich mit. Dann wären wir alle Sorgen los.«

»Das wäre Massenmord!«, entgegnete ich entrüstet.

»Ach was. Wir führen Krieg, und da sind alle Mittel erlaubt.«

»Wir führen keinen Krieg. Wir liegen in Konkurrenz mit anderen Komplexen, weil wir alle nach demselben Ziel streben. Was du vorschlägst, ist kalter, berechneter Mord, nichts anderes.«

Voodoo schüttelte fassungslos den Kopf. Dann beugte er sich nahe zu mir und sagte: »Du lernst wohl auch nichts dazu. Glaubst du, Siebeneicher würde an deiner Stelle zögern? Und mal ganz abgesehen davon: Auf Camelot laufen hunderte von Chipträgern herum, die alle in der Lage sind, Gedanken zu lesen. Von irgendwelchen anderen Mätzchen ganz zu schweigen. Was glaubst du, was die mit ihren erworbenen Fähigkeiten anstellen, wenn sie zur Erde zurückkehren?«

Er schwieg abrupt, als hätte er jetzt erst die Tragweite seiner Aussage begriffen. Vielleicht war es auch so.

Im Gegensatz zu ihm hatte ich mir schon seit langem

Gedanken über eine mögliche Invasion von Chipträgern auf der Erde gemacht – und war zu keinem Ergebnis gekommen.

Ursprünglich hätte es gar nicht so weit kommen sollen. Eigentlich war der Plan gewesen, vor der Lex Dei bei der Pyramide einzutreffen, das Archiv in Besitz zu nehmen und wieder zu verschwinden.

Ursprünglich … das war einmal.

Wenn ich mir alleine Zoerances Gedanken näher betrachtete, dann lief es mir kalt den Rücken herunter. Im Falle einer Rückkehr zur Erde als Chipträgerin malte sie sich ihre Zukunft als eine Art Superpolizistin aus, die für Recht und Ordnung sorgte. Im Grunde genommen dachte sie also an das Gleiche wie Siebeneicher oder Draper, nur im Ansatz etwas gerechter gefärbt.

»Was glaubst du denn, was Zoerance oder Nat mit ihren Fähigkeiten anstellen werden, wenn sie zur Erde zurückkehren?«, legte ich meine Überlegungen offen. »Oder du? Oder Viktor? Wo soll ich da anfangen – und wo soll ich aufhören? Wahrscheinlich wäre es das Beste, ich würde uns gleich alle in die Luft jagen.«

Er schwieg immer noch betroffen.

»Ich meine, mir ist natürlich die Version von Zoerance sympathischer als die eines Siebeneicher«, sagte ich versöhnlich. »Aber wo ist die Grenze, und vor allem, wer legt sie fest?«

»Es wäre besser gewesen, die Pyramide wäre damals sonst wohin verschwunden, so wie die anderen«, lenkte er schließlich ein. »Warum hast du dich denn überhaupt auf das alles eingelassen? Es sieht nicht so aus, als ob es eine Patentlösung gäbe.«

»Ich hatte keine Wahl. Abgesehen davon: Welche Alternativen hätte es gegeben? Der Lex Dei das Feld überlassen und abwarten, was die Zukunft bringt?

Und wenn es nicht die Lex Dei gewesen wäre, dann wären andere zur Pyramide geflogen. Immer wieder, bis jemand Erfolg gehabt hätte. Sie wäre zu einem Wallfahrtsort der Macht geworden. So heroisch das auch klingen mag, aber meine Anwesenheit auf der *Nostradamus* ist noch die beste Lösung für die Menschheit.«

»Kann schon sein, aber die Menschheit weiß nichts von deinem Aufenthaltsort, für sie bist du tot.«

»Ja, ich weiß.« Mehr fiel mir dazu nicht ein.

Wozu auch.

Wir trafen uns wie zu einer heimlichen Séance in der Captains Suite gleich hinter der Zentrale. Trotz heftiger Proteste von Dr. Vance, die vehement gefordert hatte, die Aktion im medizinischen Bereich stattfinden zu lassen, hatte ich auf diesem Raum bestanden.

»Wie soll ich Ihnen denn schnell helfen können, wenn die notwendigen Apparaturen dazu in einem weit entfernten Raum stehen?«, hatte sie mürrisch gefragt.

»Falls mir wirklich etwas passiert, können Sie mir nicht helfen. Sie sollen nur beobachten. Sie geben mir ein Gefühl der Sicherheit. Anders kann ich meinen Wunsch nach Ihrer Anwesenheit nicht erklären. Außerdem kann ich mich in Ihren grün gestrichenen Räumen nicht konzentrieren.«

Sie hatte noch etwas von Placeboeffekten gegrummelt, war mir aber dann wie die anderen in meine Suite gefolgt.

Außer Voodoo und Lennox waren noch Lichtwitz und Deisenhofen im Raum. Und Tattersal, ein Computerspezialist von Zoerances Truppe, der laut seiner eigenen Aussage die Funktionsweise des Zentralrechners der *Jesod* in- und auswendig kannte. Seinem Aussehen nach hätte man ihn für einen Schwergewichtschampion gehalten. Ein schwarzer Hüne von fast zwei Metern mit Muskeln aus Stahl und einem finsteren Gesicht.

Ich konnte mir selbst keinen Grund für die Zusammenstellung der Gruppe nennen, eigentlich hätten Lennox und Tattersal vollauf genügt. Wahrscheinlich hatte Dr. Vance Recht mit ihrer Bemerkung über Placeboeffekte, denn ich brauchte einfach etwas seelische Unterstützung.

Lennox sah frisch und ausgeruht aus. Über die außergewöhnliche geistige Erfahrung hatte er kein Wort verloren. Er saß wieder wie eine große Puppe in einem Sessel und blickte mich erwartungsvoll an. Ihm schien das sehr viel Spaß zu machen.

Die anderen standen unschlüssig an der Wand aufgereiht und warteten auf Anweisungen von mir.

Deisenhofen schien desinteressiert. Ich hoffte darauf, ihn durch das Einbeziehen in meinen Plan ein wenig wachzurütteln. Bis jetzt mit mäßigem Erfolg.

»Nun denn«, begann ich zögernd und überlegte, wie ich am besten vorgehen sollte. Also versuchte ich noch einmal, mein Vorhaben zu erklären. »Siebeneichers Chip ist ungeheuer mächtig …«

»Warum?«, fragte Dr. Vance.

Ich sah sie fragend an.

»Warum ist sein Chip so mächtig?«, hakte sie nach. »Warum seiner und nicht auch die von allen anderen, die schon seit 25 Jahren auf dem Planeten sind? Liegt es an seinem Charakter?«

»Nein, es liegt daran, dass er in dieser Zeit eine ganze Reihe von Chipträgern auf seinem Gewissen hat«, sagte ich mit fester Stimme und sah ihr dabei in die Augen. Gleichzeitig beschloss ich, ihr und den anderen die

Wahrheit zu sagen. »Die Macht der Chips und alle darauf gespeicherten Informationen wurden dabei auf seinen Chip übertragen …«

»Sie wollen mir doch jetzt nicht erzählen, dass man durch die Ermordung anderer Menschen zu einer Art Superman wird?«

Ich zuckte mit den Schultern. »Nur, wenn Sie einen Chipträger töten.«

Sie brauchte einige Augenblicke, um das zu verdauen.

»Woher wollen Sie das wissen?«

Eine fatale Situation, aber ich blieb bei der Wahrheit.

»Ich habe selbst einen Chipträger getötet. Unabsichtlich. Nämlich Free Fall. Seitdem habe ich gespürt, dass mein Chip stärker geworden ist. Außerdem kenne ich seitdem all seine Gedanken, sein Leben, ich bin im Besitz seiner Fähigkeiten und verfüge über sein Wissen. Wenn Sie so wollen, lebt Free Fall in mir weiter. Und nicht nur seine Sphäre habe ich aufgenommen, auch die Sphären von denjenigen, die er getötet hat.«

Jetzt war es raus. Nicht, dass ich ein schlechtes Gewissen gehabt hätte. Es war mehr eine Befreiung von einer Last, die durch das Mitwissen anderer etwas leichter wurde.

Sie wich einen Schritt von mir zurück. Hin zu den anderen, als wollte sie dort Schutz vor mir suchen.

»So etwas ist unmöglich!«, stieß sie hervor. »Das ist primitiv. Das ist Blasphemie. Wir leben doch nicht in der Steinzeit, wo Menschen glaubten, die Fähigkeiten anderer zu erlangen, indem sie ihre Feinde töteten!«

Ich konnte ihre Erregung verstehen. Gleichwohl wurde ich wütend über ihre Äußerung.

»Was Sie denken, ist mir ziemlich gleichgültig. Ich erzähle Ihnen lediglich die Wahrheit …«

»Ich glaube Ihnen kein Wort! Das ist doch Scharlatanerie!«

Tief durchatmen. Ganz ruhig bleiben.

Lichtwitz kam mir zur Hilfe. »Einen Moment mal.« Er legte seine Hand beruhigend auf ihre Schulter. »Ich sehe keinen Grund, Captain Nurminens Aussagen anzuzweifeln. Was sollte er für ein Motiv haben, uns Lügen zu erzählen?«

»Weil er … was weiß ich denn. Das ist einfach verrückt! Er ist verrückt, ein Monster!« Die ansonsten so nüchterne Ärztin zeigte nun ein ganz anderes Gesicht. Sie drehte beinahe durch.

Monster! Das wusste ich selber, trotzdem, ein kleiner geistiger Druck auf ihre Halsschlagader, und sie würde mir gegenüber das Wort nie wieder erwähnen.

Beherrsch dich, Nurminen, sie kann nichts dafür. An ihrer Stelle würde ich das alles auch nicht begreifen.

Nun erwachte sogar Deisenhofen aus seiner Lethargie. »Nurminen sagt die Wahrheit. Ich war dabei, als der Vorfall mit Free Fall geschah. Das ergibt alles einen Sinn, auch wenn es sich irreal anhört. Wenn wir Erfolg haben wollen, dann müssen wir uns der Irrealität beugen, auch wenn es verrückt klingt.«

Nachdem wir uns gemeinsam durch einige Sekunden nachdenklichen Schweigens gekämpft hatten, nahm ich den Faden wieder auf: »Ich möchte, dass jeder der hier Anwesenden sich meine Situation vor Augen hält. Ich habe nicht um diese Fähigkeiten gebeten. Ich hatte ebenfalls nicht vor, zum zweiten Mal eine Reise zu einer Pyramide anzutreten, und schon gar nicht bis zum äußersten Rand unseres Sonnensystems. Ich werde mein Leben und das meiner Crew nicht unnötig gefährden und alles daransetzen, so viele wie möglich wieder heil und gesund zur Erde zurückzubringen, auch wenn ich befürchten muss, dass es Opfer geben wird. Camelot wird kein Spaziergang werden, deswegen will ich so viele Informationen wie möglich über die Verhältnisse dort sammeln. Aus diesem Grund haben wir uns hier getroffen. Wenn jemand der Meinung ist, es wäre unsinnig, sich einem ›Monster‹ anzuvertrauen, dann werde ich nicht versuchen, ihn umzustimmen. Er sollte sich aber darüber im Klaren sein, dass er am Ende vielleicht diesem ›Monster‹ sein Leben verdankt.«

Ich hatte zu allen gesprochen und Dr. Vance dabei nicht angesehen. Jetzt aber fixierte ich sie kurz, was ihr sichtlich unangenehm war. Sie verschränkte trotzig, nein, verlegen – wie ich ihren Gedanken entnahm – die Arme und nickte mir zu.

»Okay, ich habe verstanden«, sagte sie leise. Zu einer Entschuldigung konnte sie sich nicht durchringen, deswegen beachtete ich sie auch nicht weiter. Stattdessen sondierte ich kurz Deisenhofens Gedanken. Er hatte seine Talsohle durchschritten und sah mich mit festem Blick an. Irgendein Restfunke hatte seine Lebensgeister wieder geweckt.

»Gut«, fuhr ich fort. »Ich hole uns zunächst die Koordinaten von Siebeneichers Aufenthaltsort aus dem Zentralrechner der *Jesod*. Danach programmiert Tattersal eine Tom-Tom, die wir in seine unmittelbare Nähe schicken und hochgehen lassen. Ich erhoffe mir eine Kurzschlussreaktion von ihm, indem er den vermeintlichen Befehlsgeber des Anschlags, nämlich General Draper, auf geistiger Ebene angreift. Dazu braucht er all seine Konzentration. In diesem Stadium wird es ihm entgehen, wenn ich versuche, mit Viktor Kontakt aufzunehmen.«

Ich blickte auffordernd in die Runde. »Hat jemand Fragen oder Vorschläge dazu?«

Verlegene Augenkontakte, angedeutetes Kopfschütteln. Keine Fragen, keine Vorschläge, selbst Voodoo schien durch meine Rede eingeschüchtert.

Wortlos langte ich nach einem Sessel und setzte mich Lennox gegenüber, der mich nach wie vor freundlich anlächelte.

»F'rtig. Go«, sagte er und schloss die Augen.

{Ich bin bereit, Boss, es kann losgehen.}

Für die Koordinaten brauchte ich ihn eigentlich nicht, die hätte ich mir vielleicht noch merken können, doch sie könnten aus einem neuralen Code bestehen, den ich bestimmt nicht behalten konnte.

»Es wird nicht lange dauern.«

Würde es auch nicht, denn inzwischen war ich endlose Male auf einer Wanderung durch den Rechner gewesen. Ich wusste genau, wo ich die Daten finden konnte.

Sekundenbruchteile später hatte ich die für mich lächerlichen Sperren und neuralen Hindernisse des Rechners überwunden und war auf der Suche nach dem entsprechenden Nanofile. Dank der neuralen Arbeitsweise der heutigen Rechner konnte ich mich einigermaßen zurechtfinden. Ich war in der Lage, Texte von Bildern zu unterscheiden, zweidimensionale Darstellungen von hoch auflösenden Holografien. Die Texte konnte ich einwandfrei lesen, alles andere war ein Problem für mich, ich sah Bilder und Filme nur verschwommen. Lennox' einmalige Gehirnstruktur hatte damit keine Schwierigkeiten, sie übersetzte die Mixtur aus binärem Code und neuronalen Impulsen mühelos in eine für ihn und mich lesbare Gedankensprache.

Wenig später hatte ich die gesuchten Informationen gefunden und schickte sie direkt zu Lennox. Anschließend sah ich mich noch in dem Nanofile kurz um, aber nachdem ich nichts Interessantes entdecken konnte, kehrte ich zu den anderen zurück.

»Lennox, hast du alles empfangen?«

»Yup, Boss.«

{Siebeneichers Heer befindet sich auf der südlichen Halbkugel der Erde, in Südamerika, in Patagonien. Kurz vor Feuerland. Laut den Daten hat er ein Lager aufgeschlagen. Es ist dort jetzt 18.44 Uhr. Ich gebe die Koordinaten in einen Computer ein, und Tattersal setzt sie für den Feuerbefehl der Tom-Tom in das Programm ein.}

Er tippte in schneller Folge die Daten in ein Videosheet und reichte es Tattersal, der unseren lautlosen Datendiebstahl mit staunenden Augen verfolgt hatte.

»Tattersal, den Aufschlagspunkt der Tom-Tom nicht zu nahe an Siebeneichers Standort legen«, mahnte ich ihn. »Es soll niemand zu Schaden kommen.«

»Das wäre doch nicht das Schlechteste«, sagte er mit einer dunklen und grollenden Stimme. Dann grinste er mich mit seinem weißen Prachtgebiss an. »Früher oder später erwischen wir den Fürsten sowieso.«

Ich seufzte tief auf. So weit waren wir schon einmal gewesen.

»Bitte!«, sagte ich mit Nachdruck.

»Okay. Ich würde vorschlagen, wir schicken ihm zwei Tom-Toms auf den Pelz, dann sieht der Anschlag noch mehr nach Absicht aus. Eine Rakete könnte Zufall sein, obwohl ... ja, zwei sind besser.« Er bearbeitete das Sheet in schneller Folge. »Es ist mir ein Rätsel, wie Sie die persönlichen Codes der Feuerleitoffiziere auf der *Jesod* knacken wollen. Ohne die Codes passiert rein gar nichts.«

»Ich brauche keine Codes. Ich bin der Code. Wenn ich im System bin, dann bin ich allgegenwärtig, also auch an der Schnittstelle, an dem der Befehl zum Starten der Raketen gegeben wird. Ich arbeite direkt, ohne den Umweg über Codes.«

Er schüttelte lachend seinen Kopf. »Genial. Und das alles ohne Zeitverzögerung über Millionen Kilometer hinweg. Wenn wir wieder auf der Erde zurück sind, dann melden Sie sich bei mir. Wir könnten als Hacker das Geschäft unseres Lebens machen.«

»Wir machen gerade das Geschäft unseres Lebens«, entgegnete ich trocken. »Und wenn wir tatsächlich je wieder zur Erde zurückkehren, dann können Sie selber nach Herzenslust hacken, dann haben Sie nämlich einen Chip im Kopf.«

Dieses Mal war sein Grinsen zurückhaltender. »Ja, sieht ganz danach aus.« Er konzentrierte sich wieder auf das Sheet. Nach einigen Minuten zeigte er mir das Ergebnis. Eine endlose Reihe von Ziffern und Zeichen, die in unterschiedlichen Farben für die neuronalen Impulse niedergeschrieben waren. Das Sheet sah aus wie ein kleiner farbiger Teppich. »Vorausgesetzt, wir starten die Aktion in der nächsten halben Stunde, dann kommen die Tom-Toms von Westen, direkt aus der untergehenden Sonne. Falls Siebeneicher über die entsprechenden Geräte verfügt, wird er sie schon lange vorher entdecken und vielleicht sogar rechtzeitig unschädlich machen. Falls nicht, schlägt eine etwa zwei Kilometer südlich von seinem Standort ein. Die zweite zieht über ihn hinweg und explodiert kurz darauf in der Luft. Das ist alles in allem ein sehr ungenauer Beschuss, aber es wird ihn nachdenklich machen. Ich hoffe, er reagiert darauf so, wie Sie es sich vorstellen. Wenn Sie wollen, kann ich die Raketen auch so programmieren, dass ihn die Druckwellen aus seinem Zelt blasen.«

»Nein, es ist gut so. So machen wir es.«

Ich gab Lennox das Sheet. Er besaß die Fähigkeit, die

Daten in ein exaktes Gedankenbild zu verpacken. Ich würde es an Ort und Stelle im Rechner platzieren.

»Lennox, ich kann mir diese Daten als Gesamtbild nicht merken. Prägen Sie sich die Daten bitte gut ein. Ich übernehme dann das Paket und installiere es im Rechner der *Jesod*.«

»*Du*«, sagte er und nahm das Sheet in seine kleinen Hände.

{Sie können Du zu mir sagen, alle duzen mich.}

»Ich heiße John«, bot ich ihm an.

{Nein, Sie sind der Captain, der Boss.}

»Gut.« Ich war nicht in der Stimmung, mich über Förmlichkeiten zu unterhalten. Meine Konzentration auf die nächsten Minuten war wichtiger. Meine Anspannung nahm zu. Ich rieb mir die Schläfen und blinzelte ein paar Mal mit den Augen.

Dann blickte ich in die Runde. Alle Anwesenden standen immer noch wie in einem Wachsfigurenkabinett an der Wand. »Wir gehen es jetzt an. Ich weiß nicht, wie lange es dauern oder was überhaupt passieren wird. Auf jeden Fall werde ich versuchen, euch auf dem Laufenden zu halten.«

»Kann ich mir wenigstens etwas zu trinken aus deiner Bar holen?«, maulte Voodoo. »Ich bin schon ganz zappelig vor Spannung.«

»Bleibt ganz locker«, sagte ich. »Lennox und ich machen das mit links.«

Ohne eine weitere Erklärung klinkte ich mich in Lennox' Gedanken ein und griff mir das Paket.

Dann machte ich mich auf den Weg zurück in den Zentralrechner der *Jesod*.

6

Nach einem kurzen Zögern entschloss ich mich dazu, das Paket direkt in den beiden Rechnern der Tom-Toms zu installieren. Außerdem blockierte ich den externen Zugang. Wenn die Raketen einmal unterwegs waren, konnte sie nichts mehr aufhalten.

Es war kein großes Problem, die richtige Stelle zu finden. Ein leeres Feld mit mehreren neuralen Anschlüssen. Eine tumbe Rakete eben.

Nachdem ich das Paket eingesetzt hatte, huschte ich an den Leiterbahnen entlang zum nebenan liegenden Rechner für die Triebwerke. Hier sah es schon komplizierter aus, wenn auch nicht annähernd so komplex und umfangreich wie im Zentralrechner der *Jesod*. Die neuralen Wege waren eine Welt für sich. Ströme aus binären Zahlen, überlagert von neuronalen Impulsen. Sie glichen beinahe schon den Informationswegen zwischen den empfindlichen Synapsen eines lebenden Gehirns. Nach jedem Nanometer waren Verstärker in Form von kristallinem Selenium zwischengeschaltet. Leuchtende kleine Sterne in einem Mikrouniversum aus schmalen Bahnen und Stationen. Sie transportierten Null und Eins, Ja und Nein, Gut und Böse, ohne nach dem Sinn zu fragen.

Du wirst auf deine alten Tage philosophisch, Nurminen, dachte ich bei mir. In Wahrheit wollte ich den Start der Raketen noch etwas hinauszögern. Mich auf die bevorstehende Konfrontation zwischen Siebeneicher und Draper konzentrieren, falls es überhaupt so weit kommen sollte. Viktor würde ein Problem werden. Ich glaubte nicht, dass mich sein Chip in ernste Gefahr bringen konnte, aber ich hatte zu wenig Erfahrung bei einer Kontaktaufnahme mit einem anderen Chipträger. Eigentlich gar keine. Wie würde mein Chip reagieren, wenn Viktor instinktiv Abwehrmaßnahmen einleiten würde? Ich musste versuchen, meinen Chip unter Kontrolle zu halten, sonst wäre Viktor in ernster Gefahr.

Zurück in den Zentralrechner. Von dort musste ich den Startbefehl für die Tom-Toms auslösen. Auch hier zögerte ich und sah mich in den Mikrouniversen um. Unübersichtlich und doch klar gegliedert. Ich konnte zwischen den verschiedenen Aufgaben der Millionen von Bereichen des Rechners unterscheiden. Ein Meer aus Farbimpulsen, die aufblinkten und verloschen. Jede Farbgebung entsprach einer bestimmten Taktfrequenz. Mithilfe des Chips entschlüsselte mein Gehirn Texte und Bilder. Aus verschwommenen Sequenzen wurden scharfe Abbildungen.

Mein Chip lernte.

Es gab einen weiteren Grund für mein Zögern. Niemand hatte es zur Sprache gebracht, sich vielleicht auch nicht zu fragen getraut, aber der vermeintliche Angriff Siebeneichers auf Draper konnte unter Umständen mit dem Tod des Generals enden. Ich war mir sogar ziemlich sicher.

Ich hätte keine Antwort auf die Frage gewusst, warum ich den Tod Drapers in Kauf nahm, ja sogar der Auslöser dafür war.

Warum ich gleichzeitig den Vorteil mitnahm, einen

Konkurrenten auf diese tückische Weise aus dem Weg zu räumen.

Warum ich bei ihm keine Skrupel hatte.

Warum ich nicht gleich alle erledigte, wie es Voodoo vorgeschlagen hatte.

Ich wusste es nicht.

Zum Teil natürlich schon: Ich wollte keinen Massenmord begehen. Mein Gewissen nicht mit dem Tod von hunderten von Menschen belasten.

Trotzdem.

Ich würde Gott spielen.

Und wenn schon.

Draper hatte sich bestimmt nicht als Gott gefühlt, als er das Schiff der Weltenkuriere vernichtete. Die Entscheidung eines Generals, mehr nicht. Ein alltäglicher Vorgang in der Weltgeschichte.

Zärtlich strich ich über die feinen Gespinste der farbig pulsierenden Lichtleiter. Rein optisch gesehen verrieten sie nichts von ihrer Passion. Blau in einer bestimmten Frequenz konnte »gut« bedeuten, dasselbe Blau in einem anderen Takt »böse«. Gut und Böse lagen dicht beieinander.

Gut und Böse. Genie und Wahnsinn.

Ich fragte mich, warum ich noch nicht wahnsinnig geworden war.

Gut war ich nicht mehr.

Falls ich es jemals gewesen war.

Böse schon eher. Vielleicht war es nur ein kleiner Schritt von einem bösen Buben zu einem Gott.

Ohne jede weitere Emotion schickte ich den entsprechenden Startimpuls zu den Tom-Toms.

»Die Raketen sind unterwegs«, informierte ich die Gruppe in der Captains Suite, ohne meine Augen zu öffnen.

»Auf der Brücke der *Jesod* herrscht helle Aufregung. Die Besatzung hat versucht, die Tom-Toms zu zerstören, aber ohne Erfolg. Jetzt verfolgen sie den Flug mit den Überwachungseinheiten des Schiffes und den integrierten Kamerasystemen in den Raketen. Bisher ist ihnen vollkommen unklar, welches Ziel sie haben.«

Helle Aufregung war schlicht untertrieben. Es herrschte Panik auf der Brücke. General Draper war sofort unterrichtet worden und spuckte Gift und Galle. Ich konnte ihn auf einem der Monitore sehen. Ein kleiner Mann mit kahlem Schädel und einer spitz zulaufenden Nase. Er lief unruhig in einem engen Raum hin und her und bezichtigte die Wachhabenden auf der Brücke der Unfähigkeit, obwohl er ihre Gedanken kontrollierte und wusste, dass sie nichts dafür konnten. Manchmal kam er ganz nahe an die Aufnahmeoptik heran, sodass ich in seine kalten blauen Augen blicken konnte.

Er blieb abrupt stehen, als er erkannte, welches Ziel die Tom-Toms anvisierten. Die Daten und die Bilder waren eindeutig.

Kurz darauf informierte ihn der Wachhabende der *Jesod*, dass die Raketen das Heer von Siebeneicher verfehlt hatten.

»Seid ihr da oben alle wahnsinnig geworden!«, brüllte er und warf einen Gegenstand in Richtung Kamera. Auf dem Monitor war ein roter Schleier zu sehen, der zäh nach unten lief.

Ich fragte mich, ob er wusste, was bei einem Überleben Siebeneichers auf ihn zukommen könnte. Schnell verließ ich die Brücke und tauchte in das allgemeine Gedankenmeer hinein, in einem sicheren Abstand zu den Sphären von Siebeneichers und Drapers Armeen.

Noch war nichts Außergewöhnliches zu entdecken. Nach wie vor war Siebeneicher ein mächtiges Gedankenkonglomerat, das wachsam alle anderen Chipträger beobachtete. Von ihm ging eine spürbare, aber passive Kontrolle aus. Ich mochte nicht wissen, wie viele Ebenen seines Geistes er dafür eingesetzt hatte. Es musste ihn eine ungeheuere Kraft kosten, die erforderliche Energie so konzentriert einzusetzen.

Immer noch keine Reaktion. Wahrscheinlich ging er zunächst den einfachsten Weg und spionierte die Besatzung der *Jesod* nach Hinweisen aus. Nur von dort konnte der Anschlag seinen Ausgang gehabt haben. Die verwirrten Gedanken der Wachhabenden würden ihm keinen Aufschluss geben können, aber in ihm den Verdacht wecken, dass Draper die Aktion heimlich gestartet haben könnte.

»Keine Reaktion«, flüsterte ich.

Aus der Ferne bemerkte ich ein schwaches Aufleuchten von Drapers Sphäre. Er verstärkte seine Abwehr. Auch um ihn herum war gesteigerte Aktivität zu bemerken. Kein Wunder, seine Leute hatten sehr schnell mitbekommen, was geschehen war. Ihre Chips stellten sich ebenfalls auf einen Angriff ein. Irgendwie waren sie alle miteinander verbunden.

Meiner Meinung nach waren alle Seelen der Menschen miteinander verbunden, mit oder ohne Chip. Vielleicht hatten einmal alle Menschen außerordentliche Fähigkeiten besessen, die heute jedoch nicht mehr vorhanden waren. Ich hatte mich vor meiner Verwandlung in ein Monster immer schon darüber gewundert, wo all meine fantastischen und fremden Traumbilder ihren Ursprung hatten, wenn nicht in Kontakten mit fremden Menschen oder Geschöpfen.

Jetzt nur nicht ablenken lassen.

Vorsichtig suchte ich nach Viktors Sphäre, um sofort Kontakt mit ihm aufnehmen zu können, falls Siebeneicher einen Angriff auf Draper startete.

Alles blieb weiterhin verhältnismäßig ruhig. Sollte Siebeneicher so beherrscht sein und Draper unbehelligt lassen?

Nein.

Plötzlich spürte ich ein sachtes Beben, eine beinahe unmerkliche Erschütterung. Das Zentrum lag eindeutig in der Umgebung von Siebeneicher.

Ich verhielt mich vollkommen ruhig und wartete atemlos.

»Achtung!«

Die Warnung war ein Hauchen von mir, mehr nicht. Trotz meiner Anspannung spürte ich, wie die Anwesenden im Raum zusammenzuckten.

Siebeneicher griff Draper mit aller Macht an. Ein Überfall mit geplanter Tötungsabsicht, voller Blutdurst und ohne Gnade. Mit Worten war der Vorgang nicht zu beschreiben, auch nicht mit Bildern. Gefühlswellen und Gefühlsbrecher brandeten über mich hinweg, die nur eine Interpretation zuließen: Er wollte Draper um jeden Preis vernichten.

Beeindruckt von so viel Wut und Unbeherrschtheit beobachtete ich das Ereignis mit Staunen.

Und nicht nur ich. Alle Sphären um ihn herum verharrten in einem lähmenden Entsetzen. Dann jedoch stoben sie wie eine Schafherde in Panik auseinander, suchten Schutz in entfernten Gedankenriffen oder schotteten sich ab. Der Wolf hatte aber sein Opfer schon vorher auserkoren. Doch Draper war vorbereitet und wehrte den ersten Angriff erstaunlich mühelos ab.

Siebeneicher war überrascht und schlug erneut zu. Mit noch größerer Wucht und Vehemenz.

Verwirrt über die Standfestigkeit von Draper vergaß ich fast mein ursprüngliches Vorhaben. Ärgerlich über mich selbst begann ich, nach Viktor zu suchen, mit wenig Hoffnung auf Erfolg. Ich konnte mir nicht vorstellen, dass Viktor angesichts der tobenden Gewalt jemand an sich heranlassen würde.

Mit einem letzten »Blick« auf die beiden, in sich verkeilten Sphären schüttelte ich die Eindrücke ab und eilte auf Viktor zu, der regungslos und unauffällig fernab von dem Geschehen weilte.

Nach einem vorsichtigen Umkreisen wagte ich einen ersten Versuch.

»Viktor. Ich bin es, John Nurminen.«

Keine Reaktion, noch nicht einmal eine Abwehr.

»Viktor, bitte antworte, ich bin es, Captain John Nurminen.«

Ratlos sandte ich gezielte Gefühlsstränge in seine Richtung und kam mir dabei ziemlich dämlich vor. Ich hatte keine Erfahrung darin, Kontakt zu anderen Chipträgern aufzunehmen, und auch keine Ahnung, wie ich seinen gedanklichen Kokon durchdringen konnte.

Ich probierte es mit freundschaftlichen Botschaften, friedfertigen Selbstgesprächen und mit Bildern aus der Vergangenheit. Ich schickte ihm in schneller Folge die Gedankenmuster aller uns beiden bekannten Personen und hoffte darauf, dass er dadurch ein Gesamtbild meiner Persönlichkeit empfing.

Ohne Erfolg.

Ich wagte mich näher an ihn heran und stupste ihn kameradschaftlich an. Ein schwaches Aufglühen war das Ergebnis, dessen Bedeutung ich jedoch nicht entschlüsseln konnte. Vorsichtshalber ging ich in Verteidigungshaltung, obwohl ich damit Misstrauen signalisierte.

Ich probierte es mit den vertrauten Gerüchen von der *Nostradamus*, als wir uns während der letzten fünf Jahre so nahe waren wie nie zuvor. Der metallische Geschmack der Luft aus den überholungsbedürftigen Umwälzsystemen, der verbrannte Geruch von Voodoos misslungenen Speisezubereitungen, der Duft von Kathrin Sannemanns aufdringlichem Parfüm, ja sogar das Aroma meines geliebten Kaffees musste herhalten. Ein lächerlicher Versuch, wie ich fand.

Zwischendurch hielt ich nach dem immer noch andauernden Kampf der beiden Anführer Ausschau. Es war mir ein Rätsel, wie Draper dem Angriff so lange standhalten konnte. Er war noch nicht einmal zwei Wochen im Besitz des Chips. Siebeneicher dagegen war ein Gigant. Kampferfahren und erprobt im Umgang mit dem Chip. Gewohnt, dass sich ihm jeder unterwarf.

Lange konnte Draper seine Verteidigung bestimmt nicht mehr aufrechterhalten.

»John?«

Ich verschluckte mich beinahe gedanklich vor Überraschung.

»Ja, ich bin es, John Nurminen!«

»John Nurminen ist tot. Ich wusste nicht, dass man mit dem Chip auch Kontakt zu Verstorbenen aufnehmen kann.«

»Ich bin nicht tot. Das Attentat war fingiert. Ich bin nicht mehr weit weg von Camelot. Ich brauche deine Hilfe.«

Ich übertrug ihm die Informationen schnell. Auf dem Kampfplatz schien es zu einer Entscheidung gekommen zu sein. Die Wellen wurden spürbar schwächer.

Viktor schwieg. Seine Abschirmung bestand nach wie vor. Ich kam nicht an ihn heran, um weitere Nachrichten direkt an seinen Chip zu übermitteln oder ihm meine Gedanken zu offenbaren.

Endlich spürte ich einen Teil von ihm. Den Viktor, wie ich ihn kannte.

»Versteck dich«, sagte er. »Jetzt ist es zu gefährlich. Du siehst, was hier vor sich geht. Ich melde mich, wenn Ruhe eingekehrt ist.«

Er sandte mir noch ein Gefühl der Freude und eine Andeutung von Kaffeearoma, dann baute er wieder einen undurchdringlichen gedanklichen Verteidigungsring um sich auf.

Mit einem Schmunzeln verschwand ich in den Weiten des Gedankenozeans und versuchte, kein allzu großes Wellenkräuseln zu hinterlassen.

7

Im Technischen Bereich war alles unverändert.

Obwohl ich bei meinen einsamen Wanderungen durch das Schiff genügend Zeit und Gelegenheit gehabt hätte, diesen Teil zu betreten, hatte ich ihn bewusst immer gemieden. Zum einen hatten hier schreckliche Ereignisse stattgefunden und zum anderen hielt ich das gewaltige Aggregat, das in der Halle zwei Ebenen hoch aufragte, nach wie vor für ein unberechenbares technisches Monstrum.

Es war der Prototyp aller Neutrino-Treiber, die Urmutter jener Antriebsaggregate, die heute tausende von Raumschiffen sicher und zuverlässig an ihr Ziel brachten – und das nicht nur über ein paar Millionen Kilometer hinweg, wie unsere Reise bis zu der Kollision mit dem Kometen eindrucksvoll bewiesen hatte.

Deisenhofen hangelte sich neben mir an den Sicherheitsnetzen durch die Halle. Er war maßgeblich an dem Umbau der *Nostradamus* beteiligt gewesen und kannte den Technischen Bereich bis ins kleinste Detail. Vor einigen Stunden hatte er den Vorschlag zu einer Besichtigungstour hierher gemacht. Alleine wäre es mir nie in den Sinn gekommen, mich auch nur eine Minute hier aufzuhalten.

»Wir haben hier lediglich ein wenig aufgeräumt, Staub gesaugt und die Wände neu gestrichen«, erklärte er mit einem hintergründigen Lächeln. »Ansonsten ist alles in dem Zustand, in dem Sie damals das Schiff verlassen haben. Der Ausbau des Aggregats wäre zu kostspielig gewesen, außerdem konnten wir mit dem Raum nichts anfangen, wir haben ihn einfach nicht benötigt.«

»Staub gesaugt« war eine nette Untertreibung. Die Halle war am Ende unserer Reise voll gestopft mit Schrott und Abfall. Und mit Blut befleckt. Hinter mir, in der rechten Ecke der Halle, hatten Professor Schmidtbauer und Dr. Helene Mayer ihr Leben gelassen, in einem Nebenraum war Sascha Meier gestorben, oder, wenn man es genau nahm, von Dr. Helene Mayer in Notwehr getötet worden.

Ich nickte stumm.

Er überging mein Schweigen und fuhr mit seinen Erklärungen fort.

»Theoretisch ist der Neutro voll funktionsfähig. Alle Teile sind robust gebaut, die halten noch Jahrhunderte. Das einzige Manko sind die Justierungen für die Magnete. Man müsste einen eigens dafür konstruierten Rechner in die Steuerung einbauen und ein modernes Programm installieren. Bisschen kniffelig, das Ganze, denn die Datenleiter sind total veraltet. Zu langsam. Der Umbau würde Monate dauern. Selbst wenn alles funktionieren würde, hätte der Neutro zu wenig Leistung für ein flottes Vorwärtskommen.«

Ich wusste, was er damit sagen wollte. Diejenigen, die auf dem Schiff zurückblieben, hätten mit dem alten Antrieb keine Chance, in einer angemessenen Zeit zur Erde zurückzukehren. Ihnen blieb nur die Hoffnung, dass wir sie mit einem gekaperten Schiff der Lex Dei nach Beendigung unserer Mission aufsammelten. Über die Chancen zu dieser Möglichkeit mochte ich im Augenblick nicht nachdenken.

Wir gelangten ans Ende der Halle und damit an die Austrittsöffnung des Teilchenbeschleunigers. Zwei große dreieckige Faces unterhalb des Bugs zeigten einen mit Sternen übersäten Weltraum.

Vor diesem kalt leuchtenden Hintergrund waren sieben längliche Gebilde zu sehen. Es waren die fertig gestellten Fireflies, die wie kleine Seepferdchen vor dieser gigantischen Kulisse hingen. Der Lander würde sich als letzte Konstruktion im Laufe des Tages hinzugesellen.

Deisenhofen blickte nachdenklich auf die Konstellation dieser außergewöhnlichen Raumschiffe.

»In den Lander passen höchstens zehn Personen. Mehr gehen beim besten Willen nicht hinein, wenn Sie die Leute nicht horizontal stapeln wollen. Zu den zehn kommen die 14 Mann Besatzung der Fireflies. Macht 24 Personen. Wer entscheidet, wer von Zoerances Truppe mitkommt und wer zurückbleibt?«

»Zoerance wählt die Leute aus. Außer ihr und Nat kommen noch weitere 20 Leute mit. Voodoo will unbedingt dabei sein. Und ich bin natürlich auch mit von der Partie. Also bleiben noch 20 unbesetzte Plätze.«

»Sie braucht nur 19 auszuwählen. Ich komme auch mit.«

Ich sah ihn zweifelnd an. Das Letzte, was ich brauchen konnte, war ein verkappter Held.

»Sie? Glauben Sie nicht, dass man Sie hier auf dem Schiff dringender benötigt?«, fragte ich vorsichtig.

Er lächelte nachsichtig. »Ich weiß, dass Sie mir nicht viel zutrauen, aber ich komme auf jeden Fall mit. Vergessen Sie bitte nicht, dass ich Ihr Arbeitgeber bin. Damit ist jede weitere Diskussion überflüssig.«

»Das kann schon sein, aber ich bin der Captain und habe die alleinige Entscheidungsgewalt. Über alles und jeden. Selbst falls Sie der alleinige Eigner des Schiffes wären: Wenn ich es nicht erlaube, machen Sie keinen Schritt irgendwohin. Auch nicht in diese Richtung.« Ich deutete nach draußen in den Weltraum.

Meine Antwort war etwas unhöflich, aber für die Mission war ein weiterer Spezialist von Zoerance tausendmal wichtiger als ein von Selbstzweifeln geplagter Arbeitgeber.

»Ersparen Sie sich diesen Kraftakt, Sie würden den Kürzeren ziehen«, winkte er ab. »Ich brauche Zoerance nur mit einem geringeren Erfolgshonorar zu drohen, und schon bin ich im Team. Diese Peinlichkeit können Sie sich ersparen.«

Das käme auf einen Versuch an, dachte ich mir mit einem Schmunzeln.

Als er mein verzogenes Lächeln bemerkte, wurde er beinahe wütend.

»Sie können ja in meinem Hirn rumwühlen, wenn es Ihnen so lächerlich vorkommt, dass ich an der Mission teilnehme. Da werden Sie schnell feststellen, dass ich es ernst meine.«

Das hatte ich schon längst getan. Ich wusste schon seit Tagen, dass ihn der Gedanke nicht mehr losließ, unbedingt seinen Fuß auf Camelot zu setzen. Ich wusste auch, dass ihn große Zweifel deswegen plagten. Er war nicht zum Helden geboren, aber auf der anderen Seite blieb ihm gar nichts anderes übrig. Wenn wir ohne ihn auf Camelot Erfolg haben würden, wäre seine Karriere im Komplex gefährdet.

»Es ist Ihr Leben, das Sie aufs Spiel setzen«, antwortete ich gleichmütig.

»Ja, eben, genau.« Er sah mich ungläubig an. Anscheinend hatte er mit mehr Widerstand von meiner Seite aus gerechnet. »Ich komme also mit?«

»Reden Sie mit Zoerance. Ich habe keine Lust, mir ihre Proteste anzuhören, wenn ich ihr sage, dass einer aus ihrer Truppe Ihretwegen zurückbleiben soll.«

»Okay.« Er blickte prüfend auf das lang gezogene Gehäuse des Neutrino-Treibers, als gäbe es dort etwas zu entdecken. »Das mach ich. Kein Problem.«

Angeber. Ihm war schon angst und bange vor der Unterredung. Für einen Augenblick traten sogar seine Bedenken hinsichtlich der Teilnahme an der Mission in den Hintergrund.

Wir blickten schweigend einige Sekunden in den Weltraum hinaus, wo die Konstruktionen der Fireflies nach wie vor in einem Halbkreis auf ihren Einsatz warteten. Die Männer der *Nostradamus* hatten in den letzten Tagen konzentrierte Arbeit geleistet. Jede Konstruktion war auf ihre Tauglichkeit getestet worden; und ihre Rechner waren auf Suzanne justiert. Sie würde die Koordination des Fluges übernehmen und gewährleisten, dass alle Neutros gleichmäßig getaktet waren. Wir konnten es uns nicht leisten, eine oder gar mehrere Maschinen auf dem Weg nach Camelot zu verlieren.

»Haben Sie heute schon etwas von Viktor Sargasser gehört?«, fragte er nach einer Weile.

»Nein, heute noch nicht«, antwortete ich knapp.

Es war erstaunlich, wie schnell sich Menschen an neue Umstände gewöhnten. Deisenhofen behandelte eine gedanklich gesendete Information wie eine Selbstverständlichkeit. Gerade so, als ob er nach dem neuesten Wetterbericht fragte.

Viktor hatte mich in den letzten Tagen mehrmals kontaktiert. Dabei musste er sehr vorsichtig vorgehen, denn nach dem Angriff von Siebeneicher auf Draper war der gedankliche Sphärenverbund der Chipträger auf Camelot im Moment hochsensibel.

Draper hatte die Attacke überlebt, aber irgendetwas war mit ihm geschehen. Weder Viktor noch ich konnten diesen neuen Zustand beschreiben. Drapers Sphäre befand sich nach wie vor in einem geschützten Kokon, aber es existierte eine kaum wahrnehmbare Verbindung zwischen ihm und Siebeneicher. Wir hegten die Befürchtung, dass Siebeneicher nun in der Lage war, Drapers Gedanken zu kontrollieren und nach seinem Willen zu beeinflussen. Viktor berichtete mir von Veränderungen in Drapers Gebaren. Sein Auftreten hatte sich verändert, und seine jetzigen Befehle standen im Widerspruch zu den Plänen in den Tagen zuvor. Ganz offensichtlich stand der General also unter dem Einfluss von Siebeneicher.

Eine beunruhigende Vorstellung.

Weder in Free Falls Chip-Resten noch in denen, die Free Fall »vereinnahmt« hatte, konnte ich einen ähnlichen Vorgang ausmachen.

Siebeneichers Chip musste also sehr mächtig sein.

Das konnte für die Zukunft bedeuten, dass er versuchen würde, noch mehr Menschen unter seine gedankliche Herrschaft zu zwingen. Dementsprechend unruhig und misstrauisch zeigten sich alle Chipträger in seiner Umgebung.

Und auch ich hielt mich sehr zurück. Bisher besaß ich noch den Vorteil, unerkannt agieren zu können, aber das würde sich ändern, sobald Siebeneicher von meiner Existenz wusste.

Viktor hatte mir weiterhin einen kurzen Bericht über seine Ankunft und sein Leben auf Camelot gegeben: Draper war entgegen Viktors Ratschlägen mit allen verfügbaren Kräften auf dem Planeten gelandet. Er war besessen von der Vorstellung, so schnell wie möglich einen Erfolg zu verbuchen und das Archiv in seinen Besitz zu bringen.

Die Installation der Chips in den Gehirnen der Lex-Dei-Truppen erfolgte sehr schnell. Kaum hatten die Menschen den Boden des Planeten betreten, wachten sie einige Stunden später an völlig verschiedenen Orten von Camelot wieder auf. Es kostete viel Zeitaufwand, die Versprengten wieder zusammenzuführen.

Soweit sie überhaupt noch lebten.

Manche fielen in ihrem schutzlosen Zustand der unwirtlichen Natur des Planeten zum Opfer.

Ein Großteil der Gelandeten konnte trotz hervorragender technischer Ausrüstung den massiven und rücksichtslosen Angriffen von Fabelwesen und degenerierten Menschenhorden nicht widerstehen und starb in blutrünstigen Gemetzeln.

Draper tobte. Er selbst war in einer sicheren Umgebung zu sich gekommen, in einer der schwebenden Pyramiden, nahe der Kolonie der Wissenschaftler, die zurückgezogen in dem verborgenen Seitental lebten. Da er zudem neben einem blau leuchtenden Modell des Planeten aufwachte, auf dem die Standorte der vermeintlichen Grabmäler verzeichnet waren, wähnte er sich als Auserwählter, dem es vorbehalten war, das Geheimnis von Camelot zu lüften. All diejenigen von seiner Truppe, die ihr Leben gelassen hatten, waren seiner Ansicht nicht würdig gewesen, den Erfolg mit ihm zu teilen.

Unverzüglich begann er, die Verbliebenen zu kontaktieren und an seinem Standort zu versammeln. Was kein einfaches Unterfangen war, denn zunächst musste er die verlassenen Lander und andere Flugmaschinen mit Piloten besetzen, um wiederum weitere Piloten überall auf dem Planeten ausfindig zu machen. Während die Rückholaktion in vollem Gange war, stand Draper plötzlich vor einem neuen Problem: Siebeneicher war auf ihn aufmerksam geworden und überraschte ihn mit seinem fantastischen Heer in den Morgenstunden des dritten Tages. Drapers unvollständige Truppen hatten keine Chance gegen ihn, weder zahlenmäßig noch hinsichtlich ihrer Fähigkeiten, ihre frisch installierten Chips einzusetzen. Siebeneicher war zu mächtig. Noch bevor Draper nach einem kurzen und sinnlosen Gefecht dem Ordensführer vorgeführt wurde, wusste dieser von der Existenz des Planetenmodells und den Informationen, die auf der blauen Kugel angebracht waren.

Und von den drei modernen Raumschiffen, die den Planeten umkreisten. Ohne Draper würde er an diese Schiffe nicht herankommen, und ohne diese Schiffe wäre eine Rückkehr zur Erde nicht möglich.

»Die Begegnung war ein offenes Patt«, berichtete Viktor. »Beide wussten von ihren Vor- und Nachteilen. Nach langen Stunden der Verhandlung schlossen sie schließlich eine Art Pakt aufgrund ihrer gemeinsamen Wurzeln im Glauben an Jesus Christus. Sie teilten die rot markierten Standorte der Grabmäler unter sich auf und zogen los, jeder in der Hoffnung, zuerst einen Treffer zu landen. Meiner Meinung nach ein völlig sinnloses Unterfangen, denn es gibt weit über zehntausend Markierungen, die über den ganzen Planeten verstreut sind. Die farbigen Kennzeichnungen sind nichts weiter als eine Täuschung. Andererseits gibt es für die beiden gar keine andere Möglichkeit, die Orte einen nach dem anderen abzuklappern. Es scheinen wahllos ausgesuchte Plätze zu sein, selbst mir haben die Namen nichts gesagt.«

»Du hast die Liste gesehen?«, fragte ich.

»Nur kurz. Draper war unschlüssig, ob er sie mir zeigen sollte. Als ich anfing, die Namen der Orte durchzusehen, kamen ihm anscheinend Bedenken, ich könnte vielleicht einen Hinweis finden und ihn für mich behalten. Also hat er mir das Sheet nur für einen kurzen Moment unter die Nase gehalten und dann einfach wieder weggezogen. Er ist verrückt und besessen, wie seine ganze Truppe. Es sind ihm übrigens nur knapp 100 von seiner ehemalig stolzen Streitmacht geblieben, und es werden immer weniger. Entweder sie sterben an den mörderischen Bedingungen hier auf dem Planeten, oder sie dezimieren sich selbst, indem sie sich untereinander gedanklich angreifen. Inzwischen haben sie nämlich herausbekommen, dass sie ihren eigenen Chip durch den Tod anderer stärken können.«

»Und was ist mit dir? Kannst du dich vor solchen Angriffen schützen?«

Ich spürte ein Gefühl der Heiterkeit. »Glücklicherweise hatte ich als ehemaliger Oberkommandierender anfangs die Chips unter meiner Verwahrung und habe eine ganze Menge davon behalten. Ich kann es nicht beweisen, aber anscheinend ist die Menge der Chips ausschlaggebend für die Stärke eines Geistes. Das würde auch die mentale Stärke von Draper erklären. Er hatte ebenfalls einige rote ›Steinchen‹ in seinem Besitz. Natürlich haben etliche von Drapers Leuten versucht, mich auszuschalten. Auch Draper. Jedoch ohne Erfolg. Ich kann mir alle vom Hals halten, jedenfalls bis jetzt.«

Über den Wirkungsgrad mehrerer Chips hatte ich noch gar nicht nachgedacht. Viktor könnte Recht haben. Auch ich hatte nicht nur einen einzigen Chip bei mir gehabt, sondern ein größeres Stück von jenen roten

Steinchen, die Fritz Bachmeier auf dem Mars gefunden hatte. Er hatte es mir geschenkt.

»Wie fühlst du dich? Ich meine, mit einem Chip im Kopf?«

»Ehrlich gesagt weiß ich nicht, ob ich noch derselbe bin wie vorher. Ob das alles noch Realität ist. Manchmal glaube ich, durch die Implantation wird man in einen neuen Zustand versetzt. Man beginnt mit dem letzten Gedanken aus dem alten Leben, findet sich an dem Ort wieder, an den man zuletzt gedacht hat. Bewusst oder unbewusst. Was das mit meinem alten Leben noch gemein hat, ist mir ein Rätsel. Welcher Sinn dahinterstecken soll. Ich komme mir vor wie ein aufgemotztes Monster, das über fantastische Fähigkeiten verfügt, aber nichts damit anfangen kann. Mir fehlt der Sinn von dem Ganzen. So etwas wie ein Masterplan. Und so geht es allen hier auf dem Planeten. Siebeneicher ist zwar besessen, aber nicht dumm. Trotzdem ist er wie ein Verrückter mit seinem Heer davongerauscht, als er die Liste mit den Grabmälern in seinen Händen hatte. Es wird Jahre dauern, bis beide, Draper und Siebeneicher, alle Orte auf dieser Welt abgeklappert haben. Wir haben wenigstens einige moderne Lander zur Verfügung, aber Siebeneicher transportiert seine Männer und seine grässlichen Halbwesen in vorsintflutlichen Orbitern, die eine Menge Treibstoff verbrauchen. Davon gibt es zwar genug überall auf dem Planeten, aber irgendwann werden die Fluggeräte bei der hohen Auslastung nicht mehr zu gebrauchen sein. Ich nehme einmal an, spätestens dann wird Siebeneicher auf unsere Lander spekulieren, und dann wird er nicht mehr verhandeln. Bisher haben wir etwa dreißig Grabmäler gefunden. Alle standen einzeln in beinahe unzugänglichen Gebieten. Wir haben bei keinem weitere Informationen gefunden. Draper hat die Bauwerke bis zum kleinsten Stein abtragen lassen. Sie existieren praktisch nicht mehr. Ich denke, Siebeneicher wird nicht anders vorgehen.«

Deisenhofen sah mich irritiert an, nachdem ich eine ganze Weile nachdenklich in den Weltraum hinausgeblickt hatte, während ich Viktors Bericht in Gedanken noch einmal Revue passieren ließ.

»Nein, ich habe keine neuen Informationen von Viktor«, wiederholte ich, immer noch in Gedanken versunken.

Der Aufbruch unserer kleinen Flotte sollte in zwölf Stunden stattfinden. Laut Lichtwitz' Berechnungen würden wir die Pyramide in vier Tagen erreichen. Unterwegs würden wir alle 24 Stunden den Phasenablauf unterbrechen. Einmal, falls nötig, um die Neutros und die Konstruktionen zu überprüfen, und zum anderen, um die Besatzungen des Landers und der Fireflies auszutauschen. Nach einem Tag in den engen Cockpits der Maschinen würde sich jeder nach einer erfrischenden Dusche und ein bisschen Bewegungsfreiheit im Lander sehnen, selbst wenn es dort auch nicht geräumig zugehen würde.

Ein weiteres Problem war eine Ortung unserer Flotte durch das verbliebene Kontaktschiff außerhalb der Pyramide. Darum würde ich mich kümmern, sobald wir in eine kritische Nähe kamen, denn das Schiff stand in ständiger Verbindung mit der *Jesod*. Eine Sonde, die permanent durch die Pyramidenwand hin und her wechselte, hielt den Kontakt mit der Außenwelt aufrecht. Eine einfache Aufgabe für mich. Ich würde eine fingierte Endlosschleife in der Sonde installieren. Mit dem entsprechenden System hatte ich mich schon beschäftigt. Das Kontaktschiff würde mit seiner Meldung nicht zur *Jesod* vordringen.

Nat hatte zwar erklärt, dass unsere Maschinen durch eine ausgeklügelte Flow-Technik unsichtbar und deswegen nicht zu orten wären, aber er konnte nicht dafür garantieren, dass die Technik im sterilen Weltraum absolut sicher war. Vor allem die Abstrahlungen der Triebwerke konnte man nicht ohne weiteres verbergen. Wir einigten uns darauf, beide Vorsichtsmaßnahmen anzuwenden. Flow-Technik und die Eliminierung der Sonde.

Weiterhin würde Zoerances Truppe das Kontaktschiff sofort nach unserer Ankunft entern. Laut Nats Einschätzung rechnete er mit keinem großen Widerstand. Ich hatte nicht zu fragen gewagt, woher er den Optimismus nahm. Wir hatten keine Zeit für Detailfragen.

Lichtwitz hatte verschämt einen Vorschlag gemacht: Ein Lander, dessen Cockpit zwar beschädigt war, aber noch über einen intakten Antrieb verfügte, könnte nach unserer Ankunft bei der Pyramide die Neutros zur *Nostradamus* zurückbringen. Wir müssten lediglich die Streben zu einer einzigen stabilen Konstruktion verbinden und die Rückkehr im Bordcomputer programmieren.

Es hatte eine lange Diskussion über den Vorschlag gegeben. Natürlich gehörte die zurückbleibende Besatzung des Schiffes zu den Befürwortern. Hätte sie doch dann die Möglichkeit, den Antrieb provisorisch wieder zu installieren.

Zoerance war strikt dagegen. Sie wollte die Neutros in der Nähe der Pyramide parken, um im Falle eines Fehlschlags die Möglichkeit zur Flucht zu besitzen. Als die Stimmen beider Parteien sehr laut wurden, entschied ich mich für Lichtwitz' Vorschlag. Wir würden die Neutros zurückschicken.

Alle Einwände schmetterte ich energisch ab. Ich wollte der Besatzung die Chance auf eine Heimkehr auch ohne uns geben.

Ich wies Lichtwitz an, eine Konstruktion bereitzustellen, die es uns ermöglichte, die Neutros nach unserer Ankunft schnell und problemlos zu verbinden und mit dem Lander zurückzuschicken.

Unmittelbar darauf würden wir in die Pyramide eindringen.

Um unsere Ankunft so lange wie möglich zu verbergen, musste ich ebenfalls die Ortungssysteme der drei großen Schiffe innerhalb der Pyramide außer Gefecht setzen. Das stellte mich vor weit größere Probleme, denn wenn ich die Systeme lahm legte, würde auch das Echo des Planeten von den Faces verschwinden, und das wäre sehr auffällig. Also musste ich das Wahrnehmungsvermögen der wachhabenden Offiziere etwas manipulieren und gleichzeitig automatische Warnvorrichtungen außer Funktion setzen, falls sie unsere Maschinen doch bemerken sollten. Draper hatte die Schiffe an strategisch wichtigen Positionen im Orbit geparkt, da kamen wir nicht ungesehen vorbei. Eine riskante Sache. Zu viele Faktoren gleichzeitig.

Sobald alle von uns – außer mir, nahm ich an – den Chip erhalten hatten, würde Draper oder Siebeneicher auf uns aufmerksam werden. Ich musste versuchen, meinen Leuten einen Schnellkurs in gedanklicher Verteidigung zu verpassen. Oder durch mein Eingreifen Zeit zu gewinnen. Wie das vonstatten gehen sollte, war mir ein Rätsel.

Ein erneutes Ablenkungsmanöver mit Raketen erschien mir zu riskant. Siebeneicher könnte vollends durchdrehen, und damit wäre die Mission gefährdet. Zoerance war der Meinung, wir sollten die ganze Bande gleich im Anflug auf Camelot vernichten, genug Feuerkraft dafür wäre in den Fireflies vorhanden. Ich war fast schon versucht, ihr zuzustimmen, andererseits wäre nach solch einem vernichtenden Schlag gegen die Lex Dei eine Rückkehr zur Erde unmöglich. Wahrscheinlich würde mir erneut ein Verfahren vor dem Weltgerichtshof drohen.

Also blieb uns nur ein Ziel: Uns so gut wie möglich zu verteidigen und so schnell wie möglich die Liste der Grabmäler zu ergattern. Und die wartete in einer Pyramide in der Nähe der Kolonie der Wissenschaftler auf uns.

Deisenhofen räusperte sich respektvoll und sah mich wieder skeptisch an. Ihn plagten die gleichen Gedanken wie mich.

»Glauben Sie, wir haben eine Chance?«

»Möglich. Vielleicht. Ich weiß es nicht. Ich würde mir an Ihrer Stelle gut überlegen, ob Sie tatsächlich mitkommen wollen.«

Er presste die Lippen zusammen und reckte sein Kinn vor.

»Ja, will ich.«

Sehr überzeugend klang das nicht, aber er hatte keine andere Wahl.

»Gut, dann gehen wir es an. Als Nächstes werde ich die Chips verteilen. Davon haben wir reichlich. Besser zu viel als zu wenig. Ich hoffe, dass sie ausreichend Schutz bieten werden, wenn Siebeneicher auf uns aufmerksam wird.«

8

»Negative Ortung, wir sind noch in sicherer Entfernung«, sagte Nat rechts von mir auf dem kleinen Face. »Jetzt kommt deine Ouvertüre, John!«

Ich atmete tief durch und sah in das schmale Gesicht von Nat.

Völlig abwegige Gedanken kamen mir bei seinem Anblick in den Sinn. Nat war für mich wie ein Schwiegersohn. Einer von der Sorte, wie ihn sich wahrscheinlich alle Eltern einer erwachsenen Tochter wünschten. Still, bescheiden, intelligent. So trat er jedenfalls nach außen hin auf.

Ich aber wusste es besser. Auch jedem versierten Menschenkenner wären die beiden harten Falten über seinen grünen Augen aufgefallen. Seine Nase war zu schmal. In seinem Innern war Nat hart wie Granit, erbarmungslos und ohne Mitleid. Es war mir schleierhaft, wie es zu so einer Diskrepanz kommen konnte. Seine Entwicklung lag tief vergraben in seinem Herzen.

Ich wusste, dass er Zoerance liebte. Ihre Gefühle zu ihm waren ähnlich, wenn auch etwas anders gefärbt. Sie war die Dominierende der beiden. Ihre Leben und ihre Entwicklungsgeschichte waren anscheinend deckungsgleich verlaufen, und so hatten sich zwei einsame Wesen getroffen.

Ohne eine Aussicht auf eine glückliche Zukunft, wie ich befürchtete.

Ich blickte in den Weltraum hinaus. Solch eine kalte Sternenflut hatte ich noch nie erlebt. Laut den Filterwerten waren die Flow-Faces um mich herum sogar um einige Werte heruntergedimmt, um die Helligkeit zu mildern. Nirgendwo deutete die beleuchtete Kugel eines Himmelskörpers auf Leben hin. Es gab nur das Licht von unzähligen strahlenden Sternen.

Schräg vor mir, etwas nach unten versetzt, bewegte sich Lennox' Hinterkopf hektisch hin und her. Er war in seinem Element. Seine Gedanken waren eins mit der Maschine geworden. Datenreihen rasten durch sein Gehirn, unverständlich für meine Sinne.

Zoerance hatte ihn mir als Piloten zugewiesen. Den besten, den sie hatte. Aus Sorge um meine Sicherheit. Ich musste zugeben, dass ich sehr bewegt war.

Ich atmete noch einmal tief durch. »Okay, Nat. Ich gebe dir Bescheid, wenn ich die Sonde manipuliert habe und wir näher an die Pyramide herangehen können.«

Näher herangehen war leicht untertrieben. Wir befanden uns noch in einer Entfernung von 300 Millionen Kilometern vom Ziel. Diese Strecke würden wir in den zwei letzten Phasen überwinden.

Angesichts des funkelnden Sternenteppichs fiel mir die Konzentration schwer, also schloss ich die Augen und begab mich auf meine geistige Reise zu der Sonde.

Der kleine Sender parkte genau auf dem schmalen Grat, der die Außenwand der Pyramide darstellte, und fungierte auf diese Weise als Nachrichtentor zwischen dem Kontaktschiff und der Flotte der Lex Dei. Es war kein großes Problem für mich, eine Endlosschleife zu produzieren und danach zu aktivieren. Schon nach wenigen Minuten sandte die Sonde Signale aus der Vergangenheit zu Drapers Schiffen.

»Es kann losgehen«, sagte ich mehr zu mir als zu Nat.

Dann, zu Suzanne, die die Aktion koordinierte: »Suzanne, bitte die beiden letzten Phasen einleiten!«

›Phasen gestartet … ab jetzt! Verbleibende Flugzeit: 32 Minuten und 34 Sekunden.‹

Unsere kleine Flotte kam in Bewegung. Für einen außen stehenden Betrachter zunächst mit geringer Schubkraft, dann waren die neun Konstruktionen plötzlich verschwunden. Die Neutros schoben uns dicht an ein künstlich geschaffenes schwarzes Loch heran und versetzten uns gleichzeitig in eine andere Zeitebene, in ein möglicherweise zukünftiges Universum. Wenn Viktor davon gesprochen hatte, nach der Implantierung nicht mehr derselbe wie vorher zu sein, so galt das ebenso für Reisende, die von einem Neutro an einen anderen Ort gebracht wurden. Waren sie noch die gleichen Personen wie vorher? Oder lebten sie nun in einem möglichen Paralleluniversum?

Fragen, die weder Professor Schmidtbauer noch der Entdecker des Phänomens, Heribert Einzinger, hätte beantworten können.

Und ich schon gar nicht.

Mir war es in diesem Augenblick gleich, wie wir zur Pyramide gelangten, Hauptsache, wir würden bald dort sein.

Meine Sinne waren nach vorne gerichtet.

Ich ahnte, eine Rückkehr war nicht möglich.

Nicht in diesem Leben.

Vor uns rollte Nofretete aus dem verblassenden Licht der letzten, gleißenden Phase. Anders als bei den Sichtungen zwischen den Umlaufbahnen von Mars und Jupiter, wo sie das Licht der Sonne reflektiert hatte, leuchteten ihre dreieckigen Flächen, die nach wie vor langsam im Raum rotierten, jetzt nur noch schwach. Kaum wahrnehmbare, aneinander gefügte Dreiecke, die bei ihrer Drehung die Sterne verdeckten und scheinbar auf uns zukamen.

Nofretete, jene Urpyramide, die vor über 27 Jahren der Raumkadett Wolfen mithilfe einer primitiven Plattenkamera entdeckt hatte.

Ein gigantisches, 760 Kilometer großes Gebirgsmassiv, das jedoch aus geraden Kanten und riesigen Flächen bestand. Selbst aus der Entfernung konnte man ihre Größe erahnen. Oder war es mein Wissen über ihre gewaltige Höhe, die mich erschauern ließ?

In meinen Kopfhörern verfolgte ich die unbeeindruckte Aktivität von Zoerances Truppe. Die Fireflies und die beiden Lander mussten von den Konstruktionen der Neutros befreit werden, was aber keine aufwendige Arbeit war, denn sie waren lediglich mit stabilen Flexbändern auf die Streben geschnallt. Ein kurzer Ruck am Öffnungsmechanismus, und die Maschinen schwebten frei im Raum.

Keine zehn Minuten später starteten die *James* und die *Robert* zum Kampfeinsatz. Mit Kurs auf das Kontaktschiff, auf dem wegen unserer Ankunft schon die Alarmsirenen durchs Schiff hallten.

Ich hatte lange überlegt, ob ich auch die Ortungssysteme des Schiffes funktionsunfähig machen sollte, um den Überraschungsmoment auf unserer Seite zu haben. Es wäre kein Problem gewesen, aber ich wollte die Angst der Lex-Dei-Leute spüren.

Ein widerliches Pack von Handlangern lungerte auf dem Kontaktschiff herum. Arrogant und überheblich. Die Zeit des Wartens hatten diese Verbrecher mit Vergnügungen in feudalen Holokabinen und Alkohol verbracht. Ich konnte kein Mitleid mit ihnen empfinden.

Die *James*, besetzt mit Nat und Sennheiser, und die *Robert*, mit Della Bee und Tattersal, machten wenig Federlesens. Nachdem das Kontaktschiff auf keinerlei Aufforderungen zu einer Kommunikation reagiert hatte und stattdessen sofort versuchte, die Fireflies mit einigen gepulsten Schüssen aus hoch frequenten Laserwerfern abzuschießen, verging es in einem schwachen Aufleuchten durch den Beschuss eines einzigen Geschosses, das aus einem Molekulardämpfer bestand.

»Auftrag erledigt, wir kommen zurück«, hörte ich Della Bee sagen, die afrikanische Kampflesbe, wie sie von Voodoo bezeichnet wurde. Dass sie soeben mit einem kleinen Druck ihres Fingers auf die entsprechende Taste mehrere Menschen getötet hatte, belastete sie nicht weiter. Ihre Skrupellosigkeit war schließlich die Voraussetzung für ihren Eintritt in Zoerances Truppe gewesen, also war es sinnlos, sich jetzt, nach einem Auftrag, Gedanken über ihre seelische Härte zu machen.

Auch ich schob sofort jegliche Bedenken zur Seite. Wir mussten schnell handeln. Jede Verzögerung konnte unser eigenes Leben gefährden.

Mike Loven und Rockman, die Besatzung der *Brad*, sowie Zoerance und Voodoo von der *Yul* hatten inzwischen alle Fireflies von den Neutros befreit und die langen Metallstreben mit vorgefertigten Verbindungsteilen zu einer einzigen Konstruktion vereint. Der beschädigte Lander mit dem intakten Triebwerk würde die Neutros zurück zur *Nostradamus* bringen.

So hofften wir jedenfalls. Ohne eine Besatzung bestand ein gewisses Risiko, dass der Lander das Schiff verfehlen könnte oder unterwegs den Geist aufgab, aber die Chancen auf Erfolg standen gut. Ganz abgesehen davon mussten wir diese Aktion schon alleine wegen der Zurückgebliebenen starten. Die Aussicht, etwas Sinnvolles tun zu können, würde ihre Hoffnung und ihre Moral stärken.

Weitere Leute waren für den Zusammenbau nicht nötig. Jede weitere Person wäre draußen in der Schwerelosigkeit unnötig Gefahren ausgesetzt gewesen. Also warteten die übrigen geduldig in den Cockpits und in den Sitzen des zweiten Landers, fasziniert von dem Schauspiel, das sich ihren Augen bot.

Ein schönes, grausames Bild.

Nofretete rotierte langsam über ihre Kanten vor den leuchtenden Sternen des Universums, deren Licht gerade ausreichte, um die Flächen der Pyramide aufzuhellen.

Mir wurde kalt. Ich wusste nicht, welches Szenarium mir mehr Furcht eingejagt hatte oder hat: das von damals mit der grell weiß leuchtenden Pyramide, oder das von heute mit der düsteren, an eine Solarisation erinnernden Stimmung. Damals hatte ich keine Ahnung, was mich erwartete, jetzt hatte ich ein klares Bild von den Gefahren, die im Inneren der Pyramide lauerten.

Egal, ich konnte mich kaum von dem Anblick lösen.

»Lennox, zeig mir mal unsere Konstruktion mit den Neutros!«

»Okay, Boss.«

Nofretete kippte nach unten weg, als Lennox die Firefly »auf den Kopf« stellte. Von oben schob sich ein verschachteltes Gebilde aus Streben und Neutros in mein Blickfeld. In der Mitte der beschädigte Lander. Vier weiße kleine Punkte entfernten sich gerade von der Konstruktion.

»John, wir sind fertig«, hörte ich Voodoo sagen. »Du kannst Suzanne sagen, dass sie die Koordinaten für die Rückkehr in den Computer des Landers überspielen soll. Jetzt setzen wir noch eine Sonde aus, über die uns die *Nostradamus* erreichen kann, wenn sie hier ankommt. Wir benutzen den Sender der Lex Dei an der Außenseite der Pyramide als Zwischenstation.«

»Okay. Suzanne?«

›Ich bin anwesend.‹

»Bitte programmiere den Lander für die Rückkehr zur *Nostradamus*«, sagte ich. Und nach einem kurzen Zögern: »Suzanne, es ist wichtig, dass der Lander wohlbehalten ankommt. Das Programm muss fehlerfrei sein!«

Es dauerte einige Sekunden, bis die Antwort kam.

›Ich kann nicht für die Eingaben eines gewissen Herrn Tattersal garantieren, obwohl ich ihm eine gewisse Perfektion bescheinigen muss. Ich habe keinen Fehler gefunden. Es besteht demnach eine große Wahrscheinlichkeit für eine positive Durchführung des Unternehmens.‹

Na, wenigstens war Suzanne die Alte geblieben. Ihr scheinbares Beleidigtsein tat mir gut. Meine Stimmung besserte sich um einige Grad.

»Lennox, ich wechsle in den Lander. Bring mich bitte rüber!«

»Okay, Boss.«

{Warum zum Lander? Unser Plan sieht vor, dass Sie die wachhabenden Offiziere auf den Schiffen der Lex Dei außer Gefecht setzen und wir anschließend versuchen, unbemerkt auf Camelot zu landen.}

»Mir ist gerade eine viel bessere Möglichkeit eingefallen. Darauf hätte ich schon vorher kommen müssen. Ich fliege im Lander mit. Du bekommst einen anderen Kopiloten. Anschließend gehen sechs Fireflies runter auf den Planeten. Nach der Implantation der Chips kann es sein, dass die Besatzungen über ganz Camelot verstreut sind. Bei mir gibt es nichts mehr zu implantieren. So hoffe ich jedenfalls. Also folge ich mit dem Lander und sammle alle ein. So sind wir schneller wieder aktionsfähig. Du bleibst mit deiner Maschine in der Nähe des Landers und gibst mir Deckung, falls Siebeneicher zu früh auf uns aufmerksam wird und uns aufhalten will.«

»Gut.«

{Das hört sich vernünftig an. Nur für den Fall der Fälle: Habe ich volle Befugnis, gegnerisches Feuer zu erwidern?}

»Alles, was uns zu nahe kommt, gehört dir!«

»Cool.«

{Ich hätte noch eine Frage: Spürt man etwas, wenn der Chip implantiert wird?}

»Ein bisschen. Es ist wie eine gedankliche Geburt. Man muss loslassen, sich dem Chip anvertrauen. Danach ist es lebenswichtig, dass ihr so schnell wie möglich eine gedankliche Verteidigung aufbaut. Nichts anderes ausprobieren. Ich weiß, es wird verlockend sein, die Gedanken anderer zu lesen oder auf sonstige Dinge zu achten, aber ihr müsst euch ausschließlich auf eure Verteidigung konzentrieren. Ganz ruhig halten. Keine starken emotionalen Gefühle aussenden. Vielleicht schafft ihr es sogar, euch von den Sphären der Chipträger zu entfernen und zu verstecken. Jeder hat mehr als zehn Chips von mir bekommen. Das sind mehr, als Drapers Leute hatten. Ich hoffe, dass ihr dadurch stärker sein werdet und dass sich Siebeneicher die Zähne ausbeißen wird, falls er euch angreift.«

Als der schlanke Rumpf des Landers über uns war, hatte ich alle anderen über die Änderung unseres Vorgehens unterrichtet. Noch nicht einmal Zoerance hatte Einwendungen gehabt.

Ich klopfte Lennox leicht auf die Schulter und öffnete mein Kabinendach.

»Wir sehen uns unten wieder, Lennox!«

»'türlich!«

{Ich bleibe dicht an Ihnen dran, Boss. Falls ich irgendwo im Schnee wieder aufwache, dann holen Sie mich bitte bald ab. Ich hasse Kälte.}

»'türlich, versprochen, Lennox!«

Er sandte mir ein Smiley aus Zahlenreihen.

Mit einem sanften Abstoßen beförderte ich mich nach draußen, hielt mich aber vorsichtshalber mit einer Hand am Rand des Kabinendachs fest. Knapp über mir fuhr das Schott des Landers zurück. Lennox hatte die Firefly präzise unter den Lander manövriert.

⟩John, hier ist Suzanne. Kann ich die Mission ›Rückpass‹ starten?⟨

Sie meinte damit unsere Konstruktion, die die Neutros zurückbringen sollte. Der Name stammte natürlich von Voodoo.

Vorsichtig drehte ich mich um und blickte in Richtung des Wirrwarrs aus Streben, in deren Mitte der beschädigte Lander hing. Die Neutros umgaben ihn wie kleine weiße Kokons.

»Suzanne, alles klar. Du kannst das Triebwerk des Landers starten!«

⟩Sequenz eingeleitet. Start in 3 … 2 … 1 … ab jetzt!⟨

Ein feiner weißer Strahl entstand plötzlich am Heck

des Landers. Ganz langsam schob sich das Gebilde von uns weg.

›Betriebsgeschwindigkeit erreicht. Einleitung der ersten Phase … ab jetzt!‹

Ein schwaches Flimmern, dann war die Konstruktion verschwunden.

In ein anderes Universum, mit einer anderen Zeit.

Das Gefährt wurde von nur einem einzigen Neutro bewegt. Es war mit den vorhandenen Mitteln unmöglich gewesen, alle Beschleuniger exakt auf einen Punkt auszurichten. Deswegen würde die Reise zurück zur *Nostradamus* einige Wochen dauern.

Ich schüttelte den Kopf.

Das war nicht meine Raumfahrt, und es war nicht meine Welt.

Von hier ab werden Drachen sein.

Ich hatte die Zeit und meine Gefühle verloren und begann mich deswegen zu hassen.

9

Es gab insgesamt 17 Wachhabende auf den drei Schiffen. 12 von ihnen waren gedanklich mit ganz anderen Dingen beschäftigt, als die immer gleichen Bilder auf den Faces zu beobachten. Trotzdem waren sie auf den Brücken anwesend und warfen ab und zu aus professioneller Gewohnheit einen Blick auf die Anzeigen. Also musste ich mich um alle kümmern.

Die Zeiten der Wachablösungen auf den drei Schiffen waren unterschiedlich, und das war ein Problem. Es gab nur zwei kurze zeitliche Fenster von zwanzig Minuten, in denen ein Schichtwechsel stattfand. Eines begann um 2100 und eines früh am Morgen um 500.

Ich hatte mich für das Fenster um 500 entschieden und hoffte darauf, dass die Aufmerksamkeit um diese Bordzeit gering war. Es war erstaunlich, dass der Mensch sein gewohntes Leben mit in eine zeitlose Hülle aus Replexstahl nahm, in eine von Tag und Nacht unabhängige Welt.

Mir konnte es nur recht sein, auch wenn wir beinahe einen halben Tag auf diesen Moment warten mussten.

Noch zehn Minuten.

Mein gedankliches Spionieren huschte von einem

Offizier zum anderen. Inzwischen fragte ich beinahe schon automatisch die betreffenden Gedankenmuster ab.

Die Alarmsirenen in den Schiffen hatte ich bereits abgeschaltet, ebenso die Kontrollvorrichtungen für die Redundanzen der Signale. Ich konnte nur hoffen, nichts übersehen zu haben.

Wachablösung auf der *Rem*. Die neue Schicht kam verspätet mit den obligatorischen Kaffeebechern auf die Brücke. Gespielte Langeweile. Smalltalk auf der Brücke. Ein Offizier der alten Schicht musste noch unbedingt einen Witz loswerden, bevor er endlich den Raum verließ.

Das Fenster würde sich zeitlich verkürzen.

Es wurde Zeit, loszuschlagen.

Noch einmal alle überprüfen. Der Moment war günstig. Jeder hatte es sich in einem Sessel bequem gemacht. Auf volle Kaffeetassen in den Händen konnte ich keine Rücksicht nehmen. Zuerst die aktiven Posten.

Schade um den Kaffee.

Ein leichter Druck auf die entsprechenden Nervenenden.

Und den Druck beibehalten. Ein schwieriges Unterfangen bei 17 Personen, aber ich glaubte, dass ich es schaffen konnte.

Natürlich schaffte ich es.

Ein nur wenige Minuten dauernder Schlaf.

»Okay. Wir können rein!«

»Gut. Endlich.« Das war Zoerance. »Leute, ihr habt den Captain gehört! Es geht los! Anflug … ab jetzt!«

Kernige Anfeuerungsrufe aus den Fireflies waren die Antwort, als gäbe es nichts Schöneres, als in eine dunkle Pyramide hineinzufliegen.

Ich saß auf dem Sitz des Kopiloten des Landers. Pilot war Freddie the Freeloader. Über die ausgefallenen Namen von Zoerances Leuten wunderte ich mich schon lange nicht mehr. Freddie war korpulent, unrasiert und sah sehr umgänglich aus. Ein Gemütsmensch mit tief liegenden kleinen Augen und einer etwas zu roten Nase. Seine weiteren, besonderen Fähigkeiten lagen anscheinend im Verborgenen.

Später, nach der Landung der Fireflies und unserem Eindringen in die Atmosphäre von Camelot würde ich sicherheitshalber das Steuer übernehmen, für den Fall, dass Freddie vorzeitig der Chip implantiert wurde und er aus dem Lander verschwand.

Zoerance sprach während des Anflugs weiter, als kommentiere sie eine Sportveranstaltung.

»... die *Yul*, *James*, *Robert*, *Horst*, *Charles* und die *Brad* fliegen Nofretete nach Plan an. Aus verschiedenen Richtungen. Danach unmittelbare Landung auf Camelot nahe der Kolonie der Wissenschaftler. Die Koordinaten für das Tal werden von denjenigen erstellt, die den Ort als Erste identifizieren. Der Lander, Codename *Calvera*, und die *Steve* mit Lennox und Sarah Kong folgen und verbleiben in einem niedrigen Orbit, bis unsere Chips installiert sind. Anschließend hoffen wir darauf, dass unser Captain uns rechtzeitig aufsammelt, bevor uns ein Vampir findet ...«

Allgemeines Gelächter aus den Cockpits.

Ich ignorierte es, obwohl die Befürchtung gar nicht so weit hergeholt war, denn ich hatte noch nie einen Lander geflogen. Lennox hatte mir jedoch versichert, es sei ganz einfach.

Steve war der siebte Schauspieler-Vorname der Magnificent Seven, signalisierte mir eine Ebene meines Gehirns. Steve McQeen. Richtig, er war mir vor einer kleinen Ewigkeit nicht eingefallen.

In der näheren Umgebung des Landers waren die

hellen Auslassöffnungen der Triebwerke der Fireflies zu sehen. Auch Freddie hatte die *Calvera* inzwischen beschleunigt.

Nofretete stürzte mit beängstigender Geschwindigkeit auf uns zu.

Der Übergang erfolgte plötzlich.

Eben noch rasten wir auf eine grau schimmernde Wand zu, die den ganzen Sternenhimmel bedeckte, und im nächsten Moment stand eine blaugrüne Planetensichel vor uns.

Ein ruhiger Anblick vor einem absolut schwarzen Universum.

Nirgendwo konnte ich eine Sonne ausmachen, deren Licht für den Terminator sorgte. Die Nachtseite von Camelot reflektierte kein Mond- oder Sternenlicht. Sie schien einfach nicht vorhanden zu sein.

Dafür blitzten hoch an der Backbordseite des Landers für einen kurzen Augenblick jene gewaltigen Energiezapfen auf, die ich schon bei meinem ersten Eindringen in eine der Pyramiden gesehen hatte.

Ein kalter Schauer lief mir über den Rücken.

Beinahe unbewusst aktivierte ich eine Ebene meines Gehirns, die sich mit dem Phänomen beschäftigen sollte. Vielleicht konnte ich nebenbei mehr über die Natur dieser geheimnisvollen Zapfen erfahren.

Jetzt aber galt meine ganze Aufmerksamkeit dem Szenarium direkt vor meinen Augen, oder genauer: dem Standort der Schiffe der Lex Dei.

Zwei Schiffe der Lex Dei hatten die Taster schon registriert. Sie kreisten in einem engen Orbit in der Äquatorebene. Das dritte Schiff hielt sich anscheinend hinter dem Planeten auf.

Ein viertes umlief den Planeten in einem sehr weiten Orbit. Die *Sternenläufer*. Ein totes Schiff ohne Besatzung.

Die Bestätigung kam kurz danach von der *Charles*, die mit den Zwillingen Alice und Ellen besetzt war, zwei langbeinigen Mädchen, die eher in eine Show am Kurfürstendamm gepasst hätten als hierher, in diese kalte Irrealität der Oortschen Wolke.

»Äquatorebene, alle drei Schiffe der Lex Dei. Das vierte Schiff muss die *Sternenläufer* sein. Keinerlei messbare Energie von dort!« Ellens Stimme klang ruhig und beherrscht.

»Schön dumm«, brummte Freddie neben mir. »Aber gut für uns. Sie können die Pole des Planeten nicht überwachen. Jedenfalls nicht besonders gut. Wo verstecken wir uns, Captain? Nord- oder Südpol?«

»Nordpol. Dort sind wir näher an der Kolonie der Wissenschaftler«, antwortete ich, ohne lange zu überlegen.

»Dachte ich mir schon.« Sein Blick war emotionslos nach vorne gerichtet. »Lennox, hast du das mitbekommen?«

»Pol, No'd, okay.«

Ich spurtete durch meine geistigen Ebenen. Bis jetzt war niemand auf uns aufmerksam geworden. Die Offiziere hingen mit starrem Blick vor ihren Faces. Keine Alarmsirenen oder ähnliche Signale waren aktiviert worden. »Es ist alles ruhig auf den Schiffen. Ich hoffe, wir haben Glück, und es bleibt so.«

»Sehr schön«, meinte Freddie, der nicht wusste, dass meine Information eigentlich für Lennox gedacht war.

»S'per«, antwortete Lennox.

{In fünf Minuten sind wir dort. Ich schlage vor, in einer Höhe von etwa 500 Metern zu kreisen. Hoffentlich waren sie nicht so schlau und haben über den

Polen Sonden stationiert. Das wäre wiederum schlecht für uns.}

Sogar sehr schlecht. Mein Gott, an diese Möglichkeit hatte ich gar nicht gedacht! Aber egal, früher oder später würde es zu einer Konfrontation kommen. Später wäre natürlich besser, nämlich dann, wenn alle im Besitz eines implantierten Chips wären.

Von Freddie kam ein abfälliges Grunzen. »Wenn unser mongoloides Baby seine Hausaufgaben gemacht hätte, würde es bemerken, dass auf den Tastern nichts zu sehen ist. Absolut rein gar nichts. Dort stehen keine Sonden!«

»Un wenn, 'ätt ich au' sch'n l'ngst 'limin'rt«, grummelte Lennox zurück. »Aff'nges'cht!«, fügte er noch hinzu.

{Entschuldige, Boss, meine Bemerkung über die Sonden war als kleiner Scherz gedacht. Wenn dort doch eine Sonde gestanden hätte, dann hätte ich sie schon unbrauchbar gemacht.}

»Sehr gut«, sagte ich erleichtert.

Freddie sah mich irritiert an. »Ich habe nicht gewusst, dass Sie das Kauderwelsch von dem Kleinen verstehen. Manchmal verstehe ich noch nicht einmal die Hälfte davon.«

»Wir haben einen guten Draht zueinander«, grinste ich.

Zoerance erschien auf einem der kleinen Faces vor mir.

»Die *Charles* hat die Kolonie der Wissenschaftler ausgemacht und ein Koordinatennetz für Camelot festgelegt. Es wird gerade von Suzanne an alle Fireflies übertragen. Autosteuerung. Suzanne führt uns ins Ziel. Die *Horst* kommt als Letzte dort an. In … sechs Minuten. Viel Glück an alle!« Und nach einer kleinen Pause: »Noch etwas: Ich drehe jedem höchstpersönlich den

Kragen um, wenn er versuchen sollte, in meinen Gedanken rumzukramen!«

Es lief gut, aber wir sollten nicht übermütig werden.

»Haltet euch nach der Landung an die Regeln, die ich euch genannt habe«, mahnte ich. »Konzentriert euch auf die Kolonie. Ich habe keine Lust, den ganzen Planeten auf der Suche nach euch abzufliegen. Keine Experimente! Legt eine gedankliche Abschirmung …«

»Wir wissen schon, was zu tun ist, Paps!«, blaffte sie zurück. »Kümmere du dich lieber um die Schnarchsäcke auf den Schiffen!«

Freddie neben mir hielt hörbar die Luft an.

Ich zuckte gleichgültig mit den Schultern.

»Immerhin ein Fortschritt«, meinte ich zu ihm und lehnte mich zurück. »Sie hätte auch Opa zu mir sagen können!«

Er platzte beinahe mit seinen aufgeblasenen Backen. Schließlich entspannte er sich mit einem glucksenden Lachen.

Wenn schon, dann starben wir wenigstens fröhlich, dachte ich mir.

Mit einem Räuspern wurde er wieder sachlich. »Sorry, Captain!«, entschuldigte er sich. »Wir sind gleich da.«

In den letzten Minuten war ich zu abgelenkt gewesen, um auf den Anflug zu achten. Der Planet präsentierte sich schon als eine weite Krümmung vor einem schwarzen Hintergrund. Wir waren kurz vor dem Eintauchen in die Atmosphäre.

Das Klima und die Vegetation von Camelot wirkten zwar immer noch angeschlagen, aber irgendwie waren beide stabiler geworden. Weite und saftig grüne Regionen wanden sich in einem breiten Gürtel über die Kontinente. Erst jenseits der Rossbreiten waren kahle braune Stellen auszumachen, über denen dunstige Rauchschwaden trieben. Aber selbst dort schien mir die Pflanzenwelt wieder üppiger geworden zu sein. Camelot sah aus wie eine schlechte Kopie der Erde mit einem Irokesenhaarschnitt.

Der Lander fing an, in den Ausläufern der Topo-sphäre leicht zu ruckeln. Ich riss mich von dem Anblick los und konzentrierte mich wieder auf meine Gedankenebenen. Keine negativen Meldungen bis jetzt. Auf den Schiffen der Lex Dei war es ruhig geblieben, und die Fireflies flogen weit unter mir die Kolonie der Wissenschaftler an.

Auch unter den Chipträgern gab es keine nennenswerten Veränderungen. Selbst Siebeneicher hatte uns anscheinend noch nicht bemerkt.

Aus reiner Gewohnheit spionierte ich in den Gedanken der Firefly-Besatzungen. Alle waren trotz einer verständlichen Furcht vor der anstehenden Implantation hoch konzentriert.

Nur Voodoo beobachtete gelangweilt einen Vogelschwarm, auf den die *Yul* gerade zusteuerte.

In mir drinnen schrillte eine kleine Alarmglocke. Irgendein integriertes Bewusstsein warnte mich vor den Vögeln.

»*Yul*, was sind das für Vögel direkt vor euch? Wie sehen sie aus?«, fragte ich besorgt.

»Große Vögel«, antwortete Zoerance. »Eine ganze Menge davon. Schwarz-weißes Gefieder. Sie sehen aus wie Störche mit überlangen roten Schnäbeln. Wir fliegen gleich unter dem Schwarm hindurch.«

Es dauerte einige Augenblicke, bis ich reagierte.

»Zoerance, abdrehen! Sofort! Das ist ein Storchenzug!«

»Na und?«

Ihr eigenwilliger Trotz mir gegenüber war sogar aus den zwei Worten herauszuhören.

»Verdammt, du sollst abdrehen!«

Voodoo kannte mich besser. Ohne lange zu überlegen, übernahm er das Steuer und riss die Maschine in eine harte Rechtskurve.

Der Vogelschwarm vollführte einen Schwenk auf die Firefly zu und kam rasch näher.

»Hochziehen, Voodoo!«, rief ich.

Aber es war zu spät.

Eine klebrige gelbliche Masse aus hunderten von Vogelschnäbeln klatschte gegen den schwarzen Maschinenrumpf, verschloss augenblicklich alle Öffnungen, drang in feine Spalten ein und legte alle mechanischen Funktionen lahm. Auf den Faces innerhalb der Maschine waren nur noch gelbliche Schlieren zu sehen.

Ich atmete tief durch. Unser Lander schüttelte sich gerade durch die Atmosphäre. Dank der geringen Eintauchgeschwindigkeit und des schmalen Flugprofils waren die Unannehmlichkeiten des Durchflugs durch die Atmosphäre zu ertragen.

»Voodoo, kannst du mich hören?«

»Laut und deutlich, aber sehen können wir nichts mehr. Das Triebwerk arbeitet noch. Ich weiß nur nicht genau, in welche Richtung wir fliegen. Nach meinem Gefühl nach oben, glaub ich.«

»Ihr müsst raus aus der Maschine. Sofort! Die Kanzel absprengen, solange es noch geht. Diese Masse wird sehr schnell steinhart!«

»Dann erwischen uns aber die Biester, wenn wir am Fallschirm nach unten schweben!«

»Nein, sie brauchen eine gewisse Zeit, um aus ihrem Vorratsbeutel im Kehlkopf frisches Zeug nach vorne in den Schnabel zu würgen. Trotzdem wäre es sicherer, ein paar hundert Meter frei zu fallen und dann erst die Reißleine zu ziehen!«

»Der Fallschirm hängt am Sitz, auf dem wir rausfliegen, außerdem öffnet er sich automatisch«, sagte Zoerance mit ruhiger Stimme. »Hast du noch eine andere Idee, Paps?«

»An den Notfallschirm in deinem Battlepack muss ich dich ja wohl nicht erinnern. Ihr öffnet die Safety Belts vom Sitz und lasst euch eine kurze Strecke fallen, bevor ihr den Schirm öffnet!« Diese Göre wusste das ganz genau, sie wollte mich nur reizen.

»Ach nee, das muss doch nicht sein!«, stöhnte Voodoo.

»Los, raus jetzt!«, trieb ich ihn an.

»Wir fliegen gerade einen Looping, gleich sind wir am oberen Punkt! Komm, Voodoo, wer zuerst unten ist! Sprengung in 3 Sekunden. 3 … 2 … 1 … jetzt!«

Ich spürte ihren gesteigerten Adrenalinausstoß.

»Draußen …«, keuchte Voodoo nach einer kleinen Weile. »Die Viecher sind überall um uns herum! Drecksvögel! Kann Zoe nicht sehen. Ich öffne jetzt die Gurte und geh eine Etage tiefer …«

Ein lang gezogener Schrei von ihm und dann nichts mehr.

Neben mir sah mich Freddie the Freeloader stirnrunzelnd an.

»Sie leben noch«, sagte ich beruhigend zu ihm. »Sie stehen nur gerade unter einem gewissen Stress.«

Wir wurden von letzten Turbulenzen durchgeschüttelt. »Kann ich nachvollziehen. Ich habe das auch einmal durchgemacht. Auf Sardinien. Als Übung. Sie haben uns mit den Sitzen aus einem Transporter rausgeschmissen. Aber dafür gab es wenigstens am Abend Rotwein in Mengen …«

»Wow!«, hörte ich Voodoo laut brüllen.

»Voodoo?«

»Ja … bin noch da … Schirm offen … gleich unten! Moment noch!«

»Voodoo, wenn du unten bist, dann versteck dich! Nicht rühren! Die Störche stoßen nach dem Angriff nach unten und fallen über die Beute her. Wenn du keine Bewegung machst, können sie dich nicht wahrnehmen!«

»Weiß ich. Wie die Dinosaurier in ›Jurassic Park‹. Wollte schon immer mal ausprobieren, ob das stimmt!«

»Ich glaube schon. Zoerance?«

»Ja, ich bin noch da!«, antwortete sie mürrisch. Sie war stocksauer, dass ausgerechnet sie eine Maschine verloren hatte. »Ich bin schon gelandet. Meine Helmkamera ist übrigens aktiviert. Da kannst du dir deine Dinos ansehen!«

»Suzanne, leg die Aufnahmen von Zoerances Helmkamera auf meinen persönlichen Screen!«

⟩Schon dabei.⟨

Vor meinen Augen flimmerte es kurz. Dann konnte ich sie sehen.

Große, beinahe zwei Meter hohe Vögel, die nur aus der Ferne und im Flug Störchen ähnlich sahen. Jetzt stolzierten einige von ihnen auf langen roten Beinen direkt vor Zoerance über eine grüne Wiese. Damit endete jedoch jegliche Gemeinsamkeit mit dem heimischen Adebar. Ihre Körper waren kurz und gedrungen, mit seltsamen Wülsten an beiden Seiten. Auf einem langen weißen Hals saß etwas, das hauptsächlich aus einem flachen, breiten Schnabel bestand, der an ein römisches Kurzschwert erinnerte. Die Augen ragten seitlich auf kurzen Stängeln aus einem kleinen Kopf.

Grässliche Geschöpfe, aber real. Immer mehr davon landeten auf der Wiese. Auf der Suche nach ihren Opfern.

»Ich weiß nicht, wovor ich mehr Angst haben soll. Vor den Viechern – oder dass ich gleich einen Chip im Kopf habe«, hörte ich Voodoo sagen.

»Nicht bewegen, nichts sagen!«, ermahnte ich ihn.

Ich spürte Bewegung auf einer Gedankenebene.

Kai Siebeneicher war auf die Emotionen von Voodoo und Zoerance aufmerksam geworden. Noch wusste er nicht, wo er suchen sollte. Gleich einem Raubtier, das Witterung aufnahm, schnüffelte er in der näheren Umgebung seiner Sphäre herum.

Vorsichtig versuchte ich, die Signale der beiden zu verwischen. Erfolgreich, denn Siebeneicher war zu sehr mit anderen Projekten beschäftigt. Anscheinend kostete es ihn viel Energie, Draper zu kontrollieren. Ich bemerkte auch ein feines Aufglühen, das auf andere Sphären gerichtet war. Also beherrschte er nicht nur den General, sondern hatte noch weitere Personen unter seiner Kontrolle.

Meinetwegen, mir konnte das nur recht sein.

Inzwischen waren alle Fireflies nahe der Kolonie gelandet. Ich ermahnte noch einmal die Besatzungen zur Ruhe und Besonnenheit. Mehr konnte ich im Augenblick nicht tun.

Danach entließ ich die wachhabenden Offiziere auf den Schiffen der Lex Dei wieder aus meiner gedanklichen Umklammerung.

Verwunderung und Kopfschütteln waren die Folge. Aus Furcht vor einer Strafverfolgung hielt aber jeder Einzelne den Mund wegen des kleinen Blackout. Es war ja nichts passiert in den vergangenen Minuten.

»Immer noch alles ruhig«, sagte ich zu Freddie. »Das geht mir fast zu glatt, wenn man einmal von dem Verlust einer Maschine absieht – und davon, dass Voodoo und Zoerance bewegungslos hinter Bäumen stehen müssen.«

»Eine Firefly zu verlieren ist mehr als ein Verlust«, belehrte er mich mit düsterem Gesicht. »Das sind absolute Hightech-Konstruktionen. Jede einzelne eine fliegende Armee. Draper oder Siebeneicher haben dem nichts Gleichwertiges entgegenzusetzen. Von den Kosten von zwölf Milliarden Eurodollar will ich gar nicht reden.«

Ich erwiderte nichts darauf. Ehrlich gesagt war ich froh, dass es bei dem einen Verlust geblieben war. Bis jetzt. Ich hatte nicht damit gerechnet, überhaupt so weit zu kommen.

»… und Zoerance schlägt sich schon selbst heraus«, fügte er hinzu. »Sie trägt einen Battle Pack. Wenn nicht die Sache mit dem Chip anstehen würde, hätte sie die Viecher schon alle gegrillt …«

Auch darauf sagte ich nichts. Die ganze Hightech hatte nichts gegen einen einzigen Angriff der Störche ausrichten können. Und die Störche waren nicht die einzige unberechenbare Gefahr auf Camelot.

Killerfinken sind noch viel schlimmer, informierte mich eine meiner vielen Bewusstseinsebenen, sie greifen zu tausenden an und opfern wissentlich die erste Angriffswelle …

»Wir sind da«, sagte Freddie. »Der Nordpol. Ich würde vorschlagen, wir kreisen eine Weile in niedriger Höhe, bis das große Ereignis stattgefunden hat. Lennox ist mit der *Steve* dicht hinter uns. Danach sammeln wir unsere Krieger auf.«

Ich sah auf eine weiße, mit schmutzigem Schnee bedeckte Einöde. Der Himmel war grau und von kleinen weißen Blitzern durchzogen. Schnee, der aus nebligen Wolken fiel.

Eine trostlose Stimmung.

»Okay«, stimmte ich zu. »Es kann ein paar Stunden dauern. Bis jetzt ist noch alles ruhig. Ich bin aber überzeugt, das wird sich schnell ändern, wenn es 23 neue Chipträger auf Camelot gibt. Siebeneicher wird nicht sehr erfreut darüber sein.«

10

Ich war in meinem Sitz eingeschlafen und schreckte nun hoch. Es war sehr anstrengend, eine ständige Kontrolle über mehrere Gedankenebenen aufrechtzuerhalten. Besonders die Sphären der Chipträger zu überwachen kostete mich sehr viel Energie. Ich musste anwesend sein, durfte aber nicht auffallen.

Viktor war von unserer Aktion unterrichtet und bemühte sich, ebenfalls keine besorgten Impulse auszusenden. Siebeneichers Armee würde in Kürze ein neues Grabmal in Patagonien erreichen. Ich wusste, er würde dort auch nichts finden. Diese Suche erschien mir nutzlos. Reine Zeitverschwendung. Es war eine Täuschung. Meiner Meinung nach fehlte eine zusätzliche Information. Eine Information, die nur eine ganz bestimmte Person kannte.

Und diese Person war ich.

Mit Bestimmtheit konnte ich es nicht sagen, aber ich fühlte es. Ich brauchte nur die Liste der Grabmäler in den Händen zu haben und würde wissen, welches Grabmal das richtige war.

Unser Lander flog geduldig seine Kreise dicht über der Oberfläche des Nordpols. Die West Max-Triebwerke trieben die *Calvera* mit relativ hoher Geschwindigkeit über den Grund, um bei einem Zwischenfall rasch vor Ort sein zu können.

Ab und zu zog Lennox vorbei und flog spielerische Figuren vor unserem Bug. Wie eine schwarze Libelle, die neckisch über einen Teich huschte. Für das unstabile Flugprofil einer Firefly war die Geschwindigkeit zu gering, um in der Luft zu bleiben, deswegen musste Lennox die Rotoren benutzen.

Wir warteten.

Hinter mir, im Laderaum des Landers, ertönten grausam anzuhörende Kampflieder aus den Kehlen der restlichen Truppe. Selbst Deisenhofen sang mit, der eingekeilt zwischen den erfahrenen Kämpfern saß und bemüht war, seine Angst nicht zu zeigen.

Jeder vertrieb sich seine Zeit und seine Anspannung auf seine eigene Weise.

Nicht so Voodoo und Zoerance. Die Störche hatten nach ihrer erfolglosen Suche beschlossen, erst einmal Energie zu tanken und zu schlafen. Sie standen regungslos auf einem Bein. Eine geschlossene Phalanx, die drohend vor den beiden aufmarschiert war. Bewegungslos zwar, aber trotzdem aufmerksam.

Zoerance wurde allmählich ungeduldig. »Wenn das noch länger geht, dann blase ich diese Kreaturen von der Wiese. Ich spüre meine Beine schon nicht mehr«, flüsterte sie.

»Es kann nicht mehr lange dauern«, beruhigte ich sie. »Jede Aktion von euch ruft Siebeneicher auf den Plan. Es kann nicht jedes Mal gut gehen. Also habt noch ein wenig Geduld.«

»Auf dem Gras erscheinen plötzlich gelbe Kreise«, sagte Voodoo besorgt. »Um uns herum auch. Was ist das?«

Smilelys! Eine Gedankenebene meldete sich. Fleisch fressende Flechten. Wachsen schnell und unscheinbar.

Schlagen erst zu, wenn sie genügend Gifte produziert haben. Absolut tödlich.

Wie zur Bestätigung kam plötzlich Unruhe in den schlafenden Vogelschwarm. Erste, kreischende Schreie waren zu hören. Dann hektisches Geflatter. In einer einzigen Wolke aus Flügeln und Federn hoben die Störche ab.

Bis auf die, die es nicht geschafft hatten und leblos als weiße Federbüsche zurückblieben.

»Na endlich ist was passiert!«, atmete Zoerance auf.

»Haltet euch von den gelben Flecken fern! Es sind Flechten, die ein tödliches Gift von sich geben!«

»Wirklich ein netter Planet! Gibt es hier auch etwas, das nicht tötet oder Gift spuckt?«

»Wenig. Trotzdem, haltet euch weiter ruhig und konzentriert euch! Es kann jeden Augenblick passieren …«

Das Bild von Zoerances Kamera flackerte plötzlich und wurde durch ein neues Bild ersetzt. Es zeigte ein wirres Muster von Grauabstufungen.

»Zoerance?«

»Voodoo?«

Keine Antwort. Auch ihre Gedankenbilder fand ich nicht mehr.

Schnell überprüfte ich die Besatzungen in den Fireflies. Dort vollzog sich ebenfalls ein Wandel. Wie erlöschende Lichter verschwanden alle mir bekannten Gedankenmuster.

»Es geht los!«, sagte ich zu Freddie.

»Hab's bemerkt. Die Signalcodes von den Battle Packs kommen zum Teil von neuen Standorten. Genaueres kann ich erst sagen, wenn wir höher gehen. Hier unten werden die Signale aufgrund der Reflexion durch die Atmosphäre und des beschissenen Wetters etwas undeutlich.«

»Wir warten noch. Erst wenn Siebeneicher auf uns aufmerksam wird und das Chaos losbricht, fliegen wir los. Zur Kolonie der Wissenschaftler. Dort setzen wir unsere Passagiere ab und beginnen mit der Suche nach den anderen. Ich kann nur hoffen, dass wir alle rechtzeitig einsammeln können, bevor ihnen Gefahr droht.«

»Es wäre kein Problem, jetzt schon zu starten. Hier auf dem Planeten können wir von den Schiffen der Lex Dei nicht geortet werden. Unsere Maschinen verfügen über die beste Flow-Technik. Sie reflektieren absolut nichts. Weder Radar noch Infrarot.«

»Nat hat das auch schon behauptet. Wie sicher funktioniert das auch hier auf dem Planeten?«, fragte ich skeptisch.

»Ein kleines Restrisiko bleibt immer. Luftbewegungen oder Triebwerksstrahlen können wir nicht abschirmen.«

»Dann bleiben wir vorerst hier«, entschied ich.

Ich wartete auf der Gedankenebene der Chipträger. Hier würden bald die neuen Sphären meiner Leute entstehen. So hoffte ich jedenfalls. Alles andere erschien mir unwahrscheinlich.

Inzwischen kannte ich ein paar Tricks, mit denen ich meine Anwesenheit verschleiern konnte. Vor allem durfte ich keine starken Gefühle zeigen. Flach atmen, so nannte ich das.

Den strömenden Gedankenflüssen anpassen, die überall im Gedankenozean vorhanden waren und alle Ebenen ständig durchdrangen. Dem Hintergrund anpassen.

Verbindungsschlieren umgehen, sie auf keinen Fall berühren. Sie waren die Stolperdrähte in einem Universum, das keiner Beschreibung standhielt.

Von Siebeneicher gingen eine Menge Verbindungen aus. Ich konnte sie leicht erkennen, sie hatten eine ganz eigene, charakteristische Färbung. Bei einem intensiven Kontakt zwischen ihm und einer anderen Sphäre glühten sie ab und zu gespenstisch auf oder formierten sich neu in engen Windungen.

Noch immer keine Veränderung.

Ich hatte die Augen geschlossen.

Freddie würde auf ein Zeichen von mir Fahrt aufnehmen und so schnell wie möglich zur Kolonie fliegen.

Ob wir es bis dahin schafften, war mehr als fraglich.

Meine Skepsis stieg von Minute zu Minute. Ich war zu unerfahren, und die gewaltige Sphäre von Siebeneicher jagte mir Furcht ein.

Wie sollte ich die anderen davor schützen, wenn ich noch nicht einmal wusste, wie ich selbst mich davor verteidigen konnte?

Ich stellte plötzlich alles in Frage.

Überschätzung, Fehler, falsche Rücksicht.

In der Reihenfolge.

Voodoo und Tattersal hatten Recht gehabt, wir hätten die Raketen gleich direkt auf Siebeneichers Armee niedergehen lassen sollen.

Es war ein Krieg, und im Krieg sollte man keinen Vorteil aus der Hand geben.

Jetzt! Da waren sie! Eine kleine Kolonie von neuen Sphären, dicht gepackt nebeneinander. Jung und unschuldig, aber sie sahen stabil aus. Auch dass sie als Einheit auftraten, war positiv. So könnten sie einem Ansturm besser entgegentreten. Ich fragte mich, ob das Zufall war oder ob sich die kleine Truppe abgesprochen hatte. Auf jeden Fall standen sie unbeweglich und ohne große Emotionen im geistigen Raum.

Gut so.

Mein Kontakt zu ihnen war abgebrochen. Ihre Gedanken konnte ich nicht mehr lesen.

»Freddie, sie sind aufgetaucht«, sagte ich leise mit geschlossenen Augen.

Er antwortete nicht, aber ich spürte, wie er nervös mit seinem Daumen an den Flight Sticks rieb.

Keine Reaktion von Siebeneicher. Bei seiner Sphäre war noch nicht mal der Ansatz eines zarten Glühens zu beobachten.

Das war überraschend. Ich hatte mit einer sofortigen und heftigen Reaktion gerechnet.

Nach einigen Minuten wurde ich ungeduldig. Wir konnten nicht mehr länger warten. Die Leute waren bewusstlos und vielleicht den Gefahren des Planeten ausgesetzt.

»Flieg los, Freddie. Ich überwache gleichzeitig die Raumschiffe. Bei dem geringsten Anzeichen dafür, dass sie uns entdecken, tauchst du sofort irgendwo unter.«

»Na endlich«, brummte er. »Lennox, du hast mitgehört?«

»Log'.«

{Ich muss Freddie zustimmen. Sie können uns nicht orten. Ich bleibe dicht über euch.}

Ich rutschte entspannt etwas tiefer in meinen Sitz. Vielleicht hatte ich Siebeneicher überschätzt. Trotzdem durfte ich in meiner Konzentration nicht nachlassen.

Freddie zog den Lander höher, aus dem verschneiten Polgebiet heraus. Kurz darauf flogen wir über einer grauen Wolkendecke in Richtung Kolonie. Mit Geschwindigkeit Mach 4.

»Sehr gut. Die Signale sind jetzt deutlich. Neun sind direkt am Landeplatz geblieben oder jedenfalls ganz in der Nähe davon. Ich erhalte sogar die ersten Rückmeldungen.« Er tippte eine Taste an. »Hier, ich stelle die Lautstärke höher.«

»… Loven, direkt neben meiner Maschine …«

»… Schelley und Sandro. Wir sind besser. Wir sitzen noch drin …«

»… Battlefield. Bin nicht weit weg. Auf einer Anhöhe. Neben mir kommt gerade Tattersal zu sich. Langsam wie immer …«

»… Nat. Alles okay …«

»… Rockman hier. Stehe hinter den Maschinen. Bisschen unheimlich hier mit all den Pyramiden am Himmel …«

»… sitze auch noch in der Maschine, aber Ellen ist weg …«

»… Della Bee. Offenbar in der Nähe der Kolonie. Ich kann von hier aus ein paar Hütten sehen …«

Hinter mir im Laderaum ertönte nach jeder Meldung ein lautes Jubelgeschrei.

Ruhe, verdammt!, dachte ich. Mich machte schon das kleinste Geräusch nervös.

Schließlich, nach einer kleinen Pause.

»… Zoerance. Bin auch noch da …«

Hinter mir kannte die Begeisterung keine Grenzen.

»Das mit dem letzten Gedanken scheint eine gute Idee von Paps gewesen zu sein. Ich habe mir den Ort hier vorgestellt …«

Danke, dachte ich. Fehlten noch drei. Ellen, Sennheiser und Voodoo.

Freddie las die Peilungen ab. »Ellen ist in London. Verrückt. Sennheiser in Wennebostel. Typisch, der kommt aus seinem Heimatort nie raus …«

»Und Voodoo?«, fragte ich schnell.

»Voodoo ist auch in Deutschland, aber im Süden. In Benediktbeuern.«

»In Benediktbeuern? Was macht er denn dort?«

»Keine Ahnung, vielleicht hat er an Benediktbeuern gedacht. Keine Meldung von ihm. Von den anderen beiden auch nicht.«

Ich schüttelte den Kopf. Voodoo und Benediktbeuren – das war so ziemlich die letzte Konstellation, die ich mir vorstellen konnte. Aber egal, die drei waren nicht weit entfernt. Es hätte viel schlimmer kommen können. Afrika oder der Südpol zum Beispiel.

Konzentration.

Siebeneicher war weiterhin passiv.

Die Schiffe ebenso.

Jede Sekunde war kostbar.

Ich sah auf den Monitor, der unsere Position anzeigte. Wir näherten uns rasch unserem Ziel. In einer Viertelstunde würden wir dort sein.

Hinter mir waren wieder Kampflieder zu hören.

Auch Freddie ging das Gegröle nun auf die Nerven. »Ruhe, da hinten! Macht euch fertig zum Absprung. In zehn Minuten schmeiß ich euch raus. Und dass mir keiner an die Copacabana denkt oder Hawaii. Ich habe keine Lust, euch überall auf dem Planeten aufzulesen. Nehmt euch ein Beispiel an euren Kollegen!«

Hawaii. Für einen kurzen Moment dachte ich an mein Haus auf Kauai. Ob es auch auf Camelot existieren würde?

Die Vergangenheit war so weit weg. Alles verdrängt und vergessen.

Nur nicht daran denken.

Das Jetzt war meine Welt.

Hier brauchte ich meine Kraft und Energie.

11

London war eine Tragödie. Nicht nur, dass die Stadt eine unvollendete Nachbildung des Originals war, sondern vor allem weil für Ellen jede Hilfe zu spät kam. Ich fand ihre Überreste am Eingang zum New Generator Hotel am Tavisstock Place. Der Battle Pack war unversehrt, nur der Helm war geöffnet; aber irgendetwas hatte sich vom Kopf her bis ins Innere hineingefressen. Ein grässlicher Anblick.

Ich erhob mich von der Leiche und blickte mich vorsichtig um.

Auf Schatten achten, die keine sind!, signalisierte mir eine Ebene. Sie bestehen aus mutierten, winzig kleinen Brachyceras, die in Schwärmen auftreten und sich als Schatten tarnen.

Brachycera?

Die gewöhnliche Stubenfliege, aber auf Camelot zu einem der heimtückischsten Jäger mutiert. Kommen nur in Städten vor und haben fast keine natürlichen Feinde, außer dem Dyson-Igel, der den Schwärmen auflauert und sie mit einem breiten Rüssel einsaugt.

Ich schloss meinen Kapuzenhelm und rief Freddie in der *Calvera*, die draußen auf der Straße mit lautlosen

Rotoren in fünf Meter Höhe stand. Nicht weit davon patrouillierte Lennox in engen Kreisen über der Stadt.

»Freddie, wir sind zu spät gekommen. Ellen ist tot.«

»Wie ist es passiert?«

»Tja, so etwas wie Todesfliegen. Anscheinend hatte sie ihren Helm nicht geschlossen.« Entgegen meiner Anweisung, aber das war nun nebensächlich. »Von ihr ist nicht viel übrig geblieben. Was sollen wir mit … ihrem Leichnam machen? Mitnehmen?«

»Links an der Hüfte ist eine schmale Tastenleiste angebracht. Mit einer Lasche geschützt. Die wegziehen. Anschließend ›elllen‹ eingeben, mit drei ›l‹. Danach die rote Taste drücken und etwas zurücktreten.«

Mit einem Stirnrunzeln führte ich seine Anweisungen aus. Zu Rückfragen war keine Zeit, und ich sah auch keinen Sinn darin. Außerdem konnte ich mir denken, was nun folgen würde.

Der Anzug mit den Überresten von Ellen wurde wie von Geisterhand gestaucht; er schien zu splittern, dann schrumpfte er zu einem kleinen Klumpen zusammen.

»Organischer Molekulardämpfer«, sagte Freddie in meinem Helm. »Ihr Code ist übrigens ›johhn‹. Der zweite Konsonant im Namen wird einmal wiederholt. Falls Ihnen die Welt mal zum Kotzen vorkommt, können Sie auf diese Weise bequem aus dem Leben scheiden.«

»Danke für die Information«, sagte ich und kehrte zum Lander zurück.

»Keine Ursache.«

Mit Sennheiser gab es kein Problem. Seine Rückmeldung traf ein, als wir die Küste Englands hinter uns gelassen hatten. Von Voodoo hatten wir noch nichts gehört.

Keine zehn Minuten später nahmen wir Sennheiser auf.

Inzwischen hatte ich die Steuerung des Landers übernommen. Es war tatsächlich ein Vergnügen, die Maschine zu fliegen. Im Schwebeflug bis auf einen halben Meter über Boden runter zu gehen, stellte kein Problem dar.

Sennheiser sprang locker in den nun leeren Laderaum. Unsere zehn Passagiere, einschließlich Deisenhofen, waren in Island aus drei Kilometern Höhe abgesprungen.

Es war eine schöne und beeindruckende Landschaft. Grün und saftig wie aus einem Reisekatalog.

Und unheimlich.

Schon von weitem konnte ich die auf der Spitze stehenden und in der Luft schwebenden Pyramiden sehen. Es mussten tausende sein. Sie waren über eine weite Ebene verstreut, bis kurz vor den ersten Hügeln eines Mittelgebirges, in dem die Kolonie der Wissenschaftler lag.

Hierher musste ich zurückkommen; in einer der Pyramiden sollte der blaue Globus mit der Liste der Grabmäler stehen. Vielleicht konnte ich auch Kontakt mit den Wissenschaftlern aufnehmen. Mit Captain Guthmann hatte ich damals kurz Funkkontakt gehabt, ehe es zur Katastrophe gekommen war.

Zuerst aber Voodoo.

Ich übergab Freddie das Steuer und schloss die Augen. Es konnte doch nicht sein, dass wir vollkommen unbemerkt geblieben waren. Vielleicht war es eine Falle von Siebeneicher, uns in Sicherheit zu wiegen, um dann in einem unbedachten Moment rücksichtslos zuzuschlagen.

Aber auf allen Ebenen herrschte nach wie vor Ruhe.

Ich pirschte mich behutsam an Siebeneicher heran, versuchte, eine halbwegs brauchbare Gefühlsregung zu entdecken, den Ansatz einer Absicht. Tauchte vorsichtig an den Verbindungsschlieren zu den Chipträgern vorbei, die er unter seiner Herrschaft hatte.

Aber nichts. Alles inaktiv.

Näher traute ich mich nicht heran. Wie gesagt, es konnte eine Falle sein.

Ich streifte leicht Viktors Sphäre.

Er reagierte sofort.

»John, das ist gefährlich«, flüsterte er. »Siebeneicher lauert. Er weiß, dass irgendetwas geschieht, aber er weiß nicht, dass es von außen kommt. Er glaubt, dass Camelot reagiert, und richtet deswegen seine Aufmerksamkeit nach innen.«

»Gut. Ich bin auch schon wieder weg«, antwortete ich. Anschließend berichtete ich ihm in knappen Gedanken von dem Stand unserer Aktion.

»Ich werde helfen, so gut ich kann«, versprach Viktor. »Aber jetzt verschwinde!«

Ich zog mich zurück, etwas erleichtert über Siebeneichers vermeintliche Fehleinschätzung.

Nach einem tiefen Durchatmen umfasste ich wieder die Flight Sticks.

»Sennheiser, wie geht es Ihnen?«, fragte ich nach hinten.

»Fühle mich fremd. Furchtbar fremd«, antwortete er. »Körperlich gut, aber ich komme mit meinem Inneren noch nicht zurecht. Es ist alles so … offen. Ich fühle mich wie in einer riesigen dunklen Halle, von der mir jemand erzählt hat. Nur hat mir derjenige nicht gesagt, dass die Halle kein Dach hat.«

»Das kenn ich. Versuchen Sie, die Halle gedanklich zu schließen. Draußen lauern Feinde, die bald versuchen werden, einzudringen.«

»Okay.« Mehr sagte er nicht.

Neben mir seufzte Freddie auf. »Na, das sind ja schöne Aussichten. Ich werde wohl der Letzte sein, der in eine Halle gesetzt wird.«

»Sieht ganz danach aus. Von der Truppe, die wir abgesetzt haben, sind die Ersten schon verschwunden. Es geht sehr schnell jetzt.«

Unsere Position war nun Höhe Frankfurt. Von Voodoo noch keine Rückmeldung.

»Wenn wir in Benediktbeuern sind, landen wir. Sie gehen mit mir raus. Ich werde auf Sie aufpassen.«

»Danke.« Er nickte bekräftigend. »Auch wenn Sie mir wahrscheinlich nicht helfen können.«

Wahrscheinlich nicht. Wie auch?

»Wieso heißen Sie Freddie the Freeloader?«

Er grinste. »Eine späte Vaudeville-Form. Red Skeltons Freddie the Freeloader. Eine Figur aus seinen Shows. Freddie war ein Clown, der in einem Waschzuber lebte und von jedem ein bisschen war, von allem ein bisschen wusste. Ihm wurde in jungen Jahren beigebracht, dass Gott die Menschen nach seinem Abbild geschaffen hat. Daraus hat er gefolgert, dass jeder, den er trifft, Gott sein könnte, weil er sich von den Menschen nicht unterscheidet. Also war er zu jedem Menschen freundlich, schließlich könnte es ja Gott sein.« Er atmete tief durch. »Ich war anscheinend auch so eine Figur. Irgendwann sagte jemand zu mir, ich wäre ein Freddie the Freeloader. Das hat mir gefallen. Es war die Wahrheit. Als ich zu Zoerances Truppe stieß, habe ich es dabei belassen. Ein bisschen von dem und ein bisschen von jenem …«

Wie alle in der Truppe, dachte ich. Hobos, heimatlos und ohne Bindung.

Der Ferntaster piepste leise.

»Freddie, ein Bild von der Erfassung! Schnell!«

Seine Finger glitten schon über die Tasten. Gleich darauf stand das Bild auf dem Hauptmonitor in der Mitte zwischen uns. Es zeigte ein Dutzend gigantischer Flügelwesen, die träge im Pulk mit schmalem Flügelschlag etwa zwanzig Kilometer vor uns dahinzogen. Ihr zeppelinartiger Rumpf passte sich wellenförmig der Flugbewegung an. Lichtblitze gingen von ihnen aus, wie bei einem Gewitter.

Blue Lagoon Stingrays, kam es von irgendwo aus meinen Ebenen.

»MUNA-Biester!«, warnte ich. »Blue Lagoon Stingrays. Transportwesen. Sie sind nicht besonders gefährlich, können sich aber mithilfe ausgesandter Lichtblitze schnell planetenweit verständigen. Siebeneicher benutzt sie in seiner Armee als Nachschubtransporter. Sie sind sehr gutmütig und zuverlässig. Trotzdem sollten wir uns nicht in ihre unmittelbare Nähe begeben. Wenn sie uns bemerken, weiß wenig später der ganze Planet von unserer Anwesenheit.«

Freddie drehte unaufgefordert ab. Lennox bestätigte und folgte uns.

Außerdem wies ich beide an, mit der Geschwindigkeit herunterzugehen. Der Luftraum war mir zu unsicher.

Irgendeine Ebene in mir begrüßte diese Anweisung mit einer gedanklichen Zustimmung. Ich fragte mich, ob es eine aktive Reaktion gewesen war oder lediglich eine Reaktion auf eine ähnliche Situation, die irgendwann einmal in der Vergangenheit vorgefallen war. Und ob ich im Ernstfall die Speicher meiner inneren Begleiter beherrschen konnte. Es wurde Zeit, dass ich mich einmal mit ihnen beschäftigte und wenigstens herausfand, von welchen Personen sie stammten. Sie wurden mir langsam unheimlich.

Oder ich beauftragte eine Ebene in mir, meine unbekannten Ebenen zu erforschen.

Ginge das?

Warum eigentlich nicht?

Mit einer gewissen Skepsis dachte ich die Angelegenheit an und überließ sie dann sich selbst. Ich wusste nicht, ob mir das Ergebnis gefallen würde.

»Schwere Unwetter südlich der Donau bis runter nach München«, bemerkte Freddie wie nebenbei. »Wir umgehen das Gebiet und fliegen das Alpenvorland über das Allgäu an. Ich habe keine Lust, von einem Blitz getroffen zu werden, der sich mir hinterher als MUNA-Biest vorstellt.«

Es war mir recht. Ich wiederum hatte kein allzu großes Bedürfnis, über ein München zu fliegen, das eine billige Nachbildung war, von Schattenwesen beherrscht. Schon alleine bei dem Gedanken wurde mir übel.

Die Gewitterfront zog sich in Ausläufern bis in den Süden nach Benediktbeuern. Die Benediktenwand und der Herzogstand standen stechend klar in der Abendluft, aber schon von Westen her war über dem Kochelsee verräterischer Dunst auszumachen. Nicht mehr lange, und es würden auch hier schwere Gewitter niedergehen.

»Die Peilung von Voodoo kommt von dort, aus der großen Kirche mit den angebauten Häusern«, sagte Freddie.

»Das ist das Kloster Benediktbeuern der Ordensgemeinschaft der Salesianer Don Boscos, ursprünglich ein Benediktinerkloster. Ich wusste gar nicht, dass Voodoo die Anlage kennt …« Wenn ich es mir genau überlegte, dann wusste ich gar nichts von Voodoo, obwohl wir viele Jahre zusammen gearbeitet hatten. Er war Voodoo gewesen, mein Freund. War immer da, wenn man ihn brauchte, hatte gescherzt, gelacht, geheult. Aber kannte ich ihn deswegen? Über seine Vergangenheit hatte er nie gesprochen, jedenfalls nicht ausführlich. Was ihn wirklich bewegte, lag im Verborgenen.

Ich deutete nach vorne. »Ich war einmal hier gewesen. Vor langer Zeit. Vor der Kirche liegt der Klosterhof. Du kannst mich dort absetzen, falls die Bäume nicht zu hoch sind. Ich möchte hier schnell wieder weg, bevor die Gewitterfront heran ist. Lennox soll über uns kreisen. Für alle Fälle.«

Freddie zog den Lander dicht über das Rondell vor dem Eingang der Kirche. Ich schloss meinen Helm, verließ das Cockpit und hangelte mich nach hinten.

Das Gehen fiel mir schwer.

Erst jetzt wurde mir bewusst, dass ich mich nach beinahe eineinhalb Jahren wieder in normaler Erdenschwerkraft bewegte. Dank einiger unterstützender Medikamente konnte ich mich ganz gut auf den Beinen halten, aber ein ordentlicher Muskelkater war mir sicher.

Ein kurzes Schulterklopfen von Sennheiser, dann glitt ich vorsichtig nach draußen. Die Rotoren wirbelten eine Menge Staub auf. Freddie zog den Lander wieder hoch.

»Ich warte draußen vor der Anlage«, hörte ich ihn sagen. »Falls Wind aufkommt, kann es hier drinnen zwischen den Bäumen gefährlich für die Maschine werden.«

Ich hielt den Daumen hoch und ging langsam auf den Eingang der Kirche zu.

Kaum war der Lander weg, wurde es absolut windstill.

Fast schon bedrohlich windstill.

In mir machte sich ein mulmiges Gefühl breit.

Vor der hohen Kirchentüre drehte ich mich noch einmal um.

Der Himmel war inzwischen blaugrau geworden, durchzogen von einem Dunst, der elektrisch aufgeladen schien. Ein letzter Sonnenstrahl, der kraftlos an der Mauer des Klosterganges hinabrutschte.

Kein Laut war zu hören, außer dem Knirschen der Kieselsteine unter meinen Schuhen.

Gewitterstimmung eben.

Trotzdem, irgendetwas stimmte hier nicht.

Zu laut. Das Knirschen der Kieselsteine war zu laut. Nein, nicht zu laut, es war einfach zu deutlich. Ich konnte die feinsten Frequenzen aus dem Geräusch heraushören. Als ob die Stille dieses Knirschen um ein Vielfaches verstärken würde.

Es musste an der Einstellung der Mikrofone an meinem Battle Pack liegen. Wahrscheinlich war ich nicht an die ausgeklügelte Technik dieser Kampfanzüge gewohnt. Trotzdem …

Besorgt wandte ich mich der Tür zu.

Als ich den eisernen Türgriff herunterdrückte, fuhr ich erschrocken zurück. Das Knarren war so deutlich zu hören, als befände ich mich in einem Tonstudio.

Das war nicht normal. Auch nicht bei noch so ausgefeilter Technik.

Ich fragte mich, ob sich meine Sinne in den letzten Minuten extrem verfeinert haben konnten. Aber welchen Sinn hätte das ergeben?

Hier stimmte etwas nicht.

Vorhin, als ich aus dem Lander ausstieg, war alles noch normal gewesen. Hier vor der Kirche nicht.

Ich blickte an dem Portal hoch. Wenigstens sah die Kirche echt aus. So, wie ich sie aus der Vergangenheit kannte. Keine billige Imitation.

»Suzanne!«

›Anwesend, Sir!‹

Ihre Stimme klang wie immer. Nicht zu laut, nicht zu leise.

»Suzanne, ich brauche ein Nano-Auge. Dazu meinen persönlichen Screen!«

›Screen baut sich auf. Nano-Augen findest du an deinem Battle Pack, linker Arm, Panel 1. Ein Piktogramm mit einem Auge. Die Steuerung …‹

»… ist an der Brustseite meines Battle Packs untergebracht. Ich erinnere mich …« Zoerance hatte mir eine Unterweisung des Anzugs gegeben, aber es gab unzählige Funktionen, die sich kein Mensch merken konnte.

›Sehr schön. Ich lege dir die Aufnahmen von dem Nano-Auge auf deinen Screen, sobald du ihn aktiviert hast.‹

Argwöhnisch schob ich die Tür weiter auf und schickte ein fliegendes Nano-Auge los, eine winzige Nanomaschine, die unbemerkt durch kleinste Ritzen dringen konnte und trotzdem hervorragende Bilder produzierte.

Der kleine Spion startete, ohne dass ich etwas davon mitbekam, außer einem überlauten Sirren, das ich auf die anomale Akustik zurückführte. Üblicherweise waren die winzigen Flügel nicht zu hören. Auf meinem Monitor erschien ein Weitwinkelbild von der geöffneten Türspalte. Mit der linken Hand und einem kleinen Stick am Battle Pack steuerte ich das Nano-Auge in die Kirche, mit der rechten zog ich vorsichtshalber eine handliche Waffe, eine Dangell-Philadelphia aus dem integrierten Halfter an meinem Oberschenkel. Sie gehörte zum festen Bestand eines Battle Packs und war laut Zoerance das Beste, was zurzeit auf dem Markt war. Angeblich konnte sie sogar kleine Kapseln mit Molekulardämpfern verschießen, aber ich wollte nichts darüber wissen.

So änderten sich die Zeiten, dachte ich. Vor meiner ersten Reise zur Pyramide hatte ich mich bei Hellbrügge noch bitter darüber beschwert, dass er ohne mein Wissen Waffen an Bord der *Nostradamus* geschmuggelt hatte. Entsprechend meiner festen damaligen Überzeugung hatte ich ihm gegenüber vehement die Meinung vertreten, dass der Weltraum waffenfrei bleiben sollte.

Jetzt hielt ich selbst eine Waffe in der Hand und stellte wie selbstverständlich mit dem Daumen den Modus DBP ein (Disable By Poisoning – durch Gift kampfunfähig machen). Auf diese Weise beruhigte ich mein Gewissen ein wenig. Wenn ich auf jemanden schießen müsste, dann würde er bestimmt nicht ernsthaft verletzt, sondern nur durch eine kleine chemische Dosis betäubt.

Ich stellte meinen Fuß in die Tür und beobachtete den Screen.

Das Nano-Auge passierte ein eisernes Gitter gleich hinter dem Eingang und flog dann direkt in das Hauptschiff der Kirche hinein. Sie war leer, bis auf eine dunkle Gestalt, die ganz vorne direkt vor der Sakristei auf einer Bank saß.

Voodoo.

Er musste es sein. Auch wenn ich keine Einzelheiten erkannte, so glaubte ich dennoch, ihn an der Körperhaltung zu erkennen.

Ich stieß die Tür auf – und ging sofort wegen des schrillen Quietschens der Türangeln in die Knie. Eine unsinnige Reaktion.

»Verflucht noch mal! Suzanne, wie regle ich die Außenmikrofone des Battle Packs herunter?«

›Ebenfalls linker Arm, ebenfalls Panel 1, ein Piktogramm mit einem stilisierten Ohr. Drück auf die linke Seite des Piktogramms, bis die gewünschte Lautstärke erreicht ist. Du könntest die Steuerung auch mit den Augen auf dem Display deines Helms vornehmen, aber diese Vorgehensweise ist nur geübten Personen zu empfehlen‹, leierte sie gelangweilt herunter. So in der Art »Wer nicht lernen will, muss fühlen«.

Immer noch vor mich hin fluchend, reduzierte ich die Lautstärke. Dann schob ich die Tür weiter auf. So war es schon besser, aber immer noch ungewöhnlich laut.

Das Nano-Auge war beinahe schon bei Voodoo angekommen, als ich es erstaunt noch einmal zurückdirigierte.

Das war keine normale Kirche!

Überall an den Wänden waren Orgelpfeifen angebracht!

Selbst an der Front im Altarraum drohte eine ganze Batterie von Orgelpfeifen in allen Größen.

Die Vorstellung, dass diese massive Ansammlung auf einmal loslegte, ließ mich erschauern.

Voodoo musste hier schleunigst raus!

»Suzanne, schalte die Außenmikrofone von Voodoos Battle Pack aus! Sofort! Und meine auch!«

›Der Battle Pack von Herrn Wörner ist nicht aktiv. Was die Mikrofone deines Anzugs betrifft, so würde ich vorschlagen, sie auf AUTO zu stellen. Die Außengeräusche werden damit automatisch angepasst. Es ist nicht zu empfehlen, die Anlage vollständig zu deaktivieren, da das Hören eine unterstützende Maßnahme des Gleichgewichtssinns darstellt …‹

Rede du nur, dachte ich und lief los. Vorher steckte ich die Waffe zurück und klickte AUTO an der Tastatur des Audiosets an. Man konnte nie wissen …

Ich rutschte in die Bankreihe hinein.

Voodoo bewegte sich nicht. Sein Helm war offen.

»Hey, Mann, aufwachen! Ich bin es, John!«, versuchte ich ihn wachzurütteln. Ich ließ mein Visier zurückfahren. »Voodoo, kannst du mich hören?« Meine Worte dröhnten in meinen Ohren.

Zu meiner Erleichterung schlug er fast sofort die Augen auf.

»Ahh, hey, gut, dass du da bist!«, sagte er benommen und schüttelte danach angewidert den Kopf. »Mann, das war die Hölle. Hast du auch so einen Trip durchgemacht, als man dir den Chip eingepflanzt hat?«

»Das ist jetzt unwichtig. Sprich leise. Wir müssen raus hier und zwar schnell!« Ich zog ihn an seinem Arm.

»Raus? Wo sind wir?« Er entwand sich meinem Griff und stand langsam auf. Mit unsicherem Blick inspizierte er den Innenraum der Kirche.

»Wow!«, rief er laut aus und verzog dann schmerzhaft sein Gesicht. Er beugte sich zu mir und flüsterte: »Geile Akustik hier. So was habe ich mir schon immer einmal gewünscht!«

»Was hast du dir gewünscht?«, fragte ich leise und ungläubig. »Das hier?«

»Ja, das alles hier. Eine Kirche mit einer gigantischen Orgel. Aber das übertrifft alles. Das ist wie Weihnachten!« Er breitete die Arme aus.

Unglaublich! Jetzt funktionierte der Chip schon als Wunschmaschine. Vielleicht lag es aber auch an Voodoos übersteigerter Fantasie.

Auf der prachtvollen Empore über dem Eingang nahm ich eine Bewegung war. Dort stand das Zentrum der Orgel, der Spieltisch.

»Voodoo, wir müssen hier weg!«

»Ne, jetzt will ich das Ding auch hören. Am liebsten würde ich Bach hören und zwar …«

»Sie hören nun ›Toccata und Fuge in d-Moll BWV 565‹ von Johann Sebastian Bach!«, ertönte eine Stimme von der Empore.

»Geil!«, sagte Voodoo und ballte seine Faust. »Der gute alte Bach!«

»Du spinnst wohl!«, entgegnete ich und schloss mein Visier. Anschließend aktivierte ich seinen Battle Pack, der zum Glück intakt war. Sein Helm fuhr nach oben und schloss sich sofort.

»Hey!«, protestierte er und fummelte an seinem Anzug herum.

Ich drückte an seinem Arm auf AUTO.

»Dein guter alter Bach wird dir gleich die Ohren zerfetzen. Komm jetzt!«

Kaum hatte ich das gesagt, schien der Boden unter uns zu erbeben.

Die Bank wurde schlagartig ein Stück angehoben und kippte nach vorne um. Da wir nicht rechtzeitig wegkamen, fielen wir ebenfalls auf den Boden.

»Sakra! Endlich einmal ein gescheites Aerophon!«, keuchte Voodoo und rappelte sich hoch.

Hören konnten wir wenig. Der Helm war schalldicht konstruiert, und die Automatik hatte die Außenlautstärke sofort heruntergeregelt.

Dafür konnten wir die Orgelmusik spüren.

Die tiefen Frequenzen tobten an meiner Magenwand.

Von der Decke fielen Steine herunter und landeten mit einem hässlichen Knallen zwischen den Bankreihen.

Voodoo stellte mich auf die Beine und zog mich zum Mittelgang.

Mein Screen behinderte mich beim Sehen. Vor lauter Aufregung hatte ich vergessen, ihn abzuschalten. Wie das funktionierte, wusste ich in dem Durcheinander auch nicht mehr.

»Suzanne, meinen Screen abschalten!«

›Die Funktionen deines persönlichen Screens sind an den visuellen Einrichtungen untergebracht, ebenfalls an deinem linken Unterarm, allerdings auf dem Panel 2. Auf dem Ein/Aus-Piktogramm ist ein stilisierter Monitor mit abgerundeten Ecken zu sehen ...‹

Ich konnte ihre Belehrungen nicht unterbrechen, weil ich zwischenzeitlich über eine weitere umgestürzte Bank gestolpert war. Voodoo schaltete den Screen aus, als er mir abermals auf die Beine half.

Das Präludium des Stückes war beendet, und die Automatik der Mikrofone schaltete kurzzeitig wieder auf Normalempfang. Überall krachte und knackte es im Kirchenschiff, übertönt von unseren hastenden Schritten.

Plötzlich schaltete sich Freddie dazu.

»Captain, wir können hier nicht länger in der Luft stehen. Ein Sturm ist aufgekommen. Mit starken Böen. Sehr starken Böen!«

»Wir kommen raus!«, rief ich zurück.

»Nutzlos. Ich kann nicht in den Kirchenhof zurück. Dort bricht alles zusammen. Inzwischen fliegt alles umher, was nicht niet- und nagelfest ist. Vielleicht gibt es dort drinnen einen Keller oder etwas Ähnliches. Lennox ist schon hochgestiegen. Über die Schlechtwetterzone. Ich versuche zu folgen. Hier unten werden die Rotoren des Landers zerstört.«

Scheiße. Wir waren beinahe schon an der Eingangstür.

»Okay!«

Voodoo wollte gerade den Türgriff anfassen.

»Lass das lieber«, warnte ich ihn. »Freddie sagt, dort draußen tobt ein Sturm. Es muss die Hölle sein.«

»Echt? Viel schlimmer als hier drinnen kann es gar nicht sein!«

Ich blickte zurück in eine dichte Staubwolke. Die Orgel hatte aufgehört zu spielen. Das Dröhnen war verschwunden.

Er drückte den Griff herunter.

Die Tür ging ein kurzes Stück auf, knallte zurück in den Rahmen, um dann mit einem Ruck aufzuschwingen. Nach zwei Kollisionen mit der Außenwand wurde sie aus den Angeln gerissen.

Ein heulender Sog zerrte uns beinahe nach draußen.

»Komm weg da! Weiter rein! Hier unter die Empore. Vielleicht gibt es da eine stabile Ecke, die nicht einstürzt!«

Er folgte mir in gebückter Haltung. Wir huschten in eine Ecke und sahen zu, wie der Innenraum der Kirche in sich zusammenfiel.

»Das ist doch übertrieben«, maulte er. »Da will man einmal im Leben gute Musik mit einem tollen Sound hören, und dann kommt so etwas dabei heraus!«

»Ruhe!«, sagte ich. »Freddie meldet sich gerade!«

»Ich komm nicht hoch. Zu viele Turbulenzen. Ich flieg zum Kochelsee und tauch dort unter! Lennox hat es geschafft. Er ist über dem Unwetter.«

Tauchen? Ich sah Voodoo verwundert an. »Geht so etwas mit einem Lander?«

Er nickte. »Nicht gut, aber es geht. Normalerweise schwimmt die Maschine wie eine Ente, aber sie hat variable Tanks an der Außenseite, mit der sie Wasser aufnehmen kann. Das Abtauchen dauert eine Weile. Wenn sie nicht vorher an Land getrieben wird, ist sie unter Wasser auf jeden Fall sicherer als in der Luft.«

Gut. Ich lehnte mich zurück und sah zu, wie sich die Staubwolke im Innenraum allmählich auf den Schutt herabsenkte. Ab und zu fiel noch eine Orgelpfeife von der Wand. Das Dach hatte dem Sturm einigermaßen standgehalten. Rinnsale an der Wand und plätschernde Tropfen waren Zeichen von Wassereinbrüchen.

Jetzt erst bemerkte ich, wie müde ich war.

Voodoo dagegen war hellwach. Er beschrieb seine Eindrücke während der Implantation des Chips, erzählte von seinem spektakulären Fallschirmabsprung und von den furchtbaren Geschöpfen auf der grünen Wiese.

Von Johann Sebastian Bach, seinen Träumen aus seiner Jugendzeit, von Theorien über die Pyramide …

Seine Gedanken waren mir von nun an verschlossen. Alle Gedanken waren für mich von nun an verschlossen.

Ein Patt.

Es zählte wieder das Recht des Stärkeren.

Gehe über Null.

Dann schlief ich ein.

12

Mein Unterbewusstsein explodierte.

Meine Gedankenebenen drängten mit Macht nach vorne.

Überall war Sturm.

Und Krieg.

Ein Angriff nach dem anderen rollte auf mich zu.

Nebenbei stürzten Kirchen ein, und alle Orgeln der Welt spielten gleichzeitig.

Ich erwachte von einem Schmerz, mit einem bitteren Geschmack im Mund und der Gewissheit, dass Siebeneicher soeben zugeschlagen hatte.

Dunkelheit um mich herum. Mit verkrümmtem Körper lag ich auf kalten Steinfliesen. Kälte. Voodoo war nicht da. Ich ahnte es mehr, als dass ich es wusste.

Ich versuchte mich herumzudrehen, aber meine Muskeln schienen wie eingefroren. Außerdem glaubte ich, jeden einzelnen Knochen zu spüren.

Aber das war alles unbedeutend.

Erst jetzt stellte ich mit Schrecken fest, dass meine ganze Energie in die Ebene floss, auf der gerade der Angriff von Siebeneicher begonnen hatte.

Siebeneicher bedrohte mit all seiner Stärke und Gewalt die neu entstandenen Sphären von Zoerances

Truppe. Auch diejenigen, die wir zuletzt bei der Kolonie der Wissenschaftler abgesetzt hatten und die nun ebenfalls zu den Chipträgern gehörten.

Sie widersetzten sich als geschlossene Gruppe und hielten tapfer den ersten Angriffswellen stand.

Sehr lange konnte das nicht gut gehen. Siebeneicher raste wie ein Ungeheuer heran, versuchte, ihre Geschlossenheit zu sprengen und die einzelnen Sphären durcheinander zu wirbeln. Dann wären sie eine leichte Beute für seinen Hunger nach Macht und Unterdrückung.

Ich zögerte.

Wenn ich jetzt eingriff, dann wusste er von meiner Anwesenheit.

Ein neuer Schlag gegen die Gemeinschaft. Nun waren die ersten Auswirkungen seiner rücksichtslosen Angriffe erkennbar. Ich spürte seine ganze Wut.

Entstanden aus Ärger über sich selbst.

Dass er die Eindringlinge nicht schon längst wahrgenommen hatte.

Wut darüber, dass eine Gruppe von Unbekannten es gewagt hatte, sein Hoheitsgebiet zu betreten.

Sie machte ihn blind gegenüber allem anderen.

Eine gute Möglichkeit, jetzt einzugreifen.

Ihn vielleicht sogar zu vernichten.

Ich zögerte immer noch.

Es konnte mein Ende bedeuten.

Was würde mit meinem Körper geschehen? Würde ich auf einem imaginären Planeten in der kalten Ecke eines zerstörten Klosters verwesen? Mein Geist zerstreut in alle Winde?

Oder unterjocht von einem Wahnsinnigen? Körperlos in alle Ewigkeit?

Verschwendete Gedanken eines Sterblichen.

Gerade hatte Siebeneicher die Geschlossenheit der Gemeinschaft zerstört. Einzelne Sphären flohen planlos in den grenzenlosen Gedankenozean.

Weit kamen sie nicht.

Siebeneicher riss sie wie ein tollwütiger Hund.

Rot.

Rot, das mich an Free Falls Angriff erinnerte.

Bevor ich mich selbst gedanklich wahrnahm, war ich bei ihnen. Rammte Siebeneicher von der Seite.

Er taumelte ein Stück weg.

War sofort wieder da. Ich glaubte, seine Fänge zu spüren.

Er prallte an meinem gedanklichen Schild ab und versuchte es von einer anderen Seite. Instinktiv ging ich selbst zum Angriff über, suchte eine verletzliche Stelle.

Setzte all meine Kraft ein.

Plötzlich war ich auf dem Weg zu seinem Chip. Ein positives Gefühl, das mich kurzzeitig von meiner Verteidigung ablenkte.

Kurz vor dem Ziel prallte ich auf ein Hindernis.

Draper!

Er drängte mich ab und setzte mir nach.

Siebeneicher wandte sich wieder den anderen Sphären zu, die erschöpft versuchten, neue Kräfte zu sammeln.

In meiner Verzweiflung griff ich ihn wieder an, obwohl ich Drapers Heißhunger im Nacken spürte.

Diesmal war Siebeneicher gewarnt. Noch so eine Blöße würde er sich nicht geben. Voller Selbstsicherheit nahmen er und Draper mich in die Zange. Planlos schickte ich all meine Energie in eine Verteidigung und konzentrierte mich auf meine Abwehr.

Nur Reaktion, kein aktives Handeln mehr.

Ein Fehler, denn jetzt bemerkten beide meine Unerfahrenheit und beschlossen, zunächst den Stärkeren zu vernichten. Die geschwächte Gruppe würde später dran glauben müssen, sie war keine Gefahr mehr.

Meine Abwehrkräfte wurden schwächer. Es war nur eine Frage der Zeit, bis ich unterliegen würde.

Plötzlich ließ Siebeneicher von mir ab. Eine neue, unbekannte Gruppe war auf dem Kriegsschauplatz erschienen. Auch Draper schien überrascht.

Ich nutzte die Situation eiskalt aus.

Bevor er auch nur einen weiteren Gedanken fassen konnte, war ich an seinem Chip dran.

Zeitlupenhaft und tödlich.

Ich hatte all meine Kräfte zu einem Angriff gebündelt und vereinnahmte ihn mit einem furchtbaren Schlag. Draper starb, aber die Informationen seines Chips gingen auf mich über.

Ohne weiter zu überlegen, griff ich Siebeneicher an, der nun seinerseits in die Defensive gezwungen war. Die fremde Gruppe hatte ihn in die Enge getrieben. Ich stürmte an ihr vorbei und versuchte, seine Sphäre zu zerschmettern.

Ohne Erfolg. Er war nach wie vor sehr stark.

Ich umkreiste ihn wie ein Boxer im Ring, der unbedingt seinen angeschlagenen Gegner vernichten wollte.

Ich war wie von Sinnen und prügelte wahllos auf seine Deckung ein.

Etwas hielt mich zurück.

»Lassen Sie ab davon! Sie kommen nicht an ihn heran. Sein Schutz ist zu stark.«

»Wer sind Sie?«, fragte ich, ohne Siebeneicher aus den Augen zu lassen. Gleichzeitig wurde mir bewusst, dass ich gegenüber dem Fremden keinerlei Schutz aufgebaut hatte.

»Werner Guthmann. Sprecher des Konklaves.«

»Konklave?« Vorsichtig ließ ich einen Teil meiner Energie in meine Verteidigung strömen. Man konnte nie wissen.

Ein wissendes Lächeln war zu spüren. »Sie brauchen keine Furcht vor mir zu haben. Sie können mir vertrauen. Wir haben uns schon einmal getroffen. Vor langer Zeit.«

»Ich weiß …«

Siebeneicher nutzte den Moment und verschwand blitzschnell in den Gedankenwelten. Ich war zu verblüfft, um darauf zu reagieren. Außerdem galt meine Sorge den Beteiligten auf dem Schlachtfeld. Von meinem Standpunkt aus konnte ich nicht erkennen, wer den Angriff überlebt hatte.

Meine Verwirrung war gefährlich. Ich war absolut ohne Schutz. Hätte mich Siebeneicher jetzt angegriffen, so wäre ich ein leichtes Opfer gewesen. Nur allmählich besann ich mich wieder auf meine Fähigkeiten und stabilisierte meinen Zustand.

»Ich würde mich zuallererst gerne um meine Leute kümmern«, sagte ich zu Guthmann. »Vielleicht können wir später einige Dinge klären.«

»Verständlich. Ich lasse für Sie eine Ebene offen. Sie können mich jederzeit kontaktieren.«

Seine Sphäre verschmolz mit seiner Gruppe, die in ihrer Geschlossenheit einen massiven Schutzwall bildete.

Schnell verließ ich den Schauplatz und massierte mir anschließend den Nacken. In meinem Denken herrschte ein einziges Durcheinander, und mein Rücken schmerzte fürchterlich.

Ich stand mühsam auf und hielt meinen Kopf unter einen hart fallenden Wasserstrahl, der von der Decke nach unten rauschte.

Voodoo? Wo war Voodoo?

Mit schlimmsten Befürchtungen wankte ich nach draußen.

Es war hell. Diffuses Licht. Noch Morgen oder schon Mittag. Den Sonnenstand konnte ich nicht erkennen.

Kein Sturm mehr.

Der große Hof bot ein Bild der Verwüstung. Er war übersät mit Dachziegeln und abgerissenen Ästen. Die wenigen Bäume waren allesamt umgeknickt.

Inmitten des Chaos stand der Lander. Daneben Lennox' Firefly.

Beide unbeschädigt.

Ansonsten war niemand zu sehen.

Auf wackligen Beinen ging ich auf den Lander zu und prallte dort beinahe mit Voodoo zusammen, der gerade aus der Seitentür des Landers sprang.

»John! Ich wollte eben nach dir sehen!« Er fasste mich fest an den Schultern. »Bist du okay? Das war ziemlich knapp gewesen, oder? Mein lieber Mann, wenn dieses Konklave nicht aufgetaucht wäre, dann hätten wir ziemlich alt ausgesehen!«

»Du lebst!«, stellte ich erleichtert fest. »Und was ist mit den anderen?«

»Sennheiser ist im Lander. Freddie ist vorhin mit ihm vom See hierher geflogen. Sie hatten einige Probleme mit dem Auftauchen. Ich bin raus aus der Kirche, als ich den Lander gehört habe. Gleich nach der Landung ist Freddie verschwunden. An der Kirchentür hat mich das Gemetzel mit Siebeneicher überrascht. Da war ich für einige Zeit beschäftigt. Die Firefly war schon vorher da. Sarah Kong kam mir von dort entgegen. Lennox auch. Beide sind im Lander.«

Ich sah in den Lander hinein.

»Chipfrisch!«, strahlte mich die kleine Asiatin an.

»Nix 'ip!«, sagte Lennox und breitete bedauernd die Arme aus.

{Bei mir klappt es anscheinend nicht, Boss.}

Merkwürdig. Bei Halbmond, meiner Frau, war ebenfalls nichts geschehen, aber sie war parapsychisch veranlagt gewesen. Konnte es sein, dass es sich mit Lennox' Begabungen ähnlich verhielt?

»Wie sieht es in der Kolonie der Wissenschaftler aus?«, wandte ich mich an Voodoo. »Hast du von dort etwas gehört?« Ich scheute mich davor, direkt dort nachzufragen.

»Nein. Bin auch erst gerade von meinem Kampf gegen den Ordensfürsten zurück.«

Mit abgeklärter Stimme rief Sennheiser aus dem Innern des Landers: »Wir haben vier Leute verloren. Sie waren alle aus der Gruppe, die zuletzt abgesetzt wurde.«

»Deisenhofen?« fragte ich.

»Am Leben!«, kam es knapp zurück.

Ich atmete tief durch und schaute betreten zur Seite. Die vier gingen eindeutig auf mein Konto. Mein Zögern war ihr Verderben gewesen. Deisenhofen hatte Glück gehabt. Sonderbarerweise war mein Schuldgefühl nicht allzu groß.

Früher wäre ich daran zerbrochen.

Die vier hatten eben Pech gehabt.

Mit Freddie war das eine andere Sache.

»Gibt es schon eine Peilung von Freddie?«

»Nein, nichts.«

Ich verschränkte die Arme. Mir war kalt.

»Okay. Wir warten hier.«

»Zoerance, ihr bleibt an Ort und Stelle, bis ich da bin! Keine Extratouren!« Ihr trotziges Gesicht sah demonstrativ zur Seite.

»John, Siebeneicher konnte uns auf geistiger Ebene nicht beikommen. Es wird nicht lange dauern, dann kreuzt er hier mit seiner Armee auf. Wir müssen agieren, nicht reagieren. Meine Leute können es gar nicht erwarten, ihm die Hölle heiß zu machen. Da ist noch eine hohe Rechnung offen, die treiben wir jetzt ein.«

»Ich weiß. Trotzdem: Keine Alleingänge! Wir warten hier noch, bis Freddie auftaucht, dann stoßen wir zu euch. Viktor informiert mich über Siebeneichers Pläne. Im Moment herrscht eine ziemliche Verwirrung, weil Draper gefallen ist. Man erwartet Siebeneicher bei der Truppe von Lex Dei. Wahrscheinlich will er sie rekrutieren, und ich schätze mal, da wird es noch einigen Widerstand geben. Wir haben also noch etwas Zeit. Es kommt nicht auf eine Stunde an.«

Sie schnaufte hörbar durch. »Kann ich wenigstens zu den Wissenschaftlern gehen und mir dieses mysteriöse Konklave anschauen?«

Keine gute Idee, dachte ich. Sie ist auf der Suche nach ihrem Vater. Aber ich konnte ihr ja nicht alles verbieten. »Meinetwegen …« Aber mach keinen Blödsinn, wollte ich noch hinzufügen, ließ es dann lieber. Vielleicht sollte sie jetzt endlich einmal die Wahrheit über den Verbleib ihres Vaters erfahren. Besser durch jemand anderen als durch mich.

Ich selbst brauchte etwas Zeit für mich, um die Geschehnisse und die daraus resultierenden Fakten zu verarbeiten.

Als Erstes hatte ich die Computer auf den Schiffen der Lex Dei manipuliert. Alle Abschussvorrichtungen zeigten den Offizieren zwar Feuerbereitschaft an, aber ohne mich ging gar nichts.

Des Weiteren wachte eine Ebene von mir über die eingehenden Befehle. Viktor hatte mir zu verstehen gegeben, dass er als Befehlshaber mehr oder weniger abgesetzt war. Er wurde nur noch geduldet, mehr nicht. Unter den verbliebenen Offizieren war es zu Streitereien um die Nachfolge Drapers gekommen. Demzufolge würde es keinen wirklichen Widerstand gegen Siebeneicher geben. Man konnte sich ausrechnen, wie lange es dauern würde, bis Siebeneicher die Truppe von Lex Dei übernahm.

Drapers Chip in mir war stark. Ich hatte gehofft, dass ich ohne große Schwierigkeiten an die Informationen über die Liste der Grabmäler oder an den Standort des Planetenmodells herankommen würde, aber der Chip war von einem starken Schutz umgeben. Ich hatte eine weitere Ebene damit beauftragt, diesen Schutz aufzuweichen. Meine Erfahrung mit den vereinnahmten Chips war zu gering. Ich hatte keine Ahnung, wie lange das dauern konnte und ob es überhaupt Erfolgsaussichten gab.

Dabei verdrängte ich die Tatsache, dass in meinem Kopf ständig verschiedene Ebenen arbeiteten. Auch an die Existenz eines fremden Bewusstseins in mir, und das gleich in der Mehrzahl, wagte ich nicht zu denken. Irgendwann würde ich sonst durchdrehen.

Oder auch nicht. Ich stellte bei mir eine gewisse Persönlichkeitsveränderung fest. Nicht, dass sich meine Grundsätze verändert hätten, aber meine Moral und mein Lebensempfinden hatten sich gewandelt. Mein Selbstbewusstsein war stärker. Ich traf meine Entscheidungen nicht mehr nach reiflichen Überlegungen, ich traf sie einfach. Ich konnte keine Rücksichten mehr nehmen. Wenn wir überleben wollten, dann konnte das nur mit einer gewissen Disziplin funktionieren.

Voodoo hatte an mir schon so etwas bemerkt. Er sah mich manchmal etwas beunruhigt von der Seite an.

Gesagt hat er noch nichts, aber ich war mir sicher, früher oder später würde er mit mir darüber reden wollen. Ich hatte nichts zu sagen, eine Diskussion würde es nicht geben, schließlich tat ich alles zu unserem und damit auch zu seinem Besten.

Immer noch keine Peilung von Freddie.

Es war mir ein Rätsel, warum die Dauer der Implantation so unterschiedlich ausfiel.

Sennheiser, Sarah Kong und ich saßen im Lander und langweilten uns. Lennox und Voodoo suchten in der Firefly die nähere Umgebung ab.

Ich wurde ungeduldig. Wir konnten nicht länger warten. Seit meinem kurzen Gespräch mit Zoerance waren schon Stunden vergangen.

Sarah machte Konzentrationsübungen. Angeblich, um ihren Chip zu stärken. Ab und zu warf sie mir einen Blick unter halb geöffneten Lidern zu. Sie spürte meine Ungeduld.

Sennheiser war in ständigem Kontakt mit der Gruppe nahe der Kolonie. Auch sie wartete. Vor allem auf die Ausrüstungsgegenstände und die Vorräte, die sich noch hier bei uns im Lander befanden.

Ich konzentrierte mich auf die Kontrollen an Bord der Lex-Dei-Schiffe und auf Siebeneichers Umgebung. Nichts Ungewöhnliches, außer dass er anscheinend ziemlich aktiv war. Alle Sphären um ihn herum befanden sich in heller Aufregung. Es war offensichtlich, dass bald etwas geschehen würde.

Siebeneicher selbst konnte ich nicht entdecken. Ich spürte aber seine Anwesenheit. Es galt, auf der Hut zu sein.

Ich sah auf meine Uhr.

Wir konnten nicht länger warten.

Ich musste davon ausgehen, dass Freddie etwas zugestoßen war.

Gerade als ich mich zum Aufbruch entschlossen hatte, meldete sich Nat bei mir.

»John, Zoerance ist weg!«

Was für eine bescheuerte Information! »Was heißt das, sie ist weg?«, fragte ich gereizt.

»Sie kam von der Kolonie der Wissenschaftler, hat sich eine Firefly genommen und ist weggeflogen.«

»Mein Gott, Nat, lass dir doch nicht alles aus der Nase ziehen! Wohin ist sie geflogen?«

Er antwortete nicht sofort. »Ich vermute, es hängt mit ihrem Vater zusammen. Sie will zu Siebeneicher.« Er machte eine kurze Pause. »Schelley Elson war mit ihr bei den Wissenschaftlern. Sie hat berichtet, dass Zoerance mit Guthmann gesprochen hat. Schelley hat aber nicht gehört, worüber. Plötzlich hat Zoerance ausgerufen: ›Den mach ich fertig!‹ Dann ist sie losgelaufen, hat sich eine Firefly geschnappt und war weg.« Wieder eine Pause. Dann fügte er noch hinzu: »Alleine.«

Ich fluchte still in mich hinein. So eine Reaktion war beinahe zu erwarten gewesen.

»Funkkontakt?«

»Negativ.«

»Position?«

»Sie ist schon über dem Atlantik, Richtung Südamerika.«

Es war unfassbar. Als wenn wir nicht schon genug Probleme hätten. Am liebsten hätte ich mich einfach nicht darum gekümmert. Sollte sich Zoerance doch mit Siebeneicher anlegen. Vielleicht hatte sie sogar Erfolg, und wir hätten ihn vom Hals.

Sarah Kong sah mich wieder mit einem geheimnisvollen Blick an, als wüsste sie, was vor sich ging.

»Okay, Nat, ich kümmere mich darum. Vielleicht lässt sie mich an sich heran. Wenn nicht, fliege ich mit Lennox hinter ihr her und versuche, das Schlimmste zu verhindern. Bemüh dich inzwischen, ein paar Informationen von den Wissenschaftlern des Konklaves zu bekommen. Wichtig wäre zu wissen, in welcher Pyramide das Modell von Camelot zu finden ist. Wenn du nicht weiterkommst, dann fangt alle an, danach zu suchen. Ich habe das unbestimmte Gefühl, dass uns nicht viel Zeit dafür bleiben wird.«

»Mach ich. Danke, John!«

Wofür?, dachte ich sarkastisch, aber ich wusste genau wie er, dass ich der Einzige war, dem es gelingen konnte, Zoerance zur Vernunft zu bringen. Viel Hoffnung hatte ich allerdings nicht.

An die Risiken des Fluges, in die unmittelbare Nähe von Siebeneicher und seiner Armee, wagte ich gar nicht zu denken.

Ich rief Voodoo und Lennox zurück. Danach kontaktierte ich Viktor und unterrichtete ihn über die Lage.

»Das ist nicht gut«, meinte er. »Siebeneicher ist hier im Lager. Seine Übernahme unserer Truppen ist meiner Meinung nach so gut wie besiegelt. Er spricht von gemeinsamen Wurzeln, aus denen die Leute hervorgegangen sind. Was ja auch irgendwie stimmt. Dabei hätte er diese Beschwörungen gar nicht nötig. Du solltest einmal sein so genanntes Heer sehen. So etwas Grauenvolles gibt es nicht einmal in einem Horrorfilm. Wir sind von riesigen und Furcht erregenden Wesen umzingelt. Selbst mit überlegener Technik ist eine Gegenwehr zwecklos. Sie würden uns überrennen. Ich kann ihre Mordlust und ihre bedingungslose Hörigkeit gegenüber Siebeneicher spüren. Wenn er noch zusätzlich über unser modernes Kriegsmaterial verfügt, hast du keine Chance. Halte dich also zurück.«

Das waren keine guten Aussichten.

Aber vielleicht musste es ja nicht so weit kommen.

»Suzanne, ich brauche eine Verbindung zu Zoerance! Sag ihr, dass ich sie dringend sprechen muss!«

Natürlich hätte ich Zoerance auch direkt anrufen können, aber ich verschaffte mir durch Suzannes Kennung eine gewisse Distanz. Außerdem war Suzanne hartnäckiger als ich.

›Die Teilnehmerin meldet sich nicht.‹

Die Teilnehmerin! Unmögliche Bezeichnung. Suzannes Wortschatz beinhaltete noch Begriffe aus dem vorigen Jahrhundert.

»Suzanne, bleib bitte dran!«

›Ich hatte nicht vor, unsere Verbindung von meiner Seite aus zu unterbrechen.‹

»Nein, ich meinte damit, du sollst weiter versuchen, Zoerance zu erreichen!«

›Wenn du meinst. Aber der Anruf kommt durch. Ich gehe einmal davon aus, dass die Person nicht gestört werden möchte, deswegen wird eine permanente Anwahl nicht sehr Erfolg versprechend sein.‹

Ach was! Ich antwortete nicht darauf.

Ich versuchte es auf der Gedankenebene und sandte positive Signale zu Zoerances Sphäre.

Keine Reaktion.

Diese dumme Göre!

Wenn Viktors Beschreibungen von Siebeneichers Armee auch nur halbwegs zutrafen, dann würde sie noch nicht einmal in seine Nähe gelangen.

Mein persönlicher Screen flackerte auf.

»Du brauchst deine Blechsekretärin nicht weiter zu bemühen!« Zoerance erschien auf dem Screen. »Und deine fürsorglichen Worte kannst du dir auch sparen! Ich mach dieses Schwein alle, selbst wenn ich dabei draufgehe!«

»Von wem sprichst du?«

Blöde Frage.

»Siebeneicher. Er hat meinen Vater umgebracht.«

»Und jetzt willst du ihn rächen? Das ist doch Wahnsinn. Du kommst noch nicht einmal in seine Nähe. Viktor hat mir gerade berichtet, dass Siebeneicher nun auch Drapers Truppen unter sich hat. Damit verfügt er über moderne Waffen, und dagegen kommst du selbst mit einer Firefly nicht an.«

Sie blickte verunsichert zur Seite. Immerhin war ich zu ihr durchgedrungen.

Dachte ich.

Ihre nächsten Worte belehrten mich eines Besseren.

»Kann sein. Aber Siebeneicher kann sich nicht vor mir verstecken. Die Besatzung der *Jesod* hat seine Position noch auf Drapers Anweisung hin permanent im Visier. Die Koordinaten kann ich mir aus dem Computer des Schiffs holen. Einfache Sache. Ich weiß also genau, wo er gerade hinpinkelt. Und bis zu dem Ort komm ich durch, selbst wenn sie alle Waffen auf mich richten.«

Nicht schlecht, musste ich neidlos anerkennen, sie hatte schnell gelernt, ihre neuen Fähigkeiten zu benutzen.

Ich hatte aber noch ein weiteres Ass im Ärmel. Ein nicht sehr erfreuliches für mich.

»Zoerance, Siebeneicher hat deinen Vater nicht getötet!«

»Guthmann hat es mir gesagt.«

»Guthmann hat dir wahrscheinlich gesagt, dass dein Vater von Siebeneichers Truppe getötet wurde, aber es war nicht Siebeneicher selbst, der es getan hat.«

»Woher willst du das wissen?«

Ich holte tief Luft.

»Der Mörder deines Vaters ist tot. Es war Free Fall. Ich trage die Gedanken deines Vaters in meinem Chip.«

Sie erstarrte auf dem Screen.

Dann sagte sie leise: »Du bist genauso ein Schwein wie Siebeneicher, John Nurminen. Eine richtige Drecksau!«

Der Screen fiel in sich zusammen.

›Die Teilnehmerin hat das Gespräch beendet. Soll ich wieder durchstellen?‹

»Nicht nötig, Suzanne«, sagte ich deprimiert. »Ich glaube, wir haben alles Wichtige besprochen.«

›Sehr schön. Es hat mir Freude bereitet, schnell und unbürokratisch helfen zu können.‹

13

Lennox zog die Maschine gleich nach dem Start in eine steile Linkskurve Richtung Alpen.

Der Ort Benediktbeuern war durch das Unwetter förmlich dem Boden gleichgemacht worden. Allerdings wiesen die Häuser und Straßen Schäden auf, die älteren Datums sein mussten. Hier waren schon lange keine Cars oder Menschen mehr unterwegs gewesen.

Camelot hatte den Dinosaurier Mensch ausgerottet. Selbst die Überlebensfähigsten hatten den Naturkatastrophen und den Gefahren von Fauna und Flora nichts entgegenzusetzen. Was vom Menschen übrig geblieben war, konnte man nur als eine degenerierte Variation der ehemals so überlegenen Spezies bezeichnen.

Bisher hatte ich noch kein Exemplar dieser neuen Menschen zu Gesicht bekommen, aber ich konnte ihre Gedanken empfangen. Gedanken, die sich ausschließlich ums Überleben und Fortpflanzen drehten. Viele Nachkommen garantierten wenigstens eine halbwegs gesicherte Existenz.

Viel Zeit blieb dem Menschen nicht mehr. In seinem reduzierten Denken musste er Tag für Tag alle Kräfte für eine schnelle, präzise Jagd und anschließende Sicherung der Beute konzentrieren. Für Ideen war kein Platz mehr vorhanden. Kaum blühte eine kleine Errungenschaft auf, hatte sie die erbarmungslose Natur schon wieder zunichte gemacht. Es schien ein aussichtsloser Kampf zu sein.

Die wenigen Lebensgemeinschaften begingen zudem den Fehler, sich gegenseitig zu bekriegen, anstatt vereint ein starkes Bollwerk gegen die Natur zu bilden. Was Unwetter, Überschwemmungen oder Vulkanausbrüche nicht schafften, erledigten Fabelwesen, Pflanzen oder Insekten. Von Seuchen und Krankheiten gar nicht zu reden.

Lennox hatte die Firefly über dem Kochelsee hart nach oben gezogen, um über der V-förmigen Schneise der Kesselbergstraße Höhe zu gewinnen.

Unter uns blieben Walchensee und Herzogstand zurück.

Bald darauf auch die Alpen.

In 15000 Metern Höhe waren wir relativ sicher vor neu geschaffenen Lebewesen oder sonstigen Kreaturen. So lauteten wenigstens die Informationen meiner unzähligen Gedankenebenen.

Voodoo war mit Sennheiser und Sarah Kong auf dem Weg zur Kolonie der Wissenschaftler. Er hatte heftig dagegen protestiert, dass ich zusammen mit Lennox versuchen wollte, Zoerance zur Vernunft zu bringen. Sein Hauptargument war gewesen, dass Lennox immer noch keinen Chip besaß und dass es somit für Siebeneicher ein Leichtes wäre, Lennox zu übernehmen.

»'eine Ch'nce'«, hatte der kleine Savant darauf erwidert.

{Siebeneicher kann mich nicht übernehmen. Ganz abgesehen davon kann er mit meinem Denken nichts anfangen. Ich bin zu schnell für ihn.}

Ich wusste nicht, woher er diese Zuversicht nahm, aber ich glaubte ihm. Außerdem wollte ich Voodoo in der Kolonie haben. Ich traute Nat nicht viel Diplomatie im Umgang mit dem Konklave zu. Bis jetzt hatte er nichts herausgefunden, was uns weiterhelfen konnte. Das Konklave hatte uns zwar in der Not beigestanden, aber dabei sollte es anscheinend auch bleiben. Ich vermutete ein rein politisches Denken dahinter. Bei einer weiteren Stärkung Siebeneichers wäre ihre Gemeinschaft zu schwach geworden. Laut Nats Beobachtungen war das Konklave nichts anderes als eine einfache Siedlung mit einfach lebenden Einwohnern. Ackerbau und Viehzucht. Die ehemaligen Wissenschaftler der *Sternenläufer* waren zu ihren Wurzeln zurückgekehrt.

Guthmann.

Ich wollte Guthmann noch kontaktieren.

Später.

Zunächst genoss ich den unbeschwerten Flug mit vierfacher Schallgeschwindigkeit.

Und was hieß schon, Zoerance zur Vernunft bringen zu wollen! Ich sah keine großen Erfolgsaussichten darin. Besonders nicht jetzt, nachdem sie wusste, dass ich die archivierte »Seele« ihres Vaters in mir trug. Sie fühlte sich von mir betrogen. Wahrscheinlich hatte sie sogar Recht damit. Ich hätte es ihr von Angesicht zu Angesicht sagen müssen und nicht in einer für sie angespannten Situation.

Ein schwerer Fehler von mir. Vielleicht konnte ich ihn mit diesem Flug wieder gutmachen, wenn ich auch nicht wusste, wie.

Ich fühlte mich für sie verantwortlich.

Ein weiterer Grund für diesen Flug war, dass ich Viktor zur Flucht verhelfen wollte. Lange konnte er seinen Kontakt zu mir nicht mehr verbergen. Eine kleine

Unaufmerksamkeit, und schon wäre es um ihn geschehen. Er hatte mich nicht darum gebeten, aber er war ein realistisch denkender Mensch und wusste genau, dass es trotz aller Vorsicht zu einem Fehler kommen konnte. Andererseits war er viel zu stolz und zu rücksichtsvoll mir gegenüber, als dass er um Hilfe gebeten hätte.

Es blieb mir nichts anderes übrig, ich musste in Siebeneichers Nähe gelangen. In der Kolonie konnte ich nichts bewirken, außer planlos nach der Pyramide mit dem Planetenmodell zu suchen.

Vielleicht bot sich mir im Süden eine Chance, an die Liste der Grabmäler heranzukommen. Bis jetzt war es mir noch nicht gelungen, den Schutz von Drapers Gedankenebene aufzuheben, obwohl ich spürte, dass ich in dieser Angelegenheit vorwärts kam.

Es war nur noch eine Frage der Zeit …

Ein Anruf von Nat riss mich aus dem Halbschlaf.

Ich schreckte hoch und blickte für einen Moment orientierungslos auf den Monitor links neben mir, der Lennox' zufriedenes Gesicht zeigte.

Anschließend trafen alle Informationen meiner verschiedenen Ebenen ein.

Höchste Alarmbereitschaft auf den Schiffen der Lex Dei.

Immer noch alle Abschussvorrichtungen gesperrt.

Von Freddie weiterhin keine Peilung.

In mir waren 17 fremde Ebenen gespeichert, einschließlich der von Draper, Zoerances Vater und Free Fall.

Ich konnte nicht glauben, dass Free Fall weitere vierzehn Personen umgebracht hatte, und setzte eine neue Ebene ein, die herausfinden sollte, unter welchen Umständen Informationen auf einen anderen Chip übertragen wurden.

Ein kurzes Eindringen in Lennox' Gedanken. Es geschah weniger gewollt, beinahe automatisch. Nur vorbeirasende Zahlenreihen, die ich als solche kaum wahrnehmen konnte.

In allen Farben.

Von einem Chip in Lennox' Gehirn keine Spur.

Das alles lief in Sekundenbruchteilen in mir ab.

Nat meldete sich.

Ich aktivierte meinen Monitor.

»Ja, Nat?«

»Vielleicht ist es nicht wichtig, aber Deisenhofen hat den Vorschlag gemacht, ob man sich nicht mit Siebeneicher verbünden sollte. Ihn sozusagen unter Vertrag nehmen. Damit wären alle Probleme aus dem Weg geräumt, und man könnte in Ruhe nach dem Archiv suchen …«

Ich schloss genervt die Augen.

Augenblicklich überfiel mich ein leichtes Schwindelgefühl.

Jetzt auch noch so etwas Hirnrissiges. Deisenhofen hatte anscheinend kalte Füße bekommen und wusste nichts Besseres, als sich an alte Managerregeln zu erinnern. Wenn du deinen Konkurrenten nicht aus dem Rennen werfen kannst, dann kauf ihn auf. Lieber ein Deal mit dem Bösen als tot. Was auf das Gleiche rauskam.

Sozusagen.

»Der spinnt wohl! Ich rede mit ihm, bevor er unsere Leute mit dem Blödsinn infiziert.«

Nat grinste mich an. »Keine Angst. Da beißt er auf Granit. Die gehen lieber durch die Hölle, als dass sie sich auf so etwas einlassen.«

Ich weiß, dachte ich, so einem Exemplar fliege ich gerade hinterher.

»Hat er sonst noch etwas in der Art von sich gegeben?«

»Nein, er ist voll und ganz mit dem Absuchen der Pyramiden beschäftigt. Sehr engagiert sogar. Als ob sein Leben davon abhinge.«

»Tut es ja auch. Er ist kein ausgebildeter Kämpfer wie ihr. Er hat Angst.«

»Diese Pyramiden sind übrigens faszinierend. Diese unfassbare Menge von Informationen in den Archiven. Wahrheiten, von denen man nur träumen kann. Aber damit kann die Menschheit nicht umgehen. Ein Einzelner vielleicht. Ich kann dich nur bewundern, John, dass du von diesem Wissen nicht wahnsinnig geworden bist. Und dass du der Versuchung widerstanden hast, alles an dich zu reißen.«

»Noch ist die Gefahr des Wahnsinns nicht vorbei«, antwortete ich. »So berechnend es auch klingen mag, aber wir müssen sicherstellen, dass weder Siebeneicher noch Deisenhofen in den Besitz des Archivs oder des Wissens über den Chip kommt.«

Ich war gespannt auf seine Antwort, denn im Grunde genommen hatte ich mich mit meiner Aussage auf dünnes Eis begeben. Nat war schließlich von dem Komplex angeheuert worden, um eben gerade dieses unglaubliche Wissen zu erringen.

»Das sehe ich auch so. Es wird jedoch schwierig werden, eine Lösung zu finden. Vor allem eine, mit der auch wir leben können.«

»Ich fürchte, wir werden mit keiner Lösung leben können«, sagte ich mit Erleichterung über seine Antwort. »Jedenfalls nicht sehr gut«, fügte ich abmildernd hinzu.

Er erwiderte nichts darauf. Dann fragte er: »Was ist mit Zoerance?«

Ich schilderte ihm mein Gespräch mit ihr. Ließ auch die Sache mit ihrem Vater nicht aus.

»Mach dir keine Vorwürfe!«, sagte er. »Ich hätte auch nicht anders gehandelt. Zoerance hat einige Probleme aufgrund der Umstände während ihrer Kindheit. Sie war ihrer Mutter ausgeliefert und hatte sich nichts sehnlicher gewünscht als einen Vater, der dem ganzen Treiben, das ihre Mutter veranstaltet hat, Einhalt gebietet. Die Sehnsucht nach einem Vater ist bei ihr zu einer fixen Idee geworden. Manchmal denke ich, sie hat nur an der Mission teilgenommen, um ihm endlich zu begegnen.«

»Möglich. Ich versuche jedenfalls weiterhin, wieder Kontakt mit ihr aufzunehmen, vielleicht kommt sie noch zur Vernunft. Viktor hat mir berichtet, dass im Lager Aufbruchstimmung herrscht. Siebeneicher hat zu einem Kreuzzug gegen uns aufgerufen. Wahrscheinlich wird die vereinigte Armee in Kürze zur Kolonie der Wissenschaftler aufbrechen. In dem Fall wäre es besser, wenn wir unsere Kräfte gebündelt hätten. Wobei ich keine Ahnung habe, ob uns das etwas nützt. Diese Armee ist laut Viktors Aussage übermächtig.«

»Das ist schwer zu beurteilen. Draper hat viele Leute nach der Landung verloren. Darunter Piloten und Spezialeinheiten. Siebeneicher besitzt die Macht über diese mörderischen Wesen. Es ist die Frage, wie gut beide Gruppen harmonieren. Bei einem möglichen Angriff wird entscheidend sein, wie effektiv Siebeneicher die Vielzahl der Wesen einsetzen kann. Ich glaube nicht, dass ihm diese Übermacht viel bringt, denn wir sind nicht an einen Standort gebunden. Bevor er zuschlagen kann, sind wir schon weg. Alles, was wir brauchen, ist diese verdammte Liste der Grabmäler.«

Nachdem wir unser Gespräch beendet hatten, blieb ein Gefühl der Ungewissheit.

Diese Liste.

Viktor hatte nach Drapers Tod alle Computer im Lager danach abgefragt, jedoch ohne Erfolg. Er musste sie irgendwo versteckt haben, wahrscheinlich als Hardcopy. Aber auch bei der Leiche und in den persönlichen Sachen hatte Viktor nichts gefunden.

Ich hatte wenig Hoffnung, die Auflistung aller Grabmäler in seiner Gedankenebene zu finden. Kein Mensch konnte sich zehntausende von Orten merken, aber wenigstens ein Hinweis auf den Verbleib der Liste musste dort zu entdecken sein.

Lennox ging tiefer, und das ziemlich schnell.

So schnell, dass mein Magen der Abwärtsbewegung etwas hinterherhinkte und ein protestierendes Vakuum in meiner Bauchhöhle hinterließ.

Das leise Singen der West Max-Triebwerke verstummte beinahe ganz. Es war unglaublich, was diese Aggregate leisteten. Der Begriff »Auftanken« schien in den Betriebshandbüchern nicht vorzukommen.

Viktor nahm Kontakt mit mir auf.

»Irgendetwas stimmt hier nicht«, meldete er aufgeregt. »Siebeneicher hat seine Flugwesen aufsteigen lassen. Sie fliegen über dem Lager in weiten Kreisen und bilden so etwas wie einen Verteidigungsdom. Der Himmel ist schwarz von ihnen. Wahrscheinlich hat er eure beiden anfliegenden Maschinen geortet!«

»Warte mal einen Moment!«, sagte ich.

Dann zu Lennox: »Kann Siebeneicher die Fireflies orten? Oder können es die Schiffe der Lex Dei?«

»No, Boss!«

{Ich habe Ortungsfinger empfangen, aber keiner wurde

aktiv. Das hätte mich auch gewundert, denn die Flow-Technik der Fireflies ist absolut zuverlässig. Man nennt sie auch ›Magic Cells‹.}

»Lennox sagt, Siebeneicher kann uns nicht orten«, gab ich an Viktor weiter.

»Dann hat Siebeneicher die Information aus einer anderen Quelle. Alle Geschütze sind besetzt. Den Abmarsch nach Norden hat er vorerst abgeblasen. Ich nehme an, er bereitet sich auf euere Ankunft vor.«

Ich überlegte, kam aber zu keinem Ergebnis. Zoerance könnte sich zu einer unvernünftigen Drohung hingerissen haben lassen.

Nein, das wäre töricht, so dumm würde sie nicht sein, trotz aller Emotionen, die in ihr tobten.

Oder doch?

Blieb eigentlich nur ein Unsicherheitsfaktor, und der wäre das Konklave. Was wussten wir schon von dem angeblichen Nichtangriffspakt zwischen Guthmann und Siebeneicher?

»Lennox, was macht Zoerance? Hast du sie im Tasterfeld?«

»Nope, Boss. K'ine K'nn'ng.«

{Zoerance hat ihre Kennung deaktiviert. Und mit den MCs würden wir sie noch nicht einmal bemerken, wenn sie direkt neben uns wäre. Mit anderen Worten: Ich weiß nicht, wo sie sich gerade befindet. Sie müsste aber schon am Ziel angekommen sein. Wir werden es in etwa zehn Minuten erreichen.}

»Mist, verdammter!«

»'enau, Boss.«

Ich versuchte, sie zu erreichen, bekam aber keine Antwort, weder über Funk noch über eine Gedankenverbindung. Selbst Suzanne hatte dieses Mal kein Glück.

Guthmann.

Mit ihm hatte ich noch Kontakt aufnehmen wollen. Jetzt war mir nicht der Sinn danach. Was hätte es mir auch genützt? Von der Pyramide mit dem Planetenmodell wusste er nichts oder wollte nichts wissen. Wenn er tatsächlich einen Pakt mit Siebeneicher geschlossen hatte, lag ihm bestimmt nichts daran, uns zu helfen. Ganz im Gegenteil: Je eher wir von der Bildfläche verschwanden, desto besser für ihn und seine Artgenossen.

Die Firefly ging noch tiefer.

Einer bizarren Landschaft entgegen.

Leer und trostlos, unberührt und schön.

Patagonien.

Oder etwas, das Patagonien darstellen sollte.

Grün mit großen Seen, gleich dahinter erhoben sich mit weiß bedeckten Gipfeln die Anden.

Davor ein mächtiger Berg, der einem überdimensionalen Fangzahn glich. Im mittleren Bereich war er von Wolken umringt.

Lennox deutete mit seiner Hand zu dem gewaltigen Massiv.

»F'tz Roy!«

{Das ist der Fitz Roy, El Caltèn, wie er früher von den Indianern genannt wurde. Robert FitzRoy war der Kommandant des Forschungsschiffes *Beagle* von Charles Darwin. Auf der Erde ist der Berg knapp 3500 Meter hoch. Der hier hat jedoch fast 5000 Meter. Da hat jemand bei der gedanklichen Kreation etwas übertrieben.}

Unglaublich. Ich hatte keine Ahnung, dass es den Berg tatsächlich gab. Mit den benachbarten, beinahe ebenso hohen Türmen sah er aus wie ein fantasievolles Gemälde. Weit vor dem Massiv, das steil nach oben ragte, lagen weite Wiesenlandschaften.

Darüber brodelte ein wirbelnder schwarzer Fleck.

Lennox hielt genau darauf zu.

»'UNA-Bi'st'r!«, rief er aus.

{Das muss der Verteidigungsdom sein, von dem Viktor gesprochen hat. Er hat einen Durchmesser von fast zehn Kilometern an der Basis und reicht beinahe einen Kilometer hoch. Das müssen tausende von MUNA-Biestern sein. Sie fliegen spiralförmig von unten nach oben. Anscheinend sind noch nicht alle vom Boden gestartet. Es werden immer mehr.}

»Flieg nicht zu schnell heran! Ich will nicht, dass sie uns zu früh entdecken!«

»Pfsss ...«, machte Lennox abwertend.

{Sie können uns nicht sehen. Die Firefly besitzt einen hervorragenden Tarnmantel aus beweglichen Point-to-Point-Linsen, den so genannten Magic Cells. Nanotechnik. Millionen von kleinen Aufnahme- und Empfängereinheiten bedecken den ganzen Rumpf. Jede überträgt und empfängt das Bild von der entgegengesetzten Seite der Firefly. Und das absolut gestochen scharf. Wir sind praktisch unsichtbar.}

Das überzeugte mich nicht. Ich würde die Maschine bestimmt bemerken.

Diese Viecher auch. Das spürte ich.

Ganz abgesehen davon schoben wir komprimierte Luft vor uns her.

»Druckwellen!«, warf ich ein.

Lennox sagte etwas, das ich nicht verstand.

{Vakuum-Sauger. Die Luft, die sich am Bug komprimiert, wird durch ein Röhrensystem an den Seiten und im Rumpf abgeleitet. Ähnlich wie in einem U-Bahn-Tunnel. Es entsteht vor uns noch nicht einmal ein leises Lüftchen.}

Kann sein, dachte ich, trotzdem werden sie uns bemerken. Oder wittern. Oder sonst etwas.

Das sind Tracebacks, drängte sich eine Ebene in mir nach vorne. Eine Spezies der gefiederten Schlangen. Fast blind, dafür haben sie ein sehr feines Gespür und ein hervorragendes Hörvermögen. Sie umschlingen ihre Opfer mit mehreren Schwanzenden. Auch im Flug.

»Sei vorsichtig!«, warnte ich ihn. Mir ging sein Überlegenheitsdenken etwas zu weit.

Inzwischen waren wir schon nahe an die dunkle Wolke herangekommen und befanden uns gleichauf mit der drehenden Spitze. Die Wolke glich einem Schwarm Krähen, der im Spätherbst über den Feldern kreist.

Lennox ging mit der Geschwindigkeit noch weiter herunter, zog die Firefly in eine nach oben verlaufende Rechtskurve und fuhr die Rotoren aus. Das Manöver war so perfekt, wie es nur sein konnte. Man spürte kaum den Übergang vom vertikalen Triebwerksschub zu dem kraftvollen horizontalen Hub der Rotoren.

Ich blickte hinüber zu der unwirklichen Kulisse.

Von Siebeneichers Lager war nichts zu sehen.

Lennox musste meine Gedanken erraten haben.

{Ich schicke einmal ein paar Nano-Augen hinüber.}

Eine kleine, pfeilförmige Sonde, mit Druckluft betrieben, zischte aus dem Rumpf und verschwand schnell aus unserem Sichtbereich. Sie diente als Transporter für die Nano-Augen. Mit ihrem eigenen winzigen Antrieb hätten die Nano-Augen Stunden gebraucht, bis sie die etwa fünf Kilometer bis zum Lager überwunden hätten.

Nach einigen Minuten war die Sonde am Ziel und gab zehn Nano-Augen frei.

Sie zeigten ein modern eingerichtetes Camp mit allem Komfort. Drei oder vier große Versorgungszelte. Um sie herum, streng und penibel in rechten Winkeln ausgerichtet, viele kleinere Zelte. Auf allen prangte das Logo der Lex Dei: ein stilisierter silberner Petersdom auf samtblauem Grund.

Es herrschte rege, aber kontrollierte Betriebsamkeit. Die Jets vom Typ Lord standen mit laufenden Rotoren auf einem Flugfeld. Unweit davon Lander und großrädrige Armeefahrzeuge. Alle sichtbaren Geschütze und Raketenbatterien waren besetzt.

Etwas entfernt befand sich eine weitere Gruppe von Zelten in unterschiedlichen Farben. Auch auf ihnen war ein anderes Logo zu sehen: Ein Reiter, der mit einer Lanze einen Drachen tötet. Das Zeichen des St.-Michael-Ordens der Erneuerung.

»Lennox, steuere ein Auge dorthin! Zu den farbigen Zelten!«

Er beließ neun Augen an ihrem Standort und steuerte eines hinüber zu der kleinen Gruppe von Zelten, die lediglich aus acht Einheiten bestand. Als Zelt konnte man die feudalen Unterkünfte kaum mehr bezeichnen, es waren eher kleine Wohnbungalows, die anscheinend aus Fertigbauteilen bestanden.

Hier war niemand zu sehen.

Lennox dirigierte das Auge näher heran.

Neben einem rötlichen Bungalow lag ein dunkelroter Klumpen, der kaum vom Untergrund zu unterscheiden war. Zuerst dachte ich, es wäre ein länglicher Schatten. Als sich der Schatten jedoch träge auf die Seite wälzte, bemerkte ich zwei schlitzförmige gelbliche Augen, die kurz aufblitzten und sich dann wieder schlossen.

»W's d's?«, fragte Lennox.

»Keine Ahnung. Wahrscheinlich ein MUNA-Biest. Eine Art Kettenhund oder so etwas.«

Ein Mantikor, ein Menschenfresser, informierte mich eine Ebene. Menschenkopf, Löwenkörper, Reptilienschwanz. Körperlänge etwa drei Meter. Große Sprungkraft. Spuckt Stacheln mit dem Gift des Upa-Baumes, bis zu zwanzig Meter weit. Kann sich mit primitiver Sprache verständigen.

Trotz dieser eindrucksvollen Eigenschaften interessierte mich die Kreatur nicht besonders. Ich wollte wissen, wie Siebeneicher aussah. Ich war ihm noch nie begegnet.

Das Lager war wie ausgestorben.

Lennox ließ das Auge höher steigen und die Bungalows umkreisen.

Erst jetzt nahmen wir einen Ring aus rötlichen Leibern um das Lager wahr. Es mussten hunderte von Mantikoren sein. Hier kam niemand unbemerkt durch.

»Mantikoren«, informierte ich Lennox. »Menschenfresser. Die schlingen dich mit einem Happs hinunter.«

Erschrocken registrierte ich, dass ich damit ungewollt auf seine kleine Gestalt angespielt hatte.

Er nahm es mir nicht übel und konterte: »Sie a'ch, Boss!«

{Sie auch, Boss! Aber auf Ihnen können die Viecher länger rumkauen.}

Das Auge entfernte sich weiter vom Lager.

Ein Flugfeld mit großen Transportmaschinen. Wahrscheinlich wurden damit die MUNA-Biester befördert.

Lander, die nicht mehr raumtauglich aussahen, und mehrere kleine Kopter.

Unweit davon ein Mann, auf einem Felsen stehend.

Ich hielt unwillkürlich die Luft an.

»Hab sch'n g'seh'n, Boss!«

Lennox lenkte das Auge in einem weiten Bogen auf die Gestalt zu.

Der Mann trug ein weißes Hemd und eine khakifarbene Hose.

Stiefel. Kurzer Haarschnitt. Mehr war nicht zu erkennen.

Das Auge flog nun seitlich auf ihn zu.

Er blickte nach oben.

In den Händen hielt er etwas, das wie ein langläufiges Gewehr aussah.

Um den Hals einen Schal oder Ähnliches.

»B'ttl P'ck. U'ter 'emd«, sagte Lennox.

{Er trägt einen Battle Pack unter dem Hemd. Die Halskrause ist der Falthelm. Sehr elegant. Sollte ich auch einmal ausprobieren.}

Das Auge steuerte direkt auf ihn zu. Schon konnte man einzelne Gesichtszüge erkennen.

Ich beugte mich weiter nach vorne zu dem Monitor auf der Konsole.

In meiner inneren Erregung hatte ich ganz vergessen, meinen eigenen Monitor einzuschalten. Die Qualität wäre erheblich besser gewesen, andererseits würde er mein Gesichtsfeld einengen.

Gerade als ich beschlossen hatte, ihn doch zu aktivieren, kippte das Bild und drehte sich einige Male um sich selbst.

Ganz kurz konnte ich einen bedrohlichen Schatten ausmachen, der das Auge mit einem Flügelschlag weggewischt hatte.

»Da p'ssi'rt was!«

»Was ist?« Ich wollte meinen Blick nicht von dem Monitor abwenden, obwohl das Auge nur wirbelnde Bilder übertrug.

{In dem Verteidigungsdom stürzen eine ganze Menge von den MUNA-Biestern ab!}

Ich sah nach oben. Es sah aus, als wäre die halbe Spitze des Doms abgebrochen. Die stetige Spirale wurde von Leibern durchbrochen, die trudelnd nach unten fielen. Weit unter uns schlugen die leblosen MUNA-Biester auf dem Grasboden auf.

{Das ist das Werk von Zoerance. Sie setzt Giftpfeile ein. Die Fireflies wurden noch vor unserem Abflug von der Erde damit bestückt. Sie sind leichter als Kerngeschosse, werden in Schwärmen abgefeuert und sind ungeheuer wirksam. Es sind genügend davon an Bord. Zoerance kann damit den ganzen Dom vernichten.}

»Kannst du ihre Firefly orten?«

»No, Boss.«

{Sie dezimiert die Biester systematisch von oben herab. Sie muss irgendwo über dem Dom sein. Ich kann nur sagen, wo sie kurz zuvor war, nämlich dort, wo die Viecher herunterfallen.}

Ich warf einen Blick auf den Monitor des Nano-Auges, der wieder ruhige Bilder zeigte. Der Mann stand nicht mehr auf dem Felsen.

{Wir müssen hier weg, sonst fällt uns noch so ein Biest auf die Maschine. Wir sind zu nahe am Dom dran.}

Er zog die Firefly aus dem Stand hoch und brachte sie aus dem Gefahrenbereich. Überall fielen nun Tracebacks vom Himmel.

Siebeneichers Armee wurde von einer einzigen Kampfmaschine dezimiert.

Ich konnte seine Wut spüren. Ein großer Teil Wehmut war darin zu erkennen.

»Zoerance soll damit aufhören«, flüsterte ich mehr zu mir selbst. »Es ist Wahnsinn, was sie da anrichtet. Das ist nicht gut.«

Wieder versuchte ich, sie zu erreichen.

»Zoerance, hör auf damit! Das ist sinnlos!«

Von Lennox kam ein unwilliger Laut.

{Ich steige über den Dom. Es wird hier eng. Die MUNA-Biester weichen zur Seite aus und sind jetzt überall.}

Er flog nun enge Ausweichmanöver. Manchmal vermied er erst im letzten Moment eine Kollision, da die Flugbahnen der überlebenden Tracebacks nicht mehr vorauszusehen waren. Sie schlugen Haken in der Luft oder änderten plötzlich ihren Kurs, um der unsichtbaren Gefahr zu entkommen.

»Zoerance!«

Die stationierten Nano-Augen zeigten flüchtende Menschen. Die Kopter wurden mit Alarmstarts in Sicherheit gebracht. Bald würde es hier oben von Flugmaschinen nur so wimmeln.

»Zoerance, verdammt noch mal! Jetzt melde dich …«

Mir blieb einen Augenblick lang die Luft weg, als die Maschine nach einer abrupten Schraube in einen Sturzflug überging. Vor mir auf der Konsole blinkten plötzlich rote Überlastungssignale.

{Keine Sorge. Die Fly hält das aus. Bordcomputer sind schon immer kleine Angsthasen gewesen.}

Lennox' Gedanken waren absolut emotionslos. Ihm schienen diese riskanten Flugmanöver Spaß zu machen.

»Nicht nur Bordcomputer«, stöhnte ich, als die Maschine unmittelbar nach einem abgebrochenen Looping mehrere hundert Meter durchsackte.

{Wir sind gleich raus aus dem ehemaligen Dom. Es wird gleich ruhiger werden.}

»Zoerance!«, schrie ich laut, als die Maschine wieder eine stabile Fluglage erreichte.

»Ah, meine beiden Daddies rufen nach mir«, hörte ich sie plötzlich spöttisch sagen.

Ich war so verblüfft über ihre Antwort, dass ich zunächst kein Wort herausbrachte.

»Hat es dir jetzt die Sprache verschlagen?«, fragte sie. »Die ganze Zeit über hast du doch nach mir verlangt …«

»Wo bist du?«

»Direkt hinter euch, aber nicht mehr lange. Ich habe noch einiges zu erledigen. Du hältst mich nur auf.«

{Sie hat ihre Kennung wieder aktiviert. Sie ist tatsächlich dicht hinter uns}, übermittelte mir Lennox.

»Zoerance, das ist ein gefährliches Spiel, das du da treibst. Außerdem hat Siebeneicher deinen Vater nicht getötet, es war Free Fall!«

»Siebeneicher hat den Befehl dazu gegeben, und Free Fall hat ihn ausgeführt, um sich bei ihm einzuschmeicheln. Und das alles nur, weil sich mein Vater geweigert hat, mit diesem Dreckpack zusammenzuarbeiten. Guthmann hat es mir erzählt. Siebeneicher ist also genauso schuldig, und dafür wird er jetzt bezahlen.«

»Komm doch einmal zur Vernunft! Du kannst nicht alleine gegen eine ganze Armee antreten …«

»Kann ich nicht?«, unterbrach sie mich. »Was mach ich denn die ganze Zeit? Und welche Armee? Diese harmlosen Viecher etwa? Es dauert nicht mehr lange, dann habe ich dir das Problem Siebeneicher vom Hals geschafft, und danach haben wir beide noch einiges zu besprechen!«

»Zoerance!«

Keine Antwort.

»W'g!«, sagte Lennox.

{Sie hat abgedreht. Richtung Lager. Was machen wir jetzt?}

»Wir fliegen ihr hinterher. Es bleibt uns nichts anderes übrig, als ihr den Rücken freizuhalten. Aber wir können das nicht alleine schaffen. Ich werde Nat anrufen.«

»Okay, Boss.«

{Gute Idee. Dort drüben sind nun einige Lords in der Luft. Wenn die Truppe der Lex Dei nur ein bisschen intelligent ist, werden sie 3-D-Orter aussetzen und damit früher oder später die Maschine von Zoerance erfassen können. Dann wird es gefährlich für sie. Und auch für uns.}

Ich hatte keine Ahnung, was er mit 3-D-Ortern meinte, aber es hörte sich nicht nach einer absoluten Unverwundbarkeit einer Firefly an.

Besorgt blickte ich aus der Kanzel hinüber zum Berg Fitz Roy und dem Lager. Schon mit bloßem Auge konnte ich die Vielzahl der Maschinen und der übrig gebliebenen Tracebacks erkennen. Irgendwie hatte ich eine Ahnung, dass das nicht alles sein würde, was Siebeneicher und die Lex Dei aufzubieten hatten.

14

Direkt vor meinen Augen starben Menschen.

Die Kampfmaschinen der Lex Dei schienen keine Chance gegen Zoerances Firefly zu haben. Obwohl sie über eine ähnliche Tarnkappentechnik verfügten, wurde eine nach der anderen von hochfrequenten Lightning-Geschossen getroffen. Die meisten von ihnen vergingen lautlos, ohne eine Explosion. Erfolgte ein Treffer, wurden sie sichtbar und zerbrachen in der Luft.

Von einem unsichtbaren Phantom vom Himmel geholt.

Völlig unspektakulär. So einfach war das.

Manche Piloten konnten sich mit Notfallschirmen retten, andere fielen in ihren Wracks eingeklemmt dem Boden entgegen.

Es war mir unbegreiflich, wie eine einzelne Firefly eine so erfolgreiche Abschussquote erreichen konnte, schließlich war die Lex Dei eine bedeutende Macht, die normalerweise auf beste Technik zurückgreifen konnte.

Lennox lieferte mir schließlich eine einfache Erklärung.

{Wir haben unsere Hausaufgaben schon vor dem Start der Flotte gemacht. Wir sind im Besitz aller Kennungen der Maschinen der Lex Dei. Zudem haben wir

Zugriff auf ihre Bordcomputer. Tattersal hat ein Programm entwickelt, das Zoerance jetzt einsetzt. Damit wird den Piloten ein falsches Gefechtsbild vorgegaukelt. Sie vertrauen natürlich den Daten auf ihren Monitoren, und dann ist es schon zu spät. Zoerance braucht im Grunde genommen nur die Kennungen einzugeben und zu feuern. Das ist alles.}

»Das ist kaltblütiger Massenmord!«, keuchte ich.

Lennox antwortete nicht darauf.

Ich war hilflos.

Schließlich nahm ich Kontakt mit Viktor auf.

»Hier herrscht totale Verwirrung«, berichtete er. »Das Lager ist übersät von Tracebacks, die vom Himmel gefallen sind. Es hat einige Tote gegeben. Die Offiziere der Lex Dei sind ratlos. Vor allem die mühelosen Abschüsse haben sie völlig aus der Fassung gebracht. Im Moment versuchen sie, noch zu retten, was zu retten ist, und haben den Maschinen den Rückzug befohlen. Flucht in Einzelaktionen.«

»Und Siebeneicher?«

»Ich weiß nicht, was er vorhat. Er ist nicht ansprechbar. Kein gutes Zeichen.«

Ein hektischer Piepton ertönte in meinem linken Ohr.

»Ich melde mich wieder. Deisenhofen ist hier auf meinem Monitor«, sagte ich.

»Gut. Sag Zoerance, sie soll das nicht übertreiben. Ich fürchte, Siebeneicher brütet etwas aus.«

Ganz meine Meinung, dachte ich, aber was sollte ich tun?

Deisenhofen machte einen gehetzten Eindruck.

»Es ist unmöglich«, sprudelte er los. »Wir haben bei einem Erkundungsflug entdeckt, dass die Pyramiden bis weit ins Land hineinreichen. Es sind einfach zu viele. Wir brauchen Jahre, um alle abzusuchen. Wir müssen uns unbedingt mit Siebeneicher zusammentun, sonst ist die Sache aussichtslos!«

Mir entfuhr ein trockenes Lachen. »Ich glaube nicht, dass Siebeneicher im Moment der Sinn nach einem Bündnis steht.«

Ich berichtete ihm von den Vorfällen und wunderte mich nebenbei darüber, dass er nichts von alldem mitbekommen hatte, was gerade hier geschah. Er musste besessen davon sein, so schnell wie möglich in den Besitz der Liste zu kommen.

»Die spinnt!«, rief er aus. »Sie bringt das Projekt in Gefahr! Halten Sie sie zurück, notfalls schießen Sie sie ab!«

»Versuchen Sie doch selbst, mit ihr zu sprechen!«, antwortete ich ungehalten. »Lassen Sie sich von Nat die Kennung geben. Vielleicht haben Sie mehr Glück als ich!«

Ich warf ihn einfach aus der Leitung. Abschießen! Deisenhofen zeigte nun sein wahres Gesicht. Reines Profitdenken, sonst nichts!

Lennox kurvte in weiten Kreisen um das Geschehen. Lange konnte das nicht mehr gut gehen.

Nach einigem Zögern rief ich Nat an.

»Nat, hast du verfolgt, was hier geschieht?«

»Ja, das ist nicht gut.«

»Ich glaube, wir brauchen hier bald etwas Hilfe.«

»Sehe ich auch so. Ich wollte schon vorschlagen, dass ich mich mit zwei anderen Einheiten auf den Weg mache. Wir könnten in vier Stunden da sein. Falls uns Deisenhofen entbehren kann.«

»Beachte ihn einfach nicht. Ich habe die Befehlsgewalt und die Verantwortung. Das hier ist dringender. Um die Pyramiden kümmern wir uns später.«

Mehr gab es nicht zu sagen. Wir beendeten das Gespräch.

Deisenhofens Verhalten machte mich allmählich wütend. Irgendwann würde es deswegen zu einer Konfrontation kommen, dessen war ich mir sicher.

Später. Nicht jetzt.

Die Kreise, die Lennox um das Lager flog, wurden immer größer.

{Es geschieht etwas}, antwortete er, als ich ihn darauf ansprach. {Die Tracebacks haben sich weit in das Gebirge zurückgezogen. Die verbliebenen Lords sind so weit voneinander entfernt, dass das Lager über keine Luftsicherung mehr verfügt. Zoerance könnte es jetzt ohne Schwierigkeiten angreifen, aber sie ist misstrauisch geworden. Im Moment hält sie sich noch zurück ...}

Er sah es im gleichen Augenblick wie ich.

Unterhalb der Zinnen des Fitz Roy quoll eine schwarze Masse aus einem verschneiten Tal und ergoss sich auf die davor liegende Ebene. Es dauerte einige Sekunden, bis wir beide begriffen, was diese Masse darstellte.

Es waren Tracebacks.

Tausende. Zehntausende.

Ihre Anzahl war schwer zu schätzen.

Auf jeden Fall mehr als zuvor.

Die Masse teilte sich in mehrere Schwärme auf, die sich dem Lager in einer Zangenbewegung näherten.

»Das verheißt nichts Gutes«, sagte ich.

»Nope, Boss.«

{Es ist besser, wir ziehen uns etwas zurück. Zoerance sollte das Gleiche tun. Am besten weit nach oben. Da ist noch Platz.}

Er zog die Firefly aus dem weiten Kreis steil nach oben.

Zoerance hatte die Tracebacks ebenfalls bemerkt und

flog – laut der Kennung auf dem Monitor – übermütig einen aggressiven Looping nach dem anderen.

»Zoerance, lass den Blödsinn und verschwinde von dort! Das sind zu viele!«

Keine Antwort. Ich hatte auch nichts anderes erwartet.

Sie brachte uns damit in eine prekäre Lage. Wenn wir ihr halfen, setzten wir unser eigenes Leben aufs Spiel, wenn nicht …

Eine Entscheidung von Sekunden.

Wieder einmal zögerte ich zu lange.

Kurzzeitig lösten sich die Schwärme auf; die einzelnen Kreaturen vollführten waghalsige Flugmanöver in der Höhe, um gleich darauf abrupt die Richtung zu wechseln.

Plötzlich gab es nur noch eine Richtung auf einen ganz bestimmten Punkt zu. Die Biester prallten förmlich in diesem Focus zusammen, ohne Rücksicht auf Verletzungen oder gar ihr Leben.

Mir stockte der Atem. Es gab nur einen Grund, warum diese Kreaturen alles riskierten.

Dort im Zentrum musste die Firefly von Zoerance sein.

Einzelne Tracebacks fielen aus der Masse heraus, trudelten zu Boden. Der Rest bildete einen wirbelnden schwarzen Ball, der nun beinahe regungslos in der Luft stand.

Wie auf ein Kommando stoben die Tracebacks schließlich auseinander und bildeten wieder Schwärme, die abwartend ihre scheinbar sinnlosen Manöver fortsetzten.

In der Mitte blieb etwa ein Dutzend der Kreaturen zurück und trieb ein torkelndes flaches Etwas auf den Boden zu.

Die Firefly von Zoerance.

Wie aus dem Nichts erschienen die Lords am Rande des Aktionsradius. Lennox setzte unsere Maschine noch weiter zurück und richtete eine Beobachtungseinheit auf das Geschehen.

{Sie fällt. Keine Rotorblätter zu sehen. Abgebrochen. Überall Beschädigungen. Sieht furchtbar aus. In der Maschine funktioniert nichts mehr. Vielleicht auch …}

»Ja, ich sehe es«, unterbrach ich ihn, eine Spur zu herrisch.

Die Tracebacks spielten mit der Firefly während ihres Sturzes in die Tiefe. Geschickt bremsten sie mit ihren Körpern die Geschwindigkeit ab oder dirigierten sie mit einem kollektiven Schlag ihrer Flügel in eine andere Richtung. Trotzdem würden sie einen harten Aufschlag nicht verhindern können.

Mein rechter Zeigefinger lag auf der Verbindungstaste.

Nach einigen Sekunden zog ich ihn feige zurück.

Was hätte ich Zoerance sagen sollen?

Halt durch, wir holen dich heraus!

Wir retten dich!

Nur Mut, wir sind in deiner Nähe!

Lächerlich.

»Lennox, können wir ihr helfen?«, fragte ich hilflos.

»No, Boss.«

Das Dutzend Tracebacks trieb die Maschine in die Nähe des Lagers.

Den Aufschlag konnten wir von unserem Standpunkt nicht sehen. Er lag hinter dem Lager, wahrscheinlich in der Nähe des provisorischen Flugfeldes vor Siebeneichers Unterkünften.

Ich blickte zum Himmel, wo noch mehr Tracebacks angekommen waren und die untergehende Sonne verdunkelten.

»Wir ziehen uns noch weiter zurück«, sagte ich. »Aber vorsichtig. Ich habe keine Lust darauf, etwas Ähnliches zu erleben. Wenn Zoerance den Angriff überlebt hat, erfahre ich es von Viktor. Vielleicht weiß er auch, wie Siebeneicher den Standort von Zoerance ausmachen konnte.«

»Aye, Boss.«

Wir waren unbehelligt geblieben, trotzdem kam ich mir vor wie auf einem Präsentierteller.

Lennox hatte die Firefly im hohen Gras auf einem von Bäumen geschützten Hügel niedergehen lassen.

Nach den Angaben seiner Überwachungseinheiten war der Platz sicher. Keinerlei Anzeichen von MUNA-Biestern, welcher Art auch immer. Nur vor der Bambusgruppe, die an einem leichten Abhang stand, hatte mich eine meiner Ebenen gewarnt. Roter Killburn mit grünen, sägeblattähnlichen Blättern, die bei einer Berührung anfingen hin und her zu schwingen und schmerzhafte Verletzungen zufügen konnten. Eine reine Verteidigungsmaßnahme der Pflanze, Fleisch fressend war sie nicht.

Wir warteten in der Maschine schweigend auf einen Bericht von Viktor.

Inzwischen war es dunkel geworden.

Lennox war anscheinend eingeschlafen.

Vor mir gaben die Überwachungseinheiten wie Radar, Infrarotmesser und Bewegungsmelder abwechselnd im Sekundentakt beruhigende Töne von sich; im sichtbaren Bereich drohte keine Gefahr.

Ich hielt es in der Enge nicht mehr aus und ließ mein Kanzeldach nach hinten fahren.

Die Luft war frisch und kalt. Kein Windhauch war zu spüren.

Nach einigem Zögern hievte ich mich aus dem Sitz heraus und schwang meine Beine auf die bereits ausgefahrene kleine Einstiegshilfe der Firefly.

Richtig stehen konnte ich erst außerhalb der Maschine, sofern mein zittriges Balancieren als Stehen zu bezeichnen war. Meine Glieder waren durch das lange Sitzen völlig steif geworden. Kurz musste ich mich an der Kante des Einstiegs festhalten, um nicht der Länge nach hinzuschlagen.

Vorsichtig tastete ich mich im Dunkeln nach vorne bis zum Bug der Firefly, dann, ohne mich länger abstützen zu müssen, weiter bis zum Rand des Hügels.

Von hier aus konnte ich in der Ferne die schwachen Lichter des Lagers erkennen. Es mochten etwa zehn Kilometer bis dorthin sein.

Das Massiv mit Fitz Roy im Hintergrund glühte noch schwach im letzten Licht der untergegangenen Sonne.

Von den Tracebacks war nichts mehr zu sehen.

Nachdem ich nochmals meine Umgebung kontrolliert hatte, begab ich mich in die Gedankenwelt. Vorsichtshalber schloss ich zuvor meinen Helm.

Siebeneicher war allgegenwärtig. Er hatte wieder an Kraft gewonnen, aber das interessierte mich nicht. Ich driftete ohne großes Aufsehen in der Ebene der Chipträger.

Nirgendwo konnte ich Zoerances Sphäre entdecken. Erst als ich in die Nähe ihrer Truppe kam, meinte ich, ein schwaches Muster ihrer Gedanken zu bemerken.

Tatsächlich, sie lebte noch, befand sich im Schutz ihrer Gefährten.

Mein Herz klopfte laut, als ich wie unbeteiligt an ihre Sphäre heranschwebte.

»Zoerance?«

Eine instinktive Schutzreaktion war die Folge, vermischt mit Angst und Schmerzen.

»Zoerance, ich bin es, John!«

Ganz leise, um keine Aufmerksamkeit zu erregen.

Ohne Regung blieb ich in ihrer unmittelbaren Nähe, teilweise verdeckt von der starken Abwehr der Gruppe.

»Kannst du mich hören?«, fragte ich.

Konnte man Gedanken hören?

Die Antwort kam beinahe unverständlich bei mir an, voller Verwirrung und noch mehr Schmerzen.

»Ja …« Erleichterung.

»Du bist verletzt?« Es war mehr eine Feststellung als eine Frage.

»… kein Gefühl … in den Beinen … Kopf …«

Bilderfetzen von Tracebacks wallten mir entgegen. Schwarze Körper, die gegen die Pilotenkanzel prallten. Vergeblich zuschnappende Mäuler. Geräusche von harten Schlägen auf den Rumpf der Maschine. Sicherheitsvorrichtungen, die Zoerances Körper blitzschnell umhüllten. Alarmtöne aus dem Cockpit.

Schließlich überall Schwärze.

»… Siebeneicher … geschlagen … gewehrt …«

Hände, die in Zeitlupe auf sie einschlugen. Eine erregte Stimme.

»Siebeneicher hat dich geschlagen?«

Die Bilderfolge beruhigte sich und schien rückwärts zu laufen.

Wut und Hass brandeten auf.

Ich war fassungslos. Siebeneicher war fähig, eine Verletzte zu schlagen, eine wehrlose, halb tote Frau.

Du bist naiv, Nurminen! Was hast du erwartet?

Traurigkeit kam in mir auf. Schuld. Hoffnungslosigkeit.

Und natürlich der Wunsch nach Vergeltung.

»Halte durch! Ich hol dich da raus! So schnell wie möglich«, signalisierte ich ihr.

»... gefährlich ...«

Die Bilder wurden undeutlich, verschwammen zu einem undefinierbaren Brei. Die Schmerzen blieben.

Sie war bewusstlos geworden.

»Mein Gott, John, du kannst nicht alleine ins Lager marschieren, das wäre Wahnsinn«, sagte Nat auf meinem persönlichen Screen. Er fuhr sich durch die Haare und versuchte, eindringlich zu wirken. »Wir sind in ein paar Stunden da. Sandro bleibt mit Deisenhofen bei den Pyramiden. Ich wollte eigentlich Voodoo dafür abstellen, weil er und Deisenhofen keine Erfahrungen mit Kampfeinsätzen haben, aber Voodoo hat das strikt abgelehnt. Und alleine kann ich Deisenhofen nicht zurücklassen. Wir packen gerade die letzten Sachen in den Lander und starten in zehn Minuten.«

»Ich muss zu ihr«, antwortete ich. »Sie braucht jetzt Hilfe, nicht in ein paar Stunden. Lennox setzt mich so weit wie möglich vor dem Lager ab und gibt mir Unterstützung von oben. Mit Radar und Infrarot. Ich kann meine Umgebung nach Gedanken absuchen, die feindlich gesinnt sind, zusätzlich bekomme ich Informationen durch Nano-Augen. Und durch meine Gedankenebenen. Außerdem hat der Battle Pack Magic Cells, damit bin ich praktisch unsichtbar.«

»Die MCs eines Battle Packs sind nicht mit denen einer Firefly vergleichbar. Durch die Falten des Anzuges entstehen Verzerrungen und Verzeichnungen, die optisch wahrgenommen werden können. Du bist nicht unsichtbar!«

»Ist mir egal. Ich muss zu ihr!«, sagte ich störrisch.

»Viktor hat mit dem Arzt gesprochen, der vorhin bei ihr war. Es sieht nicht gut aus.«

»Dann ist es sinnlos, wenn du dich in Gefahr begibst. Wir sind bei ihr, in Gedanken ...«

Bei seinen letzten Worten versagte seine Stimme.

»Es ist besser, wenn jemand von uns an Ort und Stelle ist«, sagte ich versöhnlich. »Viktor wird mir helfen. Er besorgt eine Luftkissentrage. Anschließend will auch er das Lager verlassen. Es wird also eng werden im Lander.«

»Du bist nicht der Richtige für den Job, du bist müde und zermürbt von der Schwerkraft ...«

Ich ließ ein ärgerliches Schnauben hören.

»Okay«, gab er endlich auf. »Wir beeilen uns.«

»Gut.«

Es war inzwischen dunkel geworden. Einen Mond besaß Camelot nicht. Auch kein Sternenlicht, das die Landschaft ein wenig aufgehellt hätte. Mit anderen Worten: Es war stockdunkel.

Ich saß wieder in der Maschine. Vor meinem Gespräch mit Nat und Viktor hatte ich Lennox gesagt, was ich vorhatte. Von ihm war lediglich ein einfaches »Okay, Boss« zu hören gewesen.

»Wie weit, glaubst du, kannst du mich an das Lager heranbringen?«, fragte ich ihn.

{Kommt darauf an, ob MUNA-Biester in der Nähe sind. Sie würden den Wind der Rotoren im Gras bemerken. Wenn wir in der Luft sind, kann ich die Umgebung scannen.}

Er hob behutsam ab und ging zunächst auf eine Höhe von etwa tausend Metern.

{Sieht ganz gut aus. Keine Tracebacks. Die haben sich wahrscheinlich ins Gebirge zurückgezogen. Anscheinend herrscht dort ein angenehmeres Klima für sie.

Aber es gibt einen losen Ring von Mantikoren um das Lager. Ich schätze, ich kann bis auf zwei Kilometer rangehen, ohne Aufmerksamkeit zu erregen.}

»Okay.«

Mir wurde ziemlich mulmig bei der Vorstellung, im Dunkeln zwischen den Biestern herumzulaufen. Es kostete mich einige Energie, meine Ängste zu unterdrücken. Nur die Sorge um Zoerance hielt mich einigermaßen aufrecht.

Ich habe jede erdenkliche Unterstützung, redete ich mir ein.

Und eine Dangell-Philadelphia am rechten Oberschenkel.

Lennox hatte mir versichert, dass die Waffe leicht zu handhaben sei. Kein Rückstoß und genügend Feuerkraft, um mir ein ganzes Rudel Mantikoren vom Leib zu halten.

Wenn ich erst einmal im Lager war, hatte ich die Unterstützung von Viktor. Alles andere würde sich zeigen.

Lennox ließ die Firefly durchsacken und fing sie dicht über dem Boden wieder ab.

»'ier, Boss!«

{Hier setze ich Sie ab. Noch näher wäre gefährlich. Das Lager ist exakt 2,3 Kilometer entfernt. Die Lichter dort voraus. Sie können es nicht verfehlen. Das Gelände ist eben und leicht abschüssig. Kniehohes Gras. Links von uns fließt ein kleiner Bach. Bis zum Ring der Mantikoren ist keine Bewegung auszumachen.}

Ich stieg aus und entfernte mich einige Meter von der Firefly, die absolut nicht zu sehen und zu hören war. Nur ein verstärktes Rascheln im hohen Gras verriet, dass die Maschine startete. Kurz darauf war es still.

Mit zugeklapptem Helm ging ich einige Schritte auf die Lichter zu. Nur das Geräusch meiner Schritte gab mir einen Anhaltspunkt, dass ich mich überhaupt bewegte. Es war schwierig, in diesem schwarzen Nichts die Balance zu halten. Schließlich breitete ich die Arme aus und ging breitbeinig weiter. Ab und zu streiften meine Handflächen einen niedrigen Busch oder einen hoch gewachsenen Halm, was mir einige Sicherheit gab.

Und wenn es ein gefährlicher Busch ist?, kam mir in den Sinn.

Erschrocken zog ich meine Hände zurück, um sie dann gleich wieder weit auszustrecken.

Nur nicht verrückt machen lassen!

»Suzanne!«

›Ja, bitte?‹

»Ich weiß, dass ich ihn auch selbst einschalten könnte, aber kannst du mir die Übertragung von Lennox' Überwachungseinheiten hier auf mein Helmdisplay legen?«

›Kann ich. Auf die linke oder die rechte Seite? Oder mehr mittig?‹

»Radar links, Infrarot rechts. Und mehr nach oben.«

Auf meiner Helmscheibe erschienen zwei Rechtecke.

›Heller? Dunkler? Oder gut so?‹ Ihr Tonfall klang so, als hätte sie eigentlich gerade etwas anderes zu tun, als einem dummen Menschen den Monitor einzurichten.

»Ausgezeichnet. Und meine Helmkamera zur Übertragung der Bilder an Lennox. Und bitte noch die Nachtsichteinheit des Battle Packs zuschalten!«

Das hätte ich zwar selbst noch zustande gebracht, aber ein wenig Beschäftigung konnte ihr nicht schaden.

Augenblicklich sah ich meine Umgebung in einem ganz anderen Licht. Im wahrsten Sinne des Wortes. Ein wenig grünlich zwar, aber ich konnte mich ausgezeichnet orientieren.

»Toll, danke!«

Die Gräser vor mir erschienen gelblich, die einzelnen Büsche waren ein verwaschenes Rot. Die Lichter des Lagers grell weiß. Sogar die Umrisse des Fitz Roy konnte ich erkennen.

Mein Schritt wurde sicherer und schneller.

Nach ein paar hundert Metern huschte ein hellgrüner Schatten an mir vorbei, blieb kurz stehen. Zwei rote Augen sahen mich einige Sekunden bewegungslos an, dann waren sie verschwunden.

Mir blieb beinahe das Herz stehen. Meine Knie wurden weich.

Ein Fuchs, informierte mich eine Ebene.

Ein Fuchs, und was weiter?

Nichts weiter, ein Fuchs eben.

Unglaublich, normale Lebewesen gab es also auch auf diesem Planeten.

Der Zwischenfall ermahnte mich, vorsichtiger voranzugehen. Der Fuchs musste mich bemerkt haben.

Laut dem Infrarotbild, das mir Lennox sandte, war ich noch etwa 1500 Meter von dem Ring der Mantikoren entfernt. Der Monitor auf der rechten Seite zeigte mich als hellen Umriss in der Dunkelheit. Die MUNA-Biester wurden dunkler abgebildet, ihre Körpertemperatur war weitaus niedriger als die eines Menschen.

Ich bewegte mich weiter nach rechts, dort wo eine etwa zwanzig Meter breite Gasse zwischen den hoffentlich schlafenden Biestern klaffte. Dabei ging ich immer langsamer, setzte einen Fuß behutsam vor den anderen.

Es dauerte eine Ewigkeit, bis ich vor der Entscheidung stand, den Ring zu durchschreiten oder …

Es gab kein Oder, also schlich ich vorsichtig weiter, wobei ich jede heftige Bewegung oder ein Berühren der hohen Grashalme vermied. Zentimeter für Zentimeter kam ich auf diese Weise an die Fabelwesen heran.

Schnarchgeräusche, dazwischen ein lautes Pfeifen und Gemurmel.

Mein Herzschlag pochte in meinen Ohren. So laut, dass ich meinte, die MUNA-Biester müssten ihn ohne Schwierigkeiten hören. Der Helm des Battle Packs war absolut schalldicht, trotzdem atmete ich möglichst flach.

Direkt vor mir tauchte eine schmale Schneise auf, in der die Halme geknickt waren.

Ich blieb stehen und suchte nach dem Grund dafür.

Ein langer gezackter Schwanz, an die vier Meter lang.

Konzentriert beobachtete ich die Schneise. Ich musste weiter nach links hinüber. Oder darübersteigen.

Mit gebührendem Abstand entschied ich mich für den Weg nach links, wo ich eine Fläche von unberührten Halmen sah.

Dort bemerkte ich allerdings, dass an der Stelle die Schwanzenden zweier Mantikoren beinahe parallel zueinander lagen.

Also doch darübersteigen.

Es war ein Schritt von gut einem Meter, nicht viel, aber er musste genau gesetzt werden. Vor allem musste ich mein Körpergewicht nach dem entscheidenden Schritt ganz sachte abfangen.

Den rechten Fuß heben …

›Deine Herzfrequenz ist beängstigend hoch, und du atmest kaum noch!‹, dröhnte Suzannes Stimme in meinen Ohren. ›Ich empfehle dir dringend, dich in ärztliche Behandlung zu begeben!‹

»Nicht jetzt, Suzanne«, flüsterte ich und führte meine Bewegung weiter durch. Ich konnte sie nicht rückgängig machen.

›Deine Stimme hört sich auch nicht gut an. In deinem Battle Pack ist eine Medizinstation untergebracht, die automatisch arbeitet. Eine Beruhigungsspritze scheint mir angebracht. Soll ich diese Funktion für dich ausführen?‹

Nein!

»Suzanne, ich kann dir versichern, dass ich in Ordnung bin«, sagte ich beherrscht und etwas lauter. »Keine Spritze! Ich wiederhole: Ich brauche absolut keine Medikamente!«

Ich war auf der anderen Seite angekommen und stand mit beiden Beinen sicher auf dem Boden.

In diesem Moment erhob sich keine drei Meter von mir ein löwenmähniger Menschenkopf aus dem Gras.

Zwei gelblich schimmernde Augen blickten in meine Richtung.

Meine Hand tastete nach der Dangell-Philadelphia.

Zu hastig. Fließende, langsame Bewegungen, Nurminen.

Kein Geräusch verursachen.

Meine Gedanken rasten.

Der Modus DBP ist voreingestellt.

Den Sicherungshebel erst im letzten Augenblick umlegen.

Nach dem Abschuss stehen bleiben.

Die winzige Sonde erzeugte nur ein leises Geräusch. Die Wirkung würde sofort eintreten. Die anderen Biester würden das Abfeuern vielleicht gar nicht wahrnehmen und weiterschlafen.

Er kann mich nicht sehen, er kann mich nicht sehen.

Es ist dunkel, und ich habe einen Kampfanzug, der mit Magic Cells beschichtet ist.

Also ganz ruhig bleiben.

Die Augen zwinkerten unschlüssig. Dann sagte das menschliche Gesicht des Mantikors etwas mir Unverständliches und sank anschließend ins Gras zurück.

Mir wurde schwindlig.

Jetzt nur nicht zusammenklappen.

Ich hätte eine Kreislaufspritze vertragen können.

Nach mehreren tiefen Atemzügen setzte ich meinen Weg fort.

Auf der halben Strecke zwischen dem Lager und den Mantikoren wäre ich am liebsten losgerannt, aber ich zwang mich zu weiteren vorsichtigen Schritten.

Ab und zu blickte ich zurück.

Aber es blieb alles ruhig.

15

Ich erreichte ungesehen den Rand des Lagers und erblickte das Durcheinander, das die abgeschossenen Tracebacks verursacht hatten. Das Lager wurde von runden, nach oben hin abgedeckten Lampen beleuchtet, die in einem Abstand von etwa zwanzig Metern im Boden steckten. Die Kadaver lagen noch an der Stelle, wo sie vom Himmel gefallen waren, nur von den Zeltdächern hatte man sie entfernt.

Kein schöner Anblick, aber wahrscheinlich war ein baldiger Aufbruch geplant, und deswegen verschwendete man keine Gedanken an ein Aufräumen. Alleine schon der beißende Geruch von Blut lud nicht gerade zum längeren Verweilen ein.

»Ich bin drin!«, signalisierte ich Lennox.

»P'ma!«

{Prima, ich sehe es. Hier oben kreist übrigens eine Lord, die die Umgebung überwacht. Mit einem Programm, das ich ihr überspielt habe. Die Besatzung kann also weder Sie noch mich ausmachen, Boss. Aber ich denke, ewig werden sie sich nicht an der Nase herumführen lassen. Früher oder später werden sie uns auf die Schliche kommen.}

»Danke für den Hinweis. Ich werde mich beeilen. Wann kommt Nat an?«

{Sie sind jetzt über Brasilien und gehen langsam tiefer. Ich schätze, sie werden in einer halben Stunde hier sein.}

»Gut. Steht die Übertragung von meiner Helmkamera noch?«

{Beeindruckende Bilder. Als Sie sich zwischen den Biestern hindurchgeschlichen haben, hätte ich vor Anspannung beinahe in die Hosen gepinkelt.}

Unschlüssig sah ich mich um. Nirgendwo war eine Bewegung auszumachen. Anscheinend schliefen die meisten schon.

Als Nächstes musste ich Kontakt zu Viktor aufnehmen, nicht ohne jedoch zuvor auf der Ebene der Chipträger herumgeschnüffelt zu haben.

Es war tatsächlich alles ruhig. Auch Siebeneichers Sphäre sandte wenige Impulse aus.

Das machte mich misstrauisch. Nach solchen Ereignissen wie in den letzten Stunden hätte ich etwas mehr Aufregung erwartet.

Wenn das eine Falle sein sollte, dann war sie gut vorbereitet.

Nochmals ging ich alle Möglichkeiten durch, konnte aber nirgends einen Fehler in meinem Vorgehen entdecken. Vielleicht reagierte ich überempfindlich.

»Viktor, ich bin am Rand des Lagers!«, informierte ich ihn.

Seine Antwort kam mit Verzögerung. Wahrscheinlich hatte er zuvor ebenfalls die Umgebung sondiert.

»Respekt. Du hast meine volle Hochachtung. Ich hätte nicht geglaubt, dass du das schaffst. Siebeneicher hat alle möglichen Überwachungseinheiten aktiviert. Auch die Schiffe im Orbit sind in höchster Alarmbereitschaft.«

»Merkwürdig. Hier erscheint alles sehr ruhig …«

»Lass dich nicht täuschen! Siebeneicher ist raffiniert. Es würde mich nicht wundern, wenn er eine Falle gestellt hat.«

Instinktiv ging ich noch einmal alle Displays durch, spionierte kurz bei den Chipträgern.

Nichts.

Ich beruhigte mich damit, dass Viktor keine Vorstellung davon hatte, über welche Fähigkeiten Zoerances Leute verfügten.

»Okay, ich werde aufpassen«, sagte ich schließlich. »Wo kann ich dich finden?«

»Das Lager wurde entlang einem alten Pfad errichtet, der nun die Hauptstraße des Camps bildet. Ich gehe raus vor mein Zelt. Vermutlich bist du unsichtbar. Also tu mir bitte den Gefallen und tipp mir nicht auf die Schulter.«

Ich versprach es ihm und schlich weiter in das Lager hinein. Als ich auf einem ausgetretenen Pfad stand, blieb ich stehen und sah mich um. Etwas weiter unten trat eine Gestalt an den Rand des Pfades. Das musste Viktor sein.

Oder war es eine Falle?

Unmöglich.

Vorsichtshalber wich ich nach links aus und näherte mich der Stelle von hinten. Dort blieb ich eine Weile regungslos stehen und wartete darauf, dass sich Viktor umdrehte.

Es dauerte endlos, bis es so weit war.

Viktor, so wie ich ihn kannte. Seine Gesichtszüge waren unverwechselbar. Die Gestalt, die Größe, die Haltung.

»Erschrick nicht. Ich stehe links neben deinem Zelt!«, informierte ich ihn gedanklich.

Er hob den Kopf und fixierte die Stelle.

»Du bist nicht zu sehen. Das Zelt ist offen. Geh rein. Ich komme gleich nach. Nicht sprechen, wir unterhalten uns weiterhin telepathisch.«

Mit einem mulmigen Gefühl schlüpfte ich in das Zelt.

Es war sehr geräumig, und drinnen brannte eine kleine Lampe, trotzdem kam ich mir schutzlos vor. Mein Aktionsradius war beschränkt.

Ich setzte mich an einen kleinen Tisch und wartete.

Vorsichtshalber zog ich die Dangell-Philadelphia.

Nach einigen Minuten kam Viktor herein und sah sich suchend um.

»Wo bist du?«

»Am Tisch.«

Ich zögerte kurz, dann schaltete ich meine MCs aus.

Er zeigte keine Überraschung wegen der Waffe in meiner Hand.

»Sehr gut, du bist vorsichtig. Aber keine Angst, ich bin es tatsächlich.«

Ich blieb skeptisch, aber ich fühlte mich jetzt ein wenig wohler.

Er setzte sich und sah mich an.

Eine Weile saßen wir uns schweigend gegenüber.

Ein Räuspern. Typisch Viktor. »Du bist kein bisschen älter geworden«, stellte er fest.

»Du auch nicht«, meinte ich mit einem Grinsen. Der Tisch zwischen uns verhinderte größere Gefühlsausbrüche, also nahm ich die Dangell in die linke Hand und reichte Viktor die rechte.

Er drückte sie fest.

»Mensch, John, was ist nur aus uns geworden?«

Ich hob nur leicht die Schultern. Mir stand gerade nicht der Sinn nach großen Gefühlen.

Er verstand sofort.

Obwohl wir uns ein Vierteljahrhundert nicht gesehen hatten, stellte er sich unverzüglich auf die aktuelle Situation ein.

»Das Mädchen in der Krankenstation bedeutet dir anscheinend sehr viel. Wie stehst du zu ihr?«, fragte er.

Ich sah ihn zunächst erstaunt an. Dann erst wurde mir bewusst, dass er nicht wissen konnte, wer Zoerance in Wirklichkeit war.

»Sie heißt Zoerance. Ihr richtiger Name lautet Anne Sannemann, die Tochter von Kathrin Sannemann.«

Er runzelte nachdenklich die Stirn. Seine Haltung wirkte plötzlich wie versteinert.

»Anne? Unsere kleine Anne?« Sein Gesicht war aschfahl geworden. Die Beziehung zwischen ihm und dem blonden kleinen Wirbelwind war damals eine ganz besondere gewesen. Das kleine Mädchen hatte Respekt vor ihm, hatte oft einen großen Bogen um die lange hagere Gestalt gemacht, aber je älter sie wurde, desto mehr fühlte sie sich zu ihm hingezogen. In den Monaten vor unserer Ankunft auf der Erde hatte sie ihm einen festen Platz in ihrem Herzen reserviert.

Umgekehrt verhielt es sich genauso. Viktor hatte nie Kinder gehabt. Wenn es eines in seinem Leben gegeben hatte, dann war es Anne Sannemann.

Er wandte sein Gesicht von mir ab. »Ich wollte mich damals um sie kümmern, aber Kathrin Sannemann hat meine Kontaktaufnahme jedes Mal verweigert. Irgendwann habe ich es aufgegeben.«

Seine Hände ballten sich andeutungsweise zu Fäusten.

Dann sah er mich mit feuchten Augen an.

»Und was machen wir jetzt? Der Arzt gibt ihr wenig Überlebenschancen. Knochenbrüche, wahrscheinlich auch Bruch eines Halswirbels, innere Blutungen.

Siebeneicher hat jegliche medizinische Versorgung untersagt. Anne ist so gut wie tot.«

»Das spüre ich. Trotzdem wollte ich bei ihr sein und nichts unversucht lassen. Meine Leute sind in knapp zwei Stunden hier. Wenn wir sie rausschaffen können, hat sie vielleicht noch eine Chance.«

Er schüttelte den Kopf. Hob hilflos die Schultern. Er wusste, hier im Lager wäre ihr ein jämmerliches Ende gewiss.

»Ich habe eine Luftkissentrage besorgt«, sagte er. »Sie arbeitet relativ geräuschlos, trotzdem wüsste ich nicht, wie wir sie ungesehen aus dem Lager bringen sollen. An den Mantikoren kommen wir damit jedenfalls nicht vorbei.«

Ich nickte. »Kann ich sie sehen?«

Er stand auf und bedeutete mir, meine MCs wieder einzuschalten. »Wir haben auch solches Zeug. Irgendwann wird jemand etwas erfinden, das alle Effekte nutzlos macht, dann werden wir wieder als nackte Wilde gegeneinander kämpfen.«

Er ging zum Zelteingang und spähte hinaus, winkte mir danach, ihm zu folgen.

Inzwischen hatte ich alle Überwachungsmöglichkeiten inspiziert.

Die Ruhe war beinahe unheimlich.

Auch auf dem Pfad vor dem Zelt war niemand zu sehen.

Das Infrarotbild, das mir Lennox von oben übertrug, zeigte allerdings Bewegungen am Rand des Lagers. Sehr viele Bewegungen sogar.

Viktor schlenderte wie unbeteiligt nach rechts, Richtung Flugfeld, ohne mich weiter zu beachten. Nach einer leichten Biegung konnte ich sehen, dass dort rege Betriebsamkeit herrschte.

»Es ist das kleine Zelt direkt hinter dem großen grünen«, signalisierte er mir. »Im grünen werden die Verletzten behandelt, in dem kleinen liegen die Toten. Anne liegt auch dort. Geh hinten rum. Ich sag dir, wenn die Luft rein ist.«

Ich verließ den Pfad und drängte mich an Kadavern von Tracebacks vorbei, die auf meinem Nachtsicht-Screen noch unheimlicher wirkten als in der Realität.

Gleich darauf stand ich regungslos an der Rückseite des unscheinbaren Zeltes.

Mir war kalt, und das nicht nur wegen des Zweckes, den dieses Zelt erfüllte. Mir war kalt, und ich war müde. Seit wir auf Camelot gelandet waren, hatte es keine ruhige Stunde für uns gegeben. Ich fragte mich, wie lange ich noch diese hohe Konzentration aufrechterhalten konnte. Irgendwann würde ich einen Fehler begehen. Manchmal kam es mir so vor, als hätte ich etwas Wesentliches übersehen. Es lief einfach alles zu glatt.

Konnten Gedanken lügen? Vielleicht vertraute ich zu sehr meinen Fähigkeiten. Vielleicht hatte Siebeneicher Fähigkeiten entwickelt, von denen ich keine Ahnung hatte? Er war schon sehr lange auf diesem Planeten. Hier konnten ganz andere Naturgesetze gelten als auf unserer guten alten Erde.

Vom Pfad her hörte ich aufgeregte Stimmen von Leuten, die aus dem grünen Zelt kamen. Viktor hatte Recht gehabt. Hier war es alles andere als ruhig. Die Stimmen drückten höchste Alarmbereitschaft aus.

So allmählich wurde ich unruhig.

Das Geräusch von plätscherndem Wasser kam aus dem vorderen Zelt.

Mein Gott, was würde ich für eine warme Dusche geben!

Bilder von meinem Haus auf Kauai tauchten in mir auf.

Eine verlorene Welt.

So weit entfernt.

In einem anderen Universum, so schien es.

Vor mir wurde die Plane des kleinen Zelts zurückgeschlagen.

Nach einem kurzen Zögern trat ich ein. Verschiedene undefinierbare Gerüche schlugen mir entgegen, die eines gemeinsam hatten: sie stammten nicht von Lebenden. Viktor stand neben blutverschmierten Bahren, die alle mit einem Tuch bedeckt waren.

Bis auf eine.

Ich ließ die Zeltplane zurückfallen und ging auf ihn zu.

Er winkte in meine Richtung und bedeutete mir gleichzeitig, nicht zu sprechen.

Ich nickte als Zeichen, dass ich verstanden hatte, bis mir einfiel, dass diese Geste aufgrund meiner Unsichtbarkeit unsinnig war.

»Wie geht es ihr?«, fragte ich in Gedanken.

»Sie ist bewusstlos.« Er sah mich hilflos an. »Mehr weiß ich auch nicht.«

Es kostete mich Überwindung, an die Bahre heranzutreten. Nicht, dass mich Zoerances zerschundener und verletzter Körper abgeschreckt hätte, es war die Angst davor, einen Menschen, der mich beinahe ein Jahr lang begleitet hatte, völlig entstellt zu sehen.

Die Wahrheit war viel schlimmer.

Mein Blick fiel auf ein Gesicht, das nichts mehr mit dem Gesicht gemein hatte, das ich kannte. Gleichzeitig wusste ich, dass diese schrecklichen Entstellungen nicht von dem Absturz stammen konnten.

»Siebeneicher, dieses Schwein«, flüsterte ich.

Viktor sah mich verständnislos an.

»Er hat sie geschlagen«, übermittelte ich ihm.

Er nickte und zeigte auf ein kleines Paket in der Ecke des Zeltes.

»Dort hab ich die Luftkissentrage«, informierte er mich. »Wir müssen aber noch warten. Draußen arbeitet im Augenblick die letzte Schicht. Ich habe dem Arzt erzählt, dass ich wissen wollte, wie es der Pilotin geht. Er hat gesagt, er will nachher noch einmal nach ihr sehen. Wenn wir sie jetzt aus dem Zelt schaffen, wird er sich fragen, wohin ich mit einer Schwerverletzten verschwunden bin.«

Von draußen waren laute Stimmen zu vernehmen.

»Was ist da los?«, fragte ich.

»Ich sagte ja, alle sind in höchster Alarmbereitschaft. Seit ein paar Stunden ist alles noch hektischer geworden. Sie erwarten einen weiteren Angriff.«

Wieder kamen Zweifel in mir auf. Meine Leute waren seit einigen Stunden auf dem Weg hierher. Aber konnte Siebeneicher das wissen? Oder war es eine reine Vorsichtsmaßnahme von ihm?

»Der Arzt kommt gleich«, warnte mich Viktor. »Es ist besser, du wartest draußen.«

»Was meinst du, könnten wir ihn dazu zwingen, Zoerance zu helfen?«

»Keine Chance; vorne im medizinischen Zelt geht es zu wie in einem Taubenschlag. Es sei denn, du willst, dass hier drei Tote mehr liegen.«

Mit einem letzten Blick auf Zoerance schlüpfte ich durch die Zeltplane und genoss die frische Luft für einen kurzen Moment in vollen Zügen.

Dann trat ich behutsam näher an das Zelt heran, um die Unterhaltung zwischen Viktor und dem Arzt besser verfolgen zu können. Viktor erkundigte sich nach Einzelheiten, ohne allzu besorgt zu wirken. Die Stimme des Arztes klang wissenschaftlich, zum Teil schien er geschmeichelt zu sein, einem Admiral Details erklären zu können, auch wenn es sich »nur« um den körperlichen Zustand eines Feindes handelte.

»... ohne eine medizinische Behandlung keine großen Überlebenschancen«, hörte ich ihn sagen. »Komplizierte Frakturen an den Beinen. Viel schlimmer ist aber eine wahrscheinliche Fraktur des sechsten Halswirbels. Großer Blutverlust. Außerdem erhebliche Kopfverletzungen. Selbst bei einer sofortigen Operation benötigte sie einen immens großen Lebenswillen, um das zu überstehen ...«

Ich überlegte fieberhaft. In unserem Lander gab es eine provisorische medizinische Station. Vielleicht konnte man dort Zoerance wenigstens stabil halten.

»Nat?«

»Wir sind gleich da!«

»Hast du die Übertragungen von meiner Helmkamera gesehen?«

»Hab ich!«, kam es knapp zurück.

»Was schlägst du vor?«

»Ablenkung. Wir fliegen einen Angriff auf das Flugfeld, und ihr bringt Zoe inzwischen raus. In die andere Richtung. Dort wartet Voodoo mit dem Lander auf euch. Diese Viecher halten wir euch vom Leib.«

»Seid vorsichtig! Siebeneicher weiß anscheinend, dass ihr kommt!«

»Hab ich mitgekriegt. Aber es nützt ihm nichts. Noch funktioniert unser Trojanerprogramm. Damit hat er keine Chance.«

»Okay. Sobald wir Zoerance auf der Bahre haben, kann es losgehen!«

Ich lauschte wieder am Zelteingang. Der Arzt war noch da.

Die Zeit wurde allmählich knapp. Trotzdem überwand ich meine inneren Ängste und wagte mich an Zoerances Sphäre heran.

»Zoerance? Ich bin es, John. Ich bin in deiner Nähe und hole dich aus dem Lager.«

Ich hatte keine Ahnung, ob ihr die Begriffe wie »herausholen« oder »Lager« etwas sagten, aber auf ihren Lebenswillen, den der Arzt erwähnt hatte, konnte es sich vielleicht positiv auswirken.

Ein schwaches Flackern des Erkennens. Dankbarkeit unterdrückte für einen Moment ihre Schmerzen, die nicht mehr so hart erschienen. Sie waren nun mehr dumpfe Empfindungen im Hintergrund.

Ein drängender Gedankenimpuls.

»... Hand ...«

Sie wollte meine Nähe spüren!

Ohne Rücksicht auf den anwesenden Arzt riss ich die Zeltplane zurück. Der Arzt und auch Viktor sprangen erschrocken zurück.

Bevor beide etwas begriffen hatten, zog ich die Dangell und schoss dem Arzt ins Bein. Für einen kurzen Augenblick war ich überrascht von der Wirkung der Waffe. Einmal abdrücken, ein sanftes Zischen, und der Mann kippte einfach weg.

So einfach war das.

»Entschuldige, Viktor, aber meine Leute sind gleich da! Die Bahre, schnell!«

Er reagierte, ohne lange zu fragen.

»... Hand ...«

Zoerance hielt ihre Hände verkrampft auf ihrer Brust. Ich ergriff sie und erschrak, wie kalt sie waren.

»Zoerance, spürst du mich? Ich bin bei dir!«

Erleichterung. Entspannung.

»... Hand ...«

Verwirrt versuchte ich, ihre Hände voneinander zu lösen, die jedoch fest ineinander verhakt waren. Gleichzeitig spürte ich ihr verlöschendes Leben.

Keine Zeit mehr.

Viktor schob einen Leichnam neben Zoerance zur Seite und dirigierte die Luftkissenbahre neben ihren Körper.

»Ich weiß nicht, wo du gerade bist, aber ich fasse sie unter den Beinen, du oben, okay?«

»Okay. Ich unter dem Kopf. Auf drei. Eins, zwei, drei ...«

Wir hatten keine Wahl. Ohne ihre Verletzungen zu beachten, hievten wir ihren Körper auf die Bahre. Ihr Protest war erschreckend schwach.

Die Schmerzflut war kurz und verklang sofort wieder.

Ihr Bewusstsein schwand.

»Zoerance! Bleib bei mir! Wir bringen dich jetzt raus! Halt durch!«

Rede mit ihr, sagte ich mir, und wenn es Blödsinn sein sollte!

»Raus an die frische Luft! Jetzt! Spürst du es?«

Sie kam wieder zu sich. Keine Schmerzen mehr. Es war beängstigend.

Wir waren draußen.

Ein Luftzug. Dann eine spürbare Druckwelle, die ich zunächst für ein aufkommendes Unwetter hielt.

Als ich in die Ursprungsrichtung blickte, flammte mein Nachtsichtmonitor gleißend hell auf. Filter dämpften die Helligkeit sofort auf ein erträgliches Maß.

Nat hatte die Bilder meiner Helmkamera richtig gedeutet und zur Ablenkung sofort das Flugfeld angegriffen.

Weitere Explosionen. Laute Rufe aus dem Lager waren zu hören. Als ich in die Richtung des Flugfeldes blickte, sah ich eine orangerote Wand gen Himmel steigen. Nat machte anscheinend keine halben Sachen.

»Zoerance, Nat ist angekommen!«, plapperte ich in Gedanken los. »Halt durch! Wir bringen dich in Sicherheit! Viktor ist auch da. Du erinnerst dich an Viktor?«

Keine Erinnerung. Aber ich hatte den Eindruck, dass ihr Verstand wacher wurde.

Stolpernd zog ich die Bahre hinter den Zelten zwischen den Kadavern der Tracebacks hindurch. Den Pfad wollte ich meiden. Als ich mich umdrehte, sah ich, dass Viktor seinen Battle Pack und seinen Helm inzwischen aktiviert hatte.

»Vor dir! Pass auf! Geh in Deckung!«, hörte ich ihn laut rufen.

Ich sah wieder nach vorne.

Mantikoren kamen uns in Rudeln entgegen. Im ersten Moment registrierte ich auf dem Nachtsichtmonitor nur rotglühende Augen, die auf mich zurasten. Ohne Rücksicht stürmten sie über und durch die Zelte, hasteten blindlings Richtung Flugfeld, von wo nun auch das Getöse mehrerer Explosionen kam.

Bevor ich auch nur dazu fähig war, die Dangell zu ziehen, holte mich der gezackte Schwanz einer vorbeilaufenden Bestie von den Beinen.

Im Fallen erkannte ich mit Schrecken eine weitere Phalanx, die mit wuchtigen Sprüngen auf mich zuraste. Ich hob abwehrend die Arme, obwohl mir bewusst war, wie zwecklos meine Reaktion sein würde.

Doch im nächsten Augenblick zerplatzten die hässlichen Körper direkt vor mir wie Luftballons im Flug.

Blutiger Matsch klatschte an meinen Battle Pack.

»'nappe Sach', Boss!«

{Bleiben Sie liegen, Boss! Da kommen noch einige nach!}

Schnell rollte ich nach hinten und stoppte mit der Hand die auf der Stelle rotierende Bahre. Gott sei Dank hatte die Automatik ein Umkippen verhindert. Weitere zerfetzte Teile eines Mantikors flogen an mir vorbei.

Viktor wand sich auf dem Boden.

»Alles in Ordnung«, keuchte er. »Mir ist nur eines der Viecher gegen den Bauch geprallt.«

Ich half ihm hoch und wischte mit der Hand über das Visier meines blutverschmierten Helms. Damit machte ich aber alles nur noch schlimmer, denn auch mein Handschuh war mit Blut befleckt.

⟩Taste 6 auf Panel 4, rechter Arm …⟨, sagte Suzanne.

»Danke«, sagte ich, als die äußere Schicht der Scheibe einfach abbröselte, was mir wieder freie Sicht verschaffte.

»T'mpo!«, vernahm ich Lennox' Stimme im Helm.

{Der Weg zum Lander ist jetzt frei, aber ihr müsst euch beeilen. Die Tracebacks kommen in Massen aus den Bergen und überfluten förmlich den Luftraum über dem Lager.}

Wir rannten auf den Pfad, die Bahre mit Zoerance hinter uns herziehend. Zwei Lords jagten mit Höchstgeschwindigkeit über uns hinweg, auf der Flucht vor dem Feuersturm.

Auf dem Infrarot-Monitor von Lennox konnte ich sehen, wie wir uns schnell dem Lander näherten. Allerdings näherte sich von Süden her eine gelbliche Front. Das mussten die heranfliegenden Tracebacks sein.

Sie kamen sehr rasch näher.

»Schneller!«, rief ich Viktor zu.

Wir ließen die letzten Zelte hinter uns und tauchten ins Dunkel ein.

Auf meinem Helmvisier erschien der Lander als eine grünliche Masse mit einem hellen Rechteck in der Mitte.

Voodoo steuerte ihn mit geöffneter Luke seitlich auf uns zu, knapp über der Grasnarbe.

Viktor und ich brauchten noch nicht einmal zu springen. Nats Leute packten die Bahre und bremsten sie ab. Fast gleichzeitig schloss Voodoo die Luke.

»Festhalten!«, rief Voodoo. »Wir müssen schnell hier weg!«

Viktor schaltete die Bahre aus, die nun sofort auf den Boden sank.

Ich schob sie an die rückwärtige Wand und legte mich schützend daneben. Im nächsten Augenblick drückten mich die Beschleunigungskräfte halb auf Zoerances Körper. Unbekannte Hände tauchten vor mir auf, tasteten an mir herum und deaktivierten meine MCs. Anschließend sicherten sie die Bahre mit Gurten.

Mich ebenfalls. Sekunden später lag ich als verschnürtes Paket neben der Bahre.

Unwichtig.

»Zoerance!«, schickte ich ihr einen Gedanken.

Mit einem Fluch ließ ich meinen Helm zurückfahren. Ich konnte ja direkt zu ihr sprechen.

»Zoerance! Du bist in Sicherheit! Kannst du mich hören?«

Sie öffnete die Augen für einen kurzen Moment, wollte etwas sagen.

Ihre Gedanken bestätigten mir, dass sie mich gehört und verstanden hatte.

»… Hand …«

Ich ergriff abermals ihre Hände.

Und verstand erst, als sie die rechte Hand öffnete und ich einen kleinen runden Gegenstand ertasten konnte.

»… abgerissen … von Siebeneicher …«

Ein Medaillon mit einer abgerissenen Kette.

»… drinnen … Hardcopy …«

Der Lander wurde von harten Stößen durchgeschüttelt. Von vorne hörte ich Voodoo Flüche ausstoßen und nach Lennox rufen.

Ich steckte das Medaillon in meine Brusttasche.

»Ich habe es, Zoerance!«

»… Liste …«

Unwillkürlich entfuhr mir ein ungläubiges Lachen.

»Gut! Fantastisch! Sehr gut!«, rief ich aus.

Viktor saß über mir in einem Sitz und sah mich erstaunt an, wurde aber im nächsten Moment trotz Sicherungshalterungen hart an die Seitenwand gepresst, als Voodoo in einen Sturzflug überging.

Ein orangefarbener Blitz erhellte den Innenraum.

Ich sah ein Lächeln auf Zoerances Gesicht. Am liebsten hätte ich es zärtlich gestreichelt, aber Voodoos wahnwitzige Flugmanöver ließen keine kontrollierte Handbewegung zu.

»… hab zwei Fireflies gecrasht …«

Wieder ein Lächeln.

Dann ein Husten.

Sie bäumte sich mit einem Schrei auf, Blut floss aus ihrem Mundwinkel.

Eine fürchterliche Gewissheit ließ mich erstarren.

»John!« Ein starker gedanklicher Ruf.

»Ich bin bei dir!«

Ihr Kopf sank zur Seite.

»John«, kam es leise. »Bring … mich zu ihm …«

Ich verstand nicht, was sie meinte.

»Lass mich zu ihm«, bat sie mit ihrer letzten Kraft. »Nimm meinen Chip …«

Mir gefror das Blut in den Adern, als ich begriff.

»Zoerance, das ist nicht wie … eine Vereinigung. Das ist etwas anderes.« Mein Gott, wie sollte ich ihr erklären, dass sie nicht seelisch mit ihrem Vater vereint sein würde, dass auf dem Chip nur Informationen gespeichert waren. Oder war es doch eine Art Verschmelzung?

»Tu es! Jetzt …«

Angst, Skrupel, Scham, alle zweifelnden Gefühle brachen über mich herein. Wenn ich ihren Chip vereinnahmte, würde ich ihr damit das Leben nehmen.

Welches Leben?

Neben mir lag eine Sterbende.

Ich fühlte es.

Es konnte nur noch Sekunden dauern.

»Jetzt … bitte …«

Ich schloss die Augen und ließ mich durch ihre weit geöffnete Gedankenwelt treiben.

Keine Hindernisse. Alles war hell erleuchtet.

In der Mitte ein blasser roter Fleck.

Ich musste nur zugreifen …

16

Trotz der vehementen Flugmanöver und meiner unbequemen Lage schlief ich ein. Ein unruhiger Schlaf, aus dem ich immer wieder hochschreckte.

Irgendwann wurde es ruhiger.

Wir waren gelandet.

Viktor rüttelte sanft an meiner Schulter und befreite mich von den Sicherungsgurten.

Stimmen und Kälte. Die Kabinentür war offen.

Ich setzte mich auf.

Benommen und regungslos starrte ich in das entstellte Gesicht von Zoerance, das alles andere als friedlich erschien.

So hatte ich sie nicht gekannt.

Selbst wenn die Verletzungen nicht gewesen wären, so war doch in ihren Gesichtszügen kein Hauch ihrer früheren Pfiffigkeit zu erkennen.

Ich wandte mich ab und stand auf.

Von draußen hörte ich ein stetiges Donnern.

»Wo sind wir?«

Viktor drehte sich um, als müsste er sich selbst erst orientieren.

»Brasilien. Iguacu, bei den Wasserfällen. Draußen ist es dunstig. Außerdem gibt es hier keine MUNA-Biester, außer im Wasser vielleicht. Nat meinte, es wäre ein guter Platz, um ein wenig Kraft zu tanken.«

Ich nickte. Kraft konnte ich gut gebrauchen.

Tattersal und Truelove, einer von den »Nachzüglern«, gingen an mir vorbei. Klopften mir im Vorbeigehen auf die Schulter. Dann holten sie den Leichnam von Zoerance aus dem Lander.

Ich setzte mich auf den Rand der Einstiegsluke und blinzelte ins diffuse Licht einer aufgehenden Sonne, die es nicht gab. Oder wenigstens nicht in der Form, wie ich sie von der Erde her kannte.

Eine kleine Lichtung mit wildem Pflanzenbewuchs an den Rändern. Das Donnern der Wasserfälle kam von überall her.

Neben dem Lander standen noch zwei Fireflies. Ich war nicht in der Stimmung, nach dem Verbleib der fehlenden zwei Maschinen zu fragen. Ich vermied es auch, nach bekannten Gesichtern zu suchen. Nat hatte ich kurz gesehen, auch Sarah Kong und Alice.

Wie viele sonst noch überlebt hatten, darüber wollte ich nicht spekulieren und stand auf. Ein leichter Schwindel ließ mich einen Moment lang schwanken.

Ich atmete ein paar Mal tief durch und ging an den Rand der Lichtung, die in Wahrheit ein kleines Plateau war, von tosenden Wasserfällen umgeben. Neben einer Palme setzte ich mich vorsichtig auf einen rotbraunen Felsen. Stetiger, feiner Sprühregen umgab mich. Dreißig Meter unter mir schäumte der Rio Iguacu.

Der Ausblick war einmalig. Überall strömten Wasserfälle von den Cataratas herab. Rechts von mir konnte ich in dem nebligen Dunst gerade noch gewaltige Wassermassen erkennen, die zwischen grün bewachsenen Felsen neunzig Meter in die Tiefe stürzten.

Das atemberaubende Naturschauspiel war mir gleichgültig.

Es ist nicht real, sagte ich mir. Alles nur dem Original nachempfunden. Nichts ist echt. Gedanklich nachgebaut aus einer unvorstellbaren Anzahl von Atomen.

Googolplex Atomen, Molekülen, Teilchen. Was auch immer.

Vielleicht. Wenn die Fantasiezahl dazu ausreichte.

War der Tod von Zoerance real? Oder war es eine Inszenierung in meiner Vorstellung? Wenn ja, dann befand ich mich an der Grenze zwischen Realität und Imagination.

Meine Gefühle und meine Trauer waren jedenfalls echt.

Schmerzhaft und untragbar.

Wieder übermannte mich ein leichtes Schwindelgefühl.

Direkt vor mir ging es steil nach unten.

Es konnte an der Höhe liegen.

Ich zwang mich, nicht nach unten zu sehen.

Auf der gegenüberliegenden Seite konnte ich ein Rudel Nasenbären erkennen, die verspielt über die nassen Hänge tollten.

Ungefährliche, einfache Nasenbären.

Im nächsten Moment stutzte ich. Woher wusste ich, dass sie ungefährlich waren? Zum einen hatte ich noch nie in meinem Leben Nasenbären gesehen, zum anderen konnte ich nicht wissen, ob es sich nicht doch um eine Abart drolliger MUNA-Biester handelte.

Keiner meiner Informanten hatte es mir zugeflüstert.

Ich wusste es einfach.

Der Schwindel nahm zu. Außerdem begann ich plötzlich zu frieren.

Mir wurde eiskalt.

Waren all meine Ebenen in mir zu einer einzigen verschmolzen? War ich noch ich selbst oder war ich zu einem neuen, noch größeren Monstrum mutiert?

Der Fluss unter mir schien die Wand heraufzukriechen. Erste grünliche Wellen umspülten meine Füße.

Grünlich?

Meine ganze Umgebung war farblich gekippt.

Noch mehr Kälte.

Blitze um mich herum, die lautlos neben mir einschlugen.

Das Wasser stieg weiter. Ich musste weg von hier, die anderen warnen, aber meine Stimme versagte.

Aufstehen, rennen. Keine Chance. Ich saß wie festgeklebt auf dem Stein.

Vielleicht konnte ich mich zur Seite fallen lassen …

»Ich hab ihn!«, hörte ich eine Stimme. Es klang nach Nat.

Zupackende Hände. Sie taten mir weh. Schmerz empfinden konnte ich also noch.

»Alles okay, ich zieh ihn hoch. Hier herüber! Sarah, Sauerstoff, schnell!«

Etwas Dunkles schwebte über mir.

Ich wollte abwehrend die Arme hochreißen, aber meine Muskeln gehorchten mir nicht.

Es ist alles in Ordnung, Leute, aber das Wasser steigt, seht ihr das nicht?

Sie waren anscheinend blind oder wollten die Gefahr nicht sehen.

Schmetterlinge. Tukans, Kolibris. Ganze Schwärme davon.

Sind alle ungefährlich, Leute!

Resignierend vernahm ich das Zischen einer Injektionsspritze.

Schwerer Fehler, Leute, ich wollte euch nur warnen!
Sie begriffen einfach nichts.
Nichts.

Es dauerte nicht lange, bis ich meine Umwelt wieder normal wahrnahm. So meinte ich wenigstens.

Mein Kopf war auf etwas Weiches gebettet. Ich lag im Schatten.

Obwohl ich meine Augen geschlossen hielt, wusste ich, dass Nat vor mir stand. Einen kleinen Augenblick zögerte ich noch, vielleicht täuschte ich mich.

Ich öffnete die Augen.

Keine Täuschung. Alles normal. Nat stand vor mir.

Trotzdem war alles anders.

Keine Stimmen mehr, die mir etwas zuflüsterten.

Kein Gedankenozean, in den ich eintauchen musste.

Kein umständliches Überprüfen meiner Fähigkeiten.

Alles war gleichzeitig präsent.

Meine Sinne hatten eine neue Dimension dazugewonnen. Wenn nicht gar mehrere. Dadurch war mein Handeln noch schneller geworden. Die Chips in mir hatten mein Gehirn neu eingestellt. Es war nun aufs Höchste sensibilisiert. Sogar die mir bisher unverständlichen Zahlenreihen von Lennox' Gedanken konnte ich verstehen. Ein raffinierter, aber einfacher Code. Lennox Trumpf war die Schnelligkeit gewesen.

Bis jetzt. Jetzt hatte ich ihn überholt.

Nat machte eine unbestimmte Bewegung. Als ich ihn ansah, blickte er wie zufällig in eine andere Richtung.

»Wieder alles in Ordnung, John?« Sein Kopf wandte sich mir zu, aber seine Augen waren auf unendlich eingestellt.

»Ja. Danke, dass ihr mich wieder aufs Gleis gestellt habt.«

»Es war knapp. Du wärst beinahe von dem Felsen gerutscht.«

Ich nickte und stand auf. Keine Schwindelgefühle mehr.

Dafür flirrte es in der Luft.

Schmetterlingsschwärme zogen über das Plateau.

Tausende von Schmetterlingen verwandelten die Szene in eine bunte Landschaft ohne Horizont.

»Wahrscheinlich schlüpfen sie alle zur gleichen Zeit«, erklärte Nat ohne große Begeisterung. »Der Dunst hat sich verzogen, und die Sonne ist herausgekommen. Die Schmetterlinge fliegen nach Süden. Weg von den Wasserfällen.«

Wieder diese unbestimmte Bewegung. Er deutete hinter sich. »Wir haben ein Grab ausgehoben. Wir dachten, hier wäre ein schöner Platz für Zoerance.«

Zoerance.

Ich konnte Zoerance nicht in mir finden. Alles war nun eins.

Ich hatte ihren letzten Willen erfüllt. Die Informationen ihres Chips waren nun in meinem Chip gespeichert. Ob ihre Seele dadurch Ruhe gefunden hat, mochte ich bezweifeln.

»Eine gute Idee. Ich glaube, das hätte ihr gefallen.«

Wir gingen gleichzeitig auf die Mitte des Plateaus zu, wo die anderen auf uns warteten. Ich zählte zehn Personen.

Sennheiser war nicht dabei. Mike Loven und Schelley Elson auch nicht.

Zoerance war in eine einfache Decke eingewickelt. Sie lag auf der Luftkissenbahre. Ihr Gesicht war nicht zu sehen.

Statt eines Kreuzes stand ein verzweigter Ast mit Blüten an dem offenen Grab. Er sah aus wie ein großes farbiges Y. Vom christlichen Glauben hatte Zoerance nie viel gehalten.

Von Gott auch nicht.

Sie standen alle hinter dem Grab. Nat ging zu ihnen hinüber. Ich blieb mit Zoerances Leichnam auf der vorderen Seite zurück. So sollte es wohl sein.

Unentwegt flogen die Schmetterlinge an uns vorbei, als ob sie vor dem donnernden Hall der Wasserfälle fliehen wollten. Einige von ihnen hatten sich auf Schultern und Köpfen niedergelassen und verliehen der Gruppe mir gegenüber einen tragikomischen Anstrich.

»Könntest du … vielleicht …«, sagte Nat von drüben.

Ich nickte und trat etwas näher heran.

Nach kurzem Nachdenken sagte ich: »Zoerance …« Ich unterdrückte ein wehmütiges Gefühl in mir, das danach drängte, meinen Seelenkrampf zu lösen. Jetzt nicht, dachte ich. »… ich habe dich von klein auf gekannt, wenn auch unter einem anderen Namen. Nach Jahren hat uns das Schicksal wieder zusammengeführt. Gemeinsam mit deinen Kameraden haben wir einen abenteuerlichen und gefährlichen Weg beschritten. Diesen Weg werde ich nun mit deinen Gefährten weitergehen. Wir werden ihn in deinem Sinn beenden und dich dabei in unseren Herzen tragen.« Ich zögerte kurz und überlegte, ob ich einige Worte über mein persönliches Verhältnis zu ihr hinzufügen sollte, unterließ es dann aber. Wir alle hatten sie verloren, nicht nur ich.

»Wir wünschen dir Frieden.« Damit schloss ich meine Rede und trat einen Schritt zurück.

Zwei Männer aus der Gruppe gingen um das Grab herum, aktivierten die Bahre und dirigierten sie über die offene Grube.

Nat beugte sich über die Bahre und schaltete sie aus.

Mit dem leiser werdenden Zischen der Absenkautomatik versank sie mit Zoerance in der Erde.

Einige Schmetterlinge, die sich auf der Bahre niedergelassen hatten, flatterten aus dem Grab heraus und schlossen sich ihren Artgenossen auf dem Weg nach Süden an.

Nachdem das Grab geschlossen war, schickte ich alle zum Lander hinüber. Zuvor hatte ich Deisenhofen gebeten, sich zuzuschalten. Er hatte etwas unwirsch reagiert, weil ich ihn bei seiner Suche nach der Liste gestört hatte. Nachdem ich ihm aber versichert hatte, dass es Neuigkeiten gäbe, beruhigte er sich schnell.

Dann wandte ich mich an meine Leute, die im Schatten des Landers vor der Einstiegsluke standen.

»Ich kann euch leider keine angemessene Trauerzeit gönnen«, sagte ich. »Zoerance hätte es bestimmt auch nicht anders gewollt, besonders, da sie es war, die uns den nächsten Schritt ermöglicht hat.«

Ich langte in meine Brusttasche und holte das Medaillon heraus. Es war aus Silber und sah antik aus. Auf der Vorderseite zeigte es einen ziselierten Reiter, der einen Drachen mit einer Lanze tötete.

In Zoerances gedanklichen Aufzeichnungen hatte ich den Moment miterlebt, als sie Siebeneicher das Medaillon vom Hals riss. Nur wenige Minuten zuvor hatte er ihr mit einer höhnischen Bemerkung die Hardcopy gezeigt, die er in dem Anhänger verborgen hatte.

Mittlerweile musste er bemerkt haben, dass ihm das Medaillon abhanden gekommen war. Seine Sphäre pulsierte heftig. Außerdem war auf den Schiffen der Lex Dei eine Anfrage eingetroffen, wo denn General Draper seine geheimen Unterlagen aufbewahrt hätte.

Zoerance hatte Siebeneicher die Ziele gestohlen.

Ein ziemlich dilettantisch gewählter Aufbewahrungsort für ein so wichtiges Dokument, dachte ich und erinnerte mich gleichzeitig mit einem Schmunzeln daran, dass ich damals die Chips in einem kleinen silbernen Bilderrahmen versteckt hatte.

Ich gab Viktor das Medaillon. Er öffnete es an der Seite und holte eine daumennagelgroße rechteckige Hardcopy heraus.

Die Umstehenden quittierten den Fund mit Schweigen. Gefühlsausbrüche wie Trauer oder Freude standen bei ihnen nicht an erster Stelle. Ich wusste nicht, ob ich sie deswegen beneiden oder bedauern sollte. Nur in ihren Augen war zu erkennen, dass sie unseren beziehungsweise Zoerances Erfolg registriert hatten.

Sarah Kong reichte Viktor ein Video-Sheet aus dem Lander.

Viktor sah mich von der Seite her an.

»Hast du dir die Liste schon angesehen?«

»Nein.«

Natürlich hatte ich sie mir angesehen. Nur benötigte ich dafür inzwischen kein Video-Sheet mehr. Dank meiner neuen Dimension konnte ich die Daten auch so entschlüsseln.

Er sah mich zweifelnd an. Dann steckte er die Hardcopy in das Sheet.

Nach nicht einmal einer Minute huschte ein Lächeln über sein Gesicht. Voodoo, der sich mit den anderen hinter Viktor drängte, zeigte erstaunt auf das Sheet.

»Allison Walls ist der Ort, den wir suchen. Steht hier gleich auf der ersten Seite. Siebeneicher und Draper hatten wohl Tomaten auf den Augen.«

»Nein, hatten sie nicht«, entgegnete ich. »Die Geschichte von Allison Walls wurde nie veröffentlicht. Sie war außer dir und Viktor nur wenigen Leuten bekannt.«

Ich erklärte den anderen mit knappen Worten, dass in der Allison Walls Radar Station in Australien alles begonnen hatte. Dort hatten wir die bildliche Bestätigung einer riesigen weißen Pyramide gefunden, die zwischen der Mars- und der Jupiterumlaufbahn in das Sonnensystem eingedrungen war.

»Du hast es schon gewusst, nicht wahr?«, argwöhnte Viktor.

»Sagen wir einmal so: Ich kann seit einigen Stunden sogar herkömmliche Chips lesen. Ohne Lesegerät.«

Er nahm es mit einem Stirnrunzeln zur Kenntnis.

»Dann weißt du bestimmt auch, wer hinter dem ganzen Zirkus mit der Liste steckt.«

Ich nickte. »Appalong!«

Dr. Matthew Appalong, von allen ›Ape‹ genannt, ein Nachkomme der Aborigines. Er war Besatzungsmitglied der *Nostradamus* gewesen und mit Halbmond und mir in die Pyramide eingedrungen. Auch ihm war ein Chip implantiert worden. Uns gelang es schließlich mit knapper Not, das Artefakt wieder zu verlassen, nur Appalong war freiwillig zurückgeblieben. Er wollte das Archiv und das Geheimnis des Chips erforschen, auch wenn es ihn das Leben kostete.

Ich hatte nie wieder etwas von ihm gehört. Seine Sphäre war mir verborgen geblieben.

Viktor blätterte die Liste durch.

»Es kann nur so sein. Ich sehe hier ansonsten keinen Ort, zu dem ich einen Bezug herstellen könnte. Appalong ist also hier, obwohl ihr damals in eine andere Pyramide eingedrungen seid.«

»Die Pyramiden bildeten ein Ganzes. Sie waren Kopien einer Urpyramide. Vielleicht von dieser hier, die damals als erste im Sonnensystem aufgetaucht ist. Appalong könnte allgegenwärtig sein.«

»Aber er ist nicht mit uns in Kontakt getreten«, stellte Viktor fest.

Ich zuckte die Schultern. Mehr fiel mir dazu auch nicht ein.

»Wir werden mehr wissen, wenn wir in Allison Walls sind.«

Suzanne meldete sich.

⟩Herr von Deisenhofen wünscht dich zu sprechen. Soll ich ihn auf deinen persönlichen Screen legen?⟨

»Suzanne, meinetwegen«, antwortete ich.

Gleich nach dem obligatorischen Flimmern vor meinen Augen tauchte ein hochrotes Gesicht aus dem sich stabilisierenden Wirrwarr auf.

»Warum haben Sie mir nicht sofort Bescheid gesagt, dass Sie die Liste haben?«, giftete Deisenhofen mich an. »Dann hätte ich mir das weitere Suchen in diesen verdammten Pyramiden sparen können.«

»Ich war kurzzeitig nicht ansprechbar«, sagte ich kühl. »Anscheinend sind alle Ebenen in mir zu einer einzigen verschmolzen. Nun kann ich alles gleichzeitig erledigen. Allerdings kostet mich das einige Energie. Wahrscheinlich war ich deswegen für ein paar Stunden außer Gefecht …«

»Echt? Das ist ja toll! Dann sind Sie sozusagen permanent ›online‹, oder?«

»Sozusagen.«

»Na gut. Ich fliege mit Sandro sofort nach Australien. Würde vorschlagen, wir treffen uns dort.«

»Okay.« Mehr sagte ich nicht dazu und schaltete den Screen ab. Deisenhofen war mit keinem Wort auf Zoerances Tod eingegangen.

Nat, der zugehört hatte, machte eine wegwerfende Handbewegung und ging in die Mitte des Plateaus, zu Zoerances Grab.

Ich sah die anderen an. »Wir bleiben noch eine Weile hier.«

»Sollten wir nicht sofort aufbrechen?«, meinte Voodoo. »Nicht, dass dieser Pimpf in Allison Walls etwas vermasselt.«

»Ich glaube nicht, dass er dort viel anstellen kann. Appalong hat das für mich inszeniert, nicht für einen Fremden. Und wenn nicht, dann ist es mir ziemlich gleichgültig, was Deisenhofen dort findet. Wir brechen nach Sonnenuntergang auf, dann sind wir am frühen Morgen in Australien.«

Zustimmung um mich herum.

Neben mir lehnte sich Tattersal mit einem Ächzen an die Außenseite des Landers und zog seine Mütze tief in die Stirn.

»So machen wir das«, sagte er nur.

17

Der Anflug auf den riesigen alten Krater, in dem das gewaltige Radioteleskop stand, erweckte in mir befremdliche Gefühle.

Hier hatte alles angefangen.

Vor beinahe 28 Jahren war ich mit meinem Albatros-Flugdrachen in demselben Gleitwinkel auf die Allison Walls Radar Station zugeflogen wie heute. Genau wie damals ragten die 600 Meter hohen Kraterwände wie Burgmauern aus der Ebene empor und warfen lange Schatten auf die weiten Flächen der umgebenden Landschaft, nur mit dem Unterschied, dass diese nun von einer Morgensonne beleuchtet wurde. Ich hatte damals meinen abenteuerlichen Ausflug mit dem Drachen in den späten Abendstunden unternommen.

Dem Spiegel aus Kinetik-Plast im Kraterinnern sah man an, dass er schon seit Jahren nicht mehr benutzt wurde. Das Weiß der Konstruktion war von Pflanzen überwuchert und bildete ein undefinierbares dunkelgrünes Loch. Von dem Auge in der Mitte, dem Herzstück der Anlage, war gar nichts mehr zu erkennen. Am Kraterrand waren zwei Stützpfeiler nach innen verbogen und ragten peitschenförmig in das Innere hinein.

Voodoo zog die *Calvera* um den Kraterrand herum,

auf das zweistöckige Gebäude zu, das am östlichen Rand an der höchsten Stelle des Kraters lag. Ich saß auf dem Sitz des Kopiloten auf der linken Seite. In einem Lander befand sich – wie in einem Kopter – der Platz des Piloten auf der rechten Seite.

»Deisenhofen ist schon da«, sagte Voodoo und deutete auf den kleinen Landeplatz unterhalb der Station. »War ja nicht anders zu erwarten. Außerdem hat er den Landeplatz anscheinend etwas gesäubert.«

Ich blickte teilnahmslos nach unten. Dort, auf dem kleinen Platz war ich von Appalong wegen meines riskanten Ausflugs mit dem Drachen getadelt worden, und ebenfalls von dort war Halbmond und mir die Flucht aus der Pyramide gelungen.

Jetzt stand dort einsam eine schwarze Firefly. Einige Fahrzeuge, die den Landeplatz offenbar als Parkmöglichkeit genutzt hatten, waren anscheinend von Sandro und Deisenhofen einfach an oder sogar über den Rand geschoben worden, um uns Platz für die Landung zu verschaffen. Zwei der Fahrzeuge lagen als Wracks weit unten in der Ebene.

»Auf dem Parkplatz würde ich mein Fahrzeug nicht abstellen«, erwiderte ich sarkastisch. »Was da schon alles verschrottet wurde …«

Voodoo lachte laut. Er wusste, worauf ich anspielte. Appalong, Halbmond und ich hatten bei einer Notlandung mit einer Arbeitsbiene der *Nostradamus* eine ganze Reihe von geparkten Fahrzeugen zerstört.

Irgendwie missfiel mir Deisenhofens rigoroses Vorgehen. Es hätte durchaus gereicht, die Fahrzeuge zur Seite zu schieben.

Wir landeten auf der linken Seite, in der Nähe des Aufgangs zur Station. Neben uns gingen die beiden Fireflies mit Lennox und Nat herunter.

»Sie kommen spät«, empfing uns Deisenhofen eisig. »Wir sind schon seit Mitternacht hier.«

»Wir mussten noch zu einer Beerdigung«, antwortete Voodoo für mich. »Die hat leider etwas länger gedauert.«

Deisenhofen ging nicht darauf ein. »Die Stupa steht dort oben.«

Er zeigte mit dem Finger auf eine etwas höher gelegene Spitze neben dem Gebäude.

Ich brauchte gar nicht hinzusehen.

»Das war zu erwarten«, sagte ich. »Dort steht ein Holzkreuz. Es ist der höchste Punkt des Kraters.«

»Ein Kreuz habe ich nicht gesehen, nur das Grabmal.«

Das überraschte mich. Appalong war ein gläubiger Christ. Die Suche nach den Wahrheiten der Bibel war der Hauptgrund gewesen, warum er in der Pyramide zurückgeblieben war. Das Kreuz war für ihn das heilige Symbol für Jesus Christus, der für die Sünden der Menschheit gestorben war. Ich konnte mir nicht vorstellen, dass Appalong es durch eine Stupa ersetzt hatte. Oder war er gar zum Buddhismus konvertiert?

Deisenhofen hatte es anscheinend eilig. Ohne auf mich zu warten, schlängelte er sich durch die abgestellten Maschinen und begann im fahlen Licht der Morgendämmerung, den schmalen Pfad nach oben zu erklimmen.

Ich blieb zurück und sah mich um. Die Stimmung hier auf dem Landeplatz war merkwürdig. Es herrschte eine Stille, die mit einer knisternden Elektrizität angefüllt war. Unauffällige Elektrizität, nur latent vorhanden, aber fühlbar. Mir war klar, dass diese Spannung von der Stupa ausging.

Ich spürte, dass hier eine Entscheidung fallen würde.

Deswegen nahm ich mir noch etwas Zeit.

Nicht weit von mir befand sich der Rand des Landeplatzes, der steil nach unten abfiel. Links von mir lagen Bruchstücke eines Geländers, dort, wo die beiden Fahrzeuge über die Kante geschoben worden waren. Hier, direkt vor mir, befand sich kein Geländer.

Ich ging einige Schritte auf den Abgrund zu. Sofort reagierte die Automatik, und ein weiteres Geländer fuhr nach oben.

Unwillkürlich entfuhr mir ein Lächeln. Diese Schutzvorrichtung hatte mir bei meiner Flucht mit Halbmond erhebliche Schwierigkeiten bereitet. Ich musste beim Start mit meinem Flugdrachen über das hochfahrende Geländer springen.

»Nurminen! Wo bleiben Sie denn!«, rief Deisenhofen, der sich schon auf dem Weg nach oben zu der Stupa befand.

Ignorant, dachte ich und suchte in Gedanken die Stromkreise, die für die Beleuchtung des Pfades verantwortlich waren.

Sekunden später stand Deisenhofen im hellen Licht.

Ganz oben, am Ende des Pfades leuchtete eine weiße Stupa. Sie passte gerade noch auf den schmalen Felsen und bildete einen beinahe märchenhaften Abschluss für die höchste Spitze des Kraters. Die Symbole auf der Spitze glänzten golden im Licht der aufgehenden Sonne.

Ich gab mir einen Ruck.

»Bleibt hier«, sagte ich zu den anderen. »Dort oben ist es zu eng. Die Kameras meines Battle Packs werden alles aufzeichnen. Ihr könnt also alles mitverfolgen.«

Mit gemessenem Schritt stieg ich den Weg hinauf. Die Situation kam mir fremd und unwirklich vor. Die Beleuchtung des Weges erschien mir viel zu hell. Ich konnte mich nicht erinnern, dass die im Boden versteckten Lichtleisten ein derart grelles Licht abgegeben hatten.

Deisenhofen war inzwischen bis nach oben gestiegen und wartete ungeduldig auf mich.

»Hier ist nichts Außergewöhnliches«, sagte er und strich mit den Händen über die gebogene Außenwand der Stupa. »Wenn es einen Zugang gibt, so kann er nur hier vorne sein. An den Seiten und hinten geht es steil bergab.«

Ich konnte mir nicht vorstellen, dass es einen Zugang geben sollte, sagte aber nichts.

Die glänzenden Symbole auf der Spitze waren ein Würfel, eine Kugel, eine Pyramide und ein Kreuz als Abschluss. Also hatte Appalong dem Christentum doch nicht gänzlich abgeschworen.

Ratlos blickte ich auf die weiß verputzte Außenfläche.

Vielleicht musste ich ein Zauberwort sprechen?

Oder es gab doch einen verborgenen Zugang?

Ich drehte mich um und ließ die Umgebung auf mich wirken.

Das Kraterinnere lag noch im Schatten, nur die Spitzen und die intakten Pfeiler des Radioteleskops leuchteten im Sonnenlicht. Rund um den Krater eine rötliche Ebene, die ins Unendliche zu führen schien.

Ich sandte einen vorsichtigen gedanklichen Impuls aus.

Ape?

Mir fiel auf, dass ich ihn nie bei seinem richtigen Vornamen genannt hatte. Matthew.

Zweifel kamen in mir auf. War meine Theorie richtig gewesen, dass dieser Platz hier die Lösung sein sollte? Oder hatte ich etwas übersehen?

Deisenhofen trat ungeduldig an die Stupa heran.

»Und jetzt? Stehen Sie doch nicht einfach nur so da, tun Sie irgendetwas!«

Ich sah ihn nicht an.

Dies hier war die richtige Stelle.

Ich begann es zu spüren.

Das Morgenlicht verblasste, als ob sich eine Wolke vor die Sonne geschoben hätte. Der Landeplatz unter uns mit den elf Personen, die abwartend nach oben blickten, wurde in ein mattes Dunkel gehüllt.

Alles wurde dunkel.

Ich hatte Mühe, mein Gleichgewicht zu halten, und fürchtete, in den Abgrund zu stürzen.

Im nächsten Augenblick wurde es etwas heller, und ich fühlte mich wieder etwas stabiler. Um mich herum war es zwar immer noch dunkel, aber ich erkannte neben mir die felsige Oberfläche der Kraterspitze.

Ohne Stupa.

Dafür lag ein ausgehöhlter Baumstamm neben mir. Grauschwarze Opossumfelle schienen aus ihm hervorzuquellen.

Ein Sarg.

Ich war zu keiner Bewegung fähig.

Das Kopfende des Baumstamms lag etwas erhöht. Dort war ein Fell rund um eine schwarze Masse geschlungen.

Ein Gesicht ohne auffällige Konturen.

Die Augen waren geschlossen.

Es kostete mich einige Überwindung, mich aus meiner Erstarrung zu lösen und näher an den Baumstamm heranzutreten.

»Ape?«

Ein Gesicht wie aus schwarzem Wachs. Aufgedunsen, zum Rand hin zerflossen. Ein grausiger Anblick.

Es musste Appalong sein, alles andere ergab keinen Sinn.

»Du kommst spät, John Nurminen, beinahe zu spät.«

Erschrocken wich ich etwas zurück. Der gedankliche Impuls war zunächst schwach gewesen, wie aus weiter Ferne. Dann hatte er sich mir genähert. Die letzten Worte kamen schließlich klar und deutlich bei mir an.

Ich blickte in das regungslose Gesicht.

»Was ist mit dir geschehen, Ape?«

Ein angedeutetes Lachen.

»Geschehen? Meine Neugier wurde befriedigt, das ist alles. Ich war besessen von der Macht der Wahrheit. Von dem Ehrgeiz, alles zu erreichen und zu beherrschen. Aber der Mensch ist nicht für solch eine Macht geschaffen. Meine Selbstüberschätzung war mein Ende. Von Anfang an.«

Er schien schwer zu atmen.

Dann sagte er: »Wahrheiten, so viele Wahrheiten. Aber es war alles umsonst. Zu viele Wahrheiten zerstören die Seele.«

Die letzten Worte entschwanden in der Ferne.

»Ape?«

Vorsichtig tastete ich mit der Hand hinter meinem Rücken ins Dunkel.

Kein Widerstand. Ich konnte nicht feststellen, ob ich mich innerhalb der Stupa befand oder frei auf der Felsspitze stand.

Der Sicherheit halber blieb ich stehen und wartete.

Ape kehrte mit schwacher Stimme zurück.

»... bin dem Tod nicht mehr fern. Die letzte und einzige Wahrheit, die ich erfahren werde.«

Seine Gedanken waren nun wieder ganz klar und deutlich zu empfangen.

»Wahrheiten. Gleich nachdem ihr, du und Halbmond, die Pyramide verlassen hattet, habe ich danach gesucht, habe mich in den Turm begeben. Und dort habe ich das Archiv geöffnet und das Geheimnis des Chips erfahren.«

Er machte eine Pause, als müsse er sich erinnern.

»Ich habe alle Wahrheiten gefunden, aber sie waren unwichtig. Sie zu kennen hätte den Lauf der Welt nicht verändert. Das habe ich aber erst erkannt, als es schon zu spät war. Ich war süchtig nach mehr. Nach allem. Aber all die Informationen, mit denen ich mich vollgesogen hatte, begrenzten meinen Aktionsradius. Ich bin zu einem informativen schwarzen Loch mutiert. In bin in mir gefangen.«

»Du hast das Archiv in deinen Besitz genommen?« Es war mehr eine Feststellung, keine Frage. Anscheinend blieb Appalong nicht mehr viel Zeit. Meine Gedanken überschlugen sich. Was sollte ich ihn fragen? Was wollte ich überhaupt wissen?

»Die Pyramiden, der Chip. Wer hat das erschaffen? Und warum?«

»Niemand hat sie erschaffen. Gott hat sie erschaffen. So, wie er die Menschen erschaffen hat. Sie sind das Ergebnis einer Evolution. Wenn man es genau betrachtet, sind sie Brüder der Menschheit. Am Anfang der Entwicklung entstand eine Gedankenmaterie, biäquivalente Teilchen, die sowohl gedanklich als auch stofflich wirken. Das Higgs-Teilchen der Schöpfung. Die Menschen sind das Ergebnis der stofflichen Seite des Teilchens, die Pyramiden das Endprodukt der gedanklichen Seite. In beiden wirkt aber auch der vernachlässigte Faktor der Gedankenmaterie.«

»Wir befinden uns also jetzt in einer Gedankenwelt?«

»Nein. Die Pyramiden erzeugen reale Welten, die Menschen erzeugen Traumwelten. Manchen Menschen gelingt es, eine Interferenz beider Welten herzustellen, und sie produzieren auf diesem Weg eine Materialisation.«

»Und warum Pyramiden?«

Appalongs Gedanken wurden schwächer. Ich spürte, wie er sich mühsam konzentrierte.

»Ein Mysterium mit einer einfachen Wahrheit. Tausende von Jahren vor Christi Geburt gab es ein Medium, dem diese Interferenz gelang. Dabei hatte es die Vision von großen Bauwerken. Ein menschliches Wesen gab somit den Gedankenwesen ein Abbild ihres Seins, nämlich die Pyramidenform. Aus dieser Verbindung entstand ein beiderseitiges Geben und Nehmen.«

»Imhotep. Es war also der sagenhafte Imhotep. In seinem Grab hat man die Chips gefunden«, stellte ich fest.

Appalong schien nachsichtig zu lächeln.

»Nein, es war jemand anderer, ein Medium, dessen Name dir nichts sagen würde. Imhotep war ein guter und geschickter Geschäftsmann. Er hat das Medium benutzt und wurde damit in der Geschichte unsterblich. Die Verbindung zwischen den beiden Welten brach bald wieder ab. Erst wir haben mit der *Nostradamus* eine neue Verbindung geschaffen, dieses Mal jedoch auf einem materiellen Weg.«

Appalong wurde schwächer.

»Es darf jedoch keine Verbindung geben. Das Wissen um die Funktionsweise des Chips und die Informationen des Archivs wären das Ende der Menschheit. Kain und Abel. Wir müssen dieses Mal Kain zuvorkommen. Vielleicht ist es nicht zu spät. Nach meinem Tod musst du das Archiv erneut in Besitz nehmen und es vernichten.«

»Vernichten? Wie soll ich denn das anstellen? Und warum ich?«

»Ich kann es nicht mehr. Ich konnte es noch nicht einmal vor Jahren, als ich die Wahrheit erkannte. Free Fall konnte ich noch die Flucht ermöglichen und auch über die weite Strecke zur Erde transportieren, aber ich konnte das Messer nicht gegen mich selbst richten. Ich war der Pyramide verfallen. Nofretete ist zu schön. Du bist anders. Du wirst der Versuchung widerstehen. Diese eine Pyramide hier, die wir damals als erste entdeckt haben, ist der Ursprung. Alle anderen sind Kopien. Wenn du diese Pyramide vernichtest, kehrt sich die Geschichte um. Abel tötet Kain.«

Mir wurde schwindlig. Ob es an meinem unsicheren Stand im Halbdunkel lag oder an den neuen Erkenntnissen, konnte ich nicht beurteilen. Es stürzte zu viel auf mich ein. Ich hatte alleine schon Schwierigkeiten, vor einem Sterbenden in einer unwirklichen Umgebung zu stehen. Jetzt sagte mir Appalong auch noch, ich solle die Menschheit retten.

»Du hast die *American Gothic* in der kurzen Zeit über die weite Strecke transportiert«, lenkte ich ab. »Du musst unglaubliche Fähigkeiten besitzen.«

»Sie sind unwichtig. Mein Unvermögen ist das Übel.«

Ich blickte in die Dunkelheit und fragte mich, ob die Kameras wenigstens ein Bild übertragen würden.

»Wie soll ich denn das Archiv in Besitz nehmen? Es existiert kein Turm mehr.«

»So, wie du es schon einmal gemacht hast. Du gehst durch die gleiche Tür, durch die du damals gegangen bist.«

Die Sixtinische Kapelle. Rom.

»Du weißt, dass es noch jemanden gibt, der das Archiv haben will.«

»Siebeneicher. Du musst ihm zuvorkommen. Wenn er es schafft, ist alles verloren. Er ist stark, sehr stark sogar. Das Böse ist sein Verbündeter. Mit dem Wissen um den Chip würde er die Menschheit ins Verderben stürzen.«

»Und wie soll ich die Pyramide vernichten?«

»Die Energiezapfen. Sie sind der bildliche Ursprung. Hier hat alles begonnen, und hier muss es zu Ende gehen.«

Ich kam mir lächerlich vor. Lächerlich im Sinne von klein und unbedeutend. Ich stand einem Universum der Irrealität gegenüber, das ich vernichten sollte.

Unschlüssigkeit machte sich in mir breit. Ich sehnte mich zurück in mein Haus auf Kauai. Frühstücken, Kaffee trinken, den rauschenden Wellen lauschen. Mehr nicht.

Aber was hatte ich eigentlich erwartet? Dass hier an diesem Punkt alles vorüber wäre? Ein Schwingen mit dem Zauberstab, und alle Probleme waren gelöst?

Unmöglich. Ich war bis hierher gegangen und musste es auch beenden.

»Ape?«

Stille beherrschte den unwirklichen Ort.

Eine grauenhafte Stille des Begreifens, die nur eine entschwundene Seele hinterlassen konnte.

18

Von einem Moment zum anderen stand ich im Sonnenlicht.

Deisenhofen befand sich noch an der gleichen Stelle wie zuvor.

»Und? Ist Ihnen schon etwas eingefallen?«, blaffte er mich an.

Ich verstand nicht, was er meinte. »Was soll mir denn eingefallen sein?«

»Na, wie man die Stupa knacken könnte oder wie Sie Appalong kontaktieren könnten.«

»Ich habe schon mit ihm gesprochen«, sagte ich.

Er sah mich zweifelnd an. »Das muss aber sehr kurz gewesen sein. Eben noch haben Sie so ausgesehen, als ob Sie nicht weiterwüssten.«

»Eben noch?« Ich blickte auf meine Uhr. »Wie spät ist es auf Ihrer Uhr?«

Seine Reaktion auf meine Frage war mehr als träge. Wahrscheinlich glaubte er, ich wollte ihn veralbern.

»Bitte!«, sagte ich. »Es ist wichtig!«

Er sah auf seine Uhr. »8 Uhr 39.«

Auf meiner Uhr war es gut eine halbe Stunde später. Jetzt ahnte ich, was Appalong damit gemeint hatte, als er sagte, er wäre in der Zeit gefangen. Seine Existenz und seine Fähigkeiten hatten jenseits unserer Welt gelegen. Trotzdem hatte er sich selbst nicht helfen können.

Und mir auch nicht.

»Es ist schwer zu begreifen«, sagte ich zu Deisenhofen. »Ich kann es mir nur so erklären, dass Appalong nicht nur übernatürliche Fähigkeiten hatte, sondern auch unserer Zeit entflohen war. Ich habe über eine halbe Stunde mit ihm gesprochen.«

»Er hatte übernatürliche Fähigkeiten? Hat er sie jetzt nicht mehr?«

Ich lächelte. »Nicht mehr in unserem Sinn. Es gibt ihn nicht mehr.«

»Ausgerechnet jetzt? Haben Sie denn noch etwas von ihm erfahren?«

»Ich glaube nicht, dass er gerade jetzt in diesen Augenblicken gestorben ist. Ich hatte mehr den Eindruck, er hat damit gewartet, bis ich gekommen bin. Er hätte durchaus noch länger warten können. Mit meinem Eintreffen war sein Warten beendet, und erst danach ist er gegangen.«

Wenigstens dieses eine Mal wartete Deisenhofen geduldig einen respektvollen Moment, bevor er noch einmal nachfragte.

»Und? Haben Sie noch etwas von ihm erfahren?«

Unwichtige Wahrheiten, hatte Appalong gesagt. Er hatte alles erfahren, was er wollte, aber zum Ende hin hatte er erkannt, dass es unwichtig war. Die letzte Wahrheit ist der Tod.

»Ja«, sagte ich in Gedanken verloren. »Der Zugang zum Archiv liegt bei jedem selbst. Am Anfang. Dort, wo man den Chip erhalten hat.«

Er starrte mich ungläubig an. »Das heißt, ich bräuchte nur an die Stelle zu gehen, an der man mir den Chip implantiert hat, und dann könnte ich das Archiv in Besitz nehmen?«

»Ja, so ungefähr.«

»Ich war beim Lander in der Nähe der Kolonie. Dort, wo ich gerade herkomme. Ich müsste also nur dorthin zurück ...«

»Sozusagen.«

Er grinste. »So einfach ist das also.«

Sein Grinsen erstarb von einem Moment zum anderen.

Plötzlich zuckte seine Hand zum Kopf, kroch verkrampft an der Schläfe hoch. Er duckte sich wie unter einem Peitschenhieb und brach dann auf der Stelle zusammen.

Ich hatte verständnislos zugesehen.

»Deisenhofen, was ist mit Ihnen?«

Mit einem schnellen Griff bewahrte ich ihn davor, die Felsen hinabzustürzen. Er hielt mit beiden Händen seinen Kopf fest, und ich zog ihn an den angewinkelten Armen auf eine sichere Stelle.

»Es ist ... eine Falle«, flüsterte er unter Schmerzen.

»Was haben Sie gesagt?«

Sein Körper bäumte sich kurz auf, dann sackte er zusammen.

»Deisenhofen!«

»John, was ist denn los da oben bei euch?«, vernahm ich Nats Stimme in meinem geöffneten Helm.

»Deisenhofen ist zusammengebrochen. Ich weiß nicht, was passiert ist. Ich glaube, er ist tot.«

Eine erschreckende Vorahnung ergriff mich.

Mit seinen letzten Worten hatte mich Deisenhofen warnen wollen.

Eine Falle.

In mir schrillten alle Alarmglocken.

Als ich merkte, dass auf den Schiffen der Lex Dei im Orbit die von mir blockierten Waffensysteme wieder aktiviert wurden, begriff ich schlagartig, welche Falle er gemeint hatte.

Deisenhofen hatte unter der Herrschaft Siebeneichers gestanden.

Es dauerte einige Sekunden, bis mir die Konsequenzen klar waren.

Ich erhob mich zögernd, dann lief ich, so schnell ich konnte, den Pfad hinunter.

»Nat, das ist eine Falle!«, schrie ich ins Mikrofon. »Wir müssen weg von hier! Sofort!«

Beinahe wäre ich gestolpert und der Länge nach hingeschlagen.

Konzentriere dich auf den Pfad, Nurminen, hier geht es um Sekunden.

Unten auf dem Landeplatz reagierte die geschulte Gruppe ohne Verzögerung und ohne eine Rückfrage. Als ich über den Landeplatz rannte, liefen die Rotoren der Maschinen bereits.

»John, bei Lennox einsteigen!«

Mit einem raschen Sprung erklomm ich das Cockpit der Firefly und schloss die Kanzel. Für den Weg von der Kraterspitze bis auf meinen Sitz hatte ich keine drei Minuten gebraucht.

»An alle: Tom-Toms von den Schiffen sind auf dem Weg hierher …«, sprudelte ich los, kaum dass ich saß.

»Ich hab sie auf dem Taster«, hörte ich Voodoo aus dem Lander sagen. »Die *Calvera* startet als Erste, danach Nat, Truelove. Lennox als Letzter!«

Noch während er Anweisungen gab, zog er den Lander in einer engen Kurve vom Landeplatz weg. Nat folgte in gleicher Weise, als ob seine Firefly am Lander hinge.

»Einschlag in 30 Sekunden. Woher wussten die, wo wir sind?«

»Siebeneicher hatte Deisenhofen in seiner Gewalt«, keuchte ich mühsam, als Lennox die Firefly hart über die Kante des Landeplatzes nach unten steuerte, um zusätzliche Geschwindigkeit aufzunehmen. »Wahrscheinlich schon seit seinem Angriff auf die Sphären. Er hat ihn als Spion benutzt.«

Meine Gedanken überschlugen sich. Siebeneicher wusste nun also über den Zugang zum Archiv Bescheid. Außerdem verfügte er über weit mehr Fähigkeiten, als ich ihm zugetraut hatte. Die Blockade der Waffensysteme hatte ihn vor keine großen Schwierigkeiten gestellt, und im Moment sah ich keine Möglichkeit, die Raketensysteme erneut zu blockieren.

»15 Sekunden bis zum Einschlag. Das war wirklich knapp!«, rief Voodoo.

»Es wird noch knapper werden!«, sagte Nat. »Sie haben 3-D-Orter ausgesetzt und Sizzlers gestartet. Und die kommen genau auf uns zu!«

»Die Sizzlers können uns nichts anhaben. Sie kennen unsere Position nicht«, komentierte Truelove.

»Sie kommen aber auf uns zu. Wir drehen besser nach Norden ab«, warf Nat ein.

Die Richtungsänderung presste mich in den Sitz. Als Sizzlers bezeichnete man Schwärme von Kleinstraketen, die von einer Trägerrakete ausgesetzt wurden.

»Sie haben den Schwenk mitgemacht. Vielleicht haben uns die 3-D-Orter im Visier?«, vermutete Nat.

Tattersal: »Unmöglich. Die Modelle reagieren zu langsam. Sie könnten uns zwar ausmachen, aber nicht so schnell.«

Voodoo: »Einschlag. Allison Walls ist jetzt Geschichte.«

Nat: »Leute, die Sizzlers! Wir drehen noch einmal ab

und gehen höher. Irgendwann wird ihnen der Saft ausgehen.«

Della Bee: »Die anderen beiden Schiffe im Orbit wechseln ihre Position. Anscheinend wollen sie mit uns eine fröhliche Treibjagd veranstalten.«

»Nat, wir haben ein Zeitproblem«, sagte ich. »Siebeneicher weiß jetzt durch Deisenhofen, wie er an das Archiv gelangen kann. Er braucht nur den Ort aufzusuchen, an dem er seinen Chip erhalten hat. Wo das ist, weiß ich nicht. Ich kann ihm nur zuvorkommen, indem ich mit Lennox nach Rom fliege. Dort habe ich meinen Chip erhalten.«

»Verstehe.«

Truelove: »Ich will ja kein Spielverderber sein, aber die drei Schiffe nehmen uns in die Zange. Wenn sie im richtigen Moment einen Sizzler-Käfig bauen, sehen wir ganz schön alt aus. Ich finde, wir sollten etwas dagegen unternehmen!«

»Nat, kannst du etwas dagegen unternehmen?«, fragte ich.

»Klar, aber nur, wenn ich freie Hand habe. Es muss schnell gehen.«

»Okay. Tu es!«, stimmte ich zu. Jetzt war keine Zeit mehr für Diskussionen.

»Lennox. Wir fliegen nach Rom!«

»Aye, Boss.«

Nat: »Ihr habt es gehört, Leute! Ich und Sarah übernehmen die *Jesod*. Della Bee und Tattersal die *Rem*. Wir laden dort zwei Kisten ab. Voodoo fliegt mit dem Rest zur *Vedad*. Dort setzt ihr den Bohrer an. Voodoo, Alice übernimmt das Kommando! Sie weiß, was zu tun ist. Lennox und John fliegen nach Rom und bringen es zu Ende. Jedes Team handelt nach eigenem Ermessen. Viel Glück.«

Ich wollte nicht wissen, was es bedeutete, Kisten abzuladen oder den Bohrer anzusetzen. Meine Gedanken waren ganz woanders.

Siebeneicher war nirgendwo auszumachen. Bestimmt war er schon zu seinem Bestimmungsort unterwegs.

Und Rom war noch weit.

Ein Gefühl der Hoffnungslosigkeit breitete sich in mir aus.

Ich kam mir vor wie zum Abschuss freigegeben.

19

Lennox flog wie immer schweigsam.

Inzwischen konnte ich die Datenmengen lesen, die durch sein Gehirn flossen. Es waren bildliche Eindrücke vom Flugverhalten der Maschine, Gefühlskorrekturen vermischt mit Erinnerungen aus seinem Leben und aktuelle Bestandsaufnahmen der Ereignisse, die er vollkommen neutral bewertete. Erstaunlicherweise gab es keine Hinweise auf die Zukunft. Den Begriff Angst oder Not schien Lennox nicht zu kennen. Er balancierte sich an der jeweiligen Lebenssituation aus. Wurde er überfordert, so schaltete er einfach ab und schlief. Dann verlangsamte sich der Datenfluss bis hin zu einem unscheinbaren Tröpfeln. Das andere Extrem waren Freude oder positiver Stress. Dann erwachte sein Gehirn und mutierte zu einer hoch drehenden Datenmaschine, die in Kurzzeit agierte und reagierte.

All diese Vorgänge liefen in ihm ohne Reflexionen ab. Mimik oder Gestik gab es bei ihm nicht, oder wenn, dann nur in beschränktem Ausmaß. Irgendwann schien er sich zu einem freundlichen Grinsen entschlossen zu haben, das er einfach beibehalten hatte. Kein Wunder, dass ihn Unbekannte für einen freundlichen kleinen Trottel hielten.

Lennox besaß ein absolutes Gespür für Ehrlichkeit. Er merkte sofort, wenn er auf unüberbrückbare Ablehnung oder gar Verachtung stieß.

Daraus resultierte entweder Unzuverlässigkeit und Verweigerung – oder im positiven Fall – absolute Loyalität und Treue. Wollte man Lennox beschreiben, so müsste man ihn als eine fantastische Mischung aus einer menschlichen Maschine und einem Hund bezeichnen, der man sein Leben ohne Einschränkung anvertrauen konnte.

Ich verzog mein Gesicht, als ich in Gedanken den Begriff »Hund« verwandte. Merkwürdig, dass dieser Begriff eine negative Bedeutung hatte.

Ich blickte hinunter auf die nächtliche, hässliche Kopie der Erde, die sich unter der Firefly hinwegwälzte. Wir waren dem Sonnenuntergang entgegengeflogen und näherten uns schnell dem nächsten Morgen über Europa. Mir fiel auf, dass ich keine Vorstellung davon hatte, wie viele Tage wir auf Camelot verbracht hatten. Bei unseren ständigen Ortswechseln müsste man die Zeit korrekterweise in Stunden ausdrücken. Lennox würde es bestimmt auf Anhieb wissen. Ich hatte jedoch kein Verlangen danach, es zu erfahren. Es kam mir aber wie eine Ewigkeit vor.

Von Siebeneicher immer noch keine Spur.

Weder als Ortung noch als Gedanke.

Er hatte uns geschickt manipuliert. Mittlerweile fragte ich mich sogar, ob die Manipulation nicht schon zu dem Zeitpunkt angefangen hatte, als er Zoerance das Medaillon höhnisch zeigte und es ihr dann zuspielte.

Er hatte Menschen als Werkzeuge benutzt. Dabei war es ihm auch gleichgültig gewesen, dass die meisten seiner langjährigen Freunde und der Rest von Drapers

Armee bei dem Angriff der Fireflies auf das Lager ums Leben gekommen waren. Wahrscheinlich war er zu diesem Zeitpunkt schon nicht mehr in Patagonien gewesen und hatte sich irgendwo versteckt.

Er brauchte nur abzuwarten, bis er durch Deisenhofen die Informationen erhielt, die er benötigte.

Wahrscheinlich war es ihm auch gleichgültig, dass inzwischen zwei Schiffe der Lex Dei nicht mehr existierten. Nachdem Nat und Della Bee Molekulardämpfer auf die *Jesod* und die *Rem* abgefeuert hatten, blieben von den Schiffen nur noch zwei verwehende Staubschlieren im Orbit zurück. Die Besatzung der *Vedad* hatte sich nach dieser Aktion dem Kommando von Alice kampflos ergeben.

Ein brutaler, aber auch geschickter Schachzug von Nat. So blieb ein Schiff für die Rückkehr zur Erde übrig, falls es jemals dazu kommen sollte.

Falls ich es schaffen würde, Siebeneicher zuvorzukommen.

Wenn nicht, so würden wir die Geburt eines unbarmherzigen Diktators erleben, der die Erde beherrschen würde. Ich konnte mir nicht vorstellen, dass er seine Energie wie Appalong bei der Suche nach Wahrheiten vergeuden würde.

Die Firefly stürzte auf Rom hinab.

Lennox hatte keine Rücksicht auf die Maschine genommen und war die Strecke von Australien bis nach Europa in Rekordzeit geflogen.

Ich erwachte aus einem Halbschlaf und rieb mir die Augen.

Nun galt es, hochkonzentriert zu sein.

»John!«

Ich zuckte erschrocken zusammen. Es war Voodoo.

»Ja, was gibt es denn?«, fragte ich etwas verärgert. Ich konnte jetzt keine neue Katastrophe gebrauchen.

»Du wirst es nicht glauben, aber die *Nostradamus* ist angekommen. Lichtwitz hat sich über die Sonde und den Relaissender gemeldet. Sie steht draußen vor der Pyramide.«

»Unmöglich!«

»Doch. Lichtwitz und seine Leute haben den alten Neutrino-Treiber in Betrieb genommen und ein bisschen an ihm herumgedreht. Damit sind sie näher an das Stehende Licht herangekommen und wie die Wahnsinnigen hierher gedüst. Ziemlich riskant, das Ganze. Wenn sie bei dem Manöver den Treiber nicht rechtzeitig abgeschaltet hätten, wären sie in ein schwarzes Loch gefallen. Sie waren so schnell, dass sie nebenbei sogar noch Zeit hatten, unsere Rücksendung mit den Neutros aufzusammeln.«

Verrückt, dachte ich.

»Sie sollen draußen bleiben. Sag ihnen, wir haben hier alles im Griff!«

»Haben wir das?«

»Ja, verdammt noch mal!«

Eine kleine Weile Stille zwischen uns.

»Entschuldige, ich …«, sagte er.

»Voodoo, kümmere dich um sie, berichte ihnen alles. Habt ihr da oben denn alles im Griff?« Es klang härter, als ich es ausdrücken wollte.

»Ja, alles klar. Leider haben wir Siebeneicher bis jetzt noch nicht aufspüren können, auch nicht von hier oben.«

»Ist in Ordnung. Wir sind gleich in Rom, dann wissen wir mehr.«

»Okay. Pass auf dich auf!«

Ich antwortete nicht. Gute Ratschläge waren das Letzte, was ich jetzt brauchen konnte.

Ich war voll konzentriert auf das Kommende.

Rom wurde größer. Ein großer schwarzer Fleck, verursacht von einer Atombombe, die sich irgendein Verrückter über dieser Stadt vorgestellt hatte. Die Bombe war weit im Süden über der Stadt hochgegangen, es bestand also eine gute Chance, dass der Vatikan mit der Sixtinischen Kapelle das Chaos überstanden hatte.

Dort, am Eingang zur Kirche war die Stelle, die ich aufsuchen musste. Eine hohe Eingangstür mit einem Löwenkopf als Knauf.

»'ohe 'adio'ktivit't!«, sagte Lennox.

{Da draußen herrscht noch eine sehr hohe Radioaktivität. Die Firefly schützt uns bis zu einem gewissen Grad. Allzu lange sollten wir uns hier aber nicht aufhalten. Eigentlich gar nicht.}

»Verstehe. Du hast die Koordinaten von der Sixtinischen Kapelle?«

»Aye, Boss.«

Er fing die Maschine ab und raste im Tiefflug weiter.

Selbst in meinen schlimmsten Träumen hatte ich so etwas Grauenhaftes noch nicht gesehen. Die Stadt war ein einziger schwarzer Schutthaufen. Keine Dächer waren zu erkennen. Ab und zu ragten Häuserwände mit leeren Fensterreihen aus den Trümmern hervor. Zwischendurch blinkte zerschmolzenes Glas aus den grauen Steinhügeln hervor. Sie sahen aus wie verformtes Plastik. Hier musste eine enorme Hitzewelle über die Stadt gefegt sein. Glitzernde kleine Seen voll Wasser hatten sich in der zerstörten Stadtlandschaft gebildet. Ab und zu hellgrüne Flecken. Hier versuchte die Natur einen Neuanfang. Selbst der Tiber, den wir gerade entlangflogen, schimmerte in einem hellen unschuldigen Blau.

Trotzdem, meine Hoffnung schwand dahin. Kein Stein stand mehr auf dem anderen. Vatikanstadt würde bestimmt nicht anders aussehen als diese unkenntlichen Trümmerhaufen.

Kein Leben war zu sehen. Keine Bewegung war in den Straßenschluchten auszumachen. Manchmal glaubte ich, schmale Schatten einzelner Menschen wahrzunehmen, aber im schnellen Vorbeiflug war ich mir nicht sicher, ob es nicht vielleicht doch nur eine Täuschung war.

Dafür traf mich eine ganz andere Erkenntnis wie ein Schlag ins Gesicht: Ich hatte dieses Szenarium schon oft in meinen Träumen durchlebt. Hier war ich in meinen Albträumen durch die zerstörten Straßen gegangen, hatte die bizarren Formen der zerstörten Häuser und Türme gesehen. Auch in Free Falls Erinnerungen kamen diese Bilder vor. Wahrscheinlich war auch er irgendwann einmal hier gewesen.

»Pe'e's Dom!«, rief Lennox.

{Der Petersdom. Erstaunlich, er scheint vollkommen erhalten zu sein. Merkwürdigerweise nimmt hier die Radioaktivität stark zu. Das Zentrum scheint beim Dom zu liegen.}

Tatsächlich. Über den schwarzen Häuserzeilen ragte die weiße Kuppel der Basilika in den blauen Himmel. Sie schien vollkommen erhalten zu sein. Ich fragte mich, welche Gedankenvorstellungen dem zugrunde lagen.

Lennox ließ den Tiber hinter sich und schwenkte hart nach links. Dabei reduzierte er über der Citta del Vaticano die Geschwindigkeit und peilte die östliche Öffnung der Kolonnaden an. Jetzt konnte ich die Spitze des Obelisken aus Heliopolis sehen, der in der Mitte des Petersplatzes stand. Auch er war unversehrt.

»Wir müssen zur rechten Seite der Basilika!«, sagte ich, als wir über dem riesigen Rund des Platzes schwebten. Ich zeigte auf eine Statue. »Zu der Statue des heiligen Paulus. Dort muss ich raus!«

Lennox umkurvte den Obelisken und schoss auf die Statue zu, ließ sie rechts hinter sich und landete direkt vor der Fassade von Maderna, den hohen Säulen der Basilika. Den Giebel der Sixtinischen Kapelle hatte ich vorher schon rechts von uns gesehen. Auch sie schien noch erhalten zu sein.

Ich schloss meinen Helm und fuhr die Kanzel zurück. Erst jetzt bemerkte ich ein unnatürliches Licht um mich herum. Alle Gebäude glitzerten in einem hellen Leuchten.

»Bleib hier und halte dich startbereit«, sagte ich zu Lennox. »Ich muss dort durch das Tor. Ich weiß nicht, was passieren wird, also sei auf alles vorbereitet!«

Es waren völlig unsinnige Anweisungen, aber ich hatte keine Ahnung, was ich ihm sagen sollte. Ohne das Ausfahren der kleinen Leiter abzuwarten, rutschte ich an der Seite der Firefly auf den Boden.

Und fiel sofort der Länge nach hin.

Die Steinpflaster waren von einer glasähnlichen Masse überzogen. Gerade so, als wenn jemand einen harten Schutzfilm über das Material gelegt hätte. Daher kam also diese unnatürliche Helligkeit.

Ich hatte keine Zeit, um mir Gedanken über den Sinn oder die Herkunft des Glases zu machen, also stand ich schnell wieder auf und setzte meinen Weg vorsichtig mit ausgebreiteten Armen fort.

»D'ngell!«, rief Lennox mir nach.

{Ich weiß nicht, ob es dir Nat erzählt hat, aber die Dangell, die du trägst, verschießt auch kleine Kapseln mit einem Molekulardämpfer. Neueste Technik, eigentlich alles so geheim, dass es das gar nicht gibt. Code-Taste MD-Modus. Vielleicht brauchst du das, aber gehe vorsichtig damit um!}

Ich war viel zu sehr damit beschäftigt, mich auf den Beinen zu halten, als mir Gedanken über supergeheime Ausrüstungsgegenstände zu machen. Ich kam rutschend an einer Säule zum Stehen.

»Suzanne, meine Dangell auf MD-Modus einstellen!«

Weiter!, sagte ich zu mir. Schnell weiter!

⟩Eingestellt und gesichert!⟨

Keine Belehrung von ihr darüber, welche Taste ich betätigen sollte, sehr gut.

Ich tastete mich an den Mauern entlang, schlitterte über den schmalen Weg zum Eingang in die Vatikanischen Gärten. Durch ein schattiges Tor an der Nordseite der Sixtinischen Kapelle. Irgendwo rechts musste der Eingang sein. Die Kapelle war nur von den Vatikanischen Museen her zugänglich. Ich erinnerte mich kurz an meinen Besuch von damals, als mich Papst Hadrian VII. nachts hierher zu einem Treffen gebeten hatte. Damals war ich von der anderen Seite gekommen, nachdem mich ein Fahrzeug des Vatikans abgeholt hatte. Hoffentlich fand ich die Stelle wieder.

Überall diese Glasschicht. Sogar an den Wänden.

Ich rutschte mehr als dass ich ging an der gemauerten Rückwand der Kapelle entlang. Hier war es dunkler als draußen auf dem Petersplatz.

Nur nicht die Orientierung verlieren.

Jetzt um die Ecke biegen. Gleich darauf stand ich vor einer Wand.

Hinter dieser gemauerten Wand musste sich die Galleria della Carte Geografiche befinden, einer Galerie, die zum Eingang der Sixtinischen Kapelle führte.

Eine Tür! Ich brauchte dringend eine Tür, die mich in die Galerie brachte!

Unschlüssig sah ich nach rechts. Dort würde es bestimmt einen Zugang geben, aber jetzt zählte jede Sekunde.

Ich zog meine Dangell und trat einige Schritte zurück.

Ohne weiter zu überlegen, entsicherte ich sie und betätigte den Abzug. Ohne nennenswerten Rückstoß zischte ein Geschoss auf die Mauer zu. Gleich darauf zerknitterte ein Teil der Mauer und gab einen Blick ins Innere frei. Schnell rutschte ich darauf zu und blickte hinein. Eine goldene Decke. Fresken an den Wänden.

Die Galerie. Ich war also an der richtigen Stelle.

Mutig geworden drückte ich noch dreimal ab, bis ich bequem durch die Öffnung passte, und sprang hindurch.

Jetzt nach rechts.

Die Abbildungen der Westküste Italiens und der adriatischen Küste an den Wänden beachtete ich nicht, auch nicht die goldene Decke, die für ein warmes Licht in dem engen Gang sorgte.

Boden war normal. Kein Glasüberzug.

Atemlos rannte ich auf die Eingangstür zur Sixtinischen Kapelle zu.

Da war er, der Türgriff mit dem Löwenkopf!

Ich blieb vor der Tür stehen.

Was würde geschehen, wenn ich durch diese Tür ginge?

Komm schon, Nurminen, jede Sekunde zählt!

Ich atmete tief durch und drückte den schweren Knauf herunter.

Die Tür schwang leichtgängig nach innen auf.

Nichts, alles ganz normal.

Ich ging mit schweren Beinen in die Kapelle hinein.

Vor mir offenbarten sich die Architektur von Baccio Pontelli und die einzigartigen Deckengemälde von Michelangelo. Nichts hatte sich verändert.

Überhaupt nichts.

Verwirrt ging ich weiter in die Kapelle hinein, die in Wahrheit eine Kirche war. Vor der Chorschranke blieb ich stehen und blickte zurück.

Alles war ganz normal. Keine auf dem Kopf stehende Pyramide, kein Turm, keine unwirkliche Landschaft oder etwas Ähnliches.

Das Gitter in der Schranke war offen. Ich ging hindurch. Nach einem kurzen Zögern setzte ich mich auf eine der beiden Holzbänke an der Chorschranke und legte die Dangell neben mich. Anschließend starrte ich emotionslos auf das Jüngste Gericht von Michelangelo an der Stirnseite der Kapelle.

Nichts um mich herum hatte sich verändert. Selbst die Augen der Sibylle von Delphi blickten teilnahmslos an mir vorbei.

Es dauerte einige Momente, bis mir die einzig logische Erklärung einfiel.

Ich war zu spät gekommen!

Wie zur Bestätigung bemerkte ich einen schwachen Schimmer im Gedankenozean. Eine beginnende Morgendämmerung am Horizont. Eine starke Schwingung ging von ihr aus.

Zu spät.

Siebeneicher war mir zuvorgekommen!

Das war das Ende. Das Ende von uns allen.

Das durfte einfach nicht sein!

Ich sprang auf, griff nach der Dangell und stürmte aus der Sixtinischen Kapelle.

20

Schwer atmend sprang ich auf meinen Sitz in der Firefly.

»Starten, Lennox! Hochziehen!«

»W'hin?«

Ich antwortete nicht sofort.

Die mysteriöse Morgendämmerung dauerte noch an. Anscheinend brauchte Siebeneicher eine gewisse Zeit, um seine ganze Kraft zu entfalten.

»Hoch hinaus! Richtung Sonne! Oder in die Richtung, aus der das Sonnenlicht kommt.«

Lennox fragte nicht weiter und zog die Firefly hoch. Wenig später waren die Rotorblätter ausgefahren, und die Maschine schoss steil nach oben.

Voodoo meldete sich.

»Da passiert was«, sagte er. »Was genau, weiß ich auch nicht.«

»Ich bin zu spät gekommen. Siebeneicher hat seinen Zugang zum Archiv gefunden.«

Er antwortete nicht darauf. Ein Zeichen dafür, dass ihm klar war, in welcher Situation wir uns befanden.

»Ich fliege mit Lennox zu den Energiezapfen. Vielleicht können wir sie und damit die Pyramide zerstören. Voodoo, ihr müsst euch in Sicherheit bringen. Raus aus der Pyramide.«

»Guthmann und die *Sternenläufer* haben das damals nicht geschafft …«

»Ihr werdet es schaffen. Ich spüre es.«

Guthmann und seine Kolonie. Wir mussten ihn von dort wegholen!

Ich musste Kontakt mit ihm aufnehmen.

»Guthmann, können Sie mich hören?« Zu meiner Überraschung meldete er sich sofort.

»Sie können Siebeneicher nicht aufhalten. Es ist zwecklos.«

Ich ging nicht darauf ein. »Guthmann, ich schicke Ihnen einen Lander, der Sie und Ihre Gruppe abholt.«

Das Lächeln, das ich spürte, war nachsichtig.

»Es ist zwecklos«, wiederholte er. »Siebeneicher und die Pyramide sind unzerstörbar. Sie werden auch die Energiezapfen nicht zerstören können, Captain Nurminen.«

Sein besserwisserisches Gehabe machte mich wütend. Außerdem hatte ich ein schlechtes Gewissen, weil ich ihn nicht schon viel früher kontaktiert hatte. Schlimmer noch: Mit meiner Untätigkeit hatte ich ihm gegenüber schlichtweg Undankbarkeit gezeigt und verantwortungslos gehandelt.

»Woher wollen Sie das wissen, Guthmann? Vielleicht kann ich Möglichkeiten einsetzen, an die Sie noch nicht einmal im Traum gedacht haben!«

»Das kann ich mir nicht vorstellen. Sie überschätzen sich. Aber Sie werden bald feststellen, dass es Grenzen gibt, die auch Sie nicht überschreiten können.«

Möglich, dachte ich, aber das wollte ich selbst herausfinden.

»Guthmann, Sie werden sterben, wenn Sie auf Camelot bleiben!«

»Selbst wenn meine Gemeinde und ich nicht auf Camelot bleiben, werden wir sterben. Siebeneicher verzeiht nicht. Sie werden auch sterben, Nurminen. Wir werden alle sterben. Lassen Sie es also einfach geschehen.«

Niemals!

»Guthmann, wir haben jetzt keine Zeit für … Guthmann?«

Er war weg.

Meinetwegen, dachte ich, dann eben nicht.

In mir blieb ein sehr schlechtes Gefühl zurück, aber wenn ich handeln wollte, dann konnte ich mich nicht weiter darum kümmern.

Du hast damit weitere Menschenleben auf deinem Konto, Nurminen, und es werden nicht die letzten sein.

Die Morgendämmerung zog nur langsam herauf. Die Schwingungen, die ich gespürt hatte, waren etwas weniger geworden.

Inzwischen waren wir durch die Atmosphäre in den Orbit gestiegen. Oder wohin auch immer. Um uns herum war es schwarz geworden.

Von den Energiezapfen war nichts zu sehen.

»Lennox, bist du in Richtung Sonne geflogen?«

»G'nz e'akt.«

{Ganz exakt. Ich habe die Zapfen beim Einflug in das System auch gesehen. Wir werden gleich dort sein.}

»Woher weißt du das?«

{Ich habe mir die Koordinaten eingeprägt.}

Sein kindliches Gesicht strahlte mir auf dem kleinen Face links vor mir entgegen.

Ich sackte in meinen Sitz zurück.

Wir werden alle sterben. Guthmanns Worte klangen mir noch im Ohr.

Es durfte einfach nicht sein. Nicht solch ein Tod mit der Gewissheit, dass wir alle versagt haben. Oder, dass ich versagt habe. Dass ich Zoerance gegenüber versagt habe. Wenn ich ehrlich zu mir selbst war, dann war mir selbst das Schicksal der Menschheit gleichgültig; aber dass Zoerances Tod ungesühnt bleiben, ja sogar noch durch den Triumph Siebeneichers gekrönt werden sollte, das durfte nicht geschehen.

»John, wir sind draußen!«

»Was?«

»Wir sind draußen«, wiederholte Voodoo. »Und die *Nostradamus* ist tatsächlich angekommen. Wir gehen gerade mit der *Vedad* längsseits.«

»Gut. Bleibt dort. Ich melde mich wieder.« Ich unterbrach die Verbindung. Ich wollte keinen Kontakt zu einer realen Welt haben.

Nicht jetzt.

Vor der Firefly wurde ein gelber Streifen sichtbar. Zuerst dachte ich, es wäre ein Fehler in dem Flow-Face der Kanzel, doch dann stabilisierte sich der Streifen zu einer Anzahl von etwa 200 zapfenähnlichen Gebilden, die direkt vor uns im Raum hingen.

Wir näherten uns den Objekten von der Seite. Von der Anordnung her erinnerte das Ganze an einen riesigen Kronleuchter, von dem ein gelbliches Licht ausging.

Ich blickte zurück. Von Camelot war nichts mehr zu sehen. Die Lichtzapfen überstrahlten alles. Mittlerweile beherrschten sie das gesamte Blickfeld des Flow-Faces der Firefly.

»Kannst du herausfinden, wie groß so ein Zapfen ist?«, fragte ich Lennox.

Sein Kopf beugte sich nach links, dann wieder nach rechts.

{Jeder Zapfen ist etwa vier Kilometer lang.}

Das überraschte mich. Damals waren sie mir viel größer vorgekommen.

»Sie sind also real?«

»A'solut.«

{Auf jeden Fall, sonst hätte ich keine Messung durchführen können.}

Gut, jetzt musste also eine Entscheidung her. Unwillkürlich ballte ich meine Hände zu Fäusten.

»Lennox, eröffne das Feuer! Zunächst einen Molekulardämpfer auf einen einzelnen Zapfen!«

{Bestätigung. Ein MD ist feuerbereit. Abschuss in … 3 … 2 … 1 … ab jetzt!}

Ich bemerkte weder den Abschuss, noch sah ich die Flugbahn des Geschosses. Alles blieb unverändert.

»K'ine Wi'ku'g.« Lennox schien selbst überrascht.

»Keine Wirkung? Bist du sicher?«

{Ich habe das Einschlagsfeld auf einer Vergrößerung beobachtet. Der MD wurde einfach absorbiert. Noch nicht einmal ein Aufleuchten war zu sehen.}

Es kam für mich nicht unerwartet. Guthmann hatte sehr überzeugend gewirkt, als er sagte, es wäre zwecklos. Nur half mir diese Erkenntnis nicht weiter.

{Soll ich es noch einmal versuchen?}

»Nein, geh höher! Zum Ursprung, dorthin, wo die Zapfen anfangen!«, sagte ich ratlos.

Ich hatte keine Ahnung, wie es dort aussah oder ob wir dort mehr Erfolg haben würden. Es war reine Hilflosigkeit von mir. Ich hatte Angst, mir meine beginnende Niedergeschlagenheit einzugestehen, und machte mir durch diese unsinnige Anordnung selbst Mut.

Es durfte so einfach nicht zu Ende gehen.

Lennox beschleunigte hart und zog die Maschine in einer Spirale um die Zapfen herum nach »oben«, wo sie aus dem Nichts zu kommen schienen.

Dort war auch nichts. Man sah die Zapfen von hinten, das war alles.

{Hier ist etwas.}

»Ich sehe absolut gar nichts.« Ich wurde noch nicht einmal neugierig.

{Undeutliche Echos, wie von geriffeltem Glas. Hinter den Zapfen steht eine runde Scheibe im Raum. Oder eine Membran. Sie vibriert, deswegen kommen die Echos nicht klar rein.}

Er überspielte mir die Aufzeichnung des Tasters auf ein Face. Die Zapfen erschienen von unserem Aufenthaltsort aus als runde Lichter. Davor, etwa mit einem Durchmesser von zehn Kilometern, stand ein schwach angedeuteter, rötlicher Kreis.

{MD-Geschoss?}

»Ja, sofort!« Ich schöpfte Hoffnung. Dieses Gebilde sah so zerbrechlich aus, als würde es noch nicht einmal eine primitive Tom-Tom überstehen. Ein Geschenk des Himmels. Dieses Mal musste es einfach klappen.

Lennox bestätigte den Abschuss.

Mit weit geöffneten Augen und verkrampften Fingern wartete ich auf den Einschlag.

Es dauerte dieses Mal eine Ewigkeit, bis Lennox sich rührte.

»Nix.«

{Absolut keine Wirkung. Noch nicht einmal die Vibration hat sich verändert.}

»Schick noch eine MD raus, und gleich noch eine zweite gleich hinterher!«

Ich wusste jedoch, es war zwecklos, und wartete den Kommentar von Lennox gar nicht erst ab. Guthmann hatte Recht behalten.

»Lennox, flieg dicht an die Scheibe heran. Ich will wissen, was das ist!«

»Okay.«

{Keine Wirkung von den beiden MDs. Dasselbe Ergebnis wie vorher. Dabei ist die Membran real. Eine feste riesengroße Scheibe.}

Es dauerte keine halbe Minute, dann standen wir mit der Firefly direkt vor dem Gebilde. Aus der Nähe konnte man es sogar deutlich ausmachen. Die dahinter liegenden Zapfen waren aufgrund der Vibration undeutlicher zu sehen. Lennox hatte es gut beschrieben. Es sah aus, als bestünde es aus geriffeltem Glas.

»Lennox, was soll ich tun?«

»K'ne A'nung, Boss.«

Wir waren am Ende angelangt.

Es war mir sogar gleichgültig, dass sich Siebeneichers strahlender Aufgang anscheinend verzögerte oder doch länger dauerte, als ich es angenommen hatte.

Immer noch Morgendämmerung im Gedankenland.

Was hatte Guthmann noch gesagt?

Lassen Sie es einfach geschehen.

Es schien mir gar nichts anderes übrig zu bleiben.

»Bi'gt sich du'ch.«

{Die Membran lässt sich durchbiegen. Ich habe mit dem Bug der Maschine Kontakt zu der Membran. Ich könnte sie sogar anschieben, sie bricht nicht. Sie besteht also aus festem Material. Die Vibration ist nur schwach zu spüren.}

Mir entfuhr ein hilfloses Lachen.

Ein Zwerg und ein Monster saßen in einem kleinen Kopter vor einem unerklärlichen Mysterium, das Appalong als Bruder der Menschheit bezeichnet hatte, und stupsten an einer vibrierenden Membran herum.

Ein kosmischer Gag für Comic-Fans.

Anschieben.

»Lennox, wir fliegen raus zur *Nostradamus*, schnell!«

»Okay, Boss.« Er drehte sofort ab und beschleunigte die Firefly.

»Würdest du wieder an diesen Ort zurückfinden?«

»N'tü'lich, Boss.«

Gut. Sehr gut. Ich versuchte meine Gedanken zu ordnen. Als Nächstes musste ich die *Nostradamus* evakuieren lassen.

»Suzanne, meinen Screen. Verbindung zu Voodoo!«

›Kann ich bewerkstelligen.‹

Es blieb nur noch eine einzige vage Möglichkeit, und die konnte ich auch nur durchführen, wenn die *Nostradamus* noch in dem Zustand war, wie wir sie zurückgelassen hatten.

Zurückgelassen hatten. Das hörte sich an, als wenn es vor Ewigkeiten geschehen wäre. Mein Gott, das war gerade einmal vor einer Woche gewesen.

Mein persönlicher Screen erhellte sich außerhalb meines Helms, der immer noch geschlossen war. Mit einem leisen Fluch ließ ich ihn zurückfahren.

Voodoo blickte mir mit besorgtem Gesicht entgegen.

»Voodoo, du musst sofort alle Leute aus der *Nostradamus* schaffen!«, rief ich ihm zu, bevor er auch nur den Mund aufmachen konnte. »Sofort! Innerhalb der nächsten fünf Minuten!«

»Warum …«

»Keine Zeit für Fragen! Und das Hangartor aufmachen, schnell!«

Er verschwand vom Screen.

Die Firefly flog durch die Wand der Pyramide.

Von einem Moment zum anderen empfing uns ein Sternenmeer.

Lennox drehte die Maschine, nachdem er den Standort der *Vedad* und der *Nostradamus* ausgemacht hatte.

Noch während des Abflugs passte er die Firefly der Drehung der Pyramide an und raste auf die Schiffe zu.

Viktor erschien auf meinem Schirm.

»John, kannst du mir …«

»Die Triebwerke der *Nostradamus* aktivieren, jetzt sofort! Und dann alle raus aus dem Schiff! Schnell!«

Aus zwei blassen Objekten formten sich die Konturen der beiden Schiffe. Die *Nostradamus* als hässliches Gebilde, von dem noch die Streben mit dem restlichen Ring abstanden.

Perfekt.

Lennox hielt auf das hell erleuchtete Rechteck im hinteren Bereich des Schiffes zu. Erst im letzten Moment verzögerte er mit einem harten Gegenschub. Trotzdem schossen wir mit überhöhter Geschwindigkeit in den Hangar hinein. Noch innerhalb der Halle feuerten die Triebwerke, um die Firefly rechtzeitig zum Stillstand zu bringen. Lennox setzte die Maschine auf einen Schlitten auf und sicherte sie.

»Sehr gut, Lennox!«, sagte ich und betrachtete kurz die versengte Wand vor uns. Sie war zum Glück feuerfest. Ein Brand im Schiff wäre das Letzte, was ich jetzt noch brauchen konnte. »Wir müssen in die Zentrale, so schnell wie möglich. Und dann mit der *Nostradamus* zurück zu der Membran!«

»Ve'st'he, Boss.«

Ich war mir nicht sicher, ob er tatsächlich verstand, aber seine Datenströme drückten in etwa das aus, was ich vorhatte.

Schwerelosigkeit, schoss es mir durch den Kopf, als die Kanzel zurückfuhr. In dem verdammten Hangar herrschte Schwerelosigkeit. Es würde mich einige Zeit kosten, um schnell in die Zentrale zu gelangen. Und Lennox erst. Gerade als ich überlegte, ob ich ihn nicht auf den Rücken nehmen sollte, stieß er sich vor meinen Augen geschickt von der Maschine und zischte wie ein Pfeil zum Ausgang der Halle. Er würde schon lange in der NAV-Einheit sitzen und das Schiff beschleunigen, bevor ich aus dem Karussell kam.

Ich beeilte mich ihm zu folgen. Wenn wir gestartet waren, musste ich unbedingt auf meinem Platz sein.

Als ich mich wenig später über die Lehne meines Sessels vor das Center-Face hangelte, ruckte das Schiff schon an.

Auf dem Face verschwand eben gerade die *Vedad* mit zunehmender Geschwindigkeit nach hinten. Dafür schob sich die rollende Pyramide ins Bild. Nach einigen Korrekturen von Lennox stand die Pyramide ruhig vor uns.

Ich aktivierte das Face der NAV-Einheit.

Und erschrak fürchterlich.

Lennox sah mich grinsend an, wie immer, aber auf seinem rundlichen Kindergesicht waren verbrannte Hautfetzen zu sehen.

Ich schwieg einige Sekunden, bis mir die Ursache bewusst wurde.

»Scheiße, Lennox«, sagte ich.

»'ohe 'adio'ktivit't!«

{Hohe Radioaktivität. Wir waren ein wenig zu lange der Strahlung ausgesetzt.} Er sagte es so, als wären wir nur ein klein wenig zu lange in der Sonne gelegen.

»Sehe ich genauso aus?«

»'n' bi'schen so.«

Nach einem kurzen Zögern legte ich mein Abbild groß auf das Center-Face. Gleich darauf blickte ich auf ein zerstörtes Gesicht, das mit dem mir vertrauten Ebenbild wenig gemein hatte. Eine dunkelrote Masse, an der kleine Hautfetzen hingen.

Ein Monster produziert ein neues Monster.

Merkwürdigerweise hielt sich meine Reaktion in Grenzen.

Ich wurde plötzlich ganz ruhig. Alles in mir schien stillzustehen.

»Lassen Sie es einfach geschehen.«

Später. Jetzt hatte ich keine Zeit dazu.

Ich löschte mein Bild. Auf dem Center-Face war nur noch Schwarz zu sehen. Anscheinend waren wir schon in die Pyramide eingedrungen.

Kleine Rechtecke blinkten rechts unten auf. Voodoo, Viktor und auch Nat wollten Kontakt zu mir aufnehmen. Natürlich, sie verlangten nach einer Erklärung für mein seltsames Verhalten. Ich überlegte kurz, ob ich Kontakt zu ihnen aufnehmen sollte, ließ es dann aber sein.

Meine Freunde waren plötzlich weit weg von mir. Erinnerungen an eine andere Welt, die nichts mehr mit meiner Welt zu tun hatte.

Und schon gar nicht mit dem, was ich vorhatte. Freddie the Freeloader kam mir plötzlich in den Sinn. Jeder könnte Gott sein, hatte er gesagt.

Ich löschte die blinkenden Rechtecke und konzentrierte mich auf die Schwärze des Faces.

»Gl'ch da.«

Tatsächlich. Auf dem Face wurden die runden Lichtpunkte der Zapfen sichtbar, davor der zarte rote Schein der runden Scheibe.

Es war unglaublich. Lennox hatte es auf Anhieb geschafft, wieder zum Ausgangspunkt zurückzukehren.

»Lennox, geh mit dem Schiff dicht über den oberen Rand der Scheibe, sodass die abstehenden Streben Kontakt zu ihr haben. Aber vorsichtig! Nicht zu schnell! Die Streben dürfen nicht abbrechen!«

»Okay, Boss.«

Die *Nostradamus* wurde langsamer, schwebte mit dem Bug über den Rand hinaus und blieb dann stehen. Auf dem Face waren nun nur noch die runden Lichtkreise der Zapfen zu sehen.

»K'nt'kt.«

{Ich habe Kontakt. Leichter Schub, um den Kontakt nicht zu verlieren. Das Vibrieren der Membran ist im Schiff zu spüren.}

Ich spürte es auch. Ein schwaches Zittern durchlief die Zelle des Schiffes. Gerade so, als ob es Furcht vor dem Kommenden hätte.

»Fahrt aufnehmen! Ganz langsam. Bei zu hoher Beschleunigung könnten die Streben abbrechen.«

Ich spürte, wie ich sanft in meinen Sessel gedrückt wurde. Also war es möglich, dieses Gebilde anzuschieben. Bis hierhin funktionierte mein Plan. Jetzt brauchten wir nur noch ein wenig mehr Geschwindigkeit. Und etwas Zeit.

Das Licht in der Morgendämmerung wurde heller, nahm an Intensität zu. Bald würde hier etwas geschehen.

»Kl'nes P'oblem.«

{Ich habe ein bisschen Schwierigkeiten, die Membran geradlinig anzuschieben. Wir beschleunigen wegen des asymmetrischen Angriffspunkts in einem Kreisbogen. Muss die Triebwerke korrigieren.}

»Das ist egal. Hauptsache, wir beschleunigen überhaupt. Sobald wir den unteren Grenzbereich für den Neutrino-Treiber erreicht haben, startest du eine Phase.«

»Okay, Boss.«

»Und danach verlässt du mit der Firefly das Schiff!«

Ein Glucksen war zu hören.

Lennox lachte.

»Nope.«

»Lennox!«

Keine Antwort.

Ich schwang mich aus meinem Sessel und hangelte mich vorsichtig zur NAV-Einheit hinüber. Die Beschleunigung hatte zwar zugenommen, war aber noch in einem Bereich, in dem ich mich ohne Schwierigkeiten bewegen konnte.

Ich drückte auf die Taste des Türöffners, aber nichts geschah.

Die Tür war verschlossen.

{Manuell verriegelt. Sie bräuchten dafür schon einen großen Hammer, Boss.}

»Lennox, verdammt noch mal! Wir müssen doch nicht beide draufgehen!«

{Das tun wir ohnehin. Wir sind verstrahlt. Und zwar nicht zu knapp. Keine weitere Diskussion, Boss.}

Die Beschleunigung nahm weiter zu. Ich musste mich am Rand der NAV-Einheit festhalten, um nicht in den hinteren Teil der Zentrale zu rutschen.

{Einleitung der Phase. Ab jetzt.}

Ein blasses Schimmern erschien an den Rändern der Gegenstände. Das war ungewöhnlich. Normalerweise tauchte dieser Effekt erst kurz vor dem Ende einer Phase auf.

Unschlüssig zog ich mich wieder zu meinem Sessel vor dem Center-Face zurück. Was sollte ich tun? Ihn rausschmeißen?

Wie denn?

»Ach, Lennox!«

»Alles okay, Boss.«

Das blasse Schimmern hatte sich inzwischen zu einem grellen Leuchten verstärkt. Schon erschienen an den Konturen in der Zentrale weiße Lichthöfe, die in farblosen Bögen aufflammten. Ich hatte dieses Phänomen schon einmal erlebt, als uns Professor Schmidtbauer in seinem Wahn an die Grenzen des Universums heranführen wollte. Luis Santana hatte damals in letzter Sekunde den Reaktor abgesprengt.

Die Morgendämmerung war vorüber.

Erste Lichtstrahlen kündigten einen neuen Morgen an. Noch war mir schleierhaft, was das alles zu bedeuten hatte. Vielleicht war ich doch zu spät und konnte Siebeneichers Triumph nicht verhindern.

Nein, es war nicht zu spät! Ich fühlte es. Siebeneicher hätte meine Aktionen schon längst unterbunden, wenn er es gekonnt hätte.

Wenn er überhaupt davon wusste.

Irgendwo plärrte eine Stimme. Ich konnte sie nicht einordnen, bis ich ein rotes Licht vor mir auf der Konsole aufblinken sah. Eine Automatenstimme informierte mich darüber, dass sich das Schiff der Grenze des Stehenden Lichtes näherte.

Lennox meldete sich.

»Kl'nes P'oblem.«

{Der schiffseigene Computer will die Phase abbrechen, weil das Schiff zu nahe an den Ereignishorizont herankommt. Ich schalte die Automatik ab. Ist das okay?}

»Sofort abschalten, Lennox!«

»D's d'chte i' m'r schon.«

Das rote Licht ging aus, und das Plärren verstummte.

Ich atmete tief durch. Das war noch einmal gut gegangen. Lichtwitz hatte den Grenzbereich des Neutros sehr weit nach vorn verschoben. Er und seine Leute hatten sehr viel gewagt, um schneller voranzukommen. Es musste für sie eine ungeheuere Anspannung gewesen sein, die Phase jedes Mal bis an diesen Punkt zu fahren.

Jetzt gab es kein Zurück mehr.

Das Center-Face war vollkommen weiß geworden. Eine gleißende Lichtflut schoss mir entgegen. Die Vibrationen der Membran wurden stärker.

Plötzlich blinzelte ich ungläubig in das Weiß hinein.

Siebeneichers schmales Gesicht erschien am Horizont.

Das schmale Gesicht eines verhassten Feindes.

Ein überlegenes Lächeln umspielte seine Lippen, seine Augen waren geschlossen. Er genoss den Augenblick in vollen Zügen.

Es dauerte einen Moment, bis ich begriff, dass ich nicht das Bild des Center-Faces sah, sondern das Abbild des Gedankenozeans.

Siebeneicher wollte seinen Triumph haben.

Er inszenierte seine Überlegenheit.

Zu spät, mein Freund, gleich wirst du Geschichte sein!

⟩John, der Schiffscomputer hat versagt. Die Automatik hat die Phase nicht rechtzeitig abgebrochen. Ich habe seine Funktionen übernommen und werde …⟨

Ich benötigte nur eine Millisekunde, um die richtige Stelle bei Suzanne zu finden, dann hatte ich die Verbindung zwischen ihr und den Schiffsfunktionen unterbrochen.

⟩Leider kann ich dir in dieser Situation nicht mehr weiterhelfen. Soll ich wenigstens noch die verbleibende Zeit ansagen?⟨

»Suzanne, das wäre mir eine große Hilfe.«

⟩Sehr schön. 3 … 2 … 1 …⟨

Siebeneicher öffnete die Augen und sah mich triumphierend an.

⟩… ab jetzt!⟨

Status

Der Moment der Erkenntnis ist ein sehr neutraler Augenblick. Der Schmerz oder die Freude folgt erst danach.

Wenn es ein göttliches Wesen über mir gibt, dem ich für diesen Zeitraum danach dankbar sein muss, dann möchte ich ihm von ganzem Herzen dafür danken.

Danken dafür, dass ich in Siebeneichers Augen die Erkenntnis sehen durfte und das kurze Aufflackern des Schreckens, als er erkannte, dass die Pyramide in ein schwarzes Loch stürzen würde.

Jetzt ist alles ruhig.

Für den Moment jedenfalls.

Ich spüre eine weitere Dimension in mir.

Bald werde ich lernen, mit ihr zu leben und mit ihr umzugehen.

Und bald werde ich noch mehr Macht haben.

In dieser Dimension ist alles vereint, was ich bisher genommen, und auch das wenige, das ich gegeben habe.

Ich spüre es.

Es ist nur eine Frage der Zeit, bis ich wieder auf Erfahrungen und Erinnerungen zurückgreifen kann, die mir eine weitere Existenz ermöglichen.

Ein kleines Problem der Orientierung, sonst nichts.

Soweit ich die Lage beurteilen kann, haben wir den Sturz in den Abgrund überlebt. Die *Nostradamus* ist in einem anderen Universum angelangt. Auf einem anderen Level sozusagen.

Camelot und die Pyramide sind verschwunden. Nur die Membran hängt noch nutzlos an den Streben der *Nostradamus*.

Lennox schläft. Die Anstrengungen haben ihn sehr viel Energie gekostet.

Schlafen.

Eine gute Idee. Vielleicht sollte ich mich auch etwas ausruhen.

Aber nicht jetzt. Ich bin noch zu aufgewühlt und wandere ruhelos durch das Schiff.

Irgendwann wird Suzanne einen Lagebericht erstellt haben, und dann werde ich entscheiden, was als Nächstes zu tun ist.

Bis dahin werde ich von meinem Haus auf Kauai träumen und in der Gewissheit leben, dass ich dieses Mal rechtzeitig an Ort und Stelle war und alles richtig gemacht habe.

Ganz nebenbei: Rote Kardinalvögel sind wichtig im Leben, sehr wichtig sogar.

Fürs Erste habe ich verstanden, dass Begriffe wie »Augenblick« oder »Moment« zeitlos sind. Hätte ich das früher gewusst, so wären mir die Augenblicke und die Momente nicht einfach so durch die Finger geglitten.

Im Moment kann ich mit Bestimmtheit sagen: »Ich bin noch da.«

Für den Augenblick jedenfalls.